dtv
premium

Elizabeth Young

# Männer auf Bestellung

Roman

Aus dem Englischen von
Christiane Burkhardt

Deutscher Taschenbuch Verlag

Für meinen Vater, der diese kleinen,
harmlosen Kraftausdrücke immer so liebte
und alle Welt zum Lachen brachte.

Deutsche Erstausgabe
Mai 2002
3. Auflage Oktober 2002
Deutscher Taschenbuch Verlag GmbH & Co. KG,
München
www.dtv.de

Titel der englischen Originalausgabe:
›Asking for Trouble‹
(William Heinemann, The Random House Group Limited, London 2000)

Umschlagkonzept: Balk & Brumshagen
Umschlaggestaltung: Stephanie Weischer unter Verwendung einer
Fotografie von © Getty Images Stone / Birgid Allig
Satz: Fotosatz Reinhard Amann, Aichstetten
Gesetzt aus der Aldus 10,5/12,5· (QuarkXPress)
Druck und Bindung: Kösel, Kempten
Gedruckt auf säurefreiem, chlorfrei gebleichtem Papier
Printed in Germany · ISBN 3-423-24311-2

# PROLOG

Die Einladung traf eines Samstags morgens ein, gerade noch rechtzeitig, um mir das Wochenende gründlich zu verderben. Es war eine steife Karte mit Eselsohr, auf der stand:

Mrs. und Mr. Edward Metcalfe
geben sich die Ehre
Sophy und Dominic
zur Vermählung ihrer Tochter
Belinda Anne mit Mr. Paul Fairfax
einzuladen.
Ort und Zeit: Inn by the Beck
Samstag, den 11. Mai, 13.00 Uhr
u. A. w. g.

Nicht, daß mich das überrascht hätte – wenn das Hochzeitsdatum eurer Schwester einmal festgelegt ist, braucht ihr keine Einladung, um davon zu erfahren. Bei so einer Mutter wie meiner laufen die Drähte der British Telecom ununterbrochen heiß. Wahrscheinlich hatte sie eine Anzeige im *Telegraph*, in der *Manchester Evening News* und höchstwahrscheinlich auch noch im *South China Morning Herald* aufgegeben. Ich kann mir gut vorstellen, daß sie es auch ins Internet gestellt hat. Um sich nicht von einer Erzrivalin aus der Nachbarschaft übertrumpfen zu lassen, hatte sich Mum erst vor kurzem einen Toshiba Laptop zugelegt.

Im Januar war die Verlobung gewesen, aber seitdem waren drei Monate wie im Flug vergangen, und wenn es je eine Verlobungs-Party gegeben hat, die aus ganz unterschiedlichen Motiven veranstaltet wurde, dann die von Belinda. Ihr hättet nur mal meine Mutter hören sollen.

Maggie Freeman, der Erzrivalin aus der Nachbarschaft gegenüber, hatte sie mit kaum verhohlener Schadenfreude gesagt: »Ja, und dann hat er sie letzte Woche mal eben kurz nach Florenz entführt, Heiratsantrag mitten auf dem Ponte Vecchio – ihren Ring haben Sie doch sicherlich schon gesehen, oder?«

Den Nachbarn, mit denen sie sich gut versteht, erzählte sie folgende Version: »Nun, natürlich sind Terry und ich hocherfreut – er kann ihr einiges bieten, und er liegt ihr regelrecht zu Füßen ...«

Mir raunte sie, während wir ein paar Satéspieße aus dem Ofen retteten, lediglich zu: »... Ich glaube, er tut Belinda einfach *gut* – er ist so gar nicht *wischiwaschi*, wenn du weißt, was ich meine. Sag ihr das bloß nicht, aber ich dachte immer, sie würde an einem von diesen Wischiwaschi-Jungs hängenbleiben, zu denen sie einfach nie nein sagen konnte. Dad befürchtete, es könnte dieser Tim werden – ein netter Kerl, das schon, aber so überhaupt nichts für schlechte Zeiten, wenn du mich fragst. Ich werde jetzt nicht wiederholen, was Daddy über ihn gesagt hat, aber es war etwas furchtbar Unanständiges.«

Es müssen so vierzig Gäste auf Belindas Party gewesen sein oder ein paar Zerquetschte mehr, gar nicht so schlecht, wenn man bedenkt, wie kurzfristig sie eingeladen hatten. Zwei Drittel waren im Grunde genommen ihre Freunde; der Rest Familienangehörige und Freunde der Familie, die es sich in dem partytauglichen Wohnzimmer meiner Eltern gemütlich machten. Die abgestandene Luft und die Schwaden von Essen und Alkohol hauten einen fast um, kaum, daß man über die Türschwelle getreten war, was bei den eisigen Minustemperaturen, die draußen herrschten, aber durchaus okay war.

Falls ihr über eine normale Portion Neugier verfügt (so wie ich), dann nur hereinspaziert in die Gerüchteküche. Belindas Freundinnen tuschelten sich folgendes zu:

»Er hat ihr dieses Kleid gekauft, weißt du. In Florenz. Sie sagt nichts, aber wenn du mich fragst, ist das von Versace. Mal ganz abgesehen davon, daß Belinda es schafft, noch jeden Oma-Laden wie eine Versace-Boutique aussehen zu lassen.«

»Abartig, oder? Das Tollste, was mir Ian je geschenkt hat, ist Satin-Unterwäsche von Knickerbox.«

»Ehrlich gesagt weiß ich gar nicht, ob ich wirklich so einen Typen wollte wie Paul. Ich könnte mich keine Sekunde lang entspannen – bei dem halben Dutzend Schlampen, die ständig um ihn herumtänzeln und es nur darauf abgesehen haben, ihn mir auszuspannen.«

Wie ihr inzwischen unschwer bemerkt haben dürftet, schwebte Belinda auf einer rosaroten Wolke. Ihr Kleid war nur ein Hauch, es war schwarz und hatte genau das gewisse Etwas, das förmlich nach Geld stinkt. Und wenn Paul während des ganzen Abends kaum einmal den Arm von ihrer Taille nahm, dann konnte man ihm das wirklich nicht übelnehmen.

Keiner glaubt, daß wir Schwestern sind. Sie hat mal eine Zeitlang als Model gearbeitet, neben anderen Jobs (Kochkurs, Sekretärinnenkram), schaffte es aber nie in die Top-Riege, weil sie nicht groß genug war. Ich hab die Zentimeter, 177, aber Belinda hat den Rest. Kleidergröße 36 paßt ihr perfekt, sie hat diesen zarten, honigfarbenen Teint, der nie rot und schrundig wird, nicht mal im tiefsten Winter, eine überwältigende Mähne honigblonden Haars, haselnußbraune Augen und Wimpern, von denen ihr schwören könntet, daß sie von Boots stammen, Marke extra-lang. Und ein Gesicht, tja ... Eine Freundin von ihr meinte mal zu mir: »Ich sage das nur äußerst ungern, aber wenn jemand so aussieht, wünschst du dir fast, daß sie eine blöde Kuh ist, damit du sie guten Gewissens hassen kannst.«

Ich bin nicht die häßliche Schwester, das nicht, aber bei der Konkurrenz bleibt einem gar nichts anderes übrig, als sich so zu fühlen. Ich trage Kleidergröße 40, habe eine zarte Haut, aber ohne den Honigteint, und eine üppige Mähne in einem Feld-Wald-und-Wiesen-Braun, genau wie meine Mum. Auch die Augen habe ich von Mum: Große, knallblaue Glupschaugen, die – mit aller Bescheidenheit – das Beste an mir sind.

Paul hatte ich vorher eigentlich nur ein paar Mal getroffen, und da er perfekt in einen Katalog der schönsten Männer Englands gepaßt hätte, war ich froh festzustellen, daß ich überhaupt nicht auf ihn stand. Er war ungefähr 1,85 groß, hatte den geschmeidigen

Körper eines Tennisprofis und dazu diese olivbraune Haut, die zu Weiß einfach phantastisch aussieht. Passenderweise hatte er auch noch die dunkelbraunen Augen dazu und Haare in der Farbe von antikem, poliertem Mahagoni. Mit 31 war er vier Jahre älter als Belinda, und er war der kometenhaft aufstrebende Stern in einer Unternehmensberatung.

»Schön, dich wiederzusehen – was macht London?« hatte er mich gefragt, als ich mir endlich einen Weg zu dem glücklichen Paar gebahnt hatte. »Hoffe, du hast auf dem Weg hierher nicht dauernd im Stau gestanden.«

»Doch, permanent, aber egal.« Ich war gerade angekommen und ein wenig zu spät. »Tja, was soll ich sagen? Gratuliere und so weiter... ihr hättet uns vorwarnen sollen, daß man besser eine Sonnenbrille aufsetzt, bevor man diesen Ring aus der Nähe betrachtet.«

Es war ein Megawatt-Diamantenbrummer, nicht so groß, als daß er knochenbrecherisch gewesen wäre – ihre Finger hätten das niemals mitgemacht –, aber die Steine funkelten so blau, daß man die Augen schließen mußte.

Belinda lachte kurz und schuldbewußt auf. »Ich bin sicher, er war schrecklich teuer...«

Seine Hand ruhte noch immer auf ihrer Taille, so nach dem Motto *die gehört mir*. »Schatz, du solltest mich inzwischen kennen. Wenn etwas seinen Preis wert ist –«

»Du hast alles perfekt inszeniert«, sagte ich. »Klingt wie aus einem romantischen Hochzeitsratgeber. In London sind Männer wie du eine vom Aussterben bedrohte Art.«

»Na, na, Sophy, wie kannst du nur so was sagen?« rügte mich Belinda. »Hat dich Dominic nicht erst letzte Woche von so einer Langweiler-Party in ein schickes Szene-Restaurant entführt, kaum, daß ihr euch überhaupt kennengelernt hattet?«

»Ja, da bestehen durchaus Entwicklungsmöglichkeiten«, sagte ich leichthin. »Solange er mich nicht darum bittet, seine Knöpfe anzunähen, könnte ich ihn durchaus noch bis zum Valentinstag behalten.«

Belinda lachte nochmals kurz auf. »Ein todsicheres Zeichen dafür, daß sie ganz verrückt nach ihm ist«, flüsterte sie Paul übertrieben laut zu. »Fehlt nur noch, daß sie sagt, sie liefe ihm davon, nur um das Schicksal nicht herauszufordern.«

»Schätzchen, Schicksal, das ist was für Loser«, sagte Paul knapp. »Wenn du etwas willst, mußt du die Sache richtig angehen und sie realisieren.«

Als ich Belinda später ein paar Minuten lang zu fassen bekam, hatte sie der Alkohol nur noch mehr zum Strahlen gebracht. »Ich konnte es einfach nicht glauben«, schwärmte sie überglücklich, »ich meine, wir waren gerade erst angekommen, da nimmt er mich mit auf die Brücke, und dann war da dieser Sonnenaufgang, und er zieht diese Schachtel aus seiner Tasche – es war wie in einem Traum. Und später im Hotel ...« Sie zog mich beiseite und flüsterte. »Alles, was ich die nächsten 24 Stunden am Leib trug, war dieser Ring.«

»Und ein großes, sattes Grinsen im Gesicht, nehme ich an.«

»Darauf kannst du Gift nehmen.« Kichernd flüsterte sie weiter: »Ich habe noch nie jemanden getroffen, der mich so anmacht. Und ich muß nie ›mit der linken Hand noch ein wenig weiter nach unten‹ oder so etwas zu ihm sagen – er *weiß* es einfach, wenn du verstehst, was ich meine.«

»Schlampe«, sagte ich mit ernster Miene und dachte: »Mann, hast du ein Glück. Kein Wunder, daß du einen Gang hast wie Clint Eastwood.«

Während der nächsten Stunde hörte ich noch reichlich Klatsch und Tratsch, ob ich wollte oder nicht – aber nicht, daß ich ernsthaft versucht hatte, dem aus dem Weg zu gehen. Ich hörte, wie einige von Mums Freundinnen aus dem Golfclub sagten: »... also wenn du mich fragst, ist es einfach peinlich, wenn die jüngere Schwester vor der älteren heiratet. Sophy muß doch jetzt auch bald dreißig sein, und es ist ja so schwierig für die jungen Frauen von heute. Die Hälfte der Typen sind warme Brüder.«

»Trudi, heutzutage drückt man sich nicht mehr so aus. Wie dem auch sei, Sophy *geht* mit jemandem aus, Sue hat's mir erzählt: er ist Banker, soweit ich weiß. Sie hoffte, sie würde ihn heute mitbringen, aber wahrscheinlich ist es noch ein bißchen zu früh für einen Familienauftritt.«

Von einem anderen Grüppchen von Belindas Freunden hörte

ich: »Läßt sie dieser Paul eigentlich jemals wieder los? Er hat schon den ganzen verdammten Abend so besitzergreifend seinen Arm um sie gelegt.«

»Wahrscheinlich gefällt's ihr. Wenn man bedenkt, daß sie das Bett die ersten vier Wochenenden kaum verlassen haben – komisch nur, daß sie nicht schon längst mit ihm zusammengezogen ist. Stell dir vor, von dem ganzen Vögeln hat sie eine Blasenentzündung bekommen. Da verschleißt dir das Gewebe.«

»Ach, herrje. Trotzdem, wenn du ein wenig davon vertragen könntest – ich bin willig und bereit.«

»Ach, komm schon. Und hör auf, ständig auf ihre Beine zu starren, verstanden? Wenn du mir heute morgen um drei ein Messer in den Rücken rammst, weiß ich, von wem du geträumt hast.«

So gegen halb neun öffnete ich einem Nachzügler die Tür.

»Tamara! Wir haben schon gar nicht mehr mit dir gerechnet.«

»Na, alte Ziege«, grinste sie. »Lang nicht mehr gesehen. Los, laß mich rein, ich erfriere noch hier draußen – ich bin den ganzen Weg vom The Bear hierher gelaufen. Dave Doodah hat mich aufgehalten und mich auf einen kleinen Drink eingeladen, nur daß daraus dann drei wurden, plus eine Partie Poolbillard. Ehrlich gesagt, ich bin schon ganz schön beschwipst.«

»Genau wie ich«, entgegnete ich fröhlich. The Bear war eine halbe Meile die Straße hoch. Tamara Dixon, eine alte Schulfreundin von mir, wohnte vier Häuser weiter. Sie war drei Jahre lang im Ausland gewesen, so daß ich sie in letzter Zeit kaum gesehen hatte. Rotgoldene Locken umrahmten ihr Gesicht wie ein Heiligenschein, sie sah so unschuldig und engelsgleich aus wie eines dieser sentimentalen Porträts aus Viktorianischer Zeit, doch darunter verbarg sich ein durchaus boshafter Zug. Tamara konnte ganz schön fies sein, dafür hatte man mit ihr immer jede Menge Spaß.

»Froh, wieder hier zu sein?« fragte ich, nachdem sie sich etwas aufgewärmt hatte.

»Weiß noch nicht genau, aber Mum ist so dankbar, mich wieder um sich zu haben, daß sie mir sogar die Wäsche bügelt. Aber jetzt erzähl doch mal von diesem Dominic«, fügte sie mit einem Grinsen hinzu. »Belinda hat da so was erzählt.«

»Mich wundert nur, daß sie das überhaupt noch mußte. Mum hat es doch schon in halb Nordwest-England herumerzählt.«

Sie lachte. »Hast du ihn über dieses schicke Dingens kennengelernt?«

»Spinnst du? Wir arbeiten nicht in dieser Liga.« Mit ›Schickes Dingens‹ meinte sie Aristos Recruitment, eine Zeitarbeitsfirma mit zwanzig Niederlassungen in London und im Südosten, von denen ich mehr oder weniger eine »leitete«. Aristos war nicht gerade eine Firma mit schicken Verbindungen. Aristoss ausgesprochen, hieß das auf altgriechisch zwar ›das Beste‹, was aber nicht mehr als ein schlechter Scherz war, insbesondere, wenn man sich die Leute einmal ansah, die zu uns kamen, um ihre Tests in Rechtschreibung und Rechnen abzulegen.

»Wie ich sehe, ist Paul aus der allerersten Liga«, sagte sie. Kein Wunder, daß deine Mutter aussieht wie eine Katze, die gerade einen Goldfisch verschluckt hat.«

Später, als die ersten aufbrachen, hörte ich jemanden sagen: »Und, wann ist die Hochzeit?«

Da hättet ihr Mums Gesicht einmal sehen sollen. Sie war überglücklich und strahlte von einem Ohr zum anderen. »Sie haben noch kein genaues Datum festgelegt, aber ich bin mir sicher, es wird nicht mehr lange dauern ...«

Womit wir wieder bei der Einladung wären, die auf meiner Türmatte lag. Folgende Notiz war beigefügt:

Das Ganze wird ein furchtbarer Streß – nur noch sechs Wochen Zeit, alles zu organisieren – ich muß unbedingt ein paar Pfunde abnehmen, bevor ich überhaupt nur darüber *nachdenken* kann, mir ein Kleid auszusuchen – aber es war ein Riesenglück, daß wir überhaupt noch einen Termin bekommen haben. Ich hoffe, Dominic wird auch kommen. Wir freuen uns so, ihn kennenzulernen. In Eile alles Liebe,

M und einen dicken Kuß von D natürlich.

Ich legte die Einladung auf den Kaminsims, von wo aus sie mich unheilvoll anstarrte. »Nun?« schien sie zu fragen. »Kriegst du das nun auf die Reihe, oder was?«

Mum rief noch am gleichen Abend an. »Du wirst ihn doch mitbringen, Liebes, ja? Ich habe schon jedem von ihm erzählt, und du willst doch nicht, daß es so aussieht, als hättest du was zu verbergen. Zoe Freeman geht immer noch mit diesem Oliver aus – ich mußte ihn natürlich einladen – wenn du mich fragst, sieht er reichlich kinnlos aus, doch um so besser für dich, dann kannst du dich herrlich in Szene setzen –«

»Mum –«

»Ja, ich weiß, das klingt etwas gemein, Liebes, aber Maggie redet von nichts anderem mehr als von Oliver, Oliver dies und Oliver das – eines Tages werde ich die Frau umbringen – ihr zufolge ist dieser Anwalt eine Kreuzung aus dem lieben Gott und Mel Hudson.«

»*Gibson,* Mum. Mel Gibson.«

»Du weißt, wen ich meine. Bitte erzähl Dominic, wie sehr wir uns freuen, ihn kennenzulernen – schließlich kann er nicht schon sechs Wochen im voraus ausgebucht sein – wenn ihm wirklich etwas an dir liegt, wird er nur zu gerne ...«

Nach einer weiteren Minute in diesem Stil sagte ich nur noch schwach ja, ich sei mir sicher, er käme gern, ja, mir ginge es gut, alles Liebe, auch an Dad und Belinda, bis bald, und legte auf.

»Damit es nicht so aussieht, als hätte ich was zu verbergen«, sagte ich, »daß ich nicht lache.«

Alix, meine Freundin, Wohnungsgenossin und unbezahlte Seelentrösterin warf mir einen ihrer *Meine-Güte,-du-bist-einfach-hoffnungslos*-Blicke zu. »Warum trennst du dich nicht einfach von ihm, und Schluß?«

»Unmöglich, das kann ich einfach nicht *bringen.* Ich muß mich erst seelisch darauf einstellen – mir einen einwandfreien Grund ausdenken, warum wir nicht mehr zusammenpassen.«

»Ich weiß einen«, sagte sie. »Im allgemeinen wird der Tod als Grund für das Ende einer Beziehung widerspruchslos akzeptiert. Laß ihn einfach wegen seiner goldenen Kreditkarten überfallen und totgeschlagen werden.«

Ich muß nicht eigens erwähnen, daß mich so viel Kaltblütigkeit abstieß. »Wäre das nicht ein wenig undankbar, nachdem ich ihn so schamlos ausgenutzt habe?«

»So ein Quatsch. Laß es gleich nächste Woche passieren – das ist eine schnelle, saubere Lösung ohne jegliche Chance auf Versöhnung. Du kannst schließlich keine Leiche mit auf die Hochzeit schleppen.«

»Ein grausamer Mord würde einen ziemlichen Schatten auf die Hochzeit werfen«, gab ich zu bedenken. »Ich will keine Spielverderberin sein und allen schrecklich leid tun.« Und wie um alles in der Welt sollte ich ein gebrochenes Herz vortäuschen, wenn ich nichts anderes denken konnte als: »Guter Gott – reich mir doch bitte noch so ein großes Glas Wodka rüber und den Trauzeugen gleich dazu, danke!«

»Dann denk dir selbst was aus!« Sie seufzte lautstark. »Ich sage es nur ungern, aber ich hab's dir ja gleich gesagt, ich hab's dir *wirklich* gesagt. Wenn du dir so einen beschissenen Mr. Perfect ausdenkst, nur um deine Mum zu beschwichtigen –«

»Ich hab ihn mir nicht *nur* ausgedacht«, stellte ich fest.

»Hör auf mit der Haarspalterei«, sie schenkte mir zum dritten Mal ein Glas Jackdaw Ridge ein. »Du hast ihn dir ausgedacht, und jetzt sieh zu, wie du ihn wieder loswirst.«

# EINS

Ich muß wohl einfach zuviel zu tun gehabt haben, denn während der nächsten Wochen lag der Vorgang »Dominic und ich« noch immer ganz unten in meinem Ablagekörbchen. Jedesmal wenn er zum Vorschein kam und mich mahnte: »Hey, was ist?«, sagte ich ihm, er solle verduften, ich hätte nun wirklich Wichtigeres zu tun als mich mit ihm zu beschäftigen.

Nachdem vorher Flaute geherrscht hatte, wurden wir plötzlich regelrecht mit Aufträgen überschwemmt. IT, Marketing, Buchhaltung, alles, was ihr euch nur vorstellen könnt: sie suchten Personal dafür, Aushilfen noch gar nicht mitgerechnet. Wir durchforsteten alte Bewerbungsunterlagen und schalteten so ziemlich überall Anzeigen außer auf den Rückseiten von Cornflakes-Packungen. Wir hatten kaum noch Zeit, über die wirklich wichtigen Dinge zu sprechen, wie z. B. darüber, was in der letzten Folge von *Friends* am Vorabend Spannendes passiert war, oder über diese nervige neue Bedienung aus dem Sandwich Shop.

Dominic war überhaupt kein Thema – bis zu dem Sonntagmorgen, an dem es noch exakt 19 Tage bis zur Hochzeit waren. Daß *er mich* sitzenließ, wäre mit Sicherheit die einfachste Lösung gewesen, aber das hätte quasi gegen die Familienehre verstoßen, und am meisten gegen meine. Wahrscheinlich hatte ich die ganze Zeit über auf einen plötzlichen Geistesblitz gehofft, darauf, daß mich meine Vorstellungskraft mit einer genialen Idee von diesem ganzen Schlamassel erlösen würde. Darin war ich mal sehr gut gewesen. Als Kind hatte ich so phantastische Ideen gehabt wie die, mich den »Fünf Freunden« anzuschließen (und damit diese weinerliche Anne zu ersetzen) oder mich gemeinsam mit Robin Hood gegen den Sheriff zu verbünden (und damit diese weinerliche Jungfer Marian überflüssig zu machen).

Allerdings hatte ich mich in letzter Zeit allenfalls solchen Phantasien hingegeben, die man seiner Mutter nicht erzählt, und so kam es, daß ich an diesem Sonntag, nachdem ich meine einzige Idee »Entführt von Außerirdischen« wieder verworfen hatte, noch immer ohne Alternative dasaß.

Und Unterstützung erhielt ich auch von niemandem. Alix schlief noch, und es lag da zwar etwas auf dem Sofa, das Ähnlichkeit mit einem menschlichen Wesen hatte, aber dieses Etwas hatte sich vollkommen in den Sportteil der Zeitung vertieft. Nachdem sein heißgeliebter Bolzverein mal wieder alles vermasselt hatte, war die Lage überaus ernst. Ich hatte es mit einem schlimmen Fall von TMT zu tun: temporärer männlicher Taubheit.

Dieses Wesen, das sich in seiner Gesamtlänge von einem Meter achtzig auf unserem Sofa ausgestreckt hatte, war Alix' »kleiner« Bruder Ace. Er war 26, aus der Nähe betrachtet eigentlich ganz hübsch und hatte einen hellbraunen, hochsitzenden Pferdeschwanz, der dank meines Pantene-2-in-1-Shampoos perfekt in Form war und den er ständig zwirbelte. Dazu trug er einen goldenen Ohrring und eine Gelassenheit zur Schau, die schwerlich übertroffen werden konnte – vorausgesetzt, der Bolzverein hatte nicht wieder einmal alles vermasselt.

»Du könntest wenigstens mal *einen Vorschlag* machen, und sei er auch noch so bescheuert«, murmelte ich. »Wenigstens ein bißchen *guten Willen* zeigen.«

Nicht mal ein urzeitliches Grunzen.

Ace bewohnte gerade die Abstellkammer, die unsere Wohnung zur Dreizimmerwohnung machte. Er war einige Monate zuvor »für eine Woche« bei uns eingezogen und einfach geblieben, denn in Verbindung mit den diversen Räumlichkeiten wußte er die geringe Miete für die Abstellkammer durchaus zu schätzen. Abgesehen davon, daß mein Pantene-Shampoo nicht das einzige war, woran er sich kräftig bediente, hatte Ace so seine Vorteile. Wenn man zum Beispiel spontan unglaubliche Lust auf Jaffa-Kekse bekam, und zwar kurz bevor die *East Enders* im Fernsehen liefen, flitzte er schnell in den Laden an der Ecke, wenn man ihn nur lieb genug darum bat.

Nach einer Zeitverzögerung von dreißig Sekunden drang doch etwas durch den dichten Nebel zu ihm durch. »Ich würde einen Perversen aus ihm machen, wenn ich du wäre«, verkündete er. »Sag deiner Mutter einfach, du hättest ihn eines Nachts auf Stöckelschuhen und in einem von deinen BHs erwischt, und er wäre ganz außer sich gewesen, weil er nicht genug Socken finden konnte, um ihn auszustopfen.«

»Dominic ist nicht so wie du«, neckte ich ihn. »Er muß nicht jeden Morgen unters Bett kriechen, um nach irgendwelchen Stinkesocken zu forschen, die den Weg in die Waschmaschine wundersamerweise nicht von allein gefunden haben. Er hat ganze Schubladen voll davon, alle sorgfältig zusammengelegt und nach Farben geordnet.«

»Na, dann ist er eben sadomaso.« Die kleine Kröte konnte sich ein Grinsen nicht verkneifen. »Was, wenn er dich plötzlich gebeten hat, die Domina zu spielen?« Er verstellte seine Stimme und stöhnte lüstern: »Ich war ein *böser, böser* Junge und hab die ganze Nacht an meinem Willy rumgespielt –«

»Um Gottes Willen, nie würde er ihn *Willy* nennen. Aber egal, ein Perverser kommt für mich nicht in Frage.«

»Ganz wie du willst. Läßt du mal welche von diesen Schokokeksen rüberwachsen, bitte?« Ich ließ welche rüberwachsen. In der Packung auf dem Couchtisch waren noch genau vier Stück. *Vier*, und ich hatte sie gerade mal vor einer Stunde gekauft, als ich die Zeitung holen gegangen war.

Ace biß von zweien die Hälfte ab und sagte mit vollem Mund: »War doch klar, daß deine Mum irgendwann mal damit anfangen würde, dich emotional unter Druck zu setzen. Das ist doch die liebste Waffe aller Mütter, und wenn du das bis heute nicht geschnallt hast, dann bist du wirklich ein hoffnungsloser Fall.«

Ich hätte locker eine Doktorarbeit über das Thema seelische Erpressung schreiben können, seelische Erpressung in ihren diversen Erscheinungsformen sogar. Bevor ich vor anderthalb Stunden zu Hause angerufen hatte, hatte ich mich seelisch gegen eine Riesenportion davon zu wappnen versucht. Ich war fest entschlossen gewesen, hart zu bleiben, keine Gefühle zu zeigen, nicht schwach zu werden. Ich hatte mir meine Worte genauestens zurechtgelegt.

Ich würde die Sache frontal angehen, so ganz ohne Umschweife. Das Ganze täte mir sehr leid, aber ich glaubte nicht, daß Dominic es schaffen würde. Er wäre einfach zu beschäftigt.

Das war ihr Stichwort: »Sophy, das darf doch nicht wahr sein! Ich wußte, du würdest mich im Stich lassen, ausgerechnet jetzt, wo doch alle darauf brennen, ihn endlich kennenzulernen. Sogar Maggie, der alten Schachtel, habe ich gesagt, daß er mit größter Wahrscheinlichkeit käme, und du weißt doch, wie diese Frau ist ...« Und in diesem Ton ging es noch eine Weile weiter.

Zu guter Letzt verlegte Mum sich aufs Jammern: »Manchmal glaube ich fast, du schämst dich für mich und Daddy. Jedesmal, wenn du versprochen hattest, ihn mitzubringen ...« und so weiter und so weiter.

Um mich von Mums gequälter Stimme und dem alle Kekse zermalmenden Ace abzulenken, blätterte ich durch die Sonntagsbeilage; bei den Kontaktanzeigen gibt es immer was zu lachen. Natürlich wimmelte es darin nur so von schlanken, attraktiven Superfrauen, die nach unverheirateten, unfrustrierten, unhäßlichen Typen für Liebe und Zweisamkeit suchten. Ihr Optimismus war bewundernswert. »Vielleicht sollte ich eine Kontaktanzeige aufgeben«, meinte ich. »Blöde Zicke, 30, sucht passablen Typen, nur für einen Tag. Keine Polyesterhemden, keine Psychopathen, kein Sex, 50 Piepen.«

»Für 50 Piepen bin ich dabei«, grinste die kleine Kröte. »Zuerst mußt du mir allerdings noch 'nen schicken Anzug kaufen.«

»Super Idee, du siehst haargenau so aus, wie Mum sich einen 35jährigen Investmentbanker vorstellt.«

Ich stierte aus dem Fenster. Manchmal konnte dieses Viertel im Südwesten Londons ganz passabel aussehen; diesmal wehte nur eine einzelne Chips-Packung vorbei. Die Sonne zeigte mit leuchtenden Fingern auf unsere schmutzigen Edwardianischen Fenster und machte blöde Bemerkungen über faule Zicken.

Ich ignorierte sie. »Ich werde einfach sagen, daß ich ihn abserviert habe. Vielleicht wird er ja unerträglich eifersüchtig und besitzergreifend.«

»Das wird bei deiner alten Dame kaum funktionieren. Ihrer Meinung nach beweist das doch nur, wie begeistert er von dir ist.«

Damit hatte er allerdings recht.

»Natürlich könntest du auch einfach bloß das machen, was ich meist so mache, wenn ich bis zum Hals in der Scheiße sitze. Einfach 'ne Fliege machen. Ich werd mal bei den Last-Minute-Flügen nachsehen ...«

Sich von Ace einen konstruktiven Vorschlag zu erwarten, war schon immer illusorisch gewesen. Ich hatte wieder auf Autopilot geschaltet und schob mir gerade einen weiteren Schokokeks in den Mund. Von den vorhergehenden fünfzehn war mir inzwischen schlecht, aber das war jetzt auch schon egal.

»Das größte Problem ist diese alte Schachtel Maggie Freeman«, erklärte ich. »Mum hat bei ihr mit ihm angegeben, und wenn ich jetzt nicht mit dem idealen Schwiegersohn auftauche, fällt sie sofort drei Millionen Punkte zurück.«

Maggie Freeman war nun seit mehr als fünfundzwanzig Jahren Mums »Freundin« und Nachbarin. Keine konnte die andere wirklich leiden, aber sie strengten sich gehörig an, der Form Genüge zu tun. Das Ganze rührte nur daher, daß sie zwei Töchter im selben Alter hatten. Mit anderen Worten, seit wir alt genug waren, irgend etwas zu tun, mit dem man angeben konnte, waren sie Erzrivalinnen.

Unsere Ballettprüfung zum Beispiel; Sarah Freeman und ich waren damals sechs Jahre alt. Während eines Gesprächs zwischen Tür und Angel hatte Maggie in beiläufigem Ton gesagt: »Ach ja, Sue, hab ich dir eigentlich erzählt, daß Sarah eine Eins mit Auszeichnung bekommen hat?« Diese Äußerung war in voller Kenntnis der Tatsache erfolgt, daß ich nur eine Art Elefanten-Paßgang vorzuweisen hatte, und in diesem Moment hatte der bescheuerte, nachbarliche Konkurrenzkampf begonnen. Später konnte Mum Punkte wettmachen, nämlich als ich mein Junior-Delphinschwimmer-Abzeichen bekam, und das ein ganzes Schuljahr früher als Sarah. 50 Punkte für die Freemans, 50 Punkte für die Metcalfes. Und so war es immer weitergegangen: Ich *versus* Sarah, Belinda *versus* Zoe.

Bis vor drei Jahren war der Punktestand noch ziemlich ausgeglichen gewesen, aber dann gelang es Maggie, sich 50 Trillionen Punkte auf einmal unter den Nagel zu reißen. Sarah Freeman hatte sich verlobt. Und zwar nicht mit irgend jemandem, sondern mit einem Großgrundbesitzer, der ein Haus auf dem Land hatte und einen Cousin zweiten Grades, der ein *Sir* war.

Maggies Selbstgefälligkeit kannte seitdem keine Grenzen mehr. Monat für Monat schneite sie jeden zweiten Tag bei uns vorbei und sagte: »Was meinst du, Sue? Wir überlegen immer noch, womit das Brautpaar denn vorfahren soll – wir können uns einfach nicht zwischen dem weißen Rolls-Royce und der Pferdekutsche entscheiden. Zu schade, daß auf das Wetter so gar kein Verlaß ist.«

Anfangs hatte Mum noch lieb gelächelt und ihr eine Tasse Tee angeboten. Später lächelte sie eisern, bot ihr eine Tasse Tee an und haderte mit Gott, weil sie kein Arsen im Haus hatte.

Aus diesem Grund war Belindas Hochzeit für meine Mutter wie ein Sechser im Lotto. Da gab es zwar kein altehrwürdiges Ackerland oder Cousins aus altem Adel, mit denen man angeben konnte, aber in einer Hinsicht konnte sie Maggie übertrumpfen. Denn während Sarah, Zoe und ich schon wenigstens einigermaßen attraktiv sind – zumindest hat uns noch niemand gebeten, uns einen Sack über den Kopf zu stülpen – übertrifft uns Belinda, wie ich anfangs schon erwähnt habe, bei weitem. Bald sollte nun also Mums große Stunde schlagen. Alles, was ihr nun noch fehlte, um die Hochzeitstorte perfekt zu machen, war, Zoes kinnlosen Oliver mit meinem hochgewachsenen, gutaussehenden, schlagfertigen, ich-glaube-es-ist-was-Ernstes Dominic Walsh auszustechen, einem Investmentbanker.

Ace war ganz still geworden. Ich dachte schon, er hätte sich wieder ganz seinem Bolzverein zugewandt, als er plötzlich mit seinem Zeigefinger auf die Zeitung losging: »Wow, ich bin ein Genie, schau dir das mal an!«

Halb darauf gefaßt, ein preiswertes Angebot für einen einfachen Flug in die Äußere Mongolei zu sehen zu bekommen, gönnte ich ihm seinen Spaß und warf einen Blick auf die Seite. Und dann noch einen.

»Ace, das ist ein Begleitservice!«

Er warf mir einen dieser überaus geduldigen Blicke zu, die Männer so gut draufhaben. »Ich werd dir wohl kaum eine Anzeige für eine Klinik unter die Nase halten, die männliche Impotenz kuriert.«

»Daß ich mich an einen Begleitservice wende, kommt überhaupt nicht in Frage! Die müssen ja denken, ich hab's total nötig. Der *Typ* muß denken, ich hab's total nötig.«

»Du *hast* es total nötig.«

»Du weißt schon, was ich meine. Welcher Mann macht so was überhaupt?«

Er dachte nach. »Okay, ein Typ, der sich selbst gefällt und gutes Geld verdienen will. Trotzdem ist es einen Versuch wert.«

Ich überflog denWerbetext. Er war genau darauf zugeschnitten, Zyniker wie mich davon zu überzeugen, daß einen männlichen Begleiter zu mieten genau dasselbe sei wie ein Teppichshampooniergerät zu mieten, nur viel lustiger.

»So leicht kriegt ihr mich nicht«, dachte ich, aber Ace sah mich mit so einem kess-herausfordernden Blick an.

»Ich käme mir vor wie ein Vollidiot, allein schon, wenn ich denen die Situation erklären müßte«, protestierte ich. »Die würden sich totlachen.«

»Natürlich würden sie das nicht.«

»O doch, da gehe ich jede Wette ein.« Die Frau in der Anzeige sah nicht so aus, als ob der Ausdruck »die hat's nötig« Teil ihres Wortschatzes wäre. Einfach cool. Sie hatte Klasse. Alles im Griff. Der Typ Frau, die nie wieder irgend etwas Blödes oder Peinliches getan hat, seit sie dreieinhalb war, und die weiß, daß ihr das auch nie wieder passieren wird. »Ich müßte erst mal das Kleingedruckte lesen. Aber ich fürchte, einen Mann dafür zu bezahlen, daß er mir Gesellschaft leistet, verstößt gegen meine Prinzipien.«

»Sieh die Sache doch mal so, Sophy: Wenn du für den Anlaß kein Auto hättest, würdest du eins mieten. Du hast für den Anlaß keinen Kerl, also mietest du dir eben einen.«

»Ace, einen Dominic zu mieten ist nicht ganz dasselbe, wie einen Ford Escort mit Airbag zu mieten. Die Männer müssen ja denken, du gäbst alles dafür, einmal ihre Papiere zu sehen.«

»Du kannst doch sagen, du wärst eine Lesbe und würdest dich nicht trauen, es deinen Leuten zu sagen.«

»Hast du vielleicht noch so ein paar tolle Ideen auf Lager?« Ich starrte noch immer auf die selbstbewußte, dürre Blondine in der Anzeige und tröstete mich mit dem Gedanken, daß sie wahrscheinlich so gut wie überhaupt keinen Busen hatte, und wenn, dann nur Silikonimplantate. »Ich wette, die ziehen dich aus bis aufs Hemd.«

»Höchstwahrscheinlich. Aber irgend so einen billigen Typen würdest du ja auch nicht wollen, oder?«

Nein. Natürlich nicht.

In diesem Moment torkelte Alix zur Tür herein und gähnte, als ob sie die halbe Nacht auf gewesen wäre. Was durchaus auch der Fall war, nach den Schlurfgeräuschen zu urteilen, die ich heute morgen so gegen 4 Uhr 15 im Flur gehört hatte. Ich hatte mich eigentlich gewundert, daß sie überhaupt nach Hause kam. Nachdem sich ihr derzeitiger Freund als brauchbarer entpuppt hatte, als ursprünglich angenommen, bekam ich sie in letzter Zeit nicht mehr häufig zu Gesicht. Sie fehlte mir, insbesondere dann, wenn wieder irgendwer Unmögliches im Fernsehen auftauchte und niemand da war, mit dem ich so richtig schön ablästern konnte. Alix und ich haben den gleichen Geschmack, was Leute angeht, und das ist nur einer von den vielen Gründen, warum wir uns so gut verstehen. Sie ist 1,70 groß, naturblond, hat graue Augen, trägt Kleidergröße 38, und da sie mich heiß um mein Dekolleté beneidet, muß ich sie einfach mögen.

In ein langes Plüsch-Nachthemd gehüllt, das mit lauter Teddys bedruckt war, ließ sie sich in einen der Sessel fallen und gähnte.

»Ace, wenn du mir 'ne Tasse Tee machst, gebe ich dir ein Pfund.«

»Leck mich«, sagte er.

»Drei Pfund«, bettelte sie. »Bevor ich hier an Dehydrierung zugrunde gehe.«

»Tja, dann wirst du wohl zugrunde gehen müssen. Ich versuche nämlich gerade, Sophy dazu zu überreden, dieser Sache hier eine Chance zu geben.«

»Wem eine Chance zu geben?«

Er reichte ihr die Zeitung. »Siehst du? Das ist genau die Lösung für ihr kleines Problem, wenn du mich fragst.« Er sah über die Maßen zufrieden mit sich aus.

Alix' verschlafene Augen begannen langsam wieder etwas klarer zu sehen. »Ace, das ist ein Begleitservice!«

Er verdrehte die Augen. »Eben! Schließlich braucht sie ja einen Begleiter für die Hochzeit! Nur hat sie jetzt Panik, der Typ könnte denken, sie lechzt nur so nach ihm.«

»Wird er wahrscheinlich auch«, gähnte sie. »Die meisten Typen denken doch, daß alle Frauen nach ihnen lechzen.«

»Nein, aber das hoffen wir. Das ist es, was man unerschütterlichen Optimismus nennt.«

»Man könnte es auch unerschütterliche Fixierung auf die eigenen Geschlechtsteile nennen«, gab sie zurück.

»Könnten wir bitte wieder zum *Thema* kommen?« Mit schmerzverzerrter Miene deutete er nochmals auf die Anzeige. »Ich meine, ich bin ein Mann, und ich glaube kaum, daß die meisten Männer glauben, daß Sophy es nicht erwarten kann, ihrem Johannes vorgestellt zu werden.«

So ein lieber Junge. Ich spürte regelrecht, wie mein Selbstbewußtsein wieder erwachte.

Die arme Alix war nicht ganz auf der Höhe. »Sie kann es kaum erwarten, an einen Dominic zu kommen und nicht an irgend so einen bescheuerten Johannes.«

Ich griff nach dem letzten Schokokeks.

»Johannes, des Mannes bestes Stück, du Schlafmütze.«

Alix setzte ihre *Hätte-ich-mir-ja-denken-können*-Miene auf, wie sie das nach Aces Äußerungen häufig tat. »Auf leeren Magen ist es noch schwerer zu ertragen als ohnehin schon. Ich habe Mum oft genug gesagt, sie hätte ihn gleich nach der Geburt ertränken sollen, aber das einzige, was sie dazu sagt, ist: »Ich weiß, Liebes, aber immerhin habe ich seinen Schwanz abgeschnitten.«

An derartige Attacken gewöhnt, starrte Ace auf die leere Kekspackung. »Sie hat das ganze Ding leer gefressen!« Er fuchtelte damit vor Alix herum. »Schau dir das an! Nächste Woche wird sie jammern, ihre Unterhosen wären eingelaufen!«

»Sie ist eben im Streß!« zischte Alix. »Los, schwirr ab und

mach dich nützlich, verstanden? Zum Beispiel, indem du Teebeutel in eine Tasse hängst.«

»Warum kann das dein Haussklave nicht erledigen?« fragte er.

»Weil der noch schläft, und du nicht. Wenn du mir noch ein wenig Toast mit Marmelade machst, erhöhe ich auf fünf.«

»Okay« Er verschwand in die Küche.

Während Alix ihren Kopf erneut über die Zeitung beugte, dachte ich darüber nach, ob ich als nächstes auch ein Toastbrot mit Marmelade wollte oder vielleicht doch lieber eine von Aces Marlboro Lights. Nach Monaten heldenhafter Abstinenz hätte ich in diesem Moment für einen guten Nikotinkick so ziemlich alles gegeben. Aber ich hielt mir vor Augen, wie furchtbar diese erste Zigarette schmecken würde und daß mir nach all den Keksen davon garantiert schlecht werden würde.

Alix las die Anzeige. »Du wirst das doch nicht wirklich tun, oder? Ich dachte, du wolltest heute morgen deine Mutter anrufen und ihr sagen, daß er es einfach nicht schafft.«

»Das hab ich ja versucht. Aber sie hat nicht lockergelassen und mich emotional erpreßt, indem sie behauptet hat, ich würde mich für sie schämen. Und um sicherzugehen, daß sie auch wirklich das letzte Wort hat, gab sie vor, zu tun zu haben, und legte auf. So, und deshalb kann es durchaus sein, daß ich nach diesem letzten Strohhalm greifen werde.«

»Sophy, du kannst unmöglich für einen Mann *bezahlen*! Das kommt überhaupt nicht in Frage!«

Ich wußte, sie würde instinktiv genauso darauf reagieren wie ich. Alix und ich kennen uns schon ziemlich lange, seit unserem dritten Tag an der Uni, um genau zu sein. Damals wohnten wir im selben Gebäudetrakt. Wir hatten beide schreckliches Heimweh, während wir vorgaben, unendlich cool zu sein, und auf der ersten Studentenparty literweise Bier in uns hineinschütteten. Als wir uns dann auf dem Klo trafen, weil wir uns übergeben mußten, gestanden wir uns gegenseitig, daß wir uns wünschten, wir wären tot, und wieviel Angst wir vor dem Beginn der Vorlesungen hatten, weil wir befürchteten, daß alle anderen viel klüger wären als wir und uns alt aussehen lassen würden. Von da an war es mit uns nur noch bergauf gegangen.

Vielleicht war es die schiere Verzweiflung, vielleicht fiel mir aber auch meine Unterhaltung mit Mum wieder ein, und obwohl wir uns, was alles andere betraf, immer noch absolut einig waren, begann ich langsam zu glauben, daß Alix und ich in dieser Sache einfach überreagierten. »Das Ganze ist eine Dienstleistung wie jede andere auch«, sagte ich versuchshalber. »Stell dir bloß mal vor, dir wäre nach einem gepflegten Opernabend mit *La Bohème* zumute, und du hättest gern, daß sich jemand anderes in der Pause bis an die Bar vorkämpft, was würdest du tun?«

»Komm, hör auf! Was glaubst du wohl, was für eine Art Service die normalerweise so anbieten? Es ist noch gar nicht so lange her, da hab ich eine Talkshow über Begleitservice-Agenturen gesehen. Die Typen hättest du mal sehen sollen, wie die sich alle damit gebrüstet haben, wieviel sie mit den optionalen Extras verdienen, und wie unendlich dankbar ihnen diese armen, verzweifelten Frauen doch seien. Und keiner von denen sah Dominic auch nur im entferntesten ähnlich, das kannst du mir glauben.«

»Vielleicht ist diese Agentur ja anders. Ein Versuch kann schließlich nicht schaden. Wenn sie nichts Passendes da haben, lass' ich's eben bleiben.«

»Du hättest das Ganze schon vor Wochen bleibenlassen sollen. Du hättest ihn sitzenlassen sollen, bevor deine Mutter auf die Idee kommen konnte, das Ganze wäre etwas Ernstes.«

Da hatte sie recht. Und warum hatte ich es nicht getan? Weil es bequemer war, deshalb. Wie gern hätte ich das alles wieder rückgängig gemacht.

Und so hatte alles angefangen: Vor ungefähr acht Monaten hatten Kit und ich uns getrennt. Kit und ich waren Ewigkeiten zusammen, bis er mir eines Tages eröffnete, daß es ihm schrecklich leid täte, daß er mich immer noch sehr gern hätte, daß er aber, ehrlich gesagt, der Meinung sei, uns hielte nichts anderes mehr zusammen als *die Macht der Gewohnheit.*

Im Gegensatz zu mir beherrscht Kit die Kunst der Verstellung nur sehr unvollkommen. Er sagte seinen Text auf eine so peinliche, holprige Art und Weise auf, wie das nur richtig schlechte Lügner hinkriegen, und ich wußte sofort, was dahintersteckte.

Besser gesagt, *wer.* Ich war ihr auf einem Fest begegnet, das einer seiner Kollegen ein paar Wochen zuvor veranstaltet hatte. Und sie hatte mich auf diese schlangenhafte Art angelächelt, wie Frauen es immer tun, wenn sie ganz verrückt nach eurem Mann sind und insgeheim hoffen, ihr würdet auf dem Heimweg praktischerweise von einem Auto plattgewalzt. Ich lächelte ebenso falsch zurück, wie man das in solchen Fällen eben zu tun pflegt, und wünschte ihr klammheimlich die Beulenpest an den Hals.

Anschließend, auf dem Nachhauseweg, sagte Kit vorwurfsvoll: »Du warst ganz schön unfreundlich zu Jocasta.«

*Jocasta.* Ich muß schon sagen. »Natürlich war ich das!« entgegnete ich. »Sie ist total scharf auf dich! Den ganzen Abend über hat sie dir schöne Augen gemacht, nur daß du zu blöd bist, um das auch nur zu bemerken!«

»Sie hat nichts dergleichen getan«, sagte er gereizt. »Meine Güte, Frauen können so was von *fies* sein. Ich finde, sie ist richtig nett.«

O-Ton Männer für: Die würde ich nicht von der Bettkante stoßen.

Aber als wir dann schließlich bei diesem grauenhaften »Sophy, wir müssen reden« angelangt waren, dachte er allen Ernstes immer noch, ich sei zu blöd, um zwei und zwei zusammenzuzählen. Zu verletzt, um würdevoll abzutreten, schrie ich ihn an, während mir die Tränen übers Gesicht liefen. Und ich schäme mich nicht, zuzugeben, daß der Ausdruck »blöde Kuh« dabei überdurchschnittlich oft vorkam. Nachdem ich ihn derartig attackiert hatte, gab er es schließlich zu. Das Ganze täte ihm furchtbar leid, aber man suche sich so was schließlich nicht aus, solche Dinge passierten einfach.

Wenn Belinda damals nicht unsere Abstellkammer bewohnt hätte, wäre meine Mutter über das Ausmaß meines Elends nie informiert worden. Aber da dies der Fall war, übernahm Belinda mehr oder weniger den Job eines Kriegsberichterstatters direkt aus dem emotionalen Krisengebiet und meldete sich mit Nachrichten, die da lauteten: »Erste-Hilfe-Maßnahmen in Form von Wodka- und Taschentuch-Nachschub wurden geleistet, aber die Lage ist nach wie vor äußerst ernst.«

Das führte natürlich dazu, daß meine Mutter jeden zweiten Tag besorgt anrief, um sicherzugehen, daß ich, wenn überhaupt, dann höchstens eine Überdosis Nutella zu mir nahm. »Bist du sicher, daß alles in Ordnung ist, Liebes?« und so weiter. Bis sie ihre Besorgtheit schließlich in alle möglichen Variationen des Satzes: »Du mußt einfach wieder mehr unter Leute gehen, jemand Neues finden, Liebes« kleidete, so daß ich eines Nachts, nur um ihr eine Freude zu machen (okay, um sie endlich zum Schweigen zu bringen), zu einer Notlüge griff. Dominic war gerade gegangen, und natürlich war er perfekt gebaut, aber wie ich bereits andeutete, hatte ich ihn mir nicht *vollkommen* aus den Fingern gesogen.

Vier Nächte vor diesem schicksalhaften Telefongespräch war ich auf einer Party gewesen. Ich war eigentlich nicht in der richtigen Stimmung, aber die Gastgeberin war Jess, meine zweitwichtigste Kraft bei Aristos; sie ist 36 und sogar noch unbemannter als ich (nicht mal ansatzweise so etwas wie ein totaler Reinfall in 18 Monaten). Jess war so ein Typ, den meine Mutter als ewiges Problemkind bezeichnen würde, bei ihr war einfach alles ein Problem. Schon Tage zuvor hatte sie sich Sorgen wegen der Party gemacht – was, wenn kaum jemand kam und sie auf ihren ganzen Knabbereien sitzenblieb? und dergleichen mehr.

Aus diesem Grund hatte ich mich mit einer Flasche Stolichnaya aus dem Duty-Free-Shop bewaffnet und mich seelisch darauf vorbereitet, den Party-Feger zu spielen, ja ich hatte sogar mein kleines Schwarzes an mit einer kleinen Fluse direkt über meiner rechten Brustwarze, weil ich irgendwann einmal gelesen habe, daß das eine todsichere Anmache ist. Die Typen fühlen sich einfach unwiderstehlich von dieser Fluse angezogen und können es kaum erwarten, sie eigenhändig zu entfernen. Doch Jess hatte offensichtlich noch nie etwas von diesem Trick gehört, denn zwei Minuten nachdem ich eingetroffen war, sagte sie: »Oh, schau mal, du hast da eine kleine Fluse auf dem Kleid«, und entfernte sie selbst. Na ja, das war garantiert das letzte Mal, daß ich ihr meine Duty-Free-Schätze spendiert habe.

Anfangs hatte es in der Tat so ausgesehen, als ob sich ihr Alptraum bewahrheiten würde. Wenige Gäste, angestrengte Konversation und die Leute sahen bereits verstohlen auf die Uhr. Ich wußte, ich durfte dieses sinkende Schiff keinesfalls verlassen, und so fuhr ich einfach fort, mit einem satten Grinsen im Gesicht Wodka in mich hineinzuschütten, und versuchte jedes peinliche Schweigen mit blöden Witzen zu ersticken.

Aber siehe da, plötzlich traf eine richtige Horde ein, die wir Luke und Neil zu verdanken hatten, zwei Immobilienmaklern, die in dem Büro gleich neben Aristos arbeiteten. (Luke könnte mir gefallen, aber er ist ein Typ, mit dem man über einen Three-Night-Stand nie hinauskommt.) Sie hatten Dutzende von Freunden im Schlepptau, die meisten von ihnen hatte Jess nie gesehen, aber wen kümmerte das schon?

Und da stand er, auf der anderen Seite des menschenüberfüllten Raums. Er kam offenbar direkt von einer ziemlich schicken Veranstaltung, denn er trug eine Smokingjacke, ein gestärktes, blütenweißes Hemd, dessen Kragen offenstand, und eine, inzwischen allerdings lose herabbaumelnde, Fliege. Mit anderen Worten: Er war genau der Typ, für den dich deine schlimmste Feindin noch mehr hassen würde, vorausgesetzt, du hättest dich bei ihm untergehakt. Ich also nichts wie los aufs Klo, um mich nach einer weiteren Fluse umzusehen, aber da Jess zu diesen Leuten mit Putzfimmel gehört, war derlei einfach nicht aufzufinden. Aber wenn's anders gewesen wäre, hätte mir das auch nicht viel genützt.

Während der nächsten drei Stunden war Dominic Walsh (denn so hieß er) von lauter Frauen mit Kleidergröße 36 belagert. Nach einer ersten, flüchtigen Begrüßung gelang es mir gerade zweimal, seinen Blick zu erhaschen, und mein verführerisches Lächeln (mit 16 vor dem Badezimmerspiegel perfektioniert) hatte null Effekt. So widmete ich mich wieder dem Wodka und ließ mich von einem Typen namens Clive vollschwallen. So gegen Viertel nach eins rufe ich ein Taxi, und, ob ihr es glaubt oder nicht, genau in diesem Augenblick kommt Dominic zu mir herüber, schielt in mein Dekolleté und sagt: »Du willst doch nicht schon gehen?«

Die Chance meines Lebens.

Wäre ich so vernünftig gewesen und schon lange vorher zu Evian übergegangen, hätte ich sagen können: »Vielleicht, vielleicht auch nicht«. Und dabei wäre ich innerlich in Jubelgeschrei ausgebrochen. Da ich jedoch Sophy Metcalfe war, an ununterbrochenem Schluckauf litt und die schlimme Vorahnung hatte, ich könnte mich in den nächsten zwanzig Minuten übergeben müssen, schenkte ich ihm nur ein rätselhaftes (betrunkenes) Lächeln, sagte: »Doch, leider« und dachte: Scheiße.

Doch dann (und so was tue ich wirklich nur dann, wenn ich vollkommen hinüber bin) schnappte ich mir einen Stift von Jess' Beistelltischchen und ergriff auf eine Art, die ich für unwiderstehlich hielt, seinen Arm. In einem heiser-verführerischen Ton (Gott sei Dank ohne Schluckauf) sagte ich: »Aber wenn du willst, kannst du mich jederzeit gern anrufen«, und kritzelte ihm meine Telefonnummer auf sein Handgelenk. Ich lächelte nochmals, rauschte aus dem Raum ohne zu stolpern und übergab mich, kaum, daß ich zu Hause ankam.

Ich muß nicht hinzufügen, daß dieser Mistkerl nie angerufen hat, aber wie bereits gesagt, erfüllte er auf andere Art und Weise seinen Zweck. Ich schmückte ihn noch ein wenig aus, und schon war er der absolute Traum. Ich habe Belinda nie erzählt, daß er nichts weiter war als eine Mum-Beschwichtigungsmaßnahme. Sie war schon vorher gegangen und hatte sich so für mich gefreut, daß ich sie nur ungern enttäuschen wollte.

Doch wenden wir uns wieder unserem verstaubten Wohnzimmer zu und der noch immer ohne Tee dasitzenden Alix.

»Meine Mutter hat genau dasselbe Theater gemacht wie deine, und ich hab trotzdem niemanden erfunden. Dabei war ich in einer mindestens ebenso schlimmen Verfassung wie du. Wenn nicht in einer noch schlimmeren. Ich meine, Simon hatte mir einfach auf den Kopf zugesagt, daß er eine andere hat.«

Kurz nachdem mich Kit abserviert hatte, hatte Alix genau dasselbe durchgemacht. »Du wußtest doch die ganze Zeit über, daß er ein Hallodri ist«, erklärte ich ihr. »Du hattest schon immer eine Schwäche für solche Typen.«

»Genau wie du. Kit war einfach zu nett, wenn du mich fragst. Am Schluß hättest du dich mit ihm zu Tode gelangweilt.«

»Von Langeweile war überhaupt keine Rede! Er war der erste gute Typ seit Jahren!« Trotzdem muß ich zugeben, daß da ein

Körnchen Wahrheit drinsteckte. Gerade am Anfang hatte mich seine »Nettigkeit« schwer irritiert; er hat sich zum Beispiel immer geweigert, über jemanden abzulästern, egal wie zickig oder unmöglich derjenige auch war. Da hatte ich mir beinahe gewünscht, er würde auch mal eine normale, menschliche, männertypische Macke unter Beweis stellen.

Und natürlich wurde mir dieser Wunsch erfüllt.

»Könntest du nicht diesen Luke fragen, ob er dir die Ehre erweist«, fragte sie. »Ich meine, ich weiß, daß er Immobilienmakler ist, aber zumindest kommt er optisch annähernd hin.«

»Spinnst du? Der echte Dominic ist ein Freund von ihm, zumindest ein Bekannter. Und abgesehen davon würde ich ihm nie erzählen, daß ich mir einen Typen ausgedacht habe. Er würde sich totlachen.« Ich hatte nicht einmal Jess von Dominic erzählt, damit sie es nicht weitertratschen konnte. Mehr als einmal hätte ich es fast Harriet erzählt, die neu war und weit mehr auf meiner Wellenlänge lag als Jess, aber irgendwas war immer dazwischengekommen.

»Was ist denn mit Adam, diesem Typen aus dem Fitneß-Studio«, sagte sie. »Der hat dir doch eigentlich immer ganz gut gefallen.«

»Ich hab's mir anders überlegt. Der ist von jemand anderem begeistert.«

»Von wem?«

»Von seiner eigenen Wenigkeit.« Außerdem war ich schon seit Wochen nicht mehr beim Sport gewesen, mein Vertrag war ausgelaufen.

»Belinda kennt Calum noch gar nicht«, grübelte sie. »Ich glaube, den könntest du fragen.«

Calum war so ein »Sklave« auf Abruf. Alix hatte ihn vor Monaten an einem eiskalten Nachmittag kennengelernt, nachdem sie ihn an der Autowaschanlage »aus Versehen« mit Reinigungsschaum besprüht hatte.

»Er sah nicht so urzeitlich-schleimig aus wie der Durchschnitt«, erklärte sie, »also dachte ich, immer nur dranbleiben, lebe wild und gefährlich.« Neulich hatte Alix sich für ihre Verhältnisse zu einem wirklich überschwenglichen Kompliment hinreißen lassen, indem sie festgestellt hatte: »Er sieht richtig süß aus, wenn er schläft.«

So sehr ich ihr Angebot auch zu schätzen wußte, konnte ich es nicht mal im Traum wagen, meine ganze Familie auf Calum loszulassen, und sei es auch nur für einen Tag. Ich war mir nicht sicher, ob seine Beziehung zu Alix das ausgehalten hätte. Einmal ganz davon abgesehen, daß Calum nicht wirklich so aussah wie ich Dominic beschrieben hatte. Er sah eher aus wie ein großer, struppiger Hund – sehr liebenswert, aber einfach nicht geschniegelt genug. Und außerdem ein wenig zu beleibt in der Bauchgegend, wenn ihr die Wahrheit wissen wollt.

»Ich kann ihn unmöglich darum bitten, und sei es nur deswegen, weil er viel zu höflich wäre, um abzulehnen«, redete ich mich heraus.

Sie insistierte nicht. »Ich bleibe dabei, die Sache mit der Agentur ist eine Schnapsidee. Das werden schon so Schleimbolzen sein, laß es dir gesagt sein.«

»Was kann es schon schaden, einfach mal da anzurufen. Ich möchte, daß Mum stolz auf mich sein kann, und sei es auch nur für einen Tag.«

»Du meinst, sie wird es dir sechs Monate lang übelnehmen, wenn du es nicht tust«, korrigierte mich Alix scharf. Sie linste über ihre Schulter in Richtung Küche, aus der man lautes Klappern und Klirren vernehmen konnte. »Meine Güte, er kann nicht mal 'ne Tasse Tee machen, ohne alles auf den Kopf zu stellen. Wenn er Calum aufweckt, bring ich ihn um. Er sieht wirklich süß aus, wenn er schläft.«

Seht ihr?

Doch als Ace mit entsprechenden Lebensmittelvorräten wieder auftauchte, kehrte ihre gute Laune zurück.

»Danke, *mon ange.* Da müßte noch ein Fünfer in meiner Handtasche sein, vorausgesetzt du findest ihn.«

»Nö«, sagte er. »Du kannst mir ein paar T-Shirts bügeln.«

Das tat er nur, um sie zu triezen. Alix hätte daraufhin eigentlich aufschreien sollen: »*Bügeln?* Für wen zum Teufel hältst du mich eigentlich?«, woraufhin Ace grinsend geantwortet hätte: »Für eine Frau«.

Doch sie verschmähte diesen Köder und zog eine Grimasse, als sie ihren Toast sah. »Du hast viel zu viel Marmelade draufgeschmiert. Wie oft soll ich dir noch sagen, daß du sie ganz dünn auftragen sollst?«

»Meine Güte, dir kann man's auch wirklich nie recht machen.« Ace warf mir einen waidwunden Blick zu, der durch sein Zwinkern unmittelbar darauf jedoch schnell wieder relativiert wurde. »Zicke, Zicke, Zicke – mecker, mecker, mecker – sie ist genau wie unsere gute alte Mum.«

»Das werde ich ihr weitererzählen!« Alix warf ein Kissen nach ihm, Ace warf es zurück, und es folgte eine Kissenschlacht. Mir war es egal, wenn sie damit endete, daß Alix' Tee über den ganzen Teppich schwappte, aber ich rettete die Zeitung, bevor sie zerrissen oder durchweicht werden konnte oder beides.

*Wir alle kennen dieses Gefühl,* stand in der Anzeige. *Wir, das sind Sally und Julia, und wir haben uns an »Nur für heute abend« gewandt, weil wir wissen, was es heißt, wenn dieses eine wichtige Accessoire bei einem bedeutenden Anlaß fehlt. Sie haben das perfekte Kleid, den perfekten Schmuck, die perfekten Schuhe – warum gönnen Sie sich nicht den perfekten Mann dazu?*

Zu schön, um wahr zu sein.

# ZWEI

So war es dann natürlich auch. Das ganze Prozedere erinnerte mich haargenau an das Gefühl, wenn man essen gehen muß, obwohl einem schon die ganze Zeit leicht übel ist, und das einzige Gericht auf der Speisekarte, zu dem man sich entschließen kann, ist aus. Aber immerhin, meine zweite Wahl war nicht nur ganz passabel, sondern auch verfügbar.

»Er macht mit«, erzählte ich Alix am Dienstag abend. »Julia Dingsbums rief heute morgen an und sagte: ›Kein Problem‹.«

»Kein Problem?« höhnte sie. »Kein Problem für *sie* vielleicht – sie muß ja auch nur abkassieren. Du hast die Sache nicht wirklich durchdacht, Sophy. Das Ganze wird in einer Katastrophe enden.«

Das Letzte, was ich jetzt brauchte, war jemand, der meine Schmetterlinge im Bauch erneut in Aufruhr brachte, wenn ihr versteht, was ich meine. »Wirst du jetzt endlich aufhören, immer so *negativ* zu sein? Es wird hervorragend klappen. Ich treffe ihn am Freitag auf einen kleinen Drink.«

»Klappen?« Mein menschliches Echo pickte sich gerade die roten Paprika aus unserer Wok-Pfanne. »Warum sollte ein kleiner Drink dazu geeignet sein, dir zu garantieren, daß alles ›klappt‹? Was, wenn er schon beim Empfang jemandem in die Arme läuft, den er kennt, und die Sache fliegt vor allen Leuten auf?«

»Dann werde ich sofort Harakiri begehen, und zwar mit diesem wunderschönen Messer, das sie einem immer für das Anschneiden der Hochzeitstorte zur Verfügung stellen.«

»Meine Güte, das sollte kein Scherz sein!«

Auch mir war die Sache durchaus ernst. »Die Chancen stehen eins zu einer Million«, erklärte ich ihr.

»Mach dir nichts vor. Leute treffen alle Nase lang auf alte Bekannte.«

»Okay, eins zu tausend. Und selbst wenn die Chancen eins zu zehn stünden – jetzt kann ich die Sache unmöglich noch abblasen. Ich habe Mum bereits zugesagt, und sie hatte fast so was wie einen Orgasmus am Telefon.«

»Ich müßte vollkommen verrückt sein, einen Mann, den ich kaum von Fred Feuerstein unterscheiden kann, ins hinterste Lancashire zu chauffieren«, fuhr sie vollkommen ungerührt fort. »Ich bin mir sicher, selbst die absoluten Psychopathen können bei einem Bier im Pub vor Charme nur so sprühen. Komm nachher bloß nicht angelaufen, wenn man dich irgendwo in Newport Pagnell tot in einem Graben wiederfindet.«

»Er ist überprüft worden. *Sie alle* sind überprüft worden!«

»Überprüft, was soll das schon heißen? Ein paar Referenzen? Schau dir die ganzen Pädophilen doch bloß einmal an! Die wurden auch alle ›überprüft‹, bevor man sie in Kinderheimen anstellte.«

Daß er abartige Neigungen haben könnte, war noch meine geringste Sorge. Wenn er mich schon auf der Hinfahrt umbrachte, würde ich die ganze Sache wenigstens nicht bis zum bitteren Ende durchstehen müssen.

»Wie heißt er denn überhaupt?« fragte sie.

»Colin Davis.«

»Und was macht er sonst so, wenn er nicht gerade beim Begleitservice arbeitet?«

Irgendwie gefiel es mir nicht, wie sie das Wort »Begleitservice« aussprach. Sie schaffte es, daß es haargenauso klang wie »der Prostitution nachgehen«.

»Er hat früher mal in einer dieser High-Street-Bankfilialen gearbeitet, aber er nimmt sich gerade eine Auszeit.«

»Mit anderen Worten: Er war dort überflüssig.«

»Und wenn schon? Wahrscheinlich war es nicht seine Schuld! Er sah sehr nett aus auf dem Video – man sah regelrecht den Schalk in seinen Augen, und wenn ich jemals einen Mann mit viel Sinn für Humor gebraucht habe, dann jetzt.«

»Wenn er gerade knapp bei Kasse ist, geht das Ganze fast schon in Ordnung«, gab sie zu. »Ich meine, welche Art Mann würde so was schon tun, wenn er das Geld nicht dringend brauchte?«

»Und, was ist schon dabei?«

»Komm, hör auf. Du hast die Fronten gewechselt. Würdest du was mit einem Mann haben wollen, der so etwas *freiwillig* tut?«

Ich beschloß, nicht darauf zu antworten, denn ich wollte einfach nicht mehr darüber nachdenken. »Ich werde auf der Hinfahrt stundenlang Zeit haben, ihn gründlich auf alles vorzubereiten«, sagte ich statt dessen. »Einfach alles: wo wir uns kennengelernt haben, wie betrunken ich an diesem Abend gewesen bin, meine Leidenschaft für heißen Ribena-Fruchtsaft und so weiter.«

»Ich hoffe nur, du erinnerst dich noch an all das, was du deiner Mutter erzählt hast. Am besten schreibst du dir alles vorher genau auf, damit ihr euch nicht in Widersprüche verwickelt. Ich wette, er wird ein furchtbarer Angeber sein. Ich kann den Gedanken daran kaum ertragen, daß dieser ›Ach-wie-bin-ich-wunderbar‹-Angeber denkt, du würdest keinen abkriegen. Mach ihm von Anfang an klar, daß der Satz ›ich bin verzweifelt auf der Suche‹ nicht Teil deines Vokabulars ist – du bist einfach nur unglaublich wählerisch.«

Ich war nicht wirklich verzweifelt auf der Suche, obwohl ich seit Kit niemanden mehr »akquiriert« hatte. Ich hab mal gelesen, daß auf Frauen, im Gegensatz zu Männern, bei denen sich nach einer gewissen Zeit alles nur noch um Sex zu drehen scheint, genau das Gegenteil zutrifft. Je länger sie keinen haben, desto eher bevorzugen sie *Stolz und Vorurteil* und dazu ein Nutellabrot. Ich würde nicht gerade behaupten, daß das *hundertprozentig* auf mich zutraf. In Ermangelung von irgend jemand Nettem und Erreichbarem flüchtete ich mich in absurde Phantasien, in denen George Clooney oder Mr. Darcy vorkamen (nicht beide gleichzeitig, doch wenn ich darüber nachdenke, gelange ich zu dem Schluß, daß eine derartige Phantasie für gehörig beschlagene Fenster sorgen könnte). Um ehrlich zu sein, ich begann, die Männer meiner Vorstellungswelt den realen Männern vorzuziehen. Ansonsten war ich mit meinem Leben rundum zufrieden – warum sollte ich mir das auch nehmen lassen und mich statt dessen mit Liebeskummer und weggestrampelten Bettdecken belasten? Wenn man von den berauschenden Anfangsphasen einer Beziehung einmal absieht. Es wird soviel Aufhebens darum gemacht, dabei ist es wirklich harte Arbeit, die ganze Zeit über perfekt aussehen und vorgeben zu müssen, man wäre zu damenhaft, auch nur einen Furz zu lassen.

In dieser Nacht hatte ich Alpträume von Hochzeiten, auch Colin kam darin vor. Erst betrank er sich und erzählte Mum, daß sie ihm einen Bonus versprochen hätten, wenn er mich begleitete, und dann kamen die Bullen und verhafteten ihn wegen arglistiger Täuschung, Betrügerei und der falschen Behauptung, er sei ein gewisser Dominic. Um vier Uhr früh wachte ich schweißgebadet auf und konnte nicht mehr einschlafen; entsprechend gereizt tauchte ich dann auch im Büro auf.

Auch Jess war mir keine große Hilfe. Ein Memo von der Firmenzentrale hatte uns gerade darüber informiert, daß Jess und ich, da wir neuerdings den Slogan »Wir investieren in unser Personal« in unserem Logo führten und ein beträchtliches Budget für Fortbildung bereitstand, dazu auserwählt worden seien, an eben so einer Fortbildungsmaßnahme in Wales teilzunehmen. Dadurch würde unser Ehrgeiz angestachelt sowie unser Teamwork und unsere Problemlösungsansätze verbessert, was das Zeug hielt. Wenn wir uns doch bitte so bald wie möglich bei ihnen melden, und ihnen mitteilen würden, wann genau wir vom heutigen Tag an bis Oktober bereits andere Pläne hätten?

Jess machte sich bereits im Vorfeld in die Hosen. »Ich habe von diesen Kursen gehört! Sie lassen dich Höhlen erkunden, und man muß sich abseilen! Ich werde es hassen! Ich werde Höhenangst haben! Und was bitte soll ich mit meiner Katze machen?«

Das ging den ganzen Vormittag so weiter. Ich flüchtete in der Mittagspause, stieß mit Luke zusammen, der gerade auf dem Weg zu seinem Pub war, und nahm seine Einladung dankbar an. »Wenn man sie so hört, könnte man glauben, sie müßte in ein Arbeitslager«, murmelte ich über einem großen Wodka Tonic. »Abgesehen davon, daß auch ich nicht die geringste Lust verspüre, Höhlen zu erkunden.«

»Du wirst begeistert sein«, grinste er. »Ritualisierte Erniedrigungsmaßnahmen, soweit ich weiß. Die Ausbilder sind alle pensionierte Sadisten aus Spezialeinheiten der Armee. Sie sorgen dafür, daß du dir vor lauter Angst in die Hosen machst, und für dieses Privileg verlangen sie dann tausend Piepen. Noch'n Drink?«

Ich trank sogar noch zwei, bestellte außerdem zwei Portionen geräucherten Bacon und hatte anschließend natürlich Kopfschmerzen. Ich wünschte, ich wäre Alix, die sich neulich als Grafik-Designerin selbständig gemacht hatte. Kein Mensch kam auf die Idee, sie zum Höhlenerforschen abzukommandieren, und wenn sie sich in der Mittagspause in den Pub schleppte, konnte sie danach wenigstens Siesta halten.

Meine Kopfschmerzen waren immer noch nicht weg, als meine Mum an diesem Abend anrief. »Ich weiß überhaupt nicht, wie wir diese Hochzeit jemals über die Bühne kriegen sollen«, begann sie wieder einmal zu jammern. »Belinda hat noch immer keine Schuhe gefunden, und stell dir vor, sie haben noch nicht mal die Flitterwochen gebucht!«

»Dann buch du sie halt. Sag ihnen einfach, du hättest ihnen eine Woche in Mablethorpe verschafft – dann werden sie schon wach werden.«

»An Mablethorpe gibt es überhaupt nichts auszusetzen, Liebes. Sie wollten schon eine Safari buchen, aber plötzlich kam Belinda wieder davon ab – der Gedanke an all diese widerlichen Krabbeltiere war wohl ausschlaggebend. Sie wollten nämlich im Busch zelten, und du weißt ja, wie sehr sich Belinda manchmal anstellt. Trotzdem, zum Schluß hat sie sich dann wieder etwas beruhigt – ich fand, sie hat sich wirklich ziemlich kindisch aufgeführt – aber da waren alle Hotels schon ausgebucht. Ich glaube, die beiden hatten eine kleine Auseinandersetzung. Der Himmel weiß, wohin sie jetzt wollen – Paul hofft immer noch, daß andere abspringen und so wieder Zimmer frei werden.«

Nach einer nicht enden wollenden Litanei über a) was alles bereits schiefgelaufen war, oder b) noch nicht schiefgelaufen war, aber zweifellos schieflaufen würde, meinte sie schließlich: »Du wirst sicherlich noch mit Belinda sprechen wollen. Ich hole sie schnell an den Apparat ...«

Dazu war ich nun wirklich nicht in der Stimmung. Wenn meine größte Sorge die gewesen wäre, was ich aus dem Reisekatalog aussuchen soll, hätte ich mich wie Hans im Glück persönlich gefühlt. Ich hätte sogar Politessen selig angelächelt und diese nervigen alten Leute, die auf der Post immer den ganzen Betrieb aufhalten.

Ich versuchte nicht einmal, etwas weniger genervt zu wirken. »Meine Güte, konntest du dir deine Spinnen-Phobie immer noch nicht abgewöhnen?«

»Es ging gar nicht um die Spinnen! Okay, ich finde die Vorstellung nicht gerade angenehm, daß sie nachts über mein Bett krabbeln, aber das Ganze ist einfach so unglaublich teuer – insgesamt beinahe *drei Wochen;* Malindi und einen Abstecher nach Sansibar inklusive – und er will nur in wirklich piekfeinen Hotels absteigen. Das ist doch obszön, wenn man bedenkt, wie arm die Leute dort sind.« Sie mochte sogar recht haben, aber ich war einfach nicht in der Stimmung, ihr beizupflichten. »Das Ganze ist deine Hochzeitsreise, verdammt noch mal. Wenn er über die Stränge schlagen will, dann laß ihn doch, mußt du gleich eine ganze Weltanschauung daraus machen? Du kannst ja allen Leuten großzügige Trinkgelder zustecken, wenn du dich dann besser fühlst!«

»Bitte hör auf, mich so fertigzumachen! Mir steht's bis oben hin – Mum macht mich ganz wahnsinnig. Ständig liegt sie mir mit Kleidern und Geschenken und Hochzeitsreden in den Ohren, ich könnte einfach nur noch schreien! Das Ganze ist so unglaublich anstrengend und, na ja ...«

Plötzlich bemerkte ich, daß sie den Tränen nahe war. »Also, was ist los?«

»Ach, nichts. Wahrscheinlich sind nur die Hormone daran schuld, aber mir wird einfach alles zuviel, und Paul war so ungeduldig wegen der Flitterwochen, und jetzt sind sogar schon die schäbigen Hotels ausgebucht.«

Langsam begann ich etwas klarer zu sehen. »Mum hat gesagt, ihr hattet eine kleine Auseinandersetzung, aber ihr habt euch doch wieder vertragen, oder?«

»Ja!« Sie lachte kurz auf, aber ihre Stimme klang ziemlich zittrig. »Ich stelle mich bloß mal wieder an. Ich wußte, ich hätte mir den Film *Höllische Hochzeiten* nie ansehen dürfen.«

Jetzt war alles glasklar. Der nach einer wahren Begebenheit gedrehte Film *Höllische Hochzeiten* war vor ungefähr einer Woche oder so im Fernsehen gelaufen; wir hatten die zweite Hälfte nach den Nachrichten gesehen. Innerhalb von zwei Minuten hatte Alix die Handlung folgendermaßen zusammengefaßt: »Absolut kommerzieller Quark für hirntote Voyeure – ist das nicht herrlich?«

Fünf Minuten später, nachdem so ein Neandertaler-Bräutigam noch in letzter Sekunde gekniffen hatte, sagte sie: »O mein Gott, hoffentlich sieht Belinda sich das nicht an.« Und ich sagte: »O mein Gott, das hoffe ich auch.« Aber wir haben dabei gelacht. Zumindest ein bißchen.

Doch jetzt lachte ich nicht mehr.

Ich war wieder in absoluter Weltuntergangsstimmung. »Meine Güte, jetzt sag bloß nicht, du steigerst dich da in die Vorstellung hinein, Paul könnte nicht auftauchen?«

Das Schweigen, das nun folgte, war mehr als deutlich.

»Ihr hattet eine kleine Auseinandersetzung«, fuhr ich fort. »Das ist ganz normal. Belinda, jetzt reiß dich doch mal zusammen, verdammt noch mal. Ich wette, du hast diesen elenden Film nochmal angeschaut, stimmt's? *Höllische Hochzeiten*?«

»Nein, zumindest nicht in letzter Zeit ...«

Nicht, daß das irgendeinen Unterschied gemacht hätte; sie hat den Film *Vier Hochzeiten und ein Todesfall* so oft gesehen, daß er sich unauslöschlich in ihr Gehirn eingegraben hat. »Belinda, du bist nicht dieses arme häßliche Entlein. Paul ist nicht Hugh Grant und wird vor dem Altar nicht kneifen. Wenn du allerdings so weitermachst und die Nase über Fünf-Sterne-Flitterwochen rümpfst, könnte ich es ihm ehrlich gesagt nicht verdenken, wenn er stattdessen in den Pub gehen würde!«

»Würdest du *bitte* endlich damit aufhören, mich fertigzumachen? Ich kann das jetzt wirklich nicht gebrauchen. Und ich habe überhaupt nicht über so was nachgedacht, also halt endlich deine Klappe, kapiert?«

Ihr wütender und zugleich weinerlicher Tonfall ließ mich zusammenzucken und sagte mir, daß ich genau den wunden Punkt getroffen hatte und daß es ihr bloß zu unangenehm war, das zuzugeben.

Deshalb sagte ich: »Tut mir leid, ich wollte dich nicht fertigmachen. Ich bin nur neidisch. Ich würde alles dafür geben, exotische

Sonnenuntergänge und Sex-Siestas genießen zu können. Ganz zu schweigen von den exotischen Longdrinks und den exotischen Krabbeltierchen, die aus dem schattenspendenden Umbongo-Baum direkt in sie hineinfallen.«

Sie gab ein mattes Lachen von sich. »Entschuldige, ich weiß, ich kann mich nicht beklagen, aber Mum hat totale Angst, irgend etwas könnte schiefgehen, daß sie auch aus mir schon ein nervöses Wrack gemacht hat. Ich habe ständig Visionen, in denen ich über mein Kleid stolpere und Dad schreckliche Reden schwingt. Nach ein paar Drinks muß er doch immer diese Geschichte mit der Sache im Bad zum besten geben. Beim bloßen Gedanken daran wird mir schon schlecht.«

Das war ihm durchaus zuzutrauen. »Sag ihm, du wirst ihn dafür umbringen. Sag ihm, *ich* werde ihn dafür umbringen, wenn du willst. Und hab Geduld mit Mum. Sie wünscht sich einfach so sehr, daß alles perfekt wird.«

»Denkst du vielleicht, ich wüßte das nicht? Das Essen, das Wetter, sogar du und Dominic. Du wirst nicht glauben, was Maggie da vor ein paar Tagen gesagt hat.«

In diesem Moment erlitt ich fast einen Herzinfarkt. Was, wenn Maggie über irgendwelche geheimnisvollen Kanäle Wind von meinen betrügerischen Absichten bekommen hatte? »Was denn?«

»Sie hat gefragt, ob er kommt, und Mum sagte: ›Ja, ich glaube schon‹ und Maggie warf ihr einen dieser abschätzigen, wissenden Blicke zu, die Mum zutiefst treffen, und sagte: ›Nun, wir werden sehen.‹ Mum stellten sich sämtliche Nackenhaare einzeln auf – du weißt ja, wie sie ist – und sie sagte: ›Was genau willst du damit sagen?‹ Und Maggie sagte: ›Na ja, Sue, so oft wie der schon nicht aufgetaucht ist, könnte man glatt meinen, Sophy hätte ihn erfunden.‹ Sie tat so, als wäre das Ganze nur ein schlechter Scherz, klar, aber Mum sagte, sie wisse bis heute nicht, wie es ihr gelungen sei, sich davon abzuhalten, ihr den Schädel mit einer tiefgefrorenen Lammkeule zu spalten – sie waren damals gerade im Supermarkt, mußt du wissen.«

Meine Herzkranzgefäße erholten sich. Hätte Maggie wirklich irgendwas gehört, würde sie alles im Golfclub herumposaunt haben und Mum hätte längst davon erfahren. »Dieses Aas!« sagte ich – und verlieh meiner Empörung ziemlich überzeugend Ausdruck, wie ich fand.

»Ja, Mum war tief verletzt. Sie gab überhaupt keine Ruhe mehr: ›Wie kann sie es bloß wagen, auch nur anzudeuten, meine eigene Tochter würde mich belügen?‹ und so weiter. Sie hörte erst wieder auf, als sie *Emmerdale* im Fernsehen brachten. Übrigens hat sie ein schlechtes Gewissen, daß sie Alix nicht eingeladen hat – ich übrigens auch, es ist nur so, daß es immer mehr Leute wurden –«

»Um Himmels willen, sie hat nie erwartet, eingeladen zu werden!« Hatte sie wirklich nicht. Sie war weder eine alte Jugendfreundin von Belinda noch fiel sie unter die Kategorie »Freund der Familie«.

»Ich denke auch. Trotzdem, sag ihr liebe Grüße, in Ordnung? Oh, Mist, was ist denn jetzt schon wieder los?« Ihre Stimme klang bereits wieder reichlich genervt. »Sie ruft nach mir. Ich seh besser mal nach ...«

Beim Abendessen spulte ich Alix gegenüber das Gespräch noch einmal ab. »Ehrlich, manchmal könnte ich die Frau umbringen. Afrika! Herrliche Sonnenaufgänge und Elefanten und Schnee auf dem Kilimandscharo! Sollte irgendein Typ vorhaben, mich drei Wochen lang in obszön teuren Hotels leiden zu lassen, wäre ich durchaus in der Lage, die Zähne zusammenzubeißen und ganz fest an England zu denken. Und egal, was sie auch sagt, sie hat sich da selbst richtig hysterisch in etwas reingesteigert, was Paul angeht, das schwör ich dir. Diese Frau ist sich selbst der ärgste Feind – was Typen angeht, nimmt sie immer zuerst das Schlimmste an.«

»Vor allem dann, wenn sie gerade erst eine kleine Auseinandersetzung hatten.«

»Und vor allem nach diesem bescheuerten Marc.«

Der bescheuerte Marc war der Grund dafür gewesen, daß Belinda letztes Jahr unsere Abstellkammer bewohnt hatte. Monatelang waren sie das Stadtgespräch gewesen, bis Belinda ihn eines Abends (an dem er offiziell arbeiten mußte, wie sollte es auch anders sein) mit einer gewissen Melanie erwischte, die angeblich eine Freundin von Belinda war.

Jetzt haltet nicht die Luft an – sie ist keineswegs zu ihnen hingegangen und hat ihnen ihr Guinness ins Gesicht geschüttet. Sie hat sie nicht mal zur Rede gestellt. Sie ging nach Hause, weinte und zermarterte sich das Hirn, ob sie eine »Fick-dich-ins-Knie«-Nachricht auf seinem Anrufbeantworter hinterlassen sollte.

Und sie kniff.

Belinda war, emotional gesehen, leider noch nie aus besonders hartem Holz geschnitzt gewesen. Erst letztes Weihnachten, als Mum sie auf einen dieser Wohltätigkeitsbasare mitschleifte, hatte sie einen traurig aussehenden Strick-Teddy erworben (er war auf ein Pfund heruntergesetzt), weil alles andere bereits verkauft worden war und sie fürchtete, man könnte ihn einfach auf den Müll werfen. (Mag schon sein, daß ich ihn auch gekauft hätte, so eine sentimentale Ader kommt in den besten Familien vor – aber ihr wißt, was ich meine.)

Noch eine ganze Woche lang tat sie so, als ob nichts wäre, während sich Marc immer öfter wegen Überstunden entschuldigte. Anstatt ihn rauszuschmeißen und sich jemand anderes zu suchen, band sie ihm einen Bären auf von wegen sie würde ganz gern einmal weg von Zuhause und eine Weile in London arbeiten.

Sinn der Sache war natürlich, Marc auf diese Weise einen Schock zu versetzen, damit er merkte, was er an ihr hatte. Und das rächte sich, natürlich. Von ihm kam nicht mehr als ein vages: »Nun, wenn es das ist, was du willst …«, und Belinda mußte sich schwer zusammenreißen, um nicht ihr Gesicht zu verlieren. Damals hatte ich plötzlich eine weinerliche Stimme am Telefon, die nachfragte, ob unsere Abstellkammer noch frei sei. Und schon stand sie bei uns auf der Schwelle, unglaublich verletzt und unglaublich schön. Ein Taxifahrer hatte sie abgesetzt, der sich sofort unsterblich in sie verliebt haben mußte, denn für die ganze Strecke von Euston aus hatte er nur drei Pfund berechnet.

Nachdem sie einige Wochen lang auf unserem Sofa herumgegammelt, das Video *Vier Hochzeiten und ein Todesfall* komplett ausgeleiert und vergeblich auf Marcs Anruf gewartet hatte, riß sie sich endlich zusammen: Sie trug sich bei einer Babysitter-Agentur ein und fand Trost bei den süßen kleinen Babys. (Belinda war sehr spät auf die Sache mit dem Kinderhüten verfallen und liebte es geradezu. Nun, das Schicksal nimmt in den seltensten Fällen den direkten Weg.)

Trotzdem, Marc hatte so langsam seinen Reiz verloren. Als sie gerade darüber nachdachte, wieder nach Hause zurückzukehren, hatte sich Kit auf ebenso noble Weise von mir verabschiedet, und so war sie geblieben, um mich mit ihrer schwesterlichen Zuneigung sowie jeder Menge Taschentücher zu unterstützen, und kaum zehn Tage später hatte auch Alix Taschentücher bitter nötig. Wie Belinda mit zunehmender Verzweiflung feststellen mußte, hatte sich unsere Wohnung in eine Art Deponie für Sitzengelassene verwandelt; sie hatte uns beiden nur Unglück gebracht, und so beschloß sie zu verschwinden, bevor noch Schlimmeres geschah.

Nur drei Wochen später sollte sie Paul kennenlernen.

Am Freitag abend war ich mit Colin verabredet. Schon zur Mittagszeit schlug mir die Aufregung derart auf den Magen, daß man mir das deutlich ansah. Jess sagte: »Du sieht so komisch aus. Du wirst dir doch nicht diesen gräßlichen Magen-Darm-Virus eingefangen haben, oder?«

»Das will ich nicht hoffen.« Diese aufmunternde Bemerkung hatte mir gerade noch gefehlt. Als Jess verschwand, um sich ihr Sandwich zu holen, hätte ich mich Harriet beinahe anvertraut, aber sie fing im selben Moment an, mir zu erzählen, wie sich eine Freundin von ihr an irgendeinem exotischen Strand bis über beide Ohren verliebt hatte. Alles war wunderbar gewesen, bis sie herausfand, daß der Typ verheiratet war und in Singapur lebte und ihre Spirale zu allem Überfluß vergessen hatte, sich ihre Aufgabenbeschreibung durchzulesen.

»Dagegen sind deine eigenen Probleme doch mehr als lächerlich«, versuchte ich mir einzureden, jedoch ohne großen Erfolg. Als ich schließlich aufbrach, zitterten mir vor Aufregung die Knie.

Er war da, absolut pünktlich. »Sophy? Wie geht es dir? Was darf ich dir bringen?«

Puh. Er sah gut aus, auf eine angenehme, unauffällige Art. Keine weißen Socken oder Mundgeruch. Nicht mal sein Lächeln sah aufgesetzt aus. »Nur ein Mineralwasser, bitte – nein, doch lieber einen Wodka Tonic.«

Die ganzen vierzig Minuten, die wir dort verbrachten, war er überaus angenehm, absolut nicht angeberisch. Er gab mir sogar das Gefühl, es sei das Normalste von der Welt, sich irgendeinen Kerl auszudenken. Er war nicht unbedingt mein Typ, aber ich fühlte mich einfach wohl in seiner Gegenwart. Ich war so erleichtert, daß ich etwas beschwipst wurde, aber ich glaube nicht, daß ihm das aufgefallen ist.

Als ich zu Hause ankam, rief ich sofort Mum an und sagte ihr, Dominic würde mit Sicherheit kommen. »Daraufhin bekam sie noch einen Orgasmus«, erzählte ich Alix später am Telefon. (Sie war zur Abwechslung gerade mal bei Calum.) »Und dann hätte *ich* beinahe laut aufgestöhnt, als sie sagte, sie hätte im Hotel bereits ein Doppelzimmer für uns gebucht.«

»Du kannst unmöglich mit ihm in einem Bett schlafen!« kreischte Alix.

»Keine Panik. Wir werden nicht mal in einem Zimmer schlafen. Der Himmel weiß, warum ich nicht schon viel früher daran gedacht habe. Schließlich bleibt fast die ganze Familie über Nacht, so daß sie selbstverständlich davon ausging, wir würden das auch tun. Als ich mich wieder einigermaßen gefangen hatte, sagte ich ihr einfach, daß wir wahrscheinlich nicht bleiben könnten, denn er müßte am nächsten Tag dringend nach Kuala Lumpur.«

»Kuala Lumpur?« schallte es zurück.

»Das war das Erste, was mir in den Sinn kam! Ich fand die Idee eigentlich ziemlich gut«, fügte ich reichlich verletzt hinzu. »Er hat ein wichtiges Treffen mit der Banker-Führungsriege oder so. Vielleicht werden auch Minister anwesend sein. Exzellenzen und so weiter. Ich sagte, es täte mir schrecklich leid, aber er könnte an dem Samstag nicht allzu lange bleiben. Wahrscheinlich müßte er Sonntag früh noch einiges erledigen. Als ich *das alles* vor ihr ausgebreitet hatte, war sie schon überaus dankbar, daß er überhaupt frei machen kann.«

»Und, hast du schon nachgezählt, wie viele Lügen das jetzt sind?« fragte Alix. »Oder hast du inzwischen schon den Überblick verloren? Das Ganze sieht mir mächtig nach Ärger aus; das schreit förmlich danach.«

»Würdest du bitte endlich damit aufhören, mich zu piesacken?

Die Sache wird laufen wie geschmiert!« (Wenn ich das nur oft genug wiederholen würde, glaubte ich am Ende vielleicht noch selbst daran.)

»Wirst du über Nacht bleiben?« fragte sie.

»Das habe ich auch schon überlegt, aber ich hab der Agentur bereits versprochen, ihn wieder heimzufahren. Es ist wirklich zu schade, daß ich schon so früh aufbrechen muß, aber nach dem ganzen Streß werde ich höchstwahrscheinlich heilfroh sein, da wegzukommen. Ich hab Mum schon erzählt, daß ich ihn fahren muß, damit er Sonntag nicht zu kaputt ist. So ein Flug nach KL ist ziemlich anstrengend, weißt du, selbst wenn man erster Klasse fliegt.«

»Ich bin überrascht, daß du nicht noch einen Firmenjet dazuerfunden hast«, schnaubte sie.

Ich hatte mit dem Gedanken gespielt. »Du siehst, es ist alles geregelt«, fuhr ich aufgeräumt fort.

»*Geregelt?*« äffte sie mich nach. »Wenn du das geregelt nennst, möchte ich mal wissen, wie du eine bevorstehende Katastrophe bezeichnen würdest. Tut mir leid, aber ich muß Schluß machen. Ich bin gerade dabei, einen Rhabarber Crumble zu backen.«

»Du haßt doch Rhabarber!«

»Ich weiß, aber Colin liebt Rhabarber.«

Schlechte Vorzeichen.

Das Unheil ließ nicht lange auf sich warten. Zwei Tage vor der Hochzeit rief mich die Agentur an.

»Sophy Metcalfe? Hier spricht Julia Wright von ›Nur für einen Abend‹. Es tut mir furchtbar leid, aber es gibt da ein kleines Problem. Colin mußte mit Verdacht auf akute Blinddarmentzündung ins Krankenhaus gebracht werden.«

Und das sollte ein *kleines* Problem sein? »Kann ich Sie zurückrufen?« (Ich war gerade im Büro und wollte mich lieber privat übergeben.)

»Wissen Sie, das ist kein Grund zur Beunruhigung«, sagte sie, als wir wieder miteinander sprachen. »Ich glaube, ich habe schon einen Ersatz für Sie.«

»Das darf doch nicht wahr sein!« Ich dachte gerade darüber

nach, ob ich mich nicht besser gleich aufhängen und meiner Mutter so den Kummer ersparen sollte. »Keiner der anderen Kandidaten sah geeignet aus.«

»Das mag sein, aber dieser hier ist ganz neu. Wir hatten ihn noch nicht im Angebot, als Sie uns besuchten. Josh Carmichael – überaus sympathisch, wirklich. Ich habe ihn bereits in ihr kleines Dilemma eingeweiht, und er ist bereit einzuspringen.«

Und wenn ich es nur deshalb tat, um Maggie ihr selbstgefälliges Lächeln vergehen zu lassen ... »Ist ›sympathisch‹ ein anderes Wort für gutaussehend? Ich brauche nämlich jemand ziemlich ›Sympathisches‹. Das Leben meiner Mutter hängt davon ab.«

Sie schwieg einen Moment höflich. »Ich würde nicht sagen, daß er wie ein Pin-up aussieht, aber er sieht wirklich *nett* aus, wenn Sie wissen, was ich meine. Ich würde ihn jederzeit mit nach Hause nehmen und ihn meiner Mutter vorstellen. Sie wissen doch, welche Art Männer Müttern gefallen, oder? Das weiß man einfach.«

Hätte ich Julias Mutter gekannt, wäre mir wohler gewesen. Manche Mütter stehen total auf so traurige, weinerliche Typen – »So ein *netter* Junge, Liebes, ich bin absolut sicher, daß dieser Polsterhandwerk-Kursus ihm dabei helfen wird, ein wenig Anschluß zu finden« – aber ich mußte jetzt mit einem etwas anderen Kaliber aufwarten. »Ich möchte ja nicht überkritisch erscheinen, aber ich hoffe, er ist nicht einer von diesen schwermütigen Cockerspaniel-Typen.«

»Oh, nein«, sagte sie. »Keine Spur trübselig, wenn Sie das meinen. Er war früher bei der Königlichen Marine.«

Diese Art Männer hatten in der Tat so gar nichts Weinerliches an sich, dafür konnten sie aber durchaus von der Sorte »brutaler Macho« sein; oder gar von der Sorte »unerkannter Psychopath«.

»Ich nehme an, er wurde überprüft«, erwiderte ich, gleichermaßen unwillig wie verzweifelt.

»Ich kann Ihnen versichern, daß ich nie jemanden in unser Angebot aufnehmen würde, der nicht genauestens überprüft worden ist.«

»Und Sie sind sicher, daß er bereit ist, die Sache mit mir durchzuziehen?«

»So ist es.«

»Wie groß?«

»1,90.«

»Haare?«

»Mittelbraun.«

»Alter?«

»34.«

Konnte hinkommen. »Irgendein schicker Dreitagebart? Mein Vater hat ein Problem mit Dreitagebärten.«

»Nein, er ist glattrasiert. Ich bin sicher, sie werden nicht enttäuscht sein.«

Gott im Himmel, immer diese Entscheidungen. »Ich werd nachher mal vorbeischauen und mir das Video angucken.«

»Oh, tut mir leid ...« Am anderen Ende herrschte rege Betriebsamkeit. »Ich fürchte, das Video ist noch nicht fertig – wir haben nur das kleine Paßfoto, das er uns mit seinen Bewerbungsunterlagen zugeschickt hat, aber das wird ihm wirklich nicht gerecht. Das ist doch immer so, hab ich recht?«

»Könnte ich ihn heute abend treffen? Nur auf zehn Minuten?«

»Ich werde nachhören, ob das geht, und Sie dann zurückrufen.«

Zehn Minuten später rief sie wieder an. »Tut mir leid, aber er ist bis Sonntag morgen verhindert.«

Oh, Mist. Verfluchte Scheiße. Oder »Zum Donnerwetter nochmal!« wie mein Vater immer ruft, wenn er wieder einmal etwas in dem Schrank unter der Treppe sucht und es nicht finden kann. Dad liebt solche kleinen, harmlosen Kraftausdrücke, insbesondere dann, wenn Mutter ihren hilfreichen Rat aus der Küche beisteuert: »Es *ist* aber da, Liebling, du mußt einfach nur richtig *hinsehen ...*«

»Ich bin mir sicher, er ist genau der Richtige«, fuhr Julia fort.

Zur Hölle damit. Mir blieb schließlich keine andere Wahl. »Also gut, buchen Sie ihn. Bitte sagen Sie ihm, er soll pünktlich um acht Uhr hier sein. Was den Verkehr anbelangt, möchte ich keinerlei Risiko eingehen. Er kann seinen Anzug auf einem Bügel mitbringen. Wir werden uns dann dort umziehen. Und – o Gott, ich habe ganz vergessen, das zu erwähnen: Bitte keinen braunen Anzug. Meine Mutter kann braune Anzüge nicht ausstehen. Und ich hoffe, Colin geht es bald wieder besser.«

Alix war völlig von den Socken, so habe ich sie noch nie gesehen.

»Du hast ihn *gebucht?* Ohne sein Foto überhaupt je gesehen zu haben?«

»Was hatte ich denn schon für eine Wahl!«

»Sophy, du bist nicht mehr ganz dicht.«

»Jetzt laß sie doch endlich mal in Frieden«, kam mir der süße kleine Ace zur Hilfe.

»Sie ist auch so schon genug mit den Nerven runter. Rauch eine und reg dich ab.«

»Wage es bloß nicht!« Alix schnappte nach seinen Marlboro Lights. »Meine Güte, die Leute sollen denken, du hättest *Sex* mit dem Typen – was, wenn er dich anekelt?«

Da erzählte sie mir nichts Neues, auch ich hatte bereits eine Million Mal über diesen Punkt nachgedacht. Vor meinem geistigen Auge sah ich bereits a) einen schleimigen, aufgeblasenen Grabscher, der vom ersten Moment an davon überzeugt ist, ich sei scharf auf ihn, und b) einen muskelbepackten, sexistischen Brutalo-Macho, der vom ersten Moment davon überzeugt ist, ich sei scharf auf ihn. »Wenn mir sein Aussehen nicht gefällt, werde ich ihm einfach sagen: ›Vielen Dank, aber ich hab's mir anders überlegt.‹«

»Ach ja? Und was willst du dann deiner Mutter sagen?«

Natürlich hatte ich noch einen weiteren kleinen Plan in der Hinterhand, nur so zur Sicherheit. »Ich werde ihr sagen, wir hätten am Vorabend eine Fischplatte gegessen, er hat eine schlechte Auster erwischt und rennt ständig aufs Klo.«

»Siehst du?« sagte Ace. »Sie hat alles unter Kontrolle.«

Schön wär's.

Am Hochzeitsmorgen rief ich um zehn vor acht zu Hause an. Zuerst mußte ich mich psychisch noch ein wenig aufbauen; ich mußte so klingen, als wäre ich blendender Laune und würde mich auf einen wunderbaren Tag freuen, und nicht wie ein Passagier der *Titanic,* den eine schreckliche Vorahnung befällt, während er gerade an Bord geht.

»Morgen, Mum. Alles unter Kontrolle?«

»Ja, Liebes, alles bestens. Ich bringe Belinda gerade das Frühstück ans Bett.«

Ich begann mich langsam bis zu meinem wunden Punkt vorzuarbeiten. »Dominic muß jeden Moment hier sein – ich hoffe, er hat nicht verschlafen, denn er mußte gestern Abend noch bis spät in die Nacht arbeiten.« Gerissen baute ich jetzt mein Hintertürchen ein. »Wir haben gestern eine herrliche Fischplatte gegessen, bevor er losmußte. Phantastische *fruits de mer* für zwei Personen – Langusten, Austern, was das Herz begehrt.«

»Na, du weißt ja, was man über Austern so sagt, Liebes.«

Ich sah praktisch durch den Hörer, wie sie mir zublinzelte. »Ja, Mutter – jede Menge Vitamine und Mineralstoffe.« Und Salmonellen, falls nötig. »Wie dem auch sei, ich muß jetzt Schluß machen.« Ich schickte einen lauten Schmatzer durchs Telefon. »Grüß Dad und Belinda lieb von mir, bis später...«

Mit zittrigen Händen kontrollierte ich meine Sachen. Das Kostüm hing auf dem Bügel, Schuhe, Wegbeschreibung, ein extra Paar Seidenstrümpfe, ein extra Paar Unterhosen, falls ich mir vor lauter Schreck wirklich hineinmachen sollte, Lockenstab, eine Überdosis Schlaftabletten für alle Fälle ...

Noch schnell aufs Klo.

Zwanzig Minuten später war »Dominic« immer noch nicht aufgetaucht und die ganzen Schmetterlinge in meinem Bauch hatten sich längst in Luft aufgelöst und mehreren Dutzend Regenwürmern Platz gemacht. Riesigen, glitschigen Regenwürmern, die nichts anderes wollten, als daß mir vor Nervosität kotzübel wurde.

»Wo zum Teufel *steckt* der Kerl bloß?« kochte ich, während ich völlig hin- und hergerissen war, ob ich mich a) tatsächlich übergeben oder b) doch besser gleich umbringen sollte. Beides schien einiges für sich zu haben.

Mit nicht mehr als einem Paar Simpsons-Boxershorts bekleidet, genehmigte sich Ace gerade eine Schale Rice Crispies. Alix schlief noch, weshalb sie nicht in ihrem Bademantel um mich herumschleichen und sagen konnte: »Reg dich nicht auf – alles wird gut«, während sie insgeheim dachte: »Ich hab ja gleich gewußt, daß das Ganze in einer Katastrophe enden würde.«

Ace sagte: »Nur keine Panik. Er wird schon kommen.«

Doch das war inzwischen meine größte Sorge. Verglichen mit

einem Magen voller Würmer, die ich nicht mal in Wodka ertränken konnte, erschienen mir vergammelte Austern als eine geradezu köstliche Alternative. »Wenn er in zwei Minuten noch nicht da ist, fahre ich.«

Von einer plötzlichen Suchtattacke heimgesucht, blickte ich suchend umher. »Wo sind deine Kippen? Ich könnte jetzt eine vertragen.«

»Sorry, Sophy, ich hab keine mehr.«

»O Mann. Kann ich mich denn auf gar niemanden mehr verlassen!« Ich rannte schon wieder aufs Klo und fragte mich zum tausendsten Mal, wie um alles in der Welt ich in diese Lage geraten war.

Als ich wieder rauskam, stand Ace am Wohnzimmerfenster. »Da ist gerade ein Taxi vorgefahren«, rief er mit vollem Mund. »Sieht ganz so aus, als wär dein Miet-Casanova endlich aufgetaucht.«

Ich konnte kaum hinsehen.

Seit ich um halb sechs Uhr morgens aufgewacht war, verfolgte mich ein Alptraum mit der korrekten lateinischen Bezeichnung: *Jungus blindgaengerus cravaticus, selten, kann jedoch in urigen Pubs beim Ausstoßen lauter Balzrufe beobachtet werden.*

»Na, was meinst du?« fragte Ace.

Auf dem Bürgersteig konnte man verschwommen eine beige Baumwollhose und ein olivgrünes Polohemd erkennen, die das Taxi bezahlten. Sie richteten sich auf, drehten sich um und sahen direkt zum Fenster hoch, an dem Ace und ich standen.

Keine Krawatte, Gott sei Dank. »Das kommt hin«, murmelte ich, »und das sollte es verdammt noch mal auch – schließlich habe ich eine ganz schöne Stange Geld dafür hingelegt.«

Mit zittrigen Fingern packte ich meine Sachen zusammen. »Wenn ich diesen Tag überstehe, ohne Harakiri zu begehen, dann bis nachher.«

»Toi, toi, toi, Sophy, und viel Spaß.«

Haha, sehr lustig, wirklich. Ich riß die Tür auf, bevor er überhaupt geklingelt hatte. »Wo zum Teufel hast du gesteckt? Ich sagte *acht*!«

»Tut mir leid, ich hab verschlafen. Es ist erst 16 nach«, fügte er nach einem Blick auf seine Uhr hinzu.

Als ich ihn so aus der Nähe betrachtete, entdeckte ich einen weiteren Grund zur Reklamation: »Du bist nicht mal rasiert!«

»Tut mir leid. Ich hab den elektrischen Rasierer extra eingesteckt und wollte mich im Taxi rasieren, aber ich benutze das Ding kaum, und die Batterien waren mehr oder weniger leer. Wenn du nur für zwei Minuten an einer Tankstelle anhalten würdest, dann kauf ich neue.« Er schickte ein vorsichtiges Lächeln hinterher und reichte mir die Hand. »Ich bin übrigens Josh Carmichael.«

Er hatte allen Grund zur Vorsicht: Ich war so wütend, daß ich seine ausgestreckte Hand beinahe geflissentlich übersehen hätte. »Nein, bist du nicht. Ab jetzt bist du Dominic Walsh, ein Junggeselle aus diesem Viertel. Und jetzt laß uns in Gottes Namen fahren.«

Mein fast neuer schwarzer Clio war frisch gewaschen, innen hatte ich gesaugt und sämtliche Schokoriegelpapierchen aus den Türfächern geklaubt.

Als ich den Rückwärtsgang einlegte und mich umdrehte, fing ich seinen Blick auf. »O mein Gott, du hast die falsche Augenfarbe. Ich könnte schwören, ich habe meiner Mutter gesagt, sie seien blau.«

»Ich fürchte, das läßt sich jetzt kaum noch ändern.«

Von der Augenfarbe einmal abgesehen, begann ich mich langsam zu entspannen. Wenn er sich erst einmal rasiert hatte, war er womöglich sogar vorzeigbar. Er verfügte durchaus über Qualitäten, die Müttern gefallen. Und über das gewisse Maggie-verpißdich-Potential, was fast noch wichtiger war. Ganz wie Julia gesagt hatte, sah er zwar nicht aus wie ein Pin-up – dafür waren sein Mund und seine Nase eine Idee zu schief –, aber immerhin wäre man auch nie auf die Idee gekommen, ihm einen Schönheitschirurgen zu empfehlen, wenn man ihn ansah.

Seine Augen waren braungrün und paßten gut zu seinem Haar, das in der Tat mittelbraun war und noch feucht vom Duschen. »Wahrscheinlich wird sie sich nicht mehr daran erinnern«, sagte ich, während ich vorsichtig ausparkte. »Und wenn, sage ich einfach, daß ich vollkommen aus dem Häuschen war, als wir uns das erste Mal begegnet sind.«

Er sagte nichts dazu, was mich zu der Annahme verführte, er dächte a) vollkommen aus dem Häuschen zu sein, wäre mein quasi gemeingefährlicher Normalzustand, oder b) er könne froh sein, wenn er sich am Ende des Tages nicht im Leichenschauhaus wiederfände. Oder, was wahrscheinlicher war, er ging gerade im Kopf noch mal alle Vorwarnungen durch, die die Agentur ihm mit auf den Weg gegeben hatte, wie z. B.:

»*… und sie sah wirklich nur ein ganz klein wenig neurotisch aus. Nun, ein bißchen panne muß sie ja wohl sein, wenn sie sich eine bessere Hälfte ausgedacht hat, das arme Ding. Ich hoffe nur, das Ganze wird nicht zu mühselig für Sie. Ich denke, ich sollte Sie vorab noch darauf hinweisen, daß sich manche von diesen Kundinnen nach drei Wodkas als regelrechte Nymphomaninnen entpuppen – mit denen muß man besonders taktvoll umgehen. Der Trick dabei ist der,* ehrlich *geschmeichelt zu wirken und bedauernd hinzuzufügen,* leider *verstoße die Sache absolut gegen die Regeln der Agentur.*«

Nur für diesen Fall sagte ich überaus barsch: »Nicht, daß ich heute auch nur im entferntesten aus dem Häuschen geraten werde. Vom Autofahren mal ganz abgesehen, muß ich meine Sinne heute alle dringend beisammenhalten.« Nachdem ich mich in den Verkehr eingeordnet hatte, fuhr ich schnell zu meinem Laden an der Ecke. »Die müßten Batterien haben. Würdest du mir bitte ein Päckchen, äh, Weingummis mitbringen?«

»Geht klar.«

Was ich eigentlich hatte sagen wollen, war »eine Schachtel Zigaretten«, aber dann hatte ich gekniffen.

Während ich auf ihn wartete, versuchte ich nach Kräften, meinen trockenen Mund zu ignorieren, und sprach beruhigende Floskeln vor mich hin, wie »so weit so gut«, »könnte schlimmer sein« und so weiter. Vor allem in einer Hinsicht erfüllte er exakt meine Bedingungen. Ich hatte erklären müssen, was ich unter »groß« verstehe. Wenn man 1,70 mit Absätzen mißt, braucht man einen Mann, der mindestens 1,85 groß ist. Was ich jedoch verschwiegen hatte, war: »kräftig genug, daß ich schmal und zierlich daneben aussehe«. Ich meine, Männer, deren Oberschenkel dünner sind als meine eigenen, kann ich einfach nicht ab.

Während seiner Abwesenheit überprüfte ich kurz mein Spiegelbild. Gar nicht so schaurig. Wenn man bedenkt, wie wenig Schlaf ich bekommen hatte, sah ich sogar um die Augen herum gar nicht schlecht aus. Meine Haare waren eine einzige Katastrophe, aber da ich ohnehin vorhatte, sie nachher hochzustecken, spielte das keine Rolle.

Was mich trotz allem zum zillionsten Mal überraschte, war, daß ich eigentlich ganz vernünftig, ja geradezu erwachsen aussah. Ich habe mich schon oft gefragt, wie lang ich diese Fassade wohl noch würde aufrechterhalten können, und was wohl passieren würde, wenn man mir schließlich auf die Schliche gekommen wäre.

Ich klappte den Spiegel wieder hoch und beobachtete, wie »Dominic« zurückkam. Ich kann nicht gerade behaupten, daß er strahlte, er sah eher aus wie jemand, der sich sonstwohin wünscht, nur nicht dorthin, wo er sich gerade befindet, jedoch fest dazu entschlossen ist, die Zähne zusammenzubeißen und durchzuhalten.

Meine schnippische Bemerkung war ein Fehler gewesen; ich mußte sicherstellen, daß er auf meiner Seite war. Ich versuchte ein Lächeln, als er mir die Weingummis reichte. »Herzlichen Dank, daß du so kurzfristig einspringen konntest. Ich hoffe, du hattest nicht so einen weiten Anfahrtsweg.«

»Nur 15 Minuten mit dem Taxi.«

Angenehme Stimme – überhaupt nicht näselnd oder so.

Noch während ich Richtung Ring fuhr, hatte er seine Rasur beendet. »Nicht perfekt«, bemerkte er, indem er prüfend über sein Kinn strich. »Wenn wir noch Zeit haben, an einer Tankstelle zu halten, kaufe ich mir ein Naßrasur-Set und rasiere mich anständig.«

»*Wenn* wir noch Zeit haben.« Ich hatte so das Gefühl, ich sollte mal anfangen, unsere Situation ein wenig zu erläutern. »Du wirst dich sicherlich fragen, was eine relativ normale Frau dazu bringt, sich eine Beziehung auszudenken.«

»Sie sagten mir, du hättest eine unablässig nachfragende Mutter ruhigstellen müssen.«

Mum geht mir zwar ab und zu auf die Nerven, aber ich wollte keinesfalls, daß er schlecht über sie dachte. »Sie hat sich nur solche Sorgen gemacht. Ich mache das bloß, damit sie vor den Nachbarn nicht so blöd dasteht.«

Ich erzählte ihm von Maggie. Ich konnte sein Gesicht nicht genau sehen; ich sah es nur aus dem Augenwinkel. Mir war so, als grinste er in sich hinein.

Dieses Miststück amüsierte sich über mich.

Trotzdem, irgendwie konnte ich ihm das nicht übelnehmen. Für einen Außenstehenden mußte das Ganze wie eine Farce aussehen.

»Wenn sie wirklich so schlimm ist, warum lädt deine Mutter sie dann heute überhaupt ein?« fragte er.

»Weil sie vorgeben, die besten Freundinnen zu sein. Hast du keine Freunde, die du eigentlich gar nicht ausstehen kannst?«

»Dann wären sie wohl kaum meine Freunde, sondern eher Bekannte.«

Und da soll mir mal einer erzählen, Männer verstünden etwas von weiblicher Logik. »Du weißt genau, was ich meine. Man hätte sie auf jeden Fall einladen müssen. Schließlich waren wir ja auch alle auf der Hochzeit ihrer Tochter eingeladen.« Die natürlich absolut perfekt gewesen war, versteht sich. Mum hatte die ganze Zeit über tapfer gelächelt und innerlich inständig dafür gebetet, bald einmal die Gelegenheit zu haben, sie zu übertrumpfen, am liebsten durch eine Hochzeit in der St. Paul's Kathedrale, eine Gesangseinlage himmlischer Chöre inklusive.

Die hübsche kleine Dorfkirche, in der Sarah unter die Haube gebracht worden war, war bereits auf Jahre hinaus ausgebucht, aber der Inn by the Beck, in dem Belindas Hochzeit stattfinden sollte, war die nächstbeste Wahl, darüber waren sich alle einig. Er war überaus malerisch, und dazu gehörte ein Restaurant, das stets beste Kritiken bekam.

An einem Kreisverkehr bog ich nach rechts ab und überholte einen dieser Schlangenlinien fahrenden kleinen alten Männer, die kaum über das Lenkrad gucken können. Sie tragen stets einen Hut, der ihre Ohren abstehen läßt, und fahren ihre Frau immer samstags zum Einkaufen, selbst wenn sie das genausogut an jedem anderen Vormittag erledigen könnten.

»Wo haben wir uns kennengelernt?« fragte Josh.

»Auf einer Party.«

»Wie außergewöhnlich.«

»Ich bin untröstlich.« Ich konnte es mir nicht verkneifen, eine Spur schnippisch zu sein. »Ich hätte es auch spannender gefunden, wenn ich mit meiner alten, klapprigen Cessna im Garten hinter deinem Haus abgestürzt wäre und du mich dann heldenhaft aus dem Wrack gerettet hättest, doch leider habe ich dich aus einer spontanen Regung heraus erfunden.«

Das sollte in keinster Weise komisch klingen – zum Scherzen war ich viel zu aufgeregt –, deshalb war ich leicht verstimmt, als er lachte.

»Und wessen Party war das?« wollte er wissen.

»Von Jess, meiner Arbeitskollegin, aber es war nicht gerade das, was man eine aufregende Veranstaltung nennt.« Tut mir leid, Jess. »Wir verdrückten uns so schnell wie möglich und gingen essen.«

»Also war es Liebe auf den ersten Blick?«

»Nein, wir waren nur beinahe am Verhungern. Sie hatte nur vier M&S pro Nase einkalkuliert.«

Er gluckste wieder in sich hinein, aber das war mir inzwischen egal; irgendein elender Langweiler ohne jeglichen Sinn für Humor war das letzte, was ich jetzt gebrauchen konnte. »Ach ja, übrigens hast du gestern noch bis spät in die Nacht gearbeitet«, erklärte ich. »Nur für den Fall, daß meine Mutter sagen sollte, sie hoffe, du bist nicht allzu spät ins Bett gekommen. Vorher haben wir noch eine Fischplatte zu uns genommen, und du hast dich auf die Austern gestürzt. Ich mußte irgend etwas leicht Verderbliches nehmen, nur für den Fall, daß du der absolute Kotzbrocken gewesen wärst und ich dich wieder nach Hause hätte schicken müssen.«

»Nun, ich bin froh, diese ›Prüfung‹ bestanden zu haben. Die Vorstellung, das ganze Wochenende mit einer Austernvergiftung verbringen zu müssen, finde ich wenig verlockend.«

»Du bist gerade noch mal davongekommen. Ich war gerade dabei aufzubrechen, als du endlich kamst.«

»Was für ein Typ bin ich eigentlich?« fragte er. »Lässig? Besitzergreifend? Irgendwelche Leichen im Keller?«

»Du bist eine Art Mr. Poppins der Männerwelt«, klärte ich ihn auf. »Mr. Perfect in jeglicher Hinsicht sozusagen.« Als wir durch Ealing Common fuhren, kam die Sonne durch die Wolken und tauchte alles in ein sonniges, goldenes Licht. Mich inklusive.

Wer weiß, vielleicht würde es ja doch noch ein richtig schöner Tag werden. Belinda würde einfach traumhaft aussehen, Maggies Nase würde endlich den Gesetzen der Schwerkraft folgen und Mum würde platzen vor Glück.

Eigentlich konnte jetzt gar nichts mehr schiefgehen.

# DREI

Zumindest versuchte ich mir das die nächsten dreißig Sekunden lang einzureden.

»Ich nehme an, ich bin Investmentbanker«, fuhr er fort. »Wie ist mein Outfit? Und was mache ich da eigentlich genau?«

Ich hatte diese unangenehme Frage in die hinterste Schrankecke verbannt, sozusagen, genauso wie die anderen Themen, mit denen ich mich nicht beschäftigen wollte, wie zum Beispiel das Knöpfe-Annähen. »Ich bin da nie näher drauf eingegangen, aber du mußt morgen nach Kuala Lumpur, eine Sitzung mit der gesamten Führungsriege.«

Man muß ihm zugute halten, daß er keinerlei Erstickungslaut von sich gab. »Eine Sitzung zu welchem Thema genau, oder bist du da auch nicht näher drauf eingegangen?«

»Äh, nicht wirklich, nein.«

Schließlich gab er doch so einen Erstickungslaut von sich. Es klang so ähnlich wie »O Gott«.

»Tut mir leid, aber ich mußte mir einfach was einfallen lassen! Meine Mutter nahm an, wir würden über Nacht bleiben, also mußte eine Ausrede her. Außerdem mußt du morgen früh auch arbeiten, deine Präsentation vorbereiten oder so was Ähnliches.«

In den Sekunden, die vergingen, bis er das Wort ergriff, schien er leise bis zehn zu zählen. »Bitte verzeih, wenn ich vielleicht etwas unbeholfen wirken sollte, aber was soll ich bitte sagen, wenn mich jemand fragt, für wen ich arbeite?«

»Du mußt sie einfach mit irgend etwas abspeisen. Sieh einfach gequält aus und sag, du willst nicht auch noch in der Freizeit über deinen Job reden. Denn wenn du sagst ›Oh, ich bin ein Riesentier bei der Goldscheffel AG‹, und einer der Freunde des Bräutigams arbeitet dort, dann könnte das ganz schön peinlich werden.«

Der Blick, den er mir daraufhin zuwarf, sprach Bände. *Ebensogut könnte ich mich hinstellen und vor aller Welt verkünden, ich sei der Erzengel Gabriel,* sollte er wohl besagen. Aber Josh schwieg, was allerdings auch keinen großen Unterschied machte, denn ich stand bereits kurz davor, mich für die Variante mit den vergammelten Austern zu entscheiden. Er konnte immer noch bei der nächsten Ampel aussteigen, sich ein Taxi nehmen und sich selbst dafür beglückwünschen, ganz ohne Gegenleistung eine gehörige Summe Geld einkassiert zu haben.

»Bist du nervös?« fragte er. »Oder umklammerst du das Steuer immer so, als wolltest du es umbringen?«

»Ich bin nur ein bißchen aufgeregt.«

Ich traf ebenfalls eine Entscheidung, wenn man sich voll und ganz dem Schicksal auszuliefern eine Entscheidung nennen kann. Da vorn kam noch eine Ampel. Sollte sie auf rot umschalten, bevor ich sie erreichte, hatte er eine Austernvergiftung. Wenn nicht, würde die Farce weiter aufgeführt, und zwar einschließlich des dritten Aktes, in dem ein betrunkener Bursche auftritt und sich nur wenige Meter vor Mum, Maggie Freeman und Konsorten entfernt aufbaut und ruft: »Josh, alter Bursche! Wie läuft's denn so beim Casanova-Mietservice? Irgendwelche passablen Tussis dabei oder kneifst du einfach die Arschbacken zusammen und denkst an die Kohle?« Woraufhin Maggie grinsen und das Hochzeitstortenmesser doch noch einmal Verwendung finden würde. Ich sah die Schlagzeilen bereits vor mir: HOCHZEITSGAST AM KALTEN BUFFET AUFGESPIESST. *»Die Schlampe hatte es nicht besser verdient«, sagte die Mörderin Susan Metcalfe kaltblütig.*

Die bescheuerte Ampel schaltete in genau dem Augenblick um, als ich vorbeifuhr. War ja klar, daß das Schicksal selbst etwas so Simples vermasselte; sollte Mum wegen des Maggiemordes lebenslänglich bekommen, war das nicht meine Schuld.

»Wenn es dir nichts ausmacht«, sagte Josh, als ich gerade einen Milchwagen überholte, »würde ich dich gern noch etwas fragen: Ich fürchte, ich verstehe deine Strategie nicht ganz.«

Konnte er wirklich so doof sein? *Er sah nicht doof aus,* aber Schnarchnasen konnten ein großes Talent haben, ihren Defekt zu verbergen.

»Wenn du mir sagen würdest, was genau du nicht verstehst, dann könnte ich dir vielleicht auf die Sprünge helfen.«

»Nun, laß es mich einmal folgendermaßen ausdrücken: Wenn alles nach Plan läuft und deine Mutter vollkommen angetan ist von diesem Dominic Walsh-Poppins, dann wird sie dich doch nur noch mehr unter Druck setzen, ihn öfter nach Hause einzuladen.«

»Glaubst du wirklich, daran hätte ich nicht selbst gedacht? Natürlich wird sie so reagieren.«

»Und dann steckst du von Neuem in der Klemme.«

»Nein, tue ich nicht. Ich werde ihr einfach sagen, ich hätte ihn sitzenlassen.«

»Und aus welchem Grund?«

»Da fällt mir schon noch was ein.«

»Ich könnte dir den Ärger ersparen. Angenommen, ich würde mich – sagen wir mal mäßig betrinken, mit den Brautjungfern flirten und eine deiner älteren Tanten als alte Schachtel bezeichnen, dann wird dir deine Mutter unmißverständlich zu verstehen geben, ich sei wohl doch nicht so ganz der Richtige, und es sei höchste Zeit, mich loszuwerden.«

Natürlich, einen Mann zu finden, der sowohl Mum *als auch* Maggie beeindrucken konnte und dabei einfach nur das Geld nehmen und sich still zurücklehnen würde, ohne zu glauben, selbst alles tausendmal besser zu wissen, das wäre ja auch wirklich zu schön gewesen, um wahr zu sein.

»Warum bin ich da bloß nicht selbst draufgekommen? Vielleicht könntest du auch in der Nase bohren und meiner Oma einen Joint anbieten. Sag mal, hörst du mir überhaupt zu? Zweck der ganzen Übung ist, daß meine Mutter von dir begeistert sein soll. Hin und weg, genauer gesagt. Zweitens wollen wir Maggie Freeman alt aussehen lassen.«

»Ach so, stimmt, ich habe den Freeman-Faktor vergessen.«

Was würde er sonst noch alles vergessen? Ich brauchte irgend etwas, an dem ich mich festhalten konnte, und so griff ich nach den Weingummis im Türfach. »Könntest du sie mir aufmachen und mir eins rüberreichen? Bitte bedien dich, wenn du auch welche willst.«

»Dafür ist es mir noch zu früh.«

Ach so, natürlich. Normale Menschen stopfen sich morgens um neun wohl kaum mit Weingummis voll. Selbst ich würde sie normalerweise vor halb zehn nicht runterkriegen. Ich streckte meine Hand aus, um ihn davor zu bewahren, mich füttern zu müssen. Denn daß ein Mann einer Frau Süßigkeiten direkt in den Mund stopft, hat doch etwas sehr Intimes, finde ich, und ich wollte nicht, daß er dachte, ich hätte es auf derlei Intimitäten angelegt.

Ihr müßt nämlich wissen, daß meine Antennen, was Männer betrifft, trotz meines flauen Gefühls im Magen durchaus noch funktionierten. »Entschuldige«, meldeten sie unverkennbar, »aber er ist richtig niedlich, falls du das noch nicht bemerkt haben solltest.«

Ich wollte nichts bemerken. Daß ich jemanden niedlich fand, den ich bezahlte, kam einfach nicht in Frage. Er würde den Braten sofort riechen und denken, ich hätte es nötig. Andererseits hat ein niedlicher Mann durchaus so seine Vorteile. Wenn diese ganze Darbietung auch nur irgendwie von Erfolg gekrönt sein sollte, dann mußte heute zumindest dieser Arm da um meine Taille gelegt werden, und zwar bei jeder Gelegenheit.

Zumindest brauchte ich mich davor nicht zu gruseln.

»Wie wäre es, wenn du mir jetzt erzählen würdest, was du so alles von mir weißt?« sagte er. »Am besten wir fangen mit den einfachsten Sachen an. Leben meine Eltern noch, zum Beispiel?«

Sich an all diese Lügen zurückerinnern zu müssen, war ein Alptraum. »Ich glaube, ich habe erzählt, sie hätten sich nach Schottland zurückgezogen. Auf jeden Fall siehst du sie nur sehr selten.«

An dieser Stelle hielt ich ein kleines Geständnis für angebracht. »Ehrlich gesagt bist du zu einem derartigen Alptraum für mich geworden, daß ich mittlerweile ziemlich abgetörnt bin. Alles, was ich vor mir sehe, wenn ich an dich denke, ist ein eitler, selbstgefälliger Fatzke, der mich das Fürchten lehrt.«

»Kein Wunder, daß du mich bald sitzenlassen wirst.«

»Mir wird ein Stein vom Herzen fallen, das kann ich dir sagen. Ach übrigens, vor ein paar Wochen hattest du Mumps, weshalb du nicht zum Hochzeitstag meiner Eltern kommen konntest.«

Ich sah aus dem Augenwinkel, wie er zusammenzuckte. »Wenn es schon Mumps sein mußte, hoffe ich doch sehr, daß sich das auf die oberen Körperregionen beschränkt hat.«

»Ich bin nicht ins Detail gegangen. Erst wollte ich irgendeine arme alte Oma mit Alzheimer und Nierenversagen erfinden, hielt das dann aber doch für ein ziemliches Klischee. Und beim nächsten Anlaß – eigentlich nichts Besonderes, außer das Mum fand, du solltest dich jetzt endlich mal zeigen – fiel dir in letzter Minute ein, daß du dich bereits mit einem alten Schulfreund zum Mittagessen verabredet hattest. Du hattest die Sache bereits vollkommen vergessen, aber plötzlich rief dich dieser alte Schulfreund an – er war in einer schrecklichen Verfassung, denn seine Frau hatte ihn gerade verlassen – und so konntest du ihn unmöglich allein lassen.«

»Du hast eine sehr lebhafte Fantasie.«

»Denkst du. Wenn du wüßtest, wie ich mir das Gehirn nach diesen Ausreden zermartert habe. Ich möchte noch ein Weingummi, bitte.«

Er reichte mir ein rotes.

Wir fuhren gerade auf die Hanger-Lane-Umgehungsstraße. Falls euch das kein Begriff sein sollte: Dabei handelt es sich um einen mehrspurigen, großen Kreisverkehr, bei dem nervöse Autofahrer gern der Schlag trifft. Ich gehöre normalerweise nicht zu den nervösen Fahrern, aber ich hatte nicht richtig auf den Verkehr geachtet und mich in der falschen Spur eingeordnet. Schließlich scherte ich vor einem roten BMW ein, der nicht gerade erfreut war. Er hupte lang und deutlich hinter mir. Ich dachte kurz daran, ihm den Stinkefinger zu zeigen, überlegte es mir dann aber doch anders. Eine Anzeige wegen Beleidigung war das letzte, was ich jetzt gebrauchen konnte.

»Wo fahren wir eigentlich genau hin?« wollte Josh wissen. »Man sagte mir, es ginge nach Lancashire, aber –«

»Zu einem kleinen Hotel mitten in der Pampa. Wirklich sehr hübsch, du wirst schon sehen. Sie hatten Glück, jemand anders hat kurzfristig abgesagt. Sie haben sich erst vor ein paar Monaten verlobt – das Ganze ging ziemlich schnell.«

Da glaubte ich plötzlich wieder Belindas ängstliche Stimme zu vernehmen. Was, wenn sie sich nicht umsonst in etwas hineingesteigert hatte? Was, wenn sie die richtige Vorahnung gehabt hatte und er tatsächlich kalte Füße bekam? Der bloße Gedanke daran genügte, die Würmer in meinem Magen wieder zum Leben zu erwecken. Sie vermehrten sich noch rasender als die Bakterien auf dem Geschirr unter Aces Bett. Ich sah Scharen von Gästen vor mir, die sich alle über die Schultern spähten und flüsterten: »Sie sind reichlich spät dran, findet ihr nicht auch? Was ist da bloß los?«

»Entspann dich, ich bitte dich!« sagte Josh. »An deinen Händen kommen schon wieder die weißen Knöchel zum Vorschein.«

Ich verbannte die düsteren Visionen. Die Nerven gingen einfach mit mir durch.

»›Das Ganze ging ziemlich schnell‹, bedeutet das, daß sie ihn gerade mal fünf Minuten kannte?« fuhr er fort.

Ich wußte sein höfliches Interesse zu schätzen, auch wenn es mehr mit Höflichkeit als mit echtem Interesse zu tun hatte. »Nein, es hat bereits vor Weihnachten angefangen. Im Oktober, glaube ich ...«

Sie hatte ihn in einem Club kennengelernt, eine Freundin hatte sie dorthin mitgeschleppt, da sie wußte, daß das unzertrennliche Paar Marc und Melanie auch dort sein würde. »Manchmal mußt du dir das einfach geben«, hatte die Freundin gesagt, »schmeiß dich in Schale und schnapp dir den bestaussehenden Typen des ganzen Ladens, und zwar direkt vor Marcs bescheuerter Nase.«

Doch dann war es Paul gewesen, der sich *Belinda* geschnappt hatte, und zwar direkt vor Marcs Nase, und Belinda hatte noch drei Tage danach wie auf Wolken geschwebt. »Kannst du dir vorstellen, daß er mir schon am nächsten *Tag* einen riesigen Blumenstrauß schicken ließ?« hatte sie mir am Telefon erzählt. »Mum hätte fast nicht genug Vasen gehabt, um sie alle ins Wasser zu stellen.« Und es hatte noch mehr Sträuße gegeben, teure Geschenke und keinerlei Anzeichen dafür, daß Belindas pessimistische Erwartungen sich erfüllten und seine Gefühle sich abkühlten. Während ich mich an all das zurückerinnerte, hoffte ich nur, daß dieser Fall nicht ausgerechnet jetzt eintrat.

»Wie heißt deine Schwester eigentlich?« fragte Josh. »Und der Bräutigam, wenn du gerade schon einmal dabei bist.«

»Sie heißen Belinda und Paul. Ich habe Paul selbst nur ein paar Mal getroffen. Er sieht sehr gut aus, und Belinda ist einfach wunderbar. Mit anderen Worten: Sie sind das perfekte Paar.« Ich dachte, ich könnte es ihm ebensogut erzählen. »Aber vor einer Woche oder so war die arme Belinda ziemlich aufgelöst. Ich bin mir sicher, sie dachte, Paul würde sie sozusagen vor dem Altar stehenlassen.«

»Wie kam sie denn darauf?«

Wo sollte ich bloß anfangen? »Nun, die meisten ihrer Beziehungen endeten in einem Meer von Tränen – ihren Tränen, wohlgemerkt. Hinzu kommt, daß sie zu den eher unsicheren Frauen gehört, die jeden Moment erwarten, untergebuttert zu werden.«

»Was dementsprechend häufig passiert.«

»Du sagst es. Sie geht immer vom Schlimmsten aus; ich bin davon überzeugt, daß man das Unglück dann auch irgendwie anzieht. Und ich fürchte, meine Mutter hat mit ihrem ganzen Gerede über die Hochzeit auch noch ihren Teil dazu beigetragen, daß ihre Nerven jetzt blankliegen ...«

»Mit einem Wort: Es herrschen die besten Voraussetzungen, um das große Zittern zu kriegen?«

»Das riesengroße Zittern, wenn du mich fragst. Noch ein Weingummi, bitte.«

Er reichte mir ein schwarzes. »Vielleicht denkt er von ihr genau dasselbe. Ich bin erst einmal Trauzeuge gewesen, aber ich möchte das nie mehr durchmachen. Er war fest davon überzeugt, sie würde gar nicht erst auftauchen. Das Ganze war etwa so, wie einen 80 kg schweren Angsthasen mit weichen Knien zu hüten.«

Wer auch immer gerade Paul hütete, ich glaube kaum, daß er mit diesem Problem zu kämpfen hatte. Daß er bei irgend etwas weiche Knie bekommen könnte, lag außerhalb meines Vorstellungsvermögens.

»Wenn du wirklich so aufgeregt bist, fahre ich, wenn du willst«, bot er mir einen Augenblick später an. »Vielleicht kannst du dich als Beifahrerin etwas besser entspannen.«

»Ich fahre lieber selbst, trotzdem vielen Dank.« Weiß der Himmel, warum ich das gesagt habe – ich liebe es, chauffiert zu werden. Von all den Firmensonderzulagen, die ich wirklich gerne hätte, würde ich dem Angebot, bei Harvey Nicks von Kopf bis Fuß neu eingekleidet zu werden, einen Chauffeur bei weitem vorziehen.

»Wenn du mir genau erklärst, was dir am meisten angst macht, könnten wir eine Abwehrstrategie entwickeln«, sagte er nüchtern.

Von all diesen Sorgen machte mir eine besonders zu schaffen. »Was, wenn du auf jemanden triffst, den du kennst?«

»Das ist nicht besonders wahrscheinlich.«

»Ja, aber was, *wenn doch*?«

»Nun, ich glaube, ich werde einfach den Anfang machen.«

»Wie meinst du das?«

Er überlegte einen kurzen Moment. »Nur mal ganz theoretisch, angenommen es wäre Mike, der gerade irgend etwas mit Eigentumsverwaltung zu tun hat, dann würde ich sagen: ›Meine Güte Freddie, alter Junge! Wie läuft dein Gebrauchtwagenhandel denn so?‹ Ich glaube, er wüßte gleich, was los ist«, fügte er trocken hinzu.

»Außer er entdeckt dich zuerst.«

»Unmöglich. Ich habe meine Augen überall. Entspann dich einfach, okay? Ich krieg das schon hin.«

Selbstvertrauen ist ja gut und schön, aber ich habe festgestellt, daß zuviel Selbstvertrauen, insbesondere ungerechtfertigtes, eine typisch männliche Eigenschaft ist. Zeig ihnen ein »Segeln lernen leicht gemacht!«-Video und das nächste, was du von ihnen hörst, ist, daß sie sagen, das Kap Hoorn zu umsegeln sei reiner Pipifax, vorausgesetzt, das Fall hängt steuerbord vom Besansegel, und die Ruderpinne zeigt drei Schoten gegen den Wind.

»Ich hoffe, das ist jetzt keine sexistische Frage«, fuhr er fort, »aber meinst du nicht auch, dein selbstherrlicher Dominic würde darauf bestehen, dich persönlich zu chauffieren?«

»Ich habe meiner Mutter bereits erzählt, daß ich fahren würde, damit du nicht zu kaputt bist, wenn du morgen fliegen mußt.«

Er gab so etwas wie ein verächtliches Schnauben von sich.

»Wenn mich das schon so mitnimmt, wie soll ich dann erst die weite Reise nach Kuala Lumpur überstehen, ohne meine Mami dabeizuhaben?«

»Ich mußte mir einfach was ausdenken! Wäre es dir vielleicht lieber gewesen, ich hätte gesagt, du fährst wie eine wildgewordene Sau und hast deinen Ferrari Testosterone gerade erst um ein paar alte Damen gewickelt?«

Ich erwartete schon halb, er würde sagen: »Ich nehme an, du meinst ›Testarossa?‹, damit ich »nein, ich habe das Wort mit Absicht gewählt« antworten und ihm eins auswischen konnte.

Aber er sagte bloß: »Schätzungsweise nein.«

Als wir Staples Corner und die Autobahn erreichten, konnte ich mich ein wenig entspannen, wenn man das Fehlen von Todesangst als Entspannung bezeichnen kann. Die Sonne folgte uns nach Norden; die Lämmer hoppelten auf den Weiden herum, und die Hecken waren mit blühendem Weißdorn übersät. Auf den ersten Kilometern Autobahn erzählte ich Josh alle Lügengeschichten, an die ich mich erinnern konnte. So viele waren es auch wieder nicht gewesen; Mum hatte die Namen seiner ganzen Verwandtschaft überhaupt nicht wissen wollen, und auch nicht, ob er während seiner Schulzeit jemals in der Ecke stehen mußte. Zusammen berieten wir die Dinge, die sie ihn fragen könnte, zum Beispiel, ob er Geschwister habe. Er hatte bloß eine Schwester, das war also einfach. Das beste war, man konzentrierte sich auf sie.

»Ich habe vergessen, was du eigentlich machst«, sagte er, als wir an der Scratchwood-Raststätte vorbeikamen. »Personalvermittlung, stimmt's?«

Beim Anblick der Raststätte waren all meine Alpträume plötzlich wie weggeblasen. Denn obwohl ich seit morgens um halb sechs auf den Beinen war, hatte ich noch nichts Nennenswertes zu mir genommen, was mehr als deutlich macht, in welcher Verfassung ich mich befand. Mein Magen erinnerte mich daran, daß er seit dem letzten Abend nichts anderes bekommen hatte als ein paar Weingummis, und ehrlich gesagt mißfiel ihm das sehr.

»Ich leite eine der Aristos-Niederlassungen in Fulham, falls du dich erinnerst.« Da Julia mir nicht mehr über ihn verraten hatte, als daß er bei der Marine gewesen war, wäre es nun eigentlich an der Zeit gewesen, mal ein wenig nachzubohren, was er denn so machte, wenn er nicht gerade unbemannte Frauen begleitete.

Aber nachdem ich da schon so meine Vermutung hatte, fragte

ich lieber nicht nach. In meinem Berufsleben war ich schon einigen Ex-Berufssoldaten begegnet, die ausgemustert worden waren oder sich einfach verändern wollten und denen es draußen nicht gelang, wieder richtig Fuß zu fassen. Ich wollte ihn nicht sagen hören: »Einen verdammten Scheiß, wenn du's genau wissen willst.«

»Irgendwelche Dramen im Büro, von denen ich wissen solllte?« fragte er. »Führt ihr vielleicht Fehden auf Leben und Tod, weil ihr euch nicht einigen könnt, wer den Kaffee nachkaufen muß?«

»Mit solchem Kinderkram geben wir uns nicht ab, aber wo du gerade fragst, ein kleineres Drama haben wir schon zu bieten.« Ich erzählte ihm von dem geplanten Fortbildungs-Seminar für Jess und mich und davon, daß Neil, der Immobilienmakler von nebenan, Jess völlig verrückt machte mit seinen Erfahrungsberichten. Neil schaute des öfteren mal bei uns vorbei, gewöhnlich dann, wenn er einem unzufriedenen Kunden aus dem Weg gehen wollte, aber auch, weil ihm Harriet gefiel, die kilometerlange Beine hatte und auch sonst sehr attraktiv war. Aber irgendeiner bösartigen Laune des Schicksals war es zu verdanken, daß ihn seine ehemaligen Arbeitgeber zu exakt demselben Seminar geschickt hatten, und wenn er also nicht gerade Harriet zuschwallte, brachte er Jess an den Rand eines Nervenzusammenbruchs. Er ergötzte sich daran, ihr alle schaurigen Details in schillernden Farben auszumalen, insbesondere, wenn es um waghalsige Kletteraktionen ging, und er wußte von Frauen zu berichten, die sich in die Hosen gemacht hatten vor Angst. Jess war bereits dazu verdonnert worden, im Juli teilzunehmen, und hatte jetzt schon schlaflose Nächte deswegen.

Aber auch ich sah diesem Seminar-Wochenende keineswegs frohgemut entgegen. »Um ehrlich zu sein, gefällt mir die Idee auch nicht so besonders«, sagte ich zu Josh. »Ich habe zwar keine Höhenangst, und auch die Aussicht, daß mein Kanu kentern könnte, läßt mich ziemlich kalt, aber bei dem Gedanken daran, dunkle Höhlen erforschen zu müssen, kriege ich sofort eine Gänsehaut.«

»Ich glaube nicht, daß sie dich dazu zwingen werden«, sagte er. »*Du selbst* sollst dich dazu zwingen, das ist ja der Witz an der

Sache. Du sollst lernen, deine Angst zu überwinden und Dinge zu tun, die du eigentlich verabscheust.«

»Wer weiß, vielleicht macht es dir ja sogar Spaß. Seit wann arbeitest du für diese Firma?«

»Seit zwei Jahren. Bevor ich bei Aristos anfing, hab ich in der Personalabteilung einer großen Firma gearbeitet. Dort wurde jedoch rücksichtslos ein Arbeitsplatz nach dem anderen abgebaut, und es gefällt mir weitaus besser, Leute unterzubringen, statt sie zu feuern, vor allem, wenn gerade Weihnachten vor der Tür steht und sie nicht nur ihre Kredite abbezahlen müssen, sondern auch noch eine ganze Familie ernähren. Mal ganz davon abgesehen, daß man als kleine Angestellte keine Provision bekommt.« Ich hoffte, bald in der obersten Liga mitspielen und als Headhunterin arbeiten zu können, aber das sagte ich ihm nicht. Wenn er tatsächlich gerade arbeitslos war, wollte er so was bestimmt nicht hören.

»Seit wann lebst du schon in London?« fragte er.

»Seit fünf Jahren. Davor habe ich in Manchester gearbeitet.«

»Hast du da noch bei deinen Eltern gewohnt?«

»Um Gottes Willen, nein! Nicht, daß ich nicht gut mit ihnen auskäme oder so, aber wenn ich nicht rechtzeitig ausgezogen wäre, wäre ich durchgedreht.« Ich hatte mich so manches Mal gefragt, wie Belinda das bloß aushielt, noch immer zu Hause zu wohnen, aber bis zu diesem blöden Hochzeitsgewäsch schien sie damit ganz zufrieden gewesen zu sein. Geld hatte dabei auch eine Rolle gespielt, denn sie hatte nie viel verdient.

Der Gedanke an Geld und Gehälter lenkte meine Aufmerksamkeit auf die praktischen Erfordernisse des Tages zurück. »Josh, würdest du bitte mal meine Tasche von der Rückbank nach vorn holen?«

Er hatte sie.

»Schau mal in die Außentasche, da steckt ein Briefumschlag mit Geld. So müssen wir nicht im nachhinein unsere Ausgaben mühselig auseinanderrechnen. Es kann sein, daß wir den Rest bezahlen müssen, wenn mehr getrunken wird als geplant, und meine Eltern sind altmodisch genug zu erwarten, daß der Mann dann in seine eigene Tasche greift.«

Nach kurzem Zögern steckte er den Umschlag in seine Brusttasche. »Ich heiße jetzt Dominic, vergiß das nicht. Wenn du mich aus Versehen Josh nennst, war alles umsonst.«

Da war irgend etwas in seinem Tonfall, das mich irritiert aufhorchen ließ. Es klang ganz so, als hätte er eigentlich sagen wollen: »Das hier ist reines Busineß, vergiß das nicht. Besser, wir gehen nicht zu vertraut miteinander um.«

Ich warf ihm einen verstohlenen Blick zu. Er sah aus dem Seitenfenster, so als wollte er meinem Blick ausweichen.

Ich habe keine Ahnung, weshalb man sich mit dreißig plötzlich so unbeholfen vorkommen kann wie eine Vierzehnjährige, die die falschen Klamotten trägt, aber genauso fühlte ich mich gerade. Was zum Teufel hatte die Agentur ihm erzählt? Hat er vielleicht einen Bonus dafür bekommen, daß er sich eines besonders schwerwiegenden Falls von neurotischer Verzweiflung annahm? Oder stellte er sich gerade vor, wie ich mich auf seinen Reißverschluß stürzte – *o Gott, o Gott – schnell – bitte, bitte, bitte ...?*

Plötzlich wandte er sich mir zu. »Ich habe heute morgen nur schnell eine halbe Tasse Kaffee runtergekippt, bevor ich los bin. Könnten wir vielleicht noch mal kurz anhalten, um ein Sandwich zu kaufen?«

Ich hätte fast laut aufgestöhnt, doch dann versuchte ich mich zusammenzureißen. »Bis jetzt kommen wir ganz gut voran – zwanzig Minuten Pause an der nächsten Raststätte sind durchaus drin.«

»Ich dachte schon, du würdest niemals fragen. Ich hab schon die ganze Zeit ziemlich heftige Visionen von gigantischen Frühstücksbuffets.«

Ich hatte nicht richtig zugehört. »Wie bitte?«

»Mit allem Drum und Dran«, sagte er. »Ich habe seit Monaten keinen Frühstücksspeck, keine Würstchen, keine Frikadellen mehr gegessen.«

Beim bloßen Gedanken daran überlief mich ein Schauder. Falls ihr zu der biodynamischen Müsli-Fraktion gehören solltet, muß ich euch aber leider enttäuschen. Ich zuckte nämlich nicht igitt-nein-danke-mäßig zusammen, sondern dieser Schauder hatte eher was von einem multiplen Orgasmus. Denn es war bereits Jahre her, daß ich in etwas geschwelgt hatte, das einem mit Sicherheit eine Anzeige bei der Gesundheitspolizei einbringt. Heutzutage war ein fettarmer Joghurt an die Stelle eines deftigen Riesenfrühstücks getreten. Daß ich das Ganze am späteren Vormittag stets mit einer halben Packung Hobnob-Keksen abrundete, tat nichts zur Sache.

Ich mußte unbedingt meine Antennen im Auge behalten; ein Mann, der deine schlimmsten Sünden mit dir teilt, hat etwas durchaus Attraktives. Mir lag bereits die Frage auf der Zunge, ob er jemals das Johannisbeer-Gelee von Rowntrees probiert hätte und ob es ihm auch so gegangen sei, daß er das Glas schon halb leer gegessen hatte, bevor er überhaupt zur Kasse vorgedrungen war, aber dann überlegte ich es mir doch noch anders.

»Wie lange sind wir schon zusammen?« fragte er.

»Seit kurz vor Weihnachen. Für meine Verhältnisse lange genug, um dir nächsten Dienstag gegen Mittag den Laufpaß geben zu können, ohne daß sich jemand wundert.«

»Ich verstehe. Aber wenn wir schon so lange zusammen sind, muß es meiner Meinung nach auch so etwas wie einen Kosenamen geben. Liebling, Schatz, Schnuckelchen – was gefällt dir am besten?«

Einen Wildfremden darum zu bitten, einen »Liebling« zu nennen, war in höchstem Maße peinlich.

»Häschen?« fuhr er fort. »Moppelchen?«

Ich versuchte, meinen Ärger im Zaum zu halten. Unter den gegebenen Umständen konnte ich es ihm wohl kaum verbieten, die Situation mit Humor zu betrachten.

»Bitte nicht Moppelchen. Außer, ich darf dich Häschen nennen.«

Er zuckte zusammen. »Das wäre ja noch schöner. Ich werde mich an das gute alte ›Liebling‹ halten, wenn's recht ist. Das ist wohl am unverfänglichsten.«

Ich fragte mich, ob ich ihn auch »Liebling« nennen oder besser bei »Dominic« bleiben sollte. Ich übte insgeheim. *Liebling, würdest du mir bitte …? Dominic, bitte sei ein Schatz und schenk mir noch einen doppelten Wodka Tonic ein.*

Schön wär's. Ich würde mich an Tonic halten müssen. Oder an Perrier. Einen klaren Kopf zu bewahren war oberstes Gebot, denn wie sollte das sonst mit dem Heimfahren und den Lügen funktionieren? Meine Güte, was für ein Alptraum.

Die Sonne brannte inzwischen regelrecht vom Himmel. Ich beschloß, daß mein nächstes Auto unbedingt eine Klimaanlage haben mußte, kurbelte das Fenster herunter und legte eine alte Queen-CD ein, um den Lärm zu übertönen. Der Wind zerzauste mein Haar, aber das war mir mittlerweile auch schon egal. Vielleicht war ja die Friseuse noch da, wenn wir nur früh genug ankamen. Mum hatte sie für sie beide engagiert. Da der Gasthof über eine Stunde von zu Hause entfernt lag, würden sie sich erst dort umziehen, um Knitterfalten zu vermeiden.

»Habe ich mich am Hochzeitsgeschenk beteiligt?« fragte er. »Und was schenken wir überhaupt, damit ich nicht vollkommen blöd aus der Wäsche schaue, wenn man sich bei mir für das wunderhübsche Was-immer-es-auch-sei bedankt?«

Auf der Wunschliste des Brautpaars hatten viele geschmackvolle und praktische Dinge gestanden, aber da ich nichts schenken wollte, was irgendwann einmal aufgetragen oder kaputtgegangen sein würde, hatte ich mich für etwas Unverwüstliches entschieden. Nachdem ich mir peinlich lange den Kopf über den Text auf der Karte zerbrochen hatte, unterschrieb ich schließlich mit ... *und Dominic*, und jetzt verwünschte ich mich dafür. »Ich habe etwas ebenso Hübsches wie Nutzloses besorgt: eine kleine antike indische Silberdose, die rundherum mit kleinen Hindu-Göttern verziert ist. Die wird es garantiert auch dann noch geben, wenn das ganze Geschirr längst zu Bruch gegangen ist.«

»Ich hoffe, du willst damit nicht andeuten, daß sie sich schon bald gegenseitig mit Tellern bewerfen werden.«

»Ich hoffe nicht. Jedenfalls nicht mit Minton-Tellern für 25 Pfund das Stück.«

Bei dem Gedanken an zerbrochenes Geschirr fiel mir diese kleine Auseinandersetzung zwischen Belinda und Paul wieder ein. Zumindest war die Hochzeitsreise jetzt unter Dach und Fach. Nachdem netterweise wieder Plätze freigeworden waren, würden sie nun doch diese Fünf-Sterne-Safari unternehmen. Ich erzählte Josh davon und ließ auch Belindas Spinnen-Phobie nicht aus, um ihn zum Lachen zu bringen, und er kicherte pflichtgemäß.

»Ich hoffe nur, Paul bringt die richtige Einstellung mit, was Spinnen anbelangt«, fuhr ich fort. »Sie sagt nämlich immer: ›... aber bitte nicht totmachen!‹«

Die nächsten Kilometer über schwallte ich ihn mit Details über Familie und Freunde voll: Wer schwer in Ordnung war, wer wohl am ehesten dazu neigen würde, unangenehme Fragen zu stellen, und wen man am besten meiden sollte wie die Pest. Das alles trug jedoch nur noch mehr dazu bei, daß ich auf weitere Gefahrenquellen aufmerksam wurde, und in meinem Magen begann es erneut zu rotieren. Als wir schließlich an einer der nächsten Raststätten hielten, stand ich wieder kurz vor dem Nervenzusammenbruch.

Als ich den Motor ausmachte, gab Josh ein resigniertes »O je« von sich. »Das hast du ja wohl gehörig in den Sand gesetzt, stimmt's?«

Ich starrte ihn an. »Was?«

»Schau dir doch mal an, wie du geparkt hast.«

Ich hatte mit dem Kühler voran eingeparkt, und wenn dieser vielleicht ein halbes Grad von den parallel zu mir stehenden Autos abwich, war das auch schon alles.

»Würdest du deine kleinlichen Bemerkungen bitte für dich behalten? Ich kann gut darauf verzichten!«

»Liebling, *nie* parkst du ordentlich ein.« Er gab ein großmütiges, geduldiges Seufzen von sich. »*Wie* oft habe ich dir schon erklärt, daß man rückwärts einparkt?«

Ich war so erleichtert, daß ich fast schon lachen mußte. »Jetzt verstehe ich. Wir spielen Spielchen.«

»Generalprobe.« Er zwinkerte mir kurz zu. »Wie alle guten Schauspieler verschmelze ich bereits vor der ersten Aufführung mit meiner Rolle.«

»Vor der einzigen Aufführung.« Ich trat von der Bühne und schloß das Auto ab. »Du hast den falschen Text. Dominic kommentiert nicht meine Fahrweise.«

»Natürlich tut er das. Er ist ein eitler, selbstverliebter Fatzke, der dich zu Tode nervt.«

»Nein, heute nicht. Er ist ein Traum von einem Mann. In jeglicher Hinsicht perfekt, genauso wie die ganze Hochzeit.«

»Ich bewundere deinen Optimismus.« Als wir uns durch eine aufgeregte Reisebusbesatzung aus Dauerwellen- und Strickjakken-Trägern ins Gebäude vorgearbeitet hatten, fügte er hinzu: »Meiner Erfahrung nach sind Hochzeiten das Anstrengendste, was es gibt. Sie sind ein Scheidungsgrund, wenn du mich fragst.«

Wir folgten dem wunderbaren Essensduft die Treppe hoch in das Restaurant. So dann und wann führt dieser Geruch von altem Fritieröl dazu, daß sich mir der Magen umdreht, aber in diesem Moment fühlte ich mich so wie unser Hund Benji, der immer hofft, daß ein klitzekleiner Krümel von deinem Käsetoast für ihn abfällt, ich lechzte förmlich nach Junkfood. Um ganz ehrlich zu sein, ist Benjis Zunge nicht der einzige Körperteil, der bei solchen Gelegenheiten ausgefahren wird; irgendwie kann sein Gehirn zwischen Essens- und fleischlichen Gelüsten anderer Art nicht so richtig unterscheiden. Meine Mutter geriet deswegen schon in so manch peinliche Lage, nämlich immer dann, wenn sie irgendeinem leicht zu schockierenden Gast eine Tasse Tee und ein Stück Kuchen anbot. »Die arme Miss Peabody, sie wußte überhaupt nicht mehr, wo sie hinsehen sollte«, hat sie mir einmal erzählt. »Und dabei hatte sie noch nie in ihrem Leben einen Freund, das arme Ding.«

Als wir das Schlaraffenland endlich erreicht hatten, reichte mir Josh ein Tablett. »Bitte von allem etwas, nur kein Ei«, sagte ich zu dem Mädchen. Sie machen sie so, daß das Weiße immer noch ganz glibbrig ist, und davon wird mir übel.

»Ich nehme ihr Ei«, sagte Josh. »Geben Sie mir zwei.« Nach seiner besserwisserischen Tour mit dem Einparken meinte ich, das Konto wieder ausgleichen zu müssen, indem ich die leicht verstimmte Freundin gab. »Ein Ei ist ja wohl wirklich mehr als genug! Warum mußt du dich eigentlich immer so vollstopfen? Das ist ja ekelhaft!«

Das Mädchen warf mir einen hoffnungsvollen Blick zu, so als würde ihr ein ordentlicher Streit etwas den Tag versüßen.

»Laß uns deswegen nicht streiten, Liebling.« Zahm wie ein Lamm legte er den Arm um meine Taille. »Schenk mir ein Lächeln und sag mir, wie sehr du mich liebst.«

Als ich den Gesichtsausdruck des Mädchens sah – »*Na, das ist ja ein Paar!*« – konnte ich mir ein Lachen kaum verkneifen. »Hörst du endlich auf, mich dauernd anzutatschen!« Ich schüttelte Joshs Arm regelrecht ab, aber ehrlich gesagt fühlte es sich überaus angenehm an, und ich hatte nicht wirklich etwas gegen seine Berührung einzuwenden. Er war eine stattliche Erscheinung und ein gutes Stück größer als ich, und das ist immer ein Pluspunkt, besonders dann, wenn das Auf-dem-Sofa-Gammeln und das Tonnenweise-Nutella-Verdrücken deutlichere Spuren hinterlassen haben als das Fitneßstudio. »Bei der nächsten Ampel schmeiß ich dich raus«, fügte ich hinzu.

»Heute morgen hast du mich noch geliebt.« Dabei gelang es ihm, eine rührend verletzte Miene aufzusetzen. »Als ich dir eine schöne Tasse Kaffee ans Bett gebracht und das Badewasser für dich eingelassen habe.«

Da das Mädchen der Unterhaltung nunmehr mit unverhohlenem Interesse folgte, konnte ich es mir nicht verkneifen, noch einen draufzusetzen: »Ich wollte keinen Kaffee, sondern Tee. Daß du dir nie merken kannst, daß ich morgens immer Tee trinke.«

»Bitte von allem etwas«, sagte er zu dem Mädchen. »Ich fand es schon sehr edel von mir, daß ich dir überhaupt etwas gebracht habe.« Dabei klang er immer noch sehr verletzt. »Insbesondere, nachdem du gestern wieder deine ›Kopfschmerzen‹ hattest und ich auf dem Sofa schlafen mußte.«

Das Mädchen bohrte nach: »Woll'n se jetzt zwei Eier oder eins?«

»Eins reicht, danke«, sagte er, »ich hab auch so schon genug Ärger.«

»Selber schuld«, erwiderte ich. »Wenn du mir sagst, ich hätte zugenommen und mir das Gefühl gibst, eine fette Kuh zu sein, brauchst du dich ja nicht zu wundern.«

Seine Verletztheit schlug um in ein kurz angebundenes: »Liebling, jetzt dreh mir doch bitte nicht das Wort im Munde herum. Ich habe lediglich gesagt, daß ich mollige Frauen, die das Essen genießen können, *bevorzuge.*«

Ich mußte mich kaum noch verstellen. »Wenn du mich noch einmal ›mollig‹ nennst, wirst du für immer auf dem Sofa schlafen müssen.« Unsicher, ob ich nun lachen oder beleidigt sein sollte, ging ich zur Tee- und Kaffeetheke. Ich wußte, ich hatte keinen

Grund, beleidigt zu sein. Wenn er sich weiterhin so verhielt, würde die Sache nur so flutschen, kein Problem. Andererseits waren professionelle Begleiter nicht dazu da, einem Komplimente zu machen, mit zusammengebissenen Zähnen zu lügen, was das Zeug hielt, und dir so ein Gefühl von Liebe und Geborgenheit zu geben?

Als wir uns setzten, sagte ich: »Falls du gern ein Trinkgeld hättest, wenn diese ganze Geschichte vorüber ist, dann nenne mich bitte nie wieder ›mollig‹«, und bereute es sofort. Das klang so, als wollte ich ihn bevormunden, als wollte ich ihm zeigen, wo sein Platz war. Abgesehen davon hatte ich eigentlich überhaupt gar nicht vorgehabt, ein Trinkgeld zu geben.

Nicht, daß ihm das das Geringste ausgemacht hätte. »Trinkgelder verstoßen absolut gegen die Regeln«, sagte er und goß Kaffe aus einer tropfenden Kanne. »Die sind da sehr professionell bei ›Nur für einen Abend‹. Begleiter dürfen Gefälligkeiten weder erwarten noch annehmen, sie dürfen nicht über Gebühr dem Alkohol zusprechen, bei Tisch rülpsen oder unanständige Witze erzählen. Die Agentur wird dafür im Gegenzug prompt bezahlen, sich darum bemühen, ihre Begleiter nicht etwa an militante Emanzen zu vermitteln, die nur danach trachten, ihnen im Schlaf ihr bestes Stück abzuschneiden, und sie wird außerdem keinerlei Adressen oder Telefonnummern an Verehrerinnen weitergeben.«

Wenn das ein Wink mit dem Zaunpfahl sein sollte, dann war er absolut überflüssig. Trotzdem, die Notwendigkeit leuchtete mir ein. Ich konnte mir vorstellen, daß es Klientinnen gab, die ihren Begleiter ein zweites und ein drittes Mal buchten, bis die Agentur schließlich taktvoll darauf hinwies, derjenige stünde nicht länger zur Verfügung …

Jetzt, wo Josh mir direkt gegenübersaß, war es gar nicht mehr so einfach, meine »Antennen« zum Schweigen zu bringen. Hie und da tippten sie mir auf die Schulter und gaben Kommentare ab wie: *Schöne Augen.*

Ich versuchte, nicht hinzusehen, was reichlich schwierig war.

*Und dieses freche kleine Grinsen eben war ja direkt gemeingefährlich.*

*Könnt ihr vielleicht mal Ruhe geben?*

*Gleich, sofort. Sind dir seine Hände schon aufgefallen?*

Ich versuchte, sie zu ignorieren. Irgendwie bin ich fixiert auf Hände. Selbst wenn der Rest recht passabel ist – hat ein Typ schwitzige, dicke Wurstfinger, törnt mich das sofort ab.

*Hübsch, nicht wahr? Stell dir nur mal vor, wenn eine davon sanft deinen BH-Träger von deiner Schulter streifen würde.*

Um Gottes willen! Geht jetzt wieder schlafen, ja?

»Ist noch Zeit für meine Naßrasur?« fragte er, als wir so gut wie fertiggegessen hatten.

»Ich würde lieber weiterfahren, wenn du nichts dagegen hast. Zum Rasieren wird wahrscheinlich immer noch Zeit sein, wenn wir erst mal da sind, wenn du wirklich meinst, daß das nötig ist.«

Vollgestopft mit Frühstücksspeck, Bohnen und Würstchen machten wir noch einen Abstecher in den Shop, in dem er Rasierzeug und ich eine Packung Zigaretten kaufte, nur so zur Sicherheit. Wenn ich welche dabeihatte, konnte sich wenigstens später keine Situation ergeben, in der ich für eine Zigarette sonstwas geben würde.

Mich beschäftigte heimlich noch immer die Frage, was er wohl für einen Job hatte, wenn er nicht gerade mit mir unterwegs war, und schließlich fand ich, ich könnte mich durchaus erkundigen. »Du arbeitest nicht zufällig im Finanzbereich, oder?« fragte ich, als wir zum Auto zurückgingen. »Dann wäre vieles einfacher!«

»Ich fürchte nein, aber ich kann ziemlich gut großkotzig tun, wenn das nötig sein sollte. Ich habe einen Universitätsabschluß im Großkotzig-Tun.«

Als ich gerade ansetzen wollte zu sagen: »Ich hoffe, du findest mich jetzt nicht zu neugierig, aber was genau machst du denn beruflich?« meinte er: »Ich wette, du hast mich erfunden, um einen ganz bestimmten Vorgänger zu ersetzen. Sollte ich über ihn Bescheid wissen, falls mich jemand danach fragt?«

»Er hieß Kit. Und, um weiteren Fragen zuvorzukommen, ja, er hat *mich* verlassen.«

Je mehr Kilometer wir zurücklegten, desto mehr Details über meinen und seinen Lebenslauf erzählte ich ihm, zwischendrin schweiften wir durchaus vom Thema ab. Was Männer anbelangt, konnte man mit ihm richtig gut quatschen. Er war in der Lage, stundenlang amüsantes Zeug zu erzählen, und das war genau das, was ich jetzt brauchte.

Erst auf den letzten Kilometern brauchte ich jemanden, der die Karte las. Wir hatten uns bereits weit aus den dicht besiedelten Zonen entfernt und waren tief ins Land vorgedrungen. Steine waren zu kleinen Mäuerchen geschichtet, die die einzelnen Weiden voneinander trennten, auf denen Lämmer in der Nähe ihrer Mütter spielten; und dann und wann grüßte ein Bauernhof von einem der Hügel um uns herum. Das quirlige London schien eine halbe Ewigkeit entfernt zu sein.

An einer kleinen Kreuzung war das Hotel ausgeschildert. Wir erspähten es schon von weitem: ein altes, steinernes Haus, das so aussah, als hätte es hier schon immer gestanden. Daneben plätscherte ein kleiner Bach, über den eine kleine, hutzelige Brücke führte. Die Wiesen rund um das Hotel waren mit Blumen übersät – und immer noch schien die Sonne.

Trotz all dieser Perfektion hatte ich einen Riesenbammel.

Jetzt wurde es ernst.

Dads alter, aber heißgeliebter Jaguar stand auf Hochglanz poliert auf dem Parkplatz. Nur noch wenige Sekunden ... »Bist du sicher, daß du das hinkriegst?« murmelte ich und nahm mit zittrigen Händen meine Sachen aus dem Auto. »Was mich anbelangt, bin ich mir da gar nicht mehr so sicher.«

»Entspann dich«, sagte er besänftigend.

Woran es nur liegt, daß man immer dann Mordgelüste bekommt, wenn einem ein Mann sagt, man solle sich entspannen? Ich meine, es gibt Männer, die erzählen einem noch, man solle ganz ruhig bleiben, wenn in den Neun-Uhr-Nachrichten gerade verkündet wird, daß ein Riesenmeteorit niedergehen wird, der alles Leben auslöscht und zwar morgen früh während der Rushhour.

Ich mußte dringend aufs Klo.

Die Rezeption sah freundlich und einladend aus, zahlreiche Blumenvasen schmückten die polierte Theke. Dort stand Dad und unterhielt sich mit einem Mann, den ich entfernt kannte.

Ich setzte mein strahlendstes Lächeln auf und ging auf ihn zu. »Hallo Dad! Das ist Dominic.«

Josh machte mir alle Ehre. »Wie geht es Ihnen?« fragte er und setzte ein perfektes Schwiegervater-Begrüßungslächeln auf.

»Ted Metcalfe. Freut mich, Sie endlich kennenzulernen, aber mir ging's schon besser, wenn Sie's genau wissen wollen.«

Plötzlich bemerkte ich seinen gehetzten, bekümmerten Gesichtsausdruck. »Ist alles in Ordnung? Wo ist Mum?«

»Oben, bei Belinda.« Er nickte bedeutungsvoll in Richtung Treppe. »Zimmer Nummer acht. Da oben ist die Hölle los, Liebes. Am besten, du siehst mal nach dem Rechten.«

# VIER

Warum ich mich in dieser schicken Eingangshalle nicht vor Schreck übergeben habe, ist mir heute noch ein Rätsel.

Ich drückte Josh meine Sachen in die Hand und flitzte die Treppe hoch. Als ich oben ankam, sah ich mich einem Labyrinth von merkwürdigen alten Fluren gegenüber. Ich lief einen nach dem anderen ab, bis ich auf Zimmer acht stieß und die Tür aufriß.

»... wirklich *zu* dumm«, sagte meine Mutter gerade verdrießlich. »Ehrlich, ich könnte sie *umbringen* und – Sophy!« Sie sah eigenartigerweise überhaupt nicht so aus, als wäre hier gerade die Hölle los. »Wir haben noch gar nicht mit dir gerechnet, Liebes.« Küßchen hier, Küßchen da. »Ich hoffe, ihr mußtet nicht im Stau stehen.«

Ich war vollkommen irritiert und fragte mich, ob ich vielleicht träumte. Keine ausgeschlagenen Zähne zierten den Teppich. Belinda lag nicht kraftlos auf dem Bett und hielt einen Zettel umklammert, auf dem stand: »Tut mir leid, Schatz – ich schaff's einfach nicht.« In ihren alten Bademantel gehüllt saß sie seelenruhig am Ankleidetisch, während die Friseuse gerade mit ihrem Haar beschäftigt war. »Huhu!« rief sie.

»Mum, was ist denn los?« ächzte ich. »Dad sah aus, als ob ihn gleich der Schlag treffen würde!«

»Das überrascht mich nicht«, sagte Belinda etwas spitz. »Mum hatte gerade eine Nervenkrise, denn Maggie Freemann tauchte vor zehn Minuten hier auf – und sie trug Mums Kostüm.«

Ich hätte es eigentlich wissen müssen. Mit seinen 62 Jahren machte mein Vater sich noch immer einen Spaß daraus, andere Leute auf den Arm zu nehmen.

»Das ist wieder mal *typisch* Maggie«, sagte Mum wütend. »Nur weil sie Größe 40 tragen kann und mich bloßstellen will ...«

Meine Mutter trägt Größe 44, müßt ihr wissen.

Die Friseuse hatte offensichtlich Mühe, nicht laut loszulachen, und im Spiegel konnte ich sehen, wie Belinda die Augen verdrehte.

»Mum, ich bin mir sicher, sie hatte keine Ahnung. Ihr kauft in denselben Geschäften ein – es ist einfach reiner Zufall.«

»Das wage ich zu bezweifeln, Liebes. Sie wird es irgendwie herausbekommen haben.«

Vor lauter Erleichterung wurde mir ganz weich in den Knien. »Und wenn schon, jemanden nachzuahmen, ist eines der aufrichtigsten Komplimente, die man machen kann, finde ich«, versuchte ich sie zu beruhigen. »Aber trotzdem sehen die Sachen an ihr nie so gut aus wie an dir. Sie ist einfach zu krumm gebaut.«

»Wenigstens trägt sie nicht denselben Hut. Außerdem, warum mußte sie überhaupt so früh hier auftauchen? Doch nur, um überall ihre Nase reinzustecken und irgendeinen Makel zu entdecken, nehme ich an.«

Belinda verdrehte erneut die Augen. »Mum, wenn du noch einmal von Maggie anfängst –«

»Tut mir leid, Liebes – ich weiß, ich sollte jetzt aufhören, aber das Ganze regt mich dermaßen auf ...«

Für Größe 44 macht Mum wirklich eine gute Figur. Sie hat ihre Haare wieder so gefärbt, wie sie ursprünglich mal waren, nämlich dunkelbraun, und sie hat so gar nichts Tantenhaftes an sich. Sie hatte sich bereits umgezogen und trug ein elegantes, marineblaues Kostüm mit roten Tupfen. Ich konnte gut verstehen, warum auch Maggie so darauf abgefahren war.

»Wo ist Dominic?« fragte Mum.

»Ich habe ihn unten bei Dad gelassen.«

Ihre Augen weiteten sich. »Dann werde ich mal schnell mit runterkommen und hallo sagen. Übrigens, Liebes, ich habe trotzdem ein Zimmer für euch gebucht, damit ihr euch in Ruhe umziehen könnt.«

Schon halb aus der Tür, drehte sie sich noch einmal um: »Meine Güte, *das* hätte ich fast vergessen. Du wirst nicht glauben, wer heute kommt – Sonia rief gestern abend an und sagte, er wäre für ein paar Tage da, und ob sie ihn anstelle von Katie Smith mitbringen dürfe, die sich nicht wohl fühlt, das arme Mädchen, Grippe oder so, denn sonst gäbe es ja eine Lücke an der Hochzeitstafel.«

Wie so oft, konnte ich ihr mal wieder nicht folgen. »Mum, bitte *wer?*«

»Kit, Liebes! Erinnerst du dich nicht? Er ist Sonias Cousin oder so – war es nicht dort, wo ihr euch zum ersten Mal getroffen habt? Bei Sonia?«

»Kit?«, ächzte ich.

»Na ja, mir war es auch nicht ganz recht, aber ich konnte schlecht nein sagen – er ist hier, um seine Familie zu besuchen und Sonia wollte ihn nicht den ganzen Tag allein lassen – ihre Eltern sind nämlich nicht da, mußt du wissen – ich hoffe, es macht dir nichts aus, aber es ist ja nicht so, daß du keinen Ersatz hättest.«

»Was heißt hier ›nicht ganz recht‹ – eine bodenlose Unverschämtheit ist das!«

Das kam von Belinda, die so entrüstet war, daß sich ihre Wangen leicht röteten. »Sonia ist einfach unglaublich taktlos. Sie weiß doch, daß er dich sitzengelassen hat. Sie hätte nie fragen dürfen.«

»Na, vielleicht kommt er ja auch gar nicht mit«, sagte Mum versöhnlich.

»Außerdem trauert Sophy ihm ja in keinster Weise mehr hinterher, stimmt doch, Liebes, oder?«

»Natürlich nicht!« Ich setzte mich aufs Bett. Ich dachte an all die Male, an denen ich seit unserer Trennung auf der Straße oder auf einem überfüllten U-Bahnsteig plötzlich seinen dunkelblonden Haarschopf in der Menge entdeckt zu haben glaubte, woraufhin mein Herz jedesmal kurz aussetzte, bis mir klar wurde, daß er es gar nicht war. Seit dem großen Krach hatte ich ihn nicht ein einziges Mal wiedergesehen. Wie also würde ich mich fühlen?

»Wenn er tatsächlich kommt, Liebes, dann begegne ihm kühl, aber gnädig«, sagte Mum. »Zeig ihm, was er sich alles hat entgehen lassen. Strahle Dominic fleißig an, nur um das alles schön auf ihn wirken zu lassen. Apropos Dominic, ich werde ihm kurz mal hallo sagen ...«

Nachdem sie weg war, klang Belinda noch gereizter als zuvor.

»Und schon ist sie weg, um ihn unter die Lupe zu nehmen. Ich hoffe, der Ärmste ist der Sache gewachsen.«

»Oh, der kriegt das schon hin«, sagte ich und versuchte dabei so unbekümmert zu klingen wie nur irgend möglich.

»Ja, aber findest du nicht auch, daß das eine absolute Unverschämtheit von Sonia ist? Und erst von Kit? Ich weiß gar nicht, wie er es überhaupt wagen kann, hier aufzutauchen, nach allem, was passiert ist.«

Die Friseuse sagte entschuldigend: »Würden Sie Ihren Kopf bitte noch einen Moment ruhig halten?«

Daß sich Belinda so für mich ereiferte, rührte mich. Gleichzeitig fühlte ich mich ziemlich schlecht, da ich Alix gegenüber so über sie gelästert hatte. Allerdings hatte sie Kit nie besonders gemocht, auch nicht vor dem großen Krach. »Ich glaube, er hält mich einfach für so ein dummes Blondchen«, sagte sie einmal, und ich hatte ihr damals nicht sagen wollen, daß sie damit absolut richtig lag, auch wenn Kit es anders formuliert hätte. »Das Ganze macht mir ehrlich gesagt überhaupt nichts aus. Schließlich hat er mich nur verlassen – er hat mich weder zusammengeschlagen noch meine Kreditkarten geklaut. Was will er überhaupt bei Sonia?«

»Er war gerade auf der Rückreise von Schottland oder so, wo er irgendwelche Freunde besucht hat. Am besten, er verschwindet so schnell wie möglich wieder nach Barnstaple, wenn du meine Meinung hören willst.«

Das war für mich nichts Neues: Von entfernten Bekannten hatte ich gehört, daß er aus St. Dingsbums weggezogen war und nun in Devon arbeitete. Was für ein blöder Zufall, daß er sich ausgerechnet dieses Wochenende entschlossen hatte, seine Cousine zu besuchen.

Sonia war eine alte Freundin von Belinda, die beiden kannten sich schon seit dem Kindergarten. Als ich achtzehn war und gerade meine Führerscheinprüfung bestanden hatte (beim dritten Versuch), war ich eines Samstag morgens bei ihr vorbeigefahren, um Belinda abzuholen, die dort übernachtet hatte. Ich kam mir unglaublich cool vor, klimperte wichtigtuerisch mit Mums Autoschlüsseln und trug eine neue, coole Sonnenbrille, die ich lässig ins Haar gesteckt hatte. Sonia murmelte, noch vollkommen verschlafen, irgend etwas von wegen Belinda würde noch schlafen, aber wenn ich in die Küche marschierte, bestände die Chance, daß mir ihre Cousine einen Kaffee machte – ihre Eltern seien gerade beim Einkaufen.

Aus irgendeinem Grund hatte ich Cousine verstanden, so daß ich reichlich überrascht war, einen Jungen in Trainingshose am Küchentisch sitzen zu sehen. Ihm war das Ganze furchtbar peinlich, was er natürlich vor mir zu verbergen suchte. Er legte sein Chemiebuch zur Seite, machte mir einen Nescafé mit zuviel Milch, und die nächsten zwanzig Minuten, die Belinda brauchte, um sich fertig zu machen, unterhielten wir uns höflich. Er hieß Christopher, aber alle nannten ihn Kit. Wie auch ich war er gerade dabei, Abitur zu machen. Danach wollte er in Bristol Medizin studieren, aber seine Chemiekenntnisse machten ihm Sorgen; in diesem Fach hatte er in der Vorprüfung nur ein Befriedigend bekommen.

Während der Osterferien hatte man ihn bei seiner Tante und seinem Onkel untergebracht, denn seine Eltern machten gerade eine Ehekrise durch – sie stritten sich ununterbrochen – und er brauchte einfach seine Ruhe, um zu lernen. Er war froh, da weg zu sein, und konnte es kaum erwarten, auf die Uni zu gehen.

Seine Das-macht-mir-alles-gar-nichts-aus-Masche hätte ihm nicht mal meine Großmutter abgenommen. Ich schmolz nur so dahin; ich hätte ihn knuddeln, mit nach Hause nehmen und zu einem von Mums köstlichen Abendessen einladen mögen – ich wußte von Belinda, daß die Kochkünste von Sonias Mutter sich auf klebrige Nudeln mit Hackfleischpampe beschränkten. Ich brannte förmlich darauf, von ihm gebeten zu werden, mit ihm auszugehen, aber obwohl ich Belinda noch etliche Male hin- und herchauffierte, bevor die Schule wieder losging, habe ich ihn nie wiedergesehen. Entweder er war im Garten und lernte dort, oder aber im oberen Stockwerk.

Und so blieb es auch, bis mich Alix und ein alter Freund aus dem Pub zu einem Wohltätigkeits-Fußballspiel für St. Dingsbums mitnahmen. Irgend jemand, der als Daffy Duck verkleidet war, hatte die erste Halbzeit über im Tor gestanden und kam dann mit einem Eimerchen herum, um Geld einzusammeln. Ich sagte zu ihm: »Na, haben sie dich gefeuert?« und er antwortete: »Ach was, Ente gut, alles gut.« Ich lachte, doch als ich das Gesicht unter der Entenmaske sah, zuckte ich zusammen. Er grinste, strahlte mich aus seinen blauen Augen an und sagte: »Ich bin mir sicher, daß wir uns schon mal irgendwo begegnet sind, aber ich weiß nicht mehr wo. Ich muß ganz schön blind gewesen sein.«

Und so blieb es dann, bis Jokasta kam.

Zum ersten Mal war ich beinahe dankbar für Dominic. Wenn ich Kit schon treffen mußte, dann doch lieber mit jemand durchaus Präsentablem an meiner Seite.

Plötzlich bemerkte ich, daß Belinda die ganze Zeit weitergeplappert und ich ihr gar nicht zugehört hatte. »... und ich hab nichts Blaues dabei, was sie natürlich für einen Riesenfehler hielt, und dann auch noch diese verflixte Geschichte mit Maggie ...«

Die Friseuse warf mir einen bedeutungsvollen Blick zu, so nach dem Motto »Keine Sorge, ich habe das schon tausendmal mitgemacht«. Was sie jedoch tatsächlich sagte, war: »Entschuldigen Sie, muß nur mal kurz aufs Klo –«

Als wir endlich allein waren, gab Belinda einen überaus genervten Seufzer von sich. »Entschuldige, aber noch vor zehn Minuten hätte ich mich fast an der Minibar vergriffen. Solltest du jemals heiraten, dann verdrück dich um Himmels willen und tu es heimlich.«

Unter diesen Umständen hielt ich die Sache mit der Minibar für gar keine so schlechte Idee. »Los, gönn dir einen Drink«, sagte ich und durchforstete bereits die Vorräte. »Schau mal hier, ein Drambuie. Du magst doch Drambuie.«

»Na gut, aber nur ein halbes Glas.«

Ich schenkte ihr ein und betete zu Gott, daß sie die andere Hälfte mir überließ, aber Likör trägt ganz besonders dazu bei, daß meine Zunge in den höchsten Gang schaltet, während sich mein Gehirn immer noch im Rückwärtsgang befindet. Wenn ich jetzt davon trank, würde ich binnen einer halben Stunde sagen: »Josh, darf ich vorstellen, –« und wäre dazu verdammt, unverzüglich

Selbstmord zu begehen. Außerdem mußte ich dringend aufs Klo, bevor ich dem System weitere Flüssigkeit zuführte.

Nach einem kleinen Schluck, der einer Fee alle Ehre gemacht hätte, wies Belinda mit dem Kopf in Richtung eines in Plastik eingeschweißten Etwas, das an der Garderobe hing.

»Mum gefällt mein Kleid nicht besonders; der Schnitt ist dem alten Regency-Stil nachempfunden – meine Frisur müßte eigentlich ganz gut dazu passen. Mum findet, daß die Leute bei so einem bauschigen Kleid nur denken, ich müßte verbergen, daß ich bereits im fünften Monat bin.«

»Und, bist du?«

»Spinnst du? Du weißt doch ganz genau, daß Mum das bereits in alle Welt hinausposaunt hätte, kaum daß ich auch nur in der fünften Woche wäre!«

Wo sie recht hatte, da hatte sie recht. »Ich finde dein Kleid phantastisch«, sagte ich versöhnlich. »Und wenn du es erst einmal anhast, wird es noch großartiger aussehen. Du würdest selbst dann noch phantastisch aussehen, wenn Benji sich über das Kleid hermachen und Mum dich daraufhin in ein altes Laken aus dem Wäscheschrank hüllen würde.«

»Armer, alter Benji, ich wünschte, er wäre hier«, jammerte sie und trug Unterlack auf ihre Fingernägel auf. »Ich wollte ihm ein Schleifchen umbinden und einen Brautpagen aus ihm machen. Der Manager sagte: »Kein Problem«, aber Mum befürchtete, bei all dem Essen könne er sich zu sehr erregen und uns blamieren. Deshalb steckt er bis morgen früh in seinem Zwinger, und du weißt ja, wie er den Zwinger haßt.«

»Es wird ihm gutgehen«, beruhigte ich sie. »Er kann sich den lieben langen Tag die Seele aus dem Leib kläffen, ohne daß ihm jemand sagt, er solle endlich das Maul halten.«

Während sie sich weiter die Nägel lackierte, ging ich im Zimmer auf und ab; es war um einiges größer, als ich erwartet hatte, Decken und Tapeten waren in diesem typisch englischen Blümchendekor gehalten, das leicht zuviel des Guten hätte sein können, wäre es nicht so hübsch gewesen. Aus dem großen Fenster hatte man einen herrlichen Blick auf die lieblichen grünen Hügel, die in der Ferne in eine karge Moorlandschaft übergingen.

Ich schielte in Richtung Badezimmer. Was *machte* die Frau da bloß die ganze Zeit? Wurde sie gerade von einem heimtückischen Ausfluß heimgesucht und ließ uns taktvoll weiterplaudern?

Belinda fluchte genervt, wischte mit Nagellackentferner über ihren kleinen Finger und begann von neuem.

»Und, bist du noch nervös?« fragte ich.

»Nur wegen Mum und Maggie, ich hoffe, sie kriegen sich nicht in die Haare.« Jetzt blies sie auf ihre glänzenden Fingernägel. »Und ich hoffe, Dad benimmt sich nicht daneben. An deiner Stelle würde ich Dominic jetzt mal zu Hilfe eilen. Mum konnte es kaum erwarten, ihn endlich kennenzulernen. Bevor du kamst, quasselte sie die ganze Zeit: ›Ich hoffe nur, er ist ein *wirklich netter Junge* – sie hat immer so ein *Pech* mit Männern ...‹«

Ich mußte lachen, denn Belinda ahmte sie relativ geschickt nach, wenn auch mehr oder weniger gequält. »Kit konnte man getrost als netten Jungen bezeichnen, doch das hat ihn auch nicht davon abgehalten, mich sitzenzulassen.«

Mum hatte ihn in der Tat einen »reizenden jungen Mann« genannt, und da hatte ich ihn noch nicht eimal zu Hause vorgestellt. Da sie das Arbeitspensum eines jungen Klinikarztes kannte, hatte sie sogar darauf verzichtet, zu drängeln. Sie hatte ihn nur einmal getroffen, während eines kurzen Wochenendtrips nach London. Ich hatte ihn mit in ihr Hotel gebracht, wo wir vor der Theatervorstellung, die wir gemeinsam besuchen wollten, kurz einen Drink nahmen.

Ich schnappte mir einen von den Keksen, die auf dem Teetablett lagen, und ging Richtung Tür. »Ich eile zu seiner Rettung. Bis nachher ...«

»Los, wünsch mir viel Glück.«

Wir gehören nicht gerade zu der Sorte Hutschigutschi-Geschwister. Dreimal täglich nach dem Essen: »Ich liebe dich, Süße.« Aber da dies eine besondere Gelegenheit war und ich ein schlechtes Gewissen hatte, weil ich nicht längst selbst daran gedacht hatte, machte ich kehrt und drückte sie ganz fest. »Viel Glück! Nicht daß du das nötig hättest. Du wirst so phantastisch aussehen, daß sogar mir die Tränen kommen werden.«

Eine Sekunde lang drückte sie mich an sich, um mich dann wieder wegzuschubsen. »Los, geh jetzt, bevor *mir* die Tränen kommen.« Sie lachte zwar, aber ihre Stimme klang zittrig und in ihren Augen standen Tränen.

In meinen plötzlich auch. »Ich glaub, ich werde alt«, sagte ich und tupfte die Tränen mit der Fingerspitze weg. »Und blöd und sentimental ...«

Sie reichte mir ein Taschentuch und trocknete sich selbst die Augen. »Los, hau endlich ab, du alte Hexe. Geh, und eile deinem Spielgefährten zu Hilfe, bevor Mum ihn in Grund und Boden geredet hat.«

»Nenn mich nie wieder alte Hexe, du häßliche Schlampe!«

Fast rannte ich nach unten, ich mußte einfach furchtbar dringend aufs Klo, wagte jedoch nicht, Josh noch länger allein zu lassen.

Er stand mit Dad an der Bar, und ich war sofort ganz ruhig, als ich sie sah: Sie schienen sich prächtig zu verstehen. Beide lehnten am Tresen und grinsten sich verschwörerisch an, als wären sie schon alte Kumpel.

Ich war nicht mehr auf einen Vatermord aus, aber ich ging geradewegs auf die beiden zu, und während ich innerlich vor Erleichterung strahlte, versuchte ich mein wütendstes Gesicht aufzusetzen: »Dad, wie konntest du mir so einen Schrecken einjagen? Ich dachte schon, es wäre eine mittlere Katastrophe eingetreten!«

»Nun, für deine Mutter war es ja auch eine mittlere Katastrophe.«

Auf seinem Gesicht zeigte sich nicht die leiseste Spur von Gehetztheit, es hatte seinen fröhlich-gutmütigen Ausdruck wiedergefunden. Er war fast so groß wie Josh, hatte zwar ein wenig zugenommen, war aber nicht dick. Sein Haar war grau, aber immer noch voll. Wenn er sich anstrengte, konnte er aussehen wie ein vornehmer und gleichzeitig knuffiger Teddy, selbst seine tiefe Baritonstimme paßte dazu. Zu seinem dunkelgrauen Anzug und dem weißen Hemd trug er eine ziemlich auffällig gemusterte Seidenweste.

Ich ließ mich auf einen der Barhocker fallen und hätte sonstwas darum gegeben, mir jetzt einen Wodka genehmigen zu dürfen. Josh dagegen sah vollkommen entspannt aus. Die Bar war ganz im typisch englisch-altmodischen Pub-Stil gehalten und mit Jagdszenen, Pferdegeschirr und einer Unmenge von Zinnkrügen dekoriert.

»Jetzt hör mal zu, du alter Knabe«, sagte ich drohend, »heute werden keinerlei kompromittierende Geschichten über Belinda und das, was sie im Badezimmer gemacht hat, erzählt, versprochen?«

Josh verschluckte sich fast an seinem Lager.

»Ich denke nicht im Traum daran, Liebes«, sagte Dad.

»Das will ich dir auch geraten haben. Wenn du es wagen solltest, auch nur etwas entfernt Peinliches von dir zu geben, werde ich allen sagen, deine Viagra-Pillen hätten deine Diskretion untergraben.«

Diese Drohung würde möglicherweise Wirkung zeigen. Er setzte sein harmloses Teddygesicht auf, mit dem er bei Mum Gnade fand.

»Wo ist Maggie eigentlich?« fragte ich.

»Wahrscheinlich poliert sie gerade ihren Besenstil. Oder sie spaziert mit David und Zoe durch den Park.«

Dave war ihr Mann. Sarah würde nicht da sein. Sie und James hatten sich schon lange im voraus mit Freunden in ihrem Landhaus in Yorkshire verabredet und konnten deshalb nicht kommen. Das tat mir leid, denn Sarah war die einzige Freeman, die ich mochte.

Als ich gerade darüber nachdachte, ob ich mir nicht doch einen klitzekleinen Wodka gönnen sollte, kam Mum angerauscht, aufgedonnert wie ein altes Schlachtschiff.

»Ah, da seid ihr ja, ihr Lieben – euer Zimmer ist bereit – und da ich es nun mal gebucht habe, könnt ihr euch dort auch umziehen.« Wie erwartet nahm sie mich ein wenig beiseite. »Ich muß wirklich sagen, Liebes, er scheint ja *äußerst* charmant zu sein«, flüsterte sie. »Zu schade, daß ihr nicht über Nacht bleibt, aber da kann man wohl nichts machen.«

Während ich nach dem Zimmerschlüssel kramte, fuhr sie fort: »Wie gefällt dir eigentlich Belindas Kleid? Es ist sehr hübsch, das schon, aber ich wünschte, sie hätte sich etwas *Figurbetonteres* ausgesucht – es ist doch wirklich zu schade, daß sie ihre kleine, schmale Taille heute nicht zur Geltung bringt.«

Noch bevor ich ihr antworten konnte, trat eine Sorgenfalte auf ihre Stirn und sie wandte sich »Dominic« zu. »Mein Lieber, ich habe ganz vergessen, Sie nach ihrem Freund zu fragen. Eine scheußliche Sache, seine Frau ist einfach auf und davon. Wie geht es ihm denn jetzt?«

Mein Herz klopfte mir bis zum Hals, aber es gab keinerlei Grund zur Beunruhigung.

»Ihm geht es bestens.« Er setzte ein weiteres, perfekt austariertes Lächeln auf. »Sie haben sich wieder versöhnt. Und an allem war nur eine falsche Kreditkartenabrechnung schuld – eine Hotelrechnung, die man aus Versehen mitaufgeführt hatte.«

»Ist das nicht typisch?« gurrte meine Mutter.

Ich erstarrte fast vor Ehrfurcht. Sich so mir nichts, dir nichts was auszudenken, darin war er fast noch besser als ich. Trotzdem, man soll immer aufhören, wenn es am schönsten ist. Ich schenkte ihm meinerseits ein perfekt austariertes Lächeln. »Wenn du dein Bier ausgetrunken hast, ziehen wir uns am besten mal um, was meinst du?«

Er zuckte nicht mit der Wimper. »Wann immer du willst.«

Während er austrank, suchte ich meine Sachen zusammen.

So weit, so gut.

»Zu schade, daß ihr nicht über Nacht bleiben könnt«, sagte Mum noch einmal zu ihm. »Nun, das Zimmer ist gebucht, falls ihr eure Meinung noch ändern solltet. Es wäre einfach zu schön, wenn ihr wenigstens zum Abendessen bleiben könntet – bei so einem Anlaß kommt man ja tagsüber kaum dazu, sich richtig zu unterhalten.«

Bevor sie dieses gefährliche Thema weiterspinnen konnte, nahm ich Joshs Arm. »Komm, Liebling, wir müssen los.«

Es war komisch, ihn »Liebling« zu nennen. Ich war noch nie ein »Liebling«-Typ gewesen, ein beherztes »Los, setz deinen Hintern in Bewegung, Alter« lag mir da schon eher. »Ich hoffe, sie haben dich nicht gleich zu sehr in die Mangel genommen«, murmelte ich, als wir in Richtung Treppe gingen.

»Alles halb so wild.« Als wir schon fast oben waren, fügte er trocken hinzu: »Deine Mama gehört offensichtlich nicht zu dem Typ Mutter, der genau weiß, was abgeht, aber lieber ganz naiv tut.«

»Spinnst du? Nach fünf Monaten muß sie ja wohl annehmen, daß wir mehr als nur gute Freunde sind.«

Trotzdem, ich konnte verstehen, warum er das gesagt hatte. Alix' Eltern waren immer noch unglaublich heikel, was dieses »Nicht unter unserem Dach«-Thema anbelangte. Als sie es einmal gewagt hatte, Simon, ihren Ex, mit nach Hause zu bringen, hatte ihre Mutter gesagt: »Es ist mir egal, was ihr bei euch zu Hause so treibt, aber das Bett quietscht, und das ist deinem Vater unangenehm.«

Zimmer Nummer fünf lag am Ende eines niedrigen Flurs, in dem Josh seinen Kopf einziehen mußte. Auch hier gab es dasselbe Blumendekor wie bei Belinda, nur daß das Zimmer halb so groß war, ein Doppelbett paßte gerade noch hinein.

»Was hat denn Belinda im Badezimmer so gemacht, oder sollte ich das lieber nicht fragen?« forschte er nach.

»Sie machte Aa und unterrichtete die ganze Straße davon, aber da war sie erst zweieinhalb.« Ich schnappte meinen Kulturbeutel. »Entschuldige, aber ich muß dringend aufs Klo.«

So nötig ich auch mußte – ich muß gestehen, in diesem Moment überkam mich eine lächerliche, geradezu pubertäre Angst. Obwohl ich hinter mir abgeschlossen hatte, konnte ich ziemlich deutlich hören, wie er den Kleiderschrank schloß, also nahm ich an, daß er mich genauso gut hören konnte, und ich wollte nicht, daß er dachte, die Niagara-Fälle wären seit neuestem nach Lancashire umgeleitet worden. Nachdem ich die Schüssel mit Klopapier ausgepolstert hatte, erinnerte ich mich, daß ich dieselbe Vorsichtsmaßnahme schon einmal auf einem Schüleraustausch in Frankreich ergriffen hatte. Mit fünfzehn wäre ich lieber gestorben, als Marie-Louises unglaublich hinreißenden Bruder hören zu lassen, was ich da gerade tat. Und ich *bin* fast gestorben, als ich ihrem Papa erzählen mußte, daß ich *pour une* Verstopfung gesorgt hatte.

Wie auch immer, Lancashire-Leitungen sind da von etwas anderem Kaliber. Ich putzte mir die Zähne und versuchte verzweifelt, meine Gedanken zu ordnen. So weit war alles gutgegangen.

Als ich mich besser fühlte, tauchte ich wieder auf und hängte meine Sachen auf. Da es hier so eng war, daß sich nicht mal ein

Hamster wohl gefühlt hätte, und die Betten fast den ganzen Raum einnahmen, war ich doppelt froh über das Badezimmer. Ich hätte es nicht besonders toll gefunden, wenn ich mich vor Josh bis auf die Unterwäsche hätte ausziehen müssen; ich trug eine ausgeleierte Unterhose, ein Weihnachtsgeschenk, auf der *Hi, Big Boy!* stand, und meine Oberschenkel waren auch nicht besonders in Form.

Er hatte sich richtig gemausert, und so war nicht zu befürchten, daß er weitere Witze über »Kopfschmerzen« oder andere Dinge, die leicht hätten mißverstanden werden können, von sich geben würde. »Möchtest du dich lieber im Badezimmer umziehen, oder soll ich da reingehen?«

»Nimm du es. Übrigens ...«

Er drehte sich in der Tür um.

»Es könnte sein, daß mein Ex heute auch kommt«, sagte ich. »Kit. Also wenn du dein Bestes geben würdest, so auszusehen, als wärst du mir absolut ergeben, wäre ich dir sehr dankbar.«

Ich erläuterte kurz die Situation.

Er zog eine Augenbraue hoch. »Ganz schön nervig, nicht wahr?«

»Ja, ich fürchte schon, aber vielleicht kommt er ja doch nicht. Ehrlich gesagt, ist mir das auch völlig egal.«

Er zog wieder eine Augenbraue hoch, nahm seine Sachen mit ins Bad und schloß die Tür hinter sich.

Nach etwa zwanzig Minuten klopfte er an die Badezimmertür. »Bist du züchtig gekleidet?«

»Ich bin so gut wie fertig.«

Ich stand immer noch vor der Frisierkommode und trug gerade eine zweite Lage Hot Berry auf, während er seine schmutzigen Klamotten in seine Reisetasche stopfte. Dann drehte ich mich auf meinem Stuhl um, um ihn in aller Ruhe zu begutachten.

»Und? Bin ich vorzeigbar?« fragte er eine Spur sarkastisch.

»Vorzeigbar« war nicht ganz das passende Wort. Er trug einen hellgrauen Anzug, dazu eines dieser weißen Hemden, die in sich gestreift zu sein scheinen, und einen dunkelblauen Schlips mit kleinen weißen Punkten. Unten an den Ärmeln seines Jacketts sah man gerade eben goldene Manschettenknöpfe hervorblitzen.

Jedes Detail stimmte, auch wenn keins von ihnen besonders auffällig war. Was jedoch auffiel, war das Gesamtbild. Er sah wirklich erstaunlich appetitlich aus, wie Alix sich manchmal ausdrückte.

»Sehr passend«, sagte ich. »Ich hoffe, es wird dir im Alter ein Trost sein, daß du dazu beigetragen hast, daß meine Mutter sich nicht vor Maggie Freeman zu verstecken braucht.«

»Ich kann es kaum erwarten, diese Frau zu treffen«, erwiderte er trocken, »dein alter Herr hat mir anvertraut, daß er sie insgeheim Winnie Weinessig nennt.«

Sie mußten sich wirklich gut verstanden haben, wenn ihm Dad bereits derartige Dinge anvertraut hatte.

»Und? Bin ich auch vorzeigbar?« fragte ich, indem ich mich erhob, und versuchte dabei so beiläufig zu klingen, als wäre mir sein Urteil im Grunde völlig egal.

Ich war mir nicht ganz sicher gewesen, was das Kostüm betraf. Ich hätte lieber etwas Dunkles getragen, was schlank macht, aber man kann auf einer Hochzeit unmöglich Schwarz tragen, und Grau und Marineblau trug ich schon jeden Tag zur Arbeit. Das Kostüm war in einem zarten, frühlingshaften Schlüsselblumengelb gehalten, hatte einen schmalen Rock und ein einreihiges Jackett, das lang genug war, um das Schlimmste zu kaschieren. Der Schnitt schmeichelte mir sehr, aber das war ja wohl auch das mindeste, was ich für den Preis, den ich für das gute Stück bezahlt hatte, erwarten konnte. Dazu trug ich ein hübsches blaues Seidenhemdchen. Ich hatte mein Haar auf eine sexy Art locker hochgesteckt, und das war mir sogar ausnahmsweise mal auf Anhieb gelungen.

Ich fand, ich sah eigentlich verdammt gut aus.

»Sehr passend«, verkündete er.

Wow, dankeschön.

»Ich könnte sogar so weit gehen zu sagen: wirklich entzükkend«, fuhr er fort. »Was soll ich eigentlich tun, wenn dir jemand unangebracht viel Aufmerksamkeit schenken sollte? Darüber hinwegsehen oder einen auf *Hau ab, sie gehört zu mir* machen?«

»Es ist weitaus wahrscheinlicher, daß einer dieser schrecklichen alten Langweiler stundenlang auf mich einreden wird. Die wird man nie wieder los, ohne richtig unverschämt zu werden. In diesem Fall würde ich eine Rettungsmaßnahme deinerseits durchaus zu schätzen wissen.«

Ich nebelte mich ausgiebig mit Aqua di Gió ein.

»So, ich glaube, das wär's. Wollen wir nach unten gehen?«

»Du bist der Boß.«

Als ich nach meiner Handtasche griff, fiel mir ein, daß ich vergessen hatte, meine Kette anzulegen. »O mein Gott, fast hätte ich den Halsschmuck vergessen ...« Ich zog die dreireihige Kette aus Süßwasserperlen und Lapislazuli, die mir Mum und Dad vorletztes Weihnachten geschenkt hatten, aus meiner Reisetasche.

Unter normalen Umständen wäre es mir durchaus selbst gelungen, den kleinen, zierlichen Verschluß innerhalb von 30 Sekunden zuzumachen. Aber so wie die Dinge lagen ...

»Darf ich?« fragte er.

»Wenn es dir nichts ausmacht ...« Ich neigte den Kopf ein wenig nach vorn, damit er besser sehen konnte.

In diesem Moment wurde mir klar, daß es mir äußerst schwerfallen würde, meine Antennen solange abzuschalten. Eigentlich war überhaupt nichts dabei, daß er jetzt kurz mit meinen sekundären erogenen Zonen in Berührung kam, trotzdem, hier stand er und stimulierte meinen Nacken, als hätte er in dieser Disziplin seinen Doktortitel gemacht. Aber immerhin stand mir so ein wohliges Schaudern ja durchaus auch zu, schließlich hatte ich ordentlich für ihn geblecht.

Als wir wieder durch den niedrigen Flur mußten, erfaßte mich eine Welle der Übelkeit vor lauter Lampenfieber und ließ mich beinahe ertrinken. »Mir ist schlecht«, gestand ich. »Ich werde dieses ungute Gefühl einfach nicht los.«

»Was für ein ungutes Gefühl denn?«

»Na, nimm doch bloß mal an, es stellt sich heraus, daß der echte Dominic Walsh ein Cousin von Paul ist? Oder was, wenn jemand sagt: ›Ist das nicht komisch – erst kürzlich habe ich einen anderen Dominic Walsh kennengelernt.‹ Und dann stößt womöglich der *echte* D. W. dazu und sagt: ›Meine Güte, bist du nicht die Frau, die so stockbesoffen war und mir ihre Telefonnummer auf den Arm geschrieben hat?‹ Aber es muß ja nicht mal so weit hergeholt sein.

Was, wenn jemand versucht, dich wegen deinem Job festzunageln? Und so richtig unangenehme Fragen stellt?«

»Entspann dich«, sagte er begütigend. »Es wird alles gutgehen.«

»Kann ich das bitte schriftlich haben?«

»Sophy, jetzt beruhige dich doch. Wenn du so nach unten gehst, sieht jeder, wie angespannt du bist, und die Leute werden erst recht glauben, daß da irgendwas nicht stimmt. Setz ein Lächeln auf. Hab einfach volles Vertrauen.«

»Du hast leicht reden!«

»Entspann dich! Wer schwache Nerven hat, kommt nicht mal davon, wenn er den perfekten Mord begangen hat, glaub mir.«

»Sprichst du da aus Erfahrung?«

»Na, was glaubst du?«

Eine durchaus interessante Frage, aber ich sollte keinerlei Chance haben, sie zu beantworten. Da im Gang schon Stimmen von Verwandten laut wurden, versuchte ich den Wackelpudding aufzurichten, der angeblich meine Wirbelsäule darstellen sollte. »Wir gehen jetzt besser, sonst dreh ich noch vollkommen durch.«

Wir mischten uns vor der Zeremonie unter die Leute, und alles lief glatt, wenn man von meiner insgeheimen Panik einmal absieht. Kit konnte ich nicht entdecken, auch wenn ich mir nicht gerade den Hals nach ihm verrenkte; er sollte nun wirklich meine geringste Sorge sein. Der Raum, in dem die Trauung vollzogen werden sollte, besaß ein Gewölbe aus Stein und alten Holzbalken, so daß man sich fast wie in einer Kirche fühlen konnte, den leicht modrigen Geruch, den die Gebetbücher verströmen, einmal ausgenommen; ein ganzes Gewächshaus voller Blumen tränkte hier die Luft mit ihrem Duft. Wir ließen uns auf den in mehreren Reihen aufgestellten Stühlen nieder, die mit dunkelrotem Samt bezogen waren. Ein höfliches, erwartungsvolles Raunen erfüllte den Raum, bis sich jemand an die Orgel setzte und den Hochzeitsmarsch zu spielen begann.

Ich verrenkte mir den Hals, um das Brautpaar zu sehen, und das erste, was ich sah, war Kit. Er saß ganz hinten, direkt am Gang, und unsere Blicke trafen sich eine halbe Sekunde lang. Irgendein inneres Organ von mir begann heftig zu pulsieren und ein Stück tiefer zu rutschen, ansonsten geschah nichts weiter Besorgniserregendes. Und so wischte ich mir innerlich den Schweiß von der Stirn und schaffte es, ein gelassenes, herzliches Lächeln aufzusetzen, bevor Belinda an Dads Arm hereinschritt.

Dieses Kleid hätte so gut wie jedem gestanden, aber an Belinda sah es einfach atemberaubend aus. Es war schlicht und zugleich hinreißend schön, die cremefarbene Seide fiel in weichen Falten von einem kleinen, engen Mieder herab, das nur ein Hauch altmodischer Spitze zierte. Nun, mir war leicht weinerlich zumute. Mum verbrauchte mehrere Taschentücher, und ich wage zu behaupten, daß selbst die schärfsten Zyniker vorgegeben hätten, sie litten aufgrund all der Blumen an einer plötzlichen Heuschnupfenattacke.

Ich weiß nicht, warum, aber ein Frack läßt selbst Durchschnittstypen noch passabel aussehen, und da Paul alles andere als durchschnittlich aussah, begann ich Belindas Schwäche für ihn zu verstehen. Wäre ich an ihrer Stelle gewesen, hätte ich mir vielleicht ein Paar silberne Handschellen gegönnt, für den Fall, daß das eine oder andere Raubtier auf der Lauer lag. Für die Jocastas dieser Welt stellt es eine ganz besondere Herausforderung dar, sich einen Mann von seiner eigenen Hochzeitsgesellschaft weg zu angeln – dafür gab es dann fünfzig Extra-Punkte.

Die Zeremonie selbst verlief schlicht und würdevoll, und nachdem beide sich das Jawort gegeben und die Ringe getauscht hatten, seufzte ich heimlich erleichtert auf.

Als wir uns in den angrenzenden Raum begaben, murmelte Josh: »Und, ist er da?«

»Ja, aber ich kann ihn in all dem Getümmel gerade nicht entdecken …« Als die Menge sich verteilt hatte, rempelte ich ihn kurz an: »Da, neben dem Mädchen in dem roten Kleid …«

Ich war froh, daß Kit so gutaussehend war. Er war nur ein wenig kleiner als Josh, trug ein marineblaues Sakko und eine Krawatte, die er sich wahrscheinlich von Sonias Vater ausgeliehen hatte. Er war leicht gebräunt, und sein dunkelblondes Haar war von der Sonne so ausgeblichen, daß ich mich fragte, ob sein Umzug nach Barnstaple wohl auch etwas mit seiner Surfleidenschaft zu tun hatte. Ich hatte einmal ein ganzes Märzwochenende zähneklappernd an einem Strand in Nord-Devon verbracht und mich gefragt, ob er vollkommen verrückt geworden war, er und die anderen, die da in den Wellen um eine Unterkühlung wetteiferten.

Josh fragte leise: »Und was macht er so?«

Warum ist das immer das erste, was sie wissen wollen? »Er ist Arzt.« Jocasta war eine Kollegin gewesen, und wahrscheinlich war sie der Grund, warum ich danach aufgehört hatte, *Emergency Room* anzuschauen. Das Ganze kam mir einfach zu bekannt vor – all diese wilden Leidenschaften über dem Wiederbelebungsgerät, während irgendein armes Schwein gerade den Löffel abgab.

Die ganz in rot gekleidete Sonia erwiderte meinen Blick und kam genau in dem Moment auf uns zu, als wir gerade etwas unschlüssig mit unseren Gläsern im Raum herumstanden. Nach einem kurzen »Hi« nahm sie mich ein wenig beiseite.

»Es macht dir doch nichts aus, daß ich Kit mitgebracht habe, oder?« flüsterte sie. »Er meinte erst, das wäre ihm wirklich zu unangenehm, aber ich fand, daß im Grunde doch gar nichts dabei ist und hab ihn einfach mitgeschleift.«

»Du hast recht, das ist vollkommen in Ordnung«, sagte ich möglichst gelassen und herzlich. »Seit damals ist schließlich schon viel Wasser den Dingens runtergeflossen.«

»Na also, Gott sei dank. Ich werde gleich mal zu ihm gehen und ihm sagen, daß du ihn schon nicht fressen wirst. Sieht Belinda nicht wunderbar aus? Was Paul anbelangt, bin ich ganz grün vor Neid. Warum hab ich bloß nie solche Typen? In letzter Zeit hab ich sogar *überhaupt* keine mehr.« Und weg war sie.

Während wir mit unseren Champagnerflöten herumgingen, zog ich erneut Kits Blick auf mich. Er lächelte äußerst unbeholfen, und ich lächelte wieder möglichst gelassen und herzlich zurück. Gleich danach bedauerte ich, daß ich nicht noch etwas mehr Wärme in mein Lächeln gelegt hatte. Weiß der Himmel, warum, aber plötzlich tat er mir leid in seiner Unbeholfenheit. Wahrscheinlich, weil ich feststellte, daß keinerlei Flammen mehr aus der alten Glut zu entfachen waren. Und was an alter Glut überhaupt noch vorhanden war, war auch nicht gerade von der aufregenden Sorte. In der Tat fühlte ich mich eher so, als hätte ich gerade einen alten Freund getroffen, mit dem ich eine schreckliche Auseinandersetzung gehabt hatte, und ich wünschte mir, wir hätten uns nicht zerstritten.

Trotzdem hoffte ich, daß er meinen Liebsten bemerkte, der seine Rolle einfach oscarreif spielte. Während wir so umherliefen, ruhte seine Hand immer mal wieder leicht auf meiner Taille oder hinten auf meinem Jackett, auf dem toten Punkt kurz unterhalb meines Nackens.

Was für eine Verschwendung. Hier stand ich nun mit einem überaus attraktiven Mann und war viel zu aufgeregt, um es richtig zu genießen. Ich fühlte mich zunehmend wie jemand, der gerade versucht, 10 kg Crack durch den Zoll zu schmuggeln und jeden Moment erwartet, eine schwere Hand auf seiner Schulter zu spüren.

Aus Sicherheitsgründen versuchte ich, Josh so weit wie möglich von mir unbekannten männlichen Gästen fernzuhalten, die wahrscheinlich sofort fragen würden, was er denn beruflich so mache, und bemühte mich, ihn zu weiblichen Gästen zu lotsen, die ich gut genug kannte, um die Konversation jederzeit steuern zu können. Wenn er sich wegen der ständigen Lobeshymnen im Stil: »Sieht Belinda nicht einfach wunderschön aus?« langweilte, war das schlichtweg sein Problem.

Schließlich bahnten wir uns einen Weg zu dem glücklichen Brautpaar. Belinda schien sich in irgendeinem wunderbaren Rausch zu befinden. Sie hörte überhaupt nicht mehr auf zu strahlen.

»Das ist Dominic. Ich dachte, ihr solltet ihn mal unter die Lupe nehmen«, sagte ich, und sie lachte und gab ihm einen Kuß. »Dominic« gab Paul die Hand und sagte: »Gratuliere – du kannst dich glücklich schätzen« und hatte dazu wieder ein äußerst passendes Lächeln aufgesetzt, und Paul erwiderte: »Danke, aber das weiß ich bereits.«

Ich sagte: »Du kannst mich wohl nicht zufällig in deinem Koffer verstecken, oder? Ich hatte schon immer eine Schwäche für Afrika.« Paul mußte lachen. »Ich bin mir sicher, du kannst versuchen, Dominic in diese Richtung etwas zu beeinflussen. Nach einem derartigen Wink mit dem Zaunpfahl –.« Plötzlich schweifte sein Blick ab und richtete sich auf jemanden hinter meiner linken Schulter. »Brian! Wie schön, daß du kommen konntest! Warum hast du noch nichts zu trinken? Jane, ich hoffe doch sehr, Saskia geht es besser.« Er machte einen Schritt zur Seite, um sich mit den beiden zu unterhalten. Sie waren so um die Vierzig und äußerst elegant.

Belinda verzog entschuldigend das Gesicht und flüsterte: »Entschuldigt, aber das sind sein Chef und seine Frau. Ihre Tochter fiel letzte Woche vom Pferd und hat sich ziemlich schwer verletzt. Er hatte nicht erwartet, daß sie kommen würden.«

Nach einer Minute zogen wir weiter. Josh murmelte trocken: »Chef oder nicht Chef, er hätte dir schon zwei Sekunden mehr widmen können, bevor er vor ihm katzbuckelte.«

»Ach Gottchen«, sagte ich gereizt, obwohl ich durchaus seiner Meinung war.

»Entschuldige, es geht mich ja nichts an. Aber niemand sollte seine Frau, die er gerade erst vor einer halben Stunde geheiratet hat, dazu zwingen, sich für das eigene Benehmen entschuldigen zu müssen.«

»Mich hat das nicht weiter gestört«, log ich.

Wir gingen zu Maggie Freeman, Zoe und Oliver hinüber, der gar nicht so kinnlos war, wie Mum ihn beschrieben hatte, aber ebensowenig jemand, der einem irgendwie im Gedächtnis geblieben wäre.

Maggie war früher einmal blond gewesen und gab vor, es immer noch zu sein. Ihre Haut zeigte deutliche Spuren von vielen teuren Urlauben in der Sonne, und wenn man ihrem Gesichtsausdruck trauen konnte, gefiel es ihr gar nicht, daß Mums Prahlereien der Realität standhielten. Was zur Hälfte auf mein Konto ging!

Weihnachten, genauer gesagt an Heiligabend, als wir wie üblich einen kurzen Drink *chez* Freeman nahmen, hatte sie mir gegenüber einige spitze Bemerkungen gemacht. Erst mußte ich mir ein: »Ich höre, du hast *endlich* auch wieder einen neuen Freund gefunden« anhören. Und kurz darauf: »Liebes, du siehst deiner Mutter aber auch immer ähnlicher«. Was soviel heißen sollte wie: *Meine Güte, du hast aber zugenommen.* Mum hatte das alles genau mitbekommen und stand absolut auf meiner Seite. »Nun, wenigstens siehst du gesund aus. Zoe wird noch einmal magersüchtig werden, wenn ihr mich fragt«, meinte sie spitz. »Und dieser Hammel schmeckt einfach *schrecklich*. Wenn Maggie nicht mal in der Lage ist, ein wenig Lamm in den Ofen zu schieben, dann sollte sie sich besser geschlagen geben und auf belegte Brötchen zurückgreifen.«

Zoe war nicht wirklich magersüchtig. Sie wirkte zart und elegant, aber nicht knochig, trug ihre kurzen, blonden Haare in einem eleganten Pagenkopf und hatte ein taupefarbenes Kostüm an. Ich war noch nie besonders wild auf Zoe gewesen. Sie war zu Belinda immer recht gemein gewesen, als die beiden noch klein waren, und so freute ich mich, ihr angestrengtes, absolut verkrampftes Lächeln zu sehen, als ich mit meinem strahlendsten Lächeln und einem mir völlig ergebenen Dominic am Arm vor ihr aufkreuzte.

»Wir haben schon viel von Ihnen gehört«, sagte Maggie mit ihrer wohlgesetzten, aber in Wahrheit eher schrillen Stimme. »Susan hat uns bereits erzählt, daß Sie Investmentbanker sind.«

Leichthin lächelnd gab er ihr die Hand. »Ja, als Strafe für meine Sünden. Ich hatte die Wahl zwischen dem und dem Priesteramt.«

Daraufhin wurden die Freemannschen Augen weit aufgerissen. »Nein! Im Ernst?«

»Nein, nicht wirklich«, gestand er.

Das rauhe Gelächter, das darauf folgte, erschallte nicht aus einer der Freeman-Kehlen, sondern kam von meiner Uraltfreundin Tamara, die gerade zu uns gestoßen war, und von der ich am allerwenigsten zu befürchten hatte.

Nachdem sie und »Dominic« sich ziemlich feierlich die Hände geschüttelt hatten, sagte sie: »Ich hoffe, du hast dich nicht unwohl gefühlt, denn ich habe dich während der letzten halben Stunde fortwährend angestarrt. Irgendwie erinnerst du mich an jemanden, aber ich komme einfach nicht drauf.«

Um Gottes willen, nein! Und schon war es Zeit für Harakiri.

Josh setzte nur ein leicht amüsiertes Lächeln auf. »Sollte ich einen Doppelgänger haben, dann hoffe ich nur, er hat sich gut benommen.«

»Sobald es mir einfällt, gebe ich dir Bescheid«, grinste sie zurück.

Ich lachte ungezwungen auf, wie ich hoffte, und nahm Joshs Arm. »Das war's dann wohl, Liebling. Ich wußte, du würdest eines Tages bei *Aktenzeichen XY ungelöst* auftreten. Ich hab dir doch gleich gesagt, du hättest deine Skimütze lieber aufbehalten sollen.«

»Die Sache war wirklich mehr als heikel«, sagte er. »Abgesehen davon konnte ich es mir einfach nicht verkneifen, ein Victory-Zeichen direkt in die Sicherheitskameras zu machen.«

»Das läßt mir jetzt wirklich keine Ruhe«, sagte Tamara. »Na ja, aber bei all den Zillionen Leuten, die ich so kennenlerne.«

»Tamara steht gewissermaßen unter Naturschutz, wie ein Reptil paßt sie sich jeder Jahreszeit an«, sagte Zoe. »Skifahren im Winter, Wasserskifahren im Sommer. Vielleicht hast du sie irgendwo an der Costa Pina Colada kennengelernt.« Sie kicherte laut, um über ihren blöden Witz hinwegzutäuschen, aber Tamara beachtete sie gar nicht.

»Es wird mir schon noch einfallen«, grinste sie.

Ich wechselte abrupt das Thema. »Zu schade, daß Sarah nicht kommen konnte. Ich habe mich so darauf gefreut, sie wiederzusehen. Wie geht es ihr?«

Maggie war überglücklich – das war ihr Stichwort. »Sehr gut, danke. Wir haben sie Neujahr besucht. Sie hatte jede Menge Gäste, aber das Haus ist ja riesengroß, größtenteils noch aus dem 16. Jahrhundert, und natürlich haben sie Neujahr eine Jagd veranstaltet. James ist passionierter Jäger, müßt ihr wissen. Sie hatten etwa 30 Gäste zum Mittagessen, und so hatte Sarah alle Hände voll zu tun, dem Personal auf die Finger zu sehen.«

»Sarah macht am liebsten Cordon Bleu«, erklärte ich »Dominic«. »Sie hatte mal ein superschickes Restaurant in Manchester.«

»Und zu allem Überfluß«, flötete Maggie, »hatte James' Koch keinerlei Ahnung, was er mit einem Trüffel anstellen sollte. Man kann diesen aufstrebenden Jungköchen eben doch nicht einfach alles so selbstverständlich überlassen. Tamara hat vor ein paar Wochen ebenfalls ein Wochenende dort verbracht, nicht wahr, Tamara?«

»Und ob«, sagte sie aufgekratzt. »Das Haus ist einfach phantastisch – man könnte grün werden vor Neid.«

Nachdem sie also gehörig Sarahs Status herausgestrichen hatte, wandte sich Maggie »Dominic« zu. »James hat häufig Gäste aus der Stadt, wenn sie eine Jagd veranstalten. Vielleicht kennen Sie ja einige davon. Gehen Sie überhaupt auf die Jagd?«

»Früher ja, aber ich schoß keine Fasane. Ihnen die Hälse umzudrehen brachte ich einfach nicht fertig. Ich habe versucht, auf die Fahrradreifen des Postboten zu zielen, aber nur einmal getroffen. Bewegliche Ziele sind gar nicht so leicht zu treffen, wenn man nur ein Luftgewehr hat.«

Sogar Zoe mußte lachen, doch Maggie verzog keine Miene. »Ich finde das überhaupt nicht komisch«, sagte die essigsaure alte Schachtel steif.

»Entschuldigen Sie.« Er schenkte ihr ein Lächeln, um die überaus beißende Essigproduktion wieder zu neutralisieren. »Kann ich Ihnen noch ein Glas Champagner bringen?«

Nach einer Minute zog ich ihn weiter, bevor Maggie wieder von irgendwelchen Typen aus der Stadt anfangen und unangenehm weiterbohren konnte. Ich wähnte mich in vermintem Gelände, überall lagen versteckte Sprengsätze. »Wo zum Teufel hat dich Tamara getroffen?« zischte ich.

»Nirgendwo, soweit ich weiß. Ich würde mich garantiert daran erinnern.« Natürlich würde er das. Sie war attraktiv genug, um einem im Gedächtnis zu bleiben.

»Da muß jemand meine Personalien verwechselt haben«, fuhr er ruhig fort. »Entspann dich bitte, ja?« Die Hand, die auf meiner Taille ruhte, gab mir einen kleinen Knuff.

»Wirst du das bitte lassen«, zischte ich. »Das kitzelt!«

Allein die Gefahr der Demaskierung hatte vollauf ausgereicht, um meine Gedärme in Wallung zu bringen. Was, wenn es nochmal zu einer solchen Situation kam? Ich hatte noch nie eine echte Panikattacke erlitten, aber nun stand ich kurz davor. Mir war heiß, ich verspürte den dringenden Wunsch, an die frische Luft zu gehen, und hatte den ebenso dringenden Wunsch, man möge mir das nicht anmerken. »Ich geh mal aufs Klo«, stammelte ich. »Du könntest dich in der Zwischenzeit mit meinem Vater unterhalten, er sieht so aus, als könnte er ein wenig Entspannung gebrauchen. Er ist ein großer Cricket-Fan, du könntest ihn fragen, was er von den Australischen Spin Bowlers hält. Dann wird er den ganzen Nachmittag von nichts anderem mehr reden.«

Ich kämpfte mich bis zur Rezeption durch, hier war es angenehm ruhig und kühl. Ich entdeckte ein ruhiges kleines Versteck neben der Lobby, in der mehr zu Dekorationszwecken ein kleiner Sessel stand. Daneben befand sich ein kleines Mahagonitischchen mit Blumen und einem Aschenbecher darauf.

Wozu hatte ich denn meine Notration Zigaretten mitgenommen? Ich kramte in meiner Handtasche und begann mich zu verfluchen. Ich hatte sie oben vergessen, in meiner Reisetasche. Ich verfluchte mich erneut, lehnte mich zurück und schloß die Augen.

Die ich sehr bald wieder öffnen sollte.

»Sophy! Alles in Ordnung?«

»Kit!« Einen Moment lang glaubte ich, er hätte mich entlarvt. Kit hatte mich immer dazu gebracht, aufzugeben, aber nicht durch Nörgelei. Im Gegenteil, die Tatsache, daß er nie nörgelte, auch, wenn ihn irgend etwas kolossal störte, war weitaus effektiver gewesen. Manchmal hätte ich sonstwas darum gegeben, wenn er selbst auch mal zu der einen oder anderen List gegriffen hätte, was Kit im übrigen ganz genau gewußt hatte.

»Alles in Ordnung?« wiederholte er ziemlich unbeholfen.

»Danke, ja, mir war nur so heiß.«

Er fuhr sich verlegen durch die Haare, eine Geste, die ich nur zu gut kannte. »Beim Reinkommen sind mir die da aufgefallen.« Er wies mit dem Kopf auf die Wand hinter ihm. »Es war mir peinlich, so ganz ohne Geschenk dazustehen. Meinst du, eines davon geht in Ordnung?«

An der Wand hing eine Art Mini-Galerie, Bilder, die Künstler aus der Gegend gemalt hatten. Ich stand auf und sah genauer hin. Schulter an Schulter starrten wir auf ganz passable Aquarelle, die Wolkenformationen und Landschaften zeigten, geschmackvoll gerahmt und mit kleinen Aufklebern versehen waren.

Die Preise ließen mich leicht zusammenzucken. »Das muß wirklich nicht sein. Ich nehme an, du wußtest nicht einmal, daß sie heiraten würde, bevor du bei Sonia ankamst, stimmt's?«

Er schüttelte den Kopf. »Ich hatte keine Ahnung.«

»Na, dann.«

Wir taten weiterhin so, als würden wir auf die Aquarelle starren, denn die Atmosphäre wurde immer beklemmender, zuviel Ungesagtes lag in der Luft. Schließlich fragte er unbeholfen: »Und, wie ist es dir so ergangen?«

»Gut, danke. Und dir?«

»Geht so«. Er schwieg einen Moment. »Dein Wie-auch-immer-er-heißen-mag sieht sehr nett aus.«

»Er ist okay.« Ich hätte ihm nie etwas vorgeschwärmt, und er wußte das. »Wie geht es Jocasta?« fuhr ich leichthin fort.

»Keine Ahnung. Ich habe sie seit Ewigkeiten nicht mehr gesehen.«

Nun, es tat gut, das zu hören. »Hat sie die Beulenpest bekommen?«

Er sah mich vollkommen verdutzt an.

»Die habe ich ihr nämlich an den Hals gewünscht«, verkündete ich. »Was ich dir so alles an den Hals gewünscht habe, werde ich dir jetzt allerdings nicht verraten.« Ich sagte das in einem leicht scherzhaften Tonfall, in der Absicht, die Atmosphäre ein wenig aufzulockern, aber daraufhin schien er sich nur noch unwohler in seiner Haut zu fühlen.

Leise sagte er: »Ich wollte dich nie verletzen.«

Wahrscheinlich hätte ich jetzt irgend etwas Versöhnliches sagen sollen, damit er kein schlechtes Gewissen mehr zu haben brauchte, aber irgendwie war mir nicht danach. »Ich werde jetzt nicht so tun, als ob dir das nicht gelungen wäre, aber die Sache liegt lange zurück, also vergessen wir das Ganze, okay?«

Er wich meinem Blick aus. »Ich hätte nie herkommen dürfen.«

»Und warum bist du dann gekommen?« Ehrlich gesagt begann ich mich gerade eine Spur zu ärgern. »Aber da du nun schon einmal *da* bist, könntest du wenigstens versuchen, deine schreckliche Leidensmiene abzulegen. Wir sind hier auf einer Hochzeit, Herrgott nochmal, und nicht auf einer Beerdigung! Besauf dich! Amüsier dich! Und wenn du das nicht kannst, dann geh nach Hause und hör auf, *mich* runterzuziehen!«

Ich ließ ihn weiterschmoren und stolzierte in Richtung Rezeption. Als ich gerade darüber nachdachte, ob ich nicht doch noch schnell nach oben huschen sollte, um mir eine Zigarette zu genehmigen, stieß ich beinahe mit Tamara zusammen, die aus der entgegengesetzten Richtung kam. »Wo willst du hin?«

»Aufs Klo. Die anderen sind alle besetzt.« Sie musterte mich neugierig. »Du hast doch nicht mit Dominic gestritten, oder? Irgendwie warst du vorhin so angespannt.«

War das so offensichtlich gewesen? »Nein, ich hab mich nur davongestohlen, um mir eine Zigarette zu genehmigen, denn wenn er mich noch einmal mit diesem Teufelskraut erwischt, dann läßt er mich sitzen – das hat er selbst gesagt. Ich hab sie bloß oben liegenlassen.«

»Du kannst eine von meinen haben, wenn du willst.«

Gott sei Dank gibt es noch andere Sünder. Ich folgte ihr auf die freien Toiletten. Dort gab sie mir eine Zigarette, bevor sie verschwand.

»Ich hab deinen Ex getroffen«, rief sie mir durch die Klotür zu. »Ich traute meinen Augen kaum, als Sonia mich ihm vorstellte. Ziemlich unsensibel, ihn mit hierherzuschleifen, findest du nicht auch? Hat dich das nicht umgehauen?«

»Kann man wohl sagen.« Die erste Zigarette schmeckte einfach ekelhaft, klar, aber ich war darauf vorbereitet, für meine Sünden zu büßen.

»Nicht, daß du noch Trauer tragen würdest, oder?«

»Nein, jetzt nicht mehr. Ich hab mich gerade im Foyer mit ihm unterhalten. Anscheinend wünscht er sich, er wäre nie gekommen.«

»Ja, den Eindruck hab ich auch. Eigentlich sieht er ganz süß aus – gar nicht so, wie ich ihn in Erinnerung hatte. Was sagt denn deine bessere Hälfte, wenn er hier so einfach aufkreuzt?«

»Das beunruhigt ihn nicht weiter. Warum sollte es auch?«

»Wahrscheinlich hast du recht ...«

Als sie das Klo verließ, warf ich meine Zigarette ins Klo und zog ab. Zwei eklige Lungenzüge waren mehr als ausreichend. Mir war jetzt schon ganz schwindelig.

»Es ließ mir wirklich keine Ruhe, an wen er mich erinnert«, fuhr Tamara fort, als sie sich die Hände wusch. »Aber dann ist es mir wieder eingefallen. Ich glaube, sein Witz mit dem Luftgewehr hat mich auf den richtigen Gedanken gebracht.«

Natürlich brannte ich förmlich darauf, es zu erfahren oder aber das Thema wechseln zu können.

Noch bevor ich irgend etwas sagen konnte, fuhr sie fort: »Das Ganze ist Jahre her, aber da ist sowas an der Art, wie er sich bewegt, irgendwas in seinen Augen ... er hat nicht zufällig einen Zwillingsbruder, oder?«

»Wenn, dann ist er tot.« Ich konnte mich nicht länger schonen, ich mußte sie einfach fragen.

»Wie hieß er denn?«

»Josh.«

O Gott. »Nun, dann kann er es jedenfalls nicht sein.«

»Nicht, daß er sich an mich erinnern könnte, selbst wenn er es wäre.«

Sie kicherte, während sie sich ihre Haare im Spiegel toupierte.

Ich mußte es wissen. »Jetzt sag bloß, es war eine dieser Urlaubsaffären in Newquay, als du siebzehn warst.«

»Nicht einmal das.« Sie kicherte immer noch, als sie sagte: »Wenn ich es dir verrate, versprichst du mir dann, nicht zu lachen?«

Nur jemand mit einer stärkeren Willsenskraft als ich hätte es geschafft, an dieser Stelle aufzuhören. »Versprochen!«

»Na gut. Er war meine erste große Liebe.«

# FÜNF

Zunächst konnte ich es gar nicht glauben. Ich kannte Tamara, seit sie zehn Jahre alt war, und von irgendeinem Josh war nie die Rede gewesen. Dann hätte ich ihn am liebsten umgebracht. Wenn er irgendwelche Verbindungen in dieser Gegend hatte und mir das verheimlicht hatte …

»Nicht, daß je etwas passiert wäre. Ich bin mir ziemlich sicher, daß er nicht einmal etwas bemerkt hat«, fuhr sie fort. »Er ist mit Jerry zur Schule gegangen. Wenn ich ihn überhaupt dreimal getroffen habe, dann ist das schon viel – damals, als wir zu den Schulaufführungen hinfuhren und so.«

Puuh. Jerry war Tamaras großer Bruder, und er war auf ein Internat gegangen, das meilenweit entfernt lag, worüber Tamara sehr froh gewesen war, denn er konnte wirklich unausstehlich sein.

Sie setzte sich auf den kleinen Ankleideschemel und zündete sich eine Marlboro Light an. »Ich war gerade mal dreizehn. Ich trug diese schreckliche Zahnspange und wünschte mir sehnlichst, endlich einen BH Größe 70 A auszufüllen, weißt du noch?«

»So ungefähr.« Tamara hat noch heute die Figur, die ich vor Äonen hatte – so zwischen Größe 36 und 38.

»Das Ganze begann nach einem Rugby Match«, fuhr sie fort. »Mum und Dad haben uns danach alle zu Steak und Pommes eingeladen. Einige von Jerrys Freunden waren auch dabei, da sie so gut wie ständig am Verhungern waren und ihre Eltern nicht gekommen waren. Joshs Eltern waren im Ausland. Ich erinnere mich noch gut daran, daß er Mum leid tat und sie ihm versprach, ein Carepaket zu schicken. Egal, jedenfalls saß er mit bei uns am Tisch, mir genau gegenüber, und er zwinkerte mir zu und schnappte sich ein paar von meinen Fritten. Das war alles – und ich schmolz vollständig dahin.«

Sie begann hilflos zu kichern. »Jerry war das alles schrecklich peinlich. Mit meiner Zahnspange stierte ich Josh an, als wäre ich schwachsinnig, und das schadete seinem Image ungemein – Josh war damals nämlich der coolste Typ der ganzen Schule. Er wäre beinahe von der Schule geflogen, weil er dem Hausmeister das Motorrad geklaut hatte oder so was in der Art, aber dann haben sie ihn doch nicht rausgeschmissen, weil seine Eltern im Ausland waren. Ich konnte meine Augen nicht von ihm abwenden. Ich hätte ihm meine ganzen Pommes geschenkt, wenn er mich gefragt hätte. Anschließend habe ich mich auf einem Kiesweg absichtlich fallen lassen und mir dabei echt weh getan, nur damit er mir aufhelfen konnte. Ich wußte, daß Jerry das nie getan hätte.«

Ich konnte ihr das gut nachfühlen. »Ich habe einmal etwas ganz Ähnliches gemacht, nur daß es Stuart Dangerfield aus dem Reitstall war, dessen Hilfsbereitschaft ich strapaziert habe. Es muß so was von plump gewesen sein.«

»Höchstwahrscheinlich war es das. Jerry war ein richtiges kleines Arschloch – er sagte: ›Meine Güte, die ist so was von spastisch‹, aber Josh meinte, er solle die Klappe halten, und das ließ mich natürlich nur noch mehr dahinschmelzen.«

Keine Frage.

Sie gab ein schamhaftes, nachdenkliches Kichern von sich. »Ich habe ihm ganze Seiten meines Tagebuchs gewidmet – du weißt schon, eines von diesen Tagebüchern, die man abschließen konnte. Ich verzierte jede Seite mit rosa Herzchen und malte mir alle möglichen romantischen Situationen mit ihm aus: daß wir auf einer Hütte eingeschneit wären, und er hätte eine Lungenentzündung, und ich würde ihn aufopfernd pflegen – natürlich ohne eine Zahnspange zu tragen. Und ich stellte mir vor, daß er, wenn es ihm endlich besser ginge, mich plötzlich ansehen und mit heiserer Stimme ›Mein Gott, Tamara, du bist ja wunderschön …‹ sagen würde, und dann würden wir uns einen einzigen, keuschen Kuß geben. Meine Güte, ich war so was von naiv damals. Aber nicht mehr lange, stimmt's?«

Ich mußte ebenfalls kichern. Gott weiß, wie sehr ich ein wenig Entspannung gebrauchen konnte, aber die sollte nicht lange vorhalten, denn Tamara fuhr fort: »Wenn er keinen Zwillingsbruder hat, vielleicht ist er dann sein Cousin. Scheißegal, ich werd ihn einfach fragen.«

»Nein!«

Sie schaute mich erst erstaunt und dann schrecklich neugierig an, und ich wußte, ich stand kurz davor, entlarvt zu werden, wenn das nicht schon längst geschehen war. »Hör zu, wahrscheinlich ist er es sogar. Wenn ich dir jetzt was erzähle, schwörst du mir, daß du es niemandem weitererzählen wirst?«

Jetzt platzte sie fast vor Neugier. »Was denn, Sophy, *was?*«

Ich brauchte eine halbe Minute, um ihr meine Situation in groben Zügen zu schildern, und natürlich lachte sie sich halb tot; typisch Tamara. Da Alix mir nur ständig prophezeit hatte, alles würde in einer Katastrophe enden, war ich ungeheuer erleichtert, jemanden einfach bloß hemmungslos kichern zu hören. »Meine Güte, ich wußte ja schon immer, daß du verrückt bist, aber das hätte ich mir ja im Traum nicht vorstellen können –«

»Ich hoffe nur, den anderen geht es genauso. Ich hatte solche Angst, er könnte hier auf jemanden treffen, den er kennt. Gott sei Dank warst du es nur.«

»Keine Sorge! Ich werd keiner Menschenseele was verraten. Trotzdem, für einen *Begleitservice* zu arbeiten! Ich weiß, ich sollte das nicht sagen, aber irgendwie klingt das, als wäre er ziemlich schön runtergekommen, findest du nicht? Das versetzt meinen unschuldigen Träumereien einen ganz schönen Schlag. Ich hab mir immer vorgestellt, er würde Tierarzt werden, mit einem Wort: das, was ich selbst gern geworden wäre, wäre ich in den naturwissenschaftlichen Fächern nicht so schlecht gewesen, und wir würden in einem hübschen, kleinen Cottage auf dem Land leben und gemeinsam das Leben zahlloser niedlicher Tiere retten.«

»Er war beim Militär. Bei der Marine, um genau zu sein.«

»Na ja, vielleicht paßt das ja besser zu ihm als diese Tierarzt-Nummer. Wenn ich's mir recht überlege, kann ich mir sehr gut vorstellen, wie er hinter den feindlichen Linien durch die Gegend robbt und Panzer in die Luft sprengt. Und was macht er jetzt so?«

»Das wollte ich ihn nicht fragen. Nicht viel, fürchte ich, deswegen wird er wohl auch das Geld brauchen.«

»Wieviel verlangen die denn?«

Ich nannte ihr die Summe.

»Oha! Ich will verdammt sein, wenn ich irgend jemandem was davon erzähle. Warum hast du das überhaupt gemacht?«

Ich erzählte von dem Konkurrenzproblem zwischen meiner Mutter und Maggie. »Maggie hat Mum die Sache mit Sarah derart unter die Nase gerieben – ich wette, sie hat sich noch Monate danach hämisch über ihren Triumph gefreut. Und dann kam noch Zoes wunderbarer Oliver dazu, so daß es heute zu neunzig Prozent darum geht, daß Mum ihr Gesicht, und zu zehn Prozent darum, daß ich mein Gesicht wahre. Einmal ganz abgesehen davon, daß ich die alte Schachtel noch nie leiden konnte.«

»Lange wird sie sich nicht mehr hämisch freuen können, wenn du mich fragst.« Sie spähte in Richtung Tür, aber noch war niemand verzweifelt genug, ausgerechnet uns Gesellschaft leisten zu wollen. »Ich würde mal sagen, daß Sarah die Fassade aufrechterhält, wenn ihre Eltern da sind, aber als ich das letzte Mal dort war, stand ihr das Ganze bis hier. Ich glaube nicht, daß sie sich trennen werden, aber sie gehen miteinander um, als wären sie sich spinnefeind. Da flogen ganz schön die Fetzen, kann ich dir sagen.«

Obwohl ich ein schlechtes Gewissen hatte, war ich ganz Ohr.

»Ich sag dir das nur, weil ich weiß, daß du's niemandem weitererzählen wirst«, fuhr sie fort. »Ich bete nur zu Gott, daß das nicht schon die Runde gemacht hat, denn ich hab den Fehler begangen, Mum davon zu erzählen, weil ihr Maggies Angeberei auch so furchtbar auf die Nerven ging. Sie mußte mir hoch und heilig versprechen, daß sie's nicht weitererzählt, aber du weißt ja, wie Mütter so sind.«

Eigentlich hatte ich James bei der Hochzeit richtig sympathisch gefunden. Er war vielleicht ein bißchen still, aber dafür hatte er einen guten, trockenen Humor. »Sie schienen doch so gut zusammenzupassen! Was ist denn schiefgelaufen?«

Während der nächsten Minuten listete sie all die Risse in der Fassade des ach so perfekten Lebens als Landadelige auf: Besitz, der stark mit Hypotheken belastet war – Sarah hatte zwar davon gewußt, ihren Eltern aber nichts davon erzählt. Ein altes Haus, das Unmengen von Geld verschlang – allein es zu beheizen kostete schon ein Vermögen. Sarah, die sich für all die Jagd- und Angelwochenenden zu Tode schuftete, an denen sie Bed & Breakfast in der oberen Preisklasse anbot und so weiter. James, der ebenso schuftete. Keine anständigen Ferien seit der Hochzeitsreise. Beide zu kaputt, um guten Sex zu haben, einmal ganz davon abgesehen, daß es dafür im Schlafzimmer sowieso viel zu kalt gewesen wäre. James' Mutter, die immer noch glaubte, sich aufführen zu müssen, wie eine Lady von und zu aus dem letzten Jahrhundert. James' stinkfauler kleiner Bruder, der sich weigerte, auch nur einen Finger zu rühren, sich das Geld die Nase hochzog und, dicht wie er war, Sarahs Auto zu Schrott fuhr. James, der seine Mutter daraufhin um Geld bitten mußte, da der Filialleiter der Bank langsam Ärger machte. James, der sich weigerte, einmal klar Position zu beziehen. Und so weiter.

»Gott«, sagte ich schließlich, »die arme Sarah.«

Jegliche Form von Neid, die ich verspürt hatte, schmolz dahin wie der Schnee im Mai. Denn ich *hatte* sie beneidet, wenn auch nur ein bißchen. Wer hätte das nicht getan? Das Haus war einer dieser edlen Steinhaufen, die aussehen, als wären sie schon immer dagewesen. Man konnte sich richtig vorstellen, wie es auf eine schicke georgianische Residenz herabsah und sagte: »Meine Güte, wie schrecklich *nouveau*.«

»Ich denke, sie kriegen das schon hin«, Tamara zuckte die Achseln. »Aber wenn Maggie davon erfahren sollte … Na ja, eigentlich hätte es die alte Schachtel ja mehr als verdient, bei all der Angeberei.«

Die Würmer in meinem Magen, die ich in der Zwischenzeit beinahe vergessen hatte, da so viel aufregende Neuigkeiten auf mich eingeprasselt waren, waren plötzlich wieder ganz in ihrem Element. »Ich werd mich dann wohl besser wieder zu den anderen Tieren in diesem Zoo hier gesellen, nur für den Fall, daß mein Liebster mit peinlichen Fragen bestürmt werden sollte.«

»Warte eine Sekunde – mein Höschen kneift mal wieder …« Nachdem sie es zurechtgezupft hatte, fuhr sie fort: »Ich finde das ganz schön nobel von dir. Ich müßte verdammt sein, soviel Zaster hinzulegen, nur damit meine Mutter ihr Gesicht nicht verliert. Ich hoffe nur, er denkt nicht, du kriegst keinen ab.«

»Nun, wahrscheinlich denkt er das, aber was soll's? Ich werde ihn danach sowieso nie wiedersehen.«

»Das schon, aber du wirst wohl kaum wollen, daß irgendein Typ glaubt, du kriegst keinen ab, und schon gar nicht so ein Typ wie er. Vielleicht hättest du ihm sagen sollen, daß du zwar einen Freund hast, daß der aber leider herzlich wenig dazu geeignet ist, deinen Eltern vorgestellt zu werden, weswegen du dir jemand anderen suchen mußtest.«

Warum war mir das bloß nicht eingefallen? »Und wer sollte das zum Beispiel sein?« fragte ich und trug hastig noch etwas Hot Berry auf.

»Keine Ahnung ... Jemand, der gerade wegen schwerer Körperverletzung einsitzt? Irgendein fanatischer Trotzkist?«

»Dafür ist es jetzt wohl ein wenig zu spät.«

Beim Hinausgehen fragte sie: »Wirst du ihm sagen, daß ich Bescheid weiß?«

»Dann müßte ich zugeben, daß ich alles ausgeplaudert habe.«

»Das ist doch egal, oder? Aber tu mir bitte den Gefallen und erinnere ihn nicht an meine damalige Schwäche für ihn – wenn er überhaupt je was davon mitbekommen hat. Ich glaube nicht, daß Jerry ihm gegenüber jemals etwas erwähnt hat. Das wäre ihm viel zu peinlich gewesen. Man konnte schließlich nur zu seiner Schwester stehen, wenn alle anderen sie flachlegen wollten und wenn sie Titten hatte.«

Ich brauchte eine Minute, bis ich Josh fand, und als ich ihn entdeckte, überfiel mich eine neue Ladung Killerwürmer. Er unterhielt sich mit einem Trio von Pauls Freunden, die alle so aussahen, als würden sie nach zwanzig Sekunden das Thema Job anschneiden.

Ich setzte mein strahlendstes Lächeln auf und zog ihn weiter. »Warum bist du nicht zu meinem Vater gegangen und hast dich mit ihm unterhalten, wie ich es dir geraten habe?« zischte ich ihn an.

»Er war umzingelt.«

»Genau das dachte ich mir nämlich! Von einer Horde alter Tanten! Und das ist auch genau der Grund, warum er eine kleine Unterbrechung durchaus zu schätzen gewußt hätte!«

»Wenn du einfach so mir nichts dir nichts für zwanzig Minuten verschwindest, was soll ich denn dann deiner Meinung nach tun?« murmelte er. »Dumm rumstehen wie das sprichwörtliche fünfte Rad am Wagen?«

»Hör zu, es tut mir leid. Ich habe Kit im Foyer getroffen. Ihm ging es nicht gut.«

»Das ist sein Problem. Wenn du mich fragst, hätte er erst gar nicht hierherkommen dürfen.«

Obwohl es genau das war, was ein mir treuergebener Liebster hätte sagen sollen, sagte er es nicht mit der angemessenen rechtschaffenen Empörung. Es hörte sich eher an, als hätte er eigentlich sagen wollen: *das Ganze steht mir wirklich bis hier, warum habe ich mich bloß darauf eingelassen?*

»Was hattest du im Foyer überhaupt zu suchen?« murmelte er.

»Ich hatte eine Panikattacke, wenn du es genau wissen willst.«

Genau wie er zeigte ich während unserer Unterhaltung alle Beißerchen und lächelte, damit niemand auf die Idee kam, wir würden uns streiten.

»Das überrascht mich nicht. Bevor du verschwunden bist, hast du dich angefühlt, als ständest du kurz vor der Totenstarre.« Er legte wieder einen Arm um meine Taille. »Du fühlst dich immer noch so an. Bevor du laut losschreist – entspann dich.«

Ich brachte meine verkniffenen Hot-Berry-Lippen wieder in eine Position, von der ich hoffte, sie wirkte natürlich, und zischte: »Liebling, ich bin auch so schon reichlich mit den Nerven runter, also halt bitte die Klappe, ja?«

Er verdrehte kurz die Augen in Richtung der festlich geschmückten Decke. »Warum habe ich mich bloß auf so was eingelassen?« murmelte er.

»Es hat dich niemand dazu gezwungen!« zischte ich und zeigte immer noch lächelnd meine Beißerchen. »Wenn du der Situation nicht mehr gewachsen bist, sag einfach Bescheid. Dann haben wir eine kleine Auseinandersetzung, und das war's dann!«

»Prima«, murmelte er. »Ich werd dich einfach ins nächste Blumenbeet schubsen und dich laut und deutlich beschuldigen, daß du mich betrogen hast. Vielleicht sogar mit einer anderen Frau – das wäre dann nicht so ein schreckliches Klischee. Dann darfst du mir eine wütende Ohrfeige verpassen, und wir können dieser Farce ein Ende machen, okay? Du bist der Situation offensichtlich nicht gewachsen, und wenn du die ganze Zeit an meinem Arm herumzappelst wie ein nervöses Kaninchen, dann kann ich dir auch nicht helfen.«

So beiläufig und liebevoll wie möglich drückte er mich an sich. »Übrigens, Moppelchen, du hast Lippenstift auf den Zähnen.«

»Warum hast du mir das nicht schon vorher gesagt?« Ich kramte in meiner Handtasche nach einem Taschentuch und fuhr mir damit über die Zähne. »Ist er jetzt weg?«

»Ja.«

»Hör zu, wenn ich dich wirklich so sehr in den Wahnsinn treibe, kannst du dich oben aufs Bett legen und den Sportkanal einschalten. Dann werde ich jedem erzählen, daß du furchtbare Kopfschmerzen hast. Oder an einem totalen Burn-out-Syndrom leidest, ganz wie du willst.«

»Mein ›Streß‹ wäre wie weggeblasen, wenn du nicht dauernd so herumzappeln würdest. Reiß dich endlich mal zusammen. Wenn du schon den Mumm hast, derart unverschämte Lügengeschichten in die Welt zu setzen, dann solltest du auch den Mumm haben, die Sache bis zum Ende durchzuziehen.«

»Ich mach das Ganze schließlich nicht meinetwegen, sondern einzig und allein meiner Mutter zuliebe, damit sie endlich aufhört, sich Sorgen zu machen!« Es war gar nicht so leicht, zu flüstern und den Mund gleichzeitig zu einem freundlichen Hot-Berry-Lächeln zu verziehen, für den Fall, daß uns jemand beobachtete. Und das taten sie: Mrs. Gardner, um nur eine zu nennen, die seit etwa dreihundert Jahren sechs Häuser weiter wohnte.

»Hallo, Mrs. Gardner«, begrüßte ich sie fröhlich, indem ich mich kurz umwandte. »Schöner Hut, den Sie da tragen!«

Josh folgte meinem Blick. »Schöner Hut?« murmelte er. »Das Ding ist einfach schrecklich. Damit sieht sie aus wie ein uralter Drachen.«

»Sie sieht sowieso aus wie ein uralter Drachen! Ich wollte nur nett sein!«

»Ich finde, es wäre angebrachter, wenn du mir gegenüber etwas netter wärst.« Mrs. Gardners Hut hatte die Stimmung etwas aufgelockert, und trotzdem spürte ich wieder so einen leichten Ruck, als wäre ich ein Hund, den er mit der Leine kurz zurechtgewiesen hatte. »Jetzt atme tief durch und reiß dich zusammen«, fügte er trocken hinzu.

Ich raffte alles, was ich noch an Gelassenheit besaß, zusammen. »Du wirst keine Gewalt anwenden müssen, Liebling. Komm jetzt, ich stell dir noch ein paar menschlichere Familienmitglieder vor.«

Ich führte ihn zu Tante Barbara und zu Diana, noch mehr auf Nummer sicher konnte man gar nicht gehen. Diana war drei Jahre jünger und über zehn Kilo leichter als ich, sie hatte langes, schimmerndes dunkles Haar und ein flottes Mundwerk. »Ich wünschte, ihr würdet bis morgen bleiben«, trompetete sie. »Eure Gesellschaft würde mir guttun. Sonst bleiben nur noch so alte Langweiler da.«

»Danke, Liebes«, sagte Tante Barbara friedlich.

»*Dich* hab ich doch nicht gemeint, Mutter.«

»Leider, es geht wirklich nicht«, sagte ich entschuldigend. »Dominic muß morgen nach Malaysia.«

»Wirklich zu schade«, sagte er mit einem Lächeln, das jeden überzeugen mußte.

In diesem Moment tauchte Mum auf. »Wir machen gerade die Fotos, hinten auf dem Rasen – würdet ihr bitte mitkommen?«

Diana und ihre Mutter verschwanden, und plötzlich war es ziemlich still. »Keiner von den Anzugtypen hat dir irgendwelche unangenehmen Fragen gestellt, oder?« fragte ich Josh.

»Es gab nichts, was mich aus der Bahn geworfen hätte, obwohl du mir ruhig hättest sagen können, daß wir so gut wie ›verlobt‹ sind.«

»Wer zum Teufel hat das denn behauptet?«

»Irgendeine exaltierte Frau mit einem Hut in Pink. Sie fing mich ab und sagte, sie hätte gehört, wir seien so gut wie verlobt – *wie reizend*, und verschwand dann wieder.

»Nun, das sind wir nicht!«

»Ganz wie du meinst, Liebling.«

Ich wollte noch hinzufügen: »Und hör jetzt bitte auf zu lachen, ja?«, aber ich hielt mich zurück. Wenn er der Situation seine kleine, zynische Freude abgewinnen konnte, sah er wenigstens entspannt aus, was man von mir nicht gerade behaupten konnte. Der Hut in Pink gehörte wahrscheinlich zu Trudi aus dem Golf-Club, die förmlich danach schrie, daß man sie erwürgte.

Wir folgten den anderen auf den sonnenüberfluteten Rasen, auf dem die weiblichen Gäste wirkten wie lauter bunte Schmetterlinge, während ihre männlichen Begleiter etwas gedecktere Farben trugen. Hochzeitsfotos wurden aufgenommen, auf der alten, steinernen Terrasse und auf dem Rasen, vor einem Hintergrund aus pink blühenden Rhododendren und samtig-grünem Gras. Man zerrte mich zu einer dieser Familienaufnahmen, und natürlich ließ es sich nicht vermeiden, daß auch Dominic mit aufs Bild kam.

»Ich dachte, das sähe nett aus, ihr beide zusammen mit Paul und Belinda«, strahlte Mum. »Bitte hier herüber, auf die Terrasse.«

Sie hatte mittlerweile einige Gläser Schampus intus, was sich als rosa Schimmer auf ihren Wangen niederschlug – doch selbst Mum hätte auffallen müssen, daß das einfach zu plump war: zwei glückliche junge Paare auf einem Bild. Selbst wenn das Ganze der Wahrheit entsprochen hätte, ich hätte mich in Grund und Boden geschämt, genau wie damals, als ich sieben Jahre alt war und sie auf dem Schulsportfest beim Mütter-Wettlauf gestolpert war, so daß man ihre Unterhose sehen konnte. Ich wußte, daß Josh sich kaum noch beherrschen konnte; ich sah ständig ein leichtes Zukken um seine Mundwinkel.

Ich sah ihn regelrecht vor mir, wie er die Geschichte nur wenige Tage später vor seinen Freunden zum besten geben würde. »O Gott, kein Wunder, daß sie sich jemanden mieten mußte. Ihre Mutter hätte jeden normalen Mann innerhalb von fünf Minuten vergrault – sie konnte es kaum erwarten, sie unter die Haube zu bringen.«

Höchstwahrscheinlich ging ihm genau das durch den Kopf, wenn nicht etwas noch Unverschämteres, und so setzte ich wieder mein Plastikgrinsen auf und fühlte mich wie ein Vollidiot, so dicht neben ihn gepfercht, während der Fotograf an der Kamera herumspielte und uns eine neue Pose einnehmen ließ. Diese Fotografierei wollte einfach kein Ende nehmen.

Nur Tamara, die mir von der anderen Seite des Rasens verschwörerisch zugrinste, sorgte dafür, daß ich mich ein wenig entspannte und wirklich lachen mußte. So schlimm konnte die arme alte Mum nun auch wieder nicht sein. Paul hatte sie schließlich auch nicht vergrault.

Nachdem die Prozedur vorüber war, wurden wir in ein Festzelt gebeten, in dem uns der Duft weiterer rosa- und cremefarbener Blumengestecke betäubte. Auf weißen Leinentischdecken funkelten das Tafelsilber und die Gläser um die Wette, während ich mich möglichst unauffällig verhielt, da ich Angst hatte, beim Lunch mit Fragen bombardiert zu werden, ohne ausweichen zu können.

Josh saß mir an dem runden Tisch fast genau gegenüber. Während wir gedünsteten Lachs aßen, zwinkerte er mir hin und wieder unmerklich zu. Trotzdem, ich wünschte, Mum hätte ihn nicht direkt neben Tante Rosemary gesetzt, die gerade erst kürzlich von Onkel George geschieden worden war, und zwar nachdem sie zwei Jahre lang kein Wort mehr mit ihm gewechselt hatte. Rosemary war nicht gerade das, was man ruhig und zurückhaltend nennt. Während sie einen mit ihrem Blick geradezu durchbohrte, versuchte sie vom Kontostand bis zum Familienhintergrund alles aus dir herauszuquetschen, bevor sie dann wie eine wild gewordene Rechenmaschine alle gewonnenen Daten auszuwerten begann. Sie arbeitete für einen Immobilienmakler in Cobham, und das führte zum nächsten Gesprächsthema.

»Sie sollten Sophy wirklich davon überzeugen, sich eine Eigentumswohnung zu kaufen«, sagte sie zu Josh in einem lauten, belehrenden Tonfall. »Es ist doch einfach lächerlich, daß sie in ihrem Alter immer noch Miete zahlt, wo sie doch durchaus gut verdient.«

»Das ist ihre Entscheidung«, sagte er.

»Ganz recht, zeigen Sie es ihr«, sagte Oma Metcalfe, die zu meiner Rechten saß. Es war nicht besonders geschickt gewesen, ausgerechnet diese beiden in Hörweite zueinander zu setzen. Rosemary war Mutters ältere Schwester, und ich würde jetzt zwar gern behaupten, daß sich beide Seiten der Familie so hervorragend verstanden wie die Waltons beim Gottesdienst, aber das wäre glatt gelogen.

Durch unsere Familie verläuft eine Art Nord-Süd-Grenze. Mum ist aus Hampshire, ihr Vater war Beamter, also absolute Mittelklasse, ehrenwerte Leute, die nie viel Geld hatten, aber immer so tun mußten, als hätten sie welches. Ihre Mutter, Oma Simons, stammte aus einer Familie, in der das Wort »gewöhnlich« sehr häufig verwendet wurde, und hatte diese noble Tradition fortgesetzt.

Dads Familie dagegen war eine typische Arbeiterfamilie. Mama und Papa Simons waren deshalb nicht wenig entsetzt, als ihre Tochter Dad an einem Wochenende in Dales kennengelernt hatte und bald darauf verkündete, sie wolle ihn heiraten.

Dad hatte damals bei einer kleinen Maschinenbaufirma gearbeitet, wo er sich durchaus die Hände schmutzig machte. Oma Simons, die gehofft hatte, ihre Tochter zumindest mit einem HNO-Arzt vermählen zu können, flehte sie an, sich nicht so wegzuwerfen. Sie hat Dad nie verziehen, daß er die Firma dann Stück für Stück übernommen hat, gutes Geld verdiente und Mum ein schöneres Zuhause und einen besseren Lebensstil bieten konnte als den, den Oma Simons' andere Kinder erreicht haben. Es stand ihm *einfach nicht zu.* Mum hätte als Mutter von fünf Schmuddelkindern enden müssen und mit einem Mann, der sich das Bier jeden Abend literweise hinter die Binde kippte. Sie hätte putzen gehen müssen, um die Gerichtsvollzieher daran zu hindern, ihr den Fernseher wegzunehmen, und bittere Tränen vergießen müssen: »O Mutter, warum habe ich damals bloß nicht auf dich gehört?« Nur dann wäre Oma Simons wahrscheinlich zufrieden gewesen.

Oma Metcalfe spürte das natürlich instinktiv. Sie mochte Rosemary auch nicht besonders, von der sie glaubte, sie gehöre ebenso wie ihre Mutter zu dieser snobistischen Igitt-wie-gewöhnlich-Nordfraktion. »Ich verstehe nicht, warum du überhaupt nach London ziehen mußtest, Liebes«, sagte sie. »Für kein Geld der Welt würde ich dort leben wollen.«

Sie war erst einmal in London gewesen, und das vor zwanzig Jahren. Irgendeine arrogante Verkäuferin in einem dieser West-End-Läden hatte die Nase über sie gerümpft, und das hatte sie nie verwinden können.

»Ich brauchte dringend einen Tapetenwechsel«, sagte ich, während die Vorspeise abgeräumt wurde. »Außerdem sind ja nicht alle Menschen dort Monster, weißt du.«

»Hm. Wirklich, mir gefällt dein neuer Freund.« Dabei musterte sie Josh gründlich. »Wie lang seid ihr gleich wieder zusammen?«

»Ungefähr fünf Monate«, sagte ich.

»Und ihr wohnt nicht zusammen? Ich dachte, heutzutage zieht man gleich zusammen. So spart man Geld.«

Tante Rosemary setzte ihre hochnäsige *Ach-du-meine-Güte-so-eine-Landpomeranze*-Miene auf. »Also ehrlich, Mrs. Metcalfe, ich finde, das ist ja nun wirklich ihre Sache.«

Oma M genoß es regelrecht, sie zu provozieren. »War ja nur eine Frage. Sophy macht das gar nichts aus, stimmt's, mein Schatz?«

Der Hauptgang wurde aufgetragen: Milchlamm mit Rosmarin und kleinen, neuen Kartoffeln. »Natürlich nicht«, antwortete ich, während ich fieberhaft darüber nachdachte, wie ich unauffällig das Thema wechseln konnte, bevor die Angelegenheit noch heikler wurde. »Wir haben bislang einfach noch nicht darüber gesprochen.«

»Ich glaube, Sophy zieht es vor, ihre Unabhängigkeit zu bewahren«, sagte Josh in einem entpannten, freundlichen Ton, der einem runterging wie Butter.

»Nun, wahrscheinlich tut sie gut daran«, sagte Oma Metcalfe. »Lebt man erst mal mit einem Mann zusammen, geht schnell das Geheimnis verloren und der Alltag kehrt ein. Plötzlich muß man für ihn springen, seine Hemden bügeln und so weiter. Dafür bleibt noch genug Zeit, wenn man verheiratet ist. Meine Güte, dieses Lamm ist ja noch ganz roh! Seht euch das bloß mal an! Pink! Da dreht sich einem ja der Magen um.«

Für Rosemary die ideale Gelegenheit, ihr eins auswischen zu können: »Das *muß* so sein, Mrs. Metcalfe. Sie bereiten es nach einem französischen Rezept zu.«

»Und, ist mit unserem guten alten englischen Rezept vielleicht irgend etwas nicht in Ordnung? Ich kann rohes Lamm nicht ausstehen.«

»Ich werde sie bitten, dir ein neues zu bringen«, sagte ich.

»Mach dir keine Mühe, Liebes. Ich halte mich an das Gemüse.« Flüsternd fügte sie hinzu: »Ich möchte nicht, daß irgendeine Kellnerin hier denkt, ich wüßte nicht, was sich gehört.«

Josh, der ihr Flüstern nicht gehört hatte, winkte einem der Kellner. Er gab keinerlei Kommentar dazu ab, nicht einmal einen verächtlichen Blick, aber die arme alte Oma M war dennoch ein wenig beschämt. »Ich wollte keine Umstände machen.«

»Du machst auch keine Umstände«, sagte ich. »Ich bin mir sicher, daß sie auch Stücke haben, die gut durchgebraten sind. Du bekommst das, was du möchtest.«

Josh zwinkerte ihr über den Tisch hinweg zu. »Und wenn das irgend jemandem nicht paßt, dann hat derjenige eben Pech gehabt.«

»Selbstverständlich kann auch ein durchgebratenes Lamm eine richtige Delikatesse sein«, sagte Rosemary, die befürchtete, etwas zu weit gegangen zu sein. »Auf Zypern zum Beispiel kochen sie es im Holzofen, und zwar so lange, bis es auseinanderfällt. Sie nennen es *Kleftiko*.«

»Aber wenn ich es in meinem Gasherd in Bolton zubereite, kann es unmöglich eine Delikatesse sein, nehme ich an«, erwiderte Oma M scharf. »Hauptsache ausländisch, und schon ist es eine Delikatesse. Koriander. Im Fernsehen tun sie an alles Koriander. Ich müßte nur Koriander auf meine pochierten Eier streuen, und schon wären auch die eine Delikatesse.«

Hier befand ich mich auf sicherem Terrain; war sie einmal bei einem ihrer Lieblingsthemen angelangt, konnte sie sich stundenlang ereifern. Wenn ich sie jetzt noch auf die EU zu sprechen brachte (die bösen Deutschen, die uns den knusprigen Frühstücksspeck verbieten wollen, wofür haben wir im Zweiten Weltkrieg eigentlich gekämpft? und so weiter), war ich bis zur Kaffeepause gerettet.

Als das Geschirr abgeräumt wurde, tauchte Sonia auf und ging neben mir in die Hocke. »Du hast doch nicht irgendwas zu Kit gesagt, oder? Er hat sich nämlich einfach verdrückt – hat Paul und Belinda noch ein Geschenk dagelassen, sich ein Taxi gerufen und ist weggefahren.«

Sofort bekam ich ein schlechtes Gewissen, aber warum eigentlich, zum Teufel? »Ich habe nur zwei Minuten mit ihm gesprochen«, erwiderte ich eine Spur gereizt, »wenn du mich fragst, fand er es von Anfang an etwas unpassend, hier aufzutauchen.«

»Genau das hat er auch gesagt. O je, ich fürchte, das Ganze war meine Schuld, ich mußte ihn ja unbedingt mitschleppen.«

Sie ging zu ihrem Tisch zurück, und ich hatte ein noch schlechteres Gewissen als vorher, weil ich so gereizt reagiert hatte. Die Ärmste hatte es ja nur gut gemeint, und was konnte sie schon dafür, wenn sie das Takt- und Feingefühl einer Dampfwalze besaß. Zumindest gab es keinerlei Dominic-Katastrophen; als wir schließlich beim Kaffee und den Petits fours angelangt waren, begann ich allmählich zu glauben, daß wir die ganze Sache hervorragend über die Bühne bringen und uns auf dem Nachhauseweg fast totlachen würden.

»Nein wirklich, Rosemary hat ganz recht«, flüsterte Oma M, als wir uns schließlich vom Tisch erhoben. »Es macht tatsächlich wenig Sinn, sein Geld an einen Wohnungseigentümer zu verschwenden. Sieh zu, daß du in deine eigenen vier Wände ziehen kannst. Aber zieh nicht mit ihm zusammen, Schätzchen, nicht, wenn du ihn wirklich willst. Das ist besser, um die Leidenschaft wachzuhalten.«

Ihr etwas vorzumachen fiel mir noch schwerer, als Mum und Dad zu belügen, und bei der Begeisterung, auf die Dominic stieß, würde es höllisch schwer werden, ihm den Laufpaß zu geben. Wie sollte ich das bloß rechtfertigen?

Der Nachmittag verlief so vollkommen reibungslos, daß ich beinahe anfing, mich zu amüsieren. Doch da ich nun nicht mehr so von meiner Angst in Anspruch genommen war, tauchte ein neues kleines Problem auf. Josh hatte nach wie vor den Arm um mich gelegt, und meine Antennen, die während der letzten Stunde ein kleines Mittagschläfchen gehalten hatten, gaben erneut Lebenszeichen von sich und gingen auf Exkursion. Trotzdem, noch war ich Herrin der Lage. Ich hatte alle Schwächen total unter Kontrolle: ein vorübergehendes sinnliches Vergnügen, das ich im Stillen und mit schlechtem Gewissen auskostete, so wie wenn man heimlich eine ganze Packung dieser kalorienarmen Kekse in sich hineinschlingt, von denen man ganz schlank wird, wenn man nur genug davon ißt. Einmal tätschelte er mir sogar den Hintern, und zwar auf eine ganz unangebrachte, plumpvertrauliche Art, und ich zischte: »Solltest du es noch einmal *wagen!*« Daraufhin wagte er es wirklich nicht noch einmal, verdammt.

Ehe ich mich versah, ging Belinda nach oben, um sich umzuziehen. Ich hatte den ganzen Nachmittag über kaum mit ihr gesprochen. Sie war ständig von Leuten umgeben gewesen, hatte viel gelacht und war, wie ich fürchtete, ziemlich beschwipst. Das hatte sie jedoch nur noch phantastischer aussehen lassen, was ich in höchstem Maße unfair finde, wenn ihr mich fragt.

Als Josh verschwand, um die sanitären Anlagen zu inspizieren, setzte ich mich auf die Terrassenstufen, in die Sonne. Mit dem für sie so typischen unschuldig-gerissenen Gesichtsausdruck kam Tamara auf mich zu und pflanzte sich neben mich. »Ich habe gerade mit Sonia gesprochen. Sie glaubt, daß Kit dich immer noch mag und daß er sich deswegen einfach so verdrückt hat.«

Ich starrte sie an. »Aber sie weiß doch, daß er mich damals hat sitzenlassen?«

»Ja, aber sie glaubt, daß diese andere Frau – wie hieß sie noch gleich?«

»Flittchen.«

»Nun, sie glaubt, daß Flittchen vielleicht nur so eine vorübergehende Schwäche war. Sie glaubt, daß er es einfach nicht ertragen hat, dich so mit ›Dominic‹ herumturteln zu sehen, und daß er sein Unglück jetzt in einem großen Krug Bier ertränken wird.«

»Ich halte es für wahrscheinlicher, daß irgend so ein schrecklicher seniler Tattergreis herausgefunden hat, daß er Arzt ist, und ihn gebeten hat, doch mal nach seinen Krampfadern zu sehen. Noch wahrscheinlicher ist es jedoch, daß er sich schlichtweg unwohl gefühlt hat, und das ist auch mehr als angebracht.«

»Ja, das habe ich ihr auch gesagt.«

»So was *solltest* du aber nicht sagen«, erwiderte ich leicht eingeschnappt. »Du solltest mein kränkliches kleines Ego hätscheln und ganz ihrer Meinung sein.«

Tamaras Miene sprach Bände. »Du willst mir doch nicht weismachen, daß du ihn immer noch *willst?*«

»Nein! Aber ich wüßte diese fast schon poetische Gerechtigkeit durchaus zu schätzen! Oder vielmehr diese poetische Ironie. Das würde dir sicher nicht anders gehen, oder?«

»Schon, aber ich wüßte nicht, was daran poetisch sein soll. Ich würde schlichtweg sagen, daß es dem Arschloch ganz recht geschieht.«

Wir begannen so hemmungslos zu kichern, daß uns einer der älteren Hochzeitsgäste im Vorbeigehen zuzwinkerte. Er sah bereits ziemlich hinüber aus und sagte: »Meine Güte, all diese jungen Dinger, die den Sprudel nicht vertragen – da wird unsereins ja wieder richtig munter.«

»Ekliger alter Fettsack«, flüsterte Tamara, als er weitertrottete. »Wahrscheinlich schwelgt er gerade in erotischen Phantasien, in denen wir ihn beide mit seinem Verbandszeug auspeitschen.«

Wir bogen uns erneut vor Lachen.

»Weißt du, Sonia könnte schon recht haben«, fuhr Tamara fort, als wir uns wieder eingekriegt hatten. »Josh ist genau der Typ, den man an der Hand haben sollte, wenn man einem Ex klarmachen will, was er da eigentlich verpaßt.«

Zum ersten Mal begann sich ein Teil von mir zu fragen, ob Sonias Vermutung wirklich so unrealistisch war. Und ich muß gestehen, daß mich der Gedanke, sie könnte recht haben, mit einer gewissen Genugtuung erfüllte.

»Und dann sagte Sonia noch: ›Sie kann richtig hübsch aussehen, wenn sie sich ein wenig herrichtet, findest du nicht? Ich hoffe nur, daß ich einmal so gut aussehen werde, wenn ich dreißig bin.‹«

Noch mehr Streicheleinheiten für mein Ego. »So ein nettes Mädchen«, seufzte ich.

Tamara kicherte schon wieder. »Beinahe hätt ich's vergessen – kurz bevor Belinda verschwunden ist, um sich umzuziehen, hörte ich, wie deine Mutter sagte: ›Vergiß nicht, den Brautstrauß zu werfen, bevor ihr aufbrecht, Liebes. Ich muß dir wohl kaum sagen, auf wen du zielen sollst.‹«

»Wenn du mich fragst, hat sie sich für nächstes Jahr schon sämtliche Juni-Wochenenden im Kalender angestrichen. Aber Gott sei Dank ist er ja nicht wirklich mein Freund.«

»Nur schade, daß die arme Belinda nichts davon weiß. Sie sagte: ›Um Himmels willen, willst du den armen Mann denn endgültig vergraulen?‹«

Ich hoffte, sie hatte Mum nicht zu sehr gekränkt, aber ich hatte nicht viel Zeit, darüber nachzudenken. Josh war wieder da, und ein Gong rief uns zurück auf den Vorplatz, von dem aus die Frischvermählten zu ihrer Reise aufbrechen würden. Sie waren noch nicht erschienen, aber nur wenige Sekunden, nachdem wir uns der erwartungsvollen Menschenmenge angeschlossen hatten, zog mich Mum von Joshs Seite, sie war ganz außer sich. »Du wirst nicht glauben, was Jane Dixon mir gerade erzählt hat, es ist noch keine halbe Stunde her.« Tamara hatte also recht gehabt. »Was?« fragte ich, wie es von mir erwartet wurde. Sie senkte ihre Stimme. »Sie hat mir erzählt, daß Sarah Freemans – entschuldige: Lamberts – Ehe überhaupt nicht gut läuft. Sie streiten die ganze Zeit. Er hat offensichtlich ein Alkoholproblem. Angeblich überlegt sie bereits, ihn zu verlassen.«

»Mum, ich bin mir sicher, daß das nicht stimmt.«

»Ich gebe ja nur wieder, was Jane mir gerade erzählt hat, Liebes. Das Anwesen ist anscheinend stark mit Hypotheken belastet, deswegen auch die ganzen Jagdgesellschaften für all die wahnsinnig wohlhabenden Leute, die ihr Geld einfach so verpulvern können. Und das Schlimmste daran ist, Maggie hat keine Ahnung davon. Jane hat es von Tamara, die es von Sarah selbst erfahren hat, als sie neulich dort war.«

Bevor ich auch nur den Mund aufmachen konnte, hatte sie bereits wieder das Wort ergriffen. »Die arme Maggie.« Sie warf mir einen entschuldigenden Blick zu. »Ja, ich weiß, was du jetzt denkst, Liebes, aber ich empfinde keinerlei Schadenfreude. Ich kann's nicht ändern, aber irgendwie tut sie mir richtig leid.«

Das war wirklich was Neues, aber ich glaube, es ist wesentlich leichter, seinen ärgsten Feind zu lieben, wenn er einem davor noch gehörig leid tut. »Hör zu, Tamara hat mir auch so was erzählt, aber es ist längst nicht so schlimm, also tratsche es um Himmels willen nicht weiter.«

»Sophy, du weißt doch, daß ich *so gut wie nie* – Da sind sie ja!« Sofort war die Luft erfüllt von einer Kakophonie freudetrunkener

Stimmen, die dem Brautpaar alles Gute wünschten. Belinda, die irgend etwas Cremefarbenes trug, das phantastisch an ihr aussah, warf den Brautstrauß ungefähr in die Richtung der unbemannten Sonia, und ein lautes Johlen ertönte.

Kurz bevor sie abfuhren, gelang es mir noch, den beiden Lebewohl zu wünschen.

»Paß auf dich auf«, flüsterte Belinda und drückte mich fest. »Sieh zu, daß Mum ihn nicht vergrault. Ihr beide gebt ein wundervolles Paar ab.«

Spätestens in diesem Moment schlug eine Woge von Schuldgefühlen über mir zusammen. Leider hatte ich keinen Rettungsring dabei.

»Keine Sorge, ich weiß, wenn ich etwas Gutes vor mir habe. Amüsier dich und grüß all die süßen Krabbeltiere von mir.«

Als das Auto schließlich losfuhr und ein oder zwei alte Schuhe hinter sich herzog, kam Tamara auf mich zu. Sie sah so aus, als hätte sie gerade einen Lachkrampf hinter sich. »Fast hätten sie etwas wesentlich Lustigeres mit auf den Weg bekommen als all die langweiligen Glückwünsche«, prustete sie. »Sonia hatte einen riesigen, aufblasbaren Pimmel aus einem Scherzartikelladen besorgt, aber als wir ihn gerade ans Auto binden wollten, bekam er ein Loch.«

Sie zog ab und ließ mich lachend und – den Umständen entsprechend – außergewöhnlich heiter zurück. »Zum Glück hat er ein Loch bekommen. Mum wäre knallrot geworden«, sagte ich zu Josh, der sich ebenfalls kaum noch halten konnte vor Lachen. Ich sah kurz auf die Uhr. »Noch eine Stunde, und wir können hier abhauen. Du kannst es wahrscheinlich kaum erwarten.«

»So schlimm war's doch gar nicht.«

»Du brauchst nicht höflich zu sein. Die Verwandschaft anderer Leute ist immer ein Alptraum, vor allem wenn man sie einen ganzen Nachmittag lang ertragen muß, und das *en masse.*« Die Hälfte der Gäste war im Aufbruch, die anderen gingen zurück zum Festzelt, wo man gerade für den Nachmittagstee gedeckt hatte.

Während ich die *Pâtisserie* großmütig ignorierte, setzte ich mich an einen der Tische und gönnte mir ein Räucherlachs-Sandwich. »Ich kann genausogut hier für eine anständige Grundlage sorgen, sonst müssen wir wieder an einer dieser Raststätten haltmachen und ich werde noch mehr ungesundes Zeugs in mich hineinstopfen.«

Josh pflanzte sich neben mich und nahm sich ebenfalls ein Sandwich. Jetzt hatten wir das sichere Gelände schon so gut wie erreicht, und da niemand in Hörweite war, hielt ich ein kleines Dankeschön für angebracht.

»Du bist ein brillanter Lügner. Allein die Geschichte mit deinem Freund und der Kreditkarte hätte schon einen Oscar verdient.«

»Genau wie ich dir gesagt habe: Ich werd das Kind schon schaukeln.«

»Ich hätte nicht gedacht, daß du das so gut hinkriegst.«

»Oh, du Ungläubige«, er reichte mir die Sandwiches. »Beiß dir daran die Zähne aus.«

Ich nahm noch eins. »Seit Tagen habe ich mir ein Horrorszenario nach dem anderen ausgemalt«, fuhr ich fort. »Wenn du wüßtest, was für Katastrophen ich mir vorgestellt habe ...«

»Vorgestellt, ja. Alles Hirngespinste. Du hast dich ganz umsonst verrückt gemacht.«

Was habe ich da über ungerechtfertigtes, übertriebenes Selbstvertrauen gesagt?

»Nun, nicht ganz umsonst«, sagte ich eine Spur zu scharf. »Tamara kennt dich tatsächlich.«

Er drehte sich ungläubig zu mir herum. »Woher?«

»Bist du mit einem Jerry Dixon zur Schule gegangen?«

»Jerry?« Er konnte es einfach nicht fassen. »Um Gottes willen, ist sie seine Schwester?«

»Du hast mitten ins Schwarze getroffen.«

»Mein Gott.«

Einen Moment lang konnte ich beobachten, wie alte Erinnerungen sich wieder einen Weg in sein Bewußtsein bahnten. »Sie wollte dich schon fragen, ob du einen Cousin hättest oder so, und so mußte ich sie wohl oder übel einweihen.«

»Du hast ihr alles gesagt? Ich dachte, dir ginge es vor allem darum, daß niemand auch nur das Geringste erfährt! Was, wenn sie es weitererzählt hat?«

»Das würde sie nie tun!« Er sah immer noch reichlich verdutzt aus. »Sie erinnert sich noch an dich, weil du ihr mal ein paar Fritten geklaut hast«, sagte ich. »Sie war damals stinksauer auf dich.«

»Ich hätte sie niemals wiedererkannt.« Nachdem die Verblüffung aus seinem Gesicht verschwunden war, verriet mir ein leichtes Zucken in seinem Mundwinkel, daß er sich vielleicht doch noch an mehr erinnerte als an die Fritten.

»Was ist?« fragte ich.

»Jerrys Leute waren immer für ein üppiges Abendessen gut.« Er reichte mir erneut die Sandwiches.

»Nein, danke.« Ich spähte über meine Schulter zu den mit Spitzendeckchen verzierten Platten mit Süßkram hinüber. »Ich wünschte, jemand würde diese Eclairs da wegräumen, bevor ich mich nicht mehr beherrschen kann.«

»Nur zu, Moppelchen.« Noch ehe ich mich versah, fuchtelte er mit einem davon vor meiner Nase herum. Es war mit Schokolade überzogen und üppig mit Schlagsahne gefüllt.

»Mund auf.«

Es wäre unhöflich gewesen, dieses Angebot abzulehnen. Ich machte den Mund auf, und er stopfte mir das Teilchen hinein. »Ich wollte mir das süße Zeug gerade abgewöhnen«, sagte ich.

»Mit vollem Mund spricht man nicht.« Er stand abrupt auf. »Ich muß mal kurz telefonieren.«

Na dann.

Ich aß noch ein Sandwich und fragte mich, wen er wohl anrief und ob er über mich lästern würde. Ich konnte es mir genau vorstellen:

*»Wie läuft's denn so, Schatz?«*

*»Genau wie ich erwartet habe, reichlich beschissen.«*

*»Wie ist sie denn so?«*

*»Übergewichtig und total neurotisch. Ich habe ihr gerade das Maul mit einem Eclair gestopft, sonst hätte sie überhaupt nicht mehr aufgehört zu reden.«*

Während ich diesen fröhlichen Gedanken nachhing, aß ich noch ein Sandwich mit Räucherlachs. Beinahe hätte ich auch noch ein Eclair gegessen, aber die Leute begannen aufzubrechen, und ich wollte Tamara noch auf Wiedersehen sagen.

»Vielleicht ruf ich Jerry mal an und erkundige mich, ob er immer noch Kontakt zu Josh hat«, sagte sie. »Es läßt mir einfach keine Ruhe, daß jemand wie er für einen Begleitservice arbeitet. In ein paar Wochen werde ich Jerry sowieso sehen. Er hat gerade bei Cambridge ein sehr schönes altes Haus bezogen. Er arbeitet jetzt für ein Softwareunternehmen.«

Jerry hatte irgendein schreckliches Informatikstudium in Cambridge absolviert, war in der Gegend hängengeblieben und seit fünf Jahren verheiratet. »Ich nehme an, er hat inzwischen Haus und Kind.«

»Haus ja, aber noch keine Kinder. Wenn sie überhaupt guter Hoffnung sind, dann nur, was die Scheidung betrifft. Im Grunde war die Ehe vom ersten Tag an eine einzige Katastrophe. Er wird eine riesige ›Gott-sei-dank-jetzt-bin-ich-endlich-allein-Hauseinweihungsparty‹ geben. Er hat mich nur eingeladen, weil er auf Charlotte steht, dieses Mädchen, mit dem ich zusammenarbeite, und er will, daß ich sie mitbringe plus irgendeinen scharfen Kerl, den ich mir aufgerissen habe, wie er es so feinfühlig nennt. Brüder sind wirklich ein einziger Alptraum, das kann ich dir sagen.« Sie riss die Augen auf. »Warum kommst du nicht mit? Jerry kann einem zwar ganz schön auf den Wecker gehen, aber seine Partys sind erste Klasse.«

Ich verzog das Gesicht. »Nein, danke. Das klingt doch eher nach so einer Fleischbeschau, und darauf stehe ich nicht besonders.«

»Wem sagst du das? Ich geh ja auch nur hin, weil er einen äußerst gutaussehenden italienischen Freund hat. Jerry hat ihn vor ein paar Wochen mal mit nach Hause gebracht, weil die beiden sich ein Spiel von Manchester United angucken wollten. Dabei hat er auch Charlotte kennengelernt. Er braucht nur den Mund aufzumachen und mit seinem wunderbaren Akzent zu reden, schon kriege ich weiche Knie.«

»Klingt ja vielversprechend.«

Ich verabschiedete Tamara, und als ich zurückkam, waren alle Eclairs bereits aufgegessen.

Etwa eine halbe Stunde später verdrückten Josh und ich uns nach oben, um unsere Sachen zu packen. Aber es ist ja leider schlichtweg unmöglich, von einem derartigen Fest einfach so zu verschwinden. Man muß noch mindestens zwanzig Minuten lang »Tschühüß, war schön, euch wiederzusehen« gurren und all den gräßlichen Leuten um den Hals fallen, die man am liebsten die nächsten zehn Jahre nicht sehen würde.

Wir kämpften uns zur Bar durch, um uns endgültig zu verabschieden. Sie erstreckte sich bis auf die Terrasse hinaus, auf der sich die meisten Gäste, die noch geblieben waren, versammelt hatten. Die Abendsonne tauchte den Steinboden und den angrenzenden Rasen in ein goldenes Licht, und aus der Ferne konnte man Lämmer blöken hören. Die ganze Szene wirkte so überaus friedlich, daß ich mich plötzlich danach sehnte, mich einfach in die Sonne setzen und einen doppelten Irgendwas mit Strohhalm bestellen zu können, anstatt wieder in dieses Auto steigen und die ganze Strecke zurück nach Hause fahren zu müssen.

Nach einer Weile bemerkte ich jedoch, daß die Atmosphäre keineswegs so entspannt war, wie es zunächst den Anschein gehabt hatte. Die Gespräche hatten so einen merkwürdigen Unterton, man empörte sich und schüttelte den Kopf.

Als wir über die Türschwelle traten, sah mich Tante Barbara. »Deine Mutter sucht nach dir. Ich fürchte, sie ist etwas außer sich«, sagte sie in so einem merkwürdigen »Mach-dich-auf-was-gefaßt«-Tonfall.

Neben ihr stand Diana und hatte so ein hinterhältiges Grinsen im Gesicht. »Arme alte Sophy. Da hat sie alles so gut geplant, und jetzt das ... Ich würde schnellstens von hier aufbrechen, wenn ich du wäre.«

Ich erstarrte.

Tamara.

»Haben wir irgendwas verpaßt?« fragte der Idiot neben mir.

»Ach du meine Güte, sie wissen noch gar nichts davon«, sagte Tante Barbara.

»Wovon?« hakte der Idiot nach.

»Sie haben es gerade in den Nachrichten gebracht«, sagte eine Stimme hinter uns. Wir fuhren herum. Der Barman polierte die Theke mit einem Tuch. »Bombendrohungen auf der Autobahn. Ich hatte eigentlich gedacht, das hätten wir jetzt endlich hinter uns. Auf der A6 gibt es einen 25 km langen Rückstau und die A1 ist komplett gesperrt. Und auf den anderen Straßen ist die Hölle los. Die Polizei rät: ›Reisen Sie nur, wenn Sie unbedingt müssen.‹« Er warf das Tuch in die Spüle. »Kann ich noch jemandem einen Drink anbieten?«

Noch nie in meinem Leben hatte ich so kurz davor gestanden, aus purer Erleichterung in Ohmacht zu fallen, jetzt hätte ich sonstwas für eine Zigarette gegeben. Während der drei Sekunden, die er gebraucht hatte, um uns die Situation zu erläutern, hatte mein Gehirn bereits die wildesten Vermutungen darüber angestellt, wie zum Teufel mein Geheimnis gelüftet worden war: Wem auch immer Tamara davon erzählt haben mochte, derjenige mußte ein Freund des Klatschreporters sein, der für das örtliche Schmuddelblatt über alle Hochzeitspartys berichtete und seinerseits mit jemandem von der nächstgelegenen Radiostation befreundet war... Auch über einen weiteren Freund beim Fernsehen, der bereit war, zehn Riesen für die Exklusivrechte an der Story FALSCHE LIEBESGESCHICHTE SCHOCKIERT HOCHZEITSGESELLSCHAFT hinzulegen, hätte ich mich nicht mehr weiter gewundert.

Es ist wirklich erstaunlich, zu welchen spontanen Phantasieleistungen das Gehirn fähig ist, wenn man glaubt, innerhalb der nächsten drei Minuten Selbstmord begehen zu müssen.

Ich versuchte, schlichtweg genervt auszusehen. »Mein Gott, das glaub ich einfach nicht. Wir werden nie im Leben vor Mitternacht zu Hause sein, uns durch zahllose Staus quälen müssen...«

»Wenn deine Mutter noch ein kleines Wörtchen mitzureden hat, dann werdet ihr euch überhaupt nirgendwo mehr hinquälen«, grinste Diana. »Und, ja bitte, ich hätte gern einen Ananas-Baccardi-Breezer«, fügte sie an den Barmann gewandt hinzu. »Sind die Getränke immer noch frei, oder müssen wir ab jetzt selbst zahlen?«

»Lassen Sie mich das übernehmen«, sagte Josh. »Was darf ich Ihnen bringen, Barbara? Sophy?«

»Wie soll denn das gehen?« fragte ich gereizt. »Ich muß noch fahren!«

»Ah, da bist du ja, Schatz.« Das war Dad. »Ich nehme an, du weißt bereits Bescheid«, sagte er, als er meine Miene sah.

Meine ganze wunderbare Entspannung begann sich in Luft aufzulösen. Ich *war* genervt. »Ja, herzlichen Dank auch. Es ist zum Heulen.«

Dann tauchte Mum hinter Dad auf, und sie sah exakt so aus wie eine Katze, die gerade einen Goldfisch verspeist hat und den Wellensittich obendrein. »Ah, da bist du ja, Liebes – ich hab dich schon überall gesucht. Gott sei Dank habe ich dieses Hotelzimmer für euch gebucht – du kannst jetzt unmöglich nach Hause fahren.«

Ich war so zynisch, mich zu fragen, ob sie das Ganze etwa eigenhändig eingefädelt hatte. Zwischen der einen oder anderen Tasse Tee kurz eine Falschmeldung durchzugeben wäre ein Leichtes für sie gewesen. »Nun, ich bedaure die ganzen Unannehmlichkeiten, aber ich konnte doch unmöglich mitansehen, wie dieses tadellose Hotelzimmer ungenutzt bleibt«, hörte ich sie schon gegenüber Chefinspektor Slammer sagen. »Sophy kann ja so was von stur sein, wissen Sie. Sie gerät ganz nach ihrem Vater – Sie können sich ja gar nicht vorstellen, wie ich gekämpft habe, um ihn wegen seiner Hämorrhoiden endlich zum Arzt zu kriegen.«

»Was soll das heißen, ich kann unmöglich?« fragte ich. »Wir werden einfach ein oder zwei Stunden länger brauchen –«

»Denk doch mal nach, Liebes. Alle Straßen sind verstopft. Mach doch einfach das Beste draus und genieß den netten Abend im Kreis deiner Familie.«

»Das Ganze ist vielleicht nicht besonders angenehm. Aber so ein Stau wird mich schon nicht umbringen.«

»Bitte, Liebes, wie kannst du so etwas sagen!« Sie schlug einen äußerst besorgten Ton an. »Du wirst vollkommen erschöpft sein! Und ich stehe Todesängste aus, aus Sorge, du könntest am Steuer einschlafen!«

Emotionale Erpressung, nur so zur Abwechslung. »Nein, das werde ich nicht. Und damit du dir keine Sorgen machst: Die Hälfte der Strecke muß eben Dominic fahren.« Mein Herz sackte mir in die Hose. Beinahe hätte ich mich versprochen und »Josh« gesagt.

»Das geht nicht«, erklärte er. »Ich habe zuviel getrunken.«

Ich hätte ihn umbringen können. Begriff der Depp denn rein gar nichts?

Wie üblich wandte Mum sich hilfesuchend an Dad. »Red du

mit ihr, Ted. Du weißt doch, was ich sonst für Ängste ausstehen werde.«

»Es wäre wirklich vernünftiger, Schatz«, sagte er.

»Dad, das geht einfach nicht«, sagte ich verzweifelt. »Ich hab euch doch gesagt, daß Dominic unbedingt rechtzeitig nach Hause muß.«

»Um wieviel Uhr muß er denn genau zu Hause sein?«

»So gegen Eins«, antwortete Josh. »Halb eins wäre optimal.«

Ich konnnte nicht glauben, was ich da hörte. »Dein Flieger geht doch um halb eins, oder nicht?«

»Nein, Liebling, um diese Uhrzeit muß ich aufbrechen.«

»Ja, aber –«

»Na siehst du, Liebes«, sagte Dad. »Wenn ihr morgen früh rechtzeitig losfahrt, schafft ihr das spielend. Selbst wenn die Autobahn noch gesperrt sein sollte, werden die Landstraßen bis dahin längst wieder frei sein.«

Ich blickte Josh hilfesuchend an. »Ich richte mich ganz nach dir«, sagte er in dem heiter-gelassenen Ton dieses verdammten, heiter-gelassenen Dominic, der mir inzwischen entschieden auf die Nerven ging.

»Siehst du, Liebes«, sagte Mum triumphierend. »Dem ist eigentlich nichts mehr hinzuzufügen, oder?«

Und ob! Jetzt, wo ich so knapp davorstand, zu verschwinden ohne entlarvt worden zu sein, würde ich nicht so leicht nachgeben. »Ich möchte trotzdem lieber zurück«, sagte ich sehr entschieden. »Ich habe auch noch ein paar Dinge zu erledigen.« Zum Beispiel mich aus lauter Erleichterung, daß endlich alles vorüber war, hemmungslos zu besaufen.

So, jetzt hatte ich's ihr aber gegeben. Fünf Minuten später waren wir unterwegs. Unterwegs nach oben, zu Zimmer Nummer fünf.

# SECHS

»Warum in aller Welt hast du gesagt, daß du erst um halb eins *los müßtest*?« schäumte ich und rammte den Zimmerschlüssel von innen in die Tür. »Und was ist mit der Arbeit, die du morgen früh angeblich noch zu erledigen hast?«

»Das werde ich alles im Flugzeug erledigen. Auf meinem niegelnagelneuen, absolut zuverlässigen Laptop, wie sich das für einen leitenden Angestellten gehört.«

»Oh, um Gottes *willen* ...« Jetzt hatte ich Kopfschmerzen, in mir herrschte eine wilde Mischung aus Anspannung und Erschöpfung. Schon allein das Zimmer regte mich auf. Dieses unruhige Blumenmuster mußte ja eine Migräne auslösen.

»Und? Was zum Teufel hätte ich denn sagen sollen?« fragte er.

»Du hättest mir sagen müssen, wann mein Flug geht. Du hast bloß rumgejammert, daß du es nicht erträgst, im Schneckentempo nach Hause zu schleichen. Da dachte ich, du willst vielleicht doch bleiben!«

Ich verriet ihm natürlich nicht, daß ich mich nur deshalb aufs Jammern verlegt hatte, um meine vorangegangene Panikattacke zu überspielen. »Nun, das will ich nicht! Das müßte doch wohl mehr als deutlich geworden sein!«

»Ich habe gedacht, du sagst das nur, weil du *mir* keine Unannehmlichkeiten bereiten willst. Aber da habe ich mich wohl gründlich getäuscht«, fügte er hinzu und stopfte seine Sachen wieder in den Kleiderschrank.

»Aber genau so war es doch auch! Ich hab angenommen, du könntest es kaum erwarten, von hier wegzukommen!«

»Wirst du dich jetzt wieder beruhigen?« Seine Stimme klang

mit einem Mal sehr scharf; er schloß die Schranktür. »Es ist ohnehin viel vernünftiger hierzubleiben. Der Verkehr wäre *tatsächlich* mörderisch gewesen, wir hätten *tatsächlich* eine ewig lange Fahrt vor uns gehabt, und deine Mutter hätte höchstwahrscheinlich *tatsächlich* Riesenängste ausgestanden.«

»Das war doch nur wieder einer ihrer üblichen emotionalen Erpressungsversuche!«

»Nicht nur, fürchte ich.«

Na gut, nicht nur. Mum macht sich immer Sorgen, bis ich anrufe und ihr sage, daß ich gut zu Hause angekommen bin.

»Jetzt kannst du dir wenigstens einen Drink gönnen«, erklärte er. »Ein bißchen Alkohol wird dir gut tun, wenn du mich fragt.«

»Spinnst du? Hast du nicht gemerkt, daß ich vorhin beinahe alles ruiniert hätte? Wenn ich jetzt anfange, mir Wodka hinter die Binde zu gießen –«

»Ich habe nichts von ›hinter die Binde gießen‹ gesagt, ich sagte: ›einen Drink‹. Wenn du dich nicht beherrschen kannst, dann laß es lieber ganz bleiben.«

»Oh –« Ich wandte mich ab und murmelte eine weitaus weniger höfliche Version von *Hau doch ab.*

»Ich habe das durchaus mitbekommen«, sagte er.

Gut.

»Meinst du vielleicht, ich bin scharf darauf, noch einen halben Tag hier mitten in der Pampa zu sitzen?« fragte er. »Ich hab morgen nämlich eigentlich eine Verabredung zum Lunch. Glaub mir, auch ich wäre jetzt lieber zu Hause, wo ich in meinem eigenen Bett schlafen könnte!«

»Warum zum Teufel bist du mir dann nicht zu Hilfe geeilt?« zischte ich. Ich hätte lieber geschrien, aber mein Kopf machte das nicht mehr mit. »Gegen Mum und Dad hatte ich einfach keine Chance, und dann mußte sich auch noch Tante Barbara, diese blöde Ziege, einmischen ...« Hätte ich mich weiterhin stur gestellt, hätte das Verdacht erregen können. Ich hatte schon gemerkt, daß Mum sich zu fragen begonnen hatte, ob wir uns vielleicht gestritten hatten.

»Hättest du wirklich unbedingt abreisen wollen, hättest du dich eben besser durchsetzen müssen!«

»Wie soll man sich denn bitte gegen ein halbes Dutzend Bulldozer durchsetzen?«

»Indem man einen Bulldozer dagegensetzt! Und zwar ein noch größeres Modell!«

»Würdest du bitte aufhören, mich fertigzumachen? Ich hab wahnsinnige Kopfschmerzen, und ich bin total erschöpft. Heute morgen bin ich schon um halb sechs aufgewacht vor lauter Aufregung –«

»Um so besser, daß wir noch bleiben.«

Aus seiner Sicht vielleicht. Ich hatte nicht mal ein Schlaf-T-Shirt dabei, und für den Fall, daß ihr jetzt denkt »Na und?« sollte ich euch an dieser Stelle vielleicht erklären, daß ich zu diesen unruhigen Schläfern gehöre, die während der Nacht sämtliche Decken wegstrampeln. Ich hasse es, das zugeben zu müssen, aber bisweilen nehme ich sogar so eine infantile Köpfchen-unters-Kissen-Popo-in-die-Höh'-Schlafhaltung ein. Einer meiner Freunde vor Kit hat mich einmal so erwischt, mich mit einem unsanften Knuff geweckt und sich halb totgelacht, dieser Blödmann. »Hör zu, es tut mir leid, aber ich war auf das hier einfach nicht vorbereitet, daß wir uns hier ein Zimmer teilen müssen und so weiter.«

»Geht mir genauso.« Er lehnte am Fenstersims und hielt beide Arme über der Brust verschränkt. »Aber ist denn das alles wirklich so schlimm?«

Langsam wurde mir klar, daß ich wohl ein wenig überreagiert hatte. Es war ein Zweibettzimmer, keines mit Doppelbett; die Doppelzimmer waren wohl schon ausgebucht gewesen, dem Himmel sei Dank. Vielleicht würde ich es ja schaffen, in einer anständigen Position zu schlafen. Vielleicht würde er ja auch schlafen wie ein Stein und von dem, was ich tat, überhaupt nichts mitbekommen. »Nein, wahrscheinlich hast du recht. Aber ich spreche manchmal im Schlaf. Ich hoffe, ich werde dich nicht aufwecken.«

»Keine Sorge. Gestern abend ist es bei mir sehr spät geworden. Sobald das Licht aus ist, werde ich schlafen wie ein Stein. Von einem kleineren Erdbeben mal abgesehen, kann mich dann nichts und niemand mehr aufwecken.«

Und noch einmal: Dem Himmel sei Dank.

»Hör zu«, fuhr er bestimmt und überaus pragmatisch fort.

»Warum nimmst du nicht einfach ein Bad oder gehst unter die Dusche? Das wird dich entspannen. Ich werde dir einen Drink nach oben bringen, wenn du magst, und dann verschwinde ich und laß dich allein.«

Typisch Männer. Kaum haben sie einen so richtig zur Weißglut gebracht, so daß man sie am liebsten umbringen würde, werden sie plötzlich sanft wie ein Lamm und machen dir ein schlechtes Gewissen. »Ja, vielleicht mach ich das. Ich nehme einen Schuß Wodka auf einen doppelten Tonic.«

»Bin gleich wieder da.«

Ich schleuderte meine Schuhe von mir und ließ mich aufs Bett fallen. Es hatte ja so kommen müssen, ganz klar, nachdem sich meine schlimmsten Befürchtungen nicht bewahrheitet hatten, mußte das Schicksal anderweitig zuschlagen.

Ich durchwühlte meine Tasche nach etwas Paracetamol, schnappte mir ein Glas Wasser und rief zu Hause an. Niemand nahm ab – mir sollte es recht sein. Ich wäre jetzt nicht in der Lage gewesen, alles mit Alix zu bekakeln, insbesondere deshalb, weil ich die Sache noch längst nicht hinter mir hatte. Ich sprach ihr auf den Anrufbeantworter, ließ mich erneut aufs Bett fallen und war schon fast eingenickt, als Josh an der Tür klopfte.

»Zimmerservice.«

Ich hatte nicht abgeschlossen, und er wollte offensichtlich höflich sein, nur für den Fall, daß ich gerade in der Unterhose herumsprang.

Als ob ich so etwas tun würde.

»Hier, bitte sehr«, sagte er. »Entschuldige, aber du hast doch nicht geschlafen, oder?«

Anscheinend hatte ich diesen dümmlichen, leicht verquollenen Gesichtsausdruck.

»So gut wie«, gestand ich.

»Nun, genieß dein Bad. Bis später.«

Als er gerade die Tür öffnen wollte, gingen meine Nerven wieder mit mir durch. »Dominic!«

Er drehte sich um. »Was ist?«

»Was, wenn ich dich aus Versehen Josh nenne? Das wäre mir da unten beinahe passiert!«

Er überlegte kurz. »Ein Spitzname?«

»Ein *Spitz*name? Wie soll man denn von Dominic auf Josh kommen?«

Er zuckte die Achseln. »Es muß da nicht unbedingt einen Zusammenhang geben. Oder ich hab früher so was von schlecht Trompete gespielt, daß sie mich nach dem Joshua benannten, der die Mauern von Jericho zum Einstürzen brachte.«

»Das ist ein wenig weit hergeholt.«

»Nicht unbedingt. Ich hab wirklich unglaublich schlecht Trompete gespielt. Die Nachbarn bezeichneten mich deshalb immer als öffentliche Ruhestörung.«

»Genauso ging's mir mit meiner Geige.« Mir gelang eine Art anämisches Lächeln, das offensichtlich so mickrig wirkte, daß er die Situation noch einmal überdachte.

Halb erschöpft fuhr er sich mit einer Hand durch die Haare.

»Hör zu, wenn dir das Ganze dermaßen Kopfzerbrechen bereitet, dann fahren wir jetzt besser nach Hause. Ich gebe dir Rückendeckung.«

*Jetzt* hatte er gut reden. Allein schon bei der Vorstellung, alle Fürs und Widers erneut mit Mum durchzugehen, verließen mich die Kräfte. Außerdem hatte ich doch gerade diesen wunderbar kalten Wodka-Tonic in der Hand … »Ich weiß nicht, ob ich jetzt noch in der Lage bin zurückzufahren. Vorhin war ich noch ganz aufgedreht, aber jetzt nicht mehr. Aber wenn du lieber fahren willst …«

»Eher nicht, um ehrlich zu sein. Am liebsten hätte ich jetzt einen Whisky, danach ein schönes Abendessen und danach wiederum ein paar Stunden, in denen ich komplett abschalten kann.«

Abgesehen vom Whisky konnte ich das alles bestens nachvollziehen. Nach dem Tag, den wir hinter uns hatten, wäre die Rückfahrt der reinste Horror geworden. »Nun, wenn du den Gedanken ertragen kannst, eine Nacht mit mir zu verbringen, dann kann ich das auch.«

»Gut, es bleibt also bei Plan A. Ich seh dich dann unten – genieß dein Bad.« An der Tür blieb er kurz stehen. »Sieh das Ganze mal von der positiven Seite. Du hast den ganzen Tag auf eine Katastrophe gewartet. Jetzt ist sie eingetreten.«

Du hast ja so recht, Kumpel.

Trotzdem, als die Tür hinter ihm ins Schloß fiel, redete ich mir ein, wir hätten das Schlimmste hinter uns. Vorausgesetzt, ich würde meine grauen Zellen jedesmal sorgfältig einschalten, bevor ich den Mund aufmachte, würden wir den Rest auch noch überleben, aber, o Gott, so langsam begann ich mich nach dem netten, unattraktiven Colin zurückzusehnen. Ich war auch so schon genug durch den Wind, als daß es da noch der zusätzlichen Schwierigkeit bedurft hätte, einen ganzen Abend und eine Nacht mit einem Mann verbringen zu müssen, bei dem ich weiche Knie bekam, wobei ich aber so tun mußte, als wäre dies keineswegs der Fall (ihm gegenüber) beziehungsweise als wäre dies das Natürlichste von der Welt (meiner Familie gegenüber) ... ich hoffe, ihr könnt mir noch folgen.

Nicht, daß die Sache für Josh so viel besser aussah: noch mehr öde Stunden mit irgend jemandes öden Verwandten, in denen man verzweifelt versucht, ein Gähnen zu unterdrücken ... Armer Kerl.

Arme Freundin, würde ich sogar sagen, falls er eine hatte. Ich fand es überaus edel von mir, daß ich mir über die Freundin eines Typen Gedanken machte, der mir gefiel, aber genau das tat ich, wenn auch nur ein wenig. Plötzlich kamen mir Alix' harsche Worte wieder in den Sinn: »Würdest du mit einem Mann zusammensein wollen, der so was *freiwillig* tut?«

Würdest du mit einem Mann zusammensein wollen, der so was überhaupt tut, traf wohl eher den Kern der Sache. Vielleicht war er ja jetzt gerade dabei, das arme Mädchen anzurufen.

*»Hör zu, reg dich jetzt bitte nicht auf, aber ich muß über Nacht bleiben.«*

*»WAS?«*

*»Die Autobahn – du wirst in den Nachrichten davon gehört haben. Ihre Mutter dreht durch, wenn Sophy jetzt noch stundenlang hinter dem Steuer sitzen muß –«*

*»Oh, verdammt noch mal!«*

Aufgelegt.

Und dabei hatte er doch gerade erst angefangen. Ich stellte mir vor, wie er sich dafür Wochen später immer noch rechtfertigen mußte. Ich stellte mir vor, wie sie ihm einen Abschiedskuß gab, wenn er zur Arbeit ging.

»*Wenn du es auch nur wagen solltest, sie attraktiv zu finden, bring ich dich um.*«

»*Um Himmels willen – ich finde diese Frauen nie attraktiv!*«

Und weg ist er.

An ihrer Stelle würde ich den ganzen Abend die Wände hochgehen, ständig würde ich so eine Jocasta-Kuh vor mir sehen, die sich gurrend an seinen Hals hängt: *Los, jetzt mach schon, das ist es doch, was du willst. Sie wird es nie erfahren ...*

Und sobald er zur Tür reinkäme, würde ich an seinen Kleidern schnüffeln, an seinem Haar und so weiter.

»*Du hast sie geküßt, stimmt's?*«

»*Nein. Sie sah aus wie eine häßliche alte Kuh.*«

»*Ich wette, du hast's doch getan, alter Lügner.*«

»*Also gut, ich hab's getan, aber nur ganz flüchtig. Sie tat mir einfach leid.*«

»*Lügner! Häßliche alte Kühe duften nicht nach Joop! Du fandest sie attraktiv, stimmt's? Ich wette, du hast sogar ihre Titten begrapscht! Ich werde das alles dieser beschissenen Agentur melden, und dann werden sie dich entlassen! Warum kannst du dir nicht endlich einen anständigen Job suchen?*«

Und was würde man wohl im Freundeskreis erzählen, wenn man gefragt wurde, was er beruflich so macht?

»Er ist, na ja, so was ähnliches wie ein Begleiter, aber die ganze Sache ist hochanständig, außerdem macht er es nur vorübergehend, so lange, bis er wieder so einen unglaublich gutbezahlten Job bekommt, wie den, den er vorher hatte.«

Ich sah ihre spöttischen Mienen direkt vor mir. *Ach ja?*

Nein danke, da sind mir Darcy und Clooney wesentlich lieber: Du kannst in erotischen Phantasien schwelgen, wann immer dir gerade danach ist, und mußt dir noch nicht mal die Beine dafür rasieren. Die beschweren sich auch nie, wenn du *Animal Hospital* im Fernsehen sehen willst.

Auf dem Weg nach unten machte ich an der Rezeption halt und bat darum, um sechs telefonisch geweckt zu werden.

»Wollen Sie frühstücken, bevor Sie abreisen?« fragte das Mädchen. »Ich fürchte, dann gibt es zwar noch keinen Brunch, aber ein normales Frühstück kann ich problemlos für Sie arrangieren.«

Nein danke, ich möchte verdammt noch mal nur weg von hier.

Was ich natürlich nicht wirklich gesagt habe; Josh würde sicherlich gern etwas essen, bevor wir aufbrachen. »Das wäre sehr nett, danke schön.«

Beim Aperitif waren wir schon wieder überraschend entspannt. Josh verstand es meisterhaft, die Konversation auf Themen zu lenken, die nichts mit ihm zu tun hatten. Das Restaurant war gut besucht, wie das an einem Samstagabend auch nicht anders zu erwarten war. Es war in einem gemütlichen Landhausstil gehalten, und man hatte einen Blick über die Terrasse in den Garten. Die Türen standen weit offen, für Mitte Mai war es ungewöhnlich mild. In dem immer schwächer werdenden Abendrot sah der Garten wunderbar friedlich aus. Bis die Musik anfing, konnte man sogar noch die Vögel zwitschern hören. Ich hatte die kleine Tanzfläche gar nicht bemerkt, bis ein kecker junger DJ die sentimentalen Oldies auflegte, zu denen, wie er glaubte, diese senilen Über-25-Jährigen gern tanzen würden.

Mehrere Paare schritten auf die Tanzfläche, leicht beschämt, so nach dem Motto: hoffentlich guckt keiner, und je mehr sich die Tanzfläche füllte, desto erwartungsvollere Blicke warf mir Mum zu. Da sich Josh jedoch gerade mit Onkel Michael, Tante Barbaras besserer Hälfte, unterhielt und überhaupt nicht mitbekam, was da von ihm erwartet wurde, tat ich so, als würde ich nichts bemerken.

Nun, unter normalen Umständen wäre ich eine der ersten, die zugibt, daß es durchaus zu den angenehmen Erlebnissen zählt, mit einem Mann zu tanzen, der einem gefällt. Doch die Tatsache, daß ich ihn für seine Begleitung bezahlte und nachher das Zimmer mit ihm teilen würde, machte das Ganze ein wenig komplizierter. Ich bin schließlich kein Masochist. Warum soll man sich unnötig damit quälen, eine Sucht nach etwas zu entwickeln, das schon innerhalb von 24 Stunden der Vergangenheit angehören wird?

Ich stand auf und setzte mich neben Oma Metcalfe, die flüsternd fragte: »Alles in Ordnung, Liebes? Ich hatte so das Gefühl, du warst ganz schön gereizt vorhin.«

War das so offensichtlich gewesen? »Ich war nur ein wenig müde. Der Tag war ganz schön anstrengend.«

»Um so besser, daß du über Nacht bleibst.« Nach einer kurzen Pause fuhr sie fort: »Ich hoffe, ich habe da vorhin nichts Falsches gesagt, du weißt schon, was das Zusammenziehen anbelangt. Ich hab mich nachher gefragt, ob du vielleicht verärgert bist, weil er es *nicht* vorgeschlagen hat.«

»Um Himmels willen, nein.« Ich gab mir alle Mühe, kurz fröhlich aufzulachen. »Er ist viel zu ordentlich – nur eine Woche, und er hätte mich komplett in den Wahnsinn getrieben.« Ich wechselte schnell das Thema und fragte mich, ob ich seinen Ordnungsfimmel wohl demnächst als Trennungsgrund anführen konnte. Wohl eher nicht, da wir ja nicht zusammenlebten.

»... und, was hältst du von dieser Hochzeitsreise?« fuhr Oma M fort. »Klingt ganz so, als würden sie halb Afrika bereisen. Das muß ja ein Vermögen kosten.«

»Er kann sich's leisten.«

»Will sie wahrscheinlich verwöhnen, nehm ich an. Dabei würde es ihr mal ganz gut tun, nicht ständig so verwöhnt zu werden, wenn du mich fragst. Deine Mutter und dein Vater haben sie ständig verwöhnt. Ganz unter uns, Liebes, ich fand schon immer, du wurdest etwas benachteiligt.«

»Ach, Oma, das stimmt doch gar nicht.«

»Nicht was *Geschenke* anbelangt, Liebes, aber wie sie mit ihr umgingen. Sie haben immer unglaublich viel Wirbel um sie gemacht. Und sie haben sie in Watte gepackt.«

Fast mußte ich lachen. »Aber ich hätte nie gewollt, daß man mich in Watte packt. Außerdem braucht Mum jemanden, um den sie Wirbel machen kann. Ich war immer froh, daß es Belinda getroffen hat und nicht mich!«

Jetzt, wo sich die Tanzfläche immer mehr füllte, konnte Mum sich nicht mehr beherrschen. »Sophy, du und Dominic, wollt ihr nicht ein wenig tanzen?«

Josh hob die Augenbrauen, so als wollte er sagen: *Nun?* und sah zu mir herüber.

Ich war gut vorbereitet, entschuldigendes Lächeln und so weiter. »Ich fürchte nein, Mum; meine Füße bringen mich noch um. Ich wußte, es war ein Fehler, neue Schuhe anzuziehen.« Sie waren tatsächlich neu, aber das weiche italienische Leder fühlte sich so an, als schlüpfte man in Glacéhandschuhe.

»Dann zieh sie doch aus, Liebes.«

»Ich werde mit ihm tanzen.« Diana hatte noch nie lange gefackelt, wenn es um ihren Vorteil ging, und so grinste sie schadenfroh: »Auf die Beine, Dominic.«

Er führte sie formvollendet auf die Tanzfläche, und Mum gab sich alle Mühe, nicht beleidigt auszusehen.

Während ich mich weiter mit Oma Metcalfe unterhielt, beobachtete ich die Tanzenden aus dem Augenwinkel heraus. Er hatte keine zwei linken Füße, und er schien seinen Spaß zu haben. Diana hatte dies jedenfalls ohne Frage. Was den Metcalfe-Clan anbelangt, sind die Frauen ziemlich in der Überzahl, und es macht nicht gerade viel Spaß, mit dem eigenen Vater zu tanzen.

Als sie zurückkamen, wußte ich bereits, daß er zum Angriff übergehen würde. »Komm schon, Sophy«, sagte er in demselben neckenden Tonfall, den ein echter Freund auch angeschlagen hätte. »Sieh zu, daß du dir das Abendessen abtrainierst.«

Ich ließ mich auf das Geplänkel ein: »Sieh zu, daß du dir dein Fett abtrainierst, willst du damit wohl sagen«, gab ich zurück.

Seine Augen schienen zu sagen: Was auch immer, nur komm jetzt. »Wenn ich so 'n dürres Gestell wollte, dann hätte ich mir auch eins gesucht.«

»Genau meine Rede«, mischte sich Mum ein. »Sie hat eine wunderbare Figur. Liebes, wie oft habe dir schon gesagt, Männer *mögen* keine dürren Mädchen.«

Wir hätten ihr keinen Likör geben dürfen. Nach ein paar Cointreau nimmt ihr Peinlichkeits-Potential ungeahnte Ausmaße an.

»Wenn du mich fragst, sind all die dürren Models schuld, daß so viele Mädchen magersüchtig sind«, fuhr sie an Tante Barbara gewandt fort. »Ich versteh überhaupt nicht, warum sie nicht *richtige* Mädchen mit ein paar Kurven nehmen.«

»Denk doch mal nach, Susan«, Tante Barbara hatte denselben rosigen Schimmer auf den Wangen wie Mum: »Die Modedesigner sind doch alle schwul. Die wollen keine Brüste in ihren Kleidern sehen, von einem Hintern ganz zu schweigen. Jedenfalls keinen richtigen, ordentlich runden Frauenhintern.«

»Wenn sie mehr auf Männerhintern stehen, Barbara, dann werden sie schon wissen warum.« Die beiden begannen zu kichern wie zwei Schulmädchen, die in der letzten Bank sitzen und sich gerade einen dreckigen Witz erzählt haben.

»Meine Güte, mit denen kann man wirklich nirgends hingehen«, grinste Diana. »Komplett besoffen, und zwar alle beide.«

Josh mußte sich offensichtlich schwer beherrschen, um nicht in schallendes Gelächter auszubrechen, und zog eine Augenbraue hoch. »Komm schon, Sophy, willst du nicht doch ein Tänzchen wagen?«

»Wenn du nicht mit ihm tanzen willst, dann tanze ich noch mal mit ihm«, grinste Diana.

»Nur zu. Dehalb werd ich dir die Augen nicht auskratzen.« Ich schenkte Josh ein süßes, entschuldigendes Lächeln. »Tut mir leid, Liebling, aber meine Füße tun wirklich wahnsinnig weh.«

Diana war hochzufrieden. Nach einer weiteren schnellen Nummer legte der DJ etwas Langsameres auf.

Nachdem ich sie eine halbe Minute lang beobachtet hatte, flüsterte ich Oma Metcalfe zu: »Ich geh mal frische Luft schnappen. Ich bin nur kurz im Garten.«

Als ich draußen auf der Terrasse stand, zog ich zur Sicherheit meine Schuhe aus, da Mum mich höchstwahrscheinlich beobachtete. Der Rasen war weich und feucht, es roch nach frisch gemähtem Gras und nach Sommer. Eine leichte Brise zerzauste mein Haar, während ich zu einer der steinernen Bänke ging, die direkt am Bach standen.

Ich hoffte nur, daß Mum jetzt nicht glaubte, ich würde schmollen, weil Dominic mit Diana tanzte.

Denn genau das tat ich.

Gestatten, Pervers ist mein zweiter Vorname.

Während ich dasaß und lauschte, wie das Wasser sanft über die Kiesel schwappte, fragte ich mich, wie blöd man eigentlich sein konnte. Durch die milde Abendluft wehte die Musik leise zu mir herüber. Dieser beschissene DJ verstand sein Handwerk. Er spielte eine dieser anspielungsreichen verträumten Balladen, die aus einem Tanz mit einem Mann, bei dem man weiche Knie bekommt, ein hocherotisches Erlebnis werden lassen.

Und jetzt tanzte diese verdammte Diana mit ihm.

Das letzte Mal hatte ich mich im Alter von sechs Jahren so gefühlt, und zwar auf einem Kindergeburtstag. Nachdem ich den letzten Mini-Pudding höflich abgelehnt hatte, weil ich dachte, das würde sonst etwas zu gefräßig wirken, wurde ich ganz grün vor Neid, als ich sah, wie Emma Jenkins ihn sich nur Sekunden später in den Mund schob.

Andererseits, wahrscheinlich war es besser so. Sexuelle Regungen zu verbergen, während man einen Schieber tanzt, ist mehr oder weniger ein Ding der Unmöglichkeit. Nur der blödste Neandertaler würde nicht schnallen, was da eigentlich abging, und ich wollte den armen Mann schließlich nicht verängstigen, denn er würde dann zweifellos glauben, ich wollte in der Nacht über ihn herfallen.

Eigentlich war es sehr schön hier draußen im weichen Licht der Dämmerung. Ich konnte mir allerdings vorstellen, daß es hier später ganz schön gruselig werden konnte; denn aus dem Moor drang das unheimlich klingende Lied eines Vogels herüber, das auch von einem traurigen Gespenst hätte stammen können.

Ich mußte an Heathcliff denken (einmal hatte auch er mich zu erotischen Phantasien inspiriert) und fragte mich, ob es im Hotel wohl spukte. Ich stellte mir ein armes Dienstmädchen vor, das von seinem jungen Herrn verführt und in einer kalten Januarnacht vor die Tür gesetzt worden war. An eine rauhe Steinmauer gekauert, wäre es ob der bitteren Kälte erfroren, nicht ohne den bösen Sir Deveril im letzten Atemzug noch auf immer und ewig verflucht zu haben. Und seitdem wandelte es als bleiches Gespenst über das –

»O mein Gott!« Mir schlug das Herz bis zum Hals. »Wie kannst du es *wagen*?«

»Was denn?«

»Dich so hinterrücks anzuschleichen!«

»Ich hab mich nicht angeschlichen«, sagte er. »Ich bin ganz normal gelaufen, und zwar auf zwei gut beschuhten Füßen.«

Ich konnte ihm natürlich nicht erzählen, daß ich ihn für den

Geist eines schwangeren Dienstmädchens gehalten hatte. »Ich hab dich aber nicht kommen hören. Mann, hast du mich erschreckt.«

»Entschuldige.« Er war einen halben Meter von mir entfernt stehengeblieben, ohne Sakko und Krawatte, der oberste Knopf seines Hemds stand offen. Von der ganzen Tanzerei mit Diana mußte ihm ja mächtig heiß geworden sein. »Alles in Ordnung?«

»Natürlich! Wieso fragst du?«

»Ich weiß nicht. Deine Mutter fing an, sich Sorgen zu machen.«

Das hätte ich mir ja denken können. »Also hat sie dich geschickt, um nach mir zu sehen?«

»Nein, das nicht. Aber sie sagte: ›Meinst du, Sophy könnte was zustoßen, so ganz allein da draußen?‹«

»Ich möchte mal wissen, was mir hier draußen schon passieren sollte.«

Er setzte sich auf die Bank, immer noch einen halben Meter Abstand haltend. »Vielleicht gibt's Killerkarpfen in dem Fluß?«

Ich mußte lachen. »Das ist kein Fluß, sondern ein Bach. Ich glaub, ich werd dich etwas mit dem hiesigen Dialekt vertraut machen müssen.«

»Nein danke, mir hat das Russisch schon gereicht.«

Da ich ohnehin nicht davon ausgegangen war, daß er besonders sprachbegabt ist, verwunderte es mich nicht weiter, daß ihm das schwerfiel. »Hattest du Russisch in der Schule?«

»Ja, aber das hab ich gerade mal bis zur Mittleren Reife durchgehalten. Ich hab das nur gelernt, weil ich gern zum Geheimdienst gegangen wäre und einen auf James Bond gemacht hätte. Immerhin herrschte damals noch der Kalte Krieg.«

»Wahrscheinlich standst du auch auf all die kleinen Geheimwaffen – explodierende Feuerzeuge und Autos mit eingebauten Schleudersitzen«, feixte ich.

»Und all die knackigen weiblichen Spione nicht zu vergessen, die sich in mein Bett geschummelt hätten«, fügte er mit gespieltverklärtem Gesichtsausdruck hinzu. »Mit 16 findet man das mindestens so verführerisch wie all die Geheimwaffen.« Er blickte nach unten. »Wie geht's deinen Füßen?«

Er war also darauf reingefallen. »Ganz gut, jetzt, wo ich die

Schuhe ausgezogen habe.« Ich spreizte meine Zehen; das Gras fühlte sich kühl an, es war taunaß.

»Warum hast du sie dann nicht ausgezogen und mit mir getanzt?«

Allmählich wünschte ich mir, er wäre drinnen geblieben. Meine Schwäche für ihn begann sich wieder bemerkbar zu machen. »Ich hätte mir sonst die Seidenstrümpfe kaputt gemacht.«

»Das ist ja wohl die lächerlichste Erklärung, die ich je gehört habe. Wo ich es nun einmal auf mich genommen habe, hättest du ebensogut mitspielen können.«

*Auf mich genommen?* Danach hatte es mit Diana allerdings nicht gerade ausgesehen, verflucht noch mal. »Mir war einfach nicht danach, okay? Abgesehen davon war Diana ja nur allzu begeistert.«

»Ja, und darüber hat sich deine Mutter doppelt und dreifach aufgeregt, wenn du mich fragst. Sie wollte mich und dich eng aneinandergeschmiegt auf der Tanzfläche sehen, nicht mich und Diana.«

»Nun, sie wird's schon verkraften. Außerdem war mir nicht danach, mich an dich zu schmiegen. Bitte versteh das nicht falsch, aber ich bin nicht gerade scharf auf dein Aftershave.«

»Ich finde dein Parfüm auch nicht gerade toll, aber ich war bereit, mich für einen guten Zweck zu opfern.«

»Das tut mir überaus leid. Ich hatte ja keine Ahnung, daß du dir den ganzen Tag über buchstäblich die Nase zuhalten mußtest.«

»So schlimm ist es nun auch wieder nicht.« Er kam ein klein wenig näher und schnüffelte kurz. »Es ist schon fast verflogen.«

Da meine Schwäche für ihn wieder heftig aufzuleben begann, wollte ich nicht unbedingt, daß er näherkam. Der Wind frischte auf und zerzauste mein Haar, und erneut stimmte dieser merkwürdige Vogel sein todtrauriges Lied an. Ich bekam eine Gänsehaut.

»Frierst du?« fragte er.

»Nein – es ist bloß dieser Vogel. Klingt irgendwie gespenstisch, finde ich. Ich muß die ganze Zeit an *Sturmhöhe* und Heathcliff denken.«

Er lachte in sich hinein. »Wahrscheinlich hat er bloß Hunger. Ich bin bekannt dafür, einen ganz ähnlichen Schrei auszustoßen, nämlich dann, wenn ich den Kühlschrank aufmache und nur noch eine einsame Frühlingszwiebel und ein paar Flaschen Bier vorfinde. Und wenn nicht mal mehr ein einziges Bier da ist, dann wird's wirklich kritisch.«

Als ich gerade so richtig neugierig werden und ihn fragen wollte, ob er allein lebe, wies er über seine Schulter. »Sollte ich nicht lieber zurückgehen und berichten, daß du an keinerlei ernster Unpäßlichkeit leidest, oder würde das den Sinn der Sache nur noch mehr verfehlen?«

Sinn der Sache war natürlich gewesen, ihn und Diana zu trennen und ihn dazu zu bringen, hier draußen mit mir zusammenzusein. »Tut mir leid. Besonders dezent ist meine Mutter nun wirklich nicht, schon gar nicht, wenn sie ein paar Drinks intus hat. Sie kann dann wirklich schrecklich peinlich sein.«

»Ich fand sie nicht peinlich.«

»Natürlich nicht. Mütter sind nur ihren eigenen Kindern peinlich, nicht anderen Leuten.«

Ich blickte über meine Schulter und sah zu dem hell erleuchteten Inn hinauf. »Wahrscheinlich beobachtet sie uns gerade.«

»Dann sollten wir besser mitspielen.«

Ich glaube, unbewußt hatte ich die ganze Zeit gehofft, daß er das sagen würde. Ich hatte es bloß einfach nicht *erwartet.* »Wie meinst du das?« fragte ich völlig unschuldig.

»Ein kleiner Spaziergang, den Fluß entlang?« Beim Aufstehen reichte er mir seine Hand. Das war nun wirklich ziemlich überflüssig, aber da es auf Mum absolut gentlemanlike und liebevoll wirken mußte, nahm ich seine Hand. Aber er machte sich wieder los und legte statt dessen den Arm um mich. Und zwar nicht so nachlässig, wie er das an der Rezeption getan hatte, sondern wie ein wirklicher Liebhaber, der euch eng an sich zieht, so daß sich beide Hüften berühren.

Ich konnte mich kaum beherrschen, ebenfalls den Arm um ihn zu legen, aber dann hätte ich nicht verhindern können, daß sich mein rechter 80 C an ihn gepreßt hätte, was dann doch ein wenig zuviel des Guten gewesen wäre.

»Ich hab vorhin fast gedacht, Tamara hätte alles ausgeplaudert. Ich wäre beinahe gestorben.«

»In erster Linie hättest *du* nicht zuerst alles ausplaudern dürfen. Denn wenn es erst einer weiß, wissen es bald schon viele, das ist doch immer so.«

»Ich weiß, aber ich war so erleichtert, mich jemandem anvertrauen zu können, ganz besonders so jemandem wie Tamara. Sie fand es einfach nur komisch.«

»Schade, daß du es nicht einfach nur komisch fandest, anstatt den ganzen Tag über so angespannt zu sein.«

»Komisch?« Ich schnaubte fast vor Wut. »Es wäre ja auch wirklich zu komisch, wenn man uns entlarvt hätte, und das mitten auf dem Hochzeitsempfang. Ich hätte mir bestimmt vor Lachen in die Hose gemacht.«

»Entspann dich. Du fängst schon wieder so merkwürdig an zu zucken.« Er zwickte mich kurz in die Taille. Danach konnte man direkt süchtig werden. »Nicht! Ich bin kitzelig!« Er tat es noch mal. »Vielleicht sollte ich dich ja ein wenig kitzeln. So ein ordentlicher Lachkrampf würde dir helfen, dich mal für zwei Minuten zu entspannen.«

»Ich bin entspannt!«

»Nein, das bist du nicht. Du bist genau so angespannt wie ein Tennisschläger von Pete Sampras.«

Seine Hand löste sich von meiner Taille. Statt dessen nahm er mich jetzt beim Handgelenk und führte mich zu einer großen Buche, die ein paar Meter von dem Bach entfernt lag.

Um Gottes willen, was hatte er bloß vor?

»Ich glaube, es ist höchste Zeit, wieder reinzugehen«, sagte ich und hoffte nur, daß meine Stimme dabei nicht zu sehr zitterte. »Meine Füße sind pitschnaß.«

»Nur noch eine Minute.« Er lehnte sich an den Baumstamm und hielt meine Taille leicht umfangen, während ich ihm den Rücken zuwandte. »Du solltest dir mal ein Beispiel an diesem Bach nehmen. Laß dich einfach treiben.«

»Du hast leicht reden.«

Ich brachte die Worte kaum heraus. Die Art, wie er mich jetzt umfaßt hielt, war unglaublich viel erotischer als alles, was ein Artikel in einer Männerzeitschrift mit der Überschrift »So bringst du deine Braut zum Singen« je hätte vorschlagen können.

Auch wenn dazu nicht besonders viel gehörte.

»Glaubst du, deine Mutter beobachtet uns immer noch?« fragte er.

Ich hätte mein ganzes Geld darauf verwetten können. Ich konnte mir direkt vorstellen, wie sie Dad einen kleinen Knuff gab.

»*Sieh nur, die beiden.*«

»*Jetzt spionier ihnen doch nicht so hinterher, Liebes.*«

»*Ich spionier doch gar nicht, Liebling, ich bin einfach nur interessiert. Abgesehen davon werden sie mich wohl kaum sehen können.*«

»Das wäre ihr durchaus zuzutrauen«, sagte ich.

»Dann wäre es eine Schande, sie zu enttäuschen.«

In diesem Moment fühlte ich mich wie ein Babyschmetterling bei seiner ersten Verabredung. Ich kann ohne jegliche Übertreibung sagen, daß mir die Knie zitterten. »Wie meinst du das?« fragte ich wie ein Vollidiot.

»Rate mal.«

Ich hätte nie gedacht, daß er so weit gehen würde; ich wette, das verstieß gegen das Reglement der Agentur. Trotzdem, wer sonst hätte so eine Wohltat verdient, wenn nicht ...

Er drehte mich langsam zu sich herum. Während seine Hände leicht auf meiner Taille ruhten, zog er mich an sich.

Ich gebe zu, das war reichlich spät, aber in diesem Moment verschwand der Babyschmetterling. Ich meine, ich bin ja nicht vollkommen blöd. Man wird schließlich nicht dreißig, ohne zu spüren, wann ein Mann sein Spielchen mit einem spielen will.

Na ja, auf Spiele hatte ich mich eigentlich immer schon sehr gut verstanden. Besonders dann, wenn man dabei so richtig lügen und betrügen durfte.

Ich wußte genau, was jetzt kommen würde, und ich lag richtig. Ein langsames, aufreizendes Sich-Streifen der Lippen, das förmlich danach schrie, vertieft zu werden.

Das Problem daran war, daß ich mich entweder viel zu sehr danach gesehnt hatte oder aber, daß er dieses Spiel einfach unglaublich gut beherrschte. Wahrscheinlich war es diese Mischung aus Entschlossenheit und Sanftheit, die mich dahinschmelzen ließ; die starken Arme um meine Taille sagten: *Du kannst jetzt nicht weg ...*, aber seine Lippen sagten: *... selbst wenn du wolltest.*

Jetzt müßt ihr euch nur noch eine leichte Berührung mit seinem rasierten Kinn und diesen ganz bestimmten männlichen Geruch hinzudenken, und ich hätte mich fast vergessen. Schließlich war es schon verdammt viele Monate her, daß ich mich in der erregenden Nähe eines auch nur ansatzweise appetitlichen Kerls befunden hatte. Mir wurde so schwummrig, daß ich es beinahe versäumt hätte, mich innerlich auf das vorzubereiten, was nun folgte.

Wie ich es bereits vorausgesehen hatte, zog er sich nach diesem aufreizenden, kleinen Brocken, den er mir da hingeworfen hatte, wieder zurück. Das gehörte zum Spiel, versteht ihr. Mir erst einen Brocken hinwerfen, dann zusehen, wie schrecklich enttäuscht ich bin und sich insgeheim daran weiden.

Dazu ließ ich ihm erst gar keine Gelegenheit.

Ich setzte alles auf eine Karte, legte einen Arm um seinen Hals, zog ihn beherzt an mich und brachte das zu Ende, was er angefangen hatte. Wenn ihr's genau wissen wollt, war es diese Art Kuß, den ich normalerweise jemandem geben würde, nach dem ich ganz verrückt bin und den ich seit einem Monat nicht gesehen habe und bei dem ich davon ausgehen kann, daß er mir die Kleider vom Leib reißt und wir es innerhalb der nächsten zwei Minuten wie wild miteinander treiben.

Und nach den ersten ein, zwei Sekunden brauchte ich gar nicht mehr zu schauspielern. Natürlich spürte ich, wie es ihm buchstäblich den Atem verschlug, aber das war sein Problem. Ich ging derart entschieden zu Werk, daß ich Teile seines Mundes erforschte, von denen er vorher nicht einmal gewußt hatte, daß er sie überhaupt besaß. Und nach einigen Sekunden, in denen er mich höchstwahrscheinlich als Nymphomanin einordnete und an das Sprichwort »Einem geschenkten Gaul schaut man nicht ins Maul« dachte, sprang er voll darauf an. Plötzlich zog er mich fest an sich und preßte meine 80 Cs an seine Brust, die sich darüber nicht beschwert haben, das könnt ihr mir glauben. Dieses merkwürdige, ungenannt bleibende Organ, das sich nur in derartigen Momenten regt, wurde plötzlich bedrohlich munter, und sämtliche Instinkte, die zuvor Winterschlaf gehalten hatten, erwachten zum Leben. Er nahm mich so ran, daß meine weiblichen Urinstinkte schrien: *Los, schnell! Wozu glaubst du, bist du überhaupt auf der Welt?*

Ihr werdet also verstehen, daß es, um bei meinem urspünglichen Plan zu bleiben, eines Maßes an Selbstbeherrschung bedurfte, über das ich normalerweise nicht verfüge. Mit einer Art »plop!« unterbrach ich also die wilde Lippensaugaktion und zog mich zurück. Mein Herz raste, was ich jedoch ignorierte. »Okay, das sollte genügen«, sagte ich fröhlich. »Wir müssen ja nicht übertreiben.« Sein Gesicht sprach Bände. Männliche Verwirrtheit, Entsetzen *und* Erregung auf der ganzen Linie.

Diese fünfzig Punkte gingen an mich.

Ich setzte meine unschuldigste Miene auf: »Was schaust du denn so komisch? Das ganze war schließlich deine Idee!«

»Nein, aber doch nicht so!«

Ich fügte leise hinzu: »Wenn Mum schon zuschaut, dann können wir ihr ebensogut was bieten. Wenn du noch fünf Minuten lang schauspielern kannst, dann gehen wir wieder rein. Meine Füße sind wirklich patschnaß. Könntest du das mit dem Arm wiederholen, bitte?«

Ich fügte zuckersüß hinzu: »Das könnte sonst komisch aussehen.«

Wir waren nicht weit von der steinernen Bank entfernt, als ich meine Schuhe wieder anzog.

Er sagte kein Wort.

Den ganzen Rückweg über pochte mir das Herz bis zum Hals. Als wir endlich wieder drinnen waren, sagte ich: »Ich muß nur mal eben aufs Klo – könntest du mir etwas zu trinken holen? Ein Sevenup reicht mir.«

»So, das reicht dir.«

Ich mußte ein wenig verschnaufen, und welcher Ort ist zum Nachdenken besser geeignet als die Toilette?

Mistkerl.

Damit hatte ich nun nicht gerechnet. Ich bin nicht wirklich paranoid veranlagt, aber wenn ich in diesem Augenblick kurz mit der Wimper gezuckt hätte, hätte ich es ebensogut verpassen können. Da war so ein kleines Zucken um seinen Mundwinkel, ein kurzes Flackern in seinen Augen.

Er lachte über mich, oder besser gesagt: er schmunzelte gönnerhaft und dachte. *Armes Ding* oder so ähnlich. *Seit Monaten ohne Liebhaber, ganz wild auf eine kleine, zärtliche Romanze. Sie muß ja geradezu gierig nach allem lechzen, was ich ihr gnädigerweise zuteil werden lasse.* Offensichtlich hatte ich mir selbst gehörig etwas vorgemacht, von wegen ich hätte meine Schwäche für ihn unter Kontrolle. Seit wann er das wohl schon gespürt haben mochte? Bereits den ganzen Nachmittag über?

Nun, das hätte mich nicht weiter überraschen dürfen. Ich bin schon seit langem davon überzeugt, daß so eine Schwäche auch ihre chemische Komponente hat. Vielleicht verströmen wir so ein Komm-und-nimm-mich-Hormon, und die Kerle nehmen das mit ihren männlichen Hormon-Rezeptoren auf, ganz wie die Motten zur Paarungszeit. Ein bißchen primitiv vielleicht, aber das sind die meisten Kerle sowieso. Und weil das Komm-und-nimm-mich-Hormon nur von dem primitiven Teil ihres Gehirns wahrgenommen wird, merken die Kerle meist gar nicht, was da gerade vor sich geht. Sie denken, es liegt einzig und allein an ihrer wundersamen Gabe, erkennen zu können, wann eine Frau reif fürs Bett ist.

Ich brauchte mehrere Minuten, bis sich mein Organismus wieder beruhigt hatte. All die Gefühle, die er aus ihrem Winterschlaf gerissen hatte (die erotischen Phantasien noch gar nicht miteingerechnet), beklagten sich lauthals darüber, so hereingelegt worden zu sein. »Und jetzt?« beschwerten sie sich. »Hast du uns ganz umsonst dermaßen auf Hochtouren gebracht?«

Trotzdem, die Tatsache, daß er so belemmert aus der Wäsche geguckt hatte, war schon Entschädigung genug. Ich fing an, mich zu fragen, ob er dieses »Über Nacht bleiben« vielleicht freudig begrüßte, weil er auf diese Weise sein Späßchen mit mir noch ein wenig weitertreiben konnte.

Nachdem sich mein Puls wieder beruhigt hatte, ging ich zurück in den Speisesaal und war fest entschlossen, hochzufrieden mit mir zu sein. Wenn ich recht darüber nachdachte, hatte dieses kaum verhohlene Grinsen Ähnlichkeit mit dem Gesichtsausdruck, den er aufgesetzt hatte, als er sich an Tamara erinnerte. *Mein Gott, diese Tamara. Diese dürre, kleine Gestalt, die dachte, ich wäre das Größte seit Barbies Ken.* Jerry mußte ihm wohl doch davon erzählt haben. Wahrscheinlich hatten sie hinter dem Rükken der armen Tamara so ihren Spaß gehabt.

Er hatte sich offensichtlich ebenfalls wieder erholt und unterhielt sich gerade mit Onkel Mike.

»Hier steht dein Drink, Liebling.« Er zeigte auf ein Glas auf dem Tisch. »Danke, Liebling.« Mit einem reizenden Lächeln griff ich danach. »Ich werde ihn mit nach oben nehmen. Ich bin wirklich müde, und wir müssen morgen so früh raus. Ich werd die Tür auflassen. Aber sei bitte leise, damit du mich nicht aufweckst, okay?«

Ich hoffte, er hatte verstanden: *Komm auf keinen Fall sofort mit hoch – ich möchte mich in Ruhe zur Nacht umziehen.*

Ich gab ihm einen flüchtigen Kuß, herzte Mum und Dad, verbat ihnen strikt, mit uns aufzustehen, um uns Lebewohl zu sagen, verabschiedete mich von allen und verschwand.

Josh ließ mir eine Dreiviertelstunde Zeit. Er öffnete ganz leise die Tür. Ich hatte die Nachttischlampe an- und das Fenster offengelassen. Aus der dunklen Nacht drangen wieder die merkwürdig-flehenden Schreie eines Vogels zu uns ins Zimmer, und die Gardinen wehten im kühlen Nachtwind.

Nicht, daß ich irgend etwas sehen konnte. Für den Fall, daß ich nachts die Decke wegstrampelte, hatte ich meine Unterwäsche anbehalten. Ich lag reglos da und hielt meinen Kopf halb unter der Decke verborgen, damit er nicht sehen konnte, daß ich blinzelte.

Ebenso leise wie er die Tür geöffnet hatte, schloß er sie auch wieder, und schlich durch den Raum, als ginge er auf Eierschalen, als könne ihm nichts Schlimmeres passieren, als mich aufzuwecken.

Innerhalb von fünf Minuten war er im Bett und löschte das Licht. Ich lag so ruhig da wie möglich und wünschte mir sehnlichst, er würde schnarchen oder so was Ähnliches, damit ich mich endlich entspannen und einschlafen könnte. Und das nächste, was ich hörte, war der Weckruf.

Noch unter der Bettdecke streifte ich mir den Pulli über, den ich bereits auf der Herfahrt getragen hatte und den ich mir extra auf dem Fußboden neben meinem Bett zurechtgelegt hatte.

Bei geschlossenen Gardinen war es angenehm dunkel im Zimmer, weshalb ich sie gar nicht erst aufzog. Ich schlüpfte aus dem

Bett und suchte ein paar Kleidungsstücke zusammen. Josh setzte sich im Bett auf. Er war ziemlich zerzaust, blinzelte und sah aus, als könnte er noch gut vier Stunden Schlaf gebrauchen.

»Ich geh kurz unter die Dusche«, sagte ich.

»Nur zu.«

In weniger als zehn Minuten war ich wieder draußen. Er war erst halb angezogen, trug die Hose, die er auf der Herfahrt angehabt hatte, aber noch kein Hemd. Sein nackter Rücken sah ziemlich genauso aus, wie ich ihn mir vorgestellt hatte: olivbraun, muskulös, wirklich appetitlich. Ich hätte ein paar häßliche Flecken gut gebrauchen können – irgend etwas, das ich abstoßend gefunden hätte.

Zwanzig Minuten später waren wir unten und hatten kaum mehr als zehn Worte gewechselt. Jemand hatte Croissants, Butter und Marmelade für uns aufgedeckt und irgendeine arme, verschlafen aussehende Person förderte eine Kanne Kaffee zutage.

»Ich werd mal den Automobilclub anrufen und die Verkehrsnachrichten abhören«, sagte Josh.

Während er telefonierte, goß ich mir eine Tasse Kaffee ein und bestrich ein kleines Stück Croissant mit Diät-Margarine. Nach dem üppigen Frühstück von gestern mußte ich mich heute ein wenig beherrschen.

Josh kam zurück. »Die A6 ist immer noch gesperrt, aber die A1 ist frei.«

»Nun, es könnte schlimmer sein.«

Er verschlang ein ganzes Croissant, das er dick mit schwarzer Johannisbeermarmelade bestrichen hatte, und dann noch eines. Als er auch noch zum dritten griff, begann es mich aufzuregen, wie viele Squillionen von Kalorien seine Kehle passierten.

»Du willst die doch nicht etwa alle aufessen, oder? Ich wollte eigentlich schon längst unterwegs sein!«

Er warf einen Blick auf das noch zu drei Vierteln unangetastete Croissant auf meinem Teller. »Sophy, wenn du verhungern möchtest – bitte sehr. Aber erwarte um Himmels willen nicht von mir, daß ich dir dabei Gesellschaft leiste.«

»Wie hast du geschlafen?« fragte ich, nur um zur Abwechslung mal was Nettes zu sagen.

»Gut, danke.«

Als wir gerade aufbrechen wollten, hörte ich Mums Stimme auf der Treppe. Das hätte ich mir ja denken können.

»Ich hab dir doch gesagt, du sollst liegenblieben«, sagte ich und versuchte dabei nicht allzu genervt zu klingen, als meine Eltern herbeigeeilt kamen, die offensichtlich gerade mal in ihre Kleider geschlüpft waren. »Es ist doch viel zu früh.«

»Red keinen Unsinn, Liebes; natürlich wollen wir euch noch persönlich verabschieden.«

Sie folgten uns in den ruhigen, frühen Morgen hinaus. Als wir alles eingeladen hatten und gerade losfahren wollten, sagte Mum: »Ach ja, übrigens, Liebes, weißt du eigentlich, daß Paul und Belinda bei uns übernachten, wenn sie von ihrer Hochzeitsreise zurückkommen?«

Ich starrte sie an. In ihrer *ersten Nacht?*

Sie sah leicht verletzt aus. »Sie werden es kaum erwarten können, die Hochzeitsphotos zu sehen, Liebes. Wir werden sie bis dahin entwickeln lassen, und da habe ich sie gefragt, ob sie nicht Lust hätten, zum Abendessen zu bleiben. Es war dann Paul, der vorschlug, sie könnten über Nacht bleiben. Er möchte sich nicht den ganzen Abend nur an Mineralwasser festhalten.«

Laut Mum fuhr immer der Mann.

»Aber dabei fiel mir ein, wie nett es doch wäre, wenn du auch kommen könntest«, fuhr sie fort. »Ich bin mir sicher, du würdest die Fotos auch gern sehen und einen gemeinsamen Abend mit uns verbringen.«

Ich schenkte ihr ein strahlendes Lächeln. »Das ist lieb von dir, Mum. Ich werd dich anrufen.«

Das war natürlich noch nicht alles. Zaghaft lächelnd wandte sie sich an Josh: »Sie natürlich auch, Dominic, wenn Sie sich freimachen können. Ganz zwanglos, Samstag in zwei Wochen, nur wir sechs, ein nettes kleines Abendessen bei uns zu Hause ...«

»Er hat doch bestimmt zu tun, Schatz«, sagte der arme alte Dad.

Ich mußte es Josh überlassen. Sein Lächeln hätte ihm den ersten Platz in einem Der-beste-Schwiegersohn-Wettbewerb eingebracht. »Das ist überaus freundlich von Ihnen, Mrs. Metcalfe. Ich werde es mit meinem Terminkalender abgleichen. Ich hab noch ein paar Konferenzen in Übersee, und da könnte sich leicht etwas überschneiden, aber wenn nicht, komme ich gern.«

Mum errötete fast vor Glück. »Wir freuen uns, Sie zu sehen. Es war so nett, Sie endlich kennenzulernen. Wir wünschen Ihnen einen guten Flug, ja?«

Endlich waren wir unterwegs.

Nachdem wir den ersten Kilometer hinter uns hatten, sagte ich: »Wenn du es jetzt wagst zu sagen: ›Hab ich's dir nicht gesagt?‹ bring ich dich um!«

»Im Gegenteil. Ich freu mich schon darauf. Ich wette, deine Mutter kann ausgezeichnet kochen.«

Ich warf ihm einen bösen Blick zu und bemerkte zu spät, daß er seine Bemerkung für einen guten Witz hielt.

»Keine Sorge, ich werde dich nicht darum bitten, diese kleine Farce zu wiederholen«, sagte ich essigsauer. »Das sollte ein für allemal genügen.«

»Ich bin erfreut, das zu hören.« Sein Tonfall war jetzt reichlich unverschämt. »Das Ganze ist schließlich weit genug gegangen.«

»Das kann man wohl laut sagen.« Ich fuhr hinter einem Traktor her und verlangsamte die Fahrt. Zu beiden Seiten der Straße grasten Schafe, und ein einsam aussehendes Pony streckte seinen Kopf über eine der Steinmauern. Wäre ich allein gewesen, ich hätte kurz angehalten, um Hallo zu sagen.

Ich war mit der Strecke jenseits der Autobahn nicht sehr vertraut; man neigt ja dazu, zu vergessen, daß es Landstraßen überhaupt noch gibt. »Ich brauche jemanden, der die Karte liest. Könntest du bitte im Autoatlas nachsehen?«

Er schnappte sich den Atlas vom Rücksitz. »Nun, welche Ausrede wirst du dir denn diesmal ausdenken?«

»Wie ich bereits sagte, ich werde ihr sagen, ich hätte dich verlassen.«

»Und aus welchem Grund?«

Was dieses Thema anbelangte, hatte ich komischerweise genau in diesem Moment einen Geistesblitz. »Ich fürchte, er wird dir nicht gefallen«, sagte ich zuckersüß.

*Mir* dagegen gefiel er sehr.

# SIEBEN

»Erinnerst du dich noch an deine schwere Mumpserkrankung?«

Er schaute mich fragend an.

»Leider gab es da Komplikationen«, fuhr ich fort. »Und du hast gerade erfahren, daß du unfruchtbar bist.«

»Oh, vielen Dank auch.«

Das geschah ihm ganz recht, dafür, daß er solche Spielchen mit mir gespielt hatte. »Und natürlich bin ich deswegen völlig außer mir, da ich keineswegs ausgeschlossen habe, eines Tages einmal Kinder zu haben.«

Er klang jetzt noch süffisanter: »Dann werde ich wohl gehen müssen, was? Weil ich dir keine Kinder schenken kann?«

»Ich fürchte, ja.« Nachdem ich den Traktor endlich überholt hatte, winkte ich dem Fahrer übermütig zu. »Und Mum wird überaus erleichtert sein, daß ich dich losgeworden bin.«

»Ach ja?« sagte er in einem Tonfall, der besagte: *Wem willst du hier eigentlich was vormachen?*

»Ich fürchte schon. Sie wird sagen, daß ich das einzig richtige getan habe, Liebes, und daß sie dich eigentlich sowieso nicht so mochte, denn da war so was Kaltes in deinen Augen.«

»Einen Teufel wird sie tun.«

»Und ob.« Ich wartete noch einen Moment, bevor ich zu meinem großen Schlag ausholte. »Denn dir war es vollkommen egal, daß du unfruchtbar bist. Du warst sogar ziemlich erfreut darüber. Du erzähltest mir, daß du sowieso noch nie Kinder wolltest, die schließlich nichts weiter als eine ziemlich teure und nervige Angelegenheit seien, und außerdem hättest du dir so den ganzen Ärger mit der Vasektomie erspart.« Inzwischen klopfte mir mein kleines Teufelchen auf die Schulter und feuerte mich an: »Ich hoffe, das bringt dich nicht zu sehr in Verlegenheit.«

»Warum sollte es?«

»Nun, wegen deiner bevorstehenden Unfruchtbarkeit und den sich daraus ergebenden unangenehmen Folgen für deine Männlichkeit.«

»Sophy, wenn dich das glücklich macht, kannst du mich gern kastrieren lassen. An der nächsten Kreuzung rechts.« Seinem Tonfall nach hieß das: *Wenn du wirklich glaubst, daß mich das, was du mir da erzählst, auch nur ansatzweise interessiert, dann hast du dich gewaltig getäuscht.*

Während der nächsten Minuten schwiegen wir, und mir war plötzlich so, als würden die Würmer in meinem Magen sich zurückmelden. Als ich mich gerade darauf eingestellt hatte, den Rest der Fahrt in eisigem Schweigen zu verbringen, sagte er: »Ich hab so das Gefühl, du bist ein bißchen sauer auf mich.«

Da ich nicht erwartet hätte, daß ihm das was ausmachen würde, schaute ich ihn ehrlich verblüfft an. »Wie kommst du denn darauf?«

»Seit gestern nacht bist du sauer auf mich.« Er hielt kurz inne. »Seit einem gewissen Vorfall unter einem Baum.«

Zumindest hatte er es endlich rausgelassen. An der Kreuzung verlangsamte ich die Fahrt und sah mich nach links und rechts um. »Ich bin genauso verärgert wie du, weil ich dich bei deinem eigenen Spiel geschlagen habe.«

»Das war kein Spiel.«

Mir wurde ziemlich warm. »Josh, jetzt halt mich bitte nicht für blöd. Ich bin kein naives 19jähriges Ding mit nichts zwischen den Ohren. Ich weiß genau, was du vorhattest.«

»Warum klärst du mich nicht einfach auf?«

»Ach komm, hör schon auf.« Das hatte ich nicht erwartet. So paranoid war ich nun auch wieder nicht. »Glaubst du wirklich, ich habe nichts bemerkt? Du dachtest: Armes Ding, die hat's bestimmt nötig, könnte Spaß machen, sie ein wenig in Wallung zu bringen.«

»So war das überhaupt nicht!« Seine Stimme wurde eine Idee lauter, um dann wieder leiser zu werden. »Du stellst die ganze Angelegenheit vollkommen verzerrt dar. Das ist völlig aus der Luft gegriffen. Ich hab einfach impulsiv reagiert.«

»Impulsiv, daß ich nicht lache. Du wußtest genau, was du tatest. Du hast dich auf meine Kosten amüsiert. Dachtest du zumindest«, fügte ich schnippisch hinzu.

»Quatsch.«

Nach ein oder zwei Kilometern ziemlich eisigen Schweigens sagte er: »Weißt du, was ich glaube? Ich glaube, du bist paranoid. Ich glaube, du stellst dir zwanghaft vor, die Leute würden denken, du hättest's nötig.«

»Du dachtest doch, ich hätte's nötig, gestern abend!«

»Dachte–ich–nicht!« Er hielt inne. »Entschuldige, wenn ich das jetzt sage, aber wenn du weiterhin Leute bei lebendigem Leib verschlingst, so wie du das gestern abend mit mir gemacht hast, dann werden sie tatsächlich glauben, du hättest's nötig.«

Ich unterdrückte einen Wutanfall. »Ich wollte bloß, daß dir dieses blöde Grinsen vergeht, das ist alles. Und, nur daß du's weißt, ich hab's in keinster Weise nötig, irgend jemanden zu ›verschlingen‹.«

»Nein, natürlich nicht«, höhnte er. »Offensichtlich bekommst du regelmäßig äußerst zufriedenstellende Opfer zugeführt, weshalb du ja auch losziehen und einen Begleitservice einschalten mußtest.«

In diesem Moment hätte ich beinahe angehalten und ihn rausgeschmissen, aber er fuhr hastig fort: »Hör zu, es tut mir leid, ich hätte das nicht sagen dürfen.«

»Halt einfach die Klappe, okay? Es sei denn, du willst hier aussteigen und zu Fuß nach Hause gehen.« Ich dachte nicht direkt an das, was Tamara mir gesagt hatte, aber ich glaube, ein Teil meines Gehirns hatte sich schlichtweg verselbständigt. »Und, nur so zu deiner Information, ich nehme meine ›Mahlzeiten‹ zu Hause ein. Und zwar regelmäßig und durchaus zufriedenstellend.«

Das Dumme an solchen erlogenen Geschichten ist bloß, daß man sich ziemlich erschreckt, wenn man sich selbst so was sagen hört.

Und nicht nur ich erschreckte mich. Seine Ungläubigkeit war offenkundig. »Willst du mir damit sagen, daß du eine Beziehung hast?«

*Gesegnet seist du Tamara, mein Kind.* »Warum zum Teufel sollte ich keine haben?«

»Du hast gesagt, du hättest keine!«

»So was hab ich nie gesagt! Ich habe nur gesagt, ich hätte einen ›passenden‹ Freund erfunden, um meine Mutter nicht zu schokkieren!«

»Willst du mir damit sagen, du hast einen Unpassenden?«

»Der Kandidat hat hundert Punkte. Das hast du aber schnell rausgefunden.«

»Laß mich raten: Er ist ein verheirateter Bisexueller mit einer kriminellen Vergangenheit.«

Wieder reagierte ich ganz unbewußt, mein Gehirn hatte ein neues Muster entdeckt, das es bereits eifrig ausgeschmückt hatte. »Es gibt überhaupt keinen Grund, über ihn zu spotten. Er ist nur ›unpassend‹, wenn man ihn mit den Augen meiner Eltern betrachtet, weil er keinen reichen Dad im Hintergrund hat und keinen tollen Job. Bis vor kurzem hatte er noch überhaupt keinen Job. Er lebte auf der Straße.«

Ich sah jetzt alles glasklar vor mir, bis ins letzte Detail.

Während er das verdaute, war es einen Moment lang still. Irgendwie hatte die Spannung ein wenig nachgelassen, so als hätte ich ihm gerade wirklich die Wahrheit erzählt. »Lebt er mit dir zusammen?«

»Ja – vielleicht hast du ihn sogar gesehen. Er stand neben mir am Fenster, als du gestern ankamst.« Ich wußte, Ace würde das nichts ausmachen; abgesehen davon, mußte ich ihm ja nichts davon erzählen.

»Stimmt, ich hab da wen gesehen.« Nach einem kurzen Moment fuhr er fort: »Ich hoffe, ich trete dir damit nicht zu nahe, aber wie zum Teufel bist du denn an so jemanden geraten?«

Ich mußte mir nun jemand anderen »ausleihen«, aber mein Gehirn hatte bereits alles parat. »Er hat immer die Obdachlosenzeitschrift ›Big Issue‹ verkauft, ganz in der Nähe von meinem Büro. Ich hab hin und wieder ein Exemplar gekauft und ein wenig mit ihm gequatscht. Manchmal hab ich mich gefragt, ob er wirklich obdachlos ist. Man weiß ja nie so genau, und er sah nicht wirklich verwahrlost aus, aber ich hab ihn nie danach gefragt. Das ging eine halbe Ewigkeit so weiter, er schien schon fast zum Straßenbild zu gehören.«

An dieser Stelle hatte ich beinahe ein schlechtes Gewissen. Diesen Burschen hatte es tatsächlich gegeben, soweit stimmte alles. »Wie immer sah ich ihn auch am Tag vor Heiligabend. Wir hatten in der Arbeit einiges getrunken, und ich war in einer ziemlich sentimentalen Stimmung. Ich brachte ihm eine Dose Bier und eine Packung Chips mit, steckte ihm einen Zehner zu und ging runter in die U-Bahn.« Auch das hatte sich genauso abgespielt. »Am nächsten Tag fuhr ich nach Hause, das übliche Weihnachtsfest mit der Familie – offenes Kaminfeuer, die Hälfte des Truthahns wurde an den Hund verfüttert, jede Menge Pralinenschachteln, die keiner mehr schaffte, die ganze Völlerei. Irgendwie mußte ich dabei ständig an ihn denken, und ich fragte mich, was für eine Art Weihnachten er wohl verbrachte.«

Da Josh keinen Laut von sich gab, fuhr ich fort: »Als ich wieder zur Arbeit ging, war er nicht mehr da. Das Wetter war furchtbar – naß, Schneeregen, in der Nacht hatte es gefroren – und so fragte ich mich, ob er wohl ein warmes Plätzchen gefunden haben mochte.«

Bis dahin hatte ich nicht mal lügen müssen, denn ich hatte mir tatsächlich ganz schön Sorgen um den Burschen gemacht. Ich fragte mich, was ich wohl tun würde, wenn er in einer dieser eiskalten Nächte plötzlich vor mir stehen und aussehen würde, als wäre er ernsthaft krank.

Ab nun würde ich jedoch wirklich lügen müssen, aber ich konnte dabei auf einiges zurückgreifen, was ich mir damals schon zusammenphantasiert hatte. »Eine Woche später stand er wieder da. Es war so kalt wie noch nie. Er schien immer noch ganz gutgelaunt zu sein, sah aber schrecklich aus. Er zitterte und hatte furchtbaren Husten. Ich konnte ihn einfach nicht da draußen in der Kälte stehen lassen. Ich rief ein Taxi, schob ihn hinein und nahm ihn mit nach Hause.«

Ihr werdet beruhigt sein, wenn ich euch jetzt sage, daß ich mittlerweile ein höllisch schlechtes Gewissen hatte, mich so aufzuführen wie eine edle, hilfreiche alte Tante. Denn auch wenn ich mir damals fest vorgenommen hatte, ihn mit nach Hause zu nehmen, wußte ich genau, daß ich im Ernstfall doch kneifen würde, nur für den Fall, daß er sich als schizophrener Irrer mit einer Schwäche für Küchenmesser entpuppt hätte oder als Crack-Süchtiger, der sich, sobald ich ihm den Rücken gekehrt hätte, alles unter den Nagel reißen würde, was man nur verscherbeln konnte.

In Wahrheit hatte ich eine derartige Entscheidung nie fällen müssen, denn ich hatte ihn nie mehr wiedergesehen. Irgend jemand anderes hatte an derselben Stelle damit begonnen, die Obdachlosenzeitung zu verkaufen. Und als ich ihn fragte: »Wo ist Mick?« hatte er nur die Achseln gezuckt. »Keine Ahnung – vielleicht hat er einen Platz in einer Unterkunft gefunden.«

Und so hatte ich einen Scheck an das St. Mungo geschickt und ein schlechtes Gewissen gehabt, weil ich das nicht schon längst getan hatte.

Es hatte begonnen zu regnen. Winzige Tropfen zerplatzten auf der Windschutzscheibe, gerade so viele, daß es sich lohnte, die Scheibenwischer in Aktion treten zu lassen.

Endlich sagte er etwas. »Und dann ist er geblieben?«

Ich nickte. »Es ging ihm schnell besser, aber draußen war es so kalt, daß ich wußte, er würde sofort wieder krank werden, sobald er zurückginge. Und er war so dünn. Er hatte es bitter nötig ›aufgepäppelt‹ zu werden, wie meine Mutter so schön sagt.« Wo ich schon mal dabei war, konnte ich die Geschichte auch richtig schön ausschmücken.

»Und seitdem seid ihr zusammen?«

»Ja.« So wie die Dinge lagen, würde ich Ace am besten anrufen. Er würde sich totlachen, und ich müßte kein so schlechtes Gewissen mehr haben. Alix würde ich nie was davon erzählen. Sie hätte sicherlich nichts dagegen gehabt, daß ich aus ihrem Bruder einen obdachlosen Herumtreiber machte, aber sie hätte auf die Idee kommen können, daß ich insgeheim auf ihn stand – Gott bewahre.

Der Verkehr wurde jede Minute dichter. Und die Spannung zwischen uns war verflogen. Statt dessen war es totenstill geworden. Ich konnte mir gut vorstellen, wie er darüber nachgrübelte, mit was ich wohl als nächstes aufwarten würde: ob ich ihm vielleicht einen Mord gestehen würde oder nur die Tatsache, daß ich gerade wegen einer milden Form von paranoider Schizophrenie behandelt wurde.

»Wie alt ist er?« fragte er.

»26.« Nicht gerade Verführung Minderjähriger: absolut akzeptabel.

»Wie hast du ihm das mit mir erklärt? Hast du ihm davon erzählt?«

Wenn man darüber nachdachte, konnte er den Auftritt eines Dominic wohl kaum zu schätzen wissen. »Er hat keine Ahnung von Dominic. Er würde einen Anfall kriegen. Ich hab ihm einfach erzählt, du seist ein alter Freund des Bräutigams, der gerade ohne Auto sei, und ich würde dich mitnehmen.«

Ich wurde immer besser darin, ihm etwas vorzuflunkern. »Ich sagte ihm, meine Familie wäre manchmal ein wenig merkwürdig, deswegen hätte ich ihr noch nichts von ihm erzählt. Und selbst wenn ich das getan hätte – er wäre nie im Leben mitgekommen. Eine derartige Veranstaltung wäre für Ace ein regelrechter Alptraum gewesen.«

»*Ace*? Was ist denn das für ein Name?«

»Ein Spitzname, was denkst du denn? Das sind seine Initialen.«

»Und du hast ihn deinen Eltern die ganze Zeit über verheimlicht?«

»Nun, nicht ganz, ich mußte ja irgendwas sagen für den Fall, daß er ans Telefon geht. Ich hab ihnen nur erzählt, wir hätten zur Abwechslung einen männlichen Mitbewohner – er sei der Bruder meiner Mitbewohnerin. Denn selbst wenn ich gar nichts mit ihm hätte, könnte ich Dad nie von seiner Vergangenheit erzählen. Ihn würde der Schlag treffen. Er würde denken, er wäre ein Dieb, oder zumindest drogensüchtig.«

»Woher willst du eigentlich so genau wissen, daß er nie drogensüchtig war? Woher willst du wissen, daß er nie irgendwelche alten, dreckigen Spritzen benutzt hat?«

»Ich weiß es eben, okay? Außerdem hat er nur Hasch geraucht, hat er mir gesagt. Und das tun Millionen andere Menschen auch.« (Ace schluckte auch diese Ecstasy-Pillen, aber Hasch war seine Lieblingsdroge.)

Schließlich sagte Josh: »Warum hast du mir das eigentlich nicht schon gestern erzählt?«

Gute Frage. »Dazu bestand überhaupt keine Veranlassung.

Außerdem fand ich es besser so. Vielleicht hättest du nicht so gut geschauspielert, wenn du gewußt hättest, daß zu Hause jemand auf mich wartet.«

Dagegen konnte er kaum was einwenden.

Es hatte aufgehört zu regnen, aber es war immer noch grau und trüb. Ich überholte ein Wohnmobil und hoffte, die armen Insassen wären in Richtung Fähre unterwegs, auf dem Weg in den sonnigen Süden.

»Kam ›Dominic‹ vor oder nach Ace?« fragte er. »Nur, damit ich Realität und Fiktion nicht durcheinanderbringe.« Das klang eine Spur spöttisch, was mich nicht gerade überraschte.

»Kurz vorher. Deshalb dachte ich, ich könnte ihn beibehalten.«

»Klar.«

Lange Zeit schwiegen wir, von Wegbeschreibungen einmal abgesehen.

»Wie kam es überhaupt dazu, daß er auf der Straße leben mußte?« fragte er schließlich.

»Das Übliche halt. Kaputtes Elternhaus, ein Stiefvater, der ihn mißhandelte, aus der Schule geflogen. Er kam dann in ein Heim, aus dem er wieder weggelaufen ist. Daß er so gut wie keine Qualifikationen besaß, half ihm auch nicht gerade auf dem Arbeitsmarkt.«

»Hat er jetzt einen Job gefunden?«

»O ja. In einem Plattenladen.« Genau wie der echte Ace, so ein Zufall.

Ich war ziemlich überrascht, wie einfach es war, armdickes Lügengarn zu spinnen, die Leute sind einfach viel zu gutgläubig. Nun, ich hatte in der letzten Zeit reichlich Gelegenheit zum Üben gehabt. Vielleicht sollte ich eine Lügen-Agentur aufmachen.

Endlich erreichten wir die A1. Jetzt war etwas Smalltalk gefragt, aber mein Gehirn war von den ganzen Lügengeschichten noch völlig ermüdet. Es weigerte sich strikt, mit irgendeinem Thema aufzuwarten. Während ich meinen Blick über die nicht sehr interessante Landschaft schweifen ließ, nahm ich noch mal all meine Kräfte zusammen: »Siehst du diese zerfurchten Felder da? Irgend jemand hat mir mal erzählt, daß sie bis aufs Mittelalter zurückgehen.«

Er betrachtete die durchpflügten Äcker flüchtig.

»Das sind alles Überbleibsel der Dreifelderwirtschaft. Früher baute man alles abwechselnd an. Ein Feld von diesem, ein Feld von jenem ...«

»Wirklich?« Er konnte ein Gähnen kaum unterdrücken. »Ich werd's mir merken. Das könnte ja mal in einem Kreuzworträtsel vorkommen.«

»Man kann nie wissen. Auch nutzlose Informationen kommen einem irgendwann einmal zupaß.«

Ich machte das Radio an. In den Nachrichten erfuhren wir, daß die Polizei in einem Kanal eine kleine Bombe entdeckt hatte und daß vermutet wurde, fanatische Umweltschützer führten einen Kleinkrieg gegen die örtliche Müllverbrennungsanlage.

Ich dachte an all die aufgebrachten Autofahrer und hoffte, die Täter würden 20 Jahre dafür kriegen, aber immerhin hatten sie einer Person eine Riesenfreude gemacht. Mum würde ihnen wahrscheinlich eine hübsche, kleine Torte zukommen lassen, sobald sie geschnappt waren.

»Ein Haufen Bekloppte«, grunzte Josh.

»Ihr Verhalten ist vielleicht etwas extrem, aber im Grunde haben sie doch recht«, sagte ich spitz, und hoffte, das würde seine Wirkung nicht verfehlen.

»Ach ja, du willst also wieder mit Kutschen reisen?«

»Stell dich nicht dümmer als du bist. Da wären noch andere Fortbewegungsmittel, Züge genannt.«

»Warum haben wir dann nicht den Zug genommen?«

»Weil uns zwei Fahrkarten inklusive Taxi hin und zurück ein Vermögen gekostet hätten.«

»Und worauf willst du jetzt hinaus, bitte?«

»Ich will auf gar nichts hinaus! Ich finde das hier nur peinlich, okay?«

»Okay, okay.« Nach einem kurzen Moment fuhr er fort: »Und aus welchem Grund, bitte, oder darf ich das nicht fragen?«

»Ich dachte eigentlich, darauf würdest du von selbst kommen.«

»Na ja, da magst du recht haben.«

Nach ein oder zwei weiteren Kilometern fragte er: »Hast du was dagegen, wenn ich die Rückenlehne verstelle und ein wenig schlafe?«

»Ganz wie du willst.«

»Ich weiß sonst nicht, wie ich diese Verabredung zum Lunch überstehen soll«, fuhr er fort und verstellte seinen Sitz. »Eine Gastgeberin, die drei einschläfernde Gänge auftischen wird, ein Gastgeber, der einschläfernden Wein ausschenken wird, und alle beide erwarten sich drei Stunden nichteinschläfernde Konversation ...«

Nun, immerhin hätte er etwas zu erzählen. »Du klingst nicht so, als wärst du besonders scharf darauf. Warum denkst du dir nicht einfach eine Entschuldigung aus?«

»Weil das Freunde von mir sind.«

Ich gewann wieder Boden unter den Füßen. »Wo soll ich dich rauslassen, falls du noch schlafen solltest, wenn wir ankommen?«

»An irgendeiner U-Bahn-Haltestelle. Ealing wäre okay.«

Ich wußte immer noch nicht, wo er wohnte, und ich würde ihn bestimmt nicht danach fragen.

Es dauerte nur wenige Minuten, und er war eingeschlafen beziehungsweise tat sehr überzeugend so als ob. Vielleicht wollte er nicht mehr reden müssen, was ich durchaus verstehen konnte. Oder vielleicht war er wirklich müde. Vielleicht hatte er sich die ganze Nacht über ruhelos hin- und hergewälzt. Vielleicht hatte er einen Alptraum gehabt, in dem er eine normal aussehende Frau auf eine Hochzeit begleitete und plötzlich herausfinden mußte, daß *er* der Bräutigam war.

Hätte mich auch nicht gewundert, wenn ihm jetzt noch viele weitere Alpträume bevorstanden, in denen er einer harmlos aussehenden Frau einen flüchtigen Kuß gab, die sich daraufhin in ein Spinnenweibchen verwandelte und ihn verschlang.

Ich weckte ihn kurz vor Ealing Broadway, und als ich an der U-Bahn-Haltestelle hielt, schien die Sonne wieder.

Sie strahlte geradezu.

Er sah noch ganz verschlafen aus. »Vielen Dank für alles«, sagte ich spitz. »Paß auf dich auf.«

»Du auch.«

Ich dachte schon, das wär's gewesen, doch als er schon die Hand auf dem Türgriff hatte, hielt er kurz inne. »Hör zu, das mit gestern abend tut mir leid. Du hattest recht – es hat mir Spaß gemacht, irgendwie.«

Ich traute meinen Ohren kaum, daß er das zugab.

»Deine Mutter, die uns beobachtete, und all das ...«, fuhr er fort.

Und ich, die ich es kaum hatte erwarten können ... Aber das hätte er natürlich niemals zugegeben, und das konnte ich auch schlecht von ihm erwarten. Unerträglich war nur, daß das Ganze so plump gewesen war. »Nun, vielleicht habe ich überreagiert. Tut mir leid wegen der Überstunden. Ich weiß, das Ganze war eine Zumutung für dich.«

»Wenigstens war das Abendessen gut.« Er setzte wieder dieses trockene, nur angedeutete Grinsen auf, das so gemeingefährlich war.

Ich wünschte mir, er hätte es nicht getan. »Na ja, ich glaube, ich bin dir was schuldig. Wann immer ich dir einen Gefallen tun kann – du weißt ja, wo du mich findest.«

»Ich werd dich anrufen, wenn ich mal wieder eine überzeugende Ausrede brauche, um mich vor einer schrecklichen Dinner-Party zu drücken.«

»Sehr witzig.«

»Ich meine das todernst.« Endlich stieg er aus und schnappte sich seine Sachen vom Rücksitz. »Paß auf dich auf.« Er wies mit dem Kopf die Straße hinunter, von wo sich gerade ein Verkehrspolizist näherte. »Am besten du fährst, bevor dich die Parkhaie schnappen.«

»Also tschüß. Ich hoffe, du mußt nicht zu lange auf die U-Bahn warten.«

Im Rückspiegel sah ich, wie er mir zuwinkte. Ein paar Sekunden stand er noch auf dem Bürgersteig, bevor sein Rücken in der U-Bahn-Station verschwand.

Nun, ich war froh, ihn endlich von hinten zu sehen.

Von vorn war er mir bloß wesentlich lieber.

Aber ich mußte mich auf die positiven Seiten konzentrieren. Es hatte sich keine wirkliche Katastrophe ereignet. Ich hatte alles überstanden, ohne auch nur das Zellophan meiner Notration Zigaretten aufreißen zu müssen. Grund genug, mir selbst auf die Schulter zu klopfen und mir ein Mars zu genehmigen. Zu diesem Zweck hielt ich kurz am Laden an der Ecke. Als ich schließlich nach

Hause kam, war nur Ace da, um mich zu begrüßen. Er war tatsächlich schon auf, wenn auch noch nicht angezogen, und kochte gerade Spaghetti mit Reibkäse. Ließe man ihn gewähren, würde Ace sich ausnahmslos von Spaghetti mit Reibkäse ernähren.

»Du mußtest also nicht Selbstmord begehen?« grinste er. »Redet deine alte Dame noch mit dir?«

»Sie liebt mich abgöttisch. Und ihn erst. Wenn du mich fragst, merkt sie sich schon alle Juni-Samstage für nächstes Jahr vor.« Ich ließ meine Sachen auf die Erde plumpsen. »Wo ist Alix?«

»Paris-oh-la-la, mit Wie-heißt-er-noch-gleich?«

»*Wie bitte?*«

»Eine kleine Spritztour mit dem Eurostar. So 'n Last-Minute-Ding.«

Selbst wenn sie schon soweit war, Rhabarber-Crumble für ihn zu backen, war das jetzt doch ein starkes Stück – sie haute ab und verbrachte ein romantisches Wochenende, während ich mitten im größten Schlamassel steckte. »Na großartig«, grunzte ich und setzte Teewasser auf.

»Du hast sie übrigens widerlegt«, sagte er, während er einen Mini-Berg Nudeln aufschichtete. »Sie war felsenfest davon überzeugt, daß irgendwas schiefgehen würde bei euch. Sie wäre jede Wette eingegangen.«

Ich hängte einen Teebeutel in eine Tasse und schielte verstohlen auf seine Nudeln.

»Willst du auch was?« fragte er und rieb alten Cheddar über die Nudeln. »Es gibt noch jede Menge davon.«

Ich hätte durchaus schwach werden können – jede Menge Kalorien und kein gesundes Vitamin in Sicht. »Nein danke«, sagte ich tapfer. »Ich hab nicht so viel Hunger.« Ich hatte eine Diät dringend nötig, jetzt, wo die Bikini-Saison vor der Tür stand. Nicht so eine von diesen »Morgen-fang-ich-an«-Diäten«, sondern eine »Jetzt-sofort«-Diät.

»Wie du willst.« Er warf die Reibe in die Spüle.

»Sie wäre fast nicht gefahren, nur für den Fall, du könntest hier völlig aufgelöst anrufen, weil man ihn entlarvt hat. Sie hat heute morgen schon angerufen, um sicherzugehen, daß du nicht Selbstmord begangen hast.«

Nun, wenn das so war, würde ich ihr noch einmal vergeben.

»Ich fand, er sah wirklich in Ordnung aus«, fuhr er fort. »Zumindest nicht wie der totale Depp.«

Da Alix nicht da war, mußte ich es einfach loswerden: »Nun, es war so ziemlich genau das, was man einen absoluten Horror nennt. Du kannst dir gar nicht vorstellen, was ich getan habe.«

Während er seine Nudeln in sich hineinschaufelte, erzählte ich ihm die ganze Geschichte, bis auf die Tatsache, daß ich ganz verrückt nach Josh war.

Wie ich erwartet hatte, wäre er beinahe an seinen Nudeln erstickt. »Zu schade, daß du ihn nicht auf ein Bier mit raufgebracht hast«, grinste er. »Wenn du mich von einer Tankstelle aus angerufen und richtig vorbereitet hättest, hätte ich dir alle Ehre gemacht.« Wie ein echter Schlägertyp deutete er aggressiv auf den Kühlschrank. »Ey, hoffe nur, du hast deine dreckigen Finger von ihr gelassen. Werd sie mir heut nacht mal so richtig unter die Lupe nehmen. Und ich kann dir sagen, wenn ich da nur den kleinsten Fingerabdruck auf ihren Titten finde, dann schick ich dir einen von meinen Kumpels vorbei, der wird sich dein Gesicht dann mal so richtig vornehmen.«

Ich mußte lachen, aber es versetzte mir einen kleinen Stich. »Erzähl um Gottes willen Alix nichts davon.«

»Sie wird sich genauso darüber amüsieren wie ich!«

»*Bitte,* Ace. Das geht nur uns beide etwas an. Ich fühle mich auch so schon blöd genug.«

»Okay, reg dich nicht auf.«

»Tina darfst du auch nichts davon erzählen«, fuhr ich fort. Tina war seine Freundin. »Tina auf gar keinen Fall. Die denkt sonst noch, ich bin so 'ne alte, vertrocknete, blöde Kuh.« Ich bin mir sicher, das denkt sie auch so. Sie war 21, sah aus wie 17 und gab mir meist das Gefühl, ich wäre mindestens 43.

Ace widersprach mir nicht, und das war nur ehrlich, aber es baute mich auch nicht gerade auf.

»Dich kann man wirklich nicht auf die Menschheit loslassen«, grinste er. »Du brauchst einen Aufpasser, wenn du mich fragst.«

Ich naschte ein oder zwei Gabeln voll von seinen Nudeln. »Ich weiß, das klingt jetzt blöd, aber ich war so was von wütend. Ich wußte haargenau, was ihm gerade durch den Kopf ging – daß er gönnerhaft darüber nachdachte, sich meiner mal ein wenig anzunehmen ...«

»Klingt echt ätzend.«

»Nun ja. Aber im Auto hat er es dann fast zugegeben. Er hat sich sogar entschuldigt. Eigentlich ist das Ganze nur mehr oder weniger deshalb passiert, weil wir Mum etwas vormachen wollten.«

Seinem Gesichtsausdruck war zu entnehmen, daß ihm so langsam etwas dämmerte, worauf mir wieder einfiel, daß Ace manchmal gar nicht so blöd ist, wie er aussieht. »Er hat dir gefallen, stimmt's?«

Jetzt, wo er es ausgesprochen hatte, fiel es mir nicht mehr schwer, es zuzugeben.

»Na ja, ein bißchen schon.«

»Nur ein bißchen?« grinste er.

»Nun, ein ganz schönes bißchen. Ich glaube, deswegen bin ich ja so ausgerastet, weil er es irgendwie gespürt hat. Hab ich's dir nicht gesagt? Ich hab dir doch gesagt, daß diese Typen immer denken, man hätte es nötig.«

Er wischte mit seinem Zeigefinger ein wenig geschmolzenen Käse von seinem Teller und leckte ihn ab. »Daß dir jemand gefällt, heißt ja noch lange nicht, daß du's nötig hast«, spöttelte er. »Du wirst ja schon paranoid.«

Womit er wohl ins Schwarze getroffen hatte.

Alix und Calum kamen so gegen elf nach Hause, beladen mit Einkaufstüten. Sie hatten diesen rosigen, selbstzufriedenen Gesichtsausdruck, den man nur aufsetzt, wenn man vorher wie wild in gutem Essen und gutem Wein geschwelgt hat, ein paar erfinderische Schäferstündchen in fremden Hotelzimmern, Duschen und so weiter. inklusive. Es ist einfach eine Schande, daß man das Wort »dirty weekend« heutzutage gar nicht mehr in den Mund nehmen darf. Ein »Wochenend-Trip« klingt nur halb so interessant.

»Mit euch red ich nicht mehr«, sagte ich tödlich beleidigt. »Einfach so abzuhauen und einen auf französisches Ehepaar zu machen, während ich hier beinahe einen rituellen Selbstmord begangen hätte.«

»Ich wäre fast nicht gefahren!« protestierte Alix. »Calum hatte die Tickets gekauft, um mich damit zu überraschen!«

»Klar, das Ganze ist mal wieder rein meine Schuld, so wie immer«, sagte er entschuldigend.

»Ich mach doch nur Spaß, Dummchen.« Ich gab beiden einen Kuß. »Ich bin doch bloß eifersüchtig. Es lief gut.«

»Wie war er denn so?« fragte Alix.

»Genau der Richtige für die Rolle. Mum liebte ihn vom ersten Augenblick an.« Ich spähte in ihre Einkaufstaschen. »*Essen*? Nur was zu essen? Ich dachte, du hättest dir wenigstens ein Paar neue Unterhosen aus der Galerie Lafayette gegönnt.«

»Ich hab ihr keine Chance gelassen«, grinste Calum. »Ich war viel zu sehr damit beschäftigt, über all die saftigen französischen Torten in Verzückung zu geraten.«

Sie hatten welche mitgebracht: *tarte aux pommes, tarte aux abricots,* die förmlich danach schrien, auf der Stelle verzehrt zu werden. Sie gingen in die Küche, um eine davon anzuschneiden, und schon bald erschallte von dort lautes Gelächter. Es hörte sich ganz so an, als hätte Calum nunmehr von französischen Torten die Nase voll und statt dessen Appetit auf ein saftiges englisches Früchtchen. Alix klang leicht betrunken. Ihr Kichern hörte sich entschieden nach *Hör auf, ich mag das!* an.

Und zwar nicht zum ersten Mal. Ich fühlte, wie der Neid in mir hochkroch. Nicht wegen der unanständigen halben Stunde, die sie genießen würden, und auch nicht wegen ihres »dirty weekends«, obwohl ich garantiert nicht nein gesagt hätte, wenn Darcy oder Clooney mit ein paar Tickets bei mir aufgekreuzt wären. Es war diese ganz selbstverständliche Intimität, um die ich sie beneidete. Dieses Zusammen-lachen-Können. Sie kamen aus der Küche zurück, beladen mit Tonnen von Tortenstücken und jeder Menge Weingläsern, und so verschob ich die Diät wieder einmal bis auf weiteres, wie jedesmal, wenn irgend etwas Leckeres auf dem Speiseplan stand.

Ich erzählte ihnen von Kit, und Alix war angemessen entrüstet. Ich erzählte ihnen auch von Sonias Mutmaßungen, und Alix, die mittlerweile dreiviertel voll war, sagte: »Nun, vielleicht hat sie recht. Vielleicht hättest du ihm gegenüber durchblicken lassen sollen, daß du ihn immer noch willst, und dann käme er – hicks – hier angekrochen, und du könntest ihn – hicks – zum Teufel schicken.«

Theoretisch klang das überaus befriedigend, aber ich hatte so das dumpfe Gefühl, daß ich Kit gegenüber nie richtig gemein würde sein können. Nicht, weil ich nicht in der Lage wäre, wirklich zickig zu sein; einem wieder angekrochen kommenden alten Arschloch gegenüber die eiskalte Zicke raushängen zu lassen, hätte mir eine geradezu diebische Freude bereitet. Aber eigentlich konnte man Kit nicht guten Gewissens als Arschloch bezeichnen, er war vielmehr das hilflose Opfer der Jocastas dieser Welt. Einmal ganz davon abgesehen, daß Arschlöcher-Exfreunde nie angekrochen kommen. Und ehrlich gesagt glaubte ich auch nicht, daß Kit das tun würde. Ich hatte da so meine eigene Theorie, warum er zugelassen hatte, daß Sonia ihn mitschleifte. Es war einfach eine gute Gelegenheit gewesen, mich in einer zivilisierten, menschenüberfüllten Umgebung wiederzusehen, wo er zivilisiert mit mir Frieden schließen wollte, um anschließend erleichtert zu verschwinden. Und ich hatte ihm einen Strich durch die Rechnung gemacht. Ich wünschte mir, ich hätte das nicht getan, aber so ist das Leben nun mal.

Während der nächsten Tage war ich alles andere als erleichtert, daß die Qual endlich vorüber war; ich war ruhelos und gereizt. Früher oder später würde Mum anrufen und ihrer Hoffnung, was unseren Wochenend-Besuch betraf, Ausdruck verleihen, und alles würde wieder von vorne losgehen. Die Mumps-Geschichte war viel zu weit hergeholt, als daß ich sie hätte verwenden können, aber mir fiel einfach nichts ein, was plausibel klang, ohne Dominic absolut unsympathisch erscheinen zu lassen.

Am Mittwoch abend, während ich mit Alix und Calum auf einen kurzen Drink in der Kneipe war, hatte ich dann endlich einen Geistesblitz. Ein absolut rührender alter englischer Schäferhund begrüßte dort freudig einen Mann, der davon überhaupt nichts wissen wollte. Der Hund leckte an seinem Arm, woraufhin der Mann förmlich ausrastete. Er hörte überhaupt nicht mehr auf, sich über Hygiene auszulassen und darüber, daß man Hunde in

Pubs verbieten sollte und so weiter. Er war eine furchtbare Nervensäge, aber ich war ihm sehr dankbar für die Inspiration.

Dominic, so hatte ich gerade herausgefunden, konnte Hunde nicht ausstehen. Er sah die Notwendigkeit von Blindenhunden, Polizeihunden und so weiter. ein, aber alles andere war für ihn nichts weiter als Ungeziefer. Was meine Flunkerei anbelangt, war ich inzwischen derart gewieft geworden, daß ich alles bis ins kleinste Detail ausarbeitete. Die Auseinandersetzung hatte an der Küchenspüle begonnen, wo ich gerade eine eingetrocknete Lasagne-Auflaufform bearbeitete. »Schade, daß Benji nicht hier ist«, sagte ich. »Er hätte das hier im Nu saubergeschleckt. Er ist darin fast so gut wie ein Spülschwamm.«

Daraufhin hatte mich Dominic mit unverhohlenem Ekel angestarrt. Wir würden unseren Hund doch wohl nicht unsere Teller abschlecken lassen? »Aber klar doch«, entgegnete ich. »Das ist sein Job. Natürlich stellen wir sie danach in die Geschirrspülmaschine – dort ist die Temperatur hoch genug, um alle Bakterien zu vernichten. Auch Menschen haben Bakterien, verdammt noch mal.«

Diese Unterhaltung war vollkommen ausgeartet. »Hunde lekken sich gegenseitig den Analbereich«, hatte er gesagt. »Und ihre Schwänze.« Worauf ich gekontert hatte, er sei ja nur neidisch, weil er das nicht könnte. (Vielleicht würde ich dieses Detail Mum gegenüber doch nicht erwähnen). Ein Riesenstreit brach vom Zaun, der beinahe darin endete, daß wir mit Gegenständen nach uns warfen. Mir hatte das Ganze absolut die Augen geöffnet, so als hätte er mir anvertraut, er gehöre einer Sekte oder einer ultrarechten Partei an.

Gott sei Dank war Benji auf Belindas Hochzeit doch nicht zum Einsatz gekommen. Er ist ein überaus höfliches Tier; er hätte Josh Pfötchen gegeben, und dieser Art Entschuldigung hätte Josh nichts mehr entgegenzusetzen gehabt. Außer natürlich, er haßte Hunde *wirklich*. Man konnte ja nie wissen.

Auch im Büro war ich zickig. Das Wetter war immer noch sehr heiß und sonnig, was mich nur noch ruheloser und unzufriedener machte. Die Klimaanlage funktionierte nicht richtig, eine meiner Zimmerpflanzen welkte vor meinen Augen dahin, und

Sandie, unsere Praktikantin, normalerweise das Mädchen für alles, schlürfte ununterbrochen an ihrer Cola. Abgesehen davon kam Neil jeden zweiten Tag vorbei, um Harriet dazu zu überreden, mit ihm in die Met Bar oder sonstwohin zu gehen. Und je öfter sie ablehnte, um so mehr insistierte er. »Du willst nicht, weil ich ein Immobilienmakler bin, stimmt's?« fragte er schließlich – er gab ein Bild des Jammers ab.

»Nein, Neil«, sagte sie. »Ich will nicht, weil du ein kleines Arschloch bist und unglaublich eingebildet. Würdest du bitte von meinem Schreibtisch verschwinden?«

»Alle hassen sie uns«, fuhr er fort zu jammern, ohne auf sie zu hören. »Wir sind eine verfolgte Minderheit. Irgend jemand muß ja an dem Bauboom von Eigentumswohnungen verdienen, verdammt noch mal. Irgend jemand muß sich ja die ganzen brillanten Lügen auf den Werbeprospekten ausdenken.«

Vielleicht hatte ich doch den falschen Job, grübelte ich, während ich gerade eine ellenlange, hochkomplizierte E-Mail schrieb. »Los, dann geh und denk dir wieder ein paar Neue aus!« sagte ich gereizt. »Einige Leute hier haben noch zu arbeiten.«

Statt dessen ging er zur Kaffeemaschine hinüber und klaute ein paar meiner Haselnußplätzchen. »Vielleicht hätte ich doch lieber im Marketing bleiben sollen.«

»Und, warum hast du's nicht getan?« fragte Sandie.

»Irgendwie muß man da richtig arbeiten, Süße.« Plötzlich grinste er und drehte sich zu mir um. »Und, schon irgendwas von Dominic gehört?«

Nachdem ich zweimal tief durchgeatmet hatte, wußte ich wieder Bescheid. »Von wem?«

»Von Dominic Walsh, der aus unserer Wimbledon-Niederlassung! Du hast ihm doch auf Jess' Party deine Telefonnummer gegeben, weißt du noch?«

»Echt, das hast du getan?« fragte Jess. »War das der, der so ein bißchen wie Tom Cruise aussah, nur größer?«

Es gibt Momente in meinem Leben, in denen ich hoch und heilig schwöre, nie mehr auch nur einen einzigen Tropfen Alkohol anzurühren, aber es sind halt immer nur Momente. »Ich glaube, er sah eher so aus wie Freddie Kruger, soweit ich mich noch an ihn erinnern kann«, log ich. »Ich war nur ein klein wenig angetrunken.«

»Du warst hackedicht«, grinste Neil. »Er dagegen kann sich noch gut an dich erinnern. Am nächsten Tag fand er deine Telefonnummer – er meinte, er würde dich vielleicht mal anrufen. Ich sagte: ›Nur zu, mein Junge. Sie ist halb so schlimm wie sie aussieht‹.«

»Wie reizend von ihm, sich nach all der Zeit an mich zu erinnern«, sagte ich säuerlich. »Aber ich bin in letzter Zeit ziemlich ausgebucht, denn da wären noch mein Kreuzstich-Kurs und die Selbsthilfegruppe ›Abstinenzler auf dem Weg zu Jesus‹.«

»Ich werd ihm also ausrichten, daß du immer noch interessiert bist«, grinste er. Die Hände in den Hosentaschen schlenderte er zu Jess hinüber. »Wie geht's denn so, mein Lämmchen? Hast du dich schon seelisch auf deinen netten kleinen Ausflug nach Wales vorbereitet?«

»Hör auf«, sie bekam beinahe eine Gänsehaut. »Ich hatte letzte Nacht einen Alptraum. Ich mußte mich vom Empire State Building abseilen. Ich sagte: ›Das *kann* ich nicht!‹ und sie meinten, wenn ich mich weigerte, würden sie einen Rottweiler vorbeischicken, der meine arme kleine Alice frißt.«

Alice war ihre Katze.

Sandie prustete vor Lachen und Neil zwinkerte ihr verstohlen zu. »Die Sache mit dem Abseilen sollte die geringste deiner Sorgen sein«, sagte er und tätschelte Jess' Schulter. »Wovor du wirklich Angst haben solltest, sind all diese sexbesessenen, stattlichen Ex-Special-Air-Force-Burschen, die dich im Wald aus dem Hinterhalt überfallen. Eine der Frauen aus meinem Kurs sagte, es sei gar nicht so schlimm, vorausgesetzt man steht darauf, von einer tonnenschweren Muskelmasse auf einem Bett aus Schafexkrementen bis zur Bewußtlosigkeit durchgebumst zu werden.«

Jess sagte »Also wirklich!« Sandie prustete erneut vor Lachen und ich meinte nur: »Neil, wirst du jetzt endlich von hier verschwinden?«

»Gott, ich liebe dich, wenn du wütend wirst«, grinste er, verschwand jedoch, bevor ich mit irgend etwas nach ihm werfen konnte.

Harriet sagte: »Der Typ ist ein echtes Arschloch.« Und Jess wiederholte: »Also wirklich, der *erzählt Sachen ...*«

»Ich wette, *da sind* ein paar stattliche Typen«, kicherte Sandie. »Die Schafexkremente hingegen würden mir weniger zusagen.«

»Butterblumen wären da schon hübscher«, stimmte Jess zu. »Ein Bett aus Butterblumen, mitten im Wald ...«

Harriet und ich sahen uns überrascht an. »Ich glaube nicht, daß es im Juli noch Butterblumen geben wird«, versuchte ich ihr beizubringen.

»Ich weiß. Nur rein theoretisch.« Sie wurde leicht rot und raschelte nervös mit ein paar Unterlagen, die auf ihrem Schreibtisch lagen.

Harriet und ich warfen uns wieder einen Blick zu. *Sieh mal einer an.*

Danach sah ich Jess mit ganz anderen Augen. Mehr als einmal ertappte ich sie dabei, wie sie träumerisch in die Ferne blickte, und jedesmal, wenn ich sie wieder zur Ordnung rufen mußte, wurde sie ganz rot und lächelte dämlich.

Nun, mit etwas Phantasie ... Ich nehme an, Jess saß da und dachte an so ganz bestimmte Dialoge aus Lore-Romanen, die beispielsweise so lauten: *»Du kannst mir nichts vormachen«, sagte er streng. »Hinter deiner prüden Fassade verlangt jede Faser deines Körpers nach mir.«*

*»Nein, ehrlich. Meine Brustwarzen sehen immer so aus, wenn ich –«*

*»Du redest zuviel. Zieh dich aus, bevor ich dir die Kleider von deinem bebenden Fleisch reiße.«*

*»O ja, bitte ...«*

Ich gebe zu, auch durch meinen Körper lief bei dieser pseudoerotischen Geschichte ein klitzekleiner Schauder, was mich tief deprimierte. Ich dachte daran, wie ich wohl in sechs Jahren sein würde, nämlich ganz genauso verzweifelt wie Jess, und sah mich schon jemanden bitten, mir ungenoppte King-Size-Vibratoren zu besorgen.

Am Mittwoch abend rief Mum an.

»Hast du schon was von Belinda gehört?« fragte ich und hoffte, so dem Unvermeidlichen zuvorzukommen.

»Ja, Liebes, nur ein kurzer Anruf, sie sind gerade von einer Safari zurückgekommen, wo sie gesehen haben, wie eine Löwin ihr Opfer erlegte. ›Das arme Zebra‹, sagte sie, ich glaube, sie war etwas mit den Nerven runter. Aber so ist die Natur nun mal, nehme ich an, na ja, du kennst ja deine Schwester.«

Da ich mich innerlich schon wappnete, ihren süßen kleinen Traum zu zerstören, war ich reichlich überrascht, als sie fortfuhr: »Ich hoffe, es macht dir nichts aus, Liebes, aber dein altes Zimmer hat sich für einige Wochen in eine Art Lagerraum verwandelt. Trudi schwankt immer noch, und sie hat uns gebeten, ein paar Dinge unterzustellen, bis sie sich endlich entschieden hat.«

Trudi, wenn ihr euch erinnert, war die von der Hochzeit, mit dem Hut in Pink. Zweifach geschieden, hatte sie gerade ihr Haus verkauft und schwankte, ob sie a) mit einem Typen, der 15 Jahre jünger war als sie, nach Marbella ziehen oder b) sich ein nettes kleines Apartment in Harrogate suchen und sich dort zur Ruhe setzen sollte. Wie sagte Dad immer so schön: Die hat wohl 'ne Hormonkur beim Pferdedoktor gemacht.

»Um ehrlich zu sein, bin ich auch leicht verstimmt, denn sie sprach von einigen wenigen Dingen, und jetzt stehen da schon Berge von Kisten – dein Zimmer ist vollgestopft bis unter die Decke«, fuhr sie fort. »Und Dad war wirklich wütend, denn sie erwartete nicht nur von ihm, daß er mehr oder weniger den ganzen Umzug erledigte und das Zeug die Treppen hochschaffte – sie weigerte sich auch strikt, ihre Sachen in der Garage unterzustellen, nachdem bei uns in der Gegend in letzter Zeit häufig eingebrochen wurde. Daddy meinte: ›Wenn sie sich's leisten kann, ihren Busen liften zu lassen, dann kann sie sich's auch leisten, ihre Sachen ordentlich einzulagern und sich einen Möbelpacker zu mieten, der alles rein- und rausschleppt.‹ Und dann sagte er noch: ›Und das andere Rein-raus-Spiel gleich mit erledigt, so wie ich Trudi kenne‹, worauf ich sagte: ›Liebling, sei bitte nicht so ordinär‹, aber lachen mußte ich trotzdem.«

Da es ganz danach aussah, als würde sie mich wieder mit ihrem belanglosen Geplauder aufhalten, sagte ich höflich oh und ah und stellte mich auf ein längeres Telefonat ein.

»Ich hoffe nur, es macht dir nichts aus, Liebes«, fuhr sie fort.

»Kein bißchen«, sagte ich fröhlich. »So lange sie nicht auch noch ihren jugendlichen Liebhaber dort zwischenlagert und mit ihm mein Bett austestet.«

»Nun, das wüßte ich dann doch noch zu verhindern, Liebes. Aber im Grunde genommen spielt das alles keine Rolle, denn wenn du nächstes Wochenende hochkommst, kannst du in Belindas Zimmer schlafen. Dominic werd ich in die Folterkammer stecken, wie Daddy sie *mit Sicherheit* nennen wird. Paul und Belinda werden natürlich das Doppelbett bekommen.«

Mir verschlug es fast die Sprache. Wie schaffte sie es bloß immer wieder, mich zunächst in falscher Sicherheit zu wiegen, um sich dann hinterrücks anzuschleichen, ganz so wie ein Hirtenhund an ein ahnungsloses Schaf? Die Folterkammer, falls ihr euch jetzt wundern solltet, war ein kleines Zimmer mit einem schmalen Gästebett, einem Trainingsrad und einer Rudermaschine, die beide nicht gerade überbeansprucht wurden.

Und wieder wappnete ich mich, dazu überzugehen, ihren Traum zu zerstören, aber da plapperte sie schon munter weiter.

»Ich hoffe so, daß er mitkommen kann, Liebes.«

»Ich bin mir nicht sicher. Die Sache ist nämlich so –«

»Ach, komm schon, Liebes. Überred ihn doch. Es wäre einfach zu schön, euch alle vier hierzuhaben – die Fotos müssen jeden Moment entwickelt sein – ich bin mir sicher, da sind auch ein paar nette von euch beiden dabei.«

Schluß mit dem ewigen Zaudern, ich mußte es einfach *tun*. »Mum, würdest du mir bitte einen Moment zuhören?«

»Aber ich hör dir doch zu, Liebes. Übrigens, ich hab gar nichts mehr wegen Sarah gehört – natürlich hab ich niemandem auch nur ein Sterbenswörtchen erzählt. Gestern habe ich Maggie getroffen – sie ist offensichtlich völlig ahnungslos – ich kann mir nicht helfen, aber irgendwie tut sie mir fast ein bißchen leid, obwohl ich eigentlich gar nicht weiß, warum – denn wäre die Situation genau andersherum, hätte sie *mit mir* bestimmt kein Mitleid – Ich erzählte ihr, daß du wahrscheinlich mit Dominic kommen würdest, und sie sagte: ›Ach ja?‹ – du weißt schon, so als ob sie das in keinster Weise interessieren würde –«

»Mum –«

»Und Jane Dixon hab ich heute früh auch getroffen – sie fand ihn übrigens äußerst charmant – jeder fand, daß ihr ein wirklich hübsches –«

»Verdammt noch mal!« Ich weiß nicht, was in diesem Moment in mich gefahren war, aber irgend etwas in meinem Gehirn explodierte.

»Merkst du denn gar nicht, wie plump du bist? Genausogut könntest du den Hochzeitsmarsch spielen, sobald er nur zur Tür hereinkommt!«

Doch kaum hatte ich das ausgesprochen, hätte ich mir schon auf die Zunge beißen können.

Plötzlich war es totenstill.

»Tut mir leid, Mum, ich hab's nicht so gemeint«, sagte ich schwach. »Ich hatte einfach einen schlechten Tag.«

Noch mehr Totenstille.

»Ich weiß doch, du hast's nur gut gemeint«, fuhr ich verzweifelt fort. »Er fand dich wirklich sehr nett. Das hat er mir auf der Rückfahrt selbst gesagt. Und er hat auch gesagt, er würde jede Wette eingehen, daß du eine phantastische Köchin bist.«

Als sie endlich wieder etwas sagte, hatte sie dieses schwache, würdevolle Stimmchen aufgesetzt, in dem sie nur sprach, wenn sie furchtbar verletzt, schwer getroffen oder zutiefst beleidigt war. In diesem Fall alles drei.

»Es tut mir sehr leid. Ich werde kein Wort mehr darüber verlieren. Wenn ihr es schafft zu kommen, freuen wir uns, aber nur, wenn ihr euch wirklich freimachen könnt. Ich muß Schluß machen, ich hab noch was im Ofen.«

»Mum, bitte –«

Klick.

Ich starrte voller Verzweiflung auf den Hörer.

Das hatte ich ja wunderbar hingekriegt.

»Sie wird sich schon wieder einkriegen«, sagte Alix besänftigend. »Sag ihr einfach, du wärst schlecht drauf gewesen. Sag, du wärst außer dir gewesen, weil du wegen dieser Hundegeschichte gerade mit ihm gestritten hättest. Dann kannst du noch ein paar Tage abwarten, ihn zum Teufel jagen und Bingo!, das Problem ist gelöst.«

»Und was ist mit diesem Problem hier? So eingeschnappt ist sie selten. Ich fühle mich schrecklich.«

»Sie wird sich schon wieder einkriegen«, wiederholte sie.

Ich hatte Alix immer noch nichts von dem Kuß und der Ausrede mit Ace erzählt – nur, daß mit Josh alles gut geklappt hätte. All diese Lügengeschichten begannen mir Sorgen zu bereiten. Es ist eine wahnsinnige Belastung, sich merken zu müssen, wem man eigentlich was genau vorgeflunkert hat.

Am Abend darauf versuchte ich, Mum anzurufen, und wünschte mir sofort, ich hätte es bleibenlassen. Sie war immer noch sehr kurz angebunden und nach zwanzig Sekunden kam sie mir mit der Ausrede, sie habe oben das Bügeleisen angelassen.

Am Samstag morgen rief Tamara an. »Du kannst dich wirklich nicht dazu aufraffen, mit auf Jerrys Party zu kommen, oder? Sie steigt nächstes Wochenende.«

»Nein, wirklich nicht, danke. Ich bin aus dieser Art von Fleischbeschau rausgewachsen«. Ich fühlte mich auch ein klein wenig fleischig. Obwohl ich mich zweieinhalb Tage lang strikt an die Diät gehalten hatte, hatte ich ein Pfund zugenommen. Aber das meiste war sicherlich nur Wasser. Es war noch heißer geworden, und ich hatte literweise Wasser und Diät-Wodka getrunken.

»Mein Güte, man könnte glauben, du seist *alt* geworden«, stichelte sie. »Übrigens, ich hab Jerry angerufen. Er hat Josh seit Jahren nicht gesehen, aber er fand es über die Maßen komisch, daß er nun für einen Begleitservice –«

»Du hast ihm doch nichts von mir erzählt?«

»Natürlich nicht. Nicht, daß das irgendwas ausmachen würde – er kommt so gut wie nie nach Hause. Ich hab ihm nur erzählt, sie sei eine *extrem* attraktive Frau gewesen, deren Freund keine Zeit gehabt hätte, weswegen sie sich jemanden gemietet hätte, um sich all die Besoffenen und Grapscher vom Leibe zu halten, die man auf den besten Hochzeit trifft. Okay?«

»Brillant. Übrigens, der Blödmann hat tatsächlich gedacht, ich wäre verzweifelt auf der Suche nach Sex. Zu guter Letzt sind wir doch über Nacht geblieben, da die Autobahn gesperrt war, und dann wurde es ziemlich offensichtlich.«

»Er hat sich doch nicht etwa auf dich gestürzt?«

Ich ersparte ihr die Details. »Nein, das nicht, aber es war eindeutig. Und so hab ich dann doch noch meinen ›unpassenden‹ Freund anbringen können, damit Josh denkt, ich sei bereits vergeben, anstatt mir zu unterstellen, ich könne es kaum erwarten.«

Sie fing an zu lachen. »Schlägertyp oder Trotzkist?«

»Nichts dergleichen.« Ich erzählte ihr kurz von Ace. »Da ist ihm das Grinsen vergangen, das kann ich dir sagen.«

»Kann ich mir denken«, kicherte sie. »Übrigens, Jerry glaubt, Josh hat eine eigene Firma, zumindest hat er mal eine gehabt, aber er kann sich nicht mehr erinnern, was für eine. Ich sagte, die könnte ja nicht besonders gut laufen, wenn er es nötig hätte, sein Gehalt mit Hilfe eines Begleitservice aufzubessern, woraufhin Jerry nur gegluckst und gesagt hat, ich solle der Realität doch mal ins Auge sehen, er selbst hätte auch schon mit dem Gedanken gespielt.«

Da es am nächsten Tag noch heißer werden sollte, beschloß ich, in den Park zu gehen. Seit dem letzten Sommer waren irgendwie sämtliche Bikinis eingelaufen, was nur bedeutete, daß ich noch mehr Sonne abbekommen würde. Ich stopfte ein Handtuch, ein Buch und eine Flasche Wasser in eine Tasche und grub meine Sonnenbrille wieder aus. Alix war schon wieder bei Calum, und Ace stand noch immer unter der Dusche.

»Ace!« brüllte ich. »Ich geh in den Park. Falls dir langweilig werden sollte: im Wohnzimmer müßte auch mal wieder Staub gewischt werden.«

»Okay«, schrie er zurück. »Aber nur, wenn du mir deine Haarspülung leihst. Tina findet sie klasse.«

»Warum benutzt du dann nicht ihre?«

Kurz bevor ich los wollte, fiel mir mein Philodendron im Wohnzimmer wieder ein. Ich hatte das relativ kleine Pflänzchen für fünf Pfund erstanden, das ich jetzt schon zweimal hatte umtopfen müssen; bei diesem Wetter mußte man praktisch täglich gießen. Als ich sie großzügig mit Baby-Bio düngte, klingelte das Telefon, aber da wir oft nicht drangehen und so tun, als wären wir nicht zu Hause, für den Fall, daß es jemand dran ist, mit dem wir unmöglich sprechen können, sprang sofort der Anrufbeantworter an.

Eine entnervte weibliche Stimme sagte: »Andrew, wenn du zu Hause bist, wärst du dann bitte so freundlich und nimmst *bitte* den Hörer ab?«

(Ich hatte mich immer noch nicht daran gewöhnen können, das irgend jemand Ace »Andrew« nennen konnte.)

Danach hörte man ein noch genervteres Seufzen. »Diese ganzen Motorrad-Ersatzteile in der Garage bringen mich eines Tages noch um. Wenn du sie hier bis nächstes Wochenende nicht weggeschafft hast, bringt dein Vater sie auf den Schrottplatz.«

»Okay, Mum, reg dich ab.« Er hatte gerade das Zimmer betreten und sich eines meiner Handtücher um die Hüften geschlungen.

Da ich gerade einige Zigarettenstummel aus dem Übertopf meines Philodendron fischte, hatte seine Mutter mein vollstes Mitgefühl. »Würdest du bitte aufhören, meine Pflanze als Aschenbecher zu benutzen?«

»Du mußt mit ihr reden. Es ist grausam, eine Pflanze so in einen Übertopf zu pferchen. Sie sollte mitten im Dschungel stehen. Ich hab letzte Nacht mit ihr gesprochen – und bei der Gelegenheit hat sie sich beschwert, daß du nie mit ihr sprichst. Sie sagte, du sähst in ihr nur ein Objekt und nähmst sie als Pflanze überhaupt nicht wahr. Ich mußte sie mit einer halben Flasche Bier begießen, um sie wieder aufzumuntern.«

»Los, verschwinde und wasch dir deine blöden Haare.« Ich ließ ihm die Zigarettenstummel und verschwand in den Park. Er lag ganz in der Nähe unserer Wohnung: eine grüne, baumbewachsene Oase, die saisonale Varianten von *Cola Buchsus* und *Chipstutus-zwibeli-und-kasius* zierten sowie der ein oder andere duftende Hundehaufen.

Ich fand einen kleinen freien Fleck unter einem Baum, cremte mich mit Faktor 8 ein und streckte mich mit meinem Buch auf dem Rücken aus, ohne darauf zu achten, daß die unerbittliche Sonne meine Fleischmassen aussehen ließ wie weißen Hüttenkäse.

Es gab durchaus noch Leute, die weitaus mehr Hüttenkäse zur Schau stellten als ich. Sie lagen da wie gestrandete Wale und kümmerten sich einen Scheißdreck darum, wie sie aussahen. Ich war ihnen dankbar, daß sie mich im Vergleich dazu richtig gut aussehen ließen. Andererseits hatten sich da auch widerlich schlanke Menschen im Gras ausgestreckt. Um mir noch mehr Salz in die Wunden zu streuen, waren einige von ihnen sogar schon richtig schön braun. Wenn es sich dabei um Männer handelte, gab es natürlich nichts dagegen einzuwenden. Das verschönerte die Landschaft.

Das Buch war nicht schlecht, aber ich hatte bereits unweigerlich damit begonnen, die Leute zu beobachten; verschanzt hinter einer Sonnenbrille kann man herrlich spannen. Ungefähr dreißig Schritte weit weg befand sich eine widerlich braungebrannte Kuh, die ständig aufstand, um sich einzuölen und alle anderen auszustechen. Ihr Tangahöschen bestand mehr oder weniger nur aus einer kleinen Kordel, und der Po, den es zur Schau stellte, hätte für eine von diesen Anti-Cellulitis-Cremes werben können, für die gutgläubige Vollidioten ein Vermögen hinlegen, in der eitlen Hoffnung, sie würden wirklich helfen. (Okay, selbst ich habe es einmal getan.) Jeder Typ, der vorüberging, starrte erst mal ausgiebig hin.

Ich widmete mich wieder meinem Buch, aber da mir die Sonne derart auf den Schädel brannte, konnte ich dem Krimi, in dem irgendwelche blöden Anwälte vorkamen, nicht mehr so recht folgen. Ich senkte das Buch und schaute zu dem Tanga rüber. Da stand sie wieder und massierte sich sinnlich Sonnenöl in ihre Schultern ein. Mußte sie dazu unbedingt aufstehen? Oder hoffte sie, irgendein passabler Bursche würde die Botschaft verstehen und ihr anbieten, das für sie zu erledigen? Sie hielt kurz inne, um mit ein paar Babys in einem Buggy herumzuturteln, der von so einem modernen Vater in Shorts und aufgeknöpftem Hemd geschoben wurde. Und natürlich hielt er an und unterhielt sich mit ihr. Während sie mit ihm sprach, cremte sie sich weiter im Zeitlupentempo ein; sicherlich würde der moderne Vater jeden Moment fragen: »Möchtest du, daß ich dir den Rücken eincreme?« Eigentlich sah er ganz passabel aus, eigentlich sah er genauso aus wie ...

Ich konnte es einfach nicht fassen.

Zwei Babys. Zwillinge!

Halb gelähmt vor Schreck, lag ich totenstill da und beobachtete ihn durch meine Sonnenbrille. Der Tanga turtelte wieder mit den Babys, aber er fing nicht an, sie einzucremen. Nach zwanzig Sekunden ging er weiter.

Genau in meine Richtung.

# ACHT

Da ich einige Sekunden lang völlig gelähmt war vor Angst, war es schon zu spät, meine liebste Variante in die Tat umzusetzen, nämlich mich anzuziehen und zu laufen, was das Zeug hielt. Natürlich konnte es genausogut sein, daß er ein wenig von seinem Kurs abweichen und mich übersehen würde, und selbst wenn er mich sehen würde, konnte er immer noch so tun, als hätte er mich nicht gesehen, aber bei all den Fleischmassen, die überall hervorquollen, wollte ich keinerlei Risiko eingehen. Wie sollte ich mich schon gegen diesen Tanga behaupten können, verdammt noch mal?

Wenn man eine Sonnenbrille aufhat, ist es nicht weiter schwierig, sich schlafend zu stellen, man muß dann nicht so darauf achten, daß die Lider nicht flattern. Ich versuchte mich ganz bewußt zu entspannen und so langsam und rhythmisch zu atmen, daß jeder merkt, daß man völlig weggetreten ist. Für den Bruchteil einer Sekunde ließ ich sogar meinen Mund offenstehen.

Selbst mit der Sonnenbrille auf wagte ich es nicht, meine Augen zu öffnen, und während ich eine halbe Ewigkeit so dalag, waren meine Nerven zum Zerreißen gespannt. Als ich schon beinahe an einen falschen Alarm glauben wollte, hörte ich ganz in meiner Nähe so ein Quietschen, wie es nur Buggyreifen von sich geben können.

Das Quietschen hörte auf. Genau wie mein Herzschlag.

»Sophy?«

Er sprach zögernd, als wäre er sich nicht ganz sicher. Ich versuchte, mich auf meine Atmung zu konzentrieren, und lag so ruhig da wie nur möglich.

Als nächstes hörte ich Schritte im Gras, und ein Schatten fiel über mich. Dann konnte ich einem vagen Rascheln von Kleidung und einem leisen Quietschen von Schuhleder entnehmen, daß er sich hinkniete, um mich genauer unter die Lupe zu nehmen. »Sophy?«

Nun, ich kann sehr einfallsreich werden, wenn man mich in die Enge treibt. Ich bewegte unmerklich meinen Arm und meinen Kopf, als befände ich mich mitten in einem Traum und nuschelte verschlafen: »Nein, die Garnelen hab ich von Safeways ...« Ich ließ meine Stimme ersterben und meinen Mund noch eine Idee weiter offenstehen, so als würde ich als nächstes anfangen zu schnarchen.

Einen kurzen Augenblick bewegte sich der Schatten keinen Millimeter, man hörte keinerlei Geräusch. Dann fing eines der Babys an, leicht zu wimmern, und zwar so, daß zu erwarten war, daß es jeden Moment in lautes Geschrei ausbrechen würde.

»Ist ja *gut*, Katie«, brummelte er besänftigend. »Wir gehen ja schon.«

Leider tat er das nicht, jedenfalls nicht sofort. Das nächste, was ich hörte, war: »O Gott, bitte, Ben, nicht schon *wieder*. Mit was hat dich deine Mami bloß gefüttert?«

»Ba ba ba ba ba«, sagte eine Babystimme.

»Warte nur, gleich kriegst du jede Menge *ba ba ba*, du dreckiges kleines Ferkel.«

Das sagte er allerdings ziemlich liebevoll, und das nächste, was ich hörte, waren quietschende Buggyreifen, ein Quietschen, das sich langsam in der Ferne verlor.

Ich ließ mindestens eine Minute verstreichen, bis ich es wagte, meine Augen wieder zu öffnen.

Zwillinge! Und wahrscheinlich eine Mrs. Josh, die gerade die Beine hochlegte, zumindest eine Mrs. Partner. Na ja, immerhin brauchte ich meine Phantasien nun nicht weiter an einen derart hoffnungslosen Fall zu verschwenden. (Denn natürlich hatte ich das getan.) Denn wenn ich mich in irgendwelche erotischen Phantasien flüchte, die um jemanden kreisen, den ich kenne, dann finde ich es weitaus besser, wenn derjenige zumindest theoretisch noch zu haben ist. Und da ich mich sehr gut auf diese Kunstfertigkeit verstehe, kann ich euch versichern, daß das die Sache wesentlich reizvoller macht.

Zwei Stunden später ging ich mit leichten Kopfschmerzen, die mir die pralle Sonne beschert hatte, wieder nach Hause. Große Teile meines Hüttenkäses hatten eine hübsche Pinkfärbung angenommen. Zu Hause traf ich Ace an, der auf dem Sofa herumfläzte und Fußball guckte. Das Wohnzimmer sah nur unwesentlich sauberer aus als vorher – zumindest waren die beiden Hula-Hoop-Reifen von dem widerwärtig braunen Teppich verschwunden. Statt dessen zierte ihn eine Ausgabe der *News of the World,* während den gläsernen Couchtisch zwei leere Bierdosen, eine leere Fertigsuppenschüssel sowie ein Apfelbutzen verunzierten. »Mein Gott, warum bist du bloß so ein Dreckspatz?« fragte ich, als hätte ich denselben Putzfimmel wie Jess.

»Das sind meine Gene, Sophy. Nun mach schon, *los*!« Letzteres sprach er in Richtung Fernseher; auf dem Bildschirm fand gerade ein größeres Getümmel statt. Ace schlug verzweifelt die Hände über seinem Kopf zusammen. »Schlappschwanz! Den hätte sogar meine Mum einlochen können!«

»Wer quält deine armen Bolzhelden denn heute?« fragte ich. »Doch nicht schon wieder diese kaum dreizehnjährigen Thessalonika-Schulmädchen?«

»Sehr witzig, ha ha ha.« Er drehte seinen Kopf kurz zur Seite. »Hat dich dein Typ vom Casanova-Verleih gefunden?«

Mir wurde ganz schlecht vor Schreck: »Was?«

»Na, du weißt schon, der von der Hochzeit! Er war hier und hat nach dir gefragt, ungefähr eine halbe Stunde, nachdem du weg warst. Sagte, du hättest versprochen, ihm einen Gefallen zu tun, und da er auf so ein paar Blagen seiner Schwester aufpassen mußte –«

»Seiner Schwester? Und ich dachte, das wären seine!«

Er zog die Augenbrauen hoch. »Du hast ihn also getroffen.«

»Ich hab nicht mit ihm *gesprochen*, du Blödmann! Ich hab ihn kommen sehen und mich schlafend gestellt!«

Er starrte mich entgeistert an und drehte sogar den Fernseher leise. »Warum?«

»Was glaubst du wohl? Ich lag halbnackt in der Sonne, außerdem dachte ich, er wäre verdammt noch mal verheiratet!« Ich stampfte in die Küche und genehmigte mir ein Glas südafrikanischen Weißwein aus dem Kühlschrank. Ace kam mir nach. »Was zum Teufel hätte ich denn sonst denken sollen, als ich ihn da mit zwei Babys in einem Buggy sah? Warum babysittet der Kerl eigentlich?« Ich trank das halbe Glas in einem Zug leer.

»Er sagte, sie würden seiner Schwester den letzten Nerv rauben. Er hätte sie ihr bis zum Mittag abgenommen, um ihr eine kleine Pause zu gönnen. *Hast* du ihm denn versprochen, ihm einen Gefallen zu tun?«

»Ja, aber ich hätte nie erwartet, daß er jemals darauf zurückkommt!«

Unbewußt hatte ich wahrscheinlich doch darauf gehofft und mein Angebot deshalb überhaupt ausgesprochen. Okay, ich geb's ja zu, von *unbewußt* kann nicht die Rede sein. Ich hatte das genauso dahingesagt, wie man ein Lotterielos kauft, bei dem verdammt wenig Hoffnung besteht, daß die richtigen Zahlen gezogen werden.

Ace versorgte sich mit einem neuen Bier. »Diese Blagen waren nur ein Vorwand, wenn du mich fragst. Er steht auf dich und kam her, um die Dinge mal auszuloten.«

Wieder traf mich ein imaginärer Schlag in die Magengrube, aber aus einem ganz anderen Grund. »Du hättest als mein Freund auftreten müssen!«

»Das weiß ich doch, Doofi! Ich war erst etwas von der Rolle, aber dann hab ich eine bühnenreife Leistung hingelegt.« Bei der bloßen Erinnerung daran mußte er grinsen und setzte danach sofort einen betont mürrischen Gesichtsausdruck auf. »Ich sagte ›Was willst'n *du* hier?‹, in genau dem Ton.« Er klang leicht aggressiv, während er die Situation nachspielte, und stemmte seine Hände dazu noch bedrohlich in die Hüften. »Und dann sagte er, wer er ist und *ich* sagte« – er imitierte den mürrischen Gesichtsausdruck und die bedrohliche Haltung: »Ich weiß genau, wer du bist, Kumpel. Ich hab dich hier letzte Woche schon gesehen. Ich hab vom Fenster aus alles abgecheckt.«

Ich muß sagen, er machte seine Sache wirklich gut – er war gerade so aggressiv, daß es wirklich überzeugend wirkte.

»Und daraufhin ...« – er hob leicht verächtlich die Augenbrauen – »... sagte er, weshalb er gekommen war, und *ich* sagte: ›Wie du siehst, ist sie nicht da‹, und dann fragte er, wo du wärst, und *ich* sagte, du wärst im Park, dich sonnen. Ich dachte schließlich, du würdest ihn gern sehen. Daraufhin sagte er, er würde mal losgehen und nachsehen, ob du ihm immer noch einen Gefallen tun wolltest, und ich sagte ...« – er zeigte wieder den mürrischen Gesichtsausdruck – »ich hoffe nur Kumpel, es bleibt bei diesem kleinen Gefallen, verstanden? und weg war er. Warum hast du verdammt noch mal nicht mit ihm gesprochen?«

»Warum sollte ich? Ich dachte, er wäre verheiratet. Oder er hätte zumindest eine feste Freundin.«

»Wenn du mich fragst, gefällst du ihm, und er ist nur vorbeigekommen, um mich mal unter die Lupe zu nehmen.«

»Aber klar doch.« Ich wagte kaum, diese, meinen Puls beschleunigende Möglichkeit weiter in Betracht zu ziehen und genehmigte mir noch einen großen Schluck Alk.

»Okay, dann eben nicht.« Ace setzte sein bestes Mir-reichts-Gesicht auf.

»Er suchte nur 'ne Blöde und dachte, du wärst leicht zu haben. Und ich reiß mir hier den Arsch auf, um ihn heißzumachen –«

»Wie um alles in der Welt sollte ihn das wohl heißmachen?«

»Meine Güte, Sophy, manchmal kannst du ganz schön blöd sein. Ich habe mich aufgeführt wie der letzte Depp – Mist, das Beste hätte ich beinahe vergessen. Als er fast schon um die Ecke war, schrie ich ihm hinterher: ›Und falls du sie treffen solltest, dann frag sie doch bitte, was sie verfickt noch mal mit meinem schwarzen T-Shirt angestellt hat! Ich hab es schon vor Tagen in die Wäsche getan.‹ Das ist doch eine echte Herausforderung, oder vielleicht nicht? Er wird jetzt denken: Was zum Teufel findet sie bloß an so einem Typen? Und dann wird er sich schon was einfallen lassen, kapiert?«

»Er wird höchstens denken, ich bin total bescheuert, daß ich mich mit so jemandem einlasse!«

»Ich dachte, du wärst mir dankbar!« sagte er verletzt.

»Es tut mir leid, okay? Ich bin mir sicher, du hast meisterhaft geschauspielert, aber woher sollte ich denn wissen, daß –«

»O verdammt, fast hätt ich noch was vergessen«, fuhr er fort. »Du wirst nie und nimmer glauben, wer angerufen hat, als er gerade an der Tür war. Dein Süßer hat einen Rivalen aus deiner dunklen Vergangenheit, und ich bin auch ganz schön geplättet, das kann ich dir sagen.«

Ich dachte sofort an Sonia. »Sag bloß nicht, es war Kit!«

»Der doch nicht – nein, Dominic Nummer eins. Ich ließ es läuten, nur für den Fall, es könnte Mum sein, und so sprang der Anrufbeantworter an. Die Lautstärke war voll aufgedreht, ich bin mir also sicher, daß er alles gehört hat.«

»Ace, wenn du mich jetzt auf den ...«, ich raste zum Anrufbeantworter und drückte die Wiedergabetaste. »Hi, hier spricht Dominic«, sagte eine souveräne, selbstbewußte Stimme. »Dominic Walsh. Ich hab eine Nachricht für Sophy. Hör zu, tut mir leid, daß ich mich nicht schon früher gemeldet habe, aber ich war damals liiert, und dann hab ich auch noch deine Nummer verloren. Wenn du immer noch Lust hättest, mit mir essen oder sonstwohin zu gehen, dann ruf mich an unter der –«

»Fick dich ins Knie!« Ich würgte ihn ab und verfluchte mein grausames Schicksal ebenso wie Neil, der ihn zweifellos dazu ermutigt hatte. »*Jetzt* ruft er an? *Monate* später? Ausgerechnet in dem Moment, als Josh gerade an der Tür steht?«

»Sophy, das ist so wie mit den Bussen, schätze ich. Da wartet man Stunde um Stunde, und dann kommen gleich zwei hintereinander.«

»Busse haben nichts damit zu tun! Der muß ja denken, ich bin die totale Schlampe!«

»Was heißt hier Schlampe, wenn er selbst auf ein Date aus ist, dann ...«

»*Er* doch nicht, Blödmann. Josh!«

»Ach so«, sagte er. »Ich nehme an, du hast ihm gegenüber nie erwähnt, daß es da noch einen Dominic Nummer eins gibt.«

»Natürlich nicht!«

»Na ja, jetzt wird er jedenfalls nicht mehr denken, du hättest's nötig.«

»Nein, nur wie abgefuckt ich bin! Hast du das irgendwie kommentiert?«

»Na ja, mir hat's natürlich schon ein bißchen die Sprache verschlagen, ihm, glaub ich, auch, so wie er aussah, aber ich schätze, ich war richtig gut.« Bei der bloßen Erinnerung daran grinste er und fuhr fort: »Ich sollte bei den *East Enders* mitspielen, wenn du mich fragst.« Er setzte wieder den mürrischen Gesichtsausdruck auf. »Ich also ›Ich weiß nicht, wer der Schlappschwanz ist, aber den mach ich fertig.‹«

Und das sollte mein Liebster sein. »O Gott!« Ich ließ mich auf das Sofa sinken und vergrub den Kopf in meinen Händen.

»Na ja, was hätte ich denn sonst sagen sollen?« fragte er schmollend. »Sollte ich ihm vielleicht viel Spaß wünschen und ihm sagen, daß ich die fette alte Kuh sowieso nicht mehr sehen kann, die nicht mal meine Wäsche richtig auf die Reihe bringt?«

»Vielen Dank auch! Es wird wohl das Beste sein, wenn ich mich jetzt umbringe.«

Aber vorher würde ich mir noch ein Glas Wein genehmigen und Ace' letzte Tütensuppe. Danach dröhnte mein Kopf ziemlich, und mir war nicht mehr nach Selbstmord zumute. Statt dessen legte ich mich aufs Bett und schmollte. Und an allem hatte bloß dieser Tanga schuld gehabt, weil sie sich ihm genau in den Weg gepflanzt hatte und mich neben ihr absolut lächerlich aussehen ließ.

Ich muß wohl eingenickt sein. Als ich aufwachte, hatte ich einen höllisch trockenen Mund und fühlte mich furchtbar. Alle waren weg. Ich hörte noch mal die verfluchte Nachricht von Dominic ab, nur um sicherzugehen, daß ich mir diese souveräne, selbstbewußte Stimme eines Mannes, der nicht mal weiß, wie man »einen Korb bekommen« überhaupt buchstabiert, nicht nur eingebildet hatte. »Wenn du immer noch Lust hättest, mit mir essen oder sonstwohin zu gehen ...« Im Klartext bedeutete das doch nur: *Du bist absolut reif, mal wieder flachgelegt zu werden.* Ich schrieb ihn ab und haßte mich dafür, ihm überhaupt die Gelegenheit gegeben zu haben, sich in seinem Ego sonnen zu können.

Ace kam so gegen halb acht mit Tina zurück, sie hatten zwei Gerichte aus dem China-Imbiß dabei. Ich sagte: »Vielen Dank auch, daß ihr mir was mitgebracht habt«, und die beiden sahen so verlegen aus, daß ich ein schlechtes Gewissen bekam. Also setzte ich nach: »Vergeßt es, ich hab heute sowieso mehr Lust auf den Griechen«, und stapfte die Straße hoch zum Kouzina. Als ich wieder zu Hause war, bemühte ich mich, nett zu ihnen zu sein, insbesondere zu Tina, die mir häufig auf die Nerven ging; so langsam hatte ich Angst, man würde mir das anmerken. Sie neigte dazu, albern zu kichern, sagte in jedem zweiten Satz »im Grunde« und quatschte seit Ewigkeiten von nichts anderem mehr als davon, wie weh es wohl täte, sich den Bauchnabel piercen zu lassen. Eine Stunde nachdem ich zurückgekommen war, ging sie wieder. Kaum daß sich die Tür hinter ihr geschlossen hatte, sagte ich zu Ace: »Du hast ihr doch um Himmels willen nichts von Josh erzählt, oder?«

»Nein!«

»Ich wette, das hast du sehr wohl getan, du alte Kröte. Wenn du es wagen solltest, Alix irgendwas davon zu erzählen, ich schwör dir, ich bring dich um. Es ist schon schlimm genug, wenn *ich* sehe, wie abgefuckt und neurotisch ich bin. Ich will nicht, daß sie das auch noch denkt.«

»Ich weiß genau, wovon du sprichst«, seufzte er. »Nicht, daß sie denkt, ich wäre abgefuckt und neurotisch. Sie findet nur, daß ich ein Volldepp bin.«

Als sie mit Calum schließlich wieder zurückkam, verstärkte sie meine Depressionen nur noch. Sie waren in Brighton gewesen und hatten ihren Lunch bei The Lanes eingenommen, danach hatten sich sich am Strand geaalt, wo Alix' tangawürdige Oberschenkel so braun geworden waren, als hätte sie gerade eine Woche Antigua hinter sich. Das hatte mir zu meinem absoluten Scheißtag gerade noch gefehlt. Während ich darüber nachgrübelte, was ich wohl um alles in der Welt in meinem vorigen Leben verbrochen haben mochte, um das zu verdienen, brachte ich meinen eigenen, pink glänzenden Hüttenkäse-Körper zu Bett.

Die ganze nächste Woche über hüllte Mum sich in bedrohliches Schweigen. Mehrmals versuchte ich, mich seelisch dazu aufzuraffen, sie anzurufen und ihr zu sagen, Dominic und ich hätten uns getrennt, aber das einzige Mal, als ich es tatsächlich schaffte anzurufen, hob niemand ab.

Am Donnerstag abend rief mich Tamara an. »Ich wünschte wirklich, du kämst mit auf diese Party. Ich bin mir sicher, Charlotte läßt mich hängen. Sie besucht gerade so einen Uni-Vorbereitungskurs und steht kurz vor der Aufnahmeprüfung. Normalerweise würd ich einfach auch nicht hingehen, aber ich kann mir diesen Paolo einfach nicht aus dem Kopf schlagen.«

»Vielleicht ist er ja gar nicht da.«

»O doch, das hat mir Jerry selbst gesagt. Du wirst nicht glauben, was er über mich gesagt hat. Er sagte, ich sähe aus wie ›aine klaine Botticelli-Ängel‹. Wenn das auf Italienisch nicht bedeutet, daß ich einen hübschen Aufriß in Aussicht habe, dann weiß ich auch nicht. Jetzt komm schon. Du hast doch sonst nichts vor, oder?«

»Nichts, außer mir *Blind Date –Verabredung mit einer Unbekannten* anzuschauen«, mußte ich zugeben.

»Na also, dann gib dir einen Ruck. Wir haben bestimmt jede Menge Spaß. Und wenn nicht, dann besaufen wir uns eben einfach und lästern über alle Anwesenden gut ab. Jerry hat im Pub vor Ort ein paar Zimmer gemietet. Nur ein paar Meter von seinem Haus entfernt. Einige werden wohl bei ihm übernachten, aber sein Haus ist noch eine einzige Bruchbude, Klo im Hof und so, das überlassen wir also lieber den Männern. Ich fax dir die Wegbeschreibung zu. Wollen wir uns so gegen acht im Pub treffen?«

Bis zum Samstag nachmittag hatte ich immer noch nicht mit Mum gesprochen, und da mir das schwer auf der Seele lag, war ich für jede Ablenkung dankbar. Ich war zehn Minuten nach acht da. The Blue Bear war eine dieser verwinkelten Kneipen mit niedrigen Decken, alt, aber so gar nicht kitschig oder postkartenmäßig. Ihr idealer Stammgast wäre ein wettergegerbter Landarbeiter gewesen, der sich nicht lang mit irgendwelchem Schnickschnack aufhielt und nichts weiter wollte als eine gemütliche Ecke, in der er in Ruhe sein leckeres Bier zischen konnte. Darum herum gab es nur plattes Land und das ein oder andere postkartenungeeignete Bauernhaus. Es war immer noch warm, aber nicht so warm wie in London. Ich stellte mir vor, wie es hier wohl im Winter war, wenn ein Wind pfiff, der direkt aus Sibirien zu kommen schien.

Man zeigte mir ein passables Zimmer, von dem aus man über die Felder sehen konnte. Tamara war noch nicht fertig angezogen und fuchtelte mit einem Lockenstab in der Gegend herum. Sogar Charlotte war da, trug allerdings immer noch ihre Shorts.

»Sie hat sich in letzter Minute doch noch aufgerafft«, sagte Tamara. »Ich bin ja der Meinung, daß jede von Jerrys Partys einen psychologischen Aufnahmetest um Längen schlägt.«

Wenn sie nicht gerade studierte, arbeitete Charlotte für eine Marktforschungsgesellschaft, bei der auch Tamara gerade jobbte, und zwar so lange, bis sie sich wieder langweilen und erneut das Weite suchen würde. Sie war ein wenig kleiner als Tamara, hatte jedoch eine ähnliche Figur und goldbraunes Haar, das zu einem schulterlangen Bob geschnitten war. Auf ihre Art war sie sehr attraktiv, wirkte aber relativ schüchtern, so daß ich annahm, daß sie Tamara als eine Art Vorbild betrachtete.

»Ich fürchte, wir werden alle im selben Raum schlafen müssen«, sagte Tamara und zeigte auf das Z-förmige Klappbett, das neben die anderen beiden Betten geschoben worden war. »Jerry stieß auf weitaus mehr Anklang, als er erwartet hatte. Das Badezimmer ist unter der Treppe, also nicht gerade 5-Sterne-mäßig. Ich muß jede Minute weg. Ich hab Jerry versprochen, ihm mit dem Essen ein wenig zu helfen.«

Fünfzehn Minuten später sauste sie los, sie trug ein kurzes Kleidchen in einem silbrig-glänzenden Jadegrün, das ihr Haar so richtig zur Geltung brachte und sie einfach atemberaubend aussehen ließ.

Charlotte und ich musterten einander. »Eigentlich wollte ich gar nicht kommen, aber sie hat immer wieder davon angefangen«, gestand sie. »Ich glaube, sie hofft, daß wir ihr Gesellschaft leisten, falls die Sache mit Paolo schiefgeht.«

Wir lachten und schlossen auf der Stelle eine freundschaftliche Allianz. »Aber Jerry gefiel mir eigentlich ganz gut«, fuhr sie fort. »Ich weiß, daß sie ständig sagt, sie könne ihn nicht ausstehen, aber ich bin mir sicher, das ist nur so dahingesagt.«

Da war ich mir nicht so sicher. »Entweder das, oder sie hat eine

Gehirnwäsche hinter sich. Ich dachte, sie hätte ihm gesagt, er solle sich gefälligst einen anderen Idioten suchen, der ihm mit dem Essen hilft.«

»Ach, das. Sie war nur einverstanden, weil sie vor Ort sein will, falls Paolo schon ganz früh hier auftaucht.«

»Eine hoffnungslose Strategie«, sagte ich kopfschüttelnd. »Da muß es sie ja ganz schön erwischt haben.«

»Wir müssen uns ja nicht sofort ins Getümmel stürzen, oder?« fragte sie. »Ich würd lieber noch ein bißchen warten, bis alle so richtig in Stimmung sind, außerdem muß ich vorher noch duschen. Es war so heiß im Auto.«

Sie war immer noch im Badezimmer, als Tamara zirka vierzig Minuten später wieder anrauschte. »Hör zu, ich warne dich lieber vor – Josh ist hier.«

»*Was?*«

»Ich wußte echt nichts davon, ehrlich! Jerry hat ihn anscheinend gestern noch angerufen und ihm gesagt, wenn er noch kommen wolle, sei er herzlich eingeladen, aber *mir* gegenüber hat er davon kein Sterbenswörtchen erwähnt. Ich hab ihn kurz beiseitegenommen und ihm gesagt, er soll um Himmels willen niemandem verraten, daß du es warst, die er begleitet hat, nur für den Fall, daß jemand die Buschtrommeln gerührt hat. Er wußte zwar, daß *ich* da sein würde, aber daß du auch kommst, schien ihm doch einen kleinen Schreck einzujagen. Er fragte, ob denn deine bessere Hälfte auch da wäre – Gott sei Dank hattest du mich vorgewarnt – und so sagte ich nur: ›Ach der – na ja, der war in letzter Zeit ziemlich nervig, deshalb läßt sie ihn jetzt in seinem eigenen Saft schmoren.‹«

Zumindest paßte das gut zu Aces Schauspielkünsten. »Was hat er gesagt?«

»Nichts, aber paß auf, jetzt kommt das Beste. Ich erinnerte mich noch, wie du mir gesagt hattest, daß er vielleicht denkt, du hättest's nötig, und da hatte ich einen Geistesblitz. Ich sagte: ›Wie dem auch sei – ich glaube nicht, daß er's noch lange machen wird – ihr Ex will sie wieder zurück. Er war auch auf der Hochzeit.‹ Einfach brillant, oder? So strafst du all diese Vermutungen Lügen.«

Es war nicht einfach, im Angesicht des Feindes gleichzeitig geschmeichelt und dankbar auszusehen, aber ich glaube, es gelang mir ganz gut. Ich brachte sogar einen Heiterkeitsausbruch zustande. »Am besten, ich besaufe mich nicht zu sehr, sonst verheddere ich mich noch in meinem eigenen Lügengeflecht.«

Wenn ich in diesem Lügenmeer nicht schon längst ertrunken war.

Was hatte Josh noch mal über Lügengeschichten gesagt? Einmal ausgesprochen waren sie nicht nur schwer wieder ungeschehen zu machen, sondern hatten auch derart kurze Beine, daß man schier darüber stolpern mußte. Ich beschloß spontan, Tamara nicht über das mißglückte Zusammentreffen im Park zu informieren. Sie konnte sonst versucht sein, es weiter auszuschmücken und mich als einen noch größeren Vollidioten dastehen zu lassen als sowieso schon.

»Wie dem auch sei, du siehst wirklich gut aus«, sagte sie.

»Danke.« Ich hatte mich für eine hautenge schwarze Hose entschieden, dazu trug ich ein schwarzes Top, das meine Hüften überspielte. Beides war überwiegend aus einem seidigen Jersey-Stoff, aber die Ärmel und die obere Hälfte des Tops waren so durchsichtig wie schwarze Seidenstrümpfe der Stärke 10 Denier, so daß man gerade noch einen Blick auf meinen Brustansatz erhaschen konnte. Es war sehr teuer gewesen, und das sah man ihm auch an.

»Ich bin mir sicher, du wirst heute noch so einige Typen abwimmeln müssen«, sagte Tamara.

»Das wird ihm das Grinsen dann endgültig vergehen lassen.«

Sie schoß wieder davon, zu Jerry, und bald darauf gesellten Charlotte und ich uns auch zu den anderen. Mein Magen fühlte sich total verknotet an, hinzu kam ein ganzer Regenwald voller Schmetterlinge. In meinem Kopf hallte immer noch Aces Bemerkung »Er steht auf dich ...« nach, aber das machte jetzt noch weniger Sinn als zuvor. Wenn dem so war, warum war er dann nicht zurückgekommen, um mich um diesen Gefallen zu bitten? Statt dessen war er hier auf dieser ausgemachten Single-Veranstaltung erschienen, ohne überhaupt zu wissen, daß ich auch da sein würde.

Wie Tamara schon gesagt hatte, war Jerrys Haus zu Fuß gut zu erreichen. Es war ein verwinkeltes Gebäude im Farmhausstil, das ein großer Garten umgab, der hauptsächlich aus ungemähtem Gras und jeder Menge Autos bestand, die auf der Kiesauffahrt keinen Platz mehr gefunden hatten. Vom Mercedes-Sportwagen bis zum klapprigen alten Golf war alles vertreten, und ich fragte mich, welches davon wohl Josh gehören mochte. Alles sah ziemlich verwahrlost aus; ich nahm an, der vorige Eigentümer war ziemlich alt und klapprig gewesen und hatte sich seit fünfzig Jahren nicht mehr um das Anwesen gekümmert, doch vorausgesetzt, man hätte ein paar Hunderttausender übrig, ließ sich durchaus etwas daraus machen.

Innen wäre es ganz schön kahl gewesen, hätten da nicht bereits Dutzende von Leuten gestanden, die das Aufwärmstadium bereits gehörig hinter sich gelassen hatten. Eine nackte, mit Steinen gepflasterte Diele führte in einen großen quadratischen Raum, von dem eine riesige Bauernküche abging, mit alten Deckenbalken und einem massiven Holztisch, der als Bar diente.

Tamara sah überaus genervt aus und räumte Massen von Käse und Pastete aus einem niegelnagelneuen Westinghouse-Kühlschrank – so wie es aussah, der einzige Einrichtungsgegenstand, der nach den 60er Jahren das Licht der Welt erblickt hatte.

»Kannst du dir vorstellen, daß Paolo vorher noch auf eine andere Party gegangen ist?« murmelte sie. »Ich sterbe vor Eifersucht. Ich wette, am Ende taucht er hier überhaupt nicht mehr auf. Ich könnte Jerry umbringen. Er sagte nur: ›Oh, habe ich dir das nicht gesagt?‹ Hältst du mal bitte?« Sie reichte mir verschiedene Schalen mit Rohkost und den dazugehörigen Dips. »Weiß der Himmel, warum ich das hier eigentlich mache. Seit Stunden stehe ich hier und schnippele diese bescheuerten Karotten- und Selleriestangen zurecht. Statt dessen hätte ich mich mit diesem Rum-Punsch besaufen sollen. Echter West Indian – der knallt mit Sicherheit voll rein. Wenn du mich fragst, wartet Jerry nur darauf, daß irgend so ein armes Mädchen nach seinem Genuß in Ohnmacht fällt und er sich die Höflichkeit eines zwanzigminütigen Vorspiels schenken kann.«

Charlotte und ich tauschten Blicke aus. Wir folgten Tamara und brachten das Essen in einen großen, leeren Raum, an dessen einer Wand ein langer Tisch stand. Baguettes waren schon ausgelegt sowie Holzbrettchen für den Käse und die Leberpastete. Sanfter Jazz ertönte aus einem riesigen CD-Player und Tamara schnitt auch darüber eine Grimasse. »Ich hasse dieses Zeug. Ich hätte meine Agadoo-Kassette mitbringen sollen, nur um ihn zu ärgern.« Charlotte und ich tauschten wieder Blicke aus.

Ich mußte mich gar nicht erst daran hindern, den Raum nach Ihr-wißt-schon-Wem abzusuchen, da hier sowieso nur ein halbes Dutzend Leute herumstanden. Altmodische Sprossenfenster gingen auf den Garten hinaus, in dem sich bereits so um die vierzig weitere Gäste verteilt hatten. Doch Josh konnte ich immer noch nirgendwo entdecken. In der Ferne, hinter einer Hecke, konnte man ein paar Kühe erkennen. Die Dämmerung brach herein, aber jemand hatte ein paar Lichter aufgestellt.

Zwei Minuten später und mit einem alkoholfreien Getränk bewaffnet (schließlich mußte ich einen klaren Kopf bewahren), spazierte ich mit Tamara und Charlotte in den Garten. Tamara hatte sich schon anderthalb Gläser Rumpunsch hinter die Binde gekippt.

»Also, über wen können wir jetzt ablästern?« fragte sie und ließ ihren Blick über die Partygäste schweifen. »Ich bin jetzt genau in der richtigen Stimmung. Hier, der da, gar nicht so schlecht für den Anfang.« Sie zeigte auf einen rotbärtigen Kerl, der ein senffarbenes Cordhemd trug. »Schau dir bloß mal dieses Hemd an – vollkommen geschmacklos. Außerdem hat er einen furchtbar feucht-weichen Händedruck. Jerry hat ihn mir vorhin schon vorgestellt. Ein Akademiker, wer hätte das gedacht! Jerry hat immer noch ein paar Kumpel an der Uni. Dr. Strebsam oder so was Ähnliches. Sie hat er auch noch mitgeschleift. Dieses über 1,80 m große Teil mit dem cremefarbenen Rock.«

Ich sah sie nur von hinten. Sie hatte langes blondes Haar und Beine, die sichtlich bis zu ihren Achseln reichten, und das, obwohl sie einen wadenlangen, cremefarbenen Rock trug, durch den man die Unterhose sehen konnte. Gertenschlank wie sie war, trug sie noch dazu hohe Absätze und war demnach fast so groß wie Josh, der direkt neben ihr stand und konzentriert auf das lauschte, was diese blöde Kuh ihm gerade erzählte. (Ja, ich weiß, ich bin eine echte Zicke, aber nur ein nichtmenschliches Wesen hätte dieses sofortige Zusammenziehen des Magens ignorieren können, das nichts anderes war als blanker Neid.)

Jerry und der Rotbart waren ebenfalls Teil des Bildes. »Sie heißt Svetlana«, fuhr Tamara fort. »Sie kommt aus St. Petersburg und verbringt hier ein Forschungssemester. Nun, sollte sie gerade an einer Detailstudie über die Pathologie des angelsächsischen Mannes arbeiten, dann ist sie hier genau richtig. Schau dir bloß Jerry an, wie er an ihren Lippen hängt.«

»Da staunt ihr, was? Irgendeine Idee?« sagte ein Typ, der gerade hinter Tamaras rechtem Ellbogen aufgetaucht war. Amüsiert fuhr er fort: »Jerry und seine Kumpel haben bereits darauf gewettet, daß sie eine verschlagene Industrie-Spionin ist, die über den Weg durch die Betten so allerhand über ihre neuesten elektronischen Entwicklungen herauszufinden versucht.«

»Das hätten sie wohl gern«, sagte Tamara bissig. »Roger, das sind Charlotte und Sophy.«

Nachdem wir uns brav die Hände geschüttelt hatten, ließ ich Josh nicht aus den Augen, meine Eingeweide rumorten nach wie vor. Plötzlich drehte er seinen Kopf eine Idee zur Seite und sah mich. Er zog die Augenbrauen hoch als Zeichen des Wiedererkennens und lächelte mir unmerklich zu. Mein Magen zog sich erneut zusammen – wenn das so weiterging, würde er bald auf ein Zehntel seiner ursprünglichen Größe zusammengeschrumpft sein –, und ich lächelte genauso unverbindlich zurück. Doch da mich Roger gerade fragte, ob die Autobahn arg verstopft gewesen sei, mußte ich mich zwangsläufig auf ihn konzentrieren. Er war ein ehemaliger Kollege von Jerry und eigentlich ganz nett, aber geistreichen Smalltalk abzusondern, war höllisch anstrengend, und so war ich überaus erleichtert, als er nach einigen Minuten verschwand, um sich noch etwas zu trinken zu holen. Ich versuchte so zu klingen wie ein ganz normaler Partygast, und sagte leichthin: »Wollen wir uns ein bißchen unters Volk mischen?«

»Und ob wir das tun werden«, sagte Tamara. »Los, mischen wir Jerrys Anmache ein wenig auf, es wird Zeit, daß wir uns endlich amüsieren.«

Und so kam es, liebe Leser, daß mich zehn Sekunden später nur noch ein einziger Körper von Josh trennte (Tamaras), während meine Schmetterlinge wie wild herumflatterten und sich vermehrten wie die Karnickel.

Ich hatte Jerry seit einer Ewigkeit nicht mehr gesehen, aber er hatte sich nicht sehr verändert. Er war der schlanke, 1,85m große, blonde skandinavische Typ, der zweifellos gut aussah, und das wußte er auch.

Er sagte: »Hi Charlotte, schön dich zu sehen.« Tamara sagte: »Du erinnerst dich doch an Sophy?« und er erwiderte: »Ganz vage. Wie geht es dir?«

Wir wurden Svetlana und dem Rotbart vorgestellt, dessen Name mir entfallen ist. Tamara sagte zu Josh: »Das ist Charlotte, Sophy hast du ja, glaube ich, auf der Hochzeit kennengelernt.«

Ein leiser Funken glomm in seinen Augen auf, aber er sagte nur: »Ja, wie geht's dir?« und ich antwortete: »Danke, gut.«

Svetlana hätte alles zwischen 25 und 35 sein können, und bis ich wirklich ihr Gesicht gesehen hatte, hatte ich natürlich immer noch gehofft, es sei mehr als gewöhnlich, wenn nicht sogar häßlich. Es geschah mir also nur recht, als ich feststellen mußte, daß sie eher zu Belindas Liga gehörte. Trotz ihres nordisch-blonden Haars und ihrer blauen Augen hatte sie diese hohen, leicht slawischen Wangenknochen, und ihre Augen waren schräg geschnitten und geradezu unerträglich attraktiv. Mit einem Wort, sie war nun wirklich das Letzte, was man sich nur einige Zentimeter vom Mann seiner Träume entfernt gewünscht hätte. So wie sie aussah, konnte ich diesen blöden Männerwitz über die verführerische Spionin beinahe nachvollziehen. Und während sich mein Magen ein weiteres Mal verknotete, war es nur logisch, daß mir Joshs pubertäre James-Bond-Phantasien wieder einfielen, und ich fragte mich, ob sie angesichts dieses langbeinigen Exemplars nicht gerade wieder auflebten.

Trotzdem gab ich mein Bestes, nett zu ihr zu sein. »Wie lange bist du schon hier?« fragte ich höflich. Ich kann euch sagen, daß ich es als ziemlich vernichtend empfand, zu so jemandem aufschauen zu müssen. Da ich normalerweise überall die Größte bin, war ich es einfach nicht gewohnt, mich wie ein gedrungener Zwerg fühlen zu müssen.

Sie klang sehr Russisch, so wie sie all die »L«s betonte. »Säx Monate, abär ich nicht blaiben die ganse Zait in Cambridge. Ich habe ville Freunde an andärän Universitäten hier. Es ist scheen, etwas vom Land zu sähen und andärä Loite kennensulärnen.«

»Vorausgesetzt, man ist ein wenig wählerisch«, sagte Tamara in einem zuckersüßen, zugleich jedoch ein wenig boshaften Ton, auf den wohl jeder reingefallen wäre, der sie nicht kannte. »Hör bloß nicht auf das, was dir diese Burschen hier erzählen. Englische Männer sind dreckige Lügner – und sexistische Schweine obendrein.«

Dies entlockte Svetlana ein müdes Lächeln. »Russische Männer sind auch säxistische Schweine«, sagte sie. »Außerdem sie sind faul. Es sind die Frauen, die die Arbait maken. Außerdem sie trinken immer Wodka, viel zufill Wodka und schlagen ihre Frauen.«

»Meine Ex hat mich immer geschlagen«, sagte Jerry. »Das war mir vielleicht ein Früchtchen.«

»Wie bitte?« Svetlana hob ihre eleganten, russischen Augenbrauen.

»Verrückt.« Er tippte sich an die Stirn. »Hysterisch.«

Tamara goß sich noch mehr von diesem mörderischen Punsch hinter die Binde. »Sie war nichts dergleichen«, gab sie zurück. »Wenn ich gezwungen wäre, mit dir zusammenzuleben, würde ich dich ebenfalls schlagen. Er hat ganz furchtbare Angewohnheiten«, sagte sie zuckersüß zu Svetlana.

Jerrys Reaktion lenkte mich kurzfristig von Josh ab. Ein Blinder hätte sehen können, wie hypergenervt Jerry war, daß sich Tamara hier einmischte. Außerdem war es mehr als offensichtlich, daß er, egal ob ihm Charlotte gefallen haben mochte oder nicht, jetzt weitaus mehr auf Svetlana stand, und so hoffte ich nur, daß Charlotte nicht allzu verletzt war. Denn ihr »Ich fand Jerry ganz nett« ließ auf ein weitaus größeres Interesse schließen.

Und da Tamara das alles längst herausbekommen hatte und sich darüber ärgerte, wie er Svetlana vor Charlotte anmachte, stach sie erst recht der Hafer. »Das Gros der englischen Männer ist bedauerlicherweise sowohl anal fixiert als auch pubertär«, fuhr sie zuckersüß fort. »Sie lachen nur über Witze, in denen kräftig gefurzt wird.«

»Wie bitte?« sagte Svetlana, während Jerry es augenscheinlich kaum erwarten konnte, seine Schwester zu erwürgen.

»Furz«, sagte Tamara zuckersüß. »So wie das hier«. Sie imitierte ein Furzgeräusch, das so gar nicht zu ihrem engelsgleichen Botticelli-Gesicht passen wollte.

Svetlana ließ ein Gelächter hören, das Ausländer anstimmen, wenn sie insgeheim davon überzeugt sind, daß die Engländer nicht nur ein überaus verrücktes, sondern auch ein gemeingefährliches Volk sind. An Jerry gewandt sagte sie: »Ich glaubä, ich muß aufs Klo. Wo ist äs, bitte?«

»Ich werd dich hinführen«, sagte er und war sichtlich froh, Svetlana auf diese Weise von Tamara weglotsen zu können.

»Er wird gleich mitkommen, wenn sie nicht aufpaßt«, sagte Tamara, die ihnen nachsah. »Höchstwahrscheinlich wird er ihr erzählen, daß es eine altenglische Sitte sei, daß der Gastgeber die Dame aufs Klo begleitet, nur für den Fall, daß Ratten aus der Kanalisation emporkriechen sollten.« Sie starrte in ihr leeres Glas. »Ich weiß nicht, wie es euch geht, aber ich könnte mehr hiervon gebrauchen.«

Charlotte begleitete sie, Rotbart verschwand, und plötzlich stand ich da ganz allein mit meinem Regenwald an Schmetterlingen und mit Josh, der Tamara hinterhersah.

»Kann es vielleicht sein, daß sie ein klein wenig sauer auf Jerry ist?« fragte er.

»Nur ein klitzekleines bißchen«.

»Warum?«

Selbstverständlich konnte ich nichts von ihrer Paolo-Enttäuschung erzählen. »Alter Familienzwist«, ich zuckte die Achseln. »Sie haben sich schon immer wie Hund und Katze benommen.«

»Warum ist sie dann überhaupt gekommen?«

»Weil sie es beide nicht so meinen – wenn du mich fragst, ist es fast schon so was wie eine Angewohnheit.«

Tamara verschwand im Haus, und Josh wandte sich mir zu. Für den Fall, daß es euch interessiert: Er war mittlerweile leicht gebräunt, was ihn in meinen Augen noch viel attraktiver aussehen ließ als ohnehin schon. Er hatte eine Dose Bier in der Hand, trug ein schwarzes, kurzärmeliges Hemd und Jeans. Ich hätte nicht gedacht, daß Jeans ihm so gut stehen würden, was nur einmal mehr beweist, wie blöd ich mich manchmal anstellen kann.

Jetzt sah er mir direkt ins Gesicht, und ich wußte nicht, wie ich seinen Blick zu deuten hatte. Ich konnte eine Spur Amüsiertheit darin entdecken, so nach dem Motto: *sichtlich plemplem und somit immer für einen Spaß gut.*

»Wie geht es deiner Freundin?« fragte er. »Der mit der Abseil-Phobie.«

»Immer noch phobisch«, sagte ich. »Sie versucht jedoch, die Sache von mehreren Seiten zu betrachten. Also auch von der positiven und so.«

Sein Mund begann leicht zu zucken. »Und du? Stehst du immer noch Todesängste aus wegen der Höhlenexkursion?«

»Guter Gott, nein«, sagte ich forsch. »Schließlich muß ich meinem Team ja ein gutes Vorbild sein. Ich habe beschlossen, daß ich mit allem klarkommen werde, was immer mich auch dort erwartet. Ritualisierte Erniedrigungspraktiken können einen Riesenspaß machen, weißt du, und ich wage schon fast zu behaupten, die meisten Sadisten kommen aus zerstörten Familien, Gott segne sie.«

»Klingt ganz so, als ob dieser Typ dich auch ganz schön auf den Arm nimmt«, sagte er. »Ich würde das, was er erzählt, nicht ganz so für bare Münze nehmen, wenn ich du wäre.«

»Wenn du das sagst. Wie oft bist du denn seit mir noch gebucht worden?« fuhr ich hastig fort, bevor er auf so heikle Themen wie Dominic zu sprechen kommen konnte. »Ich hoffe, nichts davon war wieder so ein Alptraum.«

»Bis jetzt noch gar nicht, um ehrlich zu sein.«

»Was? Nicht mal eine einzige Veranstaltung?«

»Nicht gerade gut fürs Ego«, gestand er. »Julie Wright meint, ich sähe vielleicht ein wenig zu konventionell aus. Viele ihrer Klienten stehen mehr auf den langhaarigen Typ.«

Davon hatte es wirklich viele gegeben, sie alle sahen so aus, als wären sie Models auf der Warteliste, aber wenn ihr mich fragt: Eine Kundin, die so jemanden bevorzugt, wird ihn auch austesten wollen.

»Apropos langhaarige Typen, ich habe deine bessere Hälfte getroffen«, fuhr er fort.

Oh, Gott. »Ja, das hab ich mir schon gedacht.«

»Ich hoffe, er hat dir das Leben nicht allzu schwer gemacht«, fuhr er fort. »Ein ganz schön pampiges Arschloch, entschuldige bitte, daß ich das so sage. Er dachte offensichtlich, ich würde insgeheim ein ganz anderes Ziel verfolgen.«

Ich konnte mich nur knapp davon abhalten, darauf zu entgegnen: »Und, stimmt das etwa nicht?«, aber diese armseligen alkoholfreien Drinks geben einem nicht gerade eine besonders große Portion Mut mit auf den Weg.

»Ich muß ihn da doch ein wenig in Schutz nehmen«, ich zuckte die Achseln. »Er ist ein bißchen unsicher, weißt du. Außerdem wirkte das Ganze ja wirklich ein wenig verdächtig. Schließlich hätte es ja sein können, daß du denkst, einem hilflosen Kerl mit zwei süßen kleinen Babys könnte ich garantiert nicht widerstehen.«

Das war *die* Gelegenheit für ihn zu sagen: »Nun, so ähnlich war's ja auch.«

Eine Riesenchance.

»Warum hat er mir dann überhaupt verraten, wo du steckst?«

Jetzt hätte er mich beinahe gehabt, aber ich reagierte schnell. »Weil er wußte, daß ich nie im Leben darauf anspringen würde«, sagte ich zuckersüß. »Ich kann mit Babys überhaupt nicht umgehen. Keine Ahnung, warum, aber ich brauch sie bloß anzusehen, und schon fangen sie an zu heulen.«

»Ich bin da auch nicht gerade große Klasse.«

»Warum hast du dann überhaupt den Babysitter gespielt?«

»Fiona war völlig überfordert«, sagte er. »Ihre bessere Hälfte ist gerade nicht da. Sie hatte sich am Vorabend aus der Wohnung ausgesperrt, und ich war mit dem Ersatzschlüssel vorbeigekommen. Und da ich ihr noch so einiges schulde, hab ich ihr versprochen, ihr die Kinder am nächsten Morgen mal für ein paar Stunden abzunehmen, damit sie sich in Ruhe aufs Ohr legen kann. Sie wohnt nur ungefähr anderthalb Meilen von dir entfernt, und deshalb dachte ich, ich gehe mit ihnen in den Park und seh mal nach, ob du dein Versprechen wohl einlöst.«

»Dann tut es mir leid, daß ich mein Angebot nicht wahrmachen konnte.«

»Mir erst. Nach drei Stunden war ich fix und fertig. Ich werd mich nie mehr zur Verfügung stellen, zumindest nicht, bis sie alt genug sind, daß man sie mit zu McDonald's nehmen und sie danach ein Video anschauen lassen kann.«

So blöd ich mich dabei auch angestellt hätte, ich glaube fast, ich hätt's getan, hätte ich nur etwas Vernünftigeres am Leib getragen. »Gibt es denn sonst niemanden, den du um Hilfe hättest bitten können?«

»Ich hab ein paar Freundinnen angerufen. Die erste sagte überaus schuldbewußt, sie habe zu tun. Die zweite war da schon etwas ehrlicher und sagte, da würde sie sich lieber im Do-it-youself-Verfahren beschneiden, vielen Dank.«

Jetzt tat er mir schon beinahe leid. Wieviele Männer erklärten sich schließlich schon dazu bereit, auf Zwillinge aufzupassen? Diese herzzerreißenden sentimentalen Regungen hatten natürlich rein gar nichts damit zu tun, daß sich sein goldbeflaumter Arm so dicht neben meinem befand, daß ich eine Gänsehaut bekam. Genausowenig hatten sie irgend etwas mit dem Duft zu tun, der meine armen Nasenlöcher heftig quälte, ein berauschendes Gemisch aus frischgewaschenem Hemd, Rasierschaum und einem warmen, männlichen Körper. »Und du dachtest, ich wäre ein leichtes Opfer?«

»Nein, aber zumindest war es einen Versuch wert.« Seine Augen folgten einem blonden Mädchen, das genausogut der Tanga hätte sein können. Sie trug eine hautenge weiße Hose mit offensichtlich nichts darunter, vielleicht war es aber auch wieder eine Art Tanga, eine Frage, die ihn ebenfalls zu beschäftigen schien, verdammt noch mal.

Nachdem er darüber zu irgendeinem Schluß gekommen war, wandte er sich wieder mir zu. »Ich hab dich im Park auch gefunden, aber du hast geschlafen.«

»Du machst Witze!« Ich setzte einen, wie ich hoffte, angemessen erschreckten Gesichtsausdruck auf. »Ich hoffe nur, ich habe nicht gegrunzt wie ein Schwein. Warum hast du mich nicht geweckt?« Das war überaus clever von mir, fand ich.

»Ich dachte, du würdest mir eins aufs Maul geben. Eines der beiden Blagen hatte sich gerade zum zweitenmal in die Hose gemacht, und so wollte ich dich bei näherer Betrachtung doch lieber weiterschnarchen lassen.«

»Ich hoffe nur, ich hab nicht wirklich geschnarcht«, sagte ich in einem, wie ich meinte, halbwegs peinlich berührten Tonfall.

»Nein, aber du hast im Schlaf gesprochen.«

»Aber ich habe hoffentlich nichts gesagt, weswegen ich jetzt erröten müßte.«

»Nein, es sei denn, Müll ließe dich erröten.« Er nahm überaus sanft meinen Arm und dirigierte mich zur Seite, um einem Burschen Platz zu machen, der gerade mit einem gefährlich mit Drinks beladenen Tablett jonglierte und direkt auf uns zukam. Ich hatte ihn durchaus kommen sehen, jedoch so getan, als wäre das nicht der Fall, in der Hoffnung, Josh würde genau das tun; ihr könnt euch also ausmalen, wie tief ich bereits gesunken bin.

Sofort darauf ließ er mich wieder los, und ich stellte ihm so leichthin wie nur möglich meine nächste Frage: »Übernachtest du auch im Pub?«

»Nein. Entweder ich brech hier zusammen, oder ich fahre zurück nach Hause.«

Nachdem ich mir gerade einen kleinen, pikanten Zwischenfall ausgemalt hatte, nämlich wie ich mitten in der Nacht mit ihm im Flur zusammenstoßen würde, machte er damit all meine Träumereien zunichte, noch bevor ich überhaupt bei dem wirklich interessanten Teil angelangt war.

»Hast du mir schon den Laufpaß gegeben?« fuhr er fort.

»Noch nicht, obwohl mir neulich ein absolut guter Grund dafür eingefallen ist.«

»Aber nicht diese Mumpsgeschichte, oder?«

»Nein.« Ich erzählte ihm von unserem Streit über den Hund, was ihn durchaus zu amüsieren schien. »Nur, daß ich die Sache noch nicht anbringen konnte«, gestand ich. »Ich bin sozusagen kurz davor zurückgeschreckt.«

»Wie meinst du das?«

»Ich hab Mum gesagt, sie wäre viel zu plump und zu direkt und würde den armen alten Dominic auf diese Weise mit Sicherheit vergraulen«, erklärte ich.

Er verzog das Gesicht. »O Gott.«

»O Gott, das kannst du laut sagen. Du müßtest nur mal ihre Stimme hören, und schon wüßtest du was für einen Flunsch sie gerade zieht, wenn du verstehst, was ich meine.«

»Ich kann mir das bestens vorstellen.«

»Sie spricht kaum noch mit mir. Ich trau mich schon gar nicht mehr anzurufen, um ihr zu erzählen, daß ich dich verlassen habe. Ehrlich gesagt, könnte es durchaus sein, daß ich dich nochmal mieten muß, nur um sie bei Laune zu halten, und dich erst dann zum Teufel schicke.«

Natürlich hatte ich das eigentlich gar nicht sagen wollen. Ich hab keine Ahnung, warum ich es dennoch tat, außer vielleicht, weil ich sehen wollte, ob er erbleichen und seine Füße unter den Arm nehmen würde.

Das kleine, quälende Flackern in seinen Augen konnte so gut wie alles bedeuten. »Ich weiß nicht, ob ich das noch mal durchstehe, mit so einer Frau an meiner Seite, die ständig zusammenzuckt wie ein nervöses Kaninchen.«

»Oh, ich würde dir einen dicken Extrazuschlag zahlen«, sagte ich munter. »Den wirst du auch brauchen, bei all den Ooohs und Aahs wegen der Hochzeitsphotos. Ich weiß bloß nicht, ob ich es noch mal mit dieser Agentur aufnehmen kann. Das war mir schon beim ersten Mal peinlich genug. Wir müßten also ein privates Arrangement treffen.«

Jetzt begann sein Mund mehr als nur zu zucken. »Du hinterhältiges Frauenzimmer – du sorgst noch dafür, daß sie mich entlassen.«

Wenn ihr mich fragt: Männer wie er sollten Frauen wie mich nicht auf diese Art und Weise anschauen dürfen, und zwar deshalb, weil wir uns dadurch veranlaßt sehen, uns vollkommen lächerlich zu machen, indem wir beispielsweise so tun, als fielen wir plötzlich in Ohnmacht, nur damit sie herbeistürzen und uns mit ihren kräftigen, muskulösen und so weiter und so weiter.

»War nur so 'ne Idee. Wenn Mum bis Weihnachten nicht mehr mit mir spricht, könnte das für mich durchaus eine Erleichterung bedeuten.« Ich hätte gern noch so das ein oder andere hinzugefügt, wie: *»Ich hab mir Ace doch bloß ausgedacht, Blödmann. Siehst du denn nicht, daß ich ganz verrückt nach dir bin? Und* *warum mußt du überhaupt so grünbraune Augen haben, die aussehen wie ein Fluß, in dem sich die Sonne spiegelt?«*

Er sagte: »Warum erzählst du ihr nicht einfach, du hättest mich sitzenlassen und wärst statt dessen wieder mit deinem Ex zusammen? Ich dachte, der steht auch wieder zur Disposition.«

Obwohl ein Teil von mir ihm die Wahrheit sagen wollte, war der andere damit beschäftigt, die Situation nach männerpsychologischen Gesichtspunkten zu interpretieren. Sich ein armseliges, kleines Arschloch namens Ace auszudenken, war eine Sache, Kit eine ganz andere.

»Ich glaube, Ace ist reif für die Schlachtbank«, fügte er hinzu.

»Ehrlich gesagt bin ich mir gar nicht so sicher, ob ich überhaupt einen von beiden will«, sagte ich leichthin. Was für ein Geistesblitz, und dabei war das noch nicht mal gelogen. »Vielleicht will ich einfach mal eine Weile ungebunden sein.« Noch so ein Geistesblitz. *Die* Gelegenheit für ihn zu sagen: *»Ja, wenn das so ist, was machst du eigentlich Dienstag abend?«*

Doch kaum hatte ich das ausgesprochen, kam Jerry zurück. Er sah aus wie Thor, der Donnergott, wenn er seinen schlechten Tag hat. »Ich weiß nicht, was in Tamara gefahren ist, aber ich kann mich kaum beherrschen, ihr eine reinzuhauen«, grummelte er. »Svetlana hat mich schon gefragt, ob sie vielleicht ›psichologischä‹ Probleme hat.«

»Ach komm, so schlimmm war sie jetzt auch wieder nicht«, sagte Josh versöhnlich.

»Und ob sie das war!« Zu mir gewandt fuhr er fort: »Er hat eine Schwäche für sie, wenn du mich fragst. Sie war total verschossen in ihn, als sie gerade mal dem Barbie-Alter entwachsen war. Hat ihr ganzes Tagebuch mit Sachen über ihn vollge–«

»Jerry, jetzt hör doch mit diesen ollen Kamellen auf«, sagte Josh kopfschüttelnd, wenn auch leicht amüsiert. »Sie war doch noch ein Kind damals. Ich hätte sie fast nicht wiedererkannt.«

Hätte ich noch irgend etwas in meinem Glas gehabt, hätte es mir durchaus passieren können, daß ich es Jerry »aus Versehen« über seine schöne, saubere Hose geschüttet hätte. Pubertäre Schwärmereien sind nicht gerade das, was man als zartfühlendes Familienmitglied so an alle Welt verrät.

»Du meinst, du bist überrascht, daß sie sich noch halbwegs passabel entwickelt hat«, sagte Jerry. »Rein äußerlich, meine ich. Sie kann aber trotzdem eine furchtbare Nervensäge sein, also würde ich an deiner Stelle lieber die Finger von ihr lassen, alter Junge. Ganz besonders dann, wenn sich Paolo hier endlich mal blicken läßt.«

Josh zog die Augenbrauen hoch. »Wer?«

»Paolo. Ein italienischer Freund von mir, nach dem sie ganz verrückt ist. Du glaubst doch nicht etwa, daß sie den ganzen weiten Weg auf sich genommen hat, nur um *mich* zu sehen?«

Es war heftiger Wind aufgekommen, und das lieferte mir einen guten Vorwand, um mich davonzustehlen. »Ich geh nach drinnen. Ich hol mir noch was zu trinken, außerdem wird es hier draußen gerade ganz schön kühl.«

Auf dem Weg nach drinnen kam mir Svetlana entgegen, und so ein Vollidiot, der nur wenige Meter hinter ihr stand, sagte zu einem gleichermaßen beschränkten Typ: »Mein Gott, und jetzt stell dir bloß mal vor, wie sie diese Beine um dich schlingt.«

Das war vollkommen ausreichend, einem den Magen umzudrehen, aber im Moment hatte ich andere Sorgen als Svetlana.

# NEUN

Das ist zugegebenermaßen gelogen – sie machte mir durchaus Sorgen. In der Tat bereitete mir jede halbwegs attraktive Frau im Umkreis von drei Meilen Sorgen, aber eine davon nahm besonders bedrohliche Ausmaße an.

Ich muß wie vernagelt gewesen sein, daß ich nicht schon vorher an diese Möglichkeit gedacht habe. Es mochte ja sein, daß Josh nicht gewußt hatte, daß ich auch komme, aber dafür hatte er sehr wohl gewußt, daß eine andere Person kommen würde.

*»Woher zum Teufel kennst du denn Tamara?«*

*»Nirgendwoher… daran müßte ich mich ja wohl erinnern.«*

Wenn ich mich recht erinnere, hatte das eher so geklungen wie: *»Daran würd ich mich garantiert erinnern, das kannst du mir glauben.«* Daß sie sich so auf Paolo versteift hatte, war vollkommen unerheblich.

Ich wünschte schon, ich wäre bei meinem *Blind Date* geblieben, setzte ein Ich-amüsiere-mich-königlich-Lächeln auf und machte mich auf die Suche nach Tamara und Charlotte.

Während der nächsten Stunde so zu tun, als amüsierte ich mich königlich, war dann doch gar nicht so schwierig. Unter den Gästen waren ein paar wirklich witzige Leute, ein paar durchaus passable Typen inklusive, die auf eine Weise mit mir flirteten, daß ich mich sehr wohl in meiner Haut fühlte; sie hatten jede Menge Witze auf Lager, und zwar von der Sorte, bei der ihr froh seid, daß es lach- und tränenfeste Wimperntusche gibt.

Irgendwann tauchte auch Josh auf und gesellte sich dazu, aber da mir einer dieser Witzbolde seine ganze Aufmerksamkeit widmete, konzentrierte ich mich ganz auf ihn. Eine Zeitlang sprach er sowohl mit Tamara als auch mit Charlotte, aber nach einer Weile verschwand er wieder. Das ließ meine Neidgefühle wieder etwas zur Ruhe kommen, aber schließlich konnte es genausogut sein, daß er hier einen auf ultra-cool machte.

Erst viel später unterhielt ich mich wieder mit ihm. Aber zu dem Zeitpunkt hatte ich diese elenden alkoholfreien Getränke bereits aufgegeben und mich fleißig an diesen Rum-Punsch gehalten. Und da dieser eine schier tödliche Anziehungskraft auf mich ausübte, hielt ich es für vernünftiger, mich noch ein zweites Mal über das herzumachen, was noch von dem Buffet übriggeblieben war. Als ich mir gerade ein Stück Baguette absäbelte, tauchte Josh neben mir auf und schnappte sich einen der verbliebenen Sellerieschnitze.

»Ich hätte gern noch einmal in Ruhe mit dir gesprochen«, murmelte er.

Das klang reichlich merkwürdig. »Ach ja?« sagte ich strahlend. »Probier mal von dieser Lachs- und Krabben-Pastete. Die ist wirklich gut.«

Er brach sich ein Stück Baguette ab und häufte einen großen Klacks darauf. »Warum hast du mir nicht gesagt, daß dieser Dominic echt ist?«

Da ich auf diese Frage vorbereitet war, tat ich mich leicht: »Er ist nicht echt!« sagte ich kauend.

»Für mich hörte er sich ziemlich echt an.«

»Ach so, der Anruf.« Ich zuckte, wie ich hoffte, perfekt nachlässig die Achseln und häufte ein paar Sellerieschnitze auf meinen Pappteller. »Ja, Ace war ziemlich wütend.« Nach all den Lügen konnte hier ein kleiner Funken Wahrheit nicht schaden. »Wenn du's genau wissen willst: Ich hab ihn auf einer Party getroffen. Ich war hackedicht und hab ihm meine Telefonnummer auf den Arm geschrieben.« Ich nahm mir noch ein paar Kirschtomaten. »Und als Mum mich dann einige Tage später anrief, gab er ein gutes Vorbild ab. Über so viel Einbildungskraft, daß ich mir die Typen einfach so aus dem Ärmel schütteln kann, verfüge ich nun auch wieder nicht.« Ich schenkte ihm ein strahlendes Lächeln. »Zufrieden?«

»Ich denke schon.« Er tunkte einen Sellerieschnitz in das, was von der Humus-Paste übriggeblieben war. »Was ist denn dieses blutarm aussehende rosa Zeug da?«

»Taramasalata.«

Er tunkte einen weiteren Sellerieschnitz ein. »Und wann wirst du nun deine grausame Tat vollbringen und mich zum Teufel schicken?«

»Nach dem nächsten Wochenende, vorausgesetzt, daß ich überhaupt hinfahre. Wenn Mum immer noch sauer auf mich ist, wird die Luft ganz schön dick sein, und das möchte ich Paul und Belinda nicht antun.«

»Wenn es etwas gibt, das schlimmer ist als Familienstreitigkeiten, dann dicke Luft«, stimmte er zu.

»Andererseits, fahr ich *nicht* hin, wird sie noch wütender auf mich sein.«

»Sieht ganz so aus, als hättest du auf der ganzen Linie verloren.« Er schwieg und sah Svetlana hinterher, die vorbeiging und Jerry im Schlepptau hatte.

»Vollkommen hin und weg«, sagte ich. »Er von ihr, meine ich.«

»Fragt sich nur, ob ihr das auch so geht«, grübelte er und ließ sie nicht aus den Augen.

Ich überlegte schon, ob er die Sache mit Tamara aufgegeben hatte und mittlerweile andere Pläne verfolgte. Oder aber, er hatte, was Tamara betraf, noch nie irgendwelche Ambitionen gehabt und meine Phantasie ging bloß mal wieder mit mir durch. Fast hätte ich gesagt: *»Ich habe den Eindruck, sie gefällt dir selbst ganz gut«*, machte aber dann ein *»Sie ist sehr attraktiv«* daraus, in der Hoffnung, er würde darauf antworten: *»Ja, aber nicht mein Typ.«*

Er sagte: »Und auf eine so typisch russische Art interessant. Wer hat noch mal gesagt: ›Rätsel, gehüllt in Geheimnisse, gehüllt in Enigmas‹?«

»Churchill, nur, daß er das politisch gemeint hat.«

Von dem Grüppchen, von dem ich mich entfernt hatte, kam lautes, quietschendes Gelächter, das nur von einem wirklich guten Witz herrühren konnte. Ich wandte mich um und bemerkte, wie mir der Witzbold zuzwinkerte, was überaus befriedigend war. Ich lächelte zurück und hoffte, daß auch Josh das mitgekriegt hatte, aber wahrscheinlich nicht, denn er grübelte immer noch über Enigmas nach.

»Das ist ein- und dasselbe«, sagte er. »Der Charakter einer Nation ist unwiderruflich mit ihrer Politik verbunden. Denk doch nur an Italien.«

»Und an Rußland«, sagte ich verstimmt, weil ich nicht ebenso rätselhaft und enigmatisch und mysteriös war. »Dort geht's ziemlich drunter und drüber – was hat das folglich zu bedeuten?«

»Darauf werde ich später noch mal zurückkommen müssen«, sagte er, was mir nur recht geschah, aber zumindest hatte er jetzt seine ganze Aufmerksamkeit wieder auf das Essen gerichtet.

»Ich hätte schon eher hier vorbeikommen sollen«, sagte er bedauernd und wischte mit einem Kanten Brot den Rest grober Schweineleberpastete aus einer Keramikform. »Alles, was nur im entferntesten nach Fleisch aussieht, wurde uns schon längst weggefressen. Vielleicht werd ich doch noch mal auf all die ›Aahs und Oohs‹ zurückkommen«, flachste er. »Dort würd ich zumindest was Anständiges zu essen bekommen. Deine Mutter sieht mir ganz nach einer guten, alten Braten-Köchin aus. Ich habe schon seit Monaten keinen anständigen Braten mehr gegessen.«

Mum hatte sich in letzter Zeit eher auf Kuskus und solche Sachen verlegt, aber ich konnte trotzdem nicht widerstehen, mitzuspielen, und sei es auch nur, um seine Pläne, mysteriöse Russinnen betreffend, zu durchkreuzen. »Normalerweise gibt es immer so ein auf den Punkt gebratenes Roastbeef vom Biometzger aus dem Dorf. Oder Lammkeule und dazu so viel knusprige Ofenkartoffeln, daß man sie kaum schafft, und überbackenen Blumenkohl –«

»Hör auf!« grunzte er und steckte sich das letzte, einsam und verloren daliegende Radieschen in den Mund.

»Und Röstzwiebeln zum Lamm und jede Menge Bratensoße; die Hälfte davon bekommt der Hund, der immer die Bratenform ausschlecken darf, und darüber müßtest du dich dann natürlich gehörig empören. Andererseits ...« Ich wurde immer einfallsreicher. »Mir ist da gerade eine noch bessere Idee gekommen. Kannst du dich noch an das erinnern, was du Winnie Weinessig in bezug auf das Priesteramt gesagt hast?«

Es tat gut, zu sehen, wie er zweimal tief durchatmete. »Wenn es unbedingt sein muß …«

»Du weißt ja, man sagt, daß in jedem Scherz ein wahrer Kern steckt«, ich ging ein wenig zur Seite, um jemand anders an den Taramasalata zu lassen. »Du hast die Schnauze voll von all dem Geldgescheffel und hast deine ursprüngliche Berufung wiederentdeckt.«

Hochzufrieden mit mir, steckte ich mir eine der beiden letzten Kirschtomaten in den Mund. »Das ist doch geradezu brillant, oder? Die Sache mit dem Hund hat mir noch nie besonders gefallen. Natürlich könnte ich dich immer noch mit perversen Neigungen für Damenunterwäsche ausstatten«, fast hätte ich an dieser Stelle hinzugefügt »– *so wie Ace mir das vorgeschlagen hat*«, schaltete aber gerade noch rechtzeitig mein Gehirn ein. »Oder für Gummi, wenn dir das lieber ist.«

»Ich glaube, ich bevorzuge die Mumps-Variante«, sagte er so trocken wie ein James-Bond-Martini.

»Ganz wie du willst, Liebling«, fuhr ich mit einem leicht hinterhältigen Lächeln fort, das ich mir mit sechzehn vor dem Badezimmerspiegel angeeignet hatte. »Allerdings sollten wir uns diesbezüglich einigen, bevor ich meine Mutter anrufe und ihr sage, daß dir bei der Aussicht auf einen Braten das Wasser im Mund zusammenläuft, woraufhin sie schnurstracks zu Winnie Weinessig gehen wird, um zu punkten. Natürlich könnte ich anschließend immer noch sagen, daß du dich in eine absolute Nervensäge verwandelt hast.«

Und wieder sah ich so ein Flackern in seinen Augen, das mich ganz verrückt machte, und das ebensogut bedeuten konnte, daß er mich *aus*lachte, wie es bedeuten konnte, daß er *mit* mir lachte. »Das überlasse ich ganz dir. Was soll ich mitbringen? Blumen oder Pralinen?«

»Blumen, sie macht ständig irgendeine Diät.«

»Irgendeine bestimmte Sorte?«

Sein Tonfall ließ mich entsetzt zusammenfahren.

»Josh, ich hab nur Spaß gemacht!«

»Genau wie ich.« Er nahm die letzte Kirschtomate vom Teller. »Glaubst du, es gibt noch mehr Pastete in der Küche?«

Ich fühlte mich wie ein Vollidiot. Wäre ich der Typ, der leicht rot wird, wäre ich jetzt grellroter angelaufen als sämtliche Spitzenröcke von Barbara Cartland zusammengenommen. »Warum gehst du nicht nachsehen?«

Während ich das sagte, kam der Witzbold auf mich zu und nahm mich am Arm. »Sophy, ich brauche dich, um einen Streit zu schlichten.«

Gott hab ihn selig. »Du entschuldigst«, sagte ich zuckersüß und ließ zu, daß er mich mitschleppte.

Eine halbe Stunde später war Paolo immer noch nicht aufgetaucht und Tamaras Maske als Partyfreak bekam ihre ersten Risse. Sie war den Tränen nahe, gab jedoch vor, einfach nur wütend zu sein, und zog mich mit sich in eine ruhige Ecke.

»So ein Arschloch«, murmelte sie. »Ich bin bloß hergekommen und hab dieses verdammte Gemüse geschnippelt, weil ich dachte, er würde ganz früh hier auftauchen, mich dabei sehen und denken, wie niedlich und häuslich ich doch sei. Für irgend so 'nen englischen Typen hätt ich das nie getan. Die reißen nur blöde Witze nach dem Motto: ›Warum haben Frauen so kleine Füße?‹ – ›Damit sie unter den Herd passen‹, aber Italiener sind da anders, stimmt's?«

»Wahrscheinlich nicht«, sagte ich. »Aber bei den Latinos klingen sogar die sexistischen Sprüche besser. Da brauchst du dir ja einfach nur mal einen absoluten Deppen vorzustellen, der ›Laß mal deine Titten sehen‹ brüllt, und dir dann auszumalen, wie das auf Italienisch klingen würde.«

»Vielleicht hast du recht...« Sie gab ihr Bestes, aber ich sah ihr an, daß sie sich wesentlich lieber heulend auf den Boden geschmissen hätte wie eine Dreijährige: »Ich will nicht mehr mitspielen!« »Aber wenn sich Jerry ernsthaft einbilden sollte, daß ich ihm beim Aufräumen helfe, dann hat er sich geschnitten. Schau ihn dir bloß an, ihn und seine Svetlana. Das ist ja geradezu peinlich. Das riecht man doch schon einen Kilometer gegen den Wind, daß sie nur höflich ist. Wenn du mich fragst, ist sie hinter Josh her!«

Mir war dieses Grüppchen um Svetlana, das aus fünf Kerlen bestand, zu denen auch Jerry und Josh gehörten, auch schon aufgefallen, doch ich hatte mich gezwungen, nicht hinzusehen. Doch jetzt sah ich hin, und jeder, der das Ganze auch nur zehn Sekunden lang beobachtete, mußte unweigerlich zu dem Schluß kommen, daß sie sich im Gespräch fast ausschließlich Josh zuwandte, während Jerry sein Bestes gab, die Aufmerksamkeit auf sich zu lenken.

»Wenn du mich fragst, hofft Jerry immer noch, daß er zu guter Letzt doch noch sein schändliches Ziel erreicht,« murmelte sie. »Ich hätte wohl oder übel Lust, ihm zu sagen, er soll endlich aufhören, sich so zum Narren zu machen.«

»Das würde ich an deiner Stelle lieber bleibenlassen.«

Doch wenig später sah ich, wie sie Jerry etwas zuflüsterte, woraufhin dieser wenig entzückt aussah, jedoch trotzdem nicht von Svetlana abließ. Ich glaube, zehn Minuten später vereinten sich unsere beiden Grüppchen, so daß wir uns plötzlich zu zehnt darüber ereiferten, ob Tennisspieler*innen* in Wimbledon dasselbe verdienen sollten wie Tennisspieler.

Und plötzlich, wie durch ein Wunder, knipste Tamara ihr Lächeln wieder an, denn Paolo war aufgetaucht. Nachdem er sich überschwenglich entschuldigt hatte, und das in einem derart bestechenden Akzent, daß sogar ich weiche Knie bekam, wich er nicht mehr von ihrer Seite. Nun, ich verstand, was sie an ihm fand, auch wenn ich normalerweise nicht so sehr auf Langhaarige stehe. Er sah nicht nur phantastisch gut aus, sondern noch dazu richtig nett: eine Kombination, die in die Liste der vom Aussterben bedrohten Arten aufgenommen werden sollte.

Jerry war jedoch immer noch so beleidigt, daß er Giftpfeile verschoß. »Gott sei Dank bist du endlich aufgetaucht«, sagte er so scherzhaft, daß man beinahe darauf hätte reinfallen können. »Sie hat sich aufgeführt, als hätte man ihr ihr Lieblingsspielzeug weggenommen.«

Tamara warf ihm einen warnenden Blick zu, den er prompt erwiderte: *Du hast es ja nicht anders gewollt.*

»Eigentlich hatte sie ja mal eine Schwäche für unseren Josh hier«, fuhr er scherzhaft fort, und zwar so laut, daß er alle Aufmerksamkeit auf sich zog. »Sie führte damals Tagebuch und schrieb ständig so Sachen rein wie: *Lieber Gott, bitte mach, daß mich Josh auch liebt, dann werd ich auch nie mehr Nägel kauen; und bitte, bitte, laß mir Titten wachsen wie die von Suzy Clark.«*

Ich konnte es kaum fassen, daß er das in alle Welt hinausposaunte, aber Tamara lachte genau wie alle anderen auch, bis auf Charlotte, die ganz blaß geworden war, und noch ein anderes Mädchen, das ebenfalls ziemlich entsetzt aussah.

Josh sagte: »Jerry, muß das sein ...«

»Du bist doch bloß eifersüchtig, weil es weit und breit niemanden gab, der sich wegen dir verzehrte«, kicherte Tamara. »Wie bist du überhaupt an meinen Tagebuchschlüssel gekommen? Ich hab ihn immer unter dem Hamsterkäfig versteckt.«

»Da hab ich natürlich als erstes nachgesehen«, grinste er zurück, als wäre das die normalste Sache der Welt.

Fast alle brachen in Gelächter aus, und Tamara kicherte. »Ja, aber das ist längst nicht so lustig wie damals, als ich dich im Badezimmer überrascht habe. Sechzehn warst du da.« Ich sah in Jerrys Augen und wußte, daß er kurz davorstand, die Beherrschung zu verlieren.

»Was hat er denn da im Badezimmer gemacht?« fragte ein Mädchen, das leicht dämlich aussah.

Da ich mich vage daran erinnern konnte, was mir Tamara einmal über Jerrys heimliche Badezimmeraktivitäten erzählt hatte, hielt ich den Atem an.

Tamara konnte sich jetzt wirklich nicht mehr beherrschen. »Er war wohl mit seinen Maßen nicht sonderlich zufrieden«, kicherte sie. »Er hat ihn mit meinem Hello-Kitty-Lineal hochgehalten. Ich rief: ›Iiih! Tu sofort deinen Schwanz da weg‹, und da sagte er: ›Verpiß dich, blöde Kuh. Wenn du es wagen solltest, Mum auch nur ein Sterbenswörtchen davon zu erzählen, kreuzige ich deinen Hamster!‹«

Das Gelächter schwoll noch mehr an, auch Jerry lachte, wahrscheinlich war er erleichtert, daß sie nichts Schlimmeres erzählt hatte.

Als sich das Gelächter wieder gelegt hatte, sagte Tamara fröhlich: »Will irgend jemand einen Kaffee? Ich geh mal einen aufsetzen.«

Sekunden später ging ich ihr nach und fand sie in Tränen aufgelöst in der Küche. »So ein Arschloch«, heulte sie. »Wie konnte er mich vor Paolo nur so bloßstellen?«

»Du hast dich einfach brillant aus der Affäre gezogen«, sagte ich besänftigend. »Außerdem hast du's ihm so richtig heimgezahlt.«

»Ihm macht das doch nichts aus«, heulte sie. »Arschloch! Ich hasse ihn so sehr, ich wünschte, ich hätte aller Welt erzählt, wie ich ihn dabei erwischt habe, als er ins Waschbecken gewichst hat.«

»Ich fürchtete bereits, das würdest du tun«, gestand ich. »Konnte man euer Badezimmer nicht abschließen?«

»Die Schrauben im Türschloß sind ständig rausgefallen – Dad hatte so überhaupt kein Talent, irgendwas zu reparieren«, schniefte sie und griff nach der Haushaltsrolle. »Glaub doch nicht, daß es Jerry auch nur das geringste ausgemacht hätte, wenn ich wirklich was gesagt hätte. Er hätte nur dreckig gegrinst und wär sich wunder-wie-toll vorgekommen.«

Genau in diesem Moment betrat Josh den Raum.

»Ich nehme an, du bist hier, weil du auf noch so 'n guten Lacher wartest«, schniefte sie elend.

Das war offensichtlich nicht der Fall. Sein Gesicht sprach Bände. »Ich dachte mir schon, daß du Theater spielst«, sagte er. »Du weinst doch nicht etwa?«

Das reichte aus, um Tamara wieder in Tränen ausbrechen zu lassen. »Warum muß ich bloß so einen Bruder haben?« heulte sie. »Warum kann ich nicht so einen haben wie dich?«

Ich stand hilflos daneben, während er sie in seine Arme nahm und zuließ, daß sie sein ganzes Hemd naßheulte. Mir war ganz schlecht vor Eifersucht und gleichzeitig haßte ich mich dafür, und so stahl ich mich davon und wäre beinahe mit Dummchen zusammengestoßen.

»Ich habe schon nach dir gesucht. Deiner Freundin geht es nicht besonders«, sagte sie. »Sie heißt Charlotte, nicht wahr?«

Es waren nicht Jerrys Giftpfeile gewesen, die sie so mitgenommen hatten. Ich fand sie im Badezimmer vor, wo sie gerade hübsche Fontänen in Technicolor die Kloschüssel hinunterschickte. »Wahrscheinlich der Rum-Punsch«, sagte ich, als sie sich wieder aufrichtete und furchtbar blaß und elend aussah. Ich reichte ihr ein Glas Wasser.

»Ich glaube nicht, daß das am Rum liegt. Ich hab ein Garnelen-Sandwich an der Autobahn-Raststätte gegessen. Es hat nicht so besonders geschmeckt, aber nie hätte ich gedacht –«

Und wieder dekorierte sie die Kloschüssel.

»Ich bring dich zurück in den Pub«, sagte ich.

»Nein, wirklich, ich kann gut allein gehen. Ich will dich hier nicht wegschleifen ...«

»Das ist überhaupt kein Problem. Ehrlich gesagt, mir reicht's auch schon.«

Dummchen blieb ängstlich vor der Tür stehen und fragte, ob sie irgendwas für uns tun könne. Ich sollte sie wirklich nicht so nennen, sie war nett, aber irgendwie war mir ihr Name entfallen. »Ich werd sie zum Pub zurückbringen. Würdest du uns bitte dezent entschuldigen, sobald wir weg sind?«

Charlotte mußte sich auf dem Weg noch einmal übergeben, unter einer Hecke. Sie jammerte tränenüberströmt, wie ekelhaft das alles doch sei, genau wie die Bierleichen auf Teneriffa; aber das war's dann auch schon mit der Kotzerei, was auch gut so war, wenn man bedachte, daß das Badezimmer auf dem Gang lag. »Ich weiß nicht, wie ich jemals was an Jerry finden konnte«, fuhr sie elend fort. »Ich fand es wirklich gemein, all das vor aller Welt auszubreiten. Ich hätte lieber zu Hause bleiben und mich auf meine schreckliche Prüfung vorbereiten sollen.«

Eine halbe Stunde später lag sie im Bett und war schon fast eingeschlafen, während ich auf dem Bett lag und, um mich abzulenken, in den Fernseher starrte, den ich so leise gestellt hatte wie nur möglich. Ein Klopfen an der Tür kündigte Tamara an, ihre Augen waren weit aufgerissen. »Ist sie okay?«

»Mehr oder weniger.«

»Ich hab so ein schlechtes Gewissen. Bis vor wenigen Minuten hatte ich nicht mal bemerkt, daß ihr gar nicht mehr da wart. Geh du ruhig zurück, wenn du willst, ich bleibe bei ihr.«

»Nein, es macht mir wirklich nichts aus.« Zur Sicherheit fügte ich ein lautes Gähnen hinzu. »Ehrlich gesagt, bin ich selbst ganz schön müde.«

Ängstlich fragte sie: »Aber es hat dir gefallen, oder?«

»O ja, ich habe mich königlich amüsiert.«

»Na, Gott sei Dank. Ich hätte mich schrecklich gefühlt, wenn du ganz umsonst gekommen wärst.« Sie verkniff sich ein zweideutiges Lächeln. »Wie findest du Paolo?«

»Lecker«, sagte ich. »Ich nehme an, dir geht's jetzt besser?«

»Das kannst du laut sagen.« Jetzt grinste sie übers ganze Gesicht. »Ich kam mir so was von blöd vor, Josh so vollzuheulen. Er war echt lieb, nicht wahr? Aber eine Minute später sah Paolo ebenfalls nach mir. Er fand es absolut süß, daß ich für Josh geschwärmt hatte. Er sagte die ganze Zeit ›Arrme klaine Tamara‹, genau so, und strich mir dabei übers Haar, so daß ich Jerry schon beinahe dankbar war. Paolo wartet unten auf mich, wenn du also wirklich okay bist, dann verschwind ich wieder.«

Wenigstens sie war glücklich.

Ich lag vier Stunden lang wach und sah mir irgendwelchen Mist im Fernsehen an, ohne mich darauf konzentrieren zu können. Ich war mir jetzt fast sicher, daß Joshs Bemühungen, Tamara zu trösten, aus reiner »Nettigkeit« erfolgt waren, was mich nur noch mehr verzweifeln ließ. Wenn er sich jetzt noch gründlich mit Jerry verkrachen würde, hätte ich wenigstens einen guten Grund, anzunehmen, ihn endgültig los zu sein.

Nur um mich noch mehr zu quälen, gab ich mich einer Phantasie hin, in der mein Wagen bei strömendem Regen den Geist aufgab, praktischerweise nur einige Meter von seiner Wohnung entfernt – wo immer die auch liegen mochte. Einige Meter mußten es aber schon sein, denn ich mußte absolut durchgeweicht sein, bis er gerade zufällig aus dem Fenster blicken und mich zur Telefonzelle eilen sähe, da ich praktischerweise vergessen hätte, mein Handy aufzuladen. Dann würde er mir eine heiße Dusche anbieten und danach seinen Bademantel. Wie es weiterging, könnt ihr euch vorstellen.

So gegen halb vier schlief ich endlich ein und wurde wieder wach, als Tamara um zehn nach sechs ins Zimmer kam.

»Entschuldige«, flüsterte sie. »Ich wollte dich nicht wecken. Wie geht's Charlotte?«

»Gut. Und, hast du richtig einen draufgemacht?«

»Es war phantastisch. Wir haben uns in der Küche gerade noch Hooligan-Suppe und Schinkenstullen einverleibt.«

»*Was* für eine Suppe?«

»Hooligan. Eine Packung Vanilleeis, ein Glas flüssigen Honig und eine Flasche Brandy in einer großen Schüssel zusammengerührt.«

»Das klingt ja widerlich.« Obwohl, gegen so eine Schinkenstulle hätte ich jetzt auch nichts einzuwenden gehabt. Zu allem Überfluß fühlte ich mich nun auch noch richtig ausgehungert.

»Paolo kommt mich übernächstes Wochenende besuchen«, fuhr sie fort. »Das trifft sich überaus gut, denn dann sind meine alten Herrschaften nämlich in Wien und feiern ihren Hochzeitstag.«

Warum verbrachte eigentlich jeder »dirty weekends«, nur ich nicht?

Kaum, daß sie im Bett war, flüsterte sie: »Ich hatte ganz recht, was Svetlana betrifft. Nicht lange, nachdem du weg warst, verschwand sie mit Josh. Anscheinend spricht er sogar etwas Russisch, auch wenn ich nicht glaube, daß sie viel reden werden. Das geschieht Jerry ganz recht, dafür, daß er sich wie ein absolutes Arschloch aufgeführt hat. Gute Nacht.«

Na phantastisch. Ich lag bis gegen sieben Uhr wach, dann stand ich so leise wie möglich auf, hinterließ das Geld für meinen Anteil an der Rechnung zusammen mit der Nachricht, ich hätte noch zu tun, und brach auf, um Selbstmord zu begehen.

Am nächsten Abend, ich kam gerade aus der Dusche, klingelte das Telefon. Alix rief: »Dein Vater ist dran«, was bereits ausreichte, meinen Magen wieder in Aufruhr zu bringen. Er ruft normalerweise nie an. Wir telefonieren zwar oft miteinander, aber nur, nachdem Mum gesagt hat: »Dad steht neben mir, er hätte auch gern noch kurz mit dir gesprochen ...«

»Ist alles in Ordnung?« fragte ich sofort.

»Mehr oder weniger. Deine Mutter ist gerade bei ihrem Computerkurs, sonst hätte ich nicht angerufen.« Er zögerte kurz, so daß ich ahnte, was jetzt kam. »Die Sache ist die, Liebes ...«

Ich hatte einen Kloß im Hals. »Ich weiß schon, daß ich sie aufgeregt habe. Nicht absichtlich, aber sie hörte überhaupt nicht mehr auf – du weißt ja, wie sie sein kann – und da konnte ich mich nicht mehr beherrschen und bin einfach damit herausgeplatzt ...«

»Ich weiß, Liebes, aber sie hat sich die Sache sehr zu Herzen genommen. Bis gestern abend hat sie mir überhaupt nichts davon erzählt. Ich wußte, daß irgendwas nicht stimmte, aber sie wollte mir nichts sagen. Ich befürchtete schon, sie hätte einen Knoten in ihrer Brust entdeckt, und so hab ich sie gestern nacht gefragt, was los ist, woraufhin sie in Tränen ausbrach.«

Meine Schuldgefühle wuchsen ins Unermeßliche. »Es tut mir wirklich leid«, sagte ich unsicher. »Das hab ich nicht gewollt. Ehrlich, ich hätte nie gedacht, daß sie sich das so zu Herzen nimmt.«

»Ich weiß, Liebes, aber jetzt hat sie sich's nun mal in den Kopf gesetzt, daß sie dir peinlich ist, und daß du Dominic deswegen vorher noch nie mit nach Hause gebracht hast.«

Ich hatte ein derart schlechtes Gewissen, daß ich in diesem Moment beinahe alles gestanden hätte.

»Ich will dich ja nicht unter Druck setzen, Liebes, aber besteht denn wirklich nicht die kleinste Chance, daß ihr kommen könnt?« fuhr er fort. »Das würde ihr sehr viel bedeuten. Sie hatte sogar den Sonntag mit eingeplant, nur einen kleinen Lunch, aber am Sonntag ist Puds achtzigster Geburtstag – ich weiß nicht, ob du daran gedacht hast – und sie hat sich so ein hübsches, kleines Fest in der Old Windmill in den Kopf gesetzt.«

Pud – so nannte er Oma Metcalfe; die Old Windmill war ein hübsches Restaurant, knapp zehn Kilometer vom Haus meiner Eltern entfernt.

»Ich weiß, daß Mum es bereits erwähnt hat, aber hast du ihn seitdem noch mal auf die Einladung angesprochen?« fuhr er fort. »Ich meine, wenn Dominic wirklich absolut keine Lust darauf hat, möchte ich wirklich nicht, daß du ihn diesbezüglich unter Druck setzt.«

Wie elend kann man sich eigentlich noch fühlen? »Doch, doch, ich hab erst gestern kurz mit ihm darüber gesprochen«, sagte ich, und das war die reine Wahrheit. »Aber dann klingelte das Telefon oder so und wir haben nicht mehr daran gedacht. Ich werd ihn fragen, aber bitte sag ihr noch nichts. Ich hab so das Gefühl, daß er was vorhat, deswegen kann ich nichts versprechen.«

Wenn man einmal damit angefangen hat, nehmen die Lügen einfach kein Ende mehr, eine zieht die andere nach sich, genau wie ein Kleenex-Tuch das nächste. »Ich werd sie morgen früh sowieso anrufen«, fuhr ich fort.

»Sag bloß nicht, daß ich angerufen habe, okay?«

»Natürlich nicht!«

»Danke, Liebes.« Er klang so erleichtert, daß ich mich doppelt elend fühlte. »Ich weiß, sie übertreibt manchmal ein wenig, aber sie will doch nur, daß du glücklich bist.«

Ich muß mich korrigieren: dreimal so elend. »Ich weiß.«

»Tschüß dann, Liebes. Paß auf dich auf.«

Fünf Minuten nachdem ich aufgelegt hatte, brach ich vor lauter Schuldgefühlen in Tränen aus.

Alix brachte mir einen großen Wodka-Tonic. »Die Sache ist zwar ein wenig vertrocknet, aber ich denke, du könntest ihn durchaus noch mal mitbringen und ihn dann anschließend verlassen.«

Ich konnte kaum glauben, was ich da hörte, zumal sie genau das ausgesprochen hatte, was ich mich selbst nie zu sagen getraut hätte, für den Fall, daß sie mir sofort beigepflichtet hätte. »Ich glaube nicht, daß ich diese Agentur noch mal in Anspruch nehmen will. Ich wette, die haben sich schon über mich totgelacht, kaum daß ich aus der Tür war.«

»Vielleicht mußt du das gar nicht. Wenn er auf dieser Party war, wird der Bruder von Wie-hieß-sie-noch-mal höchstwahrscheinlich seine Telefonnummer haben.«

Klar, daran hatte ich auch schon gedacht.

»Besser du als ich«, fuhr sie fort. »Was, wenn er denkt, du stehst auf ihn und benutzt das Ganze nur als Ausrede?«

Genau das war ja der springende Punkt. Jetzt konnte ich ihr erst recht nichts mehr davon erzählen. Ich wußte nur allzu gut, daß Mum nicht der einzige Grund war, warum ich bereits über die nächste Show-Einlage nachdachte. Ich war ganz besessen von ihm, er verfolgte mich bis in meine Träume. Und wenn er ein halbes Dutzend Svetlanas an der Hand hatte, ich mußte ihn einfach wiedersehen. Schon bei dem bloßen Gedanken daran bekam ich weiche Knie. »Natürlich denkt er das nicht.«

»Da wär ich mir nicht so sicher. Jeder Typ, der für einen Begleitservice arbeitet, muß ein sexuelles Ego haben, das so groß ist wie der Millennium Dome.«

Wenn ich ihn erneut verteidigte, würde sie mich jeden Moment durchschauen.

»Was spielt das schon für eine Rolle, Hauptsache, ich regele das mit Mum.«

»Wahrscheinlich wird es beim zweiten Mal noch viel besser klappen«, fuhr sie fort. »Trotzdem, schade um das ganze Geld! Das tut mir einfach in der Seele weh. Stell dir doch bloß mal vor, was du dir alles dafür kaufen könntest!«

Als ich anrief, war Tamara gerade nicht zu Hause, aber ihre Mutter war da. Ich erklärte ihr, daß ich Jerrys Telefonnummer brauchte, da ich mich mit einem seiner Partygäste in Verbindung setzen wollte. Mrs. Dixon sagte: »Ja, ich habe schon gehört, daß du auch da warst. Schön, daß ihr alle Kontakt haltet. Hast du Dominic auch mitgenommen? Tamara hat gar nichts davon erzählt.«

All diese Lügen bildeten nur noch eine hauchdünne Eisschicht. Egal, was ich ihr jetzt erzählen würde, Mum würde unweigerlich davon erfahren. »Nein, er mußte für ein paar Tage verreisen, und so war ich Strohwitwe.«

Ich hatte keine große Lust, Jerry anzurufen. Mit Sicherheit würde er irgendeine blöde Bemerkung machen. Doch er war offensichtlich in großer Eile und gab mir kommentarlos Joshs Nummer. Es war eine Festnetznummer, keine Handynummer. »Ich würd ihn sofort anrufen, wenn ich du wäre«, sagte Alix. »Sonst hat er vielleicht schon was anderes vor, privat oder beruflich. Aber anscheinend ist er nicht liiert, sonst hätte er jemanden auf die Party mitgebracht.«

Grün vor Neid zog sich mein Magen erneut zusammen. »Das will ich nicht hoffen, da er offensichtlich mit irgend so einer Russin abgezogen ist, die aussah wie ein Covergirl der Vogue.«

Alix schnaubte kurz auf. »Ich hoffe nur, sie kann auf sich aufpassen. Weiß der Himmel, was sie sich da alles einfangen kann. Ich wette, diese Typen stecken ihn überall rein.«

»So ein Typ ist er nicht!«

»Nein, weil du's nicht darauf angelegt hast«, sagte sie arglos. »Ich glaube gern, daß sie *den Eindruck erwecken können*, sie seien okay. Das müssen sie ja wohl auch, sonst würde man sie ja gar nicht erst einstellen. *Mist*, die Nudeln, die werden jetzt so was von matschig sein ...«

Sie verschwand, um nach den Penne zu sehen, die sie vor zwanzig Minuten aufgesetzt hatte. Da ich schon beim bloßen Gedanken daran wackelige Knie bekam, war ich froh, unbeobachtet telefonieren zu können. Ich erwartete nicht, daß er zu Hause wäre, und wählte rasch seine Nummer.

»Carmichael«, sagte er kurz angebunden, nachdem ich es nur zweimal hatte klingeln lassen.

»Josh, ich bin's, Sophy.« Ich stellte mir vor, wie er zusammenzuckte, und so fuhr ich gleich fort, um ihn gar nicht erst zu Wort kommen zu lassen. »Ich habe deine Nummer von Jerry bekommen. Tut mir leid, daß ich dich noch mal belästigen muß, aber ich würde dein Angebot, was die Fortsetzung unseres Theaterstücks betrifft, jetzt doch gern annehmen. Normalerweise hätte ich dich nie gefragt, aber ich muß meine Mutter wohl doch mehr beunruhigt haben, als ich dachte. Mein Vater hat gerade angerufen – sie weint sich die Augen aus, weil sie denkt, sie wäre mir peinlich und deshalb hätte ich dich vorher auch noch nie mit nach Hause gebracht.«

»O Gott«, sagte er.

»Das kannst du laut sagen.« Ich fühlte mich schon wieder so schuldig, daß ich den Tränen nah war. »Tagelang hat sie sich geweigert, Dad überhaupt zu erzählen, was los ist. Er dachte schon, sie hätte einen Knoten in ihrer Brust entdeckt oder so, er war schwer beunruhigt. Letzte Nacht hat er sie dann zum Reden gebracht, und da ist sie in Tränen ausgebrochen. Sogar für den Sonntag hat sie sich schon was ganz Besonderes ausgedacht. Ich hätte es fast vergessen, aber meine Omi hat nächste Woche achtzigsten Geburtstag, deswegen hat sie ein Überraschungsessen in einem Restaurant geplant, nur im engsten Familienkreis, das Ganze sollte also ein richtig schönes Wochenende werden, und jetzt fühlt sie sich ganz elend.«

»Um Gottes willen«. Er schwieg einen Moment. »Es ist bloß so – ich hab nächstes Wochenende schon was vor.«

Mir rutschte das Herz in die Hose. »Na gut, vergiß es, da kann man nichts machen – tut mir leid, daß ich dich gestört habe – tschüß.« Ich legte auf, zuckte die Achseln und gab vor, dies wäre nur eine der kleineren Pannen, die das Leben nun mal für mich bereithielt.

Die Penne waren matschig, aber wir aßen sie trotzdem, mit Tomatensoße und frischem Basilikum, aber auch das trug nicht wesentlich dazu bei, meine Stimmung zu heben.

»Du kannst deiner Mutter ja immer noch erzählen, daß er dich sitzengelassen hat, und daß du ihr das bloß nicht sagen wolltest, und das sei auch der Grund gewesen, warum du neulich so kratzbürstig zu ihr warst«, schlug Alix vor.

»Ja, aber dann wird sie erst recht denken, sie hätte ihn vergrault. O Gott, warum mußte ich ihr bloß so was sagen?«

Schon leicht genervt meinte Alix: »Und, warum hast du's gesagt?«

Ich konnte ihr wohl kaum sagen: *»Weil ich ganz verrückt nach ihm bin und mir den Kopf darüber zerbrochen habe, wie ihre besitzergreifende Art wohl auf ihn gewirkt hätte, wenn er wirklich mein Freund gewesen wäre.«* »Keine Ahnung! Sie ging mir einfach auf die Nerven!«

»Sag ihr, er hat dich verlassen«, sagte sie energisch. »Dann wirst du ihr wenigstens leid tun. Maggie gegenüber kann sie dann immer noch sagen, es sei genau andersherum gewesen.«

Ich hatte mich schon beinahe für diese Variante entschieden, als das Telefon läutete, ungefähr zwanzig Minuten nachdem ich aufgelegt hatte.

»Sophy? Hier ist Josh.«

Mein Herz und mein Magen vollführten einen trunkenen kleinen Pas de deux. Ich schaffte es gerade noch zu sagen: »Oh, hi«, so als ob ich gerade geistesabwesend meine Fingernägel inspizierte, aber irgendwie kam das nicht so gut rüber.

»Hör zu, vielleicht finden wir doch eine Lösung«, fuhr er fort. »Ich fahr am Freitag abend los, um jemanden in Durham zu treffen –«

»Durham? Das ist meilenweit weg!«

»Ja, aber ich wollte sowieso über das ganze Wochenende wegfahren. Um wieviel Uhr genau mußt du am Samstag bei deinen Leuten sein?«

»So um sieben, spätestens.«

»Gut. Wie wär's, wenn du mich so gegen sechs beim Manchester Piccadilly abholst? Ginge das in Ordnung?«

»Am Bahnhof? Fährst du nicht mit dem Auto?«

»Nicht nach Durham, an einem Freitag abend, nein danke. Mit dem Zug brauche ich nur halb so lange. Geht das am Piccadilly, so um sechs?«

Mir schwindelte. »Ja, aber willst du dich vorher nicht noch nach dem genauen Fahrplan erkundigen?«

»Das dürfte kein Problem sein. Ich seh dich dann um sechs. Okay?«

Harsch wie ein Blatt Eisbergsalat.

»Ich nehme an, er braucht das Geld«, sagte Alix. »Geld für sein Zugticket. Doch was das angeht, könnte er sich wahrscheinlich ebensogut ein Flugticket leisten.«

In dem Moment fiel mir auf, daß wir gar nicht über handfeste Geschäftsbedingungen gesprochen hatten. »Ich hab das Wort Geld überhaupt nicht erwähnt! O Gott, wie peinlich. Soll ich ihn zurückrufen?«

»Ich würde mir jetzt darüber keine Gedanken machen. Er wird annehmen, er bekommt genausoviel wie letztes Mal. Steck einfach dein Scheckheft ein oder aber jede Menge Bargeld – ich wette, sie bevorzugen Bargeld. Steck es in einen Briefumschlag, den du ihm dann zum Schluß überreichst.«

Doch zuerst würde ich etwas anderes tun.

Ich würde genau das tun, was ich bereits auf der Party hätte tun sollen, nämlich meinen ganzen Mut zusammennehmen und ihm sagen, daß Ace reine Erfindung war und ich ihm immer noch einen Gefallen schuldete. Wenn er also Lust hätte, in den nächsten beiden Wochen mal mit mir essen zu gehen ...

Für den Fall, daß ihm dann die blanke Panik ins Gesicht geschrieben stünde und er mir höflich auseinandersetzen würde, daß er die nächsten vierzehn Jahre keine Zeit hätte, würde ich einfach nur lächeln und sagen: »Kein Problem, war nur so 'ne Idee von mir.«

»Wie wär's, wenn du ihn direkt anschließend sitzenläßt?« fragte Alix später. »Wird er Benji heftig in den Hintern treten?«

»Spinnst du? Vielleicht ist er ja gerade auf dem besten Weg, sich dem Priesteramt zuzuwenden.«

»Wie bitte, *was*?«

Ich erzählte ihr von der Saat, die er Maggie gegenüber ausgesät hatte. Alix war nicht besonders beeindruckt. »Warum gehst du dann nicht gleich aufs Ganze und läßt ihn schwul werden? Ich meine, die Hälfte von denen ist schwul. Kein Wunder, daß die alle diese langen schwarzen Röcke tragen.«

Insgeheim ordnete ich diesen Vorschlag unter die Rubrik »absolute Notfälle/letzte Rettung« ein.

Am nächsten Abend rief ich Mum an. Nachdem ich ihr die frohe Botschaft verkündet hatte, verbrachte ich die nächsten zwei Minuten damit, ihr zu beteuern, wie leid mir das alles tat, daß ich überaus erschöpft gewesen wäre und mich nicht besonders wohl gefühlt hätte bei unserem letzten Telefonat. Ich hätte das Ganze nicht so gemeint, und ich wüßte auch nicht, was in diesem Moment in mich gefahren sei.

Noch ein paar Flunkereien für meine Sammlung.

Ich fühlte mich ein wenig besser, als sie ebenfalls zu flunkern begann. »Liebes, nichts liegt mir ferner, als jemanden zu vergraulen. Und was den Hochzeitsmarsch anbelangt, habe ich nicht auch nur im entferntesten an diese Möglichkeit gedacht. Du weißt doch, ich habe nie zu diesen Müttern gehört, die es kaum erwarten können, ihre Töchter endlich unter die Haube zu bringen. Natürlich wären Daddy und ich überglücklich, wenn du dich mit jemand wirklich Nettem zusammentun würdest, aber du weißt ganz genau, daß ich darüber nie ein *Sterbenswörtchen* verloren habe.«

Kurz bevor ich auflegte, machte ich ihr mein ultimatives Friedensangebot. »Übrigens, er hofft sehr, daß du einen Braten machst. Er sagte, du würdest so aussehen, als wärst du die perfekte Bratenköchin, und er hat seit Jahrzehnten keinen mehr gegessen.«

Wenn das die Sache nicht in Ordnung brachte, dann weiß ich auch nicht.

Eine halbe Stunde später rief mich Tamara an. Mrs. Dixon hatte sie natürlich über jedes Detail meines Telefonanrufs unterrichtet, und Tamara brannte vor Neugier. »Hast du am Schluß also doch noch jemanden abgeschleppt?«

»Schön wär's. Ich wollte dich sowieso anrufen. Es gibt Neuigkeiten von der Dominicfront.« Ich machte sie rasch mit den wesentlichen Dingen vertraut. »Sollte dir also zu Ohren kommen, daß ich ihn Samstag wieder mitbringe, dann schau bitte nicht so entsetzt drein, okay?«

»Du meinst, er ist einverstanden?«

Irgendwas an ihrem Tonfall gefiel mir nicht. »Warum auch nicht?«

»Tja, warum eigentlich nicht. Jerry hat ihn bloß wegen dem Begleitservice aufgezogen, und daraufhin sagte er, er hätte das nur ein einziges Mal getan, wegen einer Wette. Wie dem auch sei, vielleicht ist es ihm auch peinlich, zugeben zu müssen, daß er das Geld braucht. Jerry glaubt, die Wette hätte darin bestanden, ob er am Schluß bei ihr landen kann oder nicht. Und er geht davon aus, daß er Erfolg hatte.«

Sie war in letzter Zeit wirklich gut darin, mich aufzubauen.

Am Samstag fuhr ich so gegen halb zwei los, was mir ausreichend Zeit ließ, aber es war höllisch viel Verkehr, und ich hatte die ganze Zeit Angst, ich würde zu spät kommen. Während ich über irgendwelche Umgehungsstraßen schlich, hatte ich Visionen, in denen Josh vollkommen entnervt auf seine Uhr sah und sagte: *»Verdammt, es reicht, ich gehe jetzt.«*

Wen hatte er da eigentlich besucht?

Natürlich hatten sich meine grauen Zellen darüber bereits so ihre Gedanken gemacht. Sie hatten Fragen gestellt wie: Was gibt es denn Interessantes in Durham?

Ein Schloß und eine Universität.

Und wer frequentiert Universitäten in der Regel?

Betrunkene Studenten. Zugerauchte Studenten.

Und wer sonst noch?

Äh, Wissenschaftler mit einem Forschungsstipendium?

Geht das noch ein wenig genauer?

Äh, Wissenschaftlerinnen mit einem Forschungsstipendium aus St. Petersburg?

Ja, das wäre durchaus möglich.

Ihr seht, es ist also nicht weiter schwer zu erraten, womit sich meine grauen Zellen da so beschäftigten. Svetlana würde keinen langen Rock mehr tragen, natürlich nicht; wenn überhaupt, dann Satinunterwäsche, vielleicht aber auch nur ein Samtband um den Hals, wie diese blonde Spionin in dem Film *Liebesgrüße aus Moskau*. Sie würde auch etwas von diesen Underground-Filmen haben.

»Liebliеng, mußt du wirrklich gähen? Kann die blödä Schlampä sich nicht irgenainen anderen Kerrrl suchen?«

»Nein, Svetlana, meine Süße.« Und dann würde er sie überaus zärtlich küssen. »O Gott, ich hasse es, dich jetzt allein lassen zu müssen, aber ich verdiene gutes Geld dabei. Sag irgend etwas Romantisches auf Russisch zu mir, damit mir nicht kalt wird. Sag, du träumst davon, dich die ganze Nacht auf mir zu vergnügen, auf dem Weg in die goldenen Gefilde von Samarkand.«

»Und ich sage dir: zum Teufel mit die blödä Schlampä, Liebling. Blaib hier bai mir und beklecker dain bästes Stück mit Kaviar und saurer Sahnä und ich werde dich abschläcken, bis du schraist.«

Ich verschlang eine halbe Packung Weingummis und konnte an nichts anderes mehr denken.

Anders als das letzte Mal würden wir nicht mehr als eine Stunde gemeinsam im Auto verbringen. Wie sollte ich vorgehen? Sollte ich mich einfach nur nett und kumpelhaft verhalten? Cool und unbeschwert? Mild bis heiter, wie das Wetter, das vorausgesagt worden, aber nicht eingetroffen war. Die Hitzewelle war vorbei; jetzt hatten wir wieder schmuddeliges Märzwetter, feucht und kühl. Es war definitiv Sommer.

Letztendlich war ich zwanzig Minuten zu früh. Natürlich waren mal wieder alle Parkplätze belegt, so daß ich ständig im Kreis fahren mußte, laut fluchend. Eine Minute vor sechs fuhr ich wieder vor, und da stand er tatsächlich, bewaffnet mit zwei Blumensträußen. »Ich dachte, ich nehme am besten auch noch einen für deine Großmutter mit«, erklärte er und warf alles auf den Rücksitz.

Es war absolut unfair, daß alles so glattlief, während ich verzweifelt nach einem Grund suchte, ihn loszuwerden. Fast hätte ich gesagt: »Gib mir die Rechnung, ich werde sie zu deinen Auslagen hinzuaddieren«, so daß er hätte sagen können: »Okay – und das Zugticket von Durham hat 45 Piepen gekostet«, und ich mich besser gefühlt hätte. Oder schlechter.

Statt dessen sagte ich: »Das wär wirklich nicht nötig gewesen. Ich hab ein Geschenk dabei.« Ich mußte es allerdings noch einpacken: den neuesten Catherine-Cookson-Roman und eine Riesenschachtel Pralinen.

»Wie läuft's mit deiner Mutter?« fragte er.

»Alles wieder im Lot, danke der Nachfrage. Ich hoffe, dieses Wochenende wird kein allzugroßer Alptraum.«

»Sagen wir mal so – ich hab die Feuertaufe bestanden, also kann das hier nur noch ein Klacks sein. Wie geht's Charlotte?«

»Gut, soweit ich weiß. Ich glaube, sie hatte was Falsches gegessen.« Leichthin fuhr ich fort: »Wie war's in Durham?«

»Ich hab nicht viel davon gesehen. Du weißt ja, wie das ist.«

Ja, vielen Dank auch – ich konnte mich noch schwach daran erinnern, wie das war, vorausgesetzt, er hatte seine Zeit so verbracht, wie ich mir das gerade vorstellte. Daraufhin war es nicht gerade leicht, nett und kumpelhaft zu sein, schon gar nicht bei dem Verkehr, der mich selbst unter günstigeren Umständen zur Raserei bringen kann.

Ich zwang mich dazu, mich zu beruhigen. Was auch immer er getrieben oder nicht getrieben haben mochte, es ging mich absolut nichts an. Die Tatsache, daß er sich kurz gefaßt hatte, um mitzukommen und mir in der Stunde der Not beizustehen, konnte ebensogut bedeuten, daß er sich so viel von der Sache auch nicht versprochen hatte.

Der Gedanke daran richtete mich buchstäblich wieder auf, und ich hielt vor einem Zebrastreifen, an dem bereits eine ältere Dame wartete, die die Straße überqueren wollte. Das kleine grüne Männchen mußte schon längst deutlich aufleuchten, aber sie zögerte immer noch.

»Los, mach schon«, redete ihr Josh gütlich zu. »Immer schön einen Fuß vor den anderen, brav, genau so, ist doch gar nicht so schwer...«

Als sie schließlich hinüberschwankte, fuhr er fort: »Das machen sie alle so – mißtrauisch von der Ampel zum Auto sehen, und noch mal und noch mal. Ich könnte schwören, sie glauben, das Ganze sei nur so ein monströser Trick, den sich die Fahr-'ne-Alte-platt-Brigade ausgedacht hat.«

Ich mußte mir auf die Lippen beißen. »Sie ist so ein armes altes Ding. Sei nicht so gemein. Außerdem sind nicht alle so.«

»Du hast ganz recht«, stimmte er mir zu. »Nicht alle. Meist sind es die mit den Wollmützen. Irgendwas müssen diese Wollmützen so an sich haben. Vor allem in Kombination mit alten Damen führen sie zu unglaublich unkontrollierten Schwankungen.«

»Und was ist mit den alten Herren? Kleine alte Männer, die Auto fahren und diese merkwürdigen Hüte tragen. Die schwanken schlimmer als jede Lady.«

»Das wäre wirklich mal eine Untersuchung wert«, überlegte er. »Der Zusammenhang von Gleichgewichtsstörungen und Kopfbedeckungen im Rentenalter. Würde das unter angewandte Textilwissenschaften fallen oder unter Psychologie?«

»Unter angewandten Alkoholkonsum, würde ich mal sagen.«

Von da an waren wir die ganze Fahrt über nett und kumpelhaft. Wie soll man auch cool bleiben, wenn man einen Mann neben sich hat, der einen ständig zum Lachen bringt?

»Willst du die ganze Strecke fahren?« fragte er.

»Ich glaube, das ist das Einfachste.« Ich zögerte, bevor ich ihm die nächste Frage stellte, nur für den Fall, daß mir auf seine Antwort hin schlecht würde. »Ich hoffe, deine Freundin war nicht zu sehr beleidigt, weil du so schnell die Fliege machen mußtest.«

»Ich glaub nicht. Warum fährst du eigentlich schon wieder? Meinst du nicht, das könnte ein klein wenig komisch aussehen?«

Ich wollte schon sagen: *»Bevor ich dir diese Frage beantworte, würdest du wohl bitte die Güte haben, etwas näher auf meine vorige Frage einzugehen, indem du zum Beispiel sagst: ›Es war ihr ganz egal?‹«* Statt dessen sagte ich: »Ich wüßte nicht, warum. Dir gefällt es, chauffiert zu werden. Du findest das entspannend.«

Er widersprach mir nicht. »Wann sind die Frischvermählten eigentlich wieder zurückgekommen?«

»Sie sind erst heute am frühen Morgen gelandet. Dann werden sie den Shuttle-Bus nach Manchester genommen haben und zu Paul gefahren sein. Nun, zu Paul und Belinda, mittlerweile. Er wohnt in Altrincham, ungefähr 15 Kilometer von meinen Eltern entfernt.«

»Das war aber eine ganz schön lange Hochzeitsreise. Nach Kenia, stimmt's?«

»Und nach Tansania, glaube ich.«

»Und, hatte Belinda ein paar haarige Begegnungen mit der Tierwelt?«

»Keine Ahnung, aber bei so einem Fünf-Sterne-Schuppen sollte eigentlich alles inklusive sein, Begegnungen mit Elefanten und dem *Tyrannosaurus rex* eingeschlossen.«

»Ich meinte *Dudus*, nicht so was Riesiges.«

»Die was?«

»*Dudus* – das ist Suaheli für ›Spinnen‹.«

Als ich lachte, fuhr er fort: »Als Kind habe ich einige Zeit in Ostafrika verbracht.«

»Echt? Wo denn?«

»Erst in Sambia und dann in Kenia. Mein alter Herr hat dort einige Jahre gearbeitet. Er war Ingenieur und kam ganz schön rum, deshalb haben sie uns dann im Alter von zehn bis elf auf ein Internat gesteckt.«

Was mit dem übereinstimmte, was mir Tamara erzählt hatte. »Bist du jemals wieder dort gewesen?«

»Nein, aber meine Eltern schon. Meine Mutter war sehr enttäuscht, besonders von Nairobi. Sie hätte es fast nicht wiedererkannt.«

»Paul und Belinda waren auch ein paar Tage und Nächte in Nairobi. In einem wirklich schicken Hotel. Paul bestand darauf, nur in den besten Hotels abzusteigen.«

»Höchstwahrscheinlich war es das Norfolk«, sagte er. »Es hat sehr viel Charme – es stammt noch aus der Kolonialzeit. Mein alter Herr hat mir mal erzählt, daß dort früher direkt gegenüber der Sumpf lag, Löwen inklusive. Es kursierte da so eine mysteriöse Geschichte von einem Lord Delamare, der in der Bar einen Löwen erlegt hätte. Ich stellte mir vor, wie unglaublich cool es wäre, dort rumzustapfen, das Gewehr immer um die Schulter gehängt, ein Bier zu bestellen und vollkommen ungerührt irgendeine halbverhungerte Bestie zu erledigen, die sich gerade auf den Steward stürzen will. Danach würde man sich einfach wieder seinem Bier zuwenden und ganz cool sagen: ›Weiß auch nicht, was es mit diesem verdammten Ort auf sich hat. Demnächst lassen sie sogar noch Frauen hier rein.‹«

»Du sexistisches kleines Monster!«

»Ich glaube schon, daß ich das war. Zumindest in dem noch relativ unkomplizierten Alter von zwölf Jahren, in dem man überhaupt nicht begreift, was man an Mädchen bloß finden kann.«

Was meine derzeitige Verfassung anbelangte, fand ich diese Bemerkung mehr als beunruhigend. Kilometer um Kilometer hatte die Sophy-Aufwärmphase immer bedrohlichere Formen angenommen. Und wieder hätte ich einige Wodkas auf Eis mit Zitrone und einem großzügigen Spritzer sexuellem Ambrosia gut gebrauchen können. Das Blut rauschte eine Idee schneller durch meine Adern. Meine Nervenenden kribbelten. Der bloße Geruch seines Rasierschaums reichte aus, daß mir ein klein wenig schwindelig wurde.

Nun, ich bin mir sicher, ihr wißt, wie das ist.

Ich war froh, daß er sich mir so geöffnet hatte: Das bedeutete, ich konnte ihm ein paar Fragen stellen, ohne unangemessen neugierig zu wirken. »Julia wie-heißt-sie-noch-gleich sagte mir, du seist beim Militär gewesen – bei der Marine, stimmt das?«

»Ja, ich habe mich mit 18 verpflichtet. Wie der Karriereberater schon sagte, das Ganze war nur eine Spur besser, als in den Knast zu gehen, denn dort wäre ich sonst unweigerlich gelandet.«

Mein Gesichtsausdruck brachte ihn erneut zum Lachen.

»Du machst mich ganz schön neugierig«, sagte ich.

»Na ja, fast. Sagen wir mal so: Sollte ich je einen Sohn haben, der sich so aufführt, wie ich damals, dann geschähe mir das mehr als recht. Nein, ich wollte zum Militär. Ich sah mich schon am Fallschirm baumeln, eine Spielzeugpistole in der Hand.«

»Und wahrscheinlich kommt man da auch leichter rein als in den Geheimdienst«, stimmte ich zu. »Wann bist du wieder ausgetreten?«

»Vor ein paar Jahren.«

»Hattest du die Nase voll?«

»Zum Teil. Ich wollte einfach mal was anderes machen.«

Ich konnte es nicht dabei belassen. »Was denn zum Beispiel?«

»Meine eigene Firma gründen, zum Beispiel. Na ja, es ist nicht ganz und gar meine eigene Firma. Ich habe einen Partner. Das erleichtert die Sache ungemein, wenn man mal ein paar Tage freinehmen will – er kann dann auf den Laden aufpassen.«

Ich lachte, teils aus Erleichterung, weil er von einem männlichen Partner gesprochen hatte. Es hatte nur eine halbe Sekunde gedauert, bis mein Gehirn mit so einer Tanga-Kuh aufgewartet hatte, so einer Bilanzbuchhalterin, die ihm die Bücher führte und ihn darüber hinaus jede Nacht bis zur Bewußtlosigkeit durchvögelte.

Ich war froh, daß er nicht arbeitslos war, aber eine halbe Firma garantierte einem auch nicht unbedingt Unmengen von Geld, und eine halbe Firma, die kurz vor der Pleite stand, schon gar nicht.

Was mich wieder auf diese Wette brachte, aber ich würde ihn nicht danach fragen. Wie Tamara schon gesagt hatte, vielleicht war das Ganze nur ein Trick gewesen, weil es ihm zu peinlich gewesen war, zuzugeben, daß er das Geld brauchte. Andererseits machte er auf mich nicht gerade den Eindruck, als wäre ihm so schnell was peinlich.

Ich wollte ihn gerade fragen, um was für eine Art Firma es sich denn handelte, als ich uns statt dessen beinahe umgebracht hätte. Wir fuhren auf einer kaum befahrenen Straße, und ich fürchte, ich konzentrierte mich nicht so sehr darauf, wie ich das hätte tun sollen, denn plötzlich kamen auf ihren Fahrrädern zwei elf- bis zwölfjährige Jungen aus einer Seitenstraße hervorgeschossen. Ich riß das Lenkrad herum und kam mit quietschenden Reifen auf der anderen Fahrbahn zum Stehen.

»O Gott!« Mein Herz raste.

Josh atmete tief durch. »Bist du okay?«

»Geht so.«

Von den Jungen war nicht mal einer vom Fahrrad gefallen. Sie zitterten vor Schreck und starrten auf das Auto.

»Hirnlose kleine Idioten«, murmelte Josh. »Da haben Katzen ja noch ein besseres Gespür für den Verkehr. Warte eine Sekunde ...«

Ich wollte schon sagen: »Am besten, du hältst die Luft an, die Mühe kannst du dir sparen«, aber da war er bereits ausgestiegen und schlug die Tür zu. Er ging zu ihnen hinüber, und sofort nahmen ihre geschockten Gesichter diesen trotzigen Ausdruck an, der mich nur einmal mehr dankbar sein läßt, daß ich nicht Lehrerin geworden bin. Da die Fenster hochgekurbelt waren, konnte ich nicht hören, was er sagte, aber an seiner Haltung konnte man deutlich ablesen, daß er sie von der Straße putzte, wie Dad sagen würde.

Nach einer halben Minute kam er zurück. Er sah überaus grimmig aus, und die Jungs rasten wie der Blitz davon. Er stieg wieder ein und schloß die Tür mit mehr Kraft, als dazu unbedingt nötig gewesen wäre. »So, jetzt hab ich sie meine unanzweifelbare Autorität spüren lassen.«

»Das war nicht zu übersehen.«

»Natürlich haben sie sich gehörig erschreckt. Der eine sagte zu mir: ›Verpiß dich‹, der nächste, ich solle ihm besser nicht zu nahe kommen, seine Mum hätte ihm bereits alles über so alte Lustgreise wie mich erzählt.«

Ich biß mir auf die Unterlippe, aber das war nicht wirklich notwendig, denn auch seine Lippen umspielte ein spöttisches Lächeln. »Wahrscheinlich werd ich am Ende auch mal mit einem von dieser Sorte dastehen«, seufzte er. »Wie ich schon sagte, der Preis, den man dafür zahlen muß, daß man selbst so ein dreckiger kleiner Mistkerl war, ist, daß man einen noch viel dreckigeren kleinen Mistkerl bekommt.«

Das war mein Einsatz.

»Vielleicht sogar gleich zwei von der Sorte, wenn doch Zwillinge bei euch in der Familie liegen.«

»Um Gottes willen, bloß nicht.«

Als ich die Jungen überholte, streckten sie uns ihren Stinkefinger entgegen und grinsten wie zwei kleine Affen. »Eigentlich auch gar kein schlechter Grund, dich zu verlassen. Wenn quasi vorprogrammiert ist, daß deine Kinder jugendliche Straftäter werden«, sagte ich. »Vielleicht hat man bei dir ja dieses ›Jugendliche-Straftäter-Gen‹ festgestellt.«

»Das heißt, wir befinden uns also bereits in der Familiengründungsphase?«

»Nein!« Hatte ich mich da etwa schon verraten? Ich meine, ich schloß nicht aus, eines Tages Kinder zu haben, aber ich war mit Sicherheit noch weit davon entfernt, wegen des Tickens meiner biologischen Uhr zu verzweifeln. Zumindest tat ich es nicht allzu oft. Höchstens einmal im Monat, wenn ich mich ganz elend fühlte, meinen Hormonen völlig ausgeliefert war und mir vorstellte, wie ich mit 43 Autoreparaturkurse belegen und vorgeben würde, mich für Zündkerzen zu interessieren, nur in der Hoffnung, dort könnte ein halbwegs passabler Typ Gefallen an mir finden. Und für Belindas und Alix' Kinder wäre ich Tante Sophy, und für Belinda und Alix selbst »die arme alte Sophy«, und Alix würde zu Calum sagen: *»Könnte dieser Ken nicht was für sie sein, den du aus der Arbeit kennst? Ich weiß ja, er ist mehr so der Anorak-Typ, aber eigentlich ist er doch ganz süß, oder?«*

Und Mum würde immer noch jeden Dienstag abend anrufen und fragen: *»Irgendwas Nettes erlebt in letzter Zeit, Liebes?«*

Ich versuchte diesen stetig wiederkehrenden Alptraum zu verdrängen und sagte ganz beiläufig: »Wenn ich's mir so recht überlege, werd ich überhaupt keinen Grund angeben. Ich werd einfach sagen, die Luft ist raus und wir haben uns freundschaftlich getrennt.« Was bedeutete, daß ich mir besser einen richtigen Freund suchen sollte und zwar schnell, denn sonst würde bald alles wieder von vorn losgehen.

Josh kommentierte das nicht. Da wir unserem Ziel immer näher kamen, grübelte ich darüber nach, ob Winnie wohl schon von Sarahs Eheproblemen erfahren haben mochte, und wenn ja, ob sie auch bereits erfahren hatte, daß Mum vor ihr davon erfahren hatte. Das würde beträchtlich zu ihrer Schmach beitragen. Mir erschien es unter diesen Umständen äußerst fraglich, ob zwischen den beiden jemals wieder so etwas wie ein Kalter Krieg möglich sein würde. Denn wahrscheinlich würden sie jetzt zum Heißen Krieg übergehen, und zwar unter dem Einsatz von Giftgas.

Ich brachte Josh auf den neuesten Stand. »Wegen Sarah tut es mir aufrichtig leid. Ich hab sie seit ihren Flitterwochen nicht mehr gesehen, aber wir sind jahrelang befreundet gewesen.«

»Das gibt es öfter, als man denkt«, sagte er. »Mindestens die Hälfte meiner verheirateten Freunde ist mittlerweile entweder geschieden oder getrennt lebend. Ein Mädchen, das ich kenne, verliebte sich auf ihrer eigenen Hochzeit in einen der Gäste und brannte dann unmittelbar nach den Flitterwochen mit ihm durch.«

»O Gott.«

»Aber der Bräutigam war auch ein ziemliches Arschloch«, fuhr er fort. »Da ist ihm das Grinsen dann deutlich vergangen.«

Noch ein Kilometer, wir waren fast da. »Ich hoffe, du stirbst vor Hunger«, sagte ich, »denn Mum tendiert zu der Annahme, alle Männer hätten den Appetit verhungernder, pubertierender Jungs. Sie tischt immer zuviel auf, und wenn du nicht noch mal nachnehmen willst, fürchtet sie, irgendwas mit dem Essen wär nicht in Ordnung. Das ist natürlich so gut wie nie der Fall, aber sie entschuldigt sich trotzdem für alles, was sie auftischt. Das Fleisch ist entweder zu durchgebraten oder zu blutig, die Kartoffeln sind zu knusprig oder nicht knusprig genug, die Bratensoße ist zu dick oder zu dünn, und so weiter und so fort.«

Er lachte. »Mütter sind doch alle gleich.«

Das Dorf bestand aus malerischen kleinen Sträßchen, die teilweise immer noch aus Kopfsteinpflaster waren. Flankiert wurden sie von Blumenkästen und kleinen Läden – viele davon besaßen immer noch die alten holzverkleideten Schaufenster –, die einmal Gemüseläden, Eisenwarenhandlungen und so weiter gewesen waren. In den letzten zwanzig Jahren waren die meisten von ihnen von Spezialgeschäften übernommen worden, die sich in dieser wohlhabenden ländlichen Gemeinde mit großem Freizeitangebot sehr gut behaupteten. Italienische Luxus-Lederwaren zum Beispiel. Und der Bio-Metzger hatte sich erst kürzlich auf cholesterinarmes Fleisch spezialisiert, das er mit geradezu chirurgischer Perfektion zerlegte.

Die Straßen wurden von großzügigen Rasenflächen gesäumt. Die Häuser, die alle erst seit der Jahrhundertwende erbaut worden waren, lagen wohlversteckt in sorgfältig gepflegten Gärten, ein Stilmix, der vom falschen Gotikschlößchen bis hin zur Pseudo-Marbella-Villa reichte.

Unser Haus war das, was ein Immobilienmakler als großzügiges Einfamilienhaus im Tudor-Stil beschrieben hätte. Als Teenager hatte es eine Zeit gegeben, in der ich es absolut spießig gefunden und verachtet hatte. Jetzt sah ich es als das, was es war: bequem, sicher und traditionell, wie alles andere an meinen Eltern auch.

»Seit wann leben sie schon hier?« fragte Josh, als wir in die Kiesauffahrt einbogen.

»Sie haben es gekauft, als ich fünf war. Es war etwas heruntergekommen. Seitdem verschönern sie es unentwegt.« Ich parkte neben einem auf Hochglanz polierten schwarzen Porsche. »Der gehört Paul«, fügte ich hinzu. »Ich nehme an, sie sind vor ungefähr einer Stunde angekommen. Ich hoffe nur, daß Belinda noch nicht allzu angenervt ist. Und das ist Benji.« Er rannte gerade halb ums Haus herum, begrüßte uns mit freudigem Gebell, sprang an mir hoch und versuchte, mir das Gesicht abzuschlecken. »Ein Retriever-Mischling?« fragte Josh und tätschelte ihn.

Benji war hellbeige und hatte einen weißen Fleck auf der Brust. »Das nehmen wir an. Woher die andere Hälfte stammt, wissen die Götter. Wir haben ihn im Alter von sechs Monaten aus dem Tierheim geholt.«

Wir waren noch einige Meter von der Eingangstür entfernt, als Dad uns aufmachte. »Sophy, Liebes, Gott sei Dank bist du hier.«

Darauf würde ich nicht schon wieder reinfallen. »Jetzt erzähl mir bloß nicht, Benji hat den Braten vertilgt, Mum erleidet in der Küche gerade einen Nervenzusammenbruch, und du bist auf dem Weg zur Imbißbude.«

»Ich wünschte, es wär nur das.«

Von irgendwoher hatte sich ein kalter, schrecklicher Knoten in meinem Magen eingenistet. Diesmal schauspielerte Dad nicht. Er sah plötzlich sehr alt aus.

# ZEHN

»Dad, was ist hier los, um Himmels willen?«

»Belinda. Sie ist verschwunden.«

»Wie bitte? Was soll das heißen, verschwunden?«

Er zuckte hilflos die Achseln. »Es heißt, was es heißt. Sie hat Paul eine Nachricht hinterlassen und ist verschwunden. An ihrem letzten Urlaubstag. Nur wenige Stunden vor dem Heimflug.«

Plötzlich fühlte sich alles ganz taub an, ich hatte eine Gänsehaut und mir war, als fiele ich gleich in Ohnmacht. »Du meinst, sie hat ihn verlassen?«

Er nickte nur.

Mein Mund war staubtrocken. Dümmlich fragte ich: »Wie geht es ihm?«

»Nicht besonders. Deine Mum nimmt die Sache auch nicht gerade gut auf.« Josh gegenüber fügte er hinzu: »Es tut mir leid. Sieht ganz so aus, als hätten Sie sich das falsche Wochenende für einen Besuch ausgesucht.«

Josh nahm mich am Arm. »Wenn wir hier draußen rumstehen, wird es auch nicht besser.«

Ich löste mich aus meiner Erstarrung und lief wie betäubt über die apricotfarbene Auslegware in der Diele, in der frischpolierte, antike kleine Möbelstücke in der Sonne glänzten. Dort ließen wir unsere Sachen fallen und gingen ins Wohnzimmer.

Nachdem ich schon halb erwartet hatte, Mum entweder weinend oder wie ein kopfloses Huhn umherlaufend vorzufinden, bot sich mir ein noch viel schlimmeres Bild: Sie saß reglos in einem der Sessel. Wie Dad sah auch sie komplett verwirrt aus, absolut durcheinander und auf einen Schlag stark gealtert.

Sie drehte ihren Kopf leicht zur Seite, ihre Unterlippe zitterte. »Oh, Sophy...«

Außer meinen Arm um sie zu legen, konnte ich nichts für sie tun. »O Mum, versuch bitte, dir nicht allzu große Sorgen zu machen.«

Das klang überaus platt und pathetisch, aber ich wußte nicht, was ich sonst hätte sagen sollen. Ich fühlte mich immer noch wie betäubt, unter anderem deswegen, weil bei mir gerade mit einiger Verspätung ein Groschen in der Größe eines Meteoriten gefallen war und mich fast umgehauen hatte.

»Bis Paul vor einer halben Stunde hier ankam, wußten wir von nichts«, sagte Mum mit einer derart zittrigen Stimme, daß ich sie kaum wiedererkannte. »Er hoffte, sie wäre zu guter Letzt doch noch hierher, nach Altrincham gekommen oder würde ihn zumindest hier anrufen, aber bislang hat sie kein Wort von sich hören lassen. Er glaubt, sie ruft vielleicht hier an.«

Paul stand am Fenster, er hatte uns den Rücken zugewandt.

Vorsichtig fragte ich: »Paul, geht es dir gut?«

»Natürlich geht es mir nicht gut. Würde es dir vielleicht gutgehen in meiner Situation?«

Er drehte sich um und fuhr sich mit einer gereizten Handbewegung durchs Haar. »Was für ein Spiel treibt sie da eigentlich?« fragte er niemand Bestimmten. »Ich will verdammt noch mal wissen, was für ein Spiel sie da eigentlich treibt.«

»Setz dich, Dominic«, murmelte Dad. »Ich hol dir einen Drink. Was darf's denn sein?«

»Einen Malt Whiskey, wenn du einen hast. Pur.«

»Gib Mum einen Brandy, Dad«, sagte ich. »Ich denke, sie kann jetzt einen gebrauchen. Ich übrigens auch, wo wir schon mal dabei sind.«

Als Dad verschwand, erfüllte eine schrecklich beklemmende Stille den Raum. Es fühlte sich an, als wäre gerade ein Familienmitglied gestorben. »Was stand in der Nachricht, die sie dir hinterlassen hat?« fragte ich schließlich.

Wortlos reichte er mir ein Stück Papier.

Lieber Paul,

es tut mir furchtbar leid, aber ich habe einen schrecklichen Fehler gemacht – das Ganze fühlt sich für mich einfach nicht mehr richtig an. Ich nehme einen früheren Flug nach Hause und werde erst mal bei Freunden unterkommen. Es tut mir furchtbar leid – es ist nicht deine Schuld, also mach dir bitte keine Vorwürfe. Bitte sag Mum und Dad, sie sollen sich keine Sorgen machen. Ich werde mich sehr bald mit ihnen in Verbindung setzen. Es tut mir furchtbar leid.

Alles Liebe, Belinda.

Mir war schlecht. »Es tut mir so leid, Paul, ich weiß gar nicht, was ich sagen soll.«

»Ich dagegen sehr wohl«, murmelte er.

Ich konnte ihm keinen Vorwurf machen. Er war verletzt.

Ich wollte Josh die Nachricht zeigen, aber der saß immer noch meterweit von mir entfernt auf dem Sofa, und Paul wollte seine Erniedrigung wohl kaum mit jemandem teilen, der für ihn so gut wie ein Fremder war. Ich war froh, daß Josh sensibel genug war, mich nicht darum zu bitten, sie laut vorzulesen oder näherzurükken, damit er mir über die Schulter sehen könnte.

Dad kam mit den Getränken zurück. Mit einem Schluck Feuerwasser im Magen las ich die Nachricht ein zweites Mal. »Was soll das heißen, *ein früherer Flug*? Wie kommt es, daß sie so lang allein war, um das alles organisieren zu können?«

»Ich habe Golf gespielt.« Er ließ sich schwer auf das andere Sofaende neben Josh fallen. »Wir waren zurück in Nairobi, es war unser letzter Tag, und ich wollte zum Golfspielen in den Country Club. Ich fand, ich hatte alles Recht der Welt, am Ende einer beinahe dreiwöchigen Hochzeitsreise ein paar Tage Golf zu spielen, verdammt noch mal.«

Ich hakte sofort nach. »Habt ihr euch gestritten?«

»Nein!« Er sagte es beinahe wütend. »Zumindest war es nicht das, was ich einen Streit nennen würde. Sie wollte nicht, daß ich ging, aber es gab nicht viel, was man sonst hätte machen können. Sie sagte, sie würde ein wenig Shoppen gehen und sich dann an den Pool legen.«

»Und als du zurückkamst, war sie fort?«

»Na, was glaubst du?« Er nippte kurz an dem Glas, das er in der Hand hielt. »Ich konnte es einfach nicht fassen.«

Nach einer langen, furchtbaren Pause wurde seine Stimme lauter und wütender. »Wie konnte sie mir das bloß antun? Was zum Teufel ist bloß in sie gefahren?«

Niemand antwortete.

»Ich war geschockt«, fuhr er fort. »Es müssen fast zwanzig Minuten vergangen sein, bis ich den Flughafen absuchte. Das hätte ich aber genausogut bleibenlassen können. Der frühere Flug war schon weg.«

Vorsichtig fragte ich: »Und was hast du dann gemacht?«

»Na, was glaubst du?« Seine Stimme nahm eine sarkastische, bittere Färbung an. »Ich hab mich hingesetzt und von der Mini-Bar Gebrauch gemacht. Beinahe hätte ich meinen eigenen verdammten Flug verpaßt.«

Den Tränen nahe sagte Mum: »Ich mach mir solche Sorgen – was, wenn sie entführt worden ist?«

»Natürlich wurde sie nicht enführt«, sagte Dad besänftigend.

»Aber das könnte doch sein. Vielleicht haben sie sie gezwungen, diese Nachricht zu schreiben, damit alles so aussieht, als ob –«

»Natürlich nicht!« Paul klang äußerst angespannt. »Menschen, die entführt werden, packen nicht noch sorgfältig sämtliche Besitztümer zusammen, den beschissenen Nagellack mit eingerechnet! Sie erzählen an der Rezeption keine Lügengeschichte von der Sorte ›... treffe meinen Mann später, zahle aber noch kurz die Extras, bevor ich abreise!‹«

Nach einem kurzen Schweigen sagte Dad ganz ruhig: »Ich weiß, mein Junge, du bist außer dir, aber es besteht trotzdem kein Grund, Sue gegenüber so einen Ton an den Tag zu legen.«

»Entschuldigung«, murmelte er.

Mum erhob sich schwankend. »Ich werde mal nach dem Abendessen sehen ...« Auch ihre Stimme schwankte, sie stand kurz davor, sich zu überschlagen.

Ich folgte ihr in die große Küche, die zwei Jahre zuvor mit altem Kiefernholz renoviert worden war.

»Und jetzt ist auch noch das Abendessen hin«, sagte sie den Tränen nahe und öffnete den Ofen, um nach dem Braten zu sehen. »Er war so gut wie fertig – ich wollte den Ofen kleiner stellen, aber dann habe ich das in der ganzen Aufregung vergessen, und jetzt sieh dir nur mal dieses Stück Rindfleisch an – alles ganz trocken ...«

»Das wird niemandem auffallen«, sagte ich. »Ich glaube nicht, daß hier noch irgend jemand großen Appetit hat.«

»Und die Kartoffeln sind auch verkocht ...« Aufgelöst pickte sie mit der Gabel in eine hinein. »Alles hinüber ...«

Josh war uns nachgekommen. »Ich mag sie so.«

»Aber niemand sonst«, sagte Mum. »Ich kann das Ganze genausogut an den Hund verfüttern ... Trotzdem, ich mach am besten noch etwas Bratensoße – und der Meerrettich – ich habe den Meerrettich vergessen.« Nun begann eine aufgeregte Suche im Gemüsefach. »Wo ist er bloß – ich weiß doch, daß ich frischen Meerrettich gekauft habe ...«

»Ich werd ihn schon finden«, sagte ich besänftigend. »Ich mach auch die Bratensoße. Du setzt dich jetzt hin und siehst zu, daß du etwas Brandy runterbekommst.«

Plötzlich brach der letzte Rest ihrer Selbstbeherrschung zusammen. Sie schluchzte verhalten auf und verbarg den Kopf in ihren Händen. »Es ist alles meine Schuld«, heulte sie.

Entsetzt führte ich sie zu dem Kiefernholztisch und brachte sie dazu, sich zu setzen. Nach einem bestürzten Blick auf Josh legte ich einen Arm um sie. »Wie kann das denn deine Schuld sein?«

»Das ist die gerechte Strafe.« Sie schluchzte heftig und brachte kaum ein Wort heraus. »Weil ich so schadenfroh war, wegen Sarah Freeman. Nur ein ganz kleines bißchen, aber ich war schadenfroh. Ich konnte einfach nicht anders, wo Maggie doch vorher so angegeben hatte.«

»Ja und wenn schon, warum sollte das auch nur das Geringste damit zu tun haben?« Ich reichte ihr die Haushaltsrolle, damit sie sich die Tränen abwischen konnte. »Es ist *nicht* deine Schuld. Schlag dir das sofort aus dem Kopf.«

Langsam bekam sie sich Stück für Stück wieder in den Griff. »Wenn sie sich nicht sicher war, warum hat sie dann bloß nichts *gesagt?*« sagte sie flehend, unterbrochen von mehrmaligem Tränenabwischen und Naseschneuzen. »Sie hätte mir doch ruhig alles sagen können – schließlich bin ich ihre Mutter!«

Wenn ich ihr darauf ehrlich geantwortet hätte, hätte sie sich noch fünfzigmal schlechter gefühlt.

»Ich hatte den Eindruck, sie war nicht mehr ganz sie selbst, so ein, zwei Wochen vor der Hochzeit«, fuhr sie beunruhigt fort. »Aber nie hätte ich geglaubt ... ich dachte, ich wäre daran schuld, weil ich ihr auf die Nerven ging ... Sie war so gereizt – andauernd sagte sie: ›Mum, hör auf, so ein Theater zu machen ...‹ Ich weiß ja, daß ich manchmal etwas viel Tamtam mache, aber doch nur, weil ich wollte, daß alles absolut ...«

Und wieder brach sie in Tränen aus.

Ich fühlte mich schrecklich. »Du konntest nichts wissen. Wie denn auch? Du kannst schließlich nicht Gedanken lesen.«

Aber ich hätte es wissen müssen. Lieber Gott, steh mir bei, ich hätte es zumindest kommen sehen können. Als ob es sich in mein Gedächtnis eingebrannt hätte, kam mir mein Telefongespräch mit Belinda wieder in den Sinn. Ja, da hatte jemand kalte Füße bekommen, nur daß dieser Jemand nicht Paul gewesen war. Warum hatte ich nur nichts bemerkt, verdammt noch mal? Wie hatte ich mich nur so irren können? Dann erinnerte ich mich an den Rausch, in dem sie sich während ihrer Verlobungs-Party befunden hatte, und fragte mich, warum ich mich um alles in der Welt schuldig fühlen sollte. Sie war ganz hin und weg von ihm gewesen – was um alles in der Welt war in der Zwischenzeit bloß vorgefallen?

Mum gegenüber konnte ich nichts davon erwähnen. Ihr Blick fiel auf Benji, und schon kullerten wieder die Tränen. »Der arme Kleine, ihn habe ich völlig vergessen – niemand hat ihm etwas zu fressen gegeben ...«

Benji saß vorwurfsvoll vor seinem leeren Freßnapf. Er hatte nicht mehr von sich gegeben als ein leises, höfliches Blaffen, denn selbst er konnte sehen, daß hier so einiges schieflief.

»Ich werd ihm was zu fressen geben«, sagte ich besänftigend. »Geh du nur nach oben und wasch dir das Gesicht. Ich werde mich hier unten um alles kümmern.«

Sobald sich die Tür hinter ihr geschlossen hatte, suchte ich den ganzen Schrank nach Hundefutter ab. Seit die neue Küche eingebaut worden war, wußte ich überhaupt nicht mehr, wo was hingehörte, aber ich war froh, etwas tun zu können. »Ich könnte mir in den Hintern treten. Ich wußte, irgendwas bedrückt sie, aber ich hab das Ganze völlig in den falschen Hals bekommen ... Wo ist nur dieses beschissene Hundefutter hin?«

Josh hatte die Arme verschränkt und lehnte sich gegen die Arbeitsfläche. »Du hast dir Sorgen gemacht, er könnte kneifen.«

»Ja, weil es mir im Traum nicht eingefallen wäre, daß *sie* kalte Füße bekommen könnte.« Ich fand eine Büchse mit Pansen und Huhn und durchforstete die Schubladen nach einem Büchsenöffner. »Ich hab nicht richtig zugehört. Ich war gereizt und hab mich über sie lustig gemacht. Ich war viel zu sehr mit meinem eigenen Chaos beschäftigt ...«

Als ich die Büchse öffnete, hatte Benji seine Pfoten und seine Schnauze bereits auf der Arbeitsfläche, um nachzusehen, was denn heute so auf dem Speiseplan stand. Ich stellte den Freßnapf auf den Boden, woraufhin er begann, ihn vor sich her zu schieben, während er gleichzeitig seinen Inhalt verschlang, ganz so, als wäre er ein belebter Staubsauger.

»Ich wüßte nicht, warum du dir auch nur den geringsten Vorwurf machen solltest«, sagte er. »Wie alt ist sie eigentlich?«

»Siebenundzwanzig.«

»Dann ist sie alt genug, um selbst zu wissen, was sie tut.«

»Anscheinend ja nicht, oder?«

Benji hatte den Napf in eine Ecke geschoben, wo er stillhielt und gründlich ausgeschleckt werden konnte. Wie schön es doch war, ein Hund zu sein. Keine komplizierten Beziehungen, ein warmes Bett und ein leckeres Essen aus der Dose – das reinste Paradies.

Josh beobachtete ihn ebenfalls.

»Es tut mir wirklich leid, dich in all das mit hineingezogen zu haben«, sagte ich.

»Das macht doch nichts.«

»Oh, doch. Und dann ist auch noch der Braten ruiniert.«

»Ich hab schon Braten gegessen, der weitaus trockener war.«

Ich versuchte, einen matten Scherz zu machen: »Zumindest

mußt du jetzt keine Oohs und Aahs angesichts der Hochzeitsphotos von dir geben.«

»Ich wünschte fast, ich könnte es tun.«

Er stellte sein leeres Glas ab, verschränkte die Hände und sah mich an. »Ich weiß, das klingt jetzt wie ein furchtbares Klischee, aber es ist nicht das Ende der Welt.«

Er stand mindestens drei Meter von mir entfernt, zwischen uns ein massiver Tisch aus Kiefernholz, aber allein der Blickkontakt reichte aus, um meine Eingeweide wieder verrückt spielen zu lassen. Was mein Schuldkonto nur um schlappe fünfzig Punkte erhöhte. Unter diesen Umständen gab es wahrhaftig keinen Grund, warum mein Herz höher schlagen sollte; das war in etwa genauso passend, wie dreckige Witze auf einer Beerdigung zu erzählen.

Ich wandte mich ab und suchte den Meerrettich im Gemüsefach. »Für meine Mutter *bedeutet* es das Ende der Welt.«

»Wenn sie wirklich einen Fehler gemacht hat, dann ist es besser, sie gesteht ihn sich jetzt ein«, erklärte er. »Das ist wesentlich besser als erst in fünf Jahren, wenn vielleicht schon ein paar Kinder da sind, an die man denken muß.«

Wenn ich mich schuldig fühle und angespannt bin, bedarf es nur einer winzigen Irritation, und ich explodiere. Und ich war irritiert: Ich konnte den Meerrettich nicht finden. Er hatte recht; er hatte recht, warum um alles in der Welt sollte ich mir Vorwürfe machen? »Ich könnte sie umbringen. Warum mußte sie bloß so ein Riesendrama veranstalten? Wenn sie wirklich nicht mit ihm zusammenleben kann, warum hat sie dann der Form halber nicht einfach ein paar Monate gewartet und ihn dann still und leise verlassen?«

»Warum ist sie überhaupt so weit gegangen, das ist doch hier die Frage.«

»Das ist nicht schwer zu erraten«, ich wollte gerade ausführen warum, aber Dad war wieder da, er hielt ein Glas in der Hand. »Paul braucht Nachschub«, sagte er mit Nachdruck. »Er ist ziemlich daneben, der arme Junge. Ich fühle mich so was von hilflos ...«

Hilflos? Niemals hatte ich ihn dieses Wort auch nur in den Mund nehmen hören. Ich hätte nicht gedacht, daß er dessen Bedeutung überhaupt kannte. Ich konnte es kaum ertragen, ihn so zu sehen. Geschockt, wie betäubt, um zehn Jahre gealtert.

Er holte die Eiswürfel aus dem Kühlschrank. »Wo ist deine Mutter, Liebes?«

»Ich hab sie nach oben geschickt, damit sie sich ein bißchen frischmachen kann. Sie war ziemlich außer sich.«

»Die arme Sue«, sagte er. »Sie wird das nur sehr schwer verkraften ... Kümmerst du dich bitte um das Essen?«

»Dad, mußt du das fragen?«

»Dann ist es ja gut. Dem Himmel sei Dank, daß du hier bist, Liebes. Der Tisch ist gedeckt. Ich glaube, ich mache besser den Wein auf ...«

»Ich kann das tun«, bot sich Josh an.

»Nein, mein Junge, ich muß mich irgendwie beschäftigen. Bleib du nur bei Sophy. Ich werde das hier Paul bringen und dann nach Sue sehen ...«

Als er schon halb aus der Tür war, dachte ich plötzlich wieder ganz pragmatisch. »Dad, gibt es eine Vorspeise?«

Er nickte vage in Richtung Kühlschrank. »Ich glaube schon, Liebes, Avocado oder so was.«

In Wahrheit war es Spargel, der schon küchenfertig zu kleinen Bündeln gebunden war. Auch Sauce Hollandaise gab es, sie befand sich in einer mit einem Teller zugedeckten Schüssel, und ein riesiges Baiser, wahrscheinlich für die Pavlova, Belindas Lieblings-Nachspeise. Ich fand fertig zubereitete Himbeeren und Erdbeeren in einer Glasschale und außerdem ein Schälchen mit Schlagsahne zum Garnieren.

Alles Vorbereitungen für ein schönes Essen im Kreis der Familie. Liebevoll zubereitet für zwei Töchter und ihre Partner.

Ich hätte heulen können.

Statt dessen wühlte ich in den Schränken wie ein wild gewordener Einbrecher. »Irgendwo muß es hier doch auch fertigen Meerrettich geben, verdammt noch mal.« Ich fand ein Glas, das jedoch so gut wie leer war. »Vergiß es, dann müssen wir eben mit Senf vorliebnehmen. Bist du so nett und holst inzwischen den Senf aus dem Schrank? Ich muß das Gemüse aufsetzen. O Gott, ich weiß überhaupt nicht, was für ein bescheuertes Gemüse es heute eigentlich hätte geben sollen ...« Ich durchwühlte das Gemüsefach und fand Broccoli sowie den frischen Meerrettich.

»Sieht so aus, als hätte ich alles unter Kontrolle. Behalt das mal im Auge.« Josh jonglierte mit diversen Topfdeckeln am Herd. »Blumenkohl und Karotten. Ich bin mir bloß nicht sicher, was das hier sein soll.«

Ich tunkte einen Finger hinein und schleckte ihn ab. »Käsesauce. Für den Blumenkohl. Gott sei Dank ist die schon fertig.«

Die Karotten waren in fingerbreite Stücke geschnitten, der Blumenkohl schön in Röschen unterteilt, sie alle warteten brav in ihrem jeweiligen kalten Salzwasserbad. Ich schleuderte den Meerrettich zurück ins Gemüsefach. »Ich kann mich jetzt unmöglich damit aufhalten, den Meerrettich zu reiben. Würdest du bitte diesen Senf zutage fördern? Ich muß mich hier um den Spargel kümmern, von der Bratensoße mal ganz abgesehen ...«

Während ich einen geeigneten Topf mit Wasser füllte, förderte Josh ein Glas aus dem Schrank zutage. »Doch keinen *Dijon*-Senf!« explodierte ich. »Englischen Senf! Nie im Leben würde Dad französischen Senf zum Roastbeef essen!«

Wortlos stellte er es zurück.

»Tut mir leid«, sagte ich unsicher, während ich gerade mühsam versuchte, mir die Ofenhandschuhe überzustreifen. »Ich sollte das nicht an dir auslassen.« Ich riß die Ofentür auf und versuchte, die Bratenform zu fassen zu bekommen, verbrannte mich am Rost und fluchte unflätig.

Josh kam, um den Schaden zu begutachten. »Halt die Hand unters kalte Wasser.«

Ich war zu gereizt, um seinen Rat anzunehmen. »Danke, es geht mir gut, ich werd schon nicht dran sterben.«

Als ich hastig weiterwerkelte, nahm er einen gewissen Sicherheitsabstand zu mir ein, setzte sich an den Tisch und spielte mit Benjis Ohren. »Ich möchte ungern im Weg rumstehen, aber wenn ich irgendwas tun kann, sag einfach Bescheid.«

Das machte mir ein noch schlechteres Gewissen, weil ich vorher so an die Decke gegangen war. »Ich schaff das schon, aber vielen Dank. Möchtest du noch was zu trinken?«

»Nein, danke.«

Ich versuchte immer noch, mir einen Reim auf diese ganze Geschichte zu machen, während ich gleichzeitig die Bratensoße anrührte. »Sie war ganz verrückt nach ihm! Ich kann mir gar nicht vorstellen, was da schiefgelaufen sein soll, außer...«

»Außer was?«

Ich zögerte. »Zwischen den beiden bestand offensichtlich eine starke körperliche Anziehungskraft. Wenn die sehr nachgelassen hat, und sie ursprünglich etwas ganz anderes darin gesehen hat...«

»Möglich«, sagt er. »Was stand in ihrer Nachricht?«

Ich sagte es ihm.

Nach einer kurzen Pause sagte er: »Was wolltest du eben sagen, bevor dein Vater hereinkam?«

Ich drehte mich um. Benji saß immer noch brav an seiner Seite. »Ich hätte das Dad gegenüber nie sagen können, aber ich glaube, sie hätte das Ganze auch durchgezogen, wenn sie gerade herausgefunden hätte, daß er drei bigamistische Frauen im Schrank versteckt hält. Denn um gegen Mums Vorfreude anzukommen, muß man schon ein ganzer schöner Dickschädel sein, und Belinda ist alles andere als ein Dickschädel. Wochenlang hat Mum über nichts anderes geredet als über die Hochzeit. Das muß sich so angefühlt haben, als befände man sich gerade auf einer Achterbahn. Je mehr das Ganze in Fahrt geriet, desto weniger konnte sie noch abspringen.«

Er starrte mich an.

»Und ich wette, Dad denkt genau dasselbe«, fuhr ich fort. »Nur, daß er das nie sagen würde, nicht zu Mum. Sie wird früher oder später selbst darauf kommen und sich dann noch elender fühlen als jetzt schon.«

Ich hatte Angst, den Blumenkohl zu verkochen und so zog ich den Topf von der Herdflamme und pikste versuchshalber mit einem Messer hinein. Wenn überhaupt, dann war er noch zu hart, aber wenn ich ihn wieder aufsetzen würde, würde ich ihn mit Sicherheit vergessen. Das Spargelwasser begann zu kochen; nie konnte ich mir merken, wie lange man dieses blöde Zeug eigentlich kochen mußte. Drei Minuten? Vier?

Ich gab den Blumenkohl in ein Sieb und zerkleinerte Petersilie für das Karottengemüse. Ich arbeitete mechanisch, meine Gedanken waren ganz woanders. Mit gehöriger Verspätung wurden mir jetzt so viele Dinge bewußt: ihre Gereiztheit am Hochzeitsmorgen; sogar, daß sie mehr getrunken hatte als gewöhnlich, und wie übertrieben laut sie gelacht hatte. »Sie wußte, daß sie einen Fehler machte, aber sie zog die Sache durch, weil sie die Alternative noch mehr fürchtete.«

»Dann ist sie eine verdammt gute Schauspielerin. Niemand hätte sich träumen lassen, daß da irgendwas nicht stimmt.«

»Ich weiß, aber – oh, *Mist*, der Spargel ...« Den hatte ich jetzt wirklich vergessen, und er *war* verkocht.

Ich fluchte leise und goß das Wasser ab. »Mum hatte recht, wir hätten alles an Benji verfüttern und uns ein Essen vom India-Imbiß kommen lassen sollen. Wie um alles in der Welt soll ich mich bloß auf den Spargel konzentrieren? Ich könnte Belinda umbringen, echt wahr. Sieh dir das mal an! Der ist reif für den Mülleimer.«

Josh sah mir über die Schulter. »Das wird niemandem auffallen. Ist sonst alles fertig?«

»Fertig ist gar kein Ausdruck dafür. Geh und sag Dad Bescheid, ja? Dann kann er jeden zum Tisch geleiten, wo dieses grauenvolle Abendessen auf uns wartet. Der Spargel fällt gleich auseinander, die Soße ist klumpig und der Blumenkohl ist so *al dente*, daß er praktisch roh ist.«

Er verschwand kommentarlos, und nachdem er mich allein gelassen hatte, bemerkte ich, daß ich haargenau so klang wie meine Mutter. Wenn ich jetzt auf dem Weg ins Eßzimmer nicht auch noch die Bratensoße fallen lassen würde, konnte es eigentlich gar nicht mehr schlimmer kommen.

Es wurde das schrecklichste Abendessen, das ich je aufgesessen habe. Und ich habe schon mal ein Abendessen durchgestanden, bei dem sich ein Pärchen ununterbrochen angiftete, bis sie ihm sagte, er solle sich verpissen und er es auch tat. Allerdings nicht, ohne zuvor den ganzen Tisch umgeworfen zu haben, die Zitronenzabaione inklusive.

Aber selbst das hatte im nachhinein etwas durchaus Komisches, während ich mir kaum vorstellen konnte, daß wir diesen Abend jemals komisch finden würden.

Der Tisch war schon vor Stunden gedeckt worden, und niemand hatte daran gedacht, das überflüssige Gedeck abzuräumen. Ich schob es beiseite – nicht, daß das irgendeinen Unterschied gemacht hätte. Belinda hing über uns wie eine bedrohliche Giftwolke.

Ich konnte mich nicht daran erinnern, daß in unserem Eßzimmer jemals eine solche Atmosphäre geherrscht hatte, selbst dann nicht, wenn beide Großmütter wegen des Weihnachtsessens miteinander abrechneten.

Es war ein hübscher Raum mit purpurroten Wänden und Vorhängen im Liberty-Stil, die allerdings besser zu einem gemütlichen Wintertag mit Kerzenlicht gepaßt hätten. An diesem Abend waren die Vorhänge aufgezogen, und der feucht-kühle Garten schien regelrecht durch das Fenster zu sickern. Mit der realen Raumtemperatur hatte das jedoch rein gar nichts zu tun. Denn wegen des märzähnlichen Wetters war die Heizung an; ein schwacher Geruch von Heizungsfarbe vermischte sich mit dem Bratenduft.

Der Spargel war nicht so schlecht, wie ich gedacht hatte, doch so geistesabwesend, wie jeder darin herumstocherte, hätte es sich dabei genausogut um Steckrüben handeln können. Und als Dad später den Braten tranchierte, jammerte Mum: »Hab ich's doch gewußt, ich hätte lieber eine Kasserolle nehmen sollen – in einer Kasserolle wäre er nicht so ...«

»Er schmeckt lecker«, sagte ich besänftigend.

Er war um Klassen schlechter, als es ihr perfekt auf den Punkt gebratenes Roastbeef normalerweise war, aber Josh, die gute Seele, ließ sich ein zweites Mal auftun. Paul aß wenig und sprach noch weniger, aber ihm wurde häufiger nachgeschenkt als jedem anderen an unserem Tisch. Ich fürchtete schon, Mum könnte sich lauthals darum sorgen, daß er viel zu wenig äße und ihn über das Maß des Erträglichen hinaus reizen. Was das Essen anbelangte, konnte sie sich nämlich dann und wann wirklich in eine Art jüdische Übermutter verwandeln: »Iß, iß!« Heute abend sah sie jedoch ein, daß auch das beste Essen nicht dazu hätte beitragen können, die Stimmung zu heben.

Selbst Benji nahm die ungute Atmosphäre wahr. Er legte sogar niemandem seine Pfote aufs Knie, in der Hoffnung, einen Bissen zugesteckt zu bekommen. Er hatte sich brav unter dem Tisch zusammengerollt und hoffte wohl statt dessen, jemand würde etwas für ihn fallen lassen.

»Warum ruft sie nicht *an*?« jammerte Mum mehr als nur einmal. »Bedenkt sie denn nicht, daß wir uns Sorgen machen?«

Niemand antwortete. Man konnte ja schlecht sagen: »*Natürlich wird sie wohl kaum ausgerechnet jetzt anrufen. Sie wird eine Heidenangst davor haben, mit einem von uns zu sprechen.*«

Josh saß mir gegenüber, und ich war heilfroh, einen Verbündeten zu haben. Hin und wieder fing er meinen Blick auf, und einmal zwinkerte er mir sogar unmerklich zu. Aber nicht auf so eine unpassend-witzige Weise, sondern eher nach dem Motto »Kopf hoch, das ist nicht das Ende der Welt«, was immerhin dazu beitrug, daß es mir geringfügig besser ging. Paul, der zu meiner Linken saß, stand unglaublich unter Strom.

Als wir gerade mit dem Hauptgang fertig waren, formulierte Mum vorsichtig eine Frage. »Ob wir mal einige von Belindas Freunden anrufen?«

Pauls Anspannung schlug in Gereiztheit um. »Wie soll denn das gehen? Soll ich vielleicht ihre Freunde anrufen und sie fragen, ob *sie* vielleicht wissen, wo meine Frau steckt?«

Mum zitterte, und der arme Dad versuchte zu vermitteln. »Ich glaube nicht, daß sie sich zu Freunden hier aus der Gegend geflüchtet hat, Liebes.«

»Aber so gut wie alle ihre Freunde wohnen hier in der Gegend«, sagte Mum anklagend. »Außer sie ist bei einem dieser Mädchen, die sie in London kennengelernt hat. Wahrscheinlich sogar. Da war so eine Trish, mit der sie sich in dieser Agentur angefreundet hatte ...«

Sie meinte die Agentur, in der Belinda während ihrer Post-Marc-Phase gearbeitet hatte, als sie bei mir wohnte.

Sie wandte sich mir zu. »Hältst du das für wahrscheinlich?«

Es war gut möglich. Unter diesen Umständen hätte sie wohl kaum bei jemandem aus der Gegend Unterschlupf gesucht. Trotzdem ...

»Ich glaube nicht, daß sie irgend jemandem aus der Agentur je so nahestand«, sagte ich. »Und selbst wenn, hätte ich nicht die leiseste Ahnung, wo eines dieser Mädchen lebt.«

Die Luft war so dick, daß man sie mit einem Messer hätte schneiden können.

Als es Zeit war abzuräumen, hoffte ich auf eine fünfminütige Verschnaufpause. »Laßt nur, ich mach das schon.«

Dad war jedoch bereits aufgestanden. »Nein Liebes, du bleibst sitzen. Ich werde Mum ein wenig zur Hand gehen.«

Kaum hatte sich die Tür hinter ihnen geschlossen, fuhr sich Paul angespannt mit einer Hand durchs Haar. »Wie konnte sie mir das bloß antun? Was zum Teufel sollen denn die Leute denken?«

Ich war froh, daß er wütend war; damit ließ sich besser umgehen als mit einem bleichen, geschockten Häuflein Elend. »Sie werden schlichtweg denken, sie hat sie nicht mehr alle.«

»Meinst du?« Er fuhr sich wieder nervös durchs Haar. »Das glaube ich kaum. Sie werden denken, es ist wegen mir. Sie werden denken, daß ich ihr irgendwas getan oder irgendwas unterlassen habe.«

»Natürlich werden sie das nicht«, sagte ich beschwichtigend.

»Was soll das heißen: ›natürlich‹?« Er wandte sich mir mit einer derart grimmigen Miene zu, daß ich beinahe vor ihm zurückgewichen wäre. »›Natürlich‹ ist daran überhaupt nichts. Alle werden sie denken, es sei meine Schuld!«

»Trotzdem mußt du ihr dafür jetzt nicht gleich den Kopf abreißen«, sagte Josh.

Ich konnte sofort spüren, wie sich Paul alle Nackenhaare aufstellten. Erst in diesem Moment wurde mir klar, daß Joshs Präsenz wie eine Bedrohung auf ihn wirken mußte. *Meine Frau ist hier bei mir – meine Frau rennt nicht einfach davon und läßt mich aussehen wie ein Vollidiot.*

Wenn er bloß wüßte. Ich fühlte mich elend.

»Es tut mir furchtbar leid«, preßte er sarkastisch hervor, »aber vielleicht ist es deiner Aufmerksamkeit ja entgangen, daß ich heute nicht ganz so heiter und ausgelassen bin wie sonst. Vielleicht würde es dir ja auch etwas ausmachen, wenn deine Frau gerade mal drei Wochen nach der Hochzeit auf und davonläuft; was mich betrifft, muß ich leider sagen, daß es mir durchaus was ausmacht. Es macht mir verdammt noch mal eine Menge aus. Es macht mir verdammt noch mal eine Menge aus, daß die Leute denken werden, alles sei meine Schuld.«

Josh sagte ganz ruhig: »An deiner Stelle wäre das, was die Leute denken könnten, wohl meine kleinste Sorge.«

Ich hätte ihm einen Tritt vors Schienbein geben können. Ich versuchte es, traf daneben und schrie statt dessen auf: »Dominic, *bitte*! Das ist jetzt nicht sehr hilfreich!«

Paul schnaubte vor Wut, und ich konnte ihm deswegen keinen Vorwurf machen. »Wer zum Teufel hat dich eigentlich gefragt? Ich kann auf deinen Senf gut verzichten.«

Ich war regelrecht erleichtert, als Mum und Dad mit der Nachspeise zurückkehrten, auf die niemand mehr Appetit hatte. Danach gab es noch Käse, aber nur Dad und Josh rührten ihn an.

Als wir so gut wie fertig waren, unterbrach das Klingeln des Telefons die Stille wie ein Elektroschock. Bevor sich auch nur irgend jemand rühren konnte, raste Mum hin, um abzuheben.

Wir saßen wie auf glühenden Kohlen.

Nach weniger als einer halben Minute war sie wieder da, am Boden zerstört. »Es war Dorothy Clark, wegen der neuen Arbeitszeiten in der Kindertagesstätte. Ich habe gesagt, ich würde sie Montag früh zurückrufen.« Und wieder zitterte ihre Unterlippe. »Was soll ich den Leuten bloß sagen?«

Sie gab ein derartiges Bild des Jammers ab, daß ich hätte heulen können. Was Dad anbelangte, sah er so aus, als würde er sich am liebsten ein ruhiges Plätzchen suchen, wo er sich hinlegen und sterben könnte.

»Vielleicht kommt ja doch wieder alles ins Lot«, fuhr sie in einem lächerlichen Versuch fort, Optimismus zu verbreiten. »Vielleicht war sie bloß ein wenig durcheinander.«

»Durcheinander wegen was?« fragte Paul gereizt.

Sie senkte den Blick auf ihren Teller. »Ich weiß es nicht, mein Lieber.« Gegen das hier war das Letzte Abendmahl mit Sicherheit eine vergnügliche Veranstaltung. Als wir endlich mit dem Essen fertig waren, zwang ich Josh, mir »freiwillig« zu helfen, den Tisch abzuräumen und den Kaffee aufzusetzen. Jetzt, wo die anderen mit einem gewissen Sicherheitsabstand im Wohnzimmer saßen und sich elend fühlten, schloß ich die Küchentür hinter uns.

»Um Gottes willen, mußtest du Paul so angreifen?« zischte ich. »Wie konntest du nur so wenig Feingefühl zeigen?«

»Er hatte keinerlei Recht dazu, dich so anzufahren!«

»Er war wütend und vollkommen außer sich! Wie zum Teufel würdest du dich wohl fühlen?«

»Okay, ich fände das bestimmt auch nicht so toll. Aber ich hoffe, ich würde niemandem deswegen den Kopf abreißen, und schon gar nicht deiner Mutter. Sie ist auch so schon genug mit den Nerven runter.«

»Trotzdem, du hättest lieber deinen Mund halten sollen. Er fühlt sich auch so schon genug gedemütigt, ohne daß du das Ganze noch schlimmer machst. Es ist wegen dieser Sache auf der Hochzeit, stimmt's? Du kannst ihn einfach nicht leiden.«

»Nein, ich mochte ihn wirklich nicht. Ich fand, er war so was von unverschämt.«

»Aber nicht dir gegenüber, also weiß ich gar nicht, warum du dich so aufregst.«

Gereizt schaufelte ich Kaffeepulver in den Filter und begann die Spülmaschine einzuräumen. Benji saß erwartungsvoll daneben, in der Hoffnung, man würde dabei auf seine Dienste zurückgreifen wollen. Ich stellte die Bratenform vor ihn hin und goß den Rest Bratensoße hinein. Das würde ihn die nächsten zwanzig Minuten lang beschäftigen. Benji achtete sorgfältig darauf, seinen Job gut zu machen. Er würde die Form mit einer Pfote festhalten und sich so lange darüber hermachen, bis nur noch die letzten angebrannten Reste übrig waren.

Josh reichte mir die Teller an, damit ich sie einräumen konnte. »Sie haben sich offensichtlich gestritten. Wenn du mich fragst, fühlt er sich schuldig.«

»Ich bin mir sicher, daß sich ziemlich viele Leute auf ihrer Hochzeitsreise streiten. Da muß noch was anderes passiert sein. Sie wußte einfach, daß sie einen Fehler gemacht hatte.«

»Aber dann muß ich dir recht geben: Warum mußte sie so ein Drama daraus machen? Wenn du meine Meinung hören willst, hatten sie einen ziemlich heftigen Streit. So heftig, daß sie einfach nur wegwollte.«

Geschockt richtete ich mich auf. »Was willst du damit sagen?«

»Na, was glaubst du?«

Ich erbleichte. »Du glaubst doch nicht, daß er sie geschlagen hat?«

»Das könnte die Sache erklären. Warum sollte er sich sonst so den Kopf darüber zerbrechen, was wohl die Leute sagen werden?«

Ich brauchte ein paar Sekunden, um das zu verdauen. »Meine Güte, du kannst ihn wirklich nicht ausstehen, was? Bloß, weil er sich etwas danebenbenommen hat – gut, das stimmt – aber das heißt noch lange nicht, daß er sie schlägt!« Ich fuhr damit fort, die Spülmaschine einzuräumen. »Das ist ja lächerlich.«

»Woher willst du das denn wissen?« Er reichte mir die Sauciere. »Du hast doch selbst gesagt, daß du ihn kaum kennst und daß du ihn vor der Hochzeit nur einige wenige Male getroffen hast.«

»Das *ist* lächerlich.« Ich richtete mich auf. »Wenn er sie geschlagen hat, dann hätte sie eine prima Entschuldigung gehabt, die ganze Sache abzublasen. Niemand hätte ihr deswegen einen Vorwurf gemacht. Sie muß schlichtweg gemerkt haben, daß er irgendwie nicht ›der Richtige‹ war, und das kann man anderen nur schwer erklären. Sie hätte sagen müssen, daß er ihr nicht mehr gefiel, und dann hätten alle nach Luft geschnappt und sie gefragt, warum um alles in der Welt sie sich dann überhaupt mit ihm verlobt hätte. Reichst du mir bitte die Salatteller? Außerdem hat sie doch in ihrer Nachricht ausdrücklich darauf hingewiesen, es sei nicht seine Schuld. Sie schrieb, er solle sich keinerlei Vorwürfe machen.«

»Das heißt doch nichts. Man weiß, daß sich viele dieser Frauen selbst die Schuld dafür geben, wenn ihr Mann sie als besseren Punchingball benutzt. Ich hab mal so eine gekannt; die hat dieses Spielchen jahrelang mitgemacht und sich die ganze Zeit über eingeredet, das Ganze sei ihre Schuld, da sie ihm so auf die Nerven gegangen sei. Und ich fürchte, deine Schwester ist genau der Typ Frau, der solche Kerle anzieht.«

Ich starrte ihn an. »Wie meinst du das?«

»Ich weiß nicht genau.« Er schwieg kurz, seine Augen schweiften ab zu Benji. »So eine Kombination aus Verletzlichkeit und einem ganz bestimmten Aussehen.«

So eine gewisse Schönheit.

Ich haßte mich für die kleine, giftgrüne Nadel, die mich da pikste. Auch ihn hatte Belinda also »erobert«. Sie hatte diese Wirkung auf manche Männer. Sie brachte den edlen Ritter ihn ihnen zum Vorschein. Kein Wunder also, daß er Paul als den finsteren Sir Roger de Dastardly verfluchte.

»Du hast selbst gesagt, daß sie sich schlecht durchsetzen kann. Du hast mir selbst erzählt, daß sie immer erwartet, daß andere auf sie zugehen.« Er verschränkte die Arme und sah mich an. »Wie ich schon sagte, ich kenne diesen Typ Frau. Ihre Unterwürfigkeit zieht Tyrannen geradezu an. Ihre Ergebenheit und die Tatsache, daß sie das alles einfach so über sich ergehen lassen, führten dazu, daß man sie gern mal so richtig durchschütteln würde.«

Irgend etwas in seiner Stimme sagte mir, daß er in diesem Moment nicht von irgend jemandem sprach, auch nicht von einer Schwester, sondern von jemandem, in den er unglücklich verliebt gewesen war. Einen Moment lang sah ich ein in Tränen aufgelöstes Mädchen vor mir, mit Augen, groß wie Untertassen, eines davon war ganz blau. *»Ich kann einfach nichts dagegen tun, Josh, ich liebe ihn ...«*

Und, blöde Kuh, die ich war, haßte ich diese blöde Schlampe, nur für den Fall, daß er sie noch liebte.

Ich glaube, ich sollte mir lieber über etwas anderes den Kopf zerbrechen. »Belinda mag sich vielleicht nicht durchsetzen können, aber sie ist keine Masochistin. Gewalttätigkeit würde sie niemals tolerieren.«

Erst jetzt fielen mir die beiden Blumensträuße wieder ein, die Josh mitgebracht hatte, und die wir zusammen mit den anderen Sachen einfach in der Diele hatten fallen lassen, und so stellte ich sie in einen Eimer aus der Abstellkammer. Der Kaffee war fertig, was bedeutete, daß wir uns wieder der düsteren Stimmung und der Niedergeschlagenheit im Wohnzimmer aussetzen mußten. »Ich weiß nicht, wie wir diesen Abend überstehen sollen. Ich kann ja schlecht eine nette Partie Monopoly vorschlagen, um uns die Zeit zu vertreiben.«

Er schenkte mir ein kleines mörderisches Grinsen, auf das ich gut hätte verzichten können. Das wäre in der Tat auch so was, was ich verbieten würde, wenn ich Diktatorin wäre: Männer, denen man hoffnungslos verfallen war, durften einen einfach nicht so anlächeln, außer sie waren dir selbst noch hoffnungsloserer verfallen. Oder »noch hoffnungsloser«, wenn ihr darauf besteht.

»Cluedo wäre unter Umständen angebrachter«, sagte er. »Die ›Bibbernde Braut‹-Version. Ich schlage vor: Die bibbernde Braut brach überstürzt nach Birmingham auf, und zwar mit Bob, dem Banker. Entschuldige«, fügte er hinzu, als er mein Gesicht sah. »Die Sache ist wirklich nicht zum Lachen.«

Aber das war es gar nicht. Mir war da nur gerade eine ganz schreckliche Idee gekommen. Nun, eigentlich waren es zwei Ideen.

Die da wären Marc und Verzweiflungshochzeit.

# ELF

Aber das konnte ich wohl kaum vor Paul diskutieren.

Wenn das Abendessen schon schlimm genug gewesen war – die Zeit danach war noch schlimmer. Wir saßen gequält im Wohnzimmer, Paul hatte Ähnlichkeit mit einem Grabstein. Ich fragte mich, warum er nicht einfach heimfuhr, aber er hatte bei weitem zuviel getrunken, um sich noch hinters Steuer setzen zu können, was bedeutete, daß er ein Taxi nehmen mußte, und das kostete an einem Samstag abend nicht nur ein paar schlappe Pence. Außerdem hoffte er wohl, Belinda würde anrufen, und falls sie das tat, wollte er unbedingt dabeisein.

Kein Wunder, daß sie noch nicht angerufen hatte. Er würde wohl kaum sagen: »*Macht nichts, Schatz, ich nehm's dir nicht übel.*«

Das Wohnzimmer war ebenso wie die Diele mit apricotfarbenem Teppich ausgelegt, darin stand ein etwas mitgenommenes, aber gemütliches Sofa. Für große Partys, von denen meine Eltern jede Menge gaben, war es perfekt geeignet, nicht jedoch für fünf sich vollkommen elend fühlende Personen – dafür war es viel zu groß. Wir hatten ziemlich angebaut, als ich so um die sechzehn war. Damals war das Wohnzimmer in eine große L-Form umgewandelt worden, und an dem kurzen Ende dieses L befand sich nun ein riesiger Wintergarten, den Mums dschungelartige Pflanzen füllten, sowie ein ziemlich großer Pool.

Der Garten verlief rund ums Haus: viele liebevoll gepflegte Rasenflächen und Rosen, ganz hinten standen ein alter Apfel- und ein Pflaumenbaum, unter denen uns die Wespen im Sommer in den Wahnsinn trieben. Unweit des Hauses gab es ein paar Steinplatten mit einem eingebauten Grill. Dad liebte es zu grillen; das war viel eher sein Ding statt dieser formellen Abendessen. Er liebte es, ein gutes Dutzend Leute um sich zu haben, die langsam, aber sicher immer ein wenig beschwipster wurden. Er liebte es, so viele Spareribs und Würste aufzutischen, daß sie gar keiner mehr essen konnte.

Dad machte den Fernseher an. Zumindest trug das dazu bei, daß uns klarwurde: es gibt Schlimmeres. Sie zeigten einen schrecklichen Beitrag über drei kleine Kinder, die bei einem Feuer umgekommen waren. Ich sah verstohlen zu Mum hinüber, die sich die Augen wischte. Sicher fühlte sie sich jetzt schuldig und dachte daran, welche millionenfach schlimmeren Qualen diese andere Mutter in diesem Moment erleiden mußte.

Benji lief unruhig zwischen Mum und Dad hin und her und setzte sich dann mit einem höflichen, erwartungsvollen Gesichtsausdruck zu ihren Füßen nieder, bis Mum verstand, was los war. »Er will raus, der arme Kleine. Sophy, würde es dir und Dominic etwas ausmachen, mit ihm Gassi zu gehen?«

Ich dankte Gott, daß er uns diese kleine Gnade zuteil werden ließ.

»Zieht euch warm an«, rief sie uns besorgt nach. »Ich glaube, es ist ziemlich kühl draußen.«

Ich griff nach einem dunkelblauen Fleece-Pulli aus meiner Tasche, die immer noch dort lag, wo ich sie hatte fallen lassen. Joshs Jacke, eine ganz leichte aus Leinen, lag über seiner eigenen Tasche. »Willst du sie nicht anziehen?« Er trug ein khakifarbenes, kurzärmeliges Hemd, keinen Pulli.

Er schüttelte den Kopf. »Ich habe Zentralheizung.«

Ich drängelte nicht weiter. Ich kenne Männer, die darauf bestanden haben, ohne Jacke rauszugehen, da lag draußen bereits Schnee, und das nur, um zu demonstrieren, was für tolle Kerle sie doch sind.

Auf dem Weg nach draußen fiel mir etwas ein. »Ich werde zu Hause anrufen. Belinda wußte nicht, daß ich auch hier sein würde. Vielleicht versucht sie ja, mich anzurufen.«

Ich rannte in den ersten Stock und benutzte mein Handy, doch selbst wenn sie es wirklich versucht hätte, würde ich es nie erfahren. Es war niemand zu Hause, was für einen Samstag abend nicht weiter ungewöhnlich war. Ich hinterließ eine Nachricht: »Ich kann das jetzt nicht erklären, aber sollte Belinda anrufen, laßt euch die Nummer geben und ruft mich sofort zurück. Okay?«

Gott allein wußte, was sich Alix und Ace wohl für einen Reim darauf machen würden.

Es war eine unglaubliche Erleichterung, dem allen entfliehen zu können. Der Himmel war stark bewölkt, aber es wehte kein Wind. Die Luft war unangenehm klamm, aber das war immer noch besser als die Atmosphäre, die wir gerade hinter uns gelassen hatten.

Benji schoß sofort los und sah nach, ob seine Freundin, die Afghanen-Hündin kürzlich hier vorbeigekommen war, oder aber dieser arrogante Pudel, der ein Stück weit die Straße runter lebte. Sollte das der Fall sein, würde er dessen lächerliche Duftmarken seinerseits mit etwas weitaus Nachhaltigerem überdecken.

»Ich fürchte, ich hab ein bißchen übertrieben, was Paul anbelangt«, sagte Josh, als wir bei den Freemans vorbeikamen. »Okay, ich mag ihn zwar nicht besonders, aber unter diesen Umständen war ich wohl wirklich nicht besonders einfühlsam. Ich werde mal mit ihm reden, wenn wir wieder zurück sind.«

»Das könnte alles nur noch schlimmer machen. Er spürt offensichtlich, daß du ihn nicht magst, und daß er auf dich steht, glaube ich ebensowenig. Wenn er Grund hat zu glauben, er täte dir leid, wird er dich nur noch mehr hassen.«

»Dann werd ich besser ganz still sein.«

Wie auch immer, ich fand, der Schaden war bereits angerichtet. *»Benji! Wage es bloß nicht!«* Ich scheuchte ihn von einem mausetoten Igel weg, mit dem er sich gerade beschäftigen wollte. »Ich habe mich gefragt, ob das Ganze nicht eher so eine Art Verzweiflungstat war.« Ich erzählte ihm die Marc-Saga. »Paul war wahrscheinlich genau das, was ihrem Ego guttat. Er ist genau der Typ, dem sie schon immer hoffnungslos verfiel, nur, daß die anderen sie meist nach drei Wochen schon wieder haben fallenlassen.«

Er zog die Augenbrauen hoch.

Die kühle Luft strich meinen Nacken entlang; ich ging ein wenig schneller. »Versteh mich nicht falsch – sie hatte immer jede

Menge Verehrer. Aber manchmal ging sie mit Männern aus, in die sie kein bißchen verliebt war, und zwar nur deswegen, weil sie sich nicht überwinden konnte, sie zu verletzten, indem sie ablehnte. Das brachte sie in so manch unangenehme Situation. Einmal traute sie sich gar nicht mehr, ans Telefon zu gehen, nur weil irgendein Kerl gar nicht mehr davon abließ, sie anzurufen, und Mum mußte ständig sagen, sie sei nicht da, sie würde gerade schlafen oder sonstwas. Das Blöde war nur, war sie wirklich scharf auf jemanden, dann zeigte sie es auch. Und dann war sie für die Kerle keine Herausforderung mehr. Einem ganz bestimmten Männertyp gibt es anscheinend einen Kick, sich damit brüsten zu können, so jemanden wie Belinda flachgelegt zu haben.«

»Vielleicht, weil man genau das bekommt, was man sich schon immer gewünscht hat, nur um dann letzten Endes festzustellen, daß es doch nicht das ist, was man will.«

»Vielleicht.«

Nach einigen Metern sagte er: »Könnten wir etwas schneller gehen? Es ist eiskalt.«

Hab ich's nicht gewußt? »Warum hast du deine Jacke bloß nicht angezogen?«

»Wenn wir endlich aufhören würden, hier herumzuschleichen wie zwei von diesen schwankenden alten Hüten, würde mir schon wieder warm werden.«

Während er im militärischen Stechschritt weiterlief, gab ich mich melancholischen Gedanken hin. Er hätte nur mit dem kleinen Finger winken müssen, und schon hätte ich mich an ihn gekuschelt. Ich hätte einen Arm um ihn gelegt und ihn auf diese Art wieder aufgewärmt.

Aber der Blödmann winkte nicht mit dem kleinen Finger.

Wir mußten so zirka einen knappen Kilometer gegangen sein, als es zu regnen begann, und zwar genau in dem Moment, als wir umkehren wollten. Wir blieben stehen und warfen argwöhnische Blicke gen Himmel.

»Es wird jetzt jede Minute anfangen zu schütten«, sagte er. »Gibt es hier irgendwo einen Pub?«

»Ja, aber ich hab überhaupt kein Geld dabei. Ich hab nicht gedacht, daß ich welches brauchen würde.«

»Ich hab auch nicht gerade viel dabei. Ich hab meinen Geldbeutel in meiner Jackentasche gelassen.« Trotzdem förderte er aus seiner Hosentasche ein paar Pfundnoten zutage, und wir machten uns auf in Richtung Pub.

The Bear war vierhundert Jahre alt, und noch keine Brauereikette hatte es geschafft, ihn sich unter den Nagel zu reißen. Ich hatte fast erwartet, hier irgendeinen Bekannten zu treffen, jedoch niemanden, von dem ich etwas zu befürchten gehabt hätte. Was ich jedoch nicht erwartet hatte, war, Tamara hier zu sehen; mit einem Mann, den ich nicht kannte, stand sie in der Ecke der Saloon-Bar. Sie hatte uns zuerst entdeckt und riß ihre Augen ungläubig auf: »Sophy! Und Dominic! Da soll mich doch der Schlag treffen!«

»Wir haben gerade Benji ausgeführt, als es plötzlich zu regnen anfing«, erklärte ich.

»Los, setzt euch. Das ist Bill – Bill, Sophy und Dominic.«

»Hiya«, sagte Bill, der sich bereits hingesetzt hatte. Er sah in der Tat so aus, als hieße er Bill; ein erdverbundener, gutherziger und absolut kumpelhafter Kerl. Das einzige, was er mit Paolo gemeinsam hatte, war, daß er ebenfalls nett zu sein schien. »Der hat aber so gar nichts Latin-Lover-mäßiges«, flüsterte ich Tamara verstohlen zu.

»Er ist nur ein Freund von mir«, flüsterte sie zurück und fügte mit verruchter Stimme hinzu: »Ich spar mich für nächstes Wochenende auf.«

»Du Glückspilz. Ich wünschte, ich könnte mich für jemanden aufsparen.«

Sie unterdrückte ein Kichern und sagte wieder mit ihrer normalen Stimme: »Und, wie geht's den Frischvermählten so?«

»Gut.« Ich schlüpfte aus meinem Fleece-Pulli und warf ihr einen derart bedeutungsschwangeren Blick zu, daß mir beinahe die Augen aus dem Kopf gefallen wären.

»Dominic, würdest du mir bitte einen Wodka-Tonic bringen? Ich geh mal kurz aufs Klo.«

Natürlich kam sie hinterher – Tamara wußte einen bedeutungsschwangeren Blick zu deuten, wenn sie einen sah. Wir fanden ein kleines, ruhiges Plätzchen neben dem Zigarettenautomaten.

»Was ist los?« flüsterte sie. »Josh wurde doch nicht entlassen, oder?«

»Viel schlimmer. Belinda ist abgehauen.«

»*Was?*«

Ich erzählte ihr das Wesentliche, und zum ersten Mal in meinem Leben sah ich eine Tamara, die ernstlich erschüttert war.

»Wir können hier nicht richtig reden. Warum kommt ihr nicht mit zu mir?«, flüsterte sie. »Das geht in Ordnung, die alten Herrschaften sind nicht zu Hause, ihr braucht euch also nicht vor unerwünschten Mitwissern zu fürchten. Bill hat seinen fahrbaren Untersatz dabei, ihr würdet also nicht mal naß.«

Zwei Minuten später saßen wir in Bills abgewracktem alten Landrover. »Kann ich es ihm erzählen?« fragte Tamara. »Beides, meine ich? Er ist nicht von hier, das wäre also egal, und er würde sowieso nichts ausplaudern, stimmt's, altes Sackgesicht?«

»Nie würd ich es wagen«, sagte er. »Mir was erzählen? Worum geht es überhaupt? Ist es eine pikante Angelegenheit?«

Ich warf Josh einen vorsichtigen Blick zu, denn ich war mir nicht sicher, ob er seine Position würde offenlegen wollen.

Es schien ihm nichts auszumachen. »Ganz wie du willst.«

Als wir schließlich bei Tamara ankamen, war Bill voll und ganz eingeweiht.

»Meine Scheiße«, sagte er. »Das ist ja fast so gut wie *Brookside*.«

»Jetzt fehlt uns nur noch dieser ordinäre Liverpooler Akzent«, sagte Tamara, während sie die Haustür aufschloß.

Wir saßen in der Küche, jeder mit einem Irish Coffee vor sich, der jedoch hauptsächlich aus Irish und sehr wenig Kaffee bestand, das könnt ihr mir glauben. Die Küche der Dixons war größer als unsere, sie war ein Jahr später eingebaut worden, aus hellgrünem, altem Eichenholz. Mum und Maggie waren gemeinsam hingegangen, um sie zu bewundern, und Maggie hatte sie überschwenglich gelobt und dabei durchblicken lassen, daß altes Eichenholz wesentlich schicker sei als antikes Kiefernholz. (Auch die Freemannsche Küche war aus altem Eichenholz.) Natürlich war Mum darüber sehr verstimmt gewesen. »Selbst wenn wir eine gewollt hätten, für uns wäre so ein Anstrich einfach komplett ungeeignet«, hatte sie im nachhinein beleidigt gesagt.

»Stellt euch bloß mal vor, was Benjis Krallen damit angestellt hätten!«

»Ich kann's immer noch nicht fassen«, sagte Tamara.

»Warum eigentlich?« fragte Bill. »Du warst doch auch nicht gerade von ihm begeistert.«

Jetzt war ich an der Reihe zusammenzuzucken. »Tamara! Mir gegenüber hast du nie etwas Derartiges erwähnt!«

»Es ist ja nicht so, daß ich ihn nicht leiden kann«, verteidigte sie sich. »Ich war nur nicht hellauf begeistert.«

»Du hast gesagt, er sei ein Depp«, ergänzte Bill.

»Du auch!«

Ich starrte von einem zum anderen, so als wäre ich Schiedsrichterin in Wimbledon.

»Na ja, ich konnte ja schlecht was sagen«, erklärte sie. »Ich konnte ihr ja schlecht sagen, daß ich von ihrem Verlobten nicht besonders begeistert war. Du doch auch nicht, oder?« Sie warf Bill einen Blick zu. »Bill hat ihn nur ein einziges Mal getroffen. Wir sind gemeinsam einen trinken gegangen, ein paar Wochen vor der Hochzeit. Eigentlich hat er gar nichts getan; nichts, worauf man den Finger hätte legen können ...«

Bill fuhr fort: »Er war nur etwas bevormundend. Belinda gegenüber, will ich damit sagen. Ließ durchblicken, daß sie ja gar nicht wisse, wovon sie rede. Sie hat dem gar nichts entgegengesetzt, hat einfach nur in ihr Glas gestarrt und gar nichts mehr gesagt. Mir tat sie richtig leid.«

»Mir auch«, gestand Tamara. »Ich weiß, er sieht ziemlich gut aus und verdient einen Haufen Geld und alles, aber ich fand eigentlich nie, daß sie so richtig gut zusammenpassen.«

»Sieht ganz so aus, als hättest du recht gehabt«, sagte Bill.

Ich erzählte von dem Telefongespräch vor der Hochzeit, das ich falsch gedeutet hatte.

»Du mußt dir deswegen keine Vorwürfe machen. Wahrscheinlich hätte ich genau dasselbe gedacht«, meinte Tamara.

»Das habe ich ihr auch schon gesagt«, schaltete Josh sich ein. »Belinda ist schließlich kein Kind mehr.«

Nun, im nachhinein weiß man immer alles besser, aber in den letzten Stunden hatte ich versucht, mich zurückzuerinnern, und da waren mir doch einige kleine Details eingefallen, die ein negatives Licht auf Paul warfen. Und damit meine ich nicht nur diesen Vorfall auf der Hochzeit. Ein Gramm Selbstüberschätzung hier, ein Gramm zu wenig Humor dort, ein Eßlöffel Arroganz ... ich denke, ich habe das alles ignoriert, weil ich ihn Belinda zuliebe unbedingt sympathisch finden wollte. Von außen betrachtet war er schließlich ein Mann, der einfach alles hatte, was man sich nur wünschen konnte, und wenn ein derartiger Mann der eigenen Schwester zu Füßen liegt, die ihm anscheinend ebenfalls zu Füßen liegt, dann sucht man nicht gerade nach dem Haar in der Suppe, um darüber abzulästern.«

Nachdem wir noch eine Weile darüber gesprochen hatten, sagte Tamara: »Apropos Frauen, die ihren Männern weglaufen – Sarah ist ihrem Mann auch davongelaufen.«

»Das ist nicht wahr!« Ich starrte sie mit offenem Mund an.

»O doch. Der kleine Bruder wollte anscheinend ein paar Tausender, um eine Firma aufzumachen – eine von diesen wunderbaren Firmen, mit denen man innerhalb von nur drei Monaten stinkreich werden kann, ohne auch nur einen Finger krumm zu machen. James wollte ihm doch allen Ernstes das Geld geben, und da ist Sarah ausgerastet. Sie hat sich zu einer Freundin in die Normandie abgesetzt, während James sich jetzt Gedanken darüber machen darf, ob er die richtigen Prioritäten gesetzt hat.«

Ich empfand keine wirkliche Schadenfreude, weil ich Sarah unbestreitbar mag, aber da auch ich nur ein Mensch bin, konnte ich es mir nicht verkneifen, zu denken, daß Maggie dann wohl kaum Anlaß hätte, besonders selbstgefällig aufzutreten, sollte Mum sich schließlich gezwungen sehen, ihr von Belinda zu erzählen.

»Wissen es ihre Eltern schon?«

»Ja, dort war natürlich die Hölle los. Sarah hatte James nicht verraten, wohin sie wollte, und so rief er Maggie an, weil er dachte, sie sei bei ihr, woraufhin Maggie beinahe einen Herzinfarkt erlitt, und rätselte, wo sie nur sein könnte. Also mußte ihr Zoe wohl oder übel sagen, was los war – die wußte natürlich schon längst Bescheid. Und natürlich wurde Maggie ganz hysterisch und machte Zoe die Hölle heiß, warum sie ihr nicht schon längst etwas gesagt habe, bis Zoe endlich der Geduldsfaden riß und sie fragte, warum sie die Sache eigentlich *an ihr* auslassen müsse und auflegte. Danach rief sie Sarah an und machte *ihr* die Hölle heiß, daß sie nun alles ausbaden müsse, und gestern abend rief mich schließlich Sarah an und hat mir das alles erzählt.«

»Wie ich schon sagte, *Brookside* ist nichts dagegen«, sagte Bill heiter. An Josh gewandt fügte er hinzu: »Du kommst früher oder später auch noch dran. Bekommst du eigentlich irgendeine Gefahrenzulage dafür, daß du in dieses Kriegsgebiet fährst?«

Er lächelte ironisch: »Nicht einmal eine kugelsichere Weste.«

Die Tatsache, daß sie die Bezahlung erwähnt hatten, war mir peinlich. »Bei dem Abendessen heute hätte er eine kugelsichere Weste gut gebrauchen können«, sagte ich. »Er hat Paul geärgert, und ich dachte schon, er würde sich auf ihn stürzen.«

»Jetzt übertreib mal nicht«, sagte er. »Er brauchte nur jemandem, an dem er seine Wut auslassen konnte.«

Ich sah kurz von ihm zu Tamara. »Josh kann ihn nicht leiden. Wegen dieser Sache auf der Hochzeit.«

»Nein, nicht bloß deswegen. Ich mag ihn einfach nicht.«

»Ich auch nicht«, sagte Bill aufrichtig. »Der denkt nur an sich und seine Karriere, wenn ihr mich fragt.«

»Aber ganz ehrlich: Sonst wüßte ich nicht, daß sich irgend jemand über ihn beschwert hätte«, meinte Tamara.

»Na ja, das macht man ja auch nicht, oder?« erwiderte Bill. »Die Frauen denken alle, er sei ein Geschenk des Himmels, und sollte es ein Kerl wagen, auch nur das Geringste dazu zu sagen, dann nur einem anderen Kerl gegenüber. Denn sagt man als Mann irgend etwas Negatives, glauben die Frauen doch sowieso nur, man sei neidisch, weil er so gut aussieht und massenhaft Geld verdient.«

»Mit euch Männern ist es doch genau das gleiche«, gab sie zurück. »Ist eine Frau wirklich attraktiv, aber offensichtlich eine dumme Zicke, und wir sagen einem Mann gegenüber etwas Derartiges, denkt der bloß, wir seien eifersüchtig. Männer durchschauen diese Zicken einfach nicht.«

»Da hast du nur zu recht«, sagte ich und dachte an die Zicke, die mir Kit ausgespannt hatte.

Es war weit nach zehn, als wir wieder zu Hause waren, aber die Stimmung hatte sich ein ganz klein wenig aufgehellt, und sei es nur deswegen, weil Paul nicht mehr da war. »Er ist ins Bett«, sagte Mum. »Er muß furchtbar müde gewesen sein, der arme Junge, von der Aufregung einmal ganz abgesehen ... Ihr seid doch nicht naß geworden, oder?«

»Nein, wir haben uns im Pub untergestellt; ein Freund von Tamara hat uns schließlich heimgefahren. Alles in Ordnung«, fügte ich hinzu, als ich ihr Gesicht sah. »Ich habe kein Sterbenswörtchen gesagt.«

Doch diese Lüge beruhigte sie keineswegs. »Was soll ich bloß den Leuten erzählen?« jammerte sie.

»Die Wahrheit«, sagte Dad trübsinnig. »Was willst du denn sonst erzählen?«

Ich saß auf dem Sofa. Josh saß neben mir und hatte seinen Arm so auf die Sofalehne gelegt, daß seine Hand gerade so mein Haar berührte. Das reichte vollkommen aus, mich wieder ganz unruhig werden zu lassen, und so lehnte ich mich ein wenig nach vorn. Unter den gegebenen Umständen war das jetzt einfach zuviel für mich.

Mum senkte ihre Stimme: »Ich wollte vorher nichts sagen, nicht, während der arme Paul hier war, aber ich habe mich gefragt, ob Marc nicht hinter all dem steckt.«

Ich war nicht weiter überrascht, daß ihr derselbe schreckliche Verdacht gekommen war wie mir. Ich hatte Marc nur ein einziges Mal gesehen, aber die negativen Punkte, die *er* auf sich vereinte, übertrafen die von Paul bei weitem. Trotzdem, sollte Belinda einen passablen Burschen gegen einen noch schlimmeren eingetauscht haben, gehörte sie auch nur zu den Squillionen Frauen vor ihr, die ebenso gehandelt hatten.

»Ich mochte diesen Marc noch nie«, fuhr Mum fort. »Er hatte so einen seltsamen Blick. Er hat sie betrogen, mit dieser Melanie, weißt du. Danach konnte ich sie auch nicht mehr leiden. Zuviel Make-up. Ich hätte diesem Mädchen keinen Millimeter mehr über den Weg getraut.«

So als könnte Paul jeden Moment wieder hier auftauchen, senkte sie ihre Stimme erneut. »Wenn ihr mich fragt, ist Marc genau der Typ, der es nicht erträgt, wenn sie mit jemand anderem glücklich ist. Meiner Meinung nach wäre es ihm durchaus zuzutrauen, daß er versucht hat, alles kaputtzumachen. Daß er ihr das Schwarze unter dem Nagel nicht gönnt, ihr wißt schon. Er wollte sie zwar nicht, aber gleichzeitig will er auch nicht, daß jemand anderer sie bekommt.«

»Wenn sie wirklich glücklich mit Paul gewesen wäre, hätte Marc es niemals schaffen können, die beiden auseinanderzubringen«, sagte ich. »Aber wenn sie vielleicht selbst schon Zweifel hatte ...«

»Mir ist nur aufgefallen, wie eilig sie es hatte«, sagte Dad langsam. »Das kam mir schon die ganze Zeit so komisch vor.«

»Ted!« Völlig erstaunt drehte sich Mum zu ihm um. »Du hast nie ein Wort darüber verloren!«

»Wie sollte ich auch?« Zum ersten Mal klang er gereizt. »Alle anderen waren doch stolz wie Oskar. Du, Belinda anscheinend auch, ja sogar Coral.« Coral war die Putzfrau. »Und Paul sowieso«, fuhr er fort. »Vor allem er hatte es eilig, soweit ich das beurteilen kann. Ich bin mir sicher, Belinda hätte den Termin in der St.-Lukas-Kirche auch noch abwarten können.«

»Ich dachte, du warst froh darüber, daß sie nicht in der St.-Lukas-Kirche getraut würden! Weil du den Pfarrer nicht magst.« Mum wandte sich mir zu. »Daddy mochte nicht, was er auf Fred Stevensons Beerdigung gesagt hat. Er fand seine Predigt völlig überzogen.«

»Der Pfarrer interessiert mich überhaupt nicht! Von mir aus hätte sie auch bei McDonald's heiraten können, wenn sie das glücklich gemacht hätte!« Als er merkte, daß er Mutter auf diese Weise nur noch mehr aufregte, senkte er seine Stimme wieder. »Tut mir leid, Liebes, aber jetzt macht es auch keinen Sinn mehr, sich darüber den Kopf zu zerbrechen.« Er erhob sich mühsam. »Ich geh ins Bett. Gute Nacht allerseits.«

Als er weg war, nahm Mums Gesicht wieder seinen urspünglichen Ausdruck voller Kummer und Sorge an. »Ich wünschte bloß, Daddy hätte irgendwas gesagt. Ich meine, selbst ich habe mich manchmal gefragt, warum sie es eigentlich so eilig hatten. Das ein oder andere Mal dachte ich ...«

Ihre Stimme erstarb. »Das spielt jetzt auch keine Rolle mehr.«

Ich mußte nachhaken. »Was dachtest du?«

Sie seufzte tief. »Ich weiß, das klingt jetzt blöd, aber ich dachte, sie sei vielleicht schwanger und wollte es vorher nicht zugeben. Ältere Leute können auf so etwas immer noch ein wenig empfindlich reagieren. Meine Mutter hätte bestimmt ihren Kommentar dazu abgegeben.«

O ja, das hätte sie sicherlich getan.

»Als sie anfing, immer so müde und gereizt zu sein, dachte ich, vielleicht liegt es an den Hormonen«, fuhr sie fort. »Manche Frauen reagieren so. Zwischen den Zeilen hab ich ihr das sogar mehr oder weniger auf den Kopf zugesagt; auch die Wahl ihres Hochzeitskleides würde dafür sprechen.«

Mit offensichtlicher Anstrengung sagte sie forsch: »Nun, wie es aussieht, ist das wohl kaum der Fall – zum Glück. Dem Himmel sei Dank, daß ich Fremden gegenüber niemals etwas Derartiges erwähnt habe.«

Endlich stellte sie die Frage, vor der ich mich schon die ganze Zeit gefürchtet hatte.

»Ich hoffe nur, sie hat es nicht wegen mir getan«, sagte sie verzweifelt. »Vielleicht hat sie ja gedacht, ich wäre enttäuscht, wenn sie alles abblasen würde. Du glaubst doch nicht etwa, sie hat's wegen mir getan?«

Was sollte ich sagen? »Natürlich nicht. Sie dachte wahrscheinlich, sie hätte nur ein wenig kalte Füße bekommen. Sie hoffte, sie würden schon wieder warm werden, statt dessen wurden sie immer kälter.«

»Warum ruft sie denn bloß nicht *an*?« Als ob das ihre Frage beantwortet hätte, warf sie einen flehenden Blick auf das Telefon auf dem Beistelltisch. »Ich nehme an, sie traut sich nicht. Was soll sie um Himmels willen Paul sagen? Ich hoffe nur, sie fürchtet sich nicht vor Daddy, bei all dem Geld, das er ausgegeben hat. Natürlich wird er darüber kaum erfreut sein, aber er hat kein Wort darüber verloren. Und dann die Geschenke. Die ganzen Geschenke, die man zurückgeben muß ...«

»Über die Geschenke würde ich mir jetzt nicht den Kopf zerbrechen«, sagte Josh. »Solche Sachen passieren eben.«

Da sie ihn daraufhin schon beinahe lächerlich dankbar ansah, hielt ich eine weitere kleine Bemerkung für angebracht. Ich erzählte ihr kurz die Freeman-Saga, aber Mums embryonenkleine Schadenfreude schien sich ebenso in Luft aufgelöst zu haben wie Belinda.

»Maggie wird sich furchtbare Sorgen machen, aber zumindest weiß sie, wo sie steckt«, jammerte sie. »Ich wünschte, Belinda würde anrufen – ich will mir gar nicht vorstellen, wie sie da irgendwo sitzt, ganz allein, und sich nicht traut, auch nur den Hörer in die Hand zu nehmen ...«

»Sie wird bei Freunden sein«, sagte ich besänftigend.

»Ja, aber bei *wem*?«

Ich versuchte mein hochgradiges Genervtsein zu verbergen.

»Ich habe keine Ahnung, Mum. Wenn ich es wüßte, würde ich dort anrufen.« Nach einer Weile fügte ich hinzu: »Was ist mit Omas Geburtstagsessen morgen?«

»Daddy hat den Tisch abbestellt. Wir wollten ihr bis morgen früh sowieso noch nichts davon erzählen, sie wird also nicht enttäuscht sein. Zumindest nicht deswegen.« Sie seufzte tief. »Ich glaube, ich gehe jetzt besser auch ins Bett. Schließt du bitte ab, Liebes?«

»Natürlich.«

»Also dann, gute Nacht.«

Als sie zu mir kam, um sich den üblichen Gute-Nacht-Kuß abzuholen, erhob sich Josh. »Gute Nacht, Mrs. Metcalfe. Ich hoffe, Sie finden etwas Schlaf.«

Daraufhin mußte sie ihm einfach die Wange tätscheln. »Ich bin ja so froh, daß ihr hier seid – ich weiß gar nicht, was wir ohne euch getan hätten.«

Ich fühlte mich wie Judas.

An der Tür blieb sie kurz stehen. »Ach so, Paul hab ich übrigens in der Folterkammer untergebracht – unter den gegebenen Umständen wäre es doch zu geschmacklos gewesen, ihm das Ehebett zu geben, und Belindas Zimmer wollte ich ihm auch nicht überlassen. Eure Sachen sind schon alle oben – Dad hat sie mit raufgenommen, während ihr weg wart.« Das erste Mal, seit wir da waren, lachte sie beinahe.

»Gute Nacht, dann. Schlaft gut.«

Mit einem Klick fiel die Tür hinter ihr zu.

Ich starrte ihr entsetzt hinterher.

Josh sah ebenso entsetzt aus. »Was zum Teufel soll das heißen, die ›Folterkammer‹?«

»So nennt Dad es immer. Eine Art Mini-Fitneßraum mit einem Gästebett.«

»Oh.« Er sah überaus erleichtert aus, was man von mir nicht gerade behaupten konnte.

»Du hast es immer noch nicht begriffen, oder? Sie hat Paul in der Folterkammer untergebracht und uns in dem verbleibenden Zimmer mit dem Doppelbett. Im Ehebett.«

Ich würde nicht gerade sagen, daß ihm das blanke Entsetzen ins Gesicht geschrieben stand; er sah eher so aus, als dächte er: *O Gott, womit habe ich das bloß verdient?*

Da ich nicht wußte wohin damit – einmal abgesehen davon, daß ich ihn in den Gasherd hätte stecken können – vergrub ich den Kopf in beiden Händen. »Ich hätte mir ja denken können, daß sie so was macht. Aber nie hätte ich *geglaubt* ...«

Er stand immer noch aufrecht da, beide Hände in den Hosentaschen. »Ich hoffe nur, du gehörst nicht zu den Frauen, die sich hin- und herwälzen und die ganze Bettdecke in Beschlag nehmen.«

Natürlich mußte ich ihm das sofort ausreden. »Daß wir ein Bett teilen, kommt überhaupt nicht in Frage! Ich werde in Belindas Zimmer schlafen und Mum gegenüber behaupten, mir wäre nichts anderes übriggeblieben, denn du hättest total laut geschnarcht.«

»Ich schnarche nicht, bloß weil du das so willst!«

»Dann knirschst du mit den Zähnen«, zischte ich. »Was macht das schon?«

Zwei Sekunden später ging die Tür wieder auf.

Im Zimmer herrschte eindeutig dicke Luft. Mum stand unsicher auf der Türschwelle und sah abwechselnd von mir zu Josh. »Meine Lieben, ist irgendwas?«

Ich lachte unschuldig auf. »Natürlich nicht. Außer, daß er mir gerade gesagt hat, ich solle endlich damit aufhören, ständig über meine Figur zu jammern.«

»Na, dann ist ja alles gut – wenn ihr euch jetzt auch noch zerstreiten würdet, das wäre einfach zuviel für mich. Ich bin nur noch mal zurückgekommen, um euch zu sagen, daß ihr nur dünne Sommer-Bettwäsche habt. Vielleicht reicht euch das nicht aus, jetzt, wo es so kühl geworden ist, aber auf der Ottomane liegen noch viele weitere Decken für euch bereit.«

»Danke Mum, wir kommen schon zurecht.«

Schon halb an der Tür, blieb sie erneut stehen. »Ich bin mir sicher, ich werde die nächsten Stunden kein Auge zutun – und dann wird Daddy wieder anfangen zu schnarchen, und ich mache erst recht kein Auge mehr zu – ich werd also besser in Belindas Zimmer schlafen. Ich wünschte, er würde sich mal wegen seiner Stirnhöhlen untersuchen lassen. Na ja, darüber sollte ich mir jetzt wohl kaum den Kopf zerbrechen – ich geh jetzt hoch. Gute Nacht.«

Nachdem sie weg war, starrten wir etwa dreißig Sekunden lang auf die Tür. So wie die Dinge lagen, könnte sie jede Sekunde wieder auftauchen und sagen: *»Ach übrigens, falls ihr die Heizdecke haben wollt ...«*

In der Tat war das eine sehr willkommene Unterbrechung gewesen. Als sich unsere Blicke schließlich wieder fanden, hatte mein Gehirn seine Arbeit wieder aufgenommen. »Ich hab alles unter Kontrolle.« Das sagte ich so pragmatisch, wie ich nur konnte. »Ich werde mir mit den übrigen Decken ein Bett auf dem Boden herrichten, und sie wird nie etwas davon mitbekommen.«

»Hast du nicht noch dein altes Zimmer, in dem du schlafen kannst?«

Jetzt war ich an der Reihe, beleidigt zu sein. »Falls du Angst haben solltest, daß *ich* die ganze Nacht schnarche und furze, dann werde ich eben das Zelt vom Dachboden holen und im Garten schlafen!«

»Jetzt beruhig dich mal wieder!« sagte er, so wie nur Männer das können, was einen erst recht zur Weißglut treibt, »ich hab ja nur gefragt.«

»Mein altes Zimmer ist bis obenhin mit Krempel vollgestopft«, fuhr ich gereizt fort und erläuterte ihm kurz die Trudi-Menopausen-Angelegenheit. »Du wirst dich also damit abfinden müssen.«

»Prima – ganz wie du willst«, sagte er und setzte sich wieder hin. Und zwar nicht neben mich, wo er vorher gesessen hatte, sondern auf das andere Sofa, ungefähr meterweit weg.

Prima. Ganz wie du willst.

Ich warf einen Blick auf meine Uhr. »Du kannst ruhig schon hochgehen, wenn du willst. Du kannst das Bett nehmen. Ich komm noch nicht mit. Ich kann sowieso nicht schlafen.«

»Ich auch nicht.«

Benji schlich zu ihm hinüber und sah ihn ehrfürchtig an, so als wollte er ihm sagen: »Ich hoffe, ich stör dich nicht«, und Josh fühlte sich verpflichtet, ihm das Ohr zu kraulen. Ich hätte jetzt auch gern jemandes Ohr gekrault. Unter ganz bestimmten Umständen können Hunde genau denselben Zweck erfüllen wie eine Zigarette: sie beruhigen einen, und man weiß wenigstens, wohin mit seinen Händen. Und ich hatte meine Notration zu Hause gelassen, in der irrigen Annahme, ich würde sie nicht brauchen. Was nur einmal mehr beweist, daß immer dann etwas schiefgeht, wenn man sich nicht dagegen abgesichert hat.

Zum fünfzigsten Mal fragte ich mich, wo um alles in der Welt Belinda wohl stecken mochte. »Einerseits könnte ich sie umbringen, dafür, daß sie all diese Aufregung verusacht, andererseits ...«

Er hob die Augenbrauen. »Was?«

»Ich weiß nicht.« Ich rutschte unruhig auf meinem Stuhl hin und her. »Ich hoffe nur, sie ist jetzt nicht allein, das ist alles. Du weißt ja, wie das ist, wenn man etwas wirklich Blödes angestellt hat, und dann ist da niemand, mit dem man darüber reden kann. Das fühlt sich wirklich an wie das Ende der Welt.«

»Dann wollen wir mal hoffen, daß sie bei einer Freundin untergekommen ist.«

»Ja.«

»Und daß diese Freundin ihr mal ordentlich die Leviten liest und ihr sagt, sie hätte vorher den Mut haben sollen, alles abzublasen.«

Ich war froh, daß er mir jetzt nicht mit diesem nachsichtigen »Die-arme-kleine-Belinda« kam, aber das wollte ich ihm auch nicht unbedingt auf die Nase binden. »Na, jetzt schlägst du auch schon einen ganz anderen Ton an, stimmt's? Noch vor ein paar Stunden hast du Paul unterstellt, er hätte sie geschlagen.«

»Ich würde das immer noch nicht vollkommen ausschließen, auch für die Zukunft. Er schätzt es nicht besonders, wenn man ihn zum Narren hält.«

Daraufhin begann ich mir erneut Sorgen zu machen, für den Fall, daß sie sich fürchtete, ihm gegenüberzutreten. »Vielleicht hat sie die Vorstellung einfach nicht ertragen, ihm ins Gesicht zu sagen, daß sie ihn nicht mehr will. Vielleicht dachte sie, es sei einfacher zu verschwinden, sobald sie erst mal unterwegs wären. Wenn sie wußte, daß er stundenlang wegbleiben würde, dann hatte sie auch genügend Zeit, alles zu organisieren. Obwohl ich mir immer noch kaum vorstellen kann, daß sie ganz cool am Flughafen angerufen und sich ein Taxi bestellt hat. Es würde ihr wesentlich ähnlicher sehen, sich stundenlang zu quälen und am Ende doch nichts zu tun.« Ich warf einen Blick auf das schweigende Telefon. »Kein Wunder, daß sie nicht angerufen hat. Sie muß schreckliche Angst davor haben, mit einem von uns zu sprechen.«

»Sie wird warten, bis die schlimmste Wut verraucht ist.« Er war immer noch dabei, Benji zu kraulen, der sich über die Maßen unloyal verhielt und zu ihm aufsah, als wäre Josh das Beste seit getrocknetem Pansen. Typisch treuloses Männchen.

Ich griff nach der Fernseh-Fernbedienung. »Ich weiß ja nicht, wie's dir geht, aber ich könnte jetzt etwas leichte Kost gut gebrauchen. Irgendwas wird schon laufen, am besten so 'ne hirnlose Komödie.«

Nach einer Minute Channel-Hopping erwischte ich einen alten Dracula-Film, der gerade erst angefangen hatte. »Das dürfte uns ein wenig amüsieren, auch wenn ich alles andere als gelacht habe, als ich diesen Film das letzte Mal sah. Ich hab mich wahnsinnig gegruselt und konnte fast eine Woche nicht mehr schlafen. Ich trug die ganze Nacht über meine Kette mit dem goldenen Kreuz-Anhänger und klaute ein wenig Knoblauch aus der Küche, mit dem ich dann meine Zimmertür einrieb. Die Fenster machte ich auch alle fest zu, nur für den Fall, daß er in der Gestalt einer Fledermaus eindringen würde.« Ich mußte fast schon lachen, als ich mich daran erinnerte. »Mum fragte sich, warum mein Zimmer plötzlich so nach Knoblauch stank. Letzten Endes mußte ich ihr dann alles gestehen.« Ich fing Joshs Blick auf und fügte hinzu: »Ich war damals erst zehn, falls du dich gerade wundern solltest. Ich hab den Film bei einer Freundin gesehen, bei der ich hatte übernachten dürfen.«

»Ich hoffe, sie hat sich nicht über dich lustig gemacht.«

»Was derartige Dinge anbelangt, hat sie sich nie über mich lustig gemacht, zumindest nicht in meiner Gegenwart.«

Ich versuchte Belinda aus meinen Gedanken zu vertreiben und mich auf *Dracula* zu konzentrieren. Das Ganze war so abgedroschen – der dunkle, finstere Wald, das mittelalterliche Gruselschloß ...

Josh schien das nicht sonderlich zu fesseln. Nach einigen Minuten lief er zum Beistelltischchen, das mehrere silbergerahmte Photographien schmückten. Ich und Belinda, wie sollte es auch anders sein, in verschiedenen Altersstufen, vom zahnlückigen Kleinkind bis zum achtjährigen Mädchen in Schuluniform, das seine neuen Zähne zeigte, die noch gar nicht so richtig zu seinem Mund passen wollten. Später Fotos, auf denen wir beide achtzehn waren, sie waren von einem Profi-Fotografen aufgenommen worden. Was mein Foto betrifft, muß ich sagen, es ist das beste, das je von mir gemacht wurde. Ich war damals viel schlanker, sogar im Gesicht. Mum pflegte zu sagen: »Ich muß zugeben, der Fotograf hat da was eingefangen, wenn ich auch nicht genau weiß was.«

Aber ich. Ich war unglaublich stolz darauf gewesen. Unter der unschuldigen Oberfläche hatte die verruchte Frau in mir bereits darauf gewartet, endlich in Erscheinung treten zu dürfen. Schließlich *war* sie in Erscheinung getreten; ich hatte gerade herausgefunden, wie es sich anfühlte, »es zu tun«, und zwar mit Malcolm Parker aus dem Tennisclub. Ich würde nicht gerade sagen, daß ein Feuerwerk abbrannte oder so, aber immerhin hatte es mich von meiner elenden Unwissenheit befreit.

Als Josh um die Ecke verschwand, vertiefte ich mich wieder in *Dracula*. Langsam begann ich mich wieder zu erinnern. Ein paar selbstgefällige Oberschicht-Typen hatten sich im dunklen Wald verirrt, sie waren ohne Fortbewegungsmittel. Was sollte da groß anderes passieren, als daß eine leere Kutsche vorbeikam, die von rabenschwarzen Pferden gezogen wurde? Wirklich sehr praktisch.

Als ich mich gerade so richtig in den Film vertieft hatte, kam er zurück. »Du hast mir ja gar nicht gesagt, daß ihr einen Swimmingpool habt!«

»Warum auch? Du willst doch jetzt nicht schwimmen, oder?«

»Ich fänd's schön, es sei denn, ihr habt ihn nur zu Dekorationszwecken einbauen lassen.«

»Natürlich nicht. Meine Eltern benützen ihn beide.«

»Ich könnte ein wenig Bewegung vertragen.« Er wies mit dem Kopf in Richtung Fernseher. »Ich fürchte, ich steh nicht so auf Reißzähne und Pfählungen mitten ins Herz.«

»Dann mal los. Dafür ist er ja da.«

Natürlich hatte ich den Swimmingpool nicht erwähnt. Ich war schon lange aus dem Alter herausgewachsen, in dem ich das noch für etwas Besonderes hielt. Belinda und ich hatten uns einen Swimmingpool für draußen gewünscht, aber Dad hatte gemeint, das sei reine Geldverschwendung, man sollte nur mal an das grauenvolle Wetter denken. Wir würden an einem Hallenbad viel mehr Freude haben.

Und er hatte recht behalten, wenn auch nicht aus denselben Gründen, die ihm so vorgeschwebt hatten. Als wilder, sündiger Teenie hatte ich einige phantastische Partys rund um den Pool gegeben, und zwar dann, wenn Mum und Dad nicht zu Hause waren. Und das war auch besser so, das kann ich euch versichern. Wenn auch nie jemand ins Becken gekotzt hatte, dann doch so manches Mal haarscharf daneben, und hinterher mußte ich dann immer die Zigarettenstummel aus den Übertöpfen aufsammeln, von den Bierdosen und dem obligatorischen Bikini-Top am Grunde des Pools einmal abgesehen.

Wie ich mir meine sündige Vergangenheit so ins Bewußtsein rief, dauerte es nicht lange, bis wilde Phantasien durch meinen Kopf geisterten. Natürlich waren sie rein hypothetisch, nie im Leben würde ich zu ihm ins Becken steigen, nicht einmal, wenn er mich darum bitten sollte. Ich hatte keinen Badeanzug dabei. Sagen wir mal so, ich hätte durchaus einen auftreiben können: ein viel zu kleines Modell von Belinda zum Beispiel, aus dem ich überall herausquellen und in dem ich also eine noch weniger appetitliche Figur machen würde als damals im Park.

Jetzt, wo ich darüber nachdachte, fiel mir ein, daß er wohl kaum eine Badehose dabeihaben dürfte. Zog er da vielleicht gerade ganz *au naturel* seine Bahnen? Oder hatte er seine Unterhose anbehalten, für den Fall, daß ich einen Blick riskieren sollte?

Ich bemühte mich, diese unanständigen Gedanken zu verdrängen und mich wieder ganz dem Grafen Dracula zu widmen, der ehrlich gesagt noch nicht einmal aufgetaucht war. Die Sonne war schon seit langem untergegangen, was bedeutete, daß gerade irgend etwas irgendwo in den modrigen Kellergewölben aus seinem Sarg-Schlummer erwachte und ziemlich hungrig war.

Die Spannung stieg, bis ich, sobald sich irgend jemand in diesem Gruselschloß auch nur andeutungsweise rührte, beinahe einen Herzinfarkt erlitt. Da ich mich noch genau daran erinnern konnte, was als nächstes Schreckliches passieren würde, gruselte ich mich derart, daß ich kniff und den Kanal wechselte.

Plötzlich fiel mir ein, daß ich Josh nicht einmal ein Handtuch gegeben hatte. Nur für den Fall, daß er sich splitterfasernackt ausgezogen hatte – sollte ich ihm trotzdem eines bringen? Oder würde ich dann dastehen wie Peeping Tomette? Und wenn ich ihm keines brächte, würde ich dann nicht dastehen wie die letzte prüde Kuh, die sich fürchtet, einen sündigen Blick zu erhaschen? Und warum verdammt noch mal machte ich mir überhaupt so viele Gedanken darüber? Ich kam mir schon vor wie die Heldin irgendeines debilen viktorianischen Romans: *Sehr verehrter Leser, an diesem Punkt fürchtete unsere süße Sophia, die Grenzen des Anstands zu überschreiten. Ihr jungfräuliches Herz zitterte aus Angst, der edle Josh könnte sich seiner Unterhose entledigt haben.*

Ach, scheiß drauf.

Ich machte den Fernseher aus, rannte nach oben zum Wäscheschrank und dann wieder herunter.

Der Wintergarten sah aus wie ein tropisches Paradies. Ich hatte vergessen, ihm zu sagen, wo das Licht anging, aber er hatte den Schalter offensichtlich gefunden; das Wasser schimmerte so türkis wie sonst nur im Reisekatalog.

An dem Ende des Pools, das zu mir zeigte, standen ein Rattantisch und Stühle, auf denen Mum und Dad häufig ihr Frühstück einnahmen. Der Garten hinter den Glastüren sah so finster aus wie Draculas Wald.

Er schwamm noch, kraulte, den Kopf unter Wasser. Sein Kopf sah aus wie der eines nassen, braunen Seelöwen. Seine Kleider hatte er über einen Stuhl geworfen, alle bis auf ein Kleidungsstück, das weiß war und ihn unten herum züchtig bedeckte. Um so besser, da ich wohl sonst kaum so dreist gewesen wäre, ihn anzustarren.

Ich wartete, bis er seine Bahn am anderen Ende vollendet hatte, das Wasser aus den Haaren schüttelte und wendete.

»Entschuldige, ich habe ganz vergessen, dir ein Handtuch zu geben«, rief ich, cool wie ein Limonensorbet.

»Ich hätte sonst einfach mein Hemd genommen.« Mit diesen Worten zog er sich selbst aus dem Wasser und lief um das Becken herum auf mich zu.

Als er noch etwa drei Schritte von mir entfernt war, warf ich ihm das Handtuch zu. »Bitte sehr. Ich hoffe, das Wasser war warm genug.«

»Es war prima.« Er legte sich das Handtuch um den Hals und hielt beide Enden fest. »Wie ist der Film?«

»Mist – ich hab ihn ausgemacht. Ich glaube, ich würde jetzt ganz gern ins Bett gehen, aber ich muß noch warten, bis du hier fertig bist, damit ich die Alarmanlage einschalten kann.«

»Noch zwei Minuten, dann bin ich fertig.«

»Willst du noch irgendwas, bevor wir nach oben gehen? Noch einen Whiskey? Eine Tasse heißen Kakao?«

»Nein danke.«

»Dann werde ich mal Benji ins Körbchen bringen.«

Ich hätte ihn lieber sein Hemd benutzen lassen sollen. Ich weiß nicht, warum nasse attraktive Männer die Hormone mehr in Aufruhr versetzen als trockene attraktive Männer, und wenn ihr gerade so tun müßt, als würden sie euch ungefähr so anmachen wie einer von Benjis alten Knochen an einem Regentag, dann kann ich euch diesen Anblick nicht gerade empfehlen. Ich würde nicht soweit gehen wollen zu behaupten, seine weißen Boxershorts wären durchsichtig gewesen, aber ich glaube kaum, daß sie den keuschen Blicken Sophias angemessen gewesen wären.

Ich gab Benjy ein Bonzo (er brauchte immer ein kleines Betthupferl), und er legte sich in sein Körbchen. Danach erwartete er einen Gute-Nacht-Kuß. Hätte es Gute-Nacht-Geschichten für Hunde gegeben, hätte er die auch erzählt bekommen. Bestimmt hätte er eine aufregende Geschichte durchaus zu schätzen gewußt, in der ein tapferer Hund vorkommt, der gegen den fürchterlichen Staubsauger zu Felde zieht und ihn tatsächlich zur Strecke bringt, anstatt sich einfach nur hinter dem Sofa zu verstecken und zu bellen, sobald der es wagte, sich ihm zu nähern.

Ich sah nach, ob die Hintertür abgeschlossen war, und schaltete die Alarmanlage ein. Im Haus war alles ruhig. Wir schlichen nach oben, vorbei an einer weiteren von Mums Monsterpflanzen, die den Treppenabsatz zierte. Das Doppelzimmer ging nach hinten hinaus, auf den Garten. Es war erst kürzlich renoviert worden, und man hatte eine Dusche eingebaut. Am Fußende des Betts gab es eine weiße Ottomane aus Peddigrohr, auf der die Decken lagen. Auf dem Boden standen ordentlich unsere Taschen, die wir in der Diele hatten fallen lassen.

»Gut«, sagte ich forsch und überaus pragmatisch. »Wenn du inzwischen ins Bad möchtest, dann mache ich das Bett hier.«

Als er wieder auftauchte, hatte ich unter Verwendung zweier Federbetten ohne Bettbezug sowie einer alten Daunendecke ordentliche Arbeit geleistet.

Er inspizierte mein Werk. »Ich werde auf dem Boden schlafen.«

»Nein, das wirst du nicht.«

»Sophy, ich –«

»Würdest du jetzt bitte aufhören, mit mir zu streiten?« Ich entlud meine heftige Anspannung in einem heftigen Zischen. »Ich wasch mich kurz, und du gehst jetzt ins Bett, verstanden?«

Da kam mir noch so ein Gedanke, der die süße Sophia zum Riechfläschchen hätte greifen lassen. Das Nachthemd, das ich mitgebracht hatte, war hauteng, aus schokoladenbraunem Satin und besaß schmale Trägerchen, die an einem Mini-Oberteil befestigt waren. Mit einem Wort, genau das Wäschestück, das man anziehen würde, wenn man alles drauf und dran setzen wollte, ein kumpelhaftes Wochenende in ein erotisches zu verwandeln. Mum hatte es mir zum Geburtstag geschenkt, bald nachdem ich »Dominic« kennengelernt hatte. Ich könnte schwören, daß sie es nur gekauft hat, um ein gesundes Sex-Leben zu fördern, und zwar mit jemandem, mit dem es »*... endlich wirklich was werden würde, klopf, klopf, klopf, denn wenn sie sich nicht langsam beeilt ...*«

Ich hatte es nur deshalb dabei, damit sie sieht, daß ich es auch wirklich trage. Und jetzt würde ich so aus dem Badezimmer kommen müssen, und meine Titten würden zur Hälfte zu sehen sein, woraufhin Josh zwangsläufig glauben mußte, ich wolle mit ihm den Gipfel der Lust erklimmen; daraufhin würde ihn die blanke Panik ergreifen, er würde sich aus dem Fenster stürzen und sich umbringen.

Doch ich konnte Abhilfe schaffen. Hinter der Badezimmertür hing ein Bademantel, den Mum ursprünglich für ihre Mutter gekauft und dann nicht weiterverschenkt hatte. »Ich weiß ja nicht, vielleicht ist er doch ein wenig zu omahaft«, hatte sie zweifelnd gesagt. »Was meinst du? Du weißt doch, wie sehr sie alles haßt, was auch nur im entferntesten nach Vogelscheuche aussehen könnte.«

Ich fand, er hätte vielleicht einer Hundertdreijährigen gestanden, einer, die bereits absolut jenseits war. Der Bademantel war aus babyblauem Fleece, knöchellang, besaß einen Stehkragen und lange, manschettenbewehrte Ärmel von der Sorte, die man dann immer in seinem Schlaftrunk hängen hat.

Ich kam also aus dem Badezimmer zum Vorschein, gewandet in ein züchtig bis oben hin zugeknöpftes, babyblaues Etwas, aber die Mühe hätte ich mir gar nicht machen müssen. Josh lag schon im Bett, sein Gesicht von mir abgewandt.

Innerhalb von drei Sekunden lag ich unter den Federbetten. »Würdest du bitte die Nachttischlampe ausmachen?«

Er machte sie aus. »Gute Nacht.«

Eine halbe Stunde später hatte ich heftiges Mitleid mit dieser Prinzessin, die Probleme mit einer Erbse hatte, die unter ihren zwanzig Federbetten lag. Massen fossiler Pflaumenkerne schienen unter meiner Daunendecke auf mich zu lauern. Davon einmal ganz abgesehen, war ich hellwach. Derart gut mit breit gefächerten Themen versorgt, über die es sich nachzugrübeln lohnte, wie sollte ich da bloß abschalten? Belinda. Paul. Mum, die sich zu Tode sorgte, wo Belinda bloß stecken mochte und was sie nur

Maggie Freeman erzählen sollte. Von all diesen Visionen einmal abgesehen suchten mich auch zwei Männer in meinen Träumen heim. Der erste war naß, durchaus appetitlich und trug weiße Boxershorts; der zweite einen schwarzen Umhang, er hatte einen angsteinflößend starren Blick und war gerade dabei, den Mund zu öffnen ...

Ich begann mich sogar zu fragen, ob ich unten irgendwelche Fenster offen gelassen hatte. Eine Fledermaus konnte dann jederzeit hier hereinflattern, und übernatürliche Wesen lösen bekanntlich keine Alarmanalge aus. Na, zum Glück gab es ja noch Benji. Es ist allseits bekannt, daß Hunde das Böse spüren können und er sich also dementsprechend die Seele aus dem Leib kläffen würde. Geister spüren sie sowieso. Andererseits, auf Vampire traf das vielleicht nicht zu. Vielleicht übte Dracula eine geheimnisvolle Macht auf Tiere aus, genau wie Crocodile Dundee. Vielleicht lag der arme Benji schon jetzt leblos und blutleer in seinem Körbchen, während der finstere Untote gerade die Treppe hochkroch ...

Merkwürdigerweise verweilten meine Gedanken nicht sehr lange bei dem Untoten Dracula. Auch wenn ich nicht gerade sagen würde, daß er sich wie wild umherwälzte, wand sich der offensichtlich »unschlafende« Josh unruhig unter seiner Decke. Das war äußerst beunruhigend, insbesondere was meine Einbildungskraft anbelangt, die sich äußerst undiszipliniert gebärden kann. Mit sinnlich-haptischen Spezialeffekten spulte sie immer wieder unser leidenschaftliches Geknutsche vor mir ab und ließ mich darüber nachgrübeln, wie er mir wohl den BH-Träger von der Schulter streifen würde und wenn das erst einmal geschehen wäre ...

Derart kribbelndes, aufregendes Zeug war kaum dazu geeignet, einen ruhigen Schlaf zu fördern. Um ehrlich zu sein, war ich gerade schon bei meiner Auf-dem-Flur-zusammenstoß-Phantasie angelangt, als eine entnervte Stimme alles zunichte machte.

»Sophy! Du windest dich wie ein Fisch am Haken!«

»Tu ich nicht!«

»O doch. Jetzt komm schon, laß uns die Plätze tauschen. Du liegst offensichtlich nicht besonders bequem; ehrlich gesagt, hinderst du mich so am Einschlafen.«

Wenn er das nicht gesagt hätte, hätte ich vielleicht nachgegeben. »Beiß die Zähne zusammen! Zähl Schäfchen! Oder schwankende alte Damen mit Wollmützen. Ich rühr mich hier nicht von der Stelle.« Ich drehte mich von ihm weg und kuschelte mich wieder unter die Decken. »Und zisch mich nicht mehr so an! Ich war gerade am Wegnicken!«

Nach dem Aufwachen lag ich noch ein Weilchen leicht benommen da und hatte das unbestimmte Gefühl, etwas Schreckliches wäre passiert, ohne jedoch zu wissen, was.

Nachdem mir die Sache mit Belinda wieder eingefallen war, ergriff noch ein weiterer Alptraum von mir Besitz. Betten! Was machte ich da im Bett?

Ich linste zur Seite. Er lag recht ruhig da, sein Gesicht von mir abgewandt. Einen furchtbaren Moment lang hatte ich eine Vision, wie er mitten in der Nacht meinen schlafenden Körper hochhob und daraufhin einen Herzinfarkt erlitt.

Gott sei Dank konnte ich gerade noch erkennen, wie sich das Federbett auf- und niedersenkte, während er atmete.

Puuh. Andererseits, irgendwas stimmte hier nicht. Ein Mann, dem ich komplett verfallen war, hatte meinen spärlich bekleideten Körper in seine Arme genommen, und ich war nicht einmal wach gewesen, um es zu genießen.

Typisch.

Während ich ihn so beobachtete, bewegte er sich leicht, drehte sich schläfrig auf die andere Seite und öffnete die Augen. Genau wie ich blinzelte er einige Sekunden lang verschlafen, bevor er seine Umwelt scharfstellte.

Er drehte den Kopf ein winziges bißchen, sah mich und schloß erneut die Augen. »O Gott, jetzt fällt mir alles wieder ein.«

Na, heißen Dank auch. Ich stützte mich auf den Ellbogen. »Was zum Teufel machst du da auf dem Fußboden?«

»Ich versuche zu schlafen.« Kaum hatte er das ausgesprochen, drehte er sich von mir weg auf die andere Seite und zog sich die Bettdecke bis unters Kinn.

Ich schäumte. »Josh!«

»Um Gottes willen, es ist mitten in der Nacht. Schlaf weiter.«

»Es ist zehn nach acht!«

»Und es ist Sonntag morgen.« Eine erstickte Stimme erreichte mich von irgendwoher unter der Decke.

Ich war beleidigt genug, um scharf zurückzuschießen. »Wenn du mich schon mitten in der Nacht herumgewuchtet hast, dann hoffe ich nur, du hast jetzt ordentlich Rückenschmerzen. Warum hast du nicht auf mich gehört und bist liegengeblieben?«

»Weil du dich hin- und hergewälzt hast. Und ich habe dich nicht herumgewuchtet.« Er kehrte mir seinen Rücken zu. »Ich hab deine Hand genommen und gesagt: ›Los, komm schon, Sophy, ab in die Heia, so ist's gut, braves Mädchen.‹ Und schon warst du auf den Beinen, so süß und gehorsam wie du es wahrscheinlich nicht einmal als kleines Kind gewesen bist, und hast zugelassen, daß ich dich zugedeckt habe. Quod erat demonstrandum. Und so konnte ich dann endlich einschlafen.«

Ich glotzte ihn ungläubig an.

»Ich glaub dir kein Wort.«

Josh stützte sich auf einen Ellbogen und glotzte zurück. »Glaub, was du willst. Ich wähle nie die schwierigere Variante, wenn es auch anders geht.«

Irgendwie konnte ich das nur zu gut verstehen.

»Tut mir also leid, wenn ich dich enttäuschen muß«, fuhr er fort, »aber meinem Rücken geht es nach wie vor ausgezeichnet. Obwohl ich zugeben muß ...«, sein Blick wandte sich kurz von meinem Gesicht ab, »daß ich dich durchaus hätte herumwuchten können, ohne einen größeren Schaden davonzutragen.«

»Willst du mit mir wetten?« Keine Ahnung, warum ich das sagte. Wahrscheinlich sollte das eine Provokation sein, eine Herausforderung.

Ich gebe zu, das war gelogen – ich weiß sehr wohl, warum ich das gesagt habe. Denn kurz bevor ich es ausgesprochen hatte, hatte sich irgendwas verändert. Ich spürte, daß irgend etwas zwischen uns in der Luft lag, ich merkte es, an dieser kleinen, zittrigen Verbindungslinie unserer Blicke. Nur, daß ich eine Weile gebraucht hatte, um das zu verarbeiten.

»Warum?« fragte er. »Willst du wetten?«

Und noch einmal wandte er kurz den Blick von mir ab. Plötzlich war ich mir meines Körpers überaus bewußt. Um genauer zu sein, meiner üppigen linken Brust, die seitlich fast ganz aus meinem Nachthemd fiel.

Er hob den Blick.

Ich weiß nicht, warum sich Hitzewellen angeblich auf die Menopause beschränken. In diesem Moment spürte ich eine Hitzewelle, die alles Dagewesene bei weitem übertraf, die man mir aber zum Glück nicht ansah. Ich ließ mich von ihr fortspülen.

Unter den gegebenen Umständen klang meine Stimme ziemlich normal. »Ich steh jetzt auf.« Ich schwang meine Beine aus dem Bett und ging die Vorhänge aufziehen. Ich machte das Fenster weit auf. Ich brauchte den Sauerstoff.

Meine Beine fühlten sich ziemlich merkwürdig an. Eines sagte zum anderen: »Ich gebe hier eine ziemlich gute Wackelpudding-Vorstellung ab – kannst du bitte den Part mit der nassen Watte übernehmen?«

Er hatte sich nicht gerührt, sah mich jedoch immer noch an, das konnte ich spüren. Er folgte jeder meiner Bewegungen.

Ich wollte auf dem direktesten Weg ins Badezimmer, aber ich tat es nicht. Vielleicht wollte ich gar nicht wirklich. Ich stand nur da, zitternd, mir der Tatsache vollkommen bewußt, daß er mich ansah, und starrte wie blind hinaus in den taunassen Garten. Ich weiß nicht, woher ich meine Stimme nahm, aber sie funktionierte noch mehr oder weniger.

»Da ist ein Eichhörnchen. Es gräbt ein Loch in den Rasen.«

»Echt?«

»Wenn Benji das entdeckt, wird er ausrasten.«

»Echt?«

Ich hörte das Rascheln, als er aufstand. Ich hörte seine leisen Schritte, als er den Raum durchquerte. Ich spürte, wie er direkt hinter mir stehenblieb.

Wie schon meine Beine, drohte jetzt auch meine Stimme nachzugeben. »Tut mir leid, daß ich dich wach gehalten habe. Wahrscheinlich hatte ich Alpträume. Von Dracula. Der Film hat mich mal wieder das Gruseln gelehrt. Deswegen hab ich ihn auch ausgemacht.«

»Das hättest du mir sagen sollen.«

Von ein paar schmalen, sich überkreuzenden Bändchen einmal abgesehen, war mein Nachthemd so gut wie rückenfrei. Hinter mir konnte ich seine Körperwärme beinahe spüren. »Ich wollte nicht, daß du mich für eine totale Idiotin hältst.«

»Das hätte ich nie von dir gedacht.« Ganz sanft blies er auf den Haarflaum in meinem Nacken. »Ich habe Angst im Dunkeln.«

»Lügner.«

»Nein, wirklich«, sagte er. »So dann und wann.«

Mein Herz machte laut bumm-bumm, bumm-bumm, wie eine afrikanische Trommel. »Hast du so dann und wann Angst im Dunkeln, oder bist du so dann und wann ein Lügner?«

»Beides«, sagte er überaus sanft. »So wie du.«

Ich spürte das Flüstern einer Fingerspitze, als er den linken Träger meines Nachthemds eine Idee zurechtrückte. »Er wäre beinahe verrutscht«, murmelte er, mit einer Stimme, die genau zu der Berührung paßte. »Das dürfen wir doch nicht zulassen, oder?«

Nie zuvor hatten eine kaum spürbare Berührung oder eine solche Stimme eine derart erotische Wirkung auf mich ausgeübt. Wie eine alte irische Freundin einmal sagte: »Jesus, Maria und Joseph, wenn ich mir einmal gewünscht habe, bis zur Bewußtlosigkeit durchgevögelt zu werden ...«

»Gott bewahre!« sagte ich unsicher. »Das ist eben das Problem mit Satin. Einmal tief ausatmen, und schon verrutscht alles.«

»Gefährliches Zeug«, murmelte er. »Ich würde mich davon befreien, wenn ich du wäre.«

Ich schloß die Augen. Ich hätte schreien mögen: »*Mach weiter!*«

# ZWÖLF

Nur gut, daß ich das nicht getan habe.

Das Klopfen an der Tür ließ uns beide erstarren. »Sophy? Bist du wach, Liebes?«

Irgendwie schaffte ich es, so verschlafen zu klingen wie jemand, der gerade aufwacht, und sagte: »Ja, Dad, so mehr oder weniger...«

»Ich geh kurz runter und mache Mum eine Tasse Tee. Wollt ihr vielleicht auch eine?«

Tee. Lieber Gott, hilf. »Ja, prima – ich komm gleich runter.«

Keiner von uns rührte sich, während er die Treppe hinunterstapfte. Die Luft um uns herum war wie elektrisiert, so als wartete sie nur darauf, sich zu entladen. Also machte ich den Anfang: »Hättest du gern eine Tasse Tee?«

Natürlich sollte das nicht so *klingen* wie: »Hättest du gern eine Tasse Tee?« Ich erwartete allen Ernstes eine harsche Verneinung, gefolgt von ein paar zielsicheren Handgriffen, herabgleitendem Satin und einem wilden Mißbrauch von Mums hübscher John-Lewis-Bettwäsche. Nur, daß es sich dummerweise ganz anders anhörte.

Die Wirkung dieser Worte war mit der eines Vernichtungssprays zu vergleichen.

»Ich hätte lieber Kaffee. Schwarz und ohne Zucker.« Sein Tonfall war derart normal, daß ich mir die aufgeladene Atmosphäre ebensogut hätte einbilden können. Ich wußte, dem war nicht so, aber ich hätte die Stimmung nicht besser ruinieren können, selbst wenn ich es darauf angelegt hätte.

Er entglitt mir. Ich hörte, wie das Bett quietschte, als er wieder hineinkroch. Keine Ahnung, was ich eigentlich erwartete habe, als ich mich umdrehte. Hätte er mich angeschaut, vielleicht hätte ich doch noch die Initiative ergriffen, ihn bei seinem Horn genommen, sozusagen, aber das tat er nicht. Gegenüber von der Seite, auf der ich zuvor gelegen hatte, hatte er sich halb auf einen Ellbogen gestützt und zog die Stirn kraus, während er versuchte, im Radio auf dem Nachttisch einen Sender einzustellen. Ich muß gestehen, daß ich sofort darüber nachzugrübeln begann, ob diese Position vielleicht das Erscheinen eines gewissen Minizelts, das unter den Decken errichtet worden war, verbergen sollte; aber ich fürchte, hätte er sich bereits in diesem Stadium befunden, hätte er sich ins Badezimmer geflüchtet.

»Hilfe«, murmelte er und drehte sofort weiter, als irgendwelche Kirchenhymnen aus dem Lautsprecher schallten.

Selbst wenn sich Benji nicht diesen Augenblick ausgesucht hätte, uns seinen Morgenbesuch abzustatten – ich wußte, der Augenblick war vorüber. Man hörte ein Kratzen an der Tür, gefolgt von einem lauten Blaffen.

»Dad hat ihn aus der Küche gelassen«, sagte ich wie ein Vollidiot. »Er will rein, ein bißchen geknuddelt werden.«

Josh drehte immer noch an dem Sender, ohne mich anzusehen. »Auf mich brauchst du keine Rücksicht nehmen.«

Benji stürmte herein, vollgestopft mit Hundekuchen, und begrüßte mich mit seiner nassen, flinken Zunge.

Ich ging direkt ins Badezimmer. Als ich wieder zum Vorschein kam, von Kopf bis Fuß in Babyblau gehüllt, lag Benji direkt neben Josh und sah aus wie der Bilderbuchhund schlechthin. Er hatte ein hechelndes Grinsen aufgesetzt, so als sagte er: *Willst du uns Gesellschaft leisten? Ich mag es, mich so in die Mitte zu kuscheln.*

Sollte Josh immer noch an einem *coitus frustratus* gelitten haben – bei meinem jetzigen Erscheinungsbild verging ihm das sofort. Sein Mund zuckte auf eine Art und Weise, die ich nur mit ungläubigem Zynismus beschreiben kann.

»Der gehört aber nicht dir, oder?«

»Spinnst du? Der ist übrig.«

»Das Ding gehört sofort auf den Müll.«

»Nur nichts umkommen lassen«, sagte ich betulich. »Los komm schon, Benji, du schreckliches Tier.«

Als ich barfuß nach unten tapste, Benji neben mir, bedauerte ich die Sache mit diesem Vernichtungsspray gar nicht mehr so sehr. Da war immer noch die Sache mit dem dicken Scheck in meiner Tasche. Wie wäre mir danach wohl zumute gewesen, wenn ich ihm den überreicht hätte? Und dann war da noch Ace. Ich hätte nicht gewollt, daß Josh dachte, ich würde meine Männer bei der erstbesten Gelegenheit betrügen.

Ich mußte wieder einen klaren Kopf bekommen.

Einmal ganz davon abgesehen, daß ich mich schrecklich schuldig gefühlt hätte, etwas derart sündhaft Schönes zu tun, wo doch Belindas Verschwinden über unseren Köpfen hing wie eine Giftwolke.

Das versuchte ich mir zumindest einzureden.

Noch in Schlafanzug und Bademantel hantierte Dad mit Tassen und so weiter und hatte mir den Rücken zugewandt. Paul war auch schon auf. In einem seidenen, knielangen Bademantel saß er mit der *Sunday Times* am Tisch.

»Wie hast du geschlafen?« fragte ich.

Er hob kaum den Kopf. »Was glaubst du wohl?«

»Entschuldige.« Wenn ich nur etwas nachgedacht hätte, hätte ich eine derart blöde Frage nicht gestellt, aber ich war mit meinen Gedanken ganz woanders gewesen. Ich würde jetzt gern sagen, daß ich mir mein edles Köpfchen über die derzeitige Familienkrise zerbrach, oder zumindest darüber, wie man Belinda am besten umbringen könnte, sollte sie sich jemals herablassen, hier wieder aufzutauchen, aber dem war nicht so. Mein Köpfchen beschäftigte sich mit Gänsehaut erzeugenden Berührungen und mit Dingen, die eine entfernte Ähnlichkeit mit Zelt-Stangen aufwiesen. Dann wieder mit enigmatischen Russinnen und mit Jerrys Bemerkungen über diese »Wette«.

Dad sah mich über seine Schulter hinweg an. »Alles ist so gut wie fertig, Liebes. Wie mag er den Tee?«

»Dad, ehrlich gesagt würde ich lieber etwas Kaffee aufsetzen – Josh bevorzugt Kaffee.«

Bis die beiden mich mit diesem Wie-bitte?-Gesichtsausdruck anstarrten, hatte ich nicht einmal bemerkt, was ich da eben gesagt hatte.

Ich hätte auf der Stelle sterben mögen.

»Nur so ein blöder Spitzname.« Ich dankte dem Himmel für seine weise Voraussicht. Ich setzte ein strahlendes Lächeln auf. »So wie der Jericho-Joshua, ihr erinnert euch? Er spielte die ganze Zeit Trompete und hat seine Familie damit beinahe in den Wahnsinn getrieben.«

Dad lächelte mich auf eine Art und Weise an, daß ich mich wirklich schuldig fühlte.

»Fast so wie du, Liebes, mit deiner Geige.«

»Du sagst es.«

Ich war mir nicht so sicher, ob Paul mir die Geschichte abgenommen hatte. Ich sah, wie er seine Augen zu ganz schmalen Schlitzen zusammenzog, und setzte den Kaffee auf. »Steht irgendwas Interessantes in der Zeitung?« rief ich, um vom Thema abzulenken.

»Nein.«

Dad machte sich noch ein wenig in der Küche zu schaffen, suchte nach Diät-Keksen, dem Teewärmer und so weiter. Als alles fertig war, schnappte er sich die *Mail on Sunday* und verschwand.

Allein mit Paul fühlte ich mich überaus unwohl. Während ich wartete, bis der Kaffee fertig war, hörte ich, wie er vom Tisch aufstand. Ich wußte, daß er sich an die Arbeitsfläche gelehnt hatte und mich beobachtete.

Plötzlich war mein Mund staubtrocken. »Magst du einen Kaffee?«

»Ich hab schon einen getrunken.« Gleich danach fuhr er fort: »Josh ist aber ein ziemlich komischer Spitzname für Dominic, wenn man so recht darüber nachdenkt.«

Ich griff nach ein paar Bechern aus dem Regal. »Das ist überhaupt nicht komisch. Ich kenne zum Beispiel einen David, denn alle nur Chip nennen. Frag mich nicht, warum.«

*Bitte, bitte konzentrier dich wieder auf deine Zeitung.*

»Wo arbeitet er noch mal, sagtest du?«

In meinem Kopf herrschte absolute Leere. »O Gott, ich weiß nicht. Ich kann mir das nie merken – er spricht kaum darüber ...« Ich weiß auch nicht, warum mir dieser Name plötzlich einfiel, aber er war plötzlich da und rettete mich. »Price Waterhouse, genau, so heißt die Firma ...«

Mit einem gequälten Blick kam Dad zurück. »Ich hab die Sweetex vergessen. Sie macht schon wieder so eine verdammte Diät ...«

Während er danach suchte und vor sich hin grummelte, schnappte ich unsere Becher und machte, daß ich wegkam, mein Herz klopfte wie die Hufe von Rennpferden.

Noch halb auf der Treppe wurde mir klar, was ich da eben gesagt hatte.

Ich erstarrte, meine Augen schlossen sich in blankem Entsetzen.

*Scheiße.* Scheiße-scheiße-scheiße-scheiße ...

Josh war schon auf, er trug nur die Hose vom Vortag. Ich reichte ihm den Becher. »Ich glaub, mir wird schlecht. Ich habe Paul gerade erzählt, daß du für Price Waterhouse arbeitest.«

»Das sind Wirtschaftsprüfer, um Himmels willen!«

»Ich weiß, verdammt noch mal!«

Zu spät fiel mir Goldman Sachs ein. »Ich konnte überhaupt nicht mehr klar denken, ich hab dich aus Versehen Josh genannt. Ich habe diese Jericho-Ausrede benutzt, und Dad hat es mir auch abgenommen, aber Paul begann mich so komisch zu mustern und mir blöde Fragen zu stellen.« Es dauerte nur einen kurzen Moment, bis er sich wieder gefaßt hatte. »Hör zu, nur keine Panik. Wenn er wieder davon anfängt, sagen wir einfach, es sei ein Versprecher gewesen – du warst einfach noch nicht richtig wach. Ich werde sagen Lazard, okay? Es ist nicht sehr wahrscheinlich, daß er das überprüft, aber wenn er das tut, dann bin ich ein Betrüger und du kannst mich guten Gewissens sitzenlassen.«

»Okay, aber ich will keine weiteren Fragen hören. Sobald wir gefrühstückt haben, sind wir hier weg. Besser gesagt, ich werde das Frühstück gar nicht erst abwarten. Ich werde sagen, daß ich heimwill, für den Fall, daß Belinda versucht, mich zu erreichen. Das ist zumindest nicht völlig gelogen.«

In Windeseile türmte ich die Decken wieder auf die Ottomane. Wie Mum sie da überhaupt alle untergebracht hat, war mir ein Rätsel, außer sie hätte eine Vakuum-Maschine gemietet; ich kam mir vor, als müßte ich mehrere Liter in einem Schnapsglas unterbringen. »Möchtest du zuerst duschen?«

Er schüttelte den Kopf. »Laß dir Zeit.«

Während ich mir die Zähne putzte, probte ich meine Ausrede, um früh aufbrechen zu können: »Ich will nur ein Stück Toast. Ich hab so das Gefühl, ich sollte nach Hause fahren, für den Fall, daß sie versucht, mich zu erreichen. Sie wußte schließlich nicht, daß ich auch hier sein würde, stimmt's?«

Ich drehte die Dusche auf und grabbelte in einem Körbchen nach einer von den Duschhauben, die Mum von Hotels aus der ganzen Welt mitgebracht hatte. Auf der Schachtel stand *Old Winter Palace, Luxor* und ich hätte sonstwas drum gegeben, jetzt in diesem Old Winter Palace zu sein statt hier.

Ich weiß nicht, warum einem die Antennen drohendes Unheil sofort ankündigen, aber meine hatten das gerade getan. Irgendwie hatte ich Benji bellen hören, so schnell und aufgeregt, wie er das nur tut, wenn irgendwas im Busch ist. Benji spürt die Anspannung, er spürt, wenn eine Schlägerei bevorsteht, und wie jedem ordentlich heißblütigen Hund gefällt es ihm, daran teilzunehmen. Genauso bellt er auch, wenn Mum gerade so ein verräterisches Pärchen die Auffahrt hat hochlaufen sehen: »O Gott, Ted, das sind schon wieder diese Zeugen Jehovas.« Woraufhin Dad grimmig antwortet: »Die werd ich abwimmeln.«

Dann hörte ich Schritte, schnelle, gewichtige Schritte direkt vor unserer Tür. Ich hörte ein lautes Klopfen. »Sophy! Mach die Tür auf!«

Ich erstarrte. Meine Haut wurde eiskalt und kribbelte; mein Magen fühlte sich an wie eine kranke Geschwulst.

Josh klang noch relativ gelassen. »Sie ist unter der Dusche, Mr. Metcalfe.«

»Sehr gut! Sie möchte ich nämlich sprechen. Machen Sie auf!«

Zu elend, um mich auch nur zu bewegen, hörte ich, wie die Tür aufging.

»Würden Sie mir bitte erzählen, was hier eigentlich vorgeht?« Das war Dad. »Was hat das hier zu bedeuten?«

Was zum Teufel ...? Das Herz klopfte mir bis zum Hals.

Trotzdem, Josh klang immer noch relativ ruhig. »Darf ich fragen, wo Sie die her haben?«

»Nein, das dürfen Sie nicht! Was für einen Bären haben Sie

meiner Tochter da eigentlich aufgebunden? Sind das Ihre, oder haben Sie die gestohlen?«

»Natürlich sind das meine. Mr. Metcalfe –«

»Von wegen Mr. Metcalfe! Was fällt Ihnen eigentlich ein, unter falschem Namen mein Haus zu betreten?«

O Gott. Nachdem ich mir wieder diesen Bademantel übergestreift hatte, öffnete ich die Tür.

Er sah so aus, als hätte es den plötzlich um so vieles gealterten Mann von gestern abend nie gegeben. Ich hatte ihn nur ein einziges Mal so gesehen, und zwar vor Jahren, als irgendein Wahnsinniger Belinda auf dem Zebrastreifen fast überfahren hätte. Stellt euch einen wütenden Stier in einem Bademantel vor und ihr wißt, was ich meine.

In seiner rechten Hand hielt er eine Geldbörse. In seiner Linken ein paar Kreditkarten. »Was hat er dir erzählt?« fragte er. »Was zum Teufel geht hier vor? Ist er irgend so ein untergetauchter Krimineller?«

»Nichts dergleichen«, sagte Josh. »Bitte, wenn Sie nur einen Moment –«

»Halt die Klappe!« Dad brüllte Benji an, der sich gerade die Seele aus dem Leib kläffte, aber der geriet nur noch mehr in Fahrt.

»Dad, bitte ...« Als ich gerade meinen ganzen Mut zusammennahm, um ein Geständnis abzulegen, tauchte Mum auf der Türschwelle auf, auch sie im Bademantel.

Ihr verwirrtes Gesicht weckte nur den Wunsch in mir, zu sterben. »Was ist hier eigentlich los?« fragte sie. »Warum schreit ihr alle so?«

Ungefähr fünfzehn Minuten später verließ ich das Zimmer meiner Eltern und kehrte zu Josh zurück. Ich starrte in das leere Gästezimmer. Seine Tasche war verschwunden. Nichts wies darauf hin, daß er jemals hier gewesen war.

Voller Panik rannte ich hinunter in die Küche.

Nur Paul war dort.

»Ist er weg?« japste ich.

Er wies mit dem Kopf auf die Tür. »Er ist im Wohnzimmer.«

Ich war unbeschreiblich erleichtert. Und zwar derart, daß ich beinahe einen Funken Mitleid mit diesem verdrießlichen Kerl hatte, der seine Arme abwehrend vor dem Bademantel verschränkt hatte. »Warum hast du das bloß getan?« fragte ich verzweifelt. »War die Situation nicht auch so schon schlimm genug?«

»Wie sollte ich denn ahnen ...«, fragte er in diesem aggressiven, selbstgerechten Ton, den man anschlägt, wenn man genau weiß, daß man im Unrecht ist. »Es stand dir klar ins Gesicht geschrieben. Ich wußte, da stimmt etwas nicht. Er hätte sonstwer sein können!«

»Ich bin doch keine dämliche Sechzehnjährige, die man vor sich selbst schützen muß! Du hättest dich lieber um deine eigenen Angelegenheiten kümmern sollen!!«

»Und du? Was hättest du wohl getan?« fragte er. »Was, wenn du herausgefunden hättest, daß irgendein Freund X von Belinda mit einem Geldbeutel voller Zeug von einem Typ Y herumläuft? Besitzt deine Mutter nicht etwas wertvollen Schmuck? Hier stehen auch ein paar hübsche Antiquitäten.«

»Ich hätte erst mal nachgefragt! Und ich hätte mich bestimmt nicht über seine Jackentaschen hergemacht!«

Ich ließ ihn stehen und ging ins Wohnzimmer. Josh stand da, den Telefonhörer zwischen Kopf und Schulter geklemmt; vor ihm auf dem kleinen Tisch lagen aufgeblättert die Gelben Seiten. Seine Tasche hatte er direkt neben sich auf die Erde fallen lassen. Nachdem er mir einen kurzen Blick zugeworfen hatte, sah er auf die Uhr. »Ja, das geht in Ordnung«, sagte er. »Vielen Dank.« Und er legte auf.

Er wandte sich mir zu. Sein Haar war noch feucht vom Duschen, aber er hatte sich noch nicht rasiert. »In zehn Minuten kommt ein Taxi.«

In mir starb irgend etwas. »Du mußt nicht gehen.«

»Natürlich gehe ich.« Selbst mehrere Schritte von ihm entfernt konnte ich seine Anspannung spüren, als wartete eine 95 kg schwere Stahlfeder nur darauf, nach einem Druck auf den Alarmknopf hervorzuschnellen. »Was würdest du jetzt an meiner Stelle tun? Ein nettes Mittagessen im Pub vorschlagen?«

Darauf gab es nichts zu sagen.

»Aber davon einmal ganz abgesehen«, fuhr er fort, »ist ein

Außenstehender, der sich einmischt, das letzte, was man bei einer Familienkrise gebrauchen kann. Und falls du noch ein weiteres Argument hören möchtest: Ich muß dringend von hier verschwinden, bevor ich mich vergesse und diesem kleinen Arschloch die Zähne bis in sein Rectum ramme.«

Sein grimmiger Tonfall paßte exakt zu dem, was er gesagt hatte.

Ich schluckte schwer. »Du brauchst kein Taxi. Ich fahr dich zum Bahnhof.«

»Nein. Du mußt hierbleiben.« Er griff nach seiner Tasche.

»Wo sind deine Eltern?«

»Immer noch oben.«

»Bitte richte ihnen aus, wie leid mir das alles tut. Ich warte draußen auf das Taxi.«

»Ich zieh mich nur an ...« Ich sauste nach oben, schlüpfte irgendwie in meine Kleider, fuhr mir mit der Bürste durchs Haar und spritzte mir Wasser ins Gesicht. Als ich zwei Minuten später wieder herunterkam, stand er schon auf der Mitte der Auffahrt, zu seinen Füßen stand seine Tasche.

Ebenfalls zu seinen Füßen befand sich Benji, der einen roten Gummiball vor ihm fallen ließ und mit dem Schwanz wedelte. Josh hob ihn hoch und warf ihn mit einer derartigen Wucht nach hinten in den Garten, daß ich wußte, er stellte sich Paul am anderen Ende vor.

Als Benji dem Ball hinterherschoß, ging ich auf ihn zu. »Es tut mir so leid«, sagte ich.

»Mir auch.« Er klang sowohl kurz angebunden als auch angespannt. »Wir hätten aufhören sollen, als es am Schönsten war.«

Ich machte einen lächerlichen Versuch, alles ins Positive zu wenden. »Trotzdem. Es hätte schlimmer kommen können. Die Lüge war brillant.«

»Wie ich schon sagte, ich habe einen Doktortitel im Bescheißen.«

Benji kam wieder mit dem Ball angetrottet und hielt kurz inne, um sein Bein an der rechten Radfelge von Pauls Porsche zu heben.

»Gut gemacht«, murmelte Josh. »Los, pinkel auch auf die anderen drei, ja?« Aber Benji hatte statt dessen eine Spur aufgenommen, die ihn in die Sträucher am Rande der Kiesauffahrt führte.

»Auf die Idee hätte ich selbst kommen können«, sagte ich elend. »Wär mir das letzte Woche eingefallen, dann hätten sie sich hier zumindest nur mit einem Alptraum auseinandersetzen müssen.«

»Du hättest dich schon vor Monaten dazu entschließen sollen, dieser ganzen lächerlichen Farce ein Ende zu machen.«

Der Groll in seiner Stimme ließ mich zusammenzucken, aber etwas freundlicher fuhr er fort: »Na ja, das wär's dann wohl. Die Karre gehörig in den Mist gefahren zu haben, hat auf lange Sicht noch niemandem geschadet. Ich hab davon so einiges in meinem Lebenslauf, das kannst du mir glauben.«

Dafür war ich ihm so lächerlich dankbar, daß sich meine Augen verschleierten, aber da kam schon das Taxi die Auffahrt hoch. Ein heiterer Mann mittleren Alters mit weißem Hemd und Krawatte stieg aus. »Oakland Cars?«

Benji kam von wo auch immer angerast und gebärdete sich wie ein Höllenhund, so daß er den armen Kerl dazu brachte, neben seinem Auto Schutz zu suchen. Ich lief auf ihn zu, packte ihn am Halsband und sagte zu dem Fahrer: »Keine Sorge – Hunde die bellen, beißen nicht.«

Josh rief: »In einer Minute bin ich bei Ihnen.«

Den immer noch bellenden Benji hinter uns herschleifend, zogen wir uns einige Meter in den Schutz der Sträucher zurück. Josh sagte: »Geh wieder rein. Du mußt mit ihnen reden.«

Ich ertrug es nicht, ihn so gehen zu lassen, aber ich wußte, ich hatte keine Wahl. Nachdem sich der Fahrer wieder ins Taxi gesetzt hatte, ließ ich Benji los.

»Wirst du klarkommen?« fragte er.

Wenn er das auf so eine forsche, busineßmäßige Art gesagt hätte, hätte ich damit umgehen können. Aber so klang er nicht, und irgend etwas in mir schmolz dahin wie Zucker im Regen. Ich hätte sonstwas darum gegeben, mich jetzt wie Tamara gebärden zu können, zum Beispiel, mich in seine Arme zu werfen und sein ganzes Hemd vollzuheulen. Aber ich bin noch nie besonders gut darin gewesen, einen auf kleines Mädchen zu machen; ich denke, dabei ist es durchaus hilfreich, wenn man aussieht wie ain klainer

Botticelli-Ängel, und nicht wie irgendeine blöde Tussi, die nicht auf sich selbst aufpassen kann. »Mach dir um mich keine Sorgen«, sagte ich. »Alles paletti.« Das sollte sarkastisch klingen, aber irgendwie hörte ich mich eher an wie ein Zirkusclown.

Das Lächeln, das daraufhin um seinen Mund spielte, war überaus ironisch, wenn auch kaum sichtbar; trotzdem, als ich es sah, wollte ich mich nur hinlegen und sterben. »Ich melde mich.«

Das kommt mir bekannt vor. »Zumindest kannst du nicht sagen, du hättest dich zu Tode gelangweilt.« Ich wies mit dem Kopf in Richtung Taxi und strich mir das Haar aus der Stirn. »Also, los mit dir, bevor du einen Zuschlag zahlen mußt.«

»Tschüß dann.«

Ich wußte, er würde mich küssen, und ich wußte genau, was für eine Art Kuß das sein würde. Seine Lippen würden flüchtig meine Wange streifen, so wie er ihn irgendeiner alten Tante mit ihrem Ausgehhut auf auch gegeben hätte. Nicht, daß daran irgend etwas nicht in Ordnung gewesen wäre, vorausgesetzt, man ist eine alte Tante. Darüber hinaus gab er mir noch einen Klaps auf die Hüfte, so wie man das bei seiner eigenen Schwester macht. Beides gab mir mehr als deutlich zu verstehen, daß das, was ich mir die ganze Zeit gewünscht und beinahe zu erreichen geglaubt hatte, weniger wahrscheinlich war, als daß Benji zum überzeugten Vegetarier würde.

»Tschüß.« Als er sich zurückzog, sagte ich leichthin: »Nur rein interessehalber, wie lautete die Wette? 20:1, daß man dich noch mal zum Tee einlädt?«

Und wieder hatte mich der Hafer gestochen. Ich hatte das nie sagen wollen, aber genausowenig hatte ich erwartet, diesen Anflug eines schlechten Gewissens zu sehen, den er vor mir zu verbergen suchte.

Mir wurde ganz schlecht. »Jerry hat es Tamara erzählt, du brauchst mich also gar nicht so anzusehen.«

»Wenn er ihr das erzählt hat, was ich vermute, dann ist es gelogen.«

»Warum hast du dann gerade so verdammt schuldbewußt ausgesehen?«

Er zögerte eine Millisekunde zu lang.

»Ich weiß nicht, ob Jerry wirklich noch so ein dicker Freund von dir ist«, sagte ich. »Hast du ihm Svetlana weggeschnappt, nur um ihm eins auszuwischen?«

Ich weiß nicht, was ich erwartet hatte, aber sicherlich nicht das, was nun kam.

»Ich habe *was*?« Alles in seinem Gesicht drückte schiere Ungläubigkeit aus.

»Ich hab sie heimgefahren! Sie hatte genug!«

Der Nachdruck, den er dabei in seine Stimme gelegt hatte, ließ mich zusammenfahren, aber schon fuhr er fort: »Ich war wach bis vier Uhr früh und hörte mir an, wie verdammt beschissen das Leben in St. Petersburg ist, daß ihre Mutter Kernphysikerin in Tschernobyl war und ihr Vater sich verdrückte, als sie gerade einmal sechs Jahre alt war, und daß die armen alten Babuschkas auf der Straße betteln gehen müssen, weil die Renten der ehemaligen Sowjetunion kaum ausreichen, sich einen Laib Brot davon zu kaufen! Kapiert?«

Wenn mir auch vorher schon schlecht gewesen war – jetzt fühlte ich mich fünfzigmal so elend. »Es tut mir leid – es geht mich ja eigentlich überhaupt nichts an«, sagte ich unsicher.

»Und wo wir gerade schon einmal dabei sind, könnten wir bitte noch etwas anderes klären?« fuhr er fort. »Ich bin gestern mitgekommen, wider besseres Wissen, denn obwohl ich dich für eine zwanghafte Lügnerin halte und darüber hinaus davon überzeugt bin, daß bei dir eine Schraube locker ist, mochte ich dich, so wahr mir Gott helfe, und du tatest mir leid, weil du dir um deine Mutter solche Sorgen gemacht hast. Ich hab die ganze Nacht kein Auge zugetan, und zwar nicht deswegen, weil ich so edelmütig auf dem Boden geschlafen habe. Ich bin gerade hochgradig angespannt, weil ich den Kerl umnieten will, den deine Schwester geheiratet hat, und es nicht darf, denn darauf wartet der ja nur, damit er mich wegen Körperverletzung anzeigen kann. Und davon einmal ganz abgesehen fühle ich mich wie das letzte Stück Dreck, weil ich hier unter falschem Namen erschienen bin und die Gastfreundschaft deiner Familie mißbraucht habe. Und dafür habe ich ein Treffen mit einem guten alten Freund abgesagt, den ich seit vier Jahren nicht gesehen habe. So, und wenn du jetzt erlaubst, würde ich gern von hier verschwinden, bevor mir der Hund noch auf die Schuhe pinkelt.«

Und er griff nach seiner Tasche und stieg ins Taxi.

Ich sah, wie es verschwand, und konnte an nichts anderes denken als: a) Nie zuvor in meinem ganzen Leben hatte ich etwas derart spektakulär in den Sand gesetzt, und b) Bitte, bitte, laß alles nur ein Alptraum sein.

Die Heimreise, die ich eine Stunde später antrat, war die einsamste, elendste meines Lebens. Tränen des Schuldgefühls und des Selbstmitleids rannen pausenlos meine Wangen hinunter, und ich hatte nicht einmal Taschentücher dabei, um sie zu trocknen. Ich mußte meinen Ärmel benutzen, und mehr als nur einmal sah ich mich tadelnden Blicken ausgesetzt, die mir die Fahrer auf der Überholspur zuwarfen. Ein kleines Kind glotzte mich regelrecht an, und ich fühlte mich so schrecklich und elend und haßte mich selbst so sehr, daß ich ihm die Zunge herausstreckte. Und danach haßte ich mich nur noch mehr, dafür, daß ich mich aufführte wie eine blöde Kuh.

Sie waren alle da, als ich heimkam: Alix, Calum, Ace. Mein einziger Trost war, daß Tina nicht da war.

Alix starrte mein Gesicht an. »Was geht hier vor, verdammt? Was soll das Gerede von Belinda? Ich habe versucht anzurufen, aber sie sagten, du seist abgereist. Dein Dad klang reichlich merkwürdig – er hat mir den Hörer regelrecht ins Gesicht geknallt. Was um alles in der Welt geht hier vor?«

Ich brauchte eine halbe Minute, um ihnen das Wesentliche zu erzählen, woraufhin alle die Augen vor lauter Schreck weit aufrissen.

»Schöne Scheiße«, sagte Ace.

Alix war auf dem Sofa vollkommen überwältigt in sich zusammengesackt. »Ich dachte, sie sei ganz verrückt nach Paul!«

»Das dachte jeder. Mum denkt, daß Marc dahintersteckt.« Ich erzählte, welche Schlüsse wir gezogen hatten, und was Tamara und Bill gesagt hatten.

»Vielleicht stimmt das ja«, sagte Alix. »Sie war von Paul enttäuscht, begann zu zweifeln und traf dann zufällig Marc wieder. Das würde alles erklären.«

»Paul muß sich fühlen wie der letzte Arsch«, sagte Ace.

»Armer Kerl«, sagte Calum. »Wie nimmt er es auf?«

»Paul ist mir scheißegal! Er ist ein hinterhältiges, verschlagenes Arschloch!« Umringt von verblüfften, sprachlosen Gesichtern fing ich noch mal von vorn an.

Natürlich war alles herausgekommen. Nun, nicht wirklich *alles*. Zwischen heftigem Schniefen und Augenwischen gab ich die traurige, leicht überarbeitete Geschichte zum besten. Immerhin möbelte das ihren Sonntagnachmittag ein wenig auf. Sie saßen schweigend da, gleichermaßen gefesselt wie abgestoßen.

»Schöne Scheiße«, wiederholte Ace zu guter Letzt. »Ich hätte euer Haus wirklich nicht sehen mögen, nachdem diese ganze Scheiße in den Deckenventilator geflogen ist.«

Alix ging auf ihn los: »Spar dir deine blöden Witze, verdammt noch mal, das ist nicht komisch!«

»Ich werd ihr einen Drink holen«, sagte Calum. »Einen dreifachen Wodka Tonic, stimmt's?«

»Es gibt keinen Wodka mehr«, sagte Alix. »Hol ihr was von diesem alkoholischen Schwarzen-Johannisbeer-Zeug. Pur.«

Keiner von ihnen hatte mir auch nur einen Vorwurf gemacht. Keiner von ihnen hatte gesagt: »Nun, wir haben dich ja gewarnt«, aber ich weiß, daß sie genau das dachten. Ich wußte, daß Alix das dachte, genauso wie ich wußte, daß sie es niemals sagen würde.

Calum kam mit einem halbvollen Wasserglas Crème de Cassis zurück. Warum man Champagner oder irgend etwas anderes mit diesem köstlichen Nektar mischt, werde ich nie verstehen. Wenn ihr eine alkoholische Schmusedecke wollt, ist genau das unschlagbar.

»Es hätte noch viel schlimmer kommen können«, sagte Alix. »Stell dir vor, du hättest ihnen die Wahrheit erzählt!«

Ich wagte kaum daran zu denken. Als ich gerade schon alles beichten wollte, vor mir Dad, der mir mehr oder weniger mit vorgehaltener Pistole eine Erklärung abverlangte, Benji, der sich die Seele aus dem Leib kläffte, und Mum, die immer mehr zu erbleichen drohte, hatte Josh eingegriffen und scharf gesagt: »Bitte, würden Sie mir einfach mal *zuhören*?«

Mein Herz war stehengeblieben. In die darauffolgende Stille

hinein hatte er ganz ruhig gesagt: »Dominic und Sophy haben sich kurz vor der Hochzeit getrennt. Der einzige Grund, warum sie euch nichts davon erzählt hat, war, daß sie keinen Schatten auf all das werfen wollte. Sie wollte vermeiden, daß sie allen schrecklich leid tat. Ich bin nur ein guter Freund. Sie hat mich gebeten einzuspringen.«

In der Totenstille, die dann eingetreten war, hatte auch mein Hirn wieder zu funktionieren begonnen. »Es tut mir leid«, hatte ich lahm gesagt, »aber damals hielt ich das für eine gute Idee.«

Dad hatte sich zuerst wieder erholt. Er hatte von mir zu Josh gestarrt und dann auf das Doppelbett in dem Zimmer hinter uns. Nach Jahren der Lockerung kam sein angeborenes Moralempfinden wieder hoch. »Ihr habt im selben Bett geschlafen!«

»Haben wir nicht«, sagte ich. »Josh hat auf dem Boden geschlafen. Ich hab ihm mit den überzähligen Decken ein Bett gebaut.«

Dann war Mum an der Reihe, und ihr bleiches, verstörtes Gesicht ließ mich schuldbewußt zusammenfahren. »Warum hast du mir nichts gesagt? Ich bin deine Mutter!«

Meine Ruhe war längst dahin. »Was glaubst du wohl?« war ich herausgeplatzt. »Du wolltest doch unbedingt, daß er kommt! Du wolltest gegenüber dieser verdammten Maggie nicht das Gesicht verlieren!«

Sie hatte ausgesehen, als ob ich sie geschlagen hätte. Totenbleich hatte sie sich auf ihr Zimmer geflüchtet, und nachdem er mir einen Blick verzweifelter Anschuldigung zugeworfen hatte, war Dad ihr gefolgt.

Nach ein paar Sekunden schrecklichen Schweigens hatte Josh gesagt: »Um Gottes willen, mußtest du das sagen?«

»Das ist die reine Wahrheit!« war ich herausgeplatzt. »Was hätte ich denn sonst sagen sollen? Daß ich es nur aus Spaß an der Freud getan habe?« Und dann lief ich Mum und Dad hinterher und versuchte, die Wogen wieder zu glätten, obwohl ich wußte, daß nichts, was ich sagen würde, sie wieder glätten könnte.

Dann war ich zu Josh zurückgekehrt, und den Rest kennt ihr ja bereits.

»Was hat Paul gemacht, während all der Dung durch die Luft

flog?« fragte Calum. »Dabeigestanden und sich den Bauch gehalten vor Lachen?«

Meine Schmusedecke entfaltete keinerlei Wirkung. »Er war unten, aber daß er zuhörte, darauf könnt ihr Gift nehmen. Ich wette, daß er sich überhaupt nichts gedacht hatte, bis zu dem Zeitpunkt, an dem ich meinen blöden Mund nicht halten konnte. Er mochte Josh einfach nicht, was wiederum Joshs Fehler war, da er ihn am Vorabend so provoziert hatte. Er konnte ihn nicht ausstehen. Wenn er anschließend bloß nicht unten aufs Klo gegangen wäre ...«

Unser Klo im Erdgeschoß war riesengroß, beherbergte einen Staubsauger ebenso wie Klopapiervorräte für die nächsten drei Jahre sowie einen alten Garderobenständer in der Ecke. Und dort hatte Joshs Jacke gehangen, samt Geldbeutel, so wie sie Mum am Abend zuvor säuberlich aufgehängt hatte.

Direkt vor Pauls mißtrauischer Nase.

Ich weiß, es war unfair, Josh daraus irgendeinen Vorwurf zu machen, aber ich fühlte mich so elend, daß ich mich nicht beherrschen konnte. »Hätte er seine verdammte Jacke nicht so herumliegen lassen, hätte sie auch niemand aufhängen müssen. Hätte er gestern abend nicht diesen blöden Macho von der Sorte ›Ich-bin-zu-cool-um-mich-warm-anzuziehen‹ herauskehren müssen, hätte die Jacke einfach nirgendwo *rumgelegen.*«

»Blödmann«, schnaubte Alix.

»Mich wundert nur, daß Paul wirklich die Frechheit besessen hat, all das deinem Vater vorzulegen«, sagte Ace.

»Er wird ganz einfach gesagt haben, daß er da schon immer so ein komisches Gefühl gehabt hätte«, erklärte Calum. »Schließlich sah es wirklich so aus, als wäre an der Sache irgend etwas faul. Plötzlich nennst du den Kerl bei einem komplett anderen Namen und siehst völlig ertappt aus, als dir klar wird, was du da eben gesagt hast, und dann behauptest du noch, er würde für so eine Erbsenzählerfirma arbeiten, wo er doch angeblich was ganz anderes macht ...«

»Er hätte seine Nase erst gar nicht in Sachen stecken sollen, die ihn nichts angehen! Ich bin froh, daß Belinda ihn verlassen hat. Ich hoffe, sie erzählt überall herum, daß er keinen mehr hochkriegt. Nachdem Josh weg war, hat er es sogar noch fertiggebracht, so zu tun, als täte ihm das alles furchtbar leid – nicht zu fassen, oder?« Paul war zwanzig Minuten nach Josh aufgebrochen und hatte mich in diesem Wespennest zurückgelassen.

Kaum war er verschwunden, war ich wieder mit Anschuldigungen überhäuft worden. Mum war in Tränen aufgelöst gewesen, Dad wütend, beider Stimmen trieften nur so vor Vorwürfen. Wie ich so etwas nur hätte *tun* können? Sie derart zu belügen, und das *zweimal hintereinander*? Nie im Leben hätten sie geglaubt ...

In diesem Moment war mein Elend in blanke Wut umgeschlagen. Ich war ausgeflippt. Was hatten sie eigentlich gegen *mich*? Was hatte ich schon getan, außer mir Mühe zu geben, Mum glücklich zu machen? Glaubten sie denn wirklich, es hätte mir Spaß gemacht, sie zu belügen, nur damit Mum Maggie ein paar Punkte voraus war? Warum regten sie sich nicht über Belinda auf, die Tausende von Pfund für eine Hochzeit zum Fenster hinausgeworfen hatte, nur weil sie nicht den Mut gehabt hatte zu sagen, daß sie sich geirrt hätte? Was mußte sie eigentlich noch tun, bevor sie ihr auch nur den geringsten Vorwurf machen würden? Jemanden ausweiden? Nein, nicht einmal dann, denn schuld wäre immer, immer jemand ganz anderes. Erwartete ich etwa, daß mir Mum die Blusen bügelte, daß mir Dad die Reifen wechselte? Lebte ich etwa auf großem Fuß und zwar auf ihre Kosten? Sie konnten mir gestohlen bleiben, und zwar alle beide. Niemals würde ich je wieder nach Hause kommen.

Abgang wütende Sophy nach oben, wütendes Packen, gefolgt von wütendem Hinausstürmen, gefolgt von einem Nervenzusammenbruch nach nur zehn Minuten Fahrt.

Natürlich hatte ich ihnen von all dem erzählt.

Während sich das alles noch einmal in meinem Kopf abspielte und ich mich erneut in ein Häuflein Elend verwandelte, klopfte mir Alix auf die Schulter. »Kopf hoch – es hätte noch viel schlimmer kommen können.«

Das war's. Ich konnte ihnen kaum erzählen, um wieviel schlimmer das Ganze in Wirklichkeit gewesen war. Wenn überhaupt, dann konnte ich nur sorgfältig ausgewählte Details preisgeben. »Er hat mich so fertiggemacht, bevor er weggefahren ist«, flennte ich. »Er hat mich eine zwanghafte Lügnerin genannt ...«

»Das ist ja unglaublich!« brauste Alix auf. »Wie konnte er es wagen?«

»Aber das bin ich doch auch«, heulte ich. »Seit Monaten erzähle ich nichts als Lügengeschichten ...«

»Und wenn schon? Dieser scheinheilige Blödmann – hat er nicht daran mitgewirkt, und das noch für Geld?«

»Nein, diesmal nicht. Ich kam gar nicht dazu, ihn zu bezahlen ...«

»Darum geht es doch gar nicht! Wenn er vorbeikommt, um es einzufordern, werd ich's ihm sonstwohin schieben. Du weißt, ich hab immer schon gesagt, ein Kerl, der für einen Begleitservice arbeitet, muß ja ein Schleimer sein.«

»Ich fand, er sah eigentlich ganz okay aus«, sagte Ace.

»Du würdest noch Jack the Ripper okay finden«, fuhr sie ihn an.

»Auf wessen Seite stehst du eigentlich?«

Ich griff nach einem weiteren Taschentuch. »Und er hat gesagt, bei mir wäre eine Schraube locker ...«

»Na, das steht ihm nun wirklich nicht zu«, entrüstete sich Calum.

»Aber das stimmt doch«, heulte ich. »Normale Frauen erfinden keine Kerle –«, schnüff – »und bleiben dann auch noch monatelang dabei ...«

»Ich wüßte nicht, was dagegensprechen sollte«, sagte Calum herzlich. »Ich hab mir jede Woche neue Frauen ausgedacht. Jede von ihnen hielt mich für ein Geschenk des Himmels, und sie wollten immer, wenn ich wollte; um so besser, denn mit realen Frauen hatte ich damals ein weniger glückliches Händchen.«

»Echt wahr?« Ace grinste. »Ich hatte da immer diese imaginäre Chinesin, sie hieß Soo Li. Ihre Spezialität war –«

»Jetzt haltet endlich die Klappe, und zwar alle beide«, fuhr Alix sie an. »Verschont uns mit euren widerlichen Phantasien. Los Ace, Sophy braucht flüssigen Nachschub.«

Er nahm mein Glas, doch anstatt zu verschwinden, lehnte er sich an die Armlehne und sagte: »Ich weiß, das Ganze muß ein ziemlicher Alptraum gewesen sein, dagegen muß ein *normaler* Begleitservice ja geradezu ein Vergnügen sein.« Er besaß die

Frechheit, breit zu grinsen. »Glaubt ihr, die Agentur würde mich einstellen? Für so ein hübsches Sümmchen würde ich doch glatt den Märchenprinzen geben – ihnen die Tür aufmachen, ihnen Feuer geben, die ganze Nacht über Scheiße reden, egal was.«

»Um Gottes willen, die wollen da niemanden wie dich«, sagte Alix gereizt. »Sie wollen Männer, die zumindest so aussehen, als ob sie ein wenig Klasse hätten. Nicht Idioten, die um Ketchup bitten, nur weil sie sehen wollen, was für ein Gesicht der Kellner macht.«

»Jetzt halt mal die Luft an.«

»Schlag dir das aus dem Kopf«, sagte ich verzweifelt. »Du könntest an so einen Alptraum wie mich als Kundin geraten.«

»So einen Alptraum wie dich gibt's kein zweites Mal, Sophe, du bist nicht zu übertreffen.«

Als er verschwand, nicht ohne mir vorher noch auf die Schulter geklopft zu haben, empfand ich für ihn eine Woge der Zuneigung, und das, obwohl mich diese Kröte eigentlich erst in diesen ganzen Schlamassel geritten hatte.

Das hatte er natürlich nicht, nicht wirklich. Ich konnte niemandem einen Vorwurf machen, außer mir selbst.

»Wie ging es deinen Eltern, als du abgefahren bist?« fragte Alix ängstlich, so als würde sie die Antwort bereits kennen.

»Was glaubst du wohl?« Ich schneuzte mir die Nase mit meinem neunten völlig durchweichten Taschentuch. »O Gott, ich wünschte, ich wäre tot.«

Ace kam mit meinem Glas zurück. »Weißt du was? Das Ganze erinnert mich an irgendeinen Film, den ich bei Tina mal im Fernsehen gesehen habe, *Höllische Hochzeiten* oder so ähnlich.«

»*Wir* haben uns den zusammen angeschaut, und der hat überhaupt nichts damit zu tun«, sagte Alix gereizt.

»Okay, die Braut in dem Film hat die Sache nicht *bis zum Ende* durchgezogen. Sie lief diese Straße entlang, an deren Ende die Kirche stand, und sagte zu ihrem Dad, er solle sie nach Hause fahren. Schon seit Wochen hatte sie so ihre Zweifel gehabt, nur daß sie sich lieber in die Hose gemacht hätte, als was zu sagen.«

Ich starrte zuerst Alix an, dann Ace. Sie waren plötzlich alle so still.

»Was ist?« fragte er.

»Die Stelle haben wir verpaßt«, sagte Alix mit einer Stimme, die genauso hohl und elend klang, wie ich mich fühlte.

»O Gott ...« Ich vergrub den Kopf in meinen Händen.

Niemand sprach.

»Vielleicht hat sie versucht, sich seelisch darauf vorzubereiten«, sagte ich verzweifelt.

»Ich habe sie so was von bevormundet, weil ich annahm, sie würde sich mal wieder völlig umsonst aufregen ...«

Niemand sprach.

»Ich bin eine arrogante, besserwisserische Kuh«, jammerte ich. »Ich hasse mich selbst so sehr ...«

»Ich hasse dich auch«, sagte Alix bemüht scherzhaft. »Dich und deine wabbeligen Riesentitten. Calum lechzt geradezu danach, und zwar Nonstop, stimmt's, Arschgesicht?«

»Immerzu«, sagte er mit gespielter Freundlichkeit. »Wenn ich dir einen Zehner rüberschiebe, darf ich dann mal kurz anfassen?«

Nichts und niemand hätte mich in diesem Moment zum Lachen bringen können. Ich stand mit dem Glas in der Hand auf. »Ich nehm das hier mit in die Badewanne und ertränke mich.«

Den Cassis hinunterstürzend wankte ich elend ins Bad. Mein Badedas war alle, und so gab es nicht mal ein Schaumbad. Ich betrachtete meine Oberschenkel und fragte mich, wie ich mir jemals hatte vormachen können, sie seien etwas anderes als fett. Ich quetschte sie, um sie noch delliger, cellulitismäßiger und ekliger aussehen zu lassen, und dankte Gott im Himmel, daß Josh sie nicht angefaßt hatte, sonst wäre ihm beim bloßen Gedanken daran jetzt noch schlecht. Was, wenn er einem Freund von mir erzählte, einfach so, beim Bier: »*Nun, sie hatte es offensichtlich nötig, und so dachte ich: ›Warum eigentlich nicht?‹ Sie ging ziemlich ab, als sie erst mal in Fahrt war. Ein ziemlich großes, üppiges Mädel, weißt du, mit so 'nem Riesen-Schwabbelarsch. Ja, ich krieg noch eins, Kumpel, heißen Dank.*«

Ich wußte, er würde nie so reden, aber ich konnte nicht anders, ich mußte mich selbst quälen.

Ich dachte an Belinda und fragte mich, warum ich verdammt noch mal solche Schuldgefühle hatte, nur weil ich ihre blöden Gedanken nicht hatte lesen können. Ich hätte sie umbringen können, weil sie mich überhaupt erst in diese beschissene Lage gebracht hatte. Ich hätte sie umbringen können, weil sie Mummys und Daddys Liebling war, und zwar seit ihrer Geburt. Ich wünschte mir, sie wäre mit Marc abgehauen. Ich wünschte mir, er würde sie nach drei Wochen zum zweiten Mal sitzenlassen, und sie käme bei Paul angekrochen, der ihr sagen würde, sie solle sich verpissen.

Und dann bekam ich wieder ein schlechtes Gewissen, weil ich so etwas auch nur dachte. Ich badete in einem Meer von Schuldgefühlen und fragte mich, ob Ace wohl irgendwo ein wenig Ecstasy gebunkert haben mochte, und wenn ja, ob irgendeine illegale Chemikalie in der Lage wäre, meinem Elend ein Ende zu machen. Wenn ich Glück hätte, würde sie statt dessen mir ein Ende machen.

Nur in ein Handtuch gehüllt, schlurfte ich zurück zu meinem Zimmer. Als ich schon fast darin verschwunden war, steckte Ace seinen Kopf aus der Küche.

»Alles klar, Sophe?«

»Mir geht's phantastisch. Du hast nicht zufällig ein bißchen Ecstasy, oder? Ich könnte nach all dieser Agonie ein wenig Abwechslung gebrauchen.«

»Nein, aber ich könnte dir schnell 'nen kleinen Joint drehen.«

»Später vielleicht.«

Als ich meine Zimmertür öffnete, kam er näher, er sah leicht verlegen aus. »Sonst ist nichts passiert, oder? Zwischen ihm und dir, meine ich.«

Wie ich schon sagte, gar nicht so blöd, der Kleine. »Nein! Ich hatte von ihm die Nase schon voll, da waren wir noch gar nicht angekommen.«

Er sah mich erleichtert an. »Na, dann ist ja alles in Ordnung. Ich hatte schon ein schlechtes Gewissen. Ich meine, schließlich hab ich dich ja dazu gebracht, ihn anzumieten.«

Das reichte, um mich beinahe wieder in Tränen ausbrechen zu lassen. »Um Gottes willen, du kannst nichts dafür. Ich bin alt und blöd genug, meine eigenen Fehler zu machen.«

»Zum Glück hast du ihn nicht bezahlt. Wenigstens nicht dieses Mal.«

»Nein, aber das ist auch kein großer Trost.«

Als ich meine Zimmertür aufstieß, war er immer noch da, nach wie vor leicht verlegen. »Also hast du die ganze Knete immer noch bei dir? Aber nicht in bar, oder?«

»Nein. Warum?«

Verlegen trat er gegen die Fußleiste. »Die Sache ist nämlich die, ich bin ziemlich pleite, aber ich würde Tina heut abend trotzdem gern ausführen. Sie ist in letzter Zeit etwas angenervt.«

Das hätte ich mir ja denken können, daß er mich nur um was anhauen wollte. »Warum? Ist einer von ihren künstlichen Nägeln abgebrochen?«

»Sei nicht so gemein, Sophe.« Noch einmal trat er verlegen gegen die Fußleiste. »Ihrer Mutter geht es nicht besonders. Sie hat Krebs.«

Ich war voll der Reue. »O Gott, es tut mir so leid. Warum hast du das nicht gleich gesagt?«

»Sie mag es nicht, wenn man darüber spricht. Sagt, es zieht die Leute runter.«

»Oh, ich wünschte, ich hätte das gewußt ...« Bevor er auch nur blinzeln konnte, stand ich in meinem Zimmer und kramte in meiner Tasche. »Hier – nimm.« Ich steckte ihm fünfzig Pfund Sühnegeld zu.

»Gott, Sophe – zwanzig hätten auch gereicht. Ich zahl's dir zurück.«

»Nein, schon in Ordnung. Macht euch einen schönen Abend.«

Während der letzten 24 Stunden hatte ich so viele Schuldgefühle gehabt, daß ich ein halbes Dutzend Therapeuten jahrelang hätte beschäftigen können. Ich mußte vergessen, möglichst einen ganzen Monat lang. Immer noch in mein Handtuch gehüllt, schlüpfte ich unter die Bettdecke und schloß die Augen.

Als ich wach wurde, war mir ganz schwummrig und schlecht, die Wohnung war ein komplettes Chaos, und da sie alle ausgeflogen waren und mich allein gelassen hatten, war mir noch elender zumute. Mein Haar war getrocknet, stand jedoch nach allen Seiten hin ab, und mein Gesicht hatte Ähnlichkeit mit etwas aus einem Horrorfilm. Ich fuhr mir mit der Bürste durchs Haar und zog einen grauen Jogginganzug an, der mich aussehen ließ wie ein geschlechtsloser, alter Kartoffelsack. Später würde ich mich höchstwahrscheinlich über meine Zigarettenreserve hermachen und über eine Tüte Knusper-Chips obendrein. Ich meine, wenn man schon ernstlich in Selbstmitleid versinkt, dann gleich richtig, oder?

Als kalorienlosen Seelentröster schob ich Disneys *Dornröschen* in den Videorecorder. Alix hatte mir das letztes Weihnachten geschenkt, während ich ihr *Aschenputtel* gekauft hatte: ein ideales Tauschgeschäft für zwei hoffnungslos Filmsüchtige, die zu blöd waren, sich die Dinger selbst zu kaufen. Nachdem ich fünfzehn Minuten lang Video geguckt hatte, tauchte Alix aus ihrem Zimmer auf.

»Ich dachte, du wärst weg«, sagte ich.

»Ich arbeite – ich muß diese Kinder-Zeltlager-Broschüre bis Dienstag fertig haben. Eine Tasse Tee gefällig?«

»Ja, bitte, das kommt vor der Glotze besonders gut.«

Ich wandte mich wieder *Dornröschen* zu und begann der bösen Fee gegenüber eine gewisse Sympathie zu hegen. Prinzessin Aurora erinnerte mich vage an Belinda. Sie war widerlich blond und wunderhübsch und im ganzen Königreich heißgeliebt, selbst von den flauschigen kleinen Häschen im Wald. Davon konnte einem ganz schlecht werden. Alix kam mit dem Tee und einem KitKat zurück. »Dein Vater hat vorhin angerufen, aber er hat gesagt, ich solle dich nicht wecken. Ehrlich gesagt, klang er immer noch ziemlich merkwürdig.« Kein Wunder. »Er sagte nur, ich soll dir sagen, Belinda hat angerufen, sie hat aber nicht gesagt, wo sie ist oder so was – nur daß ihr das Ganze furchtbar leid tut, aber daß es ihr gutgeht und sie sich keine Sorgen zu machen brauchen.«

Das konnte ich mir gut vorstellen – die tränenreiche Belinda, und Dad, der sagte: *»Ist ja gut, Liebling, weinen hilft auch nicht weiter…«* Mum, gleichermaßen verweint, würde sagen: *»Ted,* bitte, *laß mich mit ihr sprechen –«*, würde dann den Hörer an sich reißen und heulen: *»Liebling, ich hab mir solche Sorgen gemacht – bitte komm nach Hause – niemand ist böse auf dich.«* Und dann würde sich Belinda so elend fühlen, daß sie auflegen würde, woraufhin sie alle noch mehr mit den Nerven runter sein würden als ohnehin schon.

»Ich könnte sie umbringen«, sagte ich, während ich elend an meinem Tee nippte. »Ich wünschte, auf ihrer Hochzeitsreise hätte ein Krokodil sie gefressen.«

»Ja, aber sie muß sich schrecklich fühlen.«

»Sie hat es verdient, sich schrecklich zu fühlen. Jeder hier fühlt sich schrecklich. *Ich* fühle mich schrecklich.«

»Ach ja, und dieser Josh-Typ hat angerufen.«

Fast hätte ich den ganzen Tee verschüttet. »Wann?«

»Vor einer Stunde ungefähr. Ich sagte, du würdest schlafen und daß ich nicht die Absicht hätte, dich zu wecken.« Genüßlich fuhr sie fort: »Meine Güte, dem hab ich Bescheid gesagt. Ich sagte, für wen zum Teufel er sich eigentlich halte, dich so anzugreifen, ob er sich überhaupt vorstellen könne, in was für einer Verfassung du auch so schon bist, und ob ihm denn seine Mutter keine Manieren beigebracht hätte, und wenn es ihm nun ums Geld ginge, könne er gleich vorbeikommen und ich würde es ihm höchstpersönlich mit dem stumpfen Ende eines Tannenzapfes in den Arsch rammen.«

Sie wandte sich mir zu, ein selbstzufriedenes Lächeln im Gesicht, das mich einfach nur abstieß.

»Was hat er gesagt?«

»Nichts! Er hatte keine Chance. Ich hab ihn bloß angeblafft und dann aufgelegt.« Ihr selbstzufriedenes Lächeln gefror. »Was ist denn los? Du wolltest doch nicht etwa mit ihm sprechen, oder?«

»O Gott ...« Ich vergrub den Kopf in meinen Händen. »Warum zum Teufel hast du mir bloß nichts *gesagt?*«

# DREIZEHN

Jetzt konnte ich nur noch die Wahrheit sagen. Und als ich die ganze Saga schließlich erzählt hatte, ungekürzt, hatte Alix ein dermaßen schlechtes Gewissen, daß sie mir fast leid tat, was immerhin eine Abwechslung von meinem Selbstmitleid bedeutete.

»Warum hast du mir denn die ganze Zeit nichts *gesagt?*« verzweifelte sie nun schon zum fünfzehnten Mal. »Ich dachte, ich bin deine Freundin!«

»Du hättest bestimmt gedacht, ich wäre vollkommen durchgedreht, so wie Muriel in *Muriels Hochzeit!*«

»Hätte ich nicht! Na ja, ich hätte vielleicht gedacht, du wärst ein winziges kleines bißchen paranoid, aber –«

»Ein winzig kleines bißchen? Außerdem hättest du denken können, daß ich insgeheim auf Ace stehe.«

»Sophy, tu mir einen Gefallen.« Ihr beleidigter Gesichtsausdruck erinnerte mich an den von Benji, wenn ihm jemand gesagt hat, er solle verschwinden, da er stinke. »Wie hast du ihm das bloß alles erzählen können und mir nicht?«

»Ich habe ihm ja nicht alles erzählt! Seit diesem Fiasko im Park kam nicht das geringste Wort über meine Lippen!« Ich hatte ihr nicht nur davon erzählt, sondern auch von allem anderen, selbst von Dads zeitlich unpassendem Zimmer-Service-Angebot. Ruhelos fuhr ich fort: »Er hat gesagt, er würde sich melden, aber bevor ich so auf ihn losging, hätte ich nie geglaubt, daß er das tun würde. Ich dachte, er würde das nur so dahinsagen.«

»Ruf ihn an, um Himmels willen«, drängelte Alix. »Sag ihm, ich hätte da was mißverstanden.«

Eine Telefonnummer wäre nicht schlecht gewesen für den Anfang. Ohne nachzusehen wußte ich, daß ich sie nicht in mein Adreßbuch eingetragen hatte. Ich hatte sie einfach auf das nächstliegende Ding gekritzelt. Nachdem ich einen kurzen Moment leer vor mich hin gestarrt hatte, suchte ich mit Argusaugen das verdächtig aufgeräumte Zimmer ab. »Jetzt sag bitte nicht, ihr habt die ganzen Zeitungen zum Altpapier gebracht?«

Sie brauchte nur einen kleinen Moment, um die Lage richtig einzuschätzen. »Sag bloß, du hast seine Nummer auf einer verdammten *Zeitung* notiert?«

»Die war gerade griffbereit! *Hast* du sie weggeworfen?«

Sie wand sich. »Calum hat sie gestern weggebracht. Warum um alles in der Welt hast du sie nicht in dein Adreßbuch eingetragen?«

»Ich habe keine Ahnung! Normalerweise bring *ich* immer das Altpapier weg! Hat sonst noch jemand angerufen?«

»Meine Mutter, darauf wärst du sicher nie gekommen.«

Die Anrufliste würde also nicht mehr funktionieren, selbst wenn er nicht von seinem Handy aus angerufen hatte. Das hieß, Jerry noch einmal anrufen. Aber zuerst mußte ich bei den Dixons anrufen, um sie nach seiner Nummer zu fragen, und der einzige, der mir antwortete, war der Anrufbeantworter.

»Das Telefonbuch?« schlug Alix vor.

»Ich hab nicht einmal seine Adresse!« Es war einen Versuch wert. Es gab drei J. Carmichaels. Zwei von ihnen sagten höflich »falsch verbunden«, während mir der dritte zu verstehen gab, daß Menschen, die die falsche Nummer wählen, es verdienten im Kühlraum von Safeways aufgehängt zu werden, und zwar nachdem man ihnen das Fell über die Ohren gezogen hätte. Daraufhin sagte ich spitz, daß es mir keineswegs leid täte, ihn gestört zu haben. Hätte ich gewußt, daß er ein derart erbärmlicher Vertreter der menschlichen Art sei, hätte ich ihn sofort angerufen und zwar gerade erst recht.

Peng.

Eine Minute lang sahen wir Auroras Prinz zu, der gerade von der bösen Fee fertiggemacht wurde.

»Warum mußtest du bloß diesen Tannenzapfen erwähnen?« meinte ich verzweifelt, als mir plötzlich wieder alles einfiel.

»Es tut mir leid, okay? Ich hatte da so eine Vorstellung von einem widerlichen, angeberischen Blödmann, der sich bei deinen Eltern einschleimt!«

»Er hat mich vor dem Schlimmsten bewahrt! Wäre ihm diese brillante Lüge nicht eingefallen –«

»Das hat mich doch nur noch in meiner Vermutung bestätigt! Ein Typ, hab ich gedacht, der sich so'n Riesending einfach so aus dem Ärmel schütteln kann – *pling* – das muß doch ein Arschloch sein!«

Jeder versteht das, was er verstehen will, nehme ich an. »Ich ruf bloß an, um mich für dein Benehmen zu entschuldigen. Nachdem er mich eine Lügnerin genannt hat und behauptet hat, bei mir wär eine Schraube locker, werd ich ihn wohl kaum auf einen Lunch im Ivy einladen.«

»Du redest in letzter Zeit ziemlichen Müll«, erklärte sie. »Wenn er doch offensichtlich auf dich steht – das hat er doch mehr oder weniger selbst gesagt, oder?«

»Vielleicht hat er das ja bloß gesagt, um zu rechtfertigen, daß wir's beinahe getan hätten.«

Langsam klang sie vollkommen entnervt, und das konnte ich ihr nicht verübeln. »Wenn er *nicht auf dich stehen würde, hättet ihr's nicht beinahe getan.*«

»Ja, aber es gibt verschiedene Arten von Auf-jemanden-Stehen, hab ich recht? So wie ich da stand, mit hechelnder Zunge, da hätte er schon ein Heiliger sein müssen. Einmal ganz davon abgesehen, daß er immer noch denkt, daß ich was mit Ace habe.«

»Kein Wunder, daß er meint, du brauchtest jemanden, der es dir mal so richtig besorgt. Ace! Ich bitte dich.« Sie zupfte an etwas, das aus dem karierten Kissenbezug herausstak, und schnüffelte daran. »Diese Kissen sind einfach nur eklig. Ace muß seine Stinkefüße darauf gelagert haben.«

»Ich wette, die stinken auch nicht anders als die von Calum. Immer hackst du auf Ace herum. Er wird noch mal ein Fall für den Psychiater, wenn du mich fragst. Wenn du so einen Bruder hättest wie Tamara, dann würd ich dein Gezänk ja noch verstehen.«

Der tapfere Prinz bahnte sich mittlerweile mit seinem magischen Schwert einen Weg durch das Dornendickicht. »Selbst wenn ich das Ganze nicht so in den Sand gesetzt hätte – es wär sowieso nie was draus geworden«, sagte ich.

»Warum denn nicht, zum Teufel?«

»Weil mir schon ganz weich in den Knien wird, wenn ich ihn bloß ansehe. Weil seine Oberschenkel knackiger sind als meine eigenen. Weil ich ihn *mag*, verdammt noch mal. Alles Gründe dafür, daß er sich spätestens nach vier Tagen nach einer anderen umschauen wird, auf die er wesentlich mehr fliegen kann.«

»Meine Güte, du bist wirklich ein hoffnungsloser Fall. Warum bist du bloß so defätistisch?«

»Schlechte Erfahrungen. Niemand, den ich wirklich will, wird mich jemals wollen.«

»Jetzt sei nicht blöd.«

Der tapfere Prinz bahnte sich noch immer seinen Weg durch das Dornendickicht. »Ich wünschte, mich würde irgendwer mal so lieben, daß er sich einen Weg zu mir durchs Dornendickicht bahnt«, sagte ich verzweifelt. »Und wenn, wär's bestimmt so ein blöder Streber, auf den ich kein bißchen stehe. Er würde mich mit einem widerlich feuchten Schmatzer wachküssen, und ich müßte mich übergeben.«

»Heutzutage würde sich doch kein Typ auch nur einen Weg zum Laden an der Ecke bahnen«, schnauzte sie. »Aber mit einer Black & Decker unterm Arm laufen sie zehn Minuten weit, weil das Ding angeblich eine Flügelschraube braucht, und dann hauen sie ab und gucken Fußball.«

»Ich wette, Calum würde sich seinen Weg zu dir bahnen.«

»Du machst Witze! Hätte er erst mal ein paar Kratzer von den Brombeersträuchern abbekommen, hätte er bald die Schnauze voll und würde sich in den nächsten Pub verdrücken.«

Ich wußte, das war nur so dahingesagt.

»Meine Mutter meint, die Pille ist schuld, daß alles so den Bach runtergeht«, fuhr sie fort. »In fünfzig Jahren werden ihre Eier sogar noch rudimentärer sein als ihr Gehirn.«

Später gingen wir die Straße runter zu Kouzina, bei dem Alix gern ihre minimalen Griechischkenntnisse an den Mann bringt. Stavros meinte, ich sähe ungefähr so glücklich aus wie ein Schaf kurz vor dem griechischen Osterfest, und Alix sagte: »Sie fühlt sich wie *kaka*, deswegen. Wir hätten gern zweimal *mikro souvlakias, se parakalo*.«

»Sein ein Typ?« fragte Stavros.

Ich antwortete: »Nicht direkt«, und Alix sagte: »Natürlich, was sonst?«

Er zwinkerte mir zu und meinte: »Du mir sagen, wer ist dieser Sohn einer *putana* und ich zerhacken seine Eingeweide für Döner Kebap.«

»Aha, das tust du da also drauf«, erwiderte ich. »Kein Wunder, daß mir das noch nie geschmeckt hat.«

Wir aßen unser Souvlaki auf einer Bank im Park. Es war ein schöner Abend, das Licht fiel golden durch die Bäume. Aber das konnte mich auch nicht aufmuntern, denn alle miteinander herumturtelnden Liebespärchen aus ganz London schienen hier an uns vorbeizuspazieren, händchenhaltend, lachend, sich abknutschend oder alles drei. »Wenigstens hast du dir das Geld gespart«, sagte Alix zwischen einem Bissen Schweinefleisch und einem Bissen Salat. »Zieh los und hau es für einen Nicole-Farhi-Pulli auf den Kopf.«

Oder für eine ganze Badewanne voll Wodka, in der ich mich ertränken könnte.

Auf dem Rückweg meinte sie: »Findest du nicht, du solltest deine Eltern mal anrufen? Die müssen ja völlig mit den Nerven runter sein, so wie du sie fertiggemacht hast.«

»Darüber hätten sie selbst mal nachdenken sollen, und zwar bevor sie mich fertiggemacht haben! Es ist doch immer dasselbe. Belinda begeht irgendeine Riesendummheit, und sie verlieren so gut wie kein Wort darüber. Ich sag dann immer zu Mum: »Wenn mir das passiert wäre, würdest du ausflippen!« Woraufhin sie sagt: »Ja, Liebes, aber du bist ja auch nicht so wie Belinda, oder?«

»Na, so bist du ja auch nicht. Du besitzt doppelt soviel Verstand und hast dreimal mehr Durchhaltevermögen.«

»Eben nicht! Das denken die Leute doch bloß!«

»Du weißt schon, was ich sagen will. Du machst deinen Weg, das sehen die Leute. Sie erwarten nicht, daß du alles verbockst.«

Als wir zurückkamen, blinkte der Anrufbeantworter. Mein Herz blieb beinahe stehen.

»O Gott, was, wenn es Josh ist?« Während ich schwankte und zu nervös war, um auch nur die Wiedergabe-Taste zu drücken, sprang Alix für mich ein.

Ich glaube, ich hatte erwartet, daß er mich ziemlich anschnauzen würde, so wie er das bei unserem unromantischen Abschied getan hatte, aber seine Stimme klang beinahe so verlegen und entschuldigend wie meine, hätte ich *ihn* angerufen.

Nur zu dumm, daß es sich dabei nicht um Josh handelte.

»Sophy, hier ist Kit. Hör zu, ich ...« Eine Pause folgte, in der er sich offensichtlich bemühte, die richtigen Worte zu finden. »Ich muß mit dir reden – ich ruf später noch mal an.«

Alix setzte ihr O-Gott-o-Gott-Gesicht auf. »Das klingt ja so, als hätte Wie-heißt-sie-noch-gleich recht gehabt. Ehrlich gesagt hab ich mir das auch schon gedacht.«

Nach dem ersten Schock spürte ich nur eine Riesenenttäuschung. Welche Worte auch immer seinem Mund entströmt wären, es gab nur eine einzige Stimme, die ich jetzt gern gehört hätte.

»Er klang ziemlich verlegen, was?« fuhr Alix fort. »So als hätte er sich schon eine halbe Ewigkeit auf dieses Gespräch vorbereitet. Das mußt du dir mal vorstellen – ich meine, schließlich ist er kaum der Typ, der sich einfach hinstellt und erwartet, du würdest ihn mit Handkuß wieder zurücknehmen.«

Direkt auf meine Riesenenttäuschung folgte der blanke Haß auf diese Schlampe, die man das Leben nannte. »Warum will er mich ausgerechnet jetzt zurück? Warum wollen mich diese Arschlöcher nie dann, wenn ich sie will? Denk bloß an diesen fiesen Dominic. Warum muß mir immer so was passieren?«

»Das hat mit Dominic nichts zu tun«, erklärte sie. »Kit hattest du richtig gern. Er muß glauben, da bestünde eine Chance, das Ganze wiederzubeleben. Obwohl er kaum annehmen kann, daß du deinen Typen jetzt einfach so abservierst. Außer ...«, sie hielt inne, »außer Tamara hat geplaudert, und er weiß Bescheid.«

Ich schüttelte den Kopf. »Sonia würde sie nie auch nur ein Sterbenswörtchen verraten, und Sonia ist die einzige, die es ihm erzählt haben könnte. Einmal ganz davon abgesehen, daß sie mir geschworen hat, keiner Menschenseele etwas davon zu erzählen.«

»Wenn du auf der Hochzeit wirklich so nervös warst, hat er das vielleicht bemerkt und falsch ausgelegt«, holte sie aus. »Vielleicht hat er ja gedacht, du und Dominic, ihr lebt euch gerade auseinander.«

Ich dachte daran, wie ich gesagt hatte: *»Er ist okay.«* Warum hatte ich nicht ein einziges Mal etwas dicker auftragen können?

Alix fuhr fort: »Wahrscheinlich zieht er wieder nach London, sonst macht das Ganze wenig Sinn. Haben sie da nicht so einen Halbjahres-Turnus oder so was?«

»So was Ähnliches.«

»Was wirst du ihm sagen, wenn er wieder anruft?«

»Was glaubst du wohl?« Plötzlich war ich den Tränen nahe, bei soviel Ungerechtigkeit. »Warum hat mich dieser Blödmann nicht wiederhaben wollen, als es mir hundeelend ging? Ich werde ihm sagen, er soll sich vom Acker machen!«

»Einen Teufel wirst du tun. Am Ende wird er dir noch leid tun, weil er so verlegen sein wird und stottern wird, und du wirst dich daran erinnern, wie süß er sein konnte, damals zum Beispiel, als du diese hammerharte Erkältung hattest und gleichzeitig diesen Durchfall, und du wirst dir sagen, an allem hatte nur diese Schlampe schuld, weil er einfach zu nett war, um sie zu durchschauen, und dann wirst du dich elend fühlen und dir wünschen, du würdest ihn zurückwollen und zu guter Letzt wirst du einwilligen, ihn noch ein einziges Mal zu treffen.«

Das waren ja deprimierende Aussichten, aber durchaus realistische. »Dann stell ich das Ding an und tu so, als ob ich nicht da wäre.«

»Was, wenn Josh anruft? Wenn er vom Handy aus anruft und keine Nachricht hinterlassen will ...«

»Er wird nicht anrufen. Ich wette mit dir um alles Geld der Welt, daß er nicht anrufen wird.«

»Er könnte anrufen. Wenn ich an seiner Stelle wäre, würde ich verdammt noch mal anrufen. Ich würde wissen wollen, was zum Teufel du da erzählt hast, daß deine Freundin mich so fertigmacht.«

Alix kehrte zu ihrer Kinder-Zeltlager-Broschüre zurück. Ich schielte mit einem Auge auf den Fernseher und mit dem anderen auf das bißchen Abendrot, das ich von unserem Großstadt-Dschungel-Fenster aus gerade noch erhaschen konnte. Das rief in mir eine schier unerträgliche Sehnsucht nach Ich-weiß-nicht-Was hervor.

Na ja, eigentlich wußte ich genau, wonach. Warum saß ich hier rum wie eine liebeskranke Fünfzehnjährige, die daran verzweifelt, daß das Telefon nicht klingelt? Warum konnte ich nicht einfach die Achseln zucken und mich keinen Deut mehr darum scheren? Warum schmiß ich nicht einfach meinen Job und reiste ein Jahr lang nach Oz? Warum konnte Belinda nicht plötzlich hier in der Tür stehen, damit ich sie für das, was sie mir angetan hatte, so richtig niedermachen konnte?

Gegen halb elf versuchte ich noch einmal, die Dixons zu erreichen, aber da nur wieder dieser uralte Anrufbeantworter dran war, würde das warten müssen. Kit rief auch nicht mehr an.

Um fünf vor zwölf befand ich mich gerade auf dem Weg ins Bett, als Alix sagte: »Typisch Kit, wenn du mich fragst. Wahrscheinlich hat er sich verdrückt. Oder er ist gerade auf das ein oder andere Bier gegangen und läßt sich von noch so 'ner Schlampe flachlegen.«

»Höchstwahrscheinlich. So ein Depp. Wenn er jetzt anrufen würde, würde ich ihm *wirklich* Bescheid stoßen.«

Nach meiner Siesta schlief ich in der Nacht schlecht und ging dann zur Arbeit, obwohl ich mich nur zu 83 Prozent wie ein menschliches Wesen fühlte. Nur damit ich mich noch besser fühlen konnte, fand ich eine E-Mail aus der Personalabteilung vor, die mich darüber informierte, daß die Sadisten-Sache im September stieg, eine Broschüre sei in der Post.

Der Postbote hatte sie schon gebracht. Sie listete so einige spaßige Aktivitäten auf, zum Beispiel aus Moos und toten Schafen Flöße konstruieren, sogenannte Fahrtests in gefährlichen Stromschnellen sowie Fröschefangen, um diese dann roh zum Frühstück zu verzehren. Sollte irgend jemand nicht an diesen charakterfestigenden Übungen teilnehmen wollen, stand es einem selbstverständlich frei, auf dem Zimmer zu bleiben und *Sunset Beach* anzuschauen. Daraus würde selbstverständlich niemand den Schluß ziehen, man sei ein jämmerlicher Wurm ohne Rückgrat, und einen daraufhin in irgendeiner Weise bloßstellen oder lächerlich machen.

Jess sagte: »Sieht ganz so aus, als sollte man ein paar Marsriegel dabeihaben, nur für den Fall, daß man sich irgendwo im Gebirge verläuft.«

In der Kaffeepause vertilgte ich eine ganze Packung Hobnobs und erzählte ihnen das Neueste von Belinda.

Jess war entsetzt. »Warum hat sie das Ganze denn nicht einfach abgeblasen? Der arme Bräutigam! Und das ganze Geld!«

»Falls sie wirklich einen Fehler gemacht hat, finde ich es so immer noch besser, als es ewig zu leugnen. Meine Mutter brauchte 21 Jahre, um zugeben zu können, daß der arme, alte Dad ein Fehler war«, sagte Harriet.

Sandie meinte: »O Gott, meine Mutter würde mich umbringen.«

»Deine armen Eltern! Die müssen ja in einer schrecklichen Verfassung sein«, sagte Jess mitleidig in meine Richtung.

Bis zur Mittagspause bekam ich meine armen Eltern nicht mehr aus dem Kopf, so daß ich mich entschloß, sie mit meinem Handy privat kurz anzurufen. Nur daß ich es dann nicht dabeihatte, als ich aus genau diesem Grund das Büro verließ. Mir fiel auf, daß ich es nicht mehr gesehen hatte, seit ich Alix von zu Hause aus versucht hatte anzurufen, was bedeutete, daß ich es wahrscheinlich hundertfünfzig Meilen von hier entfernt in irgendeiner Schublade hatte liegenlassen, wo es mir in etwa genausoviel nutzte wie Unterhosen in Größe 36. Da ich wohl kaum telefonieren konnte mit all den Leuten im Hintergrund, die alle so tun würden, als hörten sie nicht zu, verschob ich es auf später. Schon zwei peinliche Anrufe, auf die ich mich freuen konnte. Alix hatte Josh einfach abgehängt, würde er ebenfalls einhängen, wenn ich ihn anrief? Auch der Gedanke an eine heulende Mutter war schwer zu ertragen.

Ich machte weder den einen noch den anderen Anruf. Als ich nach Hause kam, sagte Alix: »Belinda hat angerufen.«

Eine Mini-Woge Adrenalin durchflutete mich.

»Wann?«

»So gegen halb fünf, nur daß ich da gerade nicht da war. Sie hat eine Nachricht hinterlassen.«

Genau wie erwartet, klang ihre Stimme tränenerstickt.

»Sophy, ich bin's. Ich weiß, daß du jetzt gerade noch auf der Arbeit bist – ich melde mich später noch mal, aber bitte schrei mich nicht an – ich weiß, daß alle stinksauer auf mich sind, aber mir ging es so was von schlecht. Bitte geh heute abend nicht weg und knall nicht den Hörer auf. Tschüß.«

»Ich hab auf die Anrufliste gedrückt, da erschien eine Nummer«, sagte Alix. Sie zeigte mir die Rückseite eines Briefumschlags. »Ich hab sofort zurückgerufen – ich konnte einfach nicht anders. Nur daß niemand abhob. Es ist irgendein Hotel im New Forest.«

»Was? Was zum Teufel hat sie denn da zu suchen?«

»Keine Ahnung. Ruf sie an.«

Ich nahm den Hörer von der Gabel und wählte die Nummer. Doch anstatt nach Belinda zu fragen, ließ ich mir die Adresse geben und notierte sie mir.

Alix starrte mich an. »Du fährst doch nicht hin?«

»Warum nicht?«

»Das ist meilenweit weg!«

»Ich glaube nicht, daß das so weit ist.« Ich sprang zum Auto, um den Straßenatlas zu holen, und sah nach. »Sieh mal. Ich werde nur ein paar Stunden brauchen.«

»Höchstwahrscheinlich will sie keine Menschenseele sehen!«

»Es ist mir egal, was sie will! Ich muß sie sehen! Ich muß ihr den Kopf waschen, und am Telefon ist das einfach nicht dasselbe. Da kann sie auflegen.«

Alix zuckte zusammen. »Sophy, *tu's nicht*. Sie hört sich so an, als wäre sie in einer schrecklichen Verfassung.«

»So wie viele andere auch!« Als ich sah, wie besorgt sie war, riß ich mich ein wenig zusammen. »Hör zu, ich werd sie nicht zusammenschreien, aber ich will wissen, was los ist, und das geht besser von Angesicht zu Angesicht. Und wenn es nicht irgend etwas wirklich Furchtbares ist, werde ich ihr meine Meinung sagen müssen. Irgend jemand muß ihr ja beibringen, daß das Ganze unverzeihlich war, und das werden Mum und Dad niemals tun. Sie wird einfach bloß heulen und schön aussehen und jeder wird sagen: ›*Komm schon, alles nicht so schlimm ...*‹ Selbst Josh hat gesagt, man müsse ihr mal ein wenig den Kopf waschen.«

Plötzlich fühlte ich mich richtig energiegeladen und sprang von hier nach da, um das Nötigste für eine Übernachtung in eine Tasche zu packen.

»Was ist mit deiner Arbeit morgen?« fragte Alix.

»Wenn ich übernachten muß, breche ich in aller Herrgottsfrühe auf.«

Als ich hinausging, meinte sie: »Wenn da diese Broschüre nicht wäre, ich würde mitfahren, aber so wie's aussieht, werde ich noch die ganze Nacht darüber brüten. Ich sterbe vor Neugier, was eigentlich los war. Glaubst du immer noch, Marc könnte etwas damit zu tun haben?«

»Ich glaube, das hat nur etwas mit Paul zu tun. Sie versteckt sich, weil sie nicht in der Lage ist, ihm gegenüberzutreten.«

Während ich in Richtung A3 schlich, fand ich den New Forest bei näherer Betrachtung gar nicht mehr ein so exotisches Versteck. Als wir klein waren, hatten wir dort mit längst verstorbenen Verwandten von Mum herrliche Ferien verbracht, hatten die Ponys verbotenerweise mit Eiersalat-Sandwiches gefüttert und waren in Bächen herumgeplanscht. Vielleicht hatte sich Belinda in ein sonniges Kleinkinder-Idyll zurückgezogen, wo das größte Verbrechen darin bestand, sich Orangenlimonade übers T-Shirt zu klekkern; niemand war je länger als zwei Minuten böse auf dich.

Obwohl mir so viel im Kopf herumging, hatte ich noch einen Blick für die vorbeiziehende Landschaft übrig. Den ganzen Tag über war das Wetter sehr wechselhaft gewesen, aber schließlich hatte sich die Sonne doch noch hervorgewagt. Bei all dem Grün, das da saftig sprießte, und der Abendsonne, die alles in ein goldenes Licht tauchte, sah England gar nicht mal so häßlich aus. Es war einer dieser Abende, an denen man von einem hübschen Pub direkt am Flußufer träumt, einem Tisch in der Sonne und von ein paar Enten, an die man ein paar Chips verfüttern kann.

Natürlich gab es da noch ein wesentliches Accessoire, um solche Abende perfekt zu machen, und damit meine ich jetzt nicht den

Pulli, den man unweigerlich anziehen muß, wenn die Sonne hinter einem Baum verschwindet und man sagt: »Huh, ganz schön frisch jetzt, nicht wahr?«

Ich versuchte, nicht an diese wesentlichen Accessoires zu denken. Ich versuchte, nicht an diese idyllischen Szenen am Fluß zu denken: daran, wie ich den schönsten Platz an der Sonne besetzt hielt, während mein perfektes Accessoire an die Bar ging. Ich versuchte nicht daran zu denken, wie er aussehen würde, wenn er mit einem Wodka Tonic und einem Bier zurückkäme und sein Gesicht verzog, weil er – igitt! – in irgend etwas im Gras getreten war. *»Diese verdammte Entengrütze ist wirklich überall – hier, bitte – Ich weiß ja, daß du sie dir eigentlich abgewöhnen willst, aber ich hab dir trotzdem eine Packung Zigaretten mitgebracht.«*

Tut mir leid, wenn das jetzt nicht besonders romantisch klingt, aber in meinen Phantasien kommen Flüge mit der Concorde nach Barbados einfach nicht vor, nicht einmal eine einzige rote Rose oder ein Candle-Light-Dinner. Gebt mir ein wenig Entengrütze und Zigaretten, und schon bin ich zufrieden – zumindest ist die Enttäuschung dann nicht so groß, wenn mal wieder alles den Bach runtergeht. Doch in meinem Fall hatte es erst gar nichts gegeben, was den Bach hätte runtergehen können.

Ich versuchte diesen fürchterlichen, unbestimmten Schmerz zu ignorieren, den man unter solchen Umständen verspürt. Ich fuhr an Hinweisschildern auf eine Raststätte vorbei. Da ich nur einen flüchtigen Blick in den Straßenatlas geworfen hatte, würde ich mir die Sache jetzt einmal genauer ansehen, zusammen mit einer Tasse Kaffee und einem großen Marmeladen-Donut. Irgendwo wartet immer ein Krümelchen Trost.

Ich verpaßte die Ausfahrt zweimal, hauptsächlich deswegen, weil das Schild von Bäumen verdeckt wurde. Nach ein paar hundert Metern kam ich an einen Ort, wie man ihn nur in einem *Schönes-England*-Kalender abgebildet findet. Würde ich jemals ein paar Millionen im Lotto gewinnen und darauf stehen, einen auf Landedelfrau zu machen, dann würde ich mich genau dafür entscheiden. Ein herrlicher Mischmasch verschiedener Stilrichtungen erwartete mich; seit den Kreuzzügen bis zu dem Zeitpunkt, an dem der arme alte King George verrückt wurde, hatte man hie und da immer wieder etwas hinzugefügt. Es gab schiefe Holzbalken, verblaßte elisabethanische Klinkerfassaden und noch majestätischere Gebäudeteile, die später hinzugefügt worden waren, und das alles war in das Licht der untergehenden Sonne getaucht.

Die Innenräume waren holzgetäfelt, dufteten nach Lavendel-Möbelpolitur und nach Blumen, oben gab es eine Galerie, und Porträts der seit langem verstorbenen Bewohner schmückten die Wände. Es gab einen Kamin, in dem man einen Ochsen hätte braten können und der mit einem riesigen Blumengesteck geschmückt war.

Ich zog mein Hirn sorgsam zu Rate, bevor ich mich an den Rezeptionisten wandte; ich wollte nicht, daß irgend jemand dachte, ich machte Jagd auf ein unwilliges Opfer. »Ich bin hier, um meine Schwester zu besuchen. Leider konnte ich sie vor meiner Abreise nicht mehr erreichen. Belinda Metcalfe?« O Gott, so gut hatte ich wohl doch nicht überlegt – sie hieß ja jetzt Fairfax, vorausgesetzt, daß sie diesen Namen benutzte.

Offensichtlich nicht. Der Rezeptionist war jung und machte einen kompetenten Eindruck, auf seinem Namensschild stand »Michael«. Er sah im Gästebuch nach. »Zimmer 17.« Er warf einen Blick auf das Schlüsselfach. »Leider ist sie im Moment nicht da.«

Verdammt. »Wissen Sie zufällig, wann sie das Hotel verlassen hat?«

»Nicht seitdem ich hier bin, ich arbeite hier seit fünf.«

»Haben Sie ein Zimmer frei? Nur für eine Nacht.« Minuten später folgte ich einem Pagen die breite Treppe hoch bis auf die Galerie. Alles war mit dickem Teppichboden ausgelegt, die Holzvertäfelung glänzte unter Generationen von Möbelpoliturschichten. Mein Zimmer lag ganz in der Nähe der Galerie und ging von einem großzügig geschnittenen Flur ab. Alles war in einem hübschen Blumendekor im Landhausstil gehalten, keines von der spießigen Sorte.

Nachdem ich dem Pagen ein Trinkgeld zugesteckt hatte, ließ ich meinen Blick prüfend durch das Zimmer schweifen. Hübsches Badezimmer, hübsches großes Tablett für Kaffee und Tee, Fön, eine Mini-Bar, die nicht nur Alk, sondern auch einige KitKat enthielt.

Ein buntes Glasfenster, das echt antik zu sein schien, ging auf den Garten hinaus. Dort standen einige ausgewählte Statuen sowie schmiedeeiserne Stühle, auf denen die Hotelgäste in der Sonne saßen, während ein Kellner mit Getränken um sie herumschwirrte.

So etwas konnte ich jetzt auch gut gebrauchen, von einem Abendessen ganz zu schweigen. Ich ging umgehend nach unten. Der Speisesaal war voll, aber wenn ich eine halbe Stunde warten würde ... Ich saß in einem ausgesessenen Sessel in der Nähe der Rezeption, von dem aus ich den Hoteleingang beobachten konnte, und bat einen vorübereilenden Kellner um einen großen Wodka Tonic.

Wo zum Teufel steckte sie? So langsam fühlte ich mich völlig einsam und allein, so ganz ohne Zeitschrift, in der ich blättern konnte. In der Rezeption gab es keine Zeitung mehr, und so schnappte ich mir eine der Broschüren vom Empfang.

Der älteste Teil des Hotels ging auf das späte 14. Jahrhundert zurück. Es war nicht nur Teil der Route »Englisches Kulturerbe«, sondern auch der Route – wie bitte? Nach einem kurzen Stutzen las ich weiter: »*... Teil der Route ›britische Spukschlösser‹, obwohl wir unseren ängstlicheren Gästen versichern dürfen, daß seit dem Jahr 1993 keinerlei Gespenster mehr gesichtet wurden.*

Dem Himmel sei Dank.

Gäste, die jedoch mehr darüber erfahren wollten, konnten auf Seite elf weiterlesen.

Nein danke. Wenn ich hier schon übernachten mußte, wollte ich nicht lesen müssen, daß das letzte Gespenst ein durchsichtiger Geist am Fußende meines Bettes gewesen war: »*Hinfort! Dies ist mein Totenbett, auf dem du schläfst!*«

Michael rief nach mir, um mir zu sagen, daß im Speisesaal mittlerweile ein Tisch frei geworden war. Ich bat ihn, mir Bescheid zu geben, falls Belinda auftauchen sollte, und er sagte: »Geht in Ordnung«, und lächelte nett, der arme Kerl, wahrscheinlich sah er die liebevollen Umarmungen, die ein Überraschungsbesuch normalerweise so mit sich brachte, bereits vor sich.

Der Speisesaal war halb vertäfelt, es herrschte immer noch reger Betrieb. Ich war überaus brav. Ich verzichtete auf eine Vorspeise, wählte gegrillte Seezunge mit Salat und neuen Kartoffeln sowie eine halbe Karaffe einfachen Hauswein. Und wartete.

Und wartete. Waren sie gerade unterwegs nach Bournemouth, um die Seezunge zu fangen, oder was?

Da ich mich nun wieder völlig einsam und allein fühlte, wandte ich mich erneut der Broschüre zu, sogar der bewußten Seite elf. Ich sollte mir bald wünschen, ich hätte das nicht getan. Die Gespenstergeschichte war keine von der heiteren Sorte. Hätte man Punkte für die tragischste aller Spukgeschichten vergeben können, sie hätte mit Abstand gewonnen.

Ich war auch nicht gerade begeistert, ein Gespräch vom Nebentisch mit anzuhören. Es dauerte nicht lange, bis mir dämmerte, daß dieses normal aussehende Grüppchen von Leuten um die Sechzig dabei war, so einen Gespensterjagd-Trip zu unternehmen, anstelle des üblichen Bridge-Stelldicheins. Für heute nacht planten sie gerade eine Séance, sie wollten den Geist aus seiner Lethargie wecken.

Plötzlich gefiel mir dieser Raum überhaupt nicht mehr, nicht, wo ich hier so ganz allein saß. Wo zum Teufel steckte Belinda? Was, wenn sie bereits zurückgekehrt war und Michael vergessen hatte, mich zu benachrichtigen? Als ich gerade schnell zurückhuschen wollte, um ihn daran zu erinnern, sagte eine Stimme hinter mir: »Erlauben Sie, daß ich Ihnen Gesellschaft leiste?«

Hätte ich mein Glas nicht gerade abgesetzt gehabt, ich hätte den *Vin de maison* über das rosa Hemd und den grauen Anzug geschüttet, den ich mir nicht zu wechseln die Mühe gemacht hatte. »Josh! Wie um alles in der Welt . . .?«

»Ich hab bei dir zu Hause angerufen.« Jetzt, wo er direkt neben mir stand, brachte er meinen ganzen Organismus durcheinander, meine Nerven zuckten und flatterten. Er sah nicht wirklich böse und vorwurfsvoll aus, nicht so, als wollte er mich in erster Linie fertigmachen, aber er sah auch nicht gerade besonders entspannt aus. »Ich nehme an, du hast Belinda bis jetzt noch nicht getroffen?«

»Nein. Sie ist nicht im Hotel, aber sie hat noch nicht ausgecheckt. Ich habe darum gebeten, daß man mir Bescheid gibt, wenn sie zurückkommt . . .« Granny Metcalfe würde sagen, ich zitterte am ganzen Körper wie Espenlaub. »Bitte setz dich . . .«

Abrupt zog er den Stuhl zurück, warf die Autoschlüssel auf das Tischtuch und setzte sich mir direkt gegenüber. Er trug eine Art khakifarbene Hose und ein lässiges Hemd in einem Olivgrün, das ihm hervorragend stand – ich würde glatt fünfzig Pfund darauf verwetten, daß ihm das eine Frau ausgesucht hatte.

»Ich hab deine Freundin getroffen«, sagte er spöttisch. »Die mit diesem literarischen Einfall, Tannenzapfen betreffend.«

Sofort wünschte ich, ich hätte als erstes eine Entschuldigung vorgeschoben, aber ich drehte fast durch, ihn hier direkt vor mir zu sehen. Doch dann drehte ich fast noch mehr durch, als ich daran dachte, was Alix ihm wohl erzählt haben mochte. Bevor ich meine Zunge entknoten konnte, winkte er einer Kellnerin. »Ich hätte gern die Speisekarte, bitte.«

Als ich gerade ansetzen wollte zu sagen: »Hör zu, es tut mir wirklich leid –«, zog er seinen Stuhl näher an den Tisch heran und beugte sich weit nach vorn, seine Arme verschränkte er auf dem Tisch. »Was hast du ihr eigentlich erzählt?« fragte er leise, aber nachdrücklich. »Nur so aus rein theoretischem Interesse hätte ich gern gewußt, warum mich jemand, den ich noch nie gesehen habe, derart anblafft.«

Er klang immer noch sehr verärgert, aber ich konnte es ihm nicht verdenken. Ich fühlte mich so elend, meine Kehle schnürte sich zu. »Eigentlich habe ich ihr gar nichts erzählt, aber ich war ziemlich außer mir und sagte, du hättest mich vollkommen runtergeputzt. Sie hat daraus so ihre Schlüsse gezogen.«

»Sie hat daraus offensichtlich den Schluß gezogen, daß ich ein Widerling erster Klasse bin. Du mußt mich ja in den höchsten Tönen gelobt haben.«

Da die Kellnerin wieder an den Tisch gekommen war und ein Gedeck auflegte, mußte ich warten.

»So war das gar nicht!« sagte ich, kaum, daß sie weg war. »Ich hab so gut wie überhaupt nichts von dir erzählt, aber da hatte sie sich schon ihr eigenes Bild gemacht ...«

»Ein Bild von einem Widerling.« Er lehnte sich zurück, als wäre er höchst zufrieden und klang auch nicht mehr so scharf. »Nun, zumindest das habe ich jetzt ein für alle Mal geklärt.«

In Anbetracht der Tische ganz in unserer Nähe lehnte ich mich auch weit nach vorn und senkte die Stimme. »Alix hatte danach ein richtig schlechtes Gewissen. Ich bin mir sicher, sie hat sich entschuldigt.«

»O ja, das hat sie getan«, gab er zu.

»Wie lange warst du bei ihr?« fragte ich und sah bereits vor mir, wie Alix ihm eine Tasse Kaffee machte und sagte: *»Hör zu, sag ihr um Gottes willen nicht, daß ich dir das gesagt habe, aber sie ist absolut verrückt nach dir. Ace war nur so eine superblöde Ausrede, damit du nicht denkst, sie hätte es nötig.«*

»Nur ein paar Minuten.«

Nicht genug Zeit also, um etwas auszuplaudern – nicht, daß sie so etwas je getan hätte.

Langsam begann in mir ein kleiner Hoffnungsfunke aufzuglimmen. Er war wohl kaum den ganzen Weg hierhergekommen, um mich noch mal runterzuputzen, außer er hatte gerade ein niegelnagelneues Auto, mit dem er eine Kleine-Jungen-Spritztour machen wollte, und so ein Typ, fand ich, war er eigentlich nicht.

Ich fuhr fort mit der Schadensbegrenzung. »Die Sache mit dem Tannenzapfen tut mir wirklich leid. Ich habe versucht, dich anzurufen, kurz nachdem ich realisiert hatte, was sie da zu dir gesagt hatte, aber ich konnte deine Telefonnummer nicht finden und Jerry, der sie mir hätte geben können, konnte ich auch nicht erreichen – die Dixons gingen nicht ans Telefon.«

»Und dann bist du ausgegangen.«

Ich glaube, ich sah ziemlich überrascht aus. »Du hast doch nicht noch mal angerufen?«

»Ich habe vorbeigeschaut. Aber vielleicht war es ja auch gut so, daß du nicht da warst«, sagte er mit einem sardonischen Grinsen.

Dem entnahm ich, daß er sich nicht gerade wie ein Offizier und Gentleman aufgeführt hätte – nicht, daß mir das irgend etwas ausgemacht hätte. »Wir waren nur beim Griechen um die Ecke. Ich bin nicht ausgegangen, um einen auf Party zu machen, wenn du das meinst. Es ging mir schlecht.«

»Auch ich hatte nicht gerade einen super Tag.« Er griff nach der Speisekarte, überflog sie kurz und legte sie wieder beiseite. »Eigentlich habe ich vor allem deswegen bei dir angerufen, um zu hören, wie es dir geht und um mich dafür zu entschuldigen, daß ich dich so angegriffen habe.«

Das kam so unerwartet, daß sich meine Kehle zuschnürte. »Wir waren beide etwas gestreßt, jeder auf seine Weise. Und ich habe dich zuerst attackiert.«

»Ja, trotzdem hab ich überreagiert. Es tut mir leid.«

Meine Augen brannten. »Mir auch.«

Zwischen uns hing eine beklemmende Stille, so als wüßte keiner von uns beiden, was nun zu tun sei. Er wirkte immer noch angespannt. Jetzt erst bot ich ihm von dem Wein an. »Möchtest du einen Schluck?«

»Nein danke.« Er winkte einem Kellner. »Bitte bringen Sie mir eine halbe Karaffe von dem roten Hauswein, danke.«

»Möchten Sie nicht einen Blick auf unsere Weinkarte werfen, Sir?«

»Das Gesöff wird's schon tun, solange man es trinken kann.«

Das kam nicht besonders gut an. Überaus beleidigt sagte der Kellner: »Wir haben kein Gesöff, Sir. Unser Hauswein ist von ausgezeichneter Qualität.«

Josh lächelte gezwungen. »Wären Sie dann bitte so freundlich, mir eine halbe Karaffe von Ihrem ausgezeichneten Hauswein zu bringen?«

Als der Kellner verschwand, sagte er zu mir: »Sieh mich nicht so an.«

»Hab ich doch gar nicht!«

»Doch, das hast du. Ich gebe ihm ein großzügiges Trinkgeld, okay?«

Noch bevor ich etwas darauf antworten konnte, fuhr er fort. »Wie geht es deinen Eltern?«

»Keine Ahnung. Ich habe sie nicht gesprochen, seit ich gestern abend weggefahren bin.«

Er zog die Augenbrauen auf eine Art und Weise hoch, daß ich mich schuldiger fühlte denn je.

»Ich schätze, ich hätte ihnen sagen sollen, daß ich los bin, um Belinda zu treffen, aber unser letztes Gespräch war nicht gerade Friede-Freude-Eierkuchen, und ich hatte einfach nicht den Nerv anzurufen.«

»Wo wir gerade über Anrufe reden...« Er griff tief in seine Jackentasche und legte ein Handy auf den Tisch. »Sieht fast genauso aus wie meines – ich muß es am Sonntag morgen versehentlich eingesteckt haben. Normalerweise würde ich mich ja dafür entschuldigen, wie unachtsam von mir, aber ich war nicht ganz bei der Sache.«

Sein höhnischer Tonfall bewirkte, daß ich mich ganz elend fühlte. »Ich dachte, ich hätte es zu Hause vergessen.«

»Ja, das würde dir ähnlich sehen.«

Das Glimmen in meinem Inneren drohte zu erlöschen. Er strahlte eine ungeheure Anspannung aus, so als wäre da noch etwas, das er mir gern sagen würde, wozu er sich aber nicht recht durchringen konnte. Der erste deprimierende Gedanke, der mir in den Sinn kam, war der, daß es sich um sein Honorar handelte, und ich fragte mich sofort, warum ich nicht schon längst daran gedacht hatte. Vielleicht hatte er deshalb gestern abend bei mir vorbeigeschaut. Vielleicht rang er sich gerade dazu durch, zu sagen: »*Hör zu, ich will ja nicht geldgierig wirken, und unter diesen Umständen schon gar nicht, aber du scheinst völlig vergessen zu haben, daß wir ein Geschäft abgeschlossen haben.*«

Die Kellnerin war wieder da, um die Bestellung aufzunehmen. Ich hatte so das Gefühl, sie war neugierig und wollte die Situation abchecken, was mich nicht sonderlich überraschte, denn jeder, der eine Antenne dafür hatte, konnte die Spannung, die zwischen uns in der Luft lag, mit Händen greifen.

Josh überflog noch einmal kurz die Speisekarte und bestellte geräuchertes Forellenfilet und ein blutig gebratenes Rumpsteak.

»Darf ich dem Herrn zuerst die Vorspeise bringen und dann die beiden Hauptgerichte zusammen?« fragte die Kellnerin.

Ich war am Verhungern. »Ja, aber ich habe es mir gerade anders überlegt und möchte nun auch eine Vorspeise bestellen. Die Tagessuppe ist schon in Ordnung.« Zumindest mußten sie die nicht erst noch erlegen.

Als sie verschwunden war, lehnte Josh sich zurück und warf mir noch einen Blick von der Sorte zu, der mein Glimmen zum Erlöschen brachte, und so packte ich den Stier bei was auch immer: »Hör zu, du bist doch kaum den ganzen Weg hierhergekommen, um mir mein Handy zurückzugeben. Ich hätte es dir schon am Sonntag aushändigen sollen. Ich fürchte, ich habe nicht mehr alles in bar dabei, aber den Großteil deines Honorars kann ich dir auch jetzt geben und einen Scheck für –«

»Mein Honorar? Ach, du lieber Himmel …« Er verdrehte die Augen und fuhr sich entnervt mit einer Hand über den Nacken, bevor er mir wieder in die Augen sah. »Sophy, das zweite Mal habe ich dir einen Gefallen getan. Ich dachte, soviel hättest du wenigstens kapiert.«

Zum ersten Mal in meinem Leben war ich erleichtert, das völlig Falsche gesagt zu haben. Mein Glimmen begann sich wieder bemerkbar zu machen, insbesondere, als er fortfuhr: »Aber du hast ganz recht. Ich bin nicht hierhergekommen, nur um dir dein Handy zurückzugeben. Und auch nicht, um mich zu entschuldigen.« Irgend etwas an seinem Tonfall ließ mein Herz überquellen. Natürlich hatte ich nichts aus einem Lore-Roman erwartet, eher etwas nach dem Motto »Hör zu, meinst du nicht, wir sollten endlich aufhören, uns so aufzuführen?«

Ich sah, wie er zögerte, so als brächte er es einfach nicht heraus, und sagte leichthin: »Sag jetzt nicht, du bist wegen der noch ausstehenden Essenseinladung hier. Schließlich schulde ich dir noch einen Gefallen.«

»Nein, aber ich habe nichts dagegen einzuwenden.« Er lächelte mich merkwürdig an, zögerte noch einen Moment und rückte schließlich damit heraus.

»Um ehrlich zu sein, bin ich hier, um deine Intelligenz auf die Probe zu stellen. Bist du gut im Kreuzworträtsellösen?«

»Kreuzworträtsel?« Hätte ich je auf einer Lore-Roman-Wolke geschwebt, das hätte meinen Träumen endgültig ein Ende gemacht. Ich fühlte mich plötzlich wie in einem absurden Traum. Jede Minute würde ich an mir herunterschauen, nur um festzustellen, daß ich keine Kleider am Leib trug und daß jeder mit den Fingern auf mich zeigte und sich halb totlachte.

»Mir ist da irgendwas entgangen«, fuhr er fort und runzelte die Stirn, so als dächte er angestrengt nach. *»Dringende Anfrage an Begleit-Service, um den Lebensunterhalt zu sichern«* – nein, streich das, während der Herfahrt auf der A3 hätte ich es fast gehabt. Ach, so, ja. »*Amouröse Erfindung in einem höchst phantasievollen Lügengeflecht.*« Drei Buchstaben, fängt mit »A« an.

Was einen hinterhältigen Überraschungsangriff betraf, war er einfach unschlagbar. Mir fiel buchstäblich die Kinnlade runter.

Die Kellnerin kam zurück, sie sah ein wenig verlegen aus. »Äh, zahlen Sie getrennt oder zusammen?«

Ich fand meine Stimme wieder. »Setzen Sie es auf meine Rechnung«. Ich zeigte auf meinen Zimmerschlüssel und bemühte mich, cool zu wirken. »Ich nehme an, Alix hat dir etwas erzählt«, sagte ich, als das Mädchen wieder weg war.

»Nein.«

Also blieb nur noch ein Verdächtiger übrig. Ich hegte keinerlei Zweifel, daß Alix Ace eingeweiht hatte. Und Ace hatte sofort kapiert, daß man hier ein wenig nachölen mußte. »Also Ace. Er ist Alix' Bruder, falls du das noch nicht weißt.«

Josh erwiderte kurz: »Er hat da so was erwähnt. Er schlüpfte aus der Tür, als ich gerade ging und meinte: ›Hör mal zu, Kumpel ...‹«

Ganz wie ich vermutet hatte.

Das Gefühl, ein kompletter Vollidiot zu sein, legte sich ein wenig, als mir klarwurde, als was für ein Vollidiot Josh sich gefühlt haben mußte. Weshalb es nicht weiter verwunderlich war, daß er mich kalt erwischen wollte. Hatte er vorher bereits gedacht, bei mir wäre eine Schraube locker – o je, ich wollte nicht wissen, was er nun von mir dachte. Wahrscheinlich zerbrach er sich gerade den Kopf darüber, an welcher spezifisch weiblichen Geisteskrankheit ich wohl leiden mochte. *Nympho-und so weiter.* vielleicht, bei der die Kranke fröhlich herumläuft und aller Welt erzählt, daß sie an jedem Finger sieben Kerle hat, während der einzige Kerl, der mit ihr das Bett teilt, ein Teddy ist, so wie bei Mr. Bean.

Unsere Vorspeisen wurden aufgetragen, und ich war überaus erleichtert, weil ich endlich etwas zwischen die Rippen bekam und weil mir die Ablenkung willkommen war. Ich fiel über meine Blumenkohlcremesuppe her wie Benji über seinen Freßnapf, und Josh bearbeitete sein geräuchertes Forellenfilet nachdrücklich, nicht ohne massenhaft Meerrettich daraufzuhäufen.

Der beleidigte Kellner brachte seinen Wein, und Josh sagte mit entwaffnender Höflichkeit: »Vielen Dank«, woraufhin er wieder verschwand und aussah, als bereute er bitterlich, kurz vorher noch ins Glas gespuckt zu haben.

Nach einigen Bissen sagte ich: »Tut mir leid, aber du hast es ja geradezu herausgefordert.« Langsam nahm auch meine Neugier überhand. »Was hat Ace denn gesagt?«

Mit einem Blick auf das Paar am Nebentisch, das ziemlich etepetete aussah, senkte er seine Stimme. »Er sagte: ›Hör zu, Kumpel, das Ganze war von vorn bis hinten erstunken und erlogen. Sophy und ich sind bloß gute Freunde.‹«

Was hätte ich darum gegeben, da Mäuschen spielen zu können. »Ich werde jetzt nicht fragen, was du daraufhin gesagt hast, ich kann es mir schon vorstellen.«

»Das wage ich zu bezweifeln, aber dreimal darfst du raten. Zwei Wörter, eines mit drei und eines mit vier Buchstaben.«

Nachdem ich bereits alles auf eines mit zwei und eines mit fünf Buchstaben gesetzt hatte, kam ich nicht drauf. »Eines mit drei und eines mit vier Buchstaben?«

»Du bist ein hoffnungsloser Fall«, sagte er kopfschüttelnd. »Erinnere mich bitte daran, dich nicht anzurufen, wenn ich gerade über dem Rätsel in der *Times* brüte.«

Nachdem er den letzten Rest seines Forellenfilets verschlungen hatte, fuhr er fort: »Ich sagte: ›Ich weiß‹.«

Das. Haute. Mich. Um. »Nie im Leben hast du das gesagt!«

»Nun, vielleicht nicht genau in diesem Wortlaut. Sagen wir mal, ich hatte da so eine Ahnung. So eine 97-prozentige Ahnung.«

Nachdem mir derart die Kinnlade heruntergefallen war, daß ich bereits die Aufmerksamkeit des Nachbartischs auf mich zog, sagte ich leise: »Das sagst du jetzt bloß, weil du dir in dem Moment vorkamst wie ein Vollidiot! Damals, im Auto, hast du mir alles abgekauft, die ganze Geschichte!«

»O ja, damals habe ich dir geglaubt. Du warst überaus geschickt. Erst später hatte ich dann so meine Zweifel. So ziemlich in dem Moment, als du mich an der U-Bahn rausgelassen hast.«

Soweit war es bereits mit mir gekommen, eine derartige Schande war ich für mein Geschlecht, daß ich fast schon dankbar war, daß er überhaupt einen Gedanken an mich verschwendet hatte.

Die Kellnerin räumte die Vorspeisen ab. Als sie weg war, fuhr er fort: »Da fing ich an mir zu überlegen, daß du dir, wenn du dir *einen* Typen ausdenken konntest – der dann im Endeffekt gar nicht mal so aus der Luft gegriffen war, aber lassen wir das – genausogut noch einen hättest ausdenken können. Insbesondere nachdem du fest davon überzeugt warst, ich würde denken, du hättest's nötig.«

»Du hast doch gedacht, ich hätte es nötig! Du hast es selbst zugegeben!«

»Hab ich nicht. Ich habe nur zugegeben, daß ich leicht amüsiert war, was noch lange nicht dasselbe ist.«

Das wurde ja immer besser. Unser Hauptgang wurde aufgetragen, und meine Seezunge ließ mich vergessen, daß ich so lange darauf gewartet hatte. Sie war riesig, perfekt gegrillt und mit Zitronenbutter übergossen. »Ich nehme an, Aces miserable Schauspielerei hat alles auffliegen lassen.«

»Nein, anfangs machte er seine Sache ziemlich gut; ich dachte wirklich, er wäre so prollig. Erst als ich ging, übertrieb er seinen erbärmlich ordinären Auftritt. Ich wußte einfach, daß du nie mit so jemandem zusammensein könntest.«

Ich brauchte nicht lang zu überlegen: »*...frag sie doch bitte, was sie verfickt noch mal mit meinem schwarzen T-Shirt angestellt hat! ...*« Fast tat mir Ace schon leid – er war so stolz darauf gewesen. »Woher willst du denn wissen, wer zu mir paßt?« fragte ich nichtsdestotrotz.

Er schnitt in sein Steak, das butterzart aussah, und strich ein wenig Senf darauf. »Ich hatte mehr als vierundzwanzig Stunden mit dir verbracht. Das reicht, um sich das ein oder andere Bild zu machen, auf das man sich verlassen kann.«

Nun, wo er recht hatte, da hatte er recht.

Das Essen gab mir neue Kraft. Ich schwöre euch, das Essen schmeckt dreimal so gut, wenn euch jemand gegenübersitzt, auf den ihr steht wie nichts Gutes. All eure sensiblen Dingens sind dann hyperaktiv. Ein leiser Duft eines geduschten männlichen Körpers und eines sauberen Hemds erreichte meine Nasenlöcher, und schon konnte ich meinen Blick nicht mehr von seinen Händen abwenden. Sie hielten Messer und Gabel auf eine überaus geschäftige

Weise, aber alles, an was ich in diesem Moment denken konnte, waren seine Fingerspitzen auf meiner Schulter. Außerdem spürte ich, wie sein Blick auf mir ruhte, sobald er nicht auf seinen Teller sah. Ich hatte da so ein meine Glut sanft anfachendes Gefühl, daß es noch sehr viel mehr gab, was er mir gern erzählt hätte, aber er ließ mich zappeln, um sich wegen Ace an mir zu rächen.

Ich sah, wie sich die Gespensterjäger von ihrem Tisch erhoben, und wechselte das Thema. »Wußtest du schon, daß es hier spukt?«

»Die Spukerei kann mich mal.«

»Nein, ganz im Ernst!« Da die Broschüre immer noch auf dem Tisch lag, schlug ich Seite elf auf. »Eine gewisse Mary Fanshawe – sie lebte hier so um 1540 herum. Der Besitzer dieses Schlosses war so ein aus dem Maul stinkender, widerlicher Trunkenbold namens Thomas Cranleigh. Sie war eigentlich eine arme Verwandte, aber böse Zungen behaupteten, sie wäre seine Geliebte. Wie dem auch sei, er brachte sie als unbezahltes Dienstmädchen hierher, und das nächste, was man weiß, ist, daß sie versucht, ihr Mieder über einem hochschwangeren Bauch festzuzurren.«

Er schien sich auf eine zynische Art zu amüsieren. »Sag jetzt nichts – es war der aus dem Maul stinkende, widerliche Trunkenbold.«

»Böse Zungen behaupteten das. Es gelang ihr, ihren Zustand geheimzuhalten, bis drei Tage nach der Geburt – ich bekomm schon eine Gänsehaut, wenn ich bloß dran denke. Aber Thomas bekam alles heraus und gab das Kind einer Amme. Das *behauptete* er zumindest, aber wiederum kochte die Gerüchteküche, und böse Zungen behaupteten, er hätte es umgebracht und auf dem Grundstück verscharrt. Egal, auf jeden Fall glaubte das auch die arme Mary. Sie meinte hören zu können, wie ihr armes kleines totes Baby nach ihr rief, und wurde darüber verrückt, schließlich stürzte sie sich von der Galerie und brach sich den Hals.«

Er hob die Augenbrauen. »Ich möchte mal wissen, wieviel das Management dafür hingelegt hat, daß sich irgend jemand so was zusammenreimt! Na gut, vielleicht hat sie wirklich gelebt«, fuhr er fort, als er mein Gesicht sah.

»Aber wenn sie hier jemals rumgespukt hat, dann melde ich mich wirklich für dieses Priesterseminar an.«

»Übertreib nicht so. Eine Gruppe Gespensterjäger ist auch hier. Ich hab ihr Gespräch mitangehört. Sie halten heute nacht eine Séance ab.«

»Hab ich's dir nicht gesagt?« fragte er. »Da rollt der Rubel.«

Ich wünschte, ich könnte seine gesunde Skepsis teilen, aber ich fürchte, ich gehöre zu diesen hoffnungslos Scheinheiligen, sobald das Gespräch auf irgend etwas Übernatürliches kommt. Ich glaube an nichts davon, und zwar genau so lange, bis ich auf die Probe gestellt werde. Angenommen, ihr hättet da ein Haus, in dem es angeblich spukt, und ihr würdet mir fünfzig Riesen versprechen, dafür, daß ich die ganze Nacht dort verbringe, und zwar alleine – ich wär weg, so schnell könntet ihr gar nicht schauen. Ganz egal, wie pleite ich bin.

Und selbst wenn ich eine echte Skeptikerin gewesen wäre, hätte ich mit ihm weiter darüber gestritten, und zwar aus Prinzip. »Ein alter Nachtportier hat sie gesehen, das ist erst ein paar Jahre her«, erklärte ich.

»Ich wette mit dir um fünfzig Pfund, daß der einzige Geist, den der je gesehen hat, der ist, der einer Johnnie-Walker-Flasche entströmt. Du wirst diesen ganzen Quatsch doch nicht etwa glauben?«

»Wenn ich um drei Uhr früh wach werde, an einem so gruseligen Ort wie dem hier, dann schon.«

*Die* Gelegenheit für ihn, zu sagen: »*Vielleicht kannst du ja ein wenig Gesellschaft vertragen. Ich werde mit jedem herumspukenden Geist kurzen Prozeß machen.*«

Aber heute abend entpuppte sich das Leben als genauso eine blöde Schlampe wie Jocasta.

»Ich wage zu behaupten, daß dich Belinda von jeglichem Spuk ablenken wird.«

»Wenn sie so gnädig sein sollte, hier noch aufzutauchen, bevor ich mich ins Heu lege. Sie muß hier in der Gegend irgendwelche Freunde haben, auch wenn ich keine Ahnung habe, wer das sein soll. Vielleicht wollte sie die nicht einfach so überfallen. Vielleicht hat sie vorher bei ihnen angerufen, und die haben gesagt: ›Um Gottes willen, jetzt komm schon endlich.‹«

»Vielleicht.«

»Wenn ich so darüber nachdenke, hätte ich genausogut zu

Hause bleiben können. Vielleicht hat sie ja inzwischen bei mir angerufen, und Alix wird ihr erzählt haben, daß ich hier bin. Vielleicht erträgt sie es nicht, mir gegenüberzutreten. Sie denkt, ich würde sie zur Schnecke machen, was ich ja auch *eigentlich* fest vorhatte, als ich abfuhr. Freunde gehen da logischerweise nicht so hart mit einem ins Gericht; schließlich mußten die ihren Fuß ja auch nicht auf dieses wüste Schlachtfeld setzen, das einmal eine Familie gewesen ist.«

»Egal, was sie getan hat, ich bin sicher, sie hatte ihre Gründe.«

»Ja – sich von Paul zu entlieben und sich dann nicht zu trauen, es auszusprechen.«

»Da muß noch mehr dahinterstecken. Hör zu, Sophy –«

»Was soll das heißen: ›Hör zu, Sophy‹? Wenn du hier jetzt gleich zusammenbrechen willst aus lauter Mitleid mit Belinda –«

»Das werde ich nicht. Alles, was ich damit sagen will, ist –«

»Ich weiß, was du mir sagen willst! ›*Mach die arme kleine Belinda doch nicht so fertig – sie kann bestimmt nichts dafür.*‹ Nie kann sie irgendwas dafür – mir steht das bis hier!«

Er zog sich in ein vorsichtiges Schweigen zurück, was dazu führte, daß ich meinen Gefühlsausbruch sogleich bitter bereute, aber ich hatte gemeint, was ich da gesagt hatte. Und es macht mir auch nichts aus zuzugeben, daß das zum Teil auch mit so einem wunderbar grünäugigen Wesen zu tun hat. Würde ich so aussehen wie Belinda, so überaus zerbrechlich und Prinzessin-Aurora-mäßig, dann hätte er vielleicht auch einen auf »arme kleine Sophy« gemacht. In einem etwas gemäßigteren Tonfall fuhr ich fort: »Wenn sie irgendeine dunkle Seite an ihm entdeckt hat, dann hätte sie das doch sagen können. Und reagieren können, noch bevor all die alten Tanten und Verwandten ihre besten Hüte aufsetzten und Dad riesige Schecks ausschrieb.«

Die Kellnerin brachte die Karte für den Nachtisch. Ich wählte klebrigen Toffee-Pudding und Josh etwas, das so ähnlich hieß wie Schokoladen-Alptraum, und sofort wünschte ich mir, ich hätte das auch bestellt. Um ehrlich zu sein, ich wünschte mir, ich hätte den Mut gehabt, beides zu bestellen. Denn schließlich sah es ganz so aus, als sei dieser süße Nachtisch der einzige, den ich für heute zu erwarten hatte.

Was sollte ich bloß machen, wenn Belinda, sagen wir mal, bis elf Uhr immer noch nicht zurück war? Allein auf diesem Zimmer sitzen, während Mary da rumspukte? Wären mir jetzt diese Gespensterjäger begegnet, ich hätte sie ebenfalls gründlich zur Schnecke gemacht. Tote soll man ruhen lassen und nicht in New-Forest-Hotels zitieren, um Leute wie mich damit zu erschrecken. Mit ein wenig Glück würden sie statt dessen Verbindung zu Thomas aufnehmen, und aus seinem stinkenden Maul würde ein deftiger, elisabethanischer Rülpser zu vernehmen sein, und dann würde er sie dafür verfluchen, daß sie sich eingemischt hatten.

Stinksauer, insbesondere auf Josh, schenkte ich mir großzügig nach. Jetzt mußte ich wohl oder übel hierbleiben. Ich hatte bei weitem zuviel getrunken, um noch Auto fahren zu können, was bedeutete, daß ich morgen früh um sechs abreisen mußte, um vor der Arbeit noch rechtzeitig nach Hause kommen und mich umziehen zu können.

Die Kellnerin brachte unsere Puddings. »Sahne oder Vanillesoße?« fragte sie.

Scheiß drauf. Scheiß auf alles. »Beides«, sagte ich, »bitte.«

Kaum daß sie weg war, sagte er: »Ich hatte nicht erwartet, dich auf Jerrys Party zu sehen.«

Ich war froh, daß er das Thema gewechselt hatte. »Ich hatte dort auch nicht mit dir gerechnet.«

»Nicht, bis Tamara schnell zu dir zurückkam, um dir zu sagen, daß ich da wäre.«

Wenn jemand die Sache dermaßen auf den Punkt trifft, ist das nervig, und ich war über alle Maßen genervt.

»Ich nehme an, du hast ihr alles über dein Liebesleben erzählt«, meinte er trocken. »Ich fürchte nur, sie ist keine besonders gute Lügnerin. Sie muß lernen, diese Schrecksekunden besser zu überbrücken, bis ihr Gehirn wieder richtig einsetzt.«

Das wurde ja immer peinlicher, aber da sich der Speisesaal zunehmend leerte, mußten wir unsere Stimmen nicht mehr so diskret senken. »Wenn du die Sache mit Ace gewußt hast, warum hast du dann nichts gesagt?« fragte ich.

»Warum ich nichts gesagt habe? Warum hast du nichts gesagt!« Mit einer halb entnervten Geste warf er seine Serviette auf den

Tisch. »Du hast offensichtlich irgend so ein raffiniertes Spielchen mit mir gespielt, und wenn du das jetzt immer noch tust, dann hab ich ehrlich gesagt die Schnauze voll davon, deine komplizierten Spielregeln zu durchschauen. Die Signale, die du aussendest, ändern sich genauso schnell wie das Wetter. Langsam glaube ich, du und Belinda seid ein- und dieselbe. Keine von euch hat auch nur den leisesten Schimmer, was sie eigentlich will. Oder wenn ihr's wißt, dann sorgt ihr zumindest ausgezeichnet dafür, daß niemand anders es weiß.«

Noch bevor ich die tiefere Bedeutung seiner Worte erfaßt hatte, fuhr er fort: »Und eine Wette hat es nie gegeben. Keine einzige. Das hab ich nur Jerry gegenüber erwähnt.«

Ich wußte nicht, ob ich weiteren Eröffnungen von dieser Sorte gewachsen sein würde. »Warum hast du's dann getan? Wegen dem Geld?«

»Nein«, sagte er.

»Aus Spaß?«

»Aus *Spaß?* Sophy, wenn ich diese Art Spaß nötig hätte, dann würde ich hier sofort aufstehen und mich am nächsten Baum aufhängen.«

Er seufzte leicht entnervt. »Hör zu, ich war nie in der Agentur-Kartei. Julia Wright ist eine gute Freundin von mir. Ich hab sie zufällig getroffen, kurz nachdem deine erste Wahl krank wurde. Es war sonst niemand Passendes dabei, und sie wollte dich nicht hängenlassen.«

Ich konnte es einfach nicht glauben. »Warum zum Teufel hast du nichts *gesagt*?«

»Wie konnte ich denn? Sie hat dir eine Version erzählt, da konnte ich dir wohl kaum eine andere erzählen. Die Agentur ist noch ziemlich neu, sie wollte nicht, daß du denkst, sie zerre jeden von der Straße mit hoch, damit er sich in ihre Kartei eintragen kann.«

»Du hast gesagt, du wärst seitdem nicht mehr gebucht worden!«

»Was absolut zutraf.«

»Sie hat mir erzählt, daß du dich gerade erst bei der Agentur eingeschrieben hättest!«

»Ich weiß, aber sie hätte das nie getan, wenn du es nicht so dringend nötig gehabt –«

»Na, großartig! Ich nehme an, sie hat dir erzählt, ich wäre komplett neurotisch und nicht ganz richtig im Kopf.«

»Würdest du mich bitte ausreden lassen? Ihre genauen Worte waren: ›... hat es dringend nötig, ihre Mutter bei Laune zu halten.‹ Daß du dir einen Freund ausgedacht hättest, und daß dir die Sache jetzt über den Kopf gewachsen wäre.«

Und dann hatte ich mir noch einen ausgedacht ... »Zumindest hab ich mir Kit nicht ausgedacht, und was ihn betrifft, hat dir Tamara keinen Mist erzählt, falls du das glaubst. Er hat gestern abend angerufen, als ich nicht zu Hause war, und mir eine Nachricht auf Band gesprochen. Er wird mich zurückrufen – er klang so verlegen und runter mit den Nerven –«

»Das überrascht mich nicht. Hör zu, Sophy –«

»Ja, ich kann mir denken, was du denkst, aber er war nie ein Arschloch – nur so ein armes hilfloses Opfer, bei dem es irgendwelche Schlampen einfach nicht lassen konnten, mal nachzubohren, nur um sich selbst zu beweisen, daß –«

»Sophy, würdest du nur eine Minute lang den Mund halten?«

Ein wenig überrascht hielt ich inne.

Er sah mich unverwandt an. »Ich hätte es dir schon früher sagen sollen, aber das war nicht so einfach.« Er wandte kurz den Blick von mir ab und fuhr sich verlegen über seinen Nacken. »Alix war ganz schön fertig, als ich auftauchte. Sie hatte gerade einen Anruf erhalten.«

Eine eisige Klaue griff nach meinem Herzen. Alles, was ich denken konnte, war *Dad*. Nach all diesen Schocks ... Und ich hatte nicht angerufen. »Bitte nicht Dad!«

»Nein! Nichts dergleichen. Es war Belinda.«

In meiner Erleichterung griff mein Gehirn nach dem nächsten Anhaltspunkt. »Am Ende hat sich herausgestellt, daß sie schwanger ist, stimmt's? Und das Kind ist nicht von Paul, und sie hat sich nicht getraut, ihm das zu sagen.«

»Es ist nichts dergleichen!« Und wieder fuhr er sich mit der Hand über den Nacken. »Ich weiß nicht, wie ich es dir beibringen soll. Alix wollte kommen und es dir selbst sagen.«

Er sah mir direkt in die Augen. »Kit hat gestern abend angerufen, weil er so anständig sein wollte, es dir selbst zu sagen.«

Nicht einmal dann begriff ich. Ich muß so was von blöd gewesen sein.

»Belinda hat heute abend aus genau demselben Grund angerufen«, fuhr er fort. »Sie wollte es dir persönlich sagen.«

Er schwieg vielsagend. »Sie hat Paul wegen Kit verlassen. Sie ist jetzt bei ihm.«

# VIERZEHN

Einen kleinen Moment lang dachte ich, das Ganze sei nur ein schlechter Scherz. Wie schon der gute alte Mr. Klischee schrieb: *Und siehe da, wie Schuppen fiel es ihr von den Augen.* Puzzleteile, von denen ich nicht einmal wußte, daß sie existiert hatten, fielen von der Decke und drohten mich zu erschlagen.

»Tut mir leid«, sagte er. »Alix wollte kommen und es dir selbst sagen. Ich glaube, sie hat einen genauso großen Schock erlitten wie du – aber da war dieser Abgabetermin ...«

»Ihre Kinder-Zeltlager-Broschüre.« Wie das so ist, wenn man einen Schock erlitten hat, begann auch ich kompletten Blödsinn zu reden, und das mit einer merkwürdigen Stimme, die so klang, als würde sie jemand ganz anderem gehören. »Sie macht immer alles auf den letzten Drücker ...«

»Sie hat Belinda erzählt, daß sie hierherfahren würde. Sie sagte, es wäre leichter für dich, wenn du es vorher wüßtest.« Ein wenig zögernd streckte er seinen Arm über den Tisch und nahm meine Hand. »Ich glaube, du könntest jetzt einen Drink vertragen. Wie wär's mit einem Remy Martin?«

»Ich will nichts.« Kühl und wie unbeteiligt zog ich meine Hand zurück. »Du wußtest es schon die ganze Zeit. Die ganze Zeit, während wir hier saßen, wußtest du Bescheid.«

»Es war nicht gerade einfach, dir das mal eben so über der Tagessuppe mitzuteilen.«

Ich kam mir so was von blöd vor. Warum hatte ich bloß nichts *bemerkt*? Warum hatte ich den einzigen Anhaltspunkt übersehen, den ich nun so deutlich vor Augen hatte? Ich dachte an Alix, die wußte, wie blöd ich mir in diesem Moment vorkommen mußte, wie ich ihr leid tat und wie sie Josh alles erzählt hatte. Ich dachte daran, wie ich Josh gerade noch selbst fröhlich erzählt hatte, Kit würde mich zurückwollen. Was hatte er nur von mir gedacht? Armes, naives Dummchen ... Ich dachte daran, wie Alix Belinda erzählte, ich hätte geglaubt, Kit wolle mich zurück, und daran, wie Belinda das Kit weitererzählte und wie Kit daraufhin dachte: Armes, naives Dummchen ...

Kurz und gut: Ich fand heraus, wie es sich anfühlt, wenn man zutiefst gedemütigt wird.

Meine Stimme klang immer noch merkwürdig unbeteiligt. »Was ist da eigentlich gelaufen? Hat sie ihn hinter meinem Rükken getroffen? Hat er sie gevögelt, wie er auch Jocasta gevögelt hat?«

Er schaute mich verwirrt an.

»Jocasta. Die Frau, wegen der er mich verlassen hat.«

»Alix hat sie nicht erwähnt. Belinda hat wohl gesagt, vor der Hochzeit sei nichts passiert.«

»*Nichts*? Wie kann da ›nichts‹ passiert sein? Haben sie so eine bescheuerte Chatroom-Beziehung im Cyberspace geführt?«

»Ich weiß nur das, was ich dir bereits erzählt habe. Ich war nur ein paar Minuten da – wie ich schon sagte, Alix war ganz schön runter mit den Nerven. Sie wollte, daß ich dir alles erzähle, bevor sie es dir selbst erzählen. Hör zu, laß mich einen Brandy holen gehen, bevor –«

»Ich will keinen verdammten – Brandy!« Das war eine Lüge, und ob ich einen wollte! Und ich wollte noch was ganz anderes. »Ich würde alles für eine Zigarette geben.«

»Ich werd dir welche holen.«

»Das geht nicht! Hier ist Nichtraucher!«

»Dann werden wir eben an die Bar gehen.« Er winkte dem Kellner: »Könnten wir bitte die Rechnung haben?«

Er brachte sie nur wenige Sekunden später und dachte, sie sei für Josh bestimmt, was dieser offensichtlich auch so sah, aber ich war schneller.

»Wie ich bereits sagte: Ich schulde dir noch was.«

Und als ich gerade unterschrieb, murmelte Josh: »Ach, du meine Güte ...«

Er schaute über meine Schulter. Ich folgte seinem Blick und sah Kit. Er hatte den Raum gerade erst betreten, suchte ihn mit den Augen ab, sah uns und erstarrte. Mit einer Miene, an der man ablesen konnte, daß er Folterqualen litt, näherte er sich unserem Tisch. Na ja, was soll's, der Speisesaal war so gut wie menschenleer. Nur die Angestellten, die bereits für das Frühstück deckten, wurden Zeugen unseres kleinen Kabaretts. »Verschwinde bitte noch mal für fünfzehn Minuten, okay?« sagte Josh knapp. »Ich hab's ihr gerade erst erzählt.«

Plötzlich fühlte ich mich merkwürdig gefaßt. Gefaßt und unbeteiligt, so als passierte das gerade irgend jemand anderem. »Ist schon in Ordnung. Mir geht es gut.«

Zwei Schritte von unserem Tisch entfernt blieb Kit stehen. Unter seiner leichten Bräune wirkte er verhärmt und erschöpft. »Sophy, es tut mir so leid ... alles ist so ein furchtbares Chaos ...«

»Wo ist sie?« fragte ich.

Er wies mit dem Kopf Richtung Tür. »Auf ihrem Zimmer. Wir sind gerade erst zurückgekommen.«

»Von wo?« fragte ich, ganz und gar gefaßt.

»Wart ihr aus, essen?«

»Nein! O Gott ...« Er wirkte todunglücklich und fuhr sich mit der Hand durchs Haar. »Wo ist Alix? Ich dachte, sie würde herkommen.«

»Sie hatte zu tun«, sagte ich. »Josh hat es freundlicherweise auf sich genommen, mir die frohe Botschaft zu überbringen.«

»*Josh?*« Als er von mir zu Josh starrte, wurde mir klar, was ich da eben gesagt hatte.

Ich denke, es war ein schwacher Trost, ebenfalls eine Bombe platzen lassen zu können. »Einen Dominic hat es nie gegeben. Ich habe ihn erfunden, damit Mum endlich Ruhe gibt. Ich habe Josh bei einer Begleit-Service-Agentur gemietet.«

Unter seiner Bräune wich der letzte Rest Farbe aus Kits Gesicht.

Komischerweise half mir das kein bißchen. Kühl stand ich auf. »Laß uns gehen und Belinda treffen. Und dann werdet ihr zwei Hübschen mir vielleicht erzählen, was die Traumprinzessin hinter unser aller Rücken eigentlich so getrieben hat.«

Wenn ich auch nicht gerade einherschritt, so ging ich doch

festen Schrittes und trug den Kopf hoch, hinter mir Josh und ein offensichtlich in seinen Grundfesten erschütterter Kit.

Als wir schließlich im Foyer ankamen, sagte Josh: »Wenn du nicht darauf bestehst, daß ich mitkomme, werde ich hier warten.«

Seine Stimme klang pragmatisch und mitfühlend, aber meine Erniedrigung war noch so lebendig, daß mich jede Form von Mitleid zusammenzucken ließ, als hätte man Zitronensäure über mich geträufelt. Ich konnte an nichts anderes mehr denken als daran, daß er die ganze Zeit gedacht hatte: »Armes Dummchen, wie bring ich ihr das bloß bei?«

»Es gibt wirklich keinen Grund, warum du hier noch länger rumhängen solltest. Lieb, daß du gekommen bist, aber mir geht es gut.«

Nachdem er mich kurz taxiert hatte, hob er die Augenbrauen. »Wenn es das ist, was du willst.«

Natürlich war es nicht das, was ich wollte. Ich wollte, daß er sagte: »Natürlich geht es dir nicht gut. Ich bleibe hier, und wenn es bis drei Uhr morgens dauert. Ich bin hier, wenn du das alles überstanden hast, egal was sie dir erzählen, und dann werd ich dich auf dein Zimmer bringen und dir einen harten Drink einschenken, und wir werden reden, wenn dir danach ist. Wenn nicht, werden wir endlich aufhören, uns so blöd anzustellen und ins Bett gehen. Und wenn du dann am nächsten Morgen aufwachst, werd ich immer noch dasein.«

Ich wollte einen echten Märchenprinzen, versteht ihr. Einen Mann, der einfach weiß, was er tun muß, ohne daß man ihm das haarklein sagen muß. Aber was mich betrifft, waren Märchenprinzen schon immer ziemlich rar gesät. »Gute Nacht also«, sagte ich. »Vielen Dank, daß du gekommen bist.«

Daraufhin antwortete er nicht mir, sondern Kit. Kurz und beinahe freundlich sagte er: »Der Schein trügt manchmal. Eigentlich siehst du gar nicht aus wie 'n Stück Scheiße, aber irgendwas stinkt hier ganz gehörig. Ich muß mal an die frische Luft.« Ohne ein weiteres Wort zu verlieren wandte er sich dem Eingang zu.

Kit sah betroffen aus, aber er tat mir nicht leid. Im Gegenteil, ich frohlockte über Joshs märchenprinzartiges Betragen. »Was zum Teufel hast du denn erwartet?« fragte ich scharf. »Daß er sagt: ›Tschüs Kumpel, das hast du gut gemacht?‹ Los, jetzt laß uns endlich gehen, ich muß morgen arbeiten.«

Er setzte sich in Bewegung. Ich folgte ihm um die Rezeption herum in einen breiten, mit einem dicken Teppichboden ausgelegten Flur, wo er vor einer leicht geöffneten Tür stehenblieb.

Zimmer 17. Belinda vor dem Bett, ihr Gesicht war tränenüberströmt und sie sah ängstlich aus. »Es tut mir so leid ... Ich hätte dir alles so gern erzählt ...«

Typisch. Da stand sie nun und versteckte sich in ihrem hübschen, sicheren Zimmerchen, während Prinz Kit der bösen Fee Sophy in ihrem Versteck mutig gegenübertrat. Ich hab noch nie behauptet, eine Heilige zu sein und würde auch jetzt nicht damit anfangen. Als ich sie anstarrte, kam irgend etwas in mir hoch. »Du blöde Gans – und ich habe dir vertraut!«

Wie nicht anders zu erwarten, brach sie in Tränen aus.

Ich glaube, es war so gegen zwei, als ich erschöpft und emotional völlig ausgelaugt wieder auf mein Zimmer ging. Bei dem Gedanken, den Wecker auf halb sechs stellen zu müssen, um einigermaßen pünktlich bei der Arbeit zu sein, fühlte ich mich noch erschöpfter. Als ich die Tür schloß, sah ich auf dem Teppich einen gelben DIN-A-4-Prospekt liegen, den jemand unten durchgeschoben haben mußte. Damit lud man mich für Freitag herzlich zu einem vergnüglichen Mahl ein, ganz wie im Mittelalter, mit Bänkelsängern, Met, Leibeigenen am Spieß und Holundersoße.

Ich fragte mich, wie man um alles in der Welt bloß einen Gedanken an mittelalterliche Tafelfreuden verschwenden konnte, und schickte ihn zum Teufel.

Natürlich tat ich so gut wie kein Auge zu, zum einen, weil ich Angst hatte, ich könnte den Wecker überhören, zum anderen wegen all der Dinge, die mir ständig wieder im Kopf herumschwirrten. War ich denn so blind gewesen? Am liebsten hätte ich Alix angerufen, aber wenn sie noch auf war und wie verbissen schuftete, um ihren Abgabetermin einzuhalten, konnte sie jetzt keine Störung gebrauchen. Und wenn nicht, würde sie schlafen wie eine Tote.

Vielleicht wäre es wenigstens ein Trost gewesen, wenn ich absolut wütend auf Belinda hätte sein können, aber selbst das blieb mir versagt. Nach ihren selbstquälerischen Beichten war auch ich weich geworden, meine Wut hatte nur ganze fünfzehn Minuten vorgehalten. Kit war so gegen Mitternacht gegangen und hatte mich mit Belinda allein gelassen, die mir einmal mehr ihr Herz ausschüttete. Jetzt fühlte ich mich einfach nur elend, gedemütigt und so einsam und allein, daß ich hätte sterben mögen.

Ich weinte ein wenig in mein Kissen. Im Zimmer war es schwärzer als schwarz, aus allen Ecken vernahm ich ein merkwürdiges Knarzen und Rascheln. Ich weiß, das ist blöd, aber ein Teil von mir fühlte sich in einen Alptraum aus meiner Kindheit zurückversetzt, in dem ich mich unter der Decke versteckte, nur damit mich dieses graue Etwas, das am Fußende meines Bettes Gestalt annahm, nicht bemerkte ...

Ich verschlief in der Tat, aber nicht besonders schlimm. Ich kam kurz nach sieben zu Hause an, ungeduscht, und zum ersten Mal beschwerte sich Alix nicht darüber, grausam aus dem Schlaf gerissen zu werden.

Wir saßen in der Küche, jede eine frisch aufgebrühte Tasse Blue-Mountain-Kaffee vor sich. Alix steckte in einem von Calums Rugby-Shirts und sah beinahe so verhärmt aus wie ich. »Hättest du mich bloß angerufen«, sagte sie verzweifelt. »Ich war bis weit nach drei auf – ich wollte schon anrufen, aber ich dachte, du seist mit ihnen zusammen oder mit Josh, und ich wollte in nichts hineinplatzen ...«

Ich lachte kurz und höhnisch auf.

»Ich war vollkommen fertig, nachdem sie mir das alles erzählt hatte«, fuhr sie fort. »Ich konnte an nichts anderes mehr denken als *Wie ist das möglich?* Sie waren die ganze Zeit über keine Sekunde allein!«

»Doch, das waren sie, wenn auch nur sehr kurz. Zumindest behaupten sie das, und sie bleiben beide dabei. So wie ich sie kenne, stimmt das sogar.«

»Sie heulte schon, bevor sie mir überhaupt irgendwas erzählt hat«, fuhr Alix fort. »Ich sagte: ›Es ist doch nicht wegen Marc, oder?‹, weil ich dachte, sie wäre mit ihm abgehauen und jetzt würden sie schon wieder streiten. Aber sie sagte: ›Nein! O Gott, ist es das, was alle Leute denken?‹ und dann rückte sie endlich damit raus.«

Nach einem Moment fuhr sie verlegen fort: »Ehrlich gesagt, hatte ich mir auch schon mal so was gedacht. Daß da irgendwas ist zwischen den beiden.«

Das fühlte sich an wie der schlimmste Betrug von allen. »Warum zum Teufel hast du mir dann nie was davon erzählt?«

»Wie denn? Das Ganze war so vage, außerdem ist ja nie irgendwas passiert. Ich wußte, daß Simon auf sie stand – er kriegte sich damals gar nicht mehr ein, wie scharf sie doch wäre – ich glaube, ich dachte einfach, ich wäre super-mißtrauisch.«

Aber Kit hatte nie irgendwas in dieser Richtung erwähnt. Nicht ein einziges Mal.

»Und dann zog sie zurück nach Hause, und es gab all das Tamtam um Paul«, fuhr sie fort. »Ich habe keinen einzigen Gedanken mehr daran verschwendet.«

Genau in diesem Moment beschloß Ace, die Küche zu betreten, er gähnte und kratzte sich an den Stellen, die nicht völlig von seiner löchrigen Trainingsanzugshose bedeckt wurden. Nun mußte ich also alles noch einmal von vorn durchkauen, dazu gab es eine frische Kanne Kaffee und Schinkenstullen, die Ace freundlicherweise gestiftet hatte.

Erst dann kam ich auf Josh zu sprechen.

»Ich konnte es gar nicht fassen, als er sagte, er hätte mich durchschaut«, sagte er spürbar verletzt. »Ich dachte, ich hätte brillant geschauspielert.«

»Das hast du auch, du hast dabei nur leider übersehen, daß ich kein Fußabtreter bin. Wie dem auch sei, er hatte schon so eine Ahnung.«

»Ich kann nicht glauben, daß er einfach so abgefahren ist«, sagte Alix. »Ich dachte wirklich, da wäre was zwischen euch – er sagte sofort: ›Hör zu, ich fahre‹, und ich dachte, wenn du ihn siehst, geht's dir bestimmt gleich besser.«

»Ich habe ihn *gebeten* abzufahren«, sagte ich verzweifelt. »Ich kam mir so was von blöd vor, erzähle ihm da noch groß was von wegen, Kit wolle mich zurückhaben ...«

»Ruf ihn an«, sagte Ace unbekümmert.

»Das geht nicht! Ich hab ja nicht mal seine verdammte Telefonnummer! Wie dem auch sei, wenn er wirklich mit mir hätte zusammensein wollen, hätte er auch was gesagt. Er denkt, bei mir ist eine Schraube locker, und das kann ich ihm schlecht verübeln.« Ich stierte trübsinnig auf meine Uhr. »Ich muß jetzt los. Ich muß duschen, mich für die Arbeit umziehen und was für heute abend und für morgen früh einpacken. Ich wette, ich hab keine saubere Strumpfhose mehr...«

»Sie trifft Belinda nach der Arbeit«, erklärte Alix Ace. »Sie fährt mit ihr nach Hause, als moralische Unterstützung. Einen Teufel würd ich tun.«

Bei der Arbeit vollbrachte ich nicht gerade Glanzleistungen, aber ich brachte es irgendwie hinter mich. Von all den Dingen, die mir Belinda letzte Nacht erzählt hatte, war mir ein Detail besonders in Erinnerung geblieben. Es ging um irgend etwas, das ich auf der Verlobungsfeier gesagt hatte, über die Reise nach Florenz, die ja gewesen sei wie aus einem romantischen Hochzeitsratgeber.

»Wenn ich im nachhinein so drüber nachdenke«, hatte sie gesagt, »dann spricht wirklich alles dafür.« So als hätte er den Hörer in die Hand genommen und seine Sekretärin gebeten, in dem Ratgeber mal unter ›Heiratsantrag‹ nachzusehen, einen goldenen, superluxuriösen Ring zu besorgen, und, ach ja übrigens, wo bliebe eigentlich der Kaffee und auf den Soundso-Report warte er auch noch.

Aber eins nach dem anderen.

Der ganze Schlamassel hatte schon begonnen, da war die wunderschöne, wegen Marc von schlimmstem Liebeskummer gebeutelte Belinda gerade erst in unsere Abstellkammer eingezogen. Sie konnte sich kaum noch an den Kit von früher erinnern, und auch er hatte sie nur als irgend so ein pubertierendes Mädchen in Erinnerung, das ununterbrochen mit Sonia herumkicherte. Weil er befürchtete, sie lachten über ihn, hatte er sich lieber von ihnen ferngehalten.

Jahre später war er ein ganz anderer Typ Mann gewesen als der, auf den sie normalerweise stand. Damit angefangen, daß er sie kaum zu bemerken schien (nicht daß er besonders häufig in der Wohnung gewesen wäre). Sie konnte sich nicht einmal mehr genau daran erinnern, wann es sie erwischt hatte, aber eines Tages, nachdem ich ihr gesagt hatte: ›Kit kommt nachher noch vorbei‹, hatte irgend etwas in ihrem Inneren dafür gesorgt, daß ihr die Knie weich wurden.

Typisch Belinda, war sie darüber natürlich entsetzt gewesen, aber es war ihr nicht besonders schwergefallen, ihre Zuneigung zu verbergen. Abgesehen von einem höflichen »Wie geht's?« hatte er sie kaum eines Blickes gewürdigt. Kit war es im großen und ganzen genauso ergangen, ohne daß ihm das überhaupt bewußt gewesen war. Er hatte vorgegeben, ihr gegenüber völlig gleichgültig zu sein, und sie hatte *ihn* kaum eines Blickes gewürdigt. Beiden war es derart gut gelungen, ihre Gefühle voreinander zu verbergen, daß keiner von beiden auch nur die leiseste Ahnung hatte, was der andere empfand.

Bis Kit Onkel Doktor gespielt hatte.

Es war auf meinem Fest gewesen. Irgendein Insekt hatte Belinda ins Bein gestochen, sie hatte wie wild daran herumgekratzt, und der Stich hatte sich entzündet, er war stark gerötet und sah beunruhigend aus. Ich flehte sie an, zum Hausarzt zu gehen, aber sie fand immer eine neue Ausrede. Seit sie sich im Alter von elf Jahren den Arm gebrochen hatte, haßte sie alles, was nur im entferntesten mit Ärzten oder einem Krankenhaus zu tun hatte. Ständig sagte sie gereizt: »Laß das mal meine Sorge sein, ja?« Schließlich sagte ich zu Alix: »Wenn sie jetzt nicht bald was unternimmt, bekommt sie noch eine Blutvergiftung. Wenn Kit das nächste Mal kommt, werd ich ihn bitten, sich die Sache mal anzusehen.«

Es war mir verhaßt gewesen, ihn in seiner Freizeit um etwas Derartiges zu bitten, aber ich hatte nicht erwartet, daß er so gereizt darauf reagieren würde. Er wusch ihr ziemlich den Kopf, weil sie die Sache so heruntergespielt hatte, und Belinda war mehr oder weniger den Tränen nahe gewesen. Ich hatte mich deswegen sogar noch mit ihm gestritten. Zu guter Letzt hatte er gesagt, sie brauche eine antibiotische Salbe und einen Verband und hatte mich mit einem Rezept losgeschickt. Ich brauchte eine halbe

Ewigkeit, bis ich die Nacht-Apotheke gefunden hatte, und dann hatte sich die Apothekerin auch noch angestellt, weil das Rezept nicht auf einem regulären Formular ausgestellt worden war und seine Zulassungsnummer angeblich kaum zu erkennen war. Sie hatte in der Wohnung angerufen, um die Sache zu überprüfen. Ich war mehr als eine Stunde unterwegs gewesen. Und die ganze Zeit über saßen da zwei Menschen hinter verschlossenen Türen, die verzweifelt versucht hatten, einander vorzumachen, der jeweils andere bedeute ihnen nicht mehr als irgendein altes Geschirrtuch ...

Nur zu gut erinnerte ich mich an meine eilige Rückkehr. Belinda war puterrot im Gesicht gewesen und hatte ganz verheult ausgesehen, Kitt war ruppig gewesen und immer noch gereizt. Kaum daß er sie fertig behandelt hatte, war sie in ihrer Abstellkammer verschwunden – und ich machte ihm Vorwürfe, daß er sie so in Aufregung versetzt hätte.

Was die Schlampe anbelangt, hatte ich wegen der armen alten Jocasta fast schon ein schlechtes Gewissen. Während ich mich so zurückerinnerte, fiel es mir wieder ein. Wann hatte er mir gegenüber eigentlich jemals zugegeben, daß es Jocasta war? Ich hatte ihn mit Anschuldigungen überhäuft, und er ließ mich in dem Glauben, daß sie der Grund für unsere Trennung war, denn das war einfacher, als mir die Wahrheit zu sagen. Aber Belinda traf keine Schuld, daß unsere Beziehung zerbrochen war. Schon bevor sie aufgetaucht war, hatte er so das Gefühl gehabt, wir steckten in einer Sackgasse. Er hatte bloß nicht gewußt, wie er es mir beibringen sollte. Irgendwie hatte mich das noch am meisten gedemütigt.

Typisch Kit und Belinda, die viel zu lieb waren, um einfach nur an sich selbst zu denken, sagten sie keineswegs »was soll's« und begannen eine wilde Liebesaffäre. Nein, das konnten sie der armen alten Sophy kaum antun. Sie trafen die edle, selbstlose Entscheidung, die Sache zu vergessen – wahrscheinlich würde sich das Ganze nach nicht allzu langer Zeit sowieso bald wieder geben. Kit hatte jedoch trotzdem mit mir Schluß gemacht, denn nach allem, was er für Belinda empfand, wollte er so nicht mehr weitermachen. Sie war drei Wochen nach dem großen Knall nach Hause zurückgezogen, hatte mir Nutella und Donuts gekauft und beteuert, was für ein Arschloch Kit doch sei, sie hoffte nur, die beiden würden sich mit Herpes anstecken.

Und nicht ein einziges Mal hatte ich irgendeinen Verdacht gehegt.

Schließlich begann er, mit anderen auszugehen – sogar mit Jocasta ging er ein paar Mal aus – und Belinda hatte Paul kennengelernt. Zuerst hatte er sie wirklich umgehauen. Er hatte Kit gewissermaßen ausgelöscht, so sagte sie. Wie auch immer, sie dachte jedenfalls, er hätte inzwischen auch längst jemand anders kennengelernt und sie ganz und gar vergessen. Und Kit, typisch Kit, hatte genau dasselbe angenommen.

Die beiden waren offensichtlich füreinander bestimmt.

Weihnachten kam und ging, und Belinda verlobte sich. Kit wechselte zum Krankenhaus nach Barnstaple und traf noch mehr andere Leute, mit denen er ausgehen konnte. Aber die Wochen gingen ins Land, und sie ließ ihm einfach keine Ruhe, spukte ihm ständig im Kopf herum. Drei Wochen vor der Hochzeit schrieb er ihr schließlich, er hätte bald ein paar Tage frei, vielleicht wäre er in der Gegend und vielleicht würde er sich mal melden.

Nur das, nichts weiter, aber das hatte ausgereicht, Belinda Höllenqualen leiden zu lassen. Plötzlich hatte sie ganz deutlich vor sich gesehen, was sie die ganze Zeit über zu verdrängen versucht hatte: Paul war einfach nicht der Richtige. Natürlich war es seine Idee gewesen, ganz schnell zu heiraten; er hatte gesagt, es mache keinerlei Sinn, noch länger zu warten. Er hatte sie im Inn by the Beck zum Mittagessen eingeladen, wo gerade eine Hochzeit stattfand. Ohne sich etwas dabei zu denken, hatte sie gesagt, daß das ein schöner Ort wäre, um eine Hochzeit zu feiern, und während des Essens war er dann plötzlich verschwunden, angeblich auf die Toilette, aber in Wahrheit, um die Reservierungen zu überprüfen. Er hatte gesagt: »Im Mai ist ihnen jemand abgesprungen. Wollen wir es wagen?« Er hatte ihre Antwort kaum abgewartet, und zu diesem Zeitpunkt hatte sie sich noch immer einzureden versucht, er wäre alles, was sie sich je erträumt hätte.

Erst danach begann sich sein Verhalten unmerklich zu ändern. Er hatte angefangen, sie zu dominieren, sie herumzukommandieren, ihr vorzuschreiben, wie sie sich zu kleiden, ja sogar, was sie zu denken habe. Sie hatte begonnen, sich wie eine Art wunderschönes, in seinem Besitz befindliches Objekt zu fühlen, das nur dazu diente, andere Männer neidisch zu machen, genau wie sein Auto oder seine Patek Philippe. Fast, so kam es ihr vor, war auch der Sex eine Art Mischung aus etwas, das man im Harrod's-Katalog ankreuzen konnte und einer Packung Uncle-Ben's-Reis: veredelt, Spitzen-Qualität, immer wieder ein Genuß.

Sie hatte darüber nachgedacht, alles abzublasen, aber nur in ihren finstersten Momenten, kurz bevor die Sonne aufging. Sie hatte daran gedacht, wie am Boden zerstört Mum sein würde, an Pauls wütenden Unglauben und daran, wie sehr ihn das verletzen würde. Doch typisch Belinda, hatte sie sich eingeredet, sie hätte nur kalte Füße bekommen, nichts weiter. Waren alle ihre Freundinnen nicht grün vor Neid gewesen und hatten sie ihr nicht allesamt versichert, was für ein Glückspilz sie doch sei? Sie hatte Kits Brief nicht einmal beantwortet.

Wäre er am Tag vor der Hochzeit nicht bei Sonia aufgetaucht – ich würde sagen, sie hätten eine Ehe geführt wie viele andere auch, das heißt eine Ehe, die während der nächsten zwei bis drei Jahre immer unerträglicher geworden wäre und letztendlich vor dem Scheidungrichter geendet hätte. Und natürlich war er nicht einfach nur vorbeigekommen, um Sonia und seine Verwandten zu sehen. Er hatte gehofft, eventuell auch Belinda sehen, sie anrufen zu können ... Die Nachricht von der Hochzeit war für ihn ein regelrechter Schlag unter die Gürtellinie gewesen, aber er hatte trotzdem zugelassen, daß Sonia ihn mitschleifte. Vielleicht hatte er sich in eine von diesen bescheuerten Phantasien hineingesteigert. Vielleicht hatte er gehofft, er würde sie letzten Endes doch gar nicht mehr so toll finden und könnte dann erleichtert nach Hause gehen.

Belinda hatte sich beinahe übergeben müssen, als sie hörte, daß er kommen würde, aber genau wie er auch, hatte sie sich eingeredet, daß sie ihn in ihrer Phantasie zu einer Art Traumgestalt hochstilisiert hatte. Wenn er sie immer noch wollte, würde er wohl kaum auf ihrer Hochzeit auftauchen.

Sie machte ihre Sache so gut, daß Kit geglaubt hatte, sie wäre tatsächlich glücklich, und verschwunden war, um sich zu betrinken und danach umzubringen, und zwar genau in dieser Reihenfolge. Aber Belinda hatte ihm das angesehen und sich ganz elend gefühlt. Sie war zu ihrer Hochzeitsreise der Marke Extraklasse aufgebrochen und kein Tag verging, an dem sie nicht an Kit gedacht hätte. Und sie haßte sich dafür. Paul hatte sich gewünscht, daß sie jeden Abend Designerklamotten und Juwelen trug, sogar in der Strandhütte. Und sie hatte gesagt, das sei affig und vollkommen fehl am Platz, woraufhin er böse geworden war. Und so tat sie ihm den Gefallen, um des lieben Friedens willen. Sie hatte sich danach gesehnt, ein paar alte, abgewetzte Shorts zu tragen und mit jemandem zusammenzusein, der gemeinsam mit ihr die Glühwürmchen und die Sonnenaufgänge bewundern würde, anstatt an der Bar zu stehen und andere Touristen daraufhin abzuchecken, ob sie sich für sein Business-Netzwerk eigneten. Sie hatte sich auf dem Klo eingeschlossen, Kits Brief aus dem Versteck in ihrem Schminktäschchen geholt und sich gefragt, was zum Teufel sie da eigentlich getan hatte. Aber typisch Belinda, hatte sie sich gesagt, jetzt sei es zu spät. Sie hätte nun mal ihr Designerbett gemacht und jetzt würde sie auch darin liegen.

Das redete sie sich ein, bis zu ihrem letzten Urlaubstag, zurück in Nairobi. Während des Frühstücks hatte ihr Paul, der annahm, sie wäre vor Begeisterung ganz aus dem Häuschen, eröffnet, daß sie in der Babysitter-Agentur kündigen könne, er habe ihr einen Halbtagsjob in einer schicken kleinen Firma besorgt, die einer Freundin eines Freundes gehörte. Ultraschicke Mode in einer ultraschicken Gegend. Genau ihre Kragenweite. Dieses Designerzeug würde sich verkaufen wie warme Semmeln, insbesondere dann, wenn sie im Laden damit modeln würde.

Sie war zunächst ganz sprachlos gewesen, und er sauer, weil sie nicht vor Begeisterung ganz aus dem Häuschen war. Sie hatte ihm erklärt, daß das nicht wirklich ihre Kragenweite wäre. Ihr gefiele es in der Babysitter-Agentur; warum, glaubte er wohl, arbeitete sie dort überhaupt? Daraufhin hatte er höhnisch gesagt: »Komm schon, du kannst mir doch nicht weismachen, daß du lieber Windeln wechselst und Schniefnasen putzt, statt für eine schicke kleine Firma zu arbeiten?« Und sie hatte gesagt, doch, das täte sie in der Tat lieber. Daraufhin war er plötzlich ganz abweisend geworden, auf eine Art und Weise, die sie an ihm bereits kannte, nur daß er sich bislang nur anderen gegenüber so verhalten hatte. Und dann hatte er gesagt, das wäre ihrer nicht würdig, einmal ganz davon abgesehen, daß sie dort so gut wie nichts verdienen würde; nicht, daß ihm das irgend etwas ausmachte. Sie hatte versucht, mit ihm zu reden, aber er hatte sich in eine kalte Glaswand verwandelt, wie sie es ausdrückte, und nur geantwortet, sie würden das später ausdiskutieren. Er ginge jetzt Golf spielen, und ob sie bitte seinen Koffer packen könne – wahrscheinlich käme er erst kurz bevor sie zum Flughafen müßten wieder zurück.

Über zwei Stunden hatte sie auf dem Zimmer gesessen und sich gequält. Sie hatte sich eingeredet, sie würde mit ihm zurückgehen und vielleicht würde sich ja alles von selbst regeln. Aber dann hatte sie Kits Brief ein weiteres Mal aus ihrem Schminktäschchen gezogen und ihn immer wieder gelesen. Was, wenn sie Paul in sechs Monaten verlassen würde und Kit fände eine andere? Würde sie wenigstens einmal in ihrem Leben den Mut aufbringen, das zu tun, was sie wirklich wollte?

Als sie endlich einen Entschluß gefaßt hatte, war es beinahe schon zu spät gewesen. Sie hatte die Nachricht hinterlassen und ein Taxi zum Flughafen genommen, aber der frühere Flug war bereits geschlossen worden. Zu diesem Zeitpunkt hatte sie bereits begonnen, sich zu fragen, was um alles in der Welt sie da eigentlich tat, hatte sich jedoch nicht getraut, ins Hotel zurückzukehren für den Fall, daß Paul bereits zurück war und ihre Nachricht vorgefunden hatte. Und so buchte sie sich in einem billigeren Hotel ein und wählte die Telefonnummer in Devon aus Kits Brief, aber niemand war drangegangen.

Nach einer furchtbaren Nacht war sie am nächsten Tag zurückgeflogen, Sonntag früh gelandet und hatte versucht, Kit von Heathrow aus anzurufen. Diesmal hatte sein Kollege, mit dem er die Wohnung teilte, abgehoben. Kit sei nicht da; er sei zu seinen Eltern gefahren, seinem Vater ginge es nicht gut – ob sie die Telefonnummer haben wollte? Er hatte ihr auch die Adresse gegeben. The New Forest, Hampshire.

Sie hatte ein Auto gemietet und war direkt dorthingefahren.

Sie wagte es kaum, sich mit ihm in Verbindung zu setzen, da sie Angst hatte, er könnte entsetzt reagieren und sie zu Paul zurückschicken. Sie buchte sich in dem Hotel ein, das nur wenige Kilometer von seinem Zuhause entfernt lag und quälte sich eine weitere Stunde, bevor sie den Hörer in die Hand nahm.

Kit war dran gewesen. Sie hatte gesagt: »Ich bin's. Ich habe Paul verlassen.«

Einen Moment lang hatte ein derart fürchterliches Schweigen geherrscht, daß sie fast aufgelegt hätte. Aber dann hatte er gefragt: »Wo bist du?«, und sie hatte es ihm gesagt, und er hatte gesagt: »Ich komme rüber.«

Es war süß, wirklich, wäre da nicht sein Vater gewesen. Zu sagen, es ginge ihm »nicht gut«, war eine schamlose Untertreibung; er hatte zwei Herzinfarkte erlitten, und sein Leben hing an einem seidenen Faden. Sie war mit Kit ins Krankenhaus gefahren und zum Haus seiner Eltern, und er hatte seiner Stiefmutter erzählt, sie sei eine Freundin. Den Tränen nahe hatte die Stiefmutter gesagt, wie reizend es doch sei, daß sie in so einem Moment mitkäme, es täte ihr nur leid, daß im Augenblick alles so drunter und drüber gehe, und Belinda fühlte sich schrecklich.

Kit hatte das Hotel gegen Mitternacht verlassen, da er wieder ins Krankenhaus mußte. Dort waren sie auch gewesen, bevor sie mich dann schließlich getroffen hatten; sein verhärmtes Gesicht hatte nicht nur etwas mit Belinda und mir zu tun gehabt. Was mir wiederum ein furchtbar schlechtes Gewissen machte, weil ich ihn von seinem Vater ferngehalten hatte.

Wenn ihr euch vielleicht erinnert, hatten Kits Eltern gerade eine schlimme Zeit durchgemacht, als ich ihm zum ersten Mal begegnet war. Zu guter Letzt hatten sie sich scheiden lassen, und zwar als Kit noch studierte; seine Mutter hatte fast sofort wieder geheiratet. Sein Vater hatte etwas länger gebraucht. Einmal hatten wir ihn und seine neue Frau besucht, in ihrem Haus in Guildford, und wäre Belinda statt nach New Forest nach Guilford gefahren, hätte ich vielleicht schon früher Verdacht geschöpft. Aber nur zwei Monate bevor all dies passierte, hatten Kits Vater und seine Frau sich ein hübsches, kleines Grundstück in New Forest gekauft, ideal für den Ruhestand, und hatten mit viel Liebe den Garten gepflegt. Und als er gerade einen schweren Sack Blumenerde vom Auto in den Garten trug, hatte Kits Vater seinen ersten Herzinfarkt erlitten.

Wie Josh bereits gesagt hatte, hatte Kit bei mir angerufen, weil er mir die Nachricht am liebsten selbst überbringen wollte, aber Belinda hatte ihn angewiesen, nicht noch mal anzurufen, *sie* müsse das tun. Am Ende war es natürlich doch Kit gewesen, der der bösen Fee in ihrem Versteck mutig gegenübergetreten war. Wenn man sich einen Weg durch das Dornendickicht hätte bahnen müssen, ich bin mir sicher, er hätte es getan. Wenn man so aussieht wie Belinda, findet sich immer irgendwo ein Prinz, der einen vor sich selbst rettet.

Ich hatte mit ihr vereinbart, sie in Euston am Bahnhof zu treffen. Erschöpft wie ich war, kam es nicht in Frage, daß ich Auto fuhr, und da es für sie mit ihrem Mietauto nicht gerade einfach gewesen wäre, mich mitten in London aufzulesen, hatte sie es an Hertz zurückgegeben.

Ich war nicht mehr böse auf sie: Hilflos und erschöpft würde meine Seelenlage wohl besser beschreiben. Und sie tat mir leid wegen all dem, was sie durchgemacht hatte. Schließlich würde einem so manche Schwester den Freund ausspannen und kein zweites Mal darüber nachdenken. Trotzdem, sie moralisch zu unterstützen, war meinerseits auch keine rein selbstlose Tat. Auch ich mußte irgendwann wieder einmal nach Hause, und sie hatte den Druck von mir genommen. Sie war jetzt der schuldige Teil, und Mum und Dad würden Mitleid mit mir haben und die Gutherzigkeit bewundern, mit der ich die verlorene Tochter nach Hause zurückbrachte.

Sollte das eine Idee zynisch klingen, dann ist das auch so gemeint.

Sie stand wartend am Gleis, so wie eine Gefangene der Saudis, die auf ihren Henker wartet, und zwar nicht nur wegen dem, was sie zu Hause erwartete. Kits Vater war um 10 Uhr 30 gestorben.

»Dann hättest du dir wohl keinen besseren Zeitpunkt aussuchen können, zu ihm zu kommen«, sagte ich, bemüht, sie von ihrem Leid abzulenken. »Stell dir vor, du wärst an seiner Stelle, und dann taucht der einzige Mensch, nach dem du dich schon seit Monaten sehnst, ganz plötzlich auf!«

»Ja, aber wenn er einfach jemand anderen geheiratet und sie wegen mir verlassen hätte, würde ich mich auch fühlen wie ein Häuflein Elend.«

Ich gab es auf. Man konnte Belinda auf Samt betten, und sie würde immer noch einen Webfehler entdecken.

Sie hatte angerufen und unseren Besuch angekündigt, war jedoch nicht bis ins letzte quälende Detail gegangen. »Ich bin mir sicher, Mum und Dad werden es schlimm finden«, jammerte sie, als wir schließlich in den Zug stiegen. »Wir beide, meine ich, liiert mit demselben Mann ...«

Die Dinge beim Namen zu nennen war noch nie ihre große Stärke gewesen. »Daß wir beide mit demselben Mann geschlafen haben, meinst du. Ich nehme an, das habt ihr inzwischen getan?«

Sie errötete bloß und sah schuldbewußt aus, wahrscheinlich deswegen, weil sie es getan hatten, während sein Vater gerade mit Gevatter Tod verhandelt hatte.

Ich mußte sie einfach fragen. »Und vorher ist wirklich nie was gewesen? Damals, als du mit ihm allein warst?«

Sie errötete erneut. »Ich glaube, da gab es *schon* einen Kuß oder so, aber wir hatten beide ein derart schlechtes Gewissen, daß wirklich nicht mehr passiert ist. Damals hätte ich nie gedacht, daß er etwas für mich empfinden könnte. Ich glaubte, nur mir ginge es so. Aber plötzlich sah er mich so an, und irgendwie wußte ich Bescheid, wenn du verstehst, was ich meine.«

Ja, das verstand ich sehr wohl.

»Ich kann es immer noch nicht fassen, das mit Dominic«, jammerte sie. »Warum um alles in der Welt hast du mir nichts davon *erzählt?*«

»Du hättest dich verplappern können.«

»Nie hätte ich das getan! Und ich bin mir sicher, daß Josh an dir interessiert ist, zumindest ein bißchen, sonst hätte er die weite Fahrt erst gar nicht auf sich genommen. Warum rufst du nicht einfach bei der Agentur an und hinterläßt eine Nachricht für ihn? Vielleicht hat er ja gedacht –«

»Belinda, laß es besser bleiben, okay?« Der Zug fuhr gerade

los. »Ich bin erschöpft – ich werde ein kleines Nickerchen machen. Bitte weck mich, wenn ich anfange zu schnarchen oder mein Mund weit offensteht.«

An unserem Zielort nahmen wir ein Taxi und kamen pünktlich zu dem Teil mit der verlorenen Tochter. Und ja, es flossen jede Menge Tränen, und jede Menge Haare wurden gerauft. Aber es gab auch Vergebung und jede Menge Gerede über Dinge, die auch nicht mehr zu ändern waren, und riesige Lachse von M & S *en croûte* wurden in den Ofen geschoben. Und man weinte auch mit der Erstgeborenen, die sich geschworen hatte, nie mehr an das heimische Herdfeuer zurückzukehren, sich dann aber doch noch hatte erweichen lassen. Und die Mutter weinte über ihrer Tochter und sagte: »Wir wollten dich keinesfalls in Bedrängnis bringen, Liebes – du weißt doch, daß wir immer stolz auf dich waren – erst neulich sagte ich noch zu Trudi ...«

Als sich alles so langsam wieder beruhigte, saß ich mit Benji am Spielfeldrand. »Ehrlich«, sagte ich im stillen zu ihm. »Soviel Aufhebens, und das nur, weil der zivilisierte Mensch sich einbildet, er müßte ausgefeilte Rituale zelebrieren wegen einer Sache, die im Grunde nichts weiter ist als ein Paarungsinstinkt, der sich von deinem nur dadurch unterscheidet, daß er vielleicht nicht ganz so hemmungslos ausgelebt wird – du erlaubst, daß ich das sage.«

»Du weißt ja nicht, was du verpaßt«, grinste Benji hechelnd. »Erst letzte Woche konnte ich diesen leckeren kleinen Spaniel bespringen.«

Gegen Mitternacht führten ihn Dad und Belinda auf seinen 14-Pfützchen-Spaziergang aus und ich wurde mit Mum in der Küche zurückgelassen.

»Ich weiß ja nicht, Liebes, ich weiß ja nicht«, sagte sie nun schon zum neunzehnten Mal. »Du trägst es wirklich mit Fassung, aber ist dir das Ganze nicht doch ein wenig unangenehm?«

»Ein bißchen vielleicht schon, aber das ist alles so lange her, und es ist ja nicht so, daß ich ihm noch hinterhertrauere.«

»Meinst du, es wird halten?« fuhr sie fort. »Manchmal frage ich mich, ob sie sich wirklich irgendwann mal für was entscheiden wird.« Nervös spielte sie mit einer Stoffserviette. »Sie wird allen schreiben und die ganzen Geschenke zurücksenden müssen. Und sie wird Paul treffen müssen – vorausgesetzt, er will sie überhaupt sehen. Er tut mir immer noch furchtbar leid, trotzdem muß ich sagen, daß es nicht sehr nett von ihm war, eure Taschen zu durchsuchen, selbst wenn er dachte, Josh wäre irgendeine Art Betrüger. Jeder konnte sehen, daß er kein Betrüger war. Betrüger sehen einem nicht in die Augen.«

»Manche schon. Wenn alle Betrüger auch wie Betrüger aussehen würden, würde sich niemand betrügen lassen.«

»Wahrscheinlich hast du recht...« Nach einer kurzen Pause meinte sie dann: »Es war schon ziemlich spät, aber Daddy hat mir gestern abend erzählt, daß er noch nie so ganz hundertprozentig von Paul überzeugt war, nicht daß er jemals was gesagt hätte. Da war nichts, was er mit Händen hätte greifen können – nichts, was er hätte rechtfertigen können. Er dachte, er wäre nur so ein besitzergreifender Vater, der glaubt, niemand sei jemals gut genug.«

Ich mußte sie einfach fragen. »Ich weiß, daß das im nachhinein nicht weiter schwerfällt, aber warst du hundertprozentig von ihm überzeugt?«

»Ja, doch, anfangs schon.« Aus ihrer Stimme konnte man ein rückwirkendes *hätte ich doch nur* heraushören. »Ich meine, er schien so begeistert von *ihr* zu sein, und das ist immer die Hauptsache. Und er war immer so klar und bestimmt... Andererseits hatte ich manchmal den Eindruck, daß man bei ihm nie über die Oberfläche hinauskäme. Er war immer überaus höflich, aber so dann und wann fand ich, es fehlte ihm etwas menschliche Wärme, wenn du weißt, was ich meine. Aber ich hätte sie nie verunsichert, indem ich ihr gegenüber etwas Derartiges erwähnt hätte. Ich hatte da nur so ein Gefühl, außerdem mußte ich ihn ja nicht heiraten.«

Ich hätte mich wahrscheinlich ebensowenig eingemischt. Wie Tamara schon gesagt hatte, das tut man nicht, außer der Typ ist offensichtlich ein totales Arschloch, und selbst dann denkt man noch dreimal darüber nach.

»Schließlich haben Oma und Opa auch versucht, mich an einer Heirat mit Daddy zu hindern«, fuhr sie fort. »Und alles, was das bewirkt hat, war, daß ich mich maßlos darüber aufgeregt habe und um so entschlossener war.«

Ganz genau.

»Ich weiß wirklich nicht, was ich den Leuten sagen soll, aber ich denke, es gibt Schlimmeres«, seufzte sie. »Eileen Thomas hat mir letzte Woche erzählt, daß die Tochter ihrer Schwester ihren Mann wegen einer anderen *Frau* verlassen hat! Zwei Kinder sind auch noch da, die armen Dinger ...«

Gedankenverloren fegte sie ein paar Gebäckkrümel vom Tisch in ihre Hand. »Josh ist also ins Hotel gekommen, um dich zu sehen?«

Belinda hatte ihr das verraten, aber die Sache war bei weitem zu kompliziert, als daß ich sie hätte vertiefen wollen, und was ich mit Sicherheit nicht wollte, war, Mum auf komische Gedanken zu bringen. »Ja, aber nur, um mir mein Handy zurückzugeben. Er war gerade in der Gegend.«

»Nun, das war sehr nett von ihm, unter diesen Umständen.«

Die letzte Stunde über waren ihre Augen trocken geblieben, aber jetzt drohten sie schon wieder feucht zu werden. »Wegen dem, was du mir damals am Telefon gesagt hast – ich hoffe nur, daß daran kein Fünkchen Wahrheit war. Ich kann den Gedanken wirklich nicht ertragen, du könntest deine Freunde deswegen nicht mitbringen, weil ich sie sonst vergraule. Ich gebe zu, daß ich, was Josh betrifft, vielleicht etwas übereifrig war, aber er schien mir ein so netter Kerl zu sein ...« Sie tupfte sich mit der Serviette die Augen. »Wahrscheinlich hat er sich hinter meinem Rücken über mich lustig gemacht ...« Das war während der letzten Tage nun schon das neunzehnte Mal, daß ich mich fühlte wie ein Häuflein Elend. »Das hat er nicht, das schwöre ich. Er hatte ein genauso schlechtes Gewissen wie ich, weil ihr beide so was von nett wart.«

Das schien sie zu trösten. »Nun, ich muß schon sagen, es war wirklich sehr nett von ihm, extra vorbeizukommen, nur um dir dein Handy zurückzubringen.«

Sie zögerte taktvoll. »Ich nehme an, es *war* nur deswegen?«

Würde sie jemals aufgeben? Erschöpft sagte ich: »Mum, bitte fang nicht wieder damit an.«

»Das tu ich doch gar nicht, Liebes!« Sie schwieg ein wenig taktvoller. »Und selbst wenn da etwas wäre, brauchst du nicht zu befürchten, ich würde ihn gleich übernächstes Wochenende einladen. Und wenn, dann würde ich mit Sicherheit kein Roastbeef mehr machen – ich weiß wirklich nicht, was er sich bei dem letzten wohl gedacht haben mag.«

»So schlecht war es auch wieder nicht. Er hat es aufgegessen, oder etwa nicht?«

»Nun ja, jetzt, wo du es sagst. Ich bin der Meinung, daß es sehr viel über einen Mann aussagt, wie er ißt. Schau nur Daddy an – er würde alles essen. Ich käme nie mit einem Mann zurecht, der schwierig mit dem Essen ist. Paul würde Zwiebeln nie anrühren, weißt du. Oder Brokkoli. Da sieht man mal.«

Ich nahm den Zug kurz vor Sonnenaufgang und fuhr direkt zur Arbeit, die mich genügend in Beschlag nahm, um mich größtenteils abzulenken. Ich kam nach Hause und war dermaßen erschöpft, daß ich hätte sterben können.

Ich brach mit einem großen Wodka Tonic auf dem Sofa zusammen und bekakelte noch einmal alles mit Alix.

»Zumindest redet ihr wieder miteinander«, sagte sie. »Und du bist vollkommen unbefleckt aus der ganzen Sache hervorgegangen.«

»Ich werde dir jetzt nicht näher erläutern, wie unbefleckt ich gerade bin.« Unfein hob ich meinen Arm und schnüffelte an meiner Achsel. »Dieses Deo hier habe ich seit halb sechs Uhr früh drauf, und ich bin zu fertig, um auch nur unter die Dusche zu gehen.«

»Dann laß es eben bleiben. Geh ins Bett und suhle dich in deinem eigenen Dreck.« Plötzlich runzelte sie die Stirn. »Du hast doch nicht etwa vergessen, die Hotelrechnung zu bezahlen, oder?«

»Natürlich nicht! Warum?«

»Irgend etwas kam heute morgen vom Hotel aus hier an. Warte mal, wo hab ich es nur hin …?« Nach einer halben Minute förderte sie aus der Küche einen großen weißen Umschlag zutage. Oben links stand in großen, fröhlich-grünen Buchstaben: Carnleigh Manor Hotel.

»Wahrscheinlich laden sie mich auf einen Wochenend-Trip ein«, gähnte ich. »Oder so einen bescheuerten Mittelalter-Abend …«

Ich öffnete den Brief trotzdem und zog einen kurzen Brief und einen weiteren Briefumschlag hervor. In dem Brief stand:

> Liebe Ms Metcalfe,
> anbei schicken wir Ihnen diesen Brief nach, den das Zimmermädchen nach ihrer Abreise fand. Wahrscheinlich haben Sie ihn übersehen, da man ebenfalls einen Hotelprospekt unter Ihre Tür hindurchgeschoben hatte. Wir hoffen, Ihr Aufenthalt im Cranleigh Manor hat Ihnen gefallen und wir dürfen Sie bald wieder bei uns begrüßen.

Ich starrte auf den Umschlag. Er war kleiner als der andere und trug denselben fröhlich-grünen Cranleigh-Manor-Schriftzug. Und – peng! – in der Mitte stand in großen schwarzen Druckbuchstaben schlichtweg *Sophy*.

# FÜNFZEHN

Ich riß ihn auf. Darin stand in derselben schwarzen Schrift:

Ich bin drei Stockwerke tiefer, Zimmer 24. Wenn du reden willst oder dir die Gespenster einen Streich spielen, dann ruf mich an – egal wie spät es ist.

Josh

P. S: Ich habe nie geglaubt, du hättest's nötig – du bist nur wählerisch.

Tränen stiegen mir in die Augen, meine Kehle war wie zugeschnürt. »Er war die ganze Zeit da. Was hat er bloß gedacht?«

Alix schnappte sich die Nachricht und gab einen verzweifelten Seufzer von sich. »Warum hast du das nur nicht gesehen?«

Wie betäubt reichte ich ihr den anderen Brief. »Das war so eine Einladung zum mittelalterlichen Mahl – ich hab sie nicht einmal aufgehoben …« In erschreckender Klarheit sah ich den gelben Prospekt genau vor mir, so wie er auf dem Teppich gelegen hatte. Ich sah ihn haarscharf vor mir, so scharf, daß ich den winzigen weißen Rand erkennen konnte, der darunter hervorblitzte. Warum zum Teufel hatte ich nichts geschnallt?

Als ich das Alix erzählte, sagte sie: »Ich nehme an, du warst erschöpft und nicht ganz bei dir, einmal ganz davon abgesehen, daß du den Kopf nur von K und B voll hattest. Der arme Kerl – vielleicht lag er die ganze Nacht über wach und hat auf deinen Anruf gewartet. Ruf jetzt um Himmels willen diese Nixons an und frag nach der Telefonnummer.«

»*Dixons*. Gott, er muß denken, ich bin die letzte Schlampe ...«

In diesem Moment kam Ace aus der Dusche, nur in ein Handtuch gehüllt, und Alix weihte ihn ein.

»Hab ich's nicht gesagt?« sagte er unbekümmert. »Ich wußte, daß er auf dich steht. Ich hab's genau gesehen.«

Ich antwortete nicht – ich wählte bereits die Dixons an, aber es war wieder dieser verhaßte Anrufbeantworter dran. In Tränen aufgelöst, knallte ich den Hörer zurück auf die Gabel. »Was ist bloß los mit diesen Leuten? Ich kann ja verstehen, daß Tamara nicht zu Hause ist, aber ihre Eltern? Die sind älter als meine! Die sollten zu Hause vor der Glotze sitzen und sich so bescheuerte Serien wie *Emmerdale* oder *Ground Force* ansehen!«

»Warum hast du seine Nummer nicht? Ich dachte, du hättest ihn letzte Woche angerufen«, fragte Ace.

»Das hat sie auch, du Blödmann, aber sie hat die Nummer auf eine Zeitung gekritzelt, und die Zeitungen sind alle beim Altpapier«, sagte Alix gereizt.

»Vielleicht nicht alle. Eine Sekunde ...«

Einen Augenblick später kehrte er fröhlich grinsend zurück, in der Hand eine schwarze Bananenschale, eine Fertignudelsuppen-Verpackung und zwei *Evening Standards*. »Die war unter dem Bett«, grinste er. »Wußt ich's doch, daß ich da so ein Gekritzel gesehen hab. Ist es das?« Er reichte mir einen *Standard*, der auf der Horoskop-Seite aufgeschlagen war, an dessen Rand sowohl Jerrys als auch Joshs Nummer gekritzelt worden waren.

Ich hätte ihn küssen können. »Ace, ich werde nie mehr sagen, daß es bei dir aussieht wie im Saustall.«

Schon tippte ich auf der Telefontastatur. Nachdem ich es ungefähr sechs Mal hatte läuten lassen, sagte ein virtueller Josh, daß es ihm leid täte, daß er den Anruf nicht entgegennehmen könne, und ich solle doch bitte nach dem Pfeifton eine Nachricht hinterlassen ...

Wäre der Idiot, der den Anrufbeantworter erfunden hat, in diesem Moment zur Tür hereingekommen, ich schwöre euch, er hätte keine Minute länger gelebt. »Scheiß Anrufbeantworter!« Ich warf den Hörer hin, wieder in Tränen aufgelöst. »Warum ist er verdammt noch mal nicht zu Hause?? Warum kann nicht wenigstens einmal in meinem bescheuerten, armseligen Leben etwas klappen?«

»Vielleicht ist es ja besser so«, sagte Alix taktvoll. »Du bist erschöpft und völlig aus dem Häuschen. Versuch es später noch einmal.«

»Nein. Ich werde jetzt eine Nachricht hinterlassen.« Schon drückte ich auf die Wiederwahltaste. Nach dem Pfeifton sagte ich: »Josh, hier ist Sophy. Ich habe deine Nachricht erst jetzt erhalten. Ich hab sie nicht gesehen, weil man mir noch etwas anderes unter der Tür durchgeschoben hatte, aber das Hotel hat sie mir nachgeschickt. Es tut mir so leid, wenn du gedacht hast, daß ...« In diesem Augenblick begann meine Stimme gefährlich zu schwanken, mein letztes Quentchen Selbstbeherrschung drohte sich aufzulösen wie ein nasses Papiertaschentuch.

»Sophy, laß es dabei bewenden«, sagte Alix ängstlich, aber ich hatte bereits auf Autopilot umgeschaltet und machte weiter, bis zum bitteren Ende.

»Warum hast du mich nicht angerufen? Warum hast du nicht vorbeigeschaut? Ich lag da und fühlte mich wie der größte Depp auf Erden und hatte ein höllisch schlechtes Gewissen. Glaubst du denn wirklich, ich bin eine so blöde Zicke, daß ich eine derartige Nachricht ignoriere?« Tränenüberströmt fuhr ich fort: »Ich habe auch noch ein Rätsel für dich, ein Wort mit acht Buchstaben, fängt mit B an, B wie Blödmann. Hast du denn nicht gemerkt, was ich für dich empfinde? Im Grunde genommen wollte ich dich schon, nachdem ich dich das erste Mal gesehen habe – ich hab ununterbrochen an dich gedacht – und wenn ich schon mal dabei bin – ich hab dich gesehen, damals im Park, ich hab nur so getan, als ob ich schlafen würde. Ich dachte, die Babys wären deine, und mein Fett quoll überall hervor – warum antwortest du nicht, verdammt noch mal?« Meine Stimme schwankte so sehr, daß ich nicht mehr weiterreden konnte, und so ließ ich es bleiben. Ich drückte auf die Gabel und sah auf, mitten in Alix' entsetzes Gesicht.

»Scheiße«, sagte Ace.

»Sophy, ich hab dir doch *gesagt*, du sollst es dabei bewenden lassen. Hast du noch nie was davon gehört, daß man cool bleiben muß?« schimpfte Alix.

»Ich hab's satt, cool zu sein! Ich war cool, seit ich ihn das erste Mal getroffen habe, und man sieht ja, wohin das führt!«

»Du wirst ihn auf immer und ewig vergraulen, wenn du so weitermachst!«

»Dann weiß ich wenigstens, woran ich bin! Wenn es ihn vergrault, wenn ich ihm sage, wie ich mich fühle, dann schreib ich die Sache lieber gleich ab!« Ich verschwand, um ein Bad zu nehmen, wo sich meine Tränen mit dem Ylang-Ylang-Badeschaum vermischen würden. Beinahe wünschte ich, ich könnte das Band löschen und noch einmal von vorn anfangen, aber es war zu spät. Bald darauf fiel ich ins Bett, und er rief nicht zurück. Als ich am nächsten Morgen zur Arbeit ging, fühlte ich mich bleischwer, so als würde niemals mehr ein Fünkchen Lebensfreude in mir aufkeimen.

Als ich nach Hause kam, sehr spät, da die blöde U-Bahn Verspätung hatte, kam mir Alix bereits an der Tür entgegen, sie strahlte sogar noch mehr als damals, als sie es zum ersten Mal mit Calum gemacht hatte. »Er hat angerufen«, sagte sie. »Heute nachmittag. Ich war gerade weg, aber er hat eine Nachricht hinterlassen.«

»Irgendwas mit seinem Kreuzworträtsel«, sagte Ace. »Einen Hinweis hat er ebenfalls hinterlassen. Er ist ein bißchen blöd, wenn ihr mich fragt. Ich hab's sofort rausgekriegt.«

»Ace!« sagte Alix ärgerlich. »Wenn du schon anderer Leute Nachrichten abhören mußt, dann ist es ein Gebot der Höflichkeit, das nicht zu verraten.«

Ich hörte nicht auf sie. Ich war bereits im Wohnzimmer und hörte das Band ab.

»Sophy, ich bin's, Blödmann. Du bist nicht die einzige, die auf Familienfeste muß. Ich war gestern abend in Kent, mein Alter Herr wurde siebzig, und das ist auch der Grund, warum ich deine Nachricht nicht vor heute nachmittag abhören konnte. Tut mir leid, wenn ich dich nerve, aber ich hab da immer noch so ein Problem mit meinem Kreuzworträtsel. Warte kurz, bis ich die Zeitung geholt habe …«, man hörte ein kurzes Rascheln. »Da wären wir – vierzehn senkrecht: *Objekt brennender Begierde, verfolgt und verloren geglaubt, aber vielleicht wiedergefunden.* Fünf Buchstaben, fängt mit S an. Zerbrich dir ein wenig den Kopf, okay? Ich ruf später noch mal an.«

Das war mehr als genug, meine Augen heftig brennen zu lassen, bis ich merkte, daß sich Ace immer noch in der Nähe der Tür herumdrückte.

»Aaah, isses nich schön?« grinste er.

Da ich nichts anderes zur Hand hatte, warf ich eine Packung Taschentücher nach ihm. »Hau ab!«

Er machte sich fast in die Hose vor Lachen und verschwand.

Ich nahm den Hörer von der Gabel und wählte seine Nummer. »Hi, ich bin's.«

»Hi, ich auch«, sagte Josh. »Hast du meine Nachricht bekommen?«

»Wenn nicht, würde ich wohl kaum anrufen«, sagte ich mit einer doch etwas zittrigen Stimme.

Ein wenig freundlicher sagte er: »Du hast das Rätsel also geknackt?«

Mit meinem Kloß im Hals und all den anderen emotionalen Auflösungserscheinungen frage ich mich wirklich, wie ich überhaupt noch etwas herausbrachte. »Ich bin mir nicht sicher – ich war noch nie besonders gut im Kreuzworträtsellösen. Wie wär's, wenn du vorbeikämst, um mir ein bißchen auf die Sprünge zu helfen ...«

Als ich zwanzig Sekunden später auflegte, tauchte Alix auf, von wo immer sie auch gelauscht haben mochte, auch wenn sie so tat, als wäre dem nicht so. »Na?« grinste sie.

»Er kommt in vierzig Minuten!«

»Mist! Hör zu, ich werd zu Calum gehen – Ace!«

Er steckte seinen Kopf in die Tür. »Was denn?«

»Du gehst heute auch aus – lad Tina ins Kino ein oder so – ich geb dir Geld, wenn du pleite bist – Hauptsache du verschwindest. Und räum vorher noch deinen Dreck aus dem Wohnzimmer und schwing den Staubsauger – nein, wirst du das denn nie lernen – Gott, warum habe ich das nicht schon längst gemacht? Sophy, los, unter die Dusche, aber schnell – rasier dir die Beine – zieh diese La-Perla-Unterhose an und vergiß nicht, das Klo zu putzen – ich räum solang dein Zimmer auf – los, mach schon, schnell –«

Dreiundvierzig Minuten später musterte ich mich abschließend in meinem großen Spiegel: cremefarbene Leinenhose und ein einfaches, geripptes Seidenoberteil, das über die Hüften ging, in

Dunkelblau. Beides hübsch und lässig, natürlich genau das, was ich normalerweise so trage, wenn ich zu Hause herumfaulenze.

Alix hatte mit dem Staubsauger verrückt gespielt, mein Zimmer gesaugt und sogar das Bett frisch bezogen. Es sah so aus wie aus irgendeiner Werbung, weich und unberührt, die Kissen schön aufgeschüttelt und der Bezug mit Kniff. Natürlich genau so, wie ich es normalerweise auch immer mache. Sie hatte das Wohnzimmer aufgeräumt, die Strumpfhosen, die auf der Heizung trockneten, entsorgt und die Luft mit Raumspray der Duftnote »Frühling« parfümiert, um die Illusion von Hygiene herzustellen.

Als es dann tatsächlich an der Tür klingelte, saß ich mit der *Marie Claire* auf dem Sofa und tat so, als würden wir hier die ganze Zeit über so leben wie ordentliche Leute.

Ich raste zur Tür. Er stand auf der Türschwelle und hatte dieses gerissene Lächeln aufgesetzt, das mein Herz stolpern ließ, sowie einen ganzen Arm voller Rosen in Pink. »Hi«, sagte er und musterte sie ironisch. Das müssen mindestens ein dutzend Sträuße gewesen sein, nicht ein großer. »Ich fürchte, sie sind schon ein wenig hinüber. Ich hab sie einem Typen an der Ampel abgekauft. Beinahe hätte ich ihm schon gesagt, daß er sie sich irgendwo hinstecken soll, als ich merkte, in welchem Zustand sie waren, aber er sah aus wie ein illegaler Einwanderer, und dann fing es auch noch an zu regnen ...«

»Oh, Josh ...« Zum zweiten Mal an diesem Abend schnürte sich mir die Kehle zu. »Sie sind wunderschön – nur ein klitzekleines bißchen verwelkt. Laß sie mich ins Wasser stellen ...«

Anstatt mich sofort abzuknutschen, reichte er mir den in Zellophan gewickelten Strauß und folgte mir in die Küche, in der ich eine Schere zutage förderte, mit der ich das Zellophan zu entfernen begann und die Stiele anschnitt.

»Da ist ein Bier im Kühlschrank, wenn du willst«, sagte ich.

»Dazu sage ich nicht nein.«

Ich hörte, wie er den Kühlschrank öffnete, und das Zischen, als er die Dose öffnete, aber nichts, was seine Kehle hinunterrann.

»Wenn du noch nicht gegessen hast, dann könnten wir ausgehen«, sagte er.

»Das wäre wundervoll.« *Schnipp schnipp*. Ich spürte, wie seine

Augen auf mir ruhten, ununterbrochen. Es fühlte sich an, als würde sich der Sonntagmorgen noch einmal abspielen, nur daß diesmal ... »Es gibt einen netten kleinen Italiener um die Ecke, wenn du gern italienisch ißt.«

»Italienisch ist okay.« Nach einer kurzen Pause fuhr er fort: »Wo sind deine Freunde?«

»Ach so, die sind aus«, sagte ich so locker wie man das macht, wenn einem das Herz aus lauter Vorfreude rast wie wild. »Sie werden die nächsten Stunden nicht zurückkommen.«

Das war mehr als ausreichend, um weitere Squillionen Volt in eine mehr als bereits geladene Atmosphäre zu entlassen. Und das leise »Klack«, mit dem er seine Bierdose absetzte, klang wie eine Passage aus Händels Feuerwerksmusik.

So wie er das auch schon bei uns zu Hause im Gästezimmer getan hatte, stellte er sich direkt hinter mich. Genau wie damals blies er ganz sanft gegen mein im Nacken hastig aufgestecktes Haar. »Wieviel Hunger hast du denn?« fragte er so beiläufig wie möglich.

Und schon wurde mir ganz weich in den Knien. »Och, noch nicht so großen«, sagte ich. *Schnipp schnipp.* »Weißt du, ich glaube, die werden sich wieder erholen, wenn sie erst etwas Wasser bekommen haben. Und du?«

»Bin ziemlich hungrig, ehrlich gesagt.«

Während ich damit fortfuhr, die Stiele anzuschneiden, legte er mir seine Hände auf die Taille und streifte mein Haar mit seinen Lippen.

Gott, war das schön. Es war so schön, daß ich mein voll freudiger Erwartung rasendes Herz so lang wie möglich weiterklopfen lassen wollte. »Wahrscheinlich kann ich noch irgendwo eine Tüte Chips für dich auftreiben.«

Er stand so dicht hinter mir, daß ich das Beben seines Brustkorbs spüren konnte, während er sein Lachen unterdrückte und seine Lippen meinen Nacken streiften. »Ich weiß nicht, ob ich jetzt ausgerechnet Lust auf Chips habe.«

Ehrlich gesagt, ich weiß nicht, wie ich das überhaupt aushielt, aber ich fuhr fort, das Zellophan zu entfernen. »Dann vielleicht Twiglets?«

Wieder fühlte ich dieses süße, warme Beben. »Ist das alles, was du mir anbieten kannst?«

Unsicher sagte ich: »Nun, wenn du warten kannst, bis ich hier fertig bin, dann finde ich vielleicht doch noch was Substantielleres für dich ...«

»Wußt ich's doch, daß ich dem Kerl hätte sagen sollen, er soll seine Rosen behalten.«

Als seine Lippen meinen Nacken erneut streiften, glitten seine Hände ganz sanft meine Rippen entlang, bis über meine üppigen 80 Cs, mit seinen Fingerspitzen zog er Kreise um sie herum und glitt wieder nach unten.

»Meine Güte«, sagte ich zittrig, während ich immer noch mit der Schere hantierte. »Bist du sicher, daß du noch ein wenig durchhalten kannst?«

»Darauf würde ich mich nicht verlassen. Es besteht die ernstzunehmende Gefahr, daß ich mich in eines dieser schrecklichen Gespenster verwandele, die sich selbst bedienen.«

Seine Hände glitten auf meinen Rücken, unter mein Oberteil, meinen Rücken empor bis zum Verschluß meines BHs, den er mit meisterhafter Geschicklichkeit aufhakte. »Würdest du jetzt endlich diese bescheuerten Rosen in Ruhe lassen?« murmelte er.

Je länger ich widerstand, desto stärker wurde diese herrliche Vorfreude. »Ich muß sie nur kurz ins Wasser stellen«, sagte ich mit schwankender Stimme. »Aber bedien' dich ruhig. Ich bin gleich bei dir ...«

Wieder spürte ich dieses warme Beben, als er lautlos lachte. »Mal sehen, ob ich dich ein wenig zur Eile antreiben kann ...« Mit einer sanften, vollendeten Berührung stahlen sich seine Hände erneut unter das seidene Oberteil, wanderten die Rippen entlang nach oben und zogen weitere Kreise um meine mittlerweile vom BH befreiten Brüste. Und dann, mit einem Geschick, das ich nur als meisterlich beschreiben kann, legte er je eine Fingerspitze auf jede Brustwarze ...

Ich glaube nicht, daß es jemals irgendeine Form des Vorspiels gegeben hat, die eine derartige Wirkung auf mich hatte. Das bewirkte, daß sofort elektrische Wellen durch meine *Zizi* fuhren, wie die Franzosen so schön sagen. Ich weiß auch nicht, warum es bei uns kein so schönes Wort dafür gibt; ein Mädchen, das mit mir zur Schule ging, sagte dazu immer mein »Vorder-Hintern«, eine wirklich prüde Umschreibung, aber ich schweife ab.

Die Rosen gerieten absolut in Vergessenheit, als ich mich wie eine Verdurstende zu ihm umdrehte, die ich in Wahrheit auch war. Ich glaube, ich hab da mal so eine Art Kuß erwähnt, in dessen Folge man sich die Kleider vom Leib reißt und es innerhalb der nächsten zwei Minuten wie wild miteinander treibt; nun, genauso war es. Unsere Münder klebten aufeinander, als hielte sie eine Art verzweifelter Sog zusammen, während wir uns beeilten, uns gegenseitig die Kleider vom Leib zu reißen und beinahe hinfielen, während wir an all den Knöpfen und Oberteilen herumfummelten und versuchten, uns unserer Schuhe und gleichzeitig auch noch unserer Hosen zu entledigen. Ich kann mich noch gut daran erinnern, wie wir beinahe lachen mußten, als er sich an mich klammerte, während ich herumhüpfte und versuchte, aus meiner Hose zu kommen und er mir dabei half, meine Unterhose loszuwerden.

Wir sollten es erst gar nicht in das unberührte Bett schaffen, wenn ihr also zu diesen Hygiene-Fanatikern gehört, die ständig mit Domestos herumhantieren, dann überspringt die nächsten Zeilen lieber. Ich schaffte es auch nicht richtig, mich meines Oberteils zu entledigen; es hing mehr oder weniger in Falten um meine Schultern, genauso wie mein BH, und er hatte sein Hemd zwar aufgeknöpft, hatte es aber immer noch an; nicht daß uns das irgend etwas ausgemacht hätte. Während wir uns gegen den Kühlschrank drängten, lagen unsere wichtigsten Körperteile nackt und bloß da und versuchten, miteinander Bekanntschaft zu machen, aber zwischen uns bestand ein kleiner Größenunterschied, den er ganz einfach ausglich, indem er seine beiden Hände zu Hilfe nahm, diese unter meinen Po legte und mich auf die Frühstückstheke hievte. Nun, mir gefallen Männer, die genug Muskeln haben, um diese Art Kapriolen zu vollführen.

Die Frühstückstheke schien wie gemacht für diesen Zweck. Genauso – ich hatte meine Beine um ihn geschlungen – vereinten wir uns schließlich, und ich kann mich noch gut daran erinnern, daß ich befürchtete, ich würde bei all der Ekstase gleich einen

Herzstillstand erleiden. Ich muß gestehen, daß es nicht sehr lang dauerte; er war gerade dabei zu kommen, als ich realisierte, daß es nutzlos war, hier noch irgend etwas hinauszögern zu wollen. Trotzdem, es gibt Momente, da kommt nur ein Quickie in Frage. Anschließend hat er mir erzählt, daß er nur gedacht hätte: »Gott sei Dank«, da er sich auch nicht mehr länger hätte beherrschen können. Es sei nur soviel gesagt, daß die Wände von meinen orgiastischen Schreien (ich kann ein wenig laut werden) und seinem »O Gott« nur so widerhallten – letzterer, wage ich zu behaupten, hat sich inzwischen an diese Art Dinge gewöhnt.

Ineinander verschlungen hielten wir noch eine Minute lang inne und warteten, bis unser Puls sich wieder auf Normalniveau einpendelte. Ich kann seine Arme um mich immer noch spüren, und das schöne Gefühl von klebriger, vom Sex noch ganz erhitzter Haut auf Haut. Ich würde an der Stelle noch gern hinzufügen, daß wir uns an diesem Punkt lauter liebevolle Dinge zuflüsterten und all das, aber ich werde mich in Liebesdingen wohl nie völlig auf meinen Körper verlassen können. Mein Magen gab ein lautes Gurgeln von sich, das ihn vor Lachen erneut schoko-weich erbeben ließ.

»Immer noch hungrig?« sagte er, während er mir seine Lippen auf die Stirn drückte. »Das kommt davon, wenn man sich an Fastfood hält. Eigentlich sollte es ja ein Fünf-Gänge-Menü werden.«

Eine halbe Stunde später gingen wir die paar Meter zum Italiener um die Ecke. Es nieselte, aber das hätte mir nicht gleichgültiger sein können. Unter dem Schirm hatten wir uns untergehakt und redeten den ganzen Weg über. Ich hätte mindestens noch drei Meilen weiterlaufen können, wäre ich nicht so am Verhungern gewesen.

Es war ein gemütliches, freundliches kleines Restaurant, dem es gelungen war, ein lässiges, zwangloses Ambiente mit köstlichem Essen zu verbinden. Einige der Tische standen in heimeligen, von Kerzen erleuchteten Nischen, und ganz wie ich gehofft hatte, wies man uns in einer von ihnen einen Tisch zu.

Als der Kellner die Kerze angezündet und sich wieder entfernt hatte, sagte Josh: »Ich glaube, es ist an der Zeit, daß ich dir sage, warum ich wirklich ›amüsiert‹ war, damals, unter dem Baum.«

»Du hast dich über Mum lustig gemacht, nehme ich an.«

Er schüttelte den Kopf. »Sie würde mich umbringen, wenn sie wüßte, daß ich dir das jetzt erzähle, aber Julia hat dir deine Geschichte nicht wirklich abgenommen. Sie sagte …«, er lehnte sich näher zu mir herüber und gab eine gute Imitation weiblich-vertraulichen Flüsterns zum Besten: »Meiner Meinung nach ist da irgendwas faul an der Sache. Ich glaube ja, sie ist vielleicht lesbisch und hat einfach Angst, es ihren Eltern zu sagen.«

Das mag politisch nicht sehr korrekt sein, aber ich war hellauf entsetzt. »*Was?*«

»Nun, so dann und wann hat sie solche Klienten. Nur, daß die normalerweise gleich mit der Sprache herausrücken.«

Nun mußte ich mich ebenfalls weit nach vorn lehnen und meine Stimme senken. »Du hast doch nicht geglaubt, ich wäre lesbisch, oder? Als du mich das erste Mal gesehen hast?«

»Ich dachte, nun, wenn ja, dann ist das eine sündhafte Verschwendung.«

Puuh.

Über einem Teller frischer Tagliatelle und kleinen, weichen Spinatdingern, die wir mit flüssigem Sonnenschein aus der Toskana hinunterspülten, bekakelten wir die Sache mit Kit und Belinda.

Und mit mir und Kit.

»Ich hab nicht geglaubt, daß Tamara Blödsinn erzählt hat, nicht was ihn anbelangt«, sagte er. »Selbst auf der Hochzeit dachte ich noch, daß du ihn vielleicht zurückwillst. Du hast mich gebeten, ganz hin und weg auszusehen.«

»Ich hätte dich ja wohl kaum bitten können, so auszusehen, als müßtest du dich angesichts meiner Person übergeben!«

»Und dann hast du dich verdrückt, um mit ihm zu reden.«

»Hab ich nicht! Er stand einfach da. Ich wollte gerade heimlich eine überaus nervöse Zigarette rauchen.«

»Nun, du kannst mir schlecht vorwerfen, daß ich das gedacht habe. Er sieht gut aus, hat einen guten Job, und er hat dich sitzenlassen. Meiner Erfahrung nach sind das drei sehr gute Gründe, warum eine Frau einen Ex zurückhaben will.«

Ich mußte zugeben, damit hatte er ins Schwarze getroffen.

»Trotzdem hätte ich ihn nicht so runterputzen müssen«, gab er zu. »Ich hab jetzt deswegen beinahe schon ein schlechtes Gewissen, wegen der Sache mit seinem alten Herrn und so. Aber damals hab ich das wirklich ernst gemeint – bei seiner Ich-armer-kleiner-Junge-bitte-vergib-mir-Tour kam mir fast das Kotzen, und ich war mir immer noch nicht sicher, ob du ihn zurückwolltest oder nicht.«

»Ich dachte, du wüßtest Bescheid«, sagte ich verzweifelt. »Ich dachte, das Ganze sei so was von offensichtlich.«

Er schenkte mir nach. »Vielleicht bist du eine bessere Schauspielerin, als du glaubst. Natürlich hab ich da so was gespürt, aber ich kann keine Gedanken lesen. Ich war mir nicht sicher, ob ich nichts weiter wäre als ein vorübergehender Flirt, den du wahrnehmen, aber ebensogut hättest bleiben lassen können.«

Es war doch eine Art Schock für mich zu realisieren, daß es noch immer Männer gibt, die nicht automatisch annehmen, daß jede Frau scharf auf sie ist.

»Aber Kit ist ein Idiot, wenn er Belinda dir vorzieht«, fuhr er fort.

Ich hätte so was die ganze Nacht hören mögen.

»Hör auf – sie ist phantastisch!«

Er hielt sein Glas gegen das Licht der Kerze. Es begann zu glühen wie ein Rubin. »Siehst du das? Das ist in etwa so, wie wenn man das hier mit einem Erdbeer-Milchshake vergleicht. Wenn er lieber Milchshake mag, dann wünsche ich ihm viel Spaß damit.«

Kein Typ hat mir jemals solche Sachen gesagt. Nun, vielleicht haben sie das, aber entweder ich hab gewußt, das ist bloß so ein Gerede, das sie jeder erzählen, die blöd genug ist, darauf reinzufallen, oder aber sie waren Typen, die mir von vornherein schon zuwider waren, weil sie so schleimig oder zu sonst irgendwas waren.

Zwischen dem ein oder anderen Gang verschränkte ich meine Hand mit seiner. »Ich schulde dir immer noch was für diese brillante Lüge am Sonntagmorgen.«

»Ich schulde dir auch noch was für diesen Sonntag morgen.« Spöttisch fuhr er fort: »Nachdem du dich da in diesem neckischen Teilchen zur Schau gestellt hattest und mich schamlos angemacht hast, hast du plötzlich damit angefangen, irgendwas von irgendwelchem Tee daherzufaseln. Hast du überhaupt irgendeine Vorstellung davon, welche Wirkung so was auf einen gut erzogenen Burschen hat, der immer noch sein Stoffhäschen mit ins Bett nimmt?«

Ich fauchte nicht sehr damenhaft zurück. »Eine sehr traumatische. Wahrscheinlich bist du jetzt reif für eine Therapie.«

»Das war weit mehr als nur ein kleiner Verstoß gegen die guten Sitten«, fuhr er fort.

»Tut mir leid«, erwiderte ich sanft.

»Und ob dir das leid tun wird, warte nur, bis ich mir eine passende Rache überlegt habe.«

Das klang vielversprechend. »Und die wäre?«

»Abwarten und Tee trinken.« Er zwinkerte mir aus vielsagenden, vom Kerzenlicht erhellten Augen zu, in denen ich mich nur zu gern verlor. Ich war mir sicher, er würde sich jeden Moment in den ekligen, alten Fettsack von der Hochzeit verwandeln, nichts als sabbernde, nasse Lippen, und ich würde schweißgebadet aufwachen.

Nach dem Kaffee und dem Cognac waren wir immer noch ausgehungert und so gingen wir nach Hause, wo dieses Fünf-Gänge-Menü auf uns wartete. Diesmal in meinem unberührten Bett. Wir liebten uns langsam. Träge. Wie in einer heißen, erotischen Phantasie, nur viel besser.

Und ich muß es ja wissen.

Als ich mich danach wohlig in den Laken rekelte – er hatte einen Arm um mich gelegt, seine Finger spielten mit meinem Haar – sagte er nachdenklich: »Wo liegt noch mal dieses Camp, wo sie dich hinschicken?«

»In Wales, bei Brecon, glaube ich. Warum?«

»Wann?«

»September.«

»Dann werde ich meine Rache nehmen.« Sein Brustkorb begann auf eine äußerst verdächtige Art zu beben. »Wenn es der Ort ist, an den ich gerade denke, dann leitet dort ein Freund von mir die Kurse. Ich werd ihm sagen, es ist an der Zeit, daß dir das Grinsen vergeht. Er wird ein paar Schlammbäder für dich vorbereiten, dich ein paarmal im Fluß untertauchen und so weiter. Vielleicht schau ich ja sogar auf einige Tage vorbei und seh mir das Ganze mal an.«

»Fiesling.« Ich schmiegte mich trotzdem an ihn. »Neil hatte also doch recht. Er hat gesagt, daß alle Trainer Sadisten sind.«

Er lachte in sich hinein. »Ich würd mal sagen, Neil ist genau der Typ anmaßender Schnösel, der Rob so überhaupt nicht liegt.«

»Er liegt *mir* so überhaupt nicht.« Als ich an Neils Bemerkungen zurückdachte, hatte ich plötzlich so eine Idee. »Er sprach von Ex-Special-Air-Service-Sadisten.«

»Ach nein, wirklich.«

Plötzlich kam mir das Ganze gar nicht mehr so weit hergeholt vor. Unschuldig fuhr ich fort: »Aber ich würde sagen, Neil hat bloß mal wieder blödes Zeug geredet.«

»Komplett hirnloses Zeug«, stimmte mir Josh träge zu.

»Aber klar«, sagte ich immer noch vollkommen unschuldig. »Denn wenn dein Freund Rob wirklich ein Ex-SAS wäre, dann könnte es durchaus sein, daß du ebenfalls dazugehörst.«

»Das ist ja lachhaft«, sagte er genauso träge wie zuvor.

Es macht mir nichts aus, euch zu gestehen, daß das durchaus ausreichte, mir einen pikanten, kleinen Schauder über den Rükken zu jagen. Ich glaube, ich sollte so was gar nicht erst sagen, aber insgeheim liebe ich all das Macho-Zeug. Zeigt mir einen Mann, der sich an der Volkshochschule für einen Kurs »Komm mit deinen innersten Gefühlen in Kontakt« einschreibt, und ich winke gleich mit der Kotztüte.

Ich weiß, die Sache war mehr als ungeeignet, um sich darüber lustig zu machen, aber ich glaubte, ich könnte es aus ihm herauslocken. »Okay, okay, ich weiß, du darfst nichts sagen«, sagte ich besänftigend. »Für den Fall, daß sie dich entführen und zu Tode foltern, um Informationen aus dir herauszupressen oder so.«

Er lachte kurz in sich hinein. »Du hast deine Sache kürzlich ziemlich gut gemacht, mich zu Tode zu foltern, meine ich.«

Ich persönlich hätte es ja lieber »die Ekstase hinauszögern« genannt, obwohl ich fairerweise zugeben muß, daß meine überaus beeindruckende Vorstellung von »die Frau sitzt oben« durchaus unter die Kategorie »Folter« fallen könnte. Auch ich hatte gelitten, und wenn man sich schon dazu entschließt, Selbstmord zu begehen, dann halte ich die Variante, in der man sich von einer massiven Erektion pfählen läßt, für eine überaus reizvolle Todesart.

Sein Brustkorb bebte immer noch unter meiner Wange, und ich muß sagen, das fühlte sich sehr schön an. »Wenn du bis September so weitermachst, dann werde ich Rob eventuell bitten, besonders nett zu dir zu sein.«

September! Wenn er schon jetzt so weit in die Zukunft dachte, dann war mein Glück komplett. »Ich fände es angebrachter, wenn du ihn bitten würdest, besonders nett zu der armen Jess zu sein. Sie macht sich schon beim bloßen Gedanken daran in die Hosen.«

Immer noch bebend, drückte er mir einen sanften Kuß auf mein Haar.

»Alles, was du willst, Liebling.«

Ich konnte es mir nicht verkneifen, ihn weiter aufzuziehen. In einem vertraulichen Flüsterton fuhr ich fort: »Der Grund, warum ich dich nach dem Du-weißt-schon-Was gefragt habe, ist der, daß ich insgeheim immer so eine Phantasie hatte, von einem Du-weißt-schon-was-für-ein-Mann begehrt zu werden. Ich glaube, das hat mit all dem Schwarz, diesem Sturmhauben-Dingens und all den harten, männlichen Kommandos zu tun.«

Jetzt mußte er wirklich lachen. »Hört sich so an, als ob du dich da in ganz schön gefährliche Phantasien flüchtest. Sieh zu, daß mir deine Oma so ein Sturmhauben-Dingens strickt und ich schau vorbei und begehre dich. Okay?«

Ich wußte, jetzt hatte ich ihn, aber ich wollte ihn nicht drängeln. »Ich werde das in meinem Tagebuch vermerken.«

Nach einer Weile fiel mir etwas ein, wonach ich ihn schon den ganzen Abend hatte fragen wollen. »Was hast du gesagt, als Julia dich bat, einzuspringen?«

»Was glaubst du wohl? Ich sagte: ›Kommt gar nicht in Frage.‹ Aber Julia hat eine sehr gute Überredungsgabe und hat mir in der Vergangenheit schon so manchen Gefallen getan.«

»Ich nehme an, sie hat dir gesagt, ich wäre fett, durchgeknallt und noch dazu lesbisch.«

»Du *bist* durchgeknallt, was dein Gewicht anbelangt. Wir kannten uns gerade mal zwei Stunden, und da hast du dich schon als fette Kuh bezeichnet.«

Ich wollte keine weiteren Komplimente einheimsen, indem ich sagte: ›Nun, ich *bin* eine fette Kuh‹, woraufhin er hätte erwidern müssen: ›Nein, das bist du nicht – du bist einfach nur knuddelig.‹ Ich hatte nämlich das Gefühl, er würde sagen: ›Nun, ich hab schon immer auf fette Kühe gestanden‹, und das würde mir nur recht geschehen. »Ich hab's nun mal mit meinen Schwabbelteilchen«, sagte ich würdevoll.

Josh ließ seine Hand nach unten gleiten und kniff mich in den Po. »Genau wie ich.«

Es war schöner als Weihnachten.

Plötzlich lehnte er sich weit aus dem Bett und griff nach seinem Hemd, das auf der Erde lag.

»Du willst doch nicht gehen?« fragte ich plötzlich alarmiert.

»Nicht, bis du mich rauswirfst.« Er zog etwas aus seiner Brusttasche. »Hier, nimm – ich wollte es dir eigentlich während des Abendessens geben. Julia hat ihren Teil natürlich bekommen.«

Es war ein Scheck, ein bißchen weniger, als ich der Agentur das erste Mal bezahlt hatte. »Das kann ich nicht annehmen! Der Himmel weiß, du hast es dir verdient«, sagte ich.

»Ich will das Geld nicht. Spende es einer wohltätigen Organisation, wenn du willst. Wie wär's mit der Gesellschaft zur Wiedereingliederung unverbesserlicher N. L. L.er?«

»Wie bitte?«

»Notorischer Lügner und Lügnerinnen«, erklärte er.

Da ich nicht wußte, ob ich lachen oder weinen sollte, entschied ich mich für ein wenig von beidem, dem er auf althergebrachte Weise Einhalt gebot.

Wir redeten und redeten, bis wir schließlich wegdämmerten.

Alix leistete mir um zehn nach sieben in der Küche Gesellschaft, und das, obwohl sie normalerweise nie vor halb acht aufsteht.

»Ich hab den Kaffeeduft gerochen. Ist er weg?«

»Ja, du Naseweis – vor fünf Minuten. Er muß um neun irgend jemanden in Henley treffen.«

»Du siehst hochzufrieden und selbstgefällig aus.« Sie grinste.

»Das würdest du auch, an meiner Stelle.«

Sie grinste immer noch. »Und?«

»Zweimal«, sagte ich und wir brachen in ein pubertäres Gekicher aus.

Während sie sich einen Kaffee einschenkte, fuhr ich fort: »Der blöde Kerl hat doch glatt geglaubt, ich sei unfähig, einem armen, hilflosen Typen mit zwei Babys zu widerstehen. Er wollte mich zu einem Lunch im Pub entführen und mich dort dazu bringen, zuzugeben, daß ich Ace bloß erfunden hatte.«

»Nur, daß das Ganze gehörig schieflief.«

»Na ja. Wenn ich an die Ekstase danach denke, war es die ganzen Qualen schon fast wert. Er hat gedacht, ich wär nicht ganz dicht, und zwar unabhängig davon, ob ich Ace nun erfunden hatte oder nicht. Denn hätte ich ihn erfunden, wäre ich deswegen nicht ganz dicht. Und wenn nicht, dann wäre ich ebenfalls nicht ganz dicht, mich mit so jemandem zusammenzutun. Als er mich dann schließlich im Park hat liegen sehen und mich ›im Schlaf‹ reden hörte, ist er wieder gegangen und hat sich gedacht, vielleicht ist es ja besser so, andere Mütter haben auch schöne Töchter.«

»Warum grinst du bloß so?«

»Weil er *die anderen* nicht wollte, verstanden? Er wollte *mich*. Er konnte mich einfach nicht aus seinem Kopf kriegen.«

»Dann grins mal weiter«, grinste sie. »Diesmal hast du meine volle Zustimmung.«

Sie leistete mir an unserer klebrigen, mit Resopal verkleideten Frühstückstheke Gesellschaft, die auf einmal gar nicht mehr so klebrig aussah, besonders seitdem, es waren noch keine fünfzehn Minuten her, er nur in ein Handtuch gehüllt ebenfalls dort gesessen hatte, sein Haar noch feucht von der Dusche, ein winziger Schnitt an seinem Kinn, der von meinem stumpfen Ladyshave herrührte. Natürlich mußte ich ihn dort sofort küssen.

»Hat er dich bitter verflucht, als du ihn nach dem bewußten Abend nicht angerufen hast?« wollte Alix wissen.

»Ich hoffe nicht. Er lag bis ungefähr halb vier Uhr früh wach, pennte dann aber bis kurz vor acht ein, bis er *mich* schließlich anrief, aber natürlich war ich schon weg. Er hoffte, ich hätte angerufen und er hätte nur nichts davon mitbekommen. Dann wiederum dachte er, daß ich wahrscheinlich doch nicht angerufen hätte, weil ich vollkommen am Boden zerstört gewesen wäre und Kerzen für Kit angezündet hätte.«

»Das heißt, hätte das Hotel dir die Nachricht nicht nachgeschickt …«

»Das hätte auch keinen Unterschied gemacht. Er wollte mich gestern abend sowieso anrufen und so tun, als wollte er nur erfahren, wie die Sache mit Kit und Belinda gelaufen war. Sozusagen erst mal die Wassertemperatur testen und dann weitersehen. Er sagt, er gibt nicht so schnell auf.«

»Nein«, sagte Alix nachdenklich. »Mir kam er auch nicht so vor wie jemand, der schnell aufgibt. Da gibt's auch sonst keine Probleme mit der Ausdauer, wenn du mich fragst.«

Ich seufzte kurz tief auf. »Überhaupt keine, das kannst du mir glauben.«

Nachdem wir beide wieder einen kleinen Lachanfall erlitten hatten, ließ Alix ihren Blick über die Reste von Joshs Fastfood-Frühstück schweifen: ein Teller voller Krümel, ein Becher Margarine und ein Glas Orangenmarmelade mit ganzen Fruchtstücken.

»Ich wette, du hast ihm seinen Frühstückstoast geschmiert«, grinste sie. »Und dann noch für ihn in zwei Teile geschnitten.«

»Natürlich. Ich hätte ihm auch noch Rührei gemacht, aber er hatte nicht soviel Zeit. Er sagte, nächstes Mal gerne, morgen früh zum Beispiel, und wenn ich bei ihm übernachte, wird er mir die besten *Oeufs à la Josh* ans Bett bringen.«

»Du magst doch überhaupt keine Eier!«

»Ich weiß, aber in dem Fall würde ich sie sogar essen, wenn es so schreckliche Spiegeleier wären, bei denen das Weiße noch ganz glibbrig ist.«

»Meine Güte, dich hat's aber erwischt!« grinste sie.

Ich lächelte glücklich. »Ich weiß.« Aus irgendeinem Grund erinnerte ich mich an eine andere Unterhaltung in der Küche, mit Mum, die allerdings Jahre zurücklag. *»Als du Daddy getroffen hast, woher wußtest du, daß er derjenige sein würde, welcher?«*

*»Ich weiß nicht, Liebes, ich wußte es einfach.«*

»Die Rosen sind herrlich«, sagte Alix und wies mit dem Kopf auf die beiden Krüge, die immer noch auf der Arbeitsfläche standen. »Das müssen ja mehrere Dutzend sein.« Komischerweise hatten sie sich wieder richtig aufgerichtet. Wenn ich eines Zeichens bedurft hätte, dann war das hier durchaus in Ordnung.

»Wo wohnt er eigentlich?« fragte sie.

»Chiswick.«

»Und was arbeitet er?«

»Er hat gemeinsam mit einem Freund einen Sicherheitsdienst. Sie haben mit Sicherheitskräften für Paranoide angefangen, aber dann weitete sich das Ganze immer mehr aus. Ich war erst nicht so begeistert, als er mir davon erzählt hat, weil ich sofort an so ein blödes Mickey-Mouse-Outfit denken mußte, so wie das von denen, die immer in der U-Bahn patrouillieren. Trotzdem, jetzt weiß ich wenigstens, wohin ich mich wenden muß, um an einen häßlichen, furchterregenden Brutalo zu kommen, der mich daran hindert, den Kühlschrank zu plündern.«

»Das wird nie im Leben funktionieren. Im Notfall würdest du einfach zum Laden an der Ecke gehen.«

Träge hob Alix ein Bein unter ihrem Bademantel hervor und inspizierte es. »Meine ganze Bräune ist schon ab.«

»Gut so. Die hat mich schon ganz krank gemacht.«

»Dann nimm halt etwas Selbstbräuner. So einen hübschen Ganzkörper-Selbstbräuner. Ich bin mir sicher, Josh wird ihn bereitwillig auftragen, wenn du ihn darum bittest.«

»Kommt gar nicht in Frage! Meine schlimmsten Fettpölsterchen hab ich ihm noch gar nicht gezeigt! Er droht mir allerdings schon damit, sie gewaltsam bloßzulegen.«

»Wie nett.« Sie wurde von einem weiteren, gehässigen Lachkrampf geschüttelt. »Es gibt nichts Besseres als einen guten alten Ringkampf, bevor du dich ergibst.«

»Das klingt zugegebenermaßen sehr verlockend, vorausgesetzt, das grelle Tageslicht bleibt außen vor.«

»Dann eben Kerzenlicht. Und zieh dir was an, was er dir ganz leicht wieder ausziehen kann, während du so tust, als ob du ihn nach Kräften abwehrst. ›*Hör auf, ich mag das*‹ und den ganzen Kram.«

Ich war mir nicht so sicher, ob ich ihn nach Kräften abwehren würde.

Zu guter Letzt wandten sich die Dinge doch noch zum Guten.

DANKSAGUNGEN

Mein besonderer Dank gilt:
Sarah Molloy, meiner Agentin, für ihre Begeisterungsfähigkeit und all die Telefonate, auf die ich nie zu hoffen gewagt hatte.

Lynn Drew und Kate Elton bei Arrow, die mir jede meiner Anstrengungen fünfzigfach wieder zurückgaben.

Müttern und Töchtern auf der ganzen Welt, insbesondere Mrs. Bennett, die so wunderbar verärgert war, als Mr. Bingley mit Charlotte tanzte.

Und natürlich meinem lieben Dreiergespann Andrew, Phil und Alex für ihre Liebe, ihre Heiterkeit und ihre Unterstützung, wann immer ich sie am nötigsten brauchte.